BASTEI
LÜBBE

Von Tilman Röhrig sind bei Bastei-Lübbe Taschenbücher erschienen:

14 431 Wie ein Lamm unter Löwen
14 823 Der Funke der Freiheit
15 122 Übergebt sie den Flammen
15 200 Wir sind das Salz von Florenz
15 326 Die Ballade vom Fetzer

Über den Autor:

Tilman Röhrig, 1945 in Hennweiler/Hunsrück geboren, war nach einer Schauspiel-Ausbildung zunächst an verschiedenen deutschen Bühnen tätig. Seit 1973 arbeitet er als freischaffender Schriftsteller. Für sein literarisches Werk wurde er mit zahlreichen Preisen ausgezeichnet, darunter dem Deutschen Jugendliteraturpreis und dem Großen Kulturpreis NRW.

Mehr zu Autor und Werk im Internet unter www.tilman-roehrig.de.

Tilmann Röhrig

Solang es Unrecht gibt

Historischer Roman

Bastei Lübbe

BASTEI LÜBBE TASCHENBUCH
Band 15 415

1. Auflage: Dezember 2005
2. Auflage: Januar 2006

Vollständige Taschenbuchausgabe der unter dem Titel »Robin Hood – Solang es Unrecht gibt« 1994 im Cecilie Dressler Verlag, Hamburg, erschienenen Hardcoverausgabe

Bastei Lübbe Taschenbücher in der Verlagsgruppe Lübbe

Umschlaggestaltung: Bianca Sebastian
Titelbild: Bildarchiv Steffens/Bridgeman Art Library/
Nottingham City Museums and Galleries
Lektorat: Helmut W. Pesch
Satz: hanseatenSatz-bremen, Bremen
Druck und Verarbeitung: GGP Media GmbH, Pößneck
Printed in Germany
ISBN-13: 978-3-404-15415-9
ISBN-10: 3-404-15415-0

I

Westfrankreich. Schloss Chinon.

»Der König ist tot.«

Geflüster durch lange Gänge, an Zimmern und Sälen vorbei. Schon gelangte es hinunter zur Küche, von dort aus sprang es in die Kammern der Mägde, Knechte und Diener. Noch ehe die Nachricht am 6. Juli 1189 den Schlosshof verlassen hatte, fiel das Gesinde über den herrschaftlichen Hausrat her. Leuchter, Möbel, Samt, das silberne Tafelgeschirr, was sie tragen konnten, rafften die Gierigen an sich und schafften es fort. Sie drangen ins königliche Gemach ein und beraubten den Verstorbenen aller Ringe und Ketten, selbst die Kleider rissen sie ihm vom Leib.

Totenstille.

Nach Stunden endlich trafen einige der noch fürstentreuen Vasallen ein, sie stürmten durch ausgeplünderte Säle und starrten entsetzt auf das Sterbelager. Heinrich Plantagenet, König von England und Herrscher über die westlichen Länder Frankreichs, Heinrich II., der im Leben so mächtige Normannenfürst, lag, halb aus dem Bett gezerrt, nackt und reglos vor ihnen.

Die Getreuen brachten neue Gewänder, kleideten den Toten und legte seine Hände auf der Brust zueinander. Jetzt erst riefen sie laut: »Der König ist tot!«

England. London.

»Es lebe der König!«

Zwei Monate später war die große Stadt an der Themse geschmückt. Kopf an Kopf wogte die Menge auf den Straßen zwischen St. Paul's Cathedral und Westminster. Nicht allein die Bürger Londons hatten ihre Hütten und Häuser verlassen. Aus allen Teilen Englands waren sie in den vergangenen Tagen zu Pferd, mit Kutschen, Karren oder zu Fuß gekommen, Kaufleute und Bettler, Freie und Hörige, sie alle warteten seit den frühen Morgenstunden des 13. September 1189 auf den großen Augenblick.

Die Dörfler aus der Grafschaft Nottingham standen dicht beieinander. Kaum mehr als eine Hand voll, der Kesselflicker, einige Frauen und zwei Kinder. Gestern und vorgestern hatten sie gut verkauft. Geschnitzte Kellen, Löffel, Tiegel und Wollwaren.

»Sag es: Hoch lebe der König!« Im Gedränge übte die Weberin mit ihrem kleinen Sohn. Das Kind mühte sich. Geduldig wiederholte die Mutter. Mit einem Mal unterbrach sie. Der Blick wurde streng. Schon wieder wischte sich ihre neunjährige Tochter die schmutzigen Hände am Kittel ab. »Lass das, Marian! Und stell dich gerade!« Die Weberin seufzte. »Und bitte, wenn der König kommt, dann rufst du, so laut du kannst!«

»Ich sag, was ich will.« Damit duckte sich Marian und schüttelte den Kopf, ungebändigt krausten sich die blonden Locken.

Bewaffnete in Kettenhemden bahnten eine breite Gasse durch das Volk bis hinüber zum weit geöffneten Portal von Westminster Abbey.

Fanfaren! Die festliche Zeremonie begann.

Barone, Grafen, Bischöfe, die Vornehmsten der Insel, führten den Krönungszug an. Kein Applaus begleitete sie. Schweigend reckten die Bürger den Hals. Mit verschlossenen Mienen beobachteten sie, wie auserwählte Ritter und Adlige die Insignien der

Königsmacht vorbeitrugen, das Zepter, die goldenen Sporen, den purpurfarbenen Mantel, auf dem die Wappenlöwen prangten.

Unruhe. Unterdrückte Flüche. Hier und da versteckten Handwerker, Fischer und Krämer die geballte Faust im Rücken.

»Graf Johann«, zischte der Kesselflicker den Frauen aus Nottingham zu. »Das also ist er.«

Gerüchte umgaben den jüngeren Bruder des neuen Königs, furchtbare Gerüchte. Dort ging der Prinz und durfte sogar eins der drei goldenen Schwerter den langen Weg von der Kathedrale bis zur Krönungskirche in Westminster tragen.

Viele sahen ihn heute zum ersten Mal aus der Nähe und schauderten.

Das prunkvolle Gewand hing der leicht nach vorn gebeugten Gestalt von den eckigen Schultern. Der kleine Kopf fuhr nach rechts und links. Unter halb gesenkten Lidern musterten die Augen das Volk. Wen der kalte Blick traf, der wandte erschreckt das Gesicht ab.

»Beim heiligen Willick«, murmelte der Kesselflicker. »Besser, ich bleib erst mal in London. Hier hat er nichts zu sagen.«

Früher hieß der Prinz nur »Johann Ohneland«. Seit zwei Wochen war er auf der Insel, seit zwei Wochen hatten sich in den Spelunken die Leute abends um seine Dienerschaft geschart. »Erzählt!« Und für eine Kanne Bier, einen Krug Wein vergaßen Stallknechte und Pagen schnell alle Vorsicht. »Falsch und jähzornig ist er. Keiner ist vor seinem Messer sicher.« Sie zeigten ihre Narben im Gesicht, am Hals, auf den Armen.

Nicht genug. Der Prinz war rücksichtslos zu jedermann. Johann hatte in der Vergangenheit stets seinen Vorteil gesucht. Mal verriet er den Vater, mal hinterging er den Bruder, kurze Zeit später bat er kniefällig wieder um Vergebung. Er spielte Freund und Feind gegeneinander aus, und jetzt hatte er es endlich geschafft. Den Beinamen »Ohneland« konnte er ablegen. Um des Friedens willen hatte der zukünftige König dem Bruder einige Grafschaften Englands verliehen, auch die Alleinherrschaft über Burg und Stadt Nottingham, über die fruchtbaren Äcker und ausgedehnten Wälder.

Der Kesselflicker blickte dem Grafen nach. Wie dieser kleine Kopf nach rechts und links zuckte! »Nein, nein. Besser, ich geh erst mal nicht zurück.« Er kratzte das bärtige Kinn. Zu Haus, dort oben in Nottingham und höher hinauf bis nach York, gerade dort mussten von heut an die armen Leute zittern, denn Habsucht, Machtgier und ungezügelte Grausamkeit waren die einzigen Tugenden des dreiundzwanzigjährigen Prinzen.

Ohne Halt, feierlich langsam bewegte sich der Zug durch das Volk.

»Da vorn. Siehst du?« Die Weberin drehte behutsam den Kopf ihres Sohnes. »Da geht unsere alte Königin.«

»Hoch lebe …«

Sofort verschloss sie den kleinen Mund. »Noch nicht.«

Königin Eleonore, die Mutter der ungleichen Söhne, lächelte offen und herzlich den Menschen am Straßenrand zu. Mit gleicher Wärme wurde sie von den Bürgern empfangen.

Endlich. Unter einem seidenen Baldachin schritt Richard, hoch gewachsen, breitschultrig, rot das Haar, rot der Bart, die grauen Augen fest nach vorn gerichtet.

»Jetzt.« Die Weberin hob das Kind über den Kopf.

»Hoch lebe der König!«, krähte es mit heller Stimme. Marian sah den großen Mann, ihre Augen leuchteten. Aus voller Kehle unterstützte sie den kleinen Bruder.

»Hoch! Hoch!«, fielen die Umstehenden ein.

Welch eine Kraft strahlte der neue König aus. Selbst der Kesselflicker streckte ihm die Arme zu und schämte sich nicht.

Ja, auch Richard Plantagenet war Normanne wie sein Vater, ein Franzose, ein Fremder auf der Insel. Seit mehr als hundert Jahren, seit die große Schlacht bei Hastings verloren war, regierten die normannischen Könige drüben vom Festland aus über das englische Volk. Doch ihre Lehnsleute und Bischöfe kamen, nahmen sich den besten Boden, bauten Burgen und erweiterten die Macht der Klöster. »Hier leben nur Barbaren ohne höfische Sitte und Kultur.« Die herausgeputzten Edlen rümpften die Nase. Sie parlierten französisch und verachteten die Sprache der Unterdrückten. Rücksichtsloser als Raubritter pressten sie Abgaben aus den Besiegten.

Wer konnte die Willkür der allmächtigen Lord-Sheriffs, der Barone und unbarmherzigen Bischöfe brechen? Was nutzten Recht und Gesetz, wenn niemand sie für die Ärmsten durchsetzte? Bisher waren die Könige entweder zu schwach gewesen, oder sie hatten sich nur selten und viel zu kurz in England aufgehalten. So herrschte ungehindert der zügellose normannische Adel über die Angelsachsen.

Und dennoch jubelte heute das Volk. Richard I. war stark, stark genug. Sein Herz besaß die Kraft eines Löwen, und er hatte sein Wort gegeben: »Für mich und vor dem Gesetz gibt es keinen Unterschied zwischen Normannen und Angelsachsen.« Vielleicht gab es bald ein Leben ohne Angst? Vielleicht kehrten wirklich Friede und Gerechtigkeit auf der Insel ein?

»Richard Löwenherz! Hoch lebe König Richard!« Alle Hoffnung der Unterdrückten lag in diesem Namen.

Ungezählte Kerzen erhellten den Kirchenraum. Der Erzbischof von Canterbury bestrich Kopf, Brust und Arme des Zweiunddreißigjährigen mit heiligem Öl. »Gelobst du, deinen Eid unverbrüchlich zu halten?«

»Ja. Mit Gottes Hilfe.«

Richard Plantagenet kniete vor dem Altar nieder. Langsam setzte ihm der Erzbischof die edelsteinglitzernde Krone aufs Haupt.

Königin Eleonore betrachtete voll Stolz ihren geliebten Sohn. Neben ihr, den Kopf leicht abgewandt, rieb Johann die weißen Fingerknöchel an den Zähnen. Die hagere Gestalt zitterte.

»Es lebe der König!« Fanfarenklänge von allen Türmen Londons. »König Richard lädt euch ein!«

Duft nach Braten und frischem Brot zog durch die Straßen. Auf den Plätzen schäumte das Bier in übervollen Kannen. In jeder Hand hielt der Sohn der Weberin einen Honigkringel und wusste nicht, in welchen er zuerst beißen sollte. Trommelwirbel. Mit glühenden Wangen stand Marian neben ihrer Mutter, staunte und lachte. Gaukler zeigten tollkühne Kunststücke. Freudenfeuer loderten bis spät in die Nacht.

»Hoch lebe …«, murmelte der Kesselflicker trunken und rollte sich im Schutz einer Mauer zusammen.

Nichts besserte sich. Richard Löwenherz hatte keine Zeit für England, für die Not seiner Untertanen.

»Du hast dein Wort gegeben.« Königin Eleonore stellte den Sohn zur Rede. »Dein Volk wird gequält und geknechtet. Du bist seine Hoffnung. Enttäusche die Armen nicht!«

»Erst muss ich ins Heilige Land. Mein Kreuzzugsgelübde ist älter als der Eid, den ich dem englischen Volk geschworen habe.« Behutsam legte der große Mann den Arm um die Achtundsechzigjährige. »Sorg dich nicht, Mutter! In spätestens zwei Jahren haben wir die Ungläubigen aus Jerusalem vertrieben. Nach meiner Rückkehr werde ich …«

»Und was geschieht bis dahin?« Zornig befreite sich die Königin aus der Umarmung. »Wer soll dein Stellvertreter werden? Etwa dein Bruder Johann? Das Recht steht ihm zu.« Sie seufzte, leise fuhr sie fort: »Auch er ist mein Sohn. Doch selbst ich fürchte mich vor ihm.«

»Sorg dich nicht! Zum obersten Richter habe ich einen meiner engsten Vertrauten ernannt. Er wird mich während meiner Abwesenheit vertreten. Johann muss sich ihm beugen.«

Mit einem bitteren Lächeln blickte Eleonore den König an. »Wie schlecht du deinen Bruder kennst.«

Schwere Wolken trieben. Regen. Beim ersten Grauen des 11. Dezember 1189 lichtete Richards Schiff den Anker. »Eine glückliche Heimkehr!« Am Ufer winkten Höflinge und Vasallen des Königs.

Reglos wartete Graf Johann, bis das breite Normannenschiff sich in den Wind drehte und mit geblähtem Segel Kurs auf Frankreich nahm. »Nie sollst du zurückkehren«, flüsterte er. Schnell wandte er den Kopf und presste die schmalen Lippen aufeinander. Sechs Grafschaften hast du mir freiwillig überlassen. Das ist nicht genug. England will ich, deinen Thron und alles, was du besitzt. Kälte glitzerte in seinen Augen. »Den Tod wünsch ich dir, liebster Bruder!«

II

Letzte Nachricht vom Kreuzzug: *Im Juni und Juli 1191 belagern Richard Löwenherz und das Kreuzfahrerheer die Küstenstadt Akkon. Sultan Saladin kann das Tor zum Heiligen Land nicht retten.*

Grafschaft Nottingham. Sherwood Forest.

Auch den Kopf trennte er ab. Noch im Versteck rieb er seine verschmierten Hände mit Erde und reinigte sie am taunassen Gras. Früh war es, gerade grau, ein kühler Oktobertag im Jahr 1191. Geruch nach dampfendem Blut und Eingeweide stand in der Luft.

Der riesenhafte Mann glitt aus dem Unterholz. Ein kurzer Blick zurück. Niemand würde die Stelle entdecken, und morgen schon hätten Fuchs und Krähen die blutigen Reste beseitigt. Rasch ging er mit seiner Last davon. Kein Rascheln der Büsche. Kein Zweig knickte rechts und links des Pfades. Die graue Kapuze des dicken, fest gewebten Wollüberwurfs bis in die Stirn gezogen, trug John Little den erlegten Hirsch auf Schultern und Nacken. Jagdglück. Seine Lippen, umrahmt von schwarzem Bartgeflecht, spannten sich. Verbotenes Jagdglück. Ehe die Forstwächter oder die berittenen Waffenknechte des Lord-Sheriffs von Nottingham mit ihren täglichen Streifzügen durch den Sherwood begannen, musste er das Wildbret sicher ins Dorf gebracht haben.

Ein Eichelhäher schreckte hoch, weit gellte der Warnschrei.

»Sei still«, brummte John. Fester umschlossen seine Fäuste die Läufe des Hirsches. Den Langbogen hatte er links geschultert, die Sehne schnürte eine Hälfte des kurzen Umhangs gegen das abgewetzte Lederwams. Mit dem Geweih nach unten hing das mächtige Haupt in der rechten Armbeuge. John sah auf und verengte die Augen. Da und dort blitzte erstes Sonnenlicht durch die Blattkronen. »Bin spät.« Er beschleunigte den Schritt. Noch drohte keine Gefahr. »Wenn's nur so bleibt.« Nachher wollte er noch zu den Hasenschlingen.

Ohne Anstrengung trug der Riese die schwere Beute. »Heut gibt's genug Fleisch.« Er sah die Kinderaugen, den dankbaren Blick der Frauen und schmunzelte. »Genug für uns alle.«

Sein Dorf, die fünf Hütten, der Stall und die vierzehn Menschen, Kinder mitgezählt, gehörten dem Kloster Newstead. Die Frauen und Männer arbeiteten schwer für das Wohlergehen der Mönche, kaum blieb den Höflern Zeit, ihren eigenen schmalen Ackerstreifen zu bestellen. Und im zurückliegenden nassen Sommer waren die Früchte auf dem Feld verfault. Hunger drohte. Nichts würden die frommen Brüder von ihrem Überfluss abgeben, weder jetzt im Herbst noch während der Wintermonate.

»Seine Schafe und Schweine füttert der Prior. Was mit uns geschieht, John, ist ihm gleichgültig.« Wie oft hatte Marians Mutter die Fäuste geballt. »Wir müssen uns für die Schwarzkutten abplagen …« Nach einer Weile setzte sie bitter hinzu: »Bis wir tot sind. Ach, John, besser sollte es für uns werden, das hat König Richard versprochen. Ich habe es selbst gehört. Aber schlimmer ist es …«

»Still! Ich sorg schon.« Es war kein Trost für sie, das wusste John Little. Seit ihr Mann im letzten Frühjahr von einem Baum erschlagen worden war, lebte er zusammen mit der Weberin und den beiden Kindern. Seine eigene Frau war im harten Winter vor drei Jahren gestorben, er hatte inzwischen gelernt, mit dem Verlust zu leben, doch für Marians Mutter war die Wunde noch zu frisch. Der bärenstarke Mann drängte nicht, er gab ihr, dem kleinen Jungen und Marian seinen Schutz und wartete.

Das Vieh war dem Prior wertvoller als die unfreien Menschen, die es hüteten! Was blieb den Hörigen des Augustinerklosters übrig? Einer musste für Fleischvorrat sorgen.

»Alles Wild im Sherwood ist Königswild.« So lautete das Gesetz. Damals, vor dem Krönungsfest, hatte Richard Löwenherz die Grafschaft seinem Bruder übertragen. Von diesem Tag an gehörten Hasen, Rehe, Wildschweine und Hirsche, jedes Tier des Waldes, dem hartherzigen Johann. Sein Statthalter und Richter, der Lord-Sheriff von Nottingham, kannte keine Gnade. Wehe dem Mann, der mit einer Beute angetroffen wurde. Sein Prozess war kurz. Verstümmelung, Kerker oder Tod erwarteten ihn nach dem Urteil. Wehe dem Dorf, in dem Fleisch vom Königswild gefunden wurde. Die Bewohner waren der rohen Willkür des Richters ausgeliefert.

John Little kannte jeden Pfad, jeden Wildwechsel im Sherwood. Die Fäuste des Dreißigjährigen waren hart, sein Pfeil traf auf hundert Schritt. Also ging er für alle auf die Pirsch.

Jagdglück. Heute Morgen kehrte er mit stolzer Beute zurück. Im Schutz des Gehölzes blieb er stehen und spähte durch die Blätter auf die weite Lichtung hinaus.

Kinder balgten sich um einen Holzball. Im Rund standen die erdgedeckten Hütten beieinander. Aus den Dachöffnungen stiegen dünne Rauchsäulen. Es roch vertraut nach Herdfeuer. Zwei Frauen saßen schon längst draußen auf dem Dorfplatz, zupften Schafwolle vom Rocken, ließen die Spindel tanzen und wickelten das versponnene Garn. Drüben neben dem Stall verschmierten der Schmied und die drei anderen Männer des Dorfes die Balkenwände der neuen Scheune mit Lehm.

»Bin nicht zu spät.« Nirgends entdeckte John Little eine schwarze Kutte. Noch war der Mönch nicht da, der die Tagesarbeiten beaufsichtigte.

Zufrieden stieß er den Atem aus. Mit wiegendem Schritt trug er seine Beute auf die Hütten zu. Kaum hatten die Kinder ihn entdeckt, vergaßen sie ihr Spiel und ließen den Ball achtlos rollen.

»John!« Sie rannten dem Jäger entgegen, jubelten. Zum Dank für die Begrüßung schnitt der Hüne eine Furcht erregende Grimasse, wie ein Bär tappte er vor der kichernden Meute hin und her.

»Dreh dich! Bitte! Dreh dich!«

»Jetzt ist's genug!«, warnte er.

Sofort schlossen sich die Münder. Lautlos kehrten die Kleinen um, liefen von Tür zu Tür. »Ein Hirsch«, wisperten sie. »Kommt schnell!« Die Arme reichten nicht aus, um die Größe des Tieres zu zeigen.

Marian stürmte ins Freie. Gleich folgte der kleine Bruder. In seinem Eifer stolperte er, kläglich rief er hinter der Schwester her. Marian kümmerte es nicht. Sie lachte zu dem bärtigen Gesicht auf. Ihre Lippen gespitzt, begutachtete sie die Beute und zeigte auf das Geweih. »Wie oft hast du geschossen? Sag es!«

»Ein einziger Pfeil. Und gleich durchs Herz.«

»Ehrenwort?«

»Ich sag's dir, Mädchen.«

»Irgendwann kann ich das auch.« Mit beiden Händen griff sie in ihre blonden Locken und drehte sich im Kreis.

Die Weberin erwartete ihn vor der Hütte. »Gut, dass du zurück bist.«

Für einen Augenblick zögerte John, besann sich und schritt weiter. »Schon recht.« Er lächelte.

Hinter dem Stall hatten die Männer des Dorfes bereits das hölzerne Gestell aufgerichtet. John wuchtete die Beute von der Schulter, gemeinsam hakten sie das Wildbret mit den Hinterläufen an die Querstange.

»Wir teilen.« Der Hüne schob die wollene Kapuze in den Nacken. »Aber das Fell möcht ich diesmal ganz.« Beinah verlegen wischte er den Schweiß von der Stirn hinauf in die schwarze Mähne. »Ein neues Wams brauch ich. Viel bleibt da nicht übrig.«

»Auch das Geweih!« Marian fasste nach den Stangen.

»Lass gut sein, Mädchen«, brummte John. Während er davonging, begannen die Nachbarn sorgfältig den Hirsch aus der Decke zu schälen. Was für ein Tag! Vorfreude erhellte die Gesichter. Heute Abend gab es einen Festbraten, und jeder würde sich satt essen können!

In der Hütte entspannte der Jäger seinen Langbogen und legte ihn neben dem Köcher ab. »Bin gleich wieder da. Nur schnell noch die Schlingen.«

Marians Mutter sah vom Webrahmen auf. »Gib auf dich Acht! Wir brauchen dich, John.«

»Schon recht.« Kurz prüfte er den Jagddolch in der Scheide und griff nach dem Eichenstock. In seiner Hand wurde dieser mannshohe, armdicke Stamm zu einer gefährlichen Waffe. Blindwütige Eber brachte er mit einem einzigen Hieb zur Strecke. Stoßen und Schlagen, im Kampf ließ er den Stock wirbeln und fürchtete weder Schwert noch Streitaxt des Gegners.

Draußen neben der Hütte erwartete ihn Marian. »Nimm mich mit!« Sie hatte den Wollkittel mit einem Lederriemen gegürtet, an der schmalen Hüfte trug sie das Messer, in der Hand wog sie den Stock, den John ihr geschnitzt hatte.

»Geht nicht, Mädchen. Ist jetzt zu gefährlich. Hilf deiner Mutter!«

»Weben! Dazu hab ich heut keine Lust.«

»Versteh doch! Es ist schon spät. Mit dir bin ich zu langsam.« Sanft, aber entschlossen schob er sie beiseite und verließ das Rund der Hütten. Marian rannte neben ihm her. »Nur weil ich kein Junge bin? Deshalb?« Ihre blauen Augen funkelten. »Du bist ein Feigling.«

Keine Antwort.

»Ein Feigling und ein Dummkopf. Jawohl!«

Schneller schritt John auf den Rand der Lichtung zu.

»Und für den Hirsch hast du bestimmt mehr als einen Pfeil gebraucht.« Wut trieb sie. »Jawohl! Gelogen hast du!«

Jäh blieb der Hüne stehen, rot flammte die Narbe im Bartgeflecht der rechten Wange. Er beugte sich zu der Zornigen hinunter. »Nicht, Mädchen.« Seine Stimme wurde dunkel. »Ich belüg dich nie, das weißt du. Auch deine Mutter nicht.«

Damit ließ er Marian stehen und tauchte ins Gehölz am Rand der Lichtung. Kein Rascheln. Kein Zweig knickte.

Marian sah ihm nach und stampfte mit dem Fuß auf. »Gemeiner Schuft.« Erst als sie den Dorfplatz wieder erreicht hatte, sanken die Schultern. Der Tag war verdorben. Und Schuld hatte dieser riesige Kerl. Marian wischte über die Augen. Jetzt der Mutter helfen? Nein. Vielleicht später.

Unbemerkt schlich sie um die Hütte herum. Gleich hinter dem Hühnerstall kauerte sie sich nieder, schob den schilfgeflochtenen Deckel etwas zur Seite und stieg in die Erdkammer. Sofort verschloss sie die Luke wieder, doch nur so weit, dass ein Spaltbreit Tageslicht hereinfiel. Hier in der Kühle lagerten John und die Mutter den Vorrat. Viel war es in diesem Jahr nicht: zwei Brote. Der Trog, halb gefüllt mit Korn. Daneben Äpfel, Birnen, Nüsse. Und Töpfe, randvoll mit honiggesüßten Beeren.

Marian liebte den Duft nach Brot und Frucht. Wenn sie gestritten hatte, wenn sie unglücklich war, floh sie hierher. Nirgendwo sonst konnten sich ihre Gedanken so gut wieder ordnen und das Herz ruhiger werden. Marian schloss die Augen. Ach, John, ich war gemein zu dir. Du belügst mich nicht, das weiß ich. Aber ein Mädchen kann doch genauso schnell sein wie ein Junge. Warum begreifst du das nicht?

Pferdegetrappel! Marian zuckte zusammen. Das Donnern der Hufe kam näher, war schon im Dorf. Befehle. Rufe.

Jetzt weinten Kinder. Laut riefen die Frauen nach ihnen. Marian presste die Hand vor den Mund und schob das Gesicht dicht an den Lichtspalt hinauf. Angestrengt horchte sie. Nein, die Stimme der Mutter war nicht dabei. Sie ist mit dem Bruder in der Hütte, ganz sicher.

»Königswild!«

»Ihr habt Prinz Johann einen Hirsch gestohlen!« Das rohe Gebrüll der Fremden war überall. Einer schrie über den Lärm. »Treibt alle zusammen!«

Marian schloss die Augen. Bewaffnete, hämmerte das Herz, die Waffenknechte des Lord-Sheriffs haben unseren Hirsch entdeckt. Heilige Mutter Gottes, lass uns nicht allein!

Nur Satzfetzen drangen bis ins Versteck.

»Habt doch Erbarmen …«

»Verschont uns …«

»Diebe müssen bestraft werden, das wisst ihr doch …« Lachen, furchtbares Gelächter. »Hackt ihnen die Hände ab.«

»Halt! Wartet.«

Das ist der Schmied, schoss es Marian durch den Kopf.

»Ohne den Richter dürft ihr das nicht. Wartet …« Mit einem gurgelnden Laut brach die Stimme ab. Schweigen.

In die Stille fuhr ein scharfer Ruf. »Mörder! Mörder seid ihr!«

»Mutter«, stammelte Marian. »Bitte sag nichts. Bitte!«

Doch furchtlos schleuderte die Weberin ihre Empörung den Waffenknechten entgegen. »Wir gehören dem Kloster Newstead. Vors Gericht könnt ihr uns bringen, mehr dürft ihr nicht. Aber jetzt seid ihr Mörder, eine Mordbande, nichts sonst. Jetzt wird der Prior euch selbst beim Sheriff anklagen. Und wir alle werden bezeugen, was ihr mit unserm Schmied getan habt.«

Wieder lachte der Truppführer, lachte und lachte. Plötzlich hielt er inne. »Niemand wird etwas sagen können.«

Marian hörte den entsetzten Ruf der Mutter: »Lasst mein Kind!« Dann schrie sie und schluchzte.

»Nicht!« Immer wieder schüttelte Marian den Kopf. »Nicht. Es ist nicht wahr.« Haltlos stürzten dem Mädchen Tränen über die Wangen.

»Schlagt sie tot! Keiner darf übrig bleiben.« Der Truppführer lachte. »Und du, du Weib, wirst zusehen. Dich stech ich zuletzt ab.«

Hufe stampften. Die Bewohner des Dorfes schrien in höchster Angst, wimmerten, bis ihr Klagen erstickte.

Ich muss der Mutter helfen. »Muss helfen.« Marian öffnete die Luke und stieg ins Freie. Sie drückte sich an der Hüttenwand entlang. Erstarrt blieb sie stehen. Auf dem Platz lagen die Nachbarn. Kinder, Frauen und Männer. Vier Reiter ritten über die Leblosen hin und her, stachen immer noch aus dem Sattel mit ihren Speeren zu.

»Muss helfen.« Dort war die Mutter.

Der Truppführer hatte den linken Arm von hinten um den Hals der Weberin gelegt und sie an sein Kettenhemd gepresst. »Mach die Augen auf!« Er schüttelte sie.

Marian flüsterte: »Muss helfen. Muss helfen.« Sie vermochte sich nicht zu bewegen. Sie sah den Bruder. Vor den Füßen der Mutter lag er. Auf seiner Brust war das Kittelchen dunkelrot. »Muss helfen.«

Jetzt hob der Truppführer die rechte Faust. Der Dolch! Marian riss den Mund auf und schrie. Doch kein Laut brach hinaus. In ihrem Kopf schrie sie weiter, gellend.

Achtlos stieß der Kerl sein Opfer von sich.

Der Schrei in Marian verstummte, allein ein beständiger dumpfer Ton blieb und füllte sie aus. Beinah sanft rückte die Wirklichkeit ein Stück von ihr ab. Sie sah die Mutter fallen.

Abwesend stand das Mädchen da, die Augen geöffnet.

Wie aus weiter Ferne hörte sie erneutes Gebrüll.

Die Eisenkerle fuhren im Sattel herum, formierten sich zu einer Reihe. Zum Kampf bereit, zückte ihr Führer das Schwert. Schon war John Little heran. Sein Eichenstock traf den Waffenknecht des Lord-Sheriffs mitten ins Gesicht. Der Kopf knickte nach hinten. Brüllen. Kreisend schlug der Hüne zwei Reiter aus dem Sattel. Seine Hiebe zersprengten die Kettenhemden. Brüllen. Der Dritte stach mit dem Speer nach dem Tobenden. John wehrte ab, riss den Kerl zu sich herunter und tötete ihn, bevor er den Boden erreicht hatte. In wilder Hast gab der Letzte der Mordbande seinem Pferd die Sporen. Der Gaul setzte über die Leichen hinweg und preschte zum rettenden Wald.

John Little verfolgte ihn nicht. Schwer atmend suchte er mit dem Blick den Dorfplatz ab. Seine Augen fanden die zusammengesunkene Frau neben ihrem Sohn. John stapfte hinüber. Der Eichenstock glitt ihm aus der Hand. Zittern schüttelte die mächtigen Schultern. Stumm ließ sich der Hüne auf beide Knie fallen. Als habe er Angst, sie zu wecken, so behutsam neigte er sich über die tote Frau, nahm ihr langes Haar und presste es an seine Augen.

Die Glocke des Klosters tönte herüber. Das Läuten riss John aus dem Schmerz. Er musste fliehen, ehe der Mönch das Dorf erreichte. Ganz gleich, was die Berittenen den Höflern angetan hatten, der eine, der entkommen war, würde ihn beschuldigen. Seinem Waffenknecht glaubt der Lord-Sheriff mehr als einem Hörigen. Das wusste John. Und wenn der Prior nach Nottingham geht? Nein, das würde nichts ändern. Keine lästige Untersuchung, Schuld an dem Morden trägt nur einer. »Mich werden sie jagen wie ein wildes Tier, wie die Geächteten, die in den Wäldern hausen.«

John Little legte die Leiche des Jungen in den Arm seiner Mutter, ein letzter Blick, hastig griff er nach dem Stock und erhob sich. Niemand durfte ihn hier antreffen. Langbogen, Köcher, Feuerstein und Schwamm, etwas Brot, vor allem den ledernen Wasserbeutel! In der Hütte raffte John das Nötigste zusammen und stürmte wieder nach draußen.

Da entdeckte er das Mädchen. Reglos stand es neben dem Eingang.

»Marian.« Trotz des Elends verspürte er Freude. »Du lebst. Du hast auf mich gewartet.«

Leer blickten ihn die hellen Augen an.

»Mädchen? Ich bin's.«

Sie antwortete nicht. Sanft fasste er die heiße Hand, berührte das bleiche Gesicht. »Nun sag doch was!« Sie schwieg.

»Wir haben keine Zeit mehr. Komm, jetzt nehm ich dich mit!«

Sie bewegte sich nicht von der Stelle.

Hart schlug die Glocke von Newstead. Ohne Zögern hob er das Mädchen auf und legte sich den Körper fest um seinen breiten Nacken. »Keine Angst, Kleines! Ich sorg schon für dich.«

Im Laufschritt verließ er die Lichtung. Nach Norden, nicht über die große Handelsstraße entlang des Ostrands, nicht die Karrenwege von Ort zu Ort durch den Sherwood, er kannte die alten, jetzt fast zugewucherten Handwerkerpfade, nur schnell, er musste den Wald durchquert haben, ehe die Verfolger das Gebiet abriegeln konnten. Viel Zeit blieb ihm nicht, vielleicht bis zum nächsten Mittag, und bei Nacht war es zu gefährlich, und mit dem kraftlosen Mädchen kam er langsam voran.

Keine Hast, die vorzeitig ermüdete! John verringerte das Tempo. Sein Verstand zwang die Muskeln zur Ruhe. Von nun an bestimmte sein Atem den gleichmäßigen, ausdauernden Takt der Schritte. Hin und wieder sprach er zu Marian, fragte, doch erhielt keine Antwort. So achtete der Hüne nur darauf, dass kein Ast, keine dornige Ranke das Mädchen verletzten. In Sicherheit waren sie erst, wenn sie die Grenze zur Grafschaft York überschritten hatten. Allein und bei trockenem Wetter benötigte er drüben auf der Handelsstraße für diese Strecke kaum einen Tag. »Zwei werden's diesmal«, schätzte er.

Viel zu rasch sank der Abend über den Sherwood, die Umrisse der Bäume wurden schwarz. Ehe die Dunkelheit vollständig hereinbrach, suchte John Little einen geschützten Lagerplatz.

»Trink was, Kleines!« Er hockte neben Marian im Moos, hielt den lockigen Kopf und setzte das Hornstück des Lederbeutels an die rissigen Lippen. Erst unbeachtet, lief ihr das Wasser übers Kinn, doch dann öffnete Marian den Mund. Der erste Schluck, ein zweiter.

»So ist's recht.« John lächelte. Als er ihre Hand an seinem Arm spürte, murmelte er: »Ich halt den Beutel schon. Trink du nur!«

Nach ihr nahm er das Hornstück zwischen die Zähne. Ohne abzusetzen, stillte er den großen Durst.

»Willst du Brot?«

Langsam schüttelte das Mädchen den Kopf.

»So sag doch was!«, bat er und wartete.

Marian schwieg, mit einem Mal zitterte sie am ganzen Körper, hilflos öffnete sie den Mund, Tränen liefen ihr über die Wangen.

»Nicht. Lass nur. Lass nur!« Er strich über den schmalen Rücken. »Nicht mehr weinen!«

Später säuberte John das Versteck von morschen Ästen. Auf dem Moos schichtete er noch weitere Moosstücke, weich sollte sein Schützling liegen. »Schlaf jetzt, Kleines!«

Starr blickte sie ihn an.

»Wir müssen uns ausruhen. Morgen wird's hart.«

Marian rollte sich auf dem Lager zusammen.

»So ist es recht«, brummte er. Auf der Seite liegend, rückte er das Mädchen dichter an sich heran, dass es auf dem Moosbett behütet in der Beuge des riesigen Körpers schlafen konnte.

III

Grafschaft Nottingham. Sherwood Forest.

Weithin aus der Ebene sichtbar, hoch über dem River Trent thronte die Burg auf der Bergkuppe. Bis dicht an die Kante des steilen Felsens vorgerückt, umschlossen Wehrmauer, Türme und Gebäude den Innenhof. Den einzigen Weg herauf oder hinunter gaben Tor und Zugbrücke nach Nordosten frei. Rechts und links der abfallenden Straße klebten Hütten und Ställe der armen Leute, etwas weiter unten am Markt drängten sich neben rauchigen Schänken die Häuser der Hofbediensteten und Kaufleute, feste Häuser mit geschnitzten Eingangstüren. Das prächtigste, nur wenige Schritte von der Kirche entfernt, gehörte dem Lord-Sheriff.

Bei einem drohenden Überfall flohen die Bewohner hinauf in die Festung. Ihre Mauern waren jedem Sturmangriff gewachsen, und für eine Belagerung war Burg Nottingham gut gerüstet.

Ungezählte Höhlen durchzogen das Sandgestein des Bergs, waagerecht und senkrecht, uralte, sorgsam verschlossene Stollen und neu getriebene Tunnel. Fast alle Eingänge befanden sich direkt in der Stadt. Die neuen Schächte waren nach wenigen Stufen von Steinmetzen zu Kammern erweitert worden. Dort lagerten Korn, gepökeltes Fleisch und Stockfisch, genug, um auszuharren, bis dem Feind selbst die Vorräte knapp wurden.

Die Bürger hüteten sich aber, die Stollen ihrer Vorfahren zu öffnen und tiefer in das dunkle Höhlenlabyrinth einzudringen. Oft schreckten sie aus dem Schlaf. War da nicht ein Schrei? Hörst du nicht das Wimmern? Die Mutter drückte ihr Kind an die Brust. »Still! Der Beowulf treibt die Seelen der Verdammten durch den Berg. Still! Hier im Bett sind wir sicher.«

Die größte Höhle gehörte zur Burg. Wer das Geheimnis kannte, der gelangte durch diesen Tunnel nach vielen Windungen bis hinunter zur Klippe direkt über dem Trentufer. Die oberen, geräumigen Nischen dienten als Wein- und Bierkeller, vor den tiefer gelegenen kurzen Seitenstollen waren Eisengitter in den Fels eingelassen. Wie viele Gefangene des Sheriffs waren dort in den Kerkern elend zu Grunde gegangen, von Folterknechten gequält, von Ratten gepeinigt?

Oben im Burgsaal fiel Tageslicht durch hohe, spaltbreite Fenster und legte sich wie ein strahlender Schmuck von der Stirnwand bis hin zur Stufe über den erhöhten Teil der Halle. Dieser lichte Bereich, an drei Seiten umgeben mit Jagdszenen auf kostbaren Wandteppichen, war nur dem Grafen und seinen Ehrengästen vorbehalten. Der übrige Raum blieb auch am Tage düster, spärlich beleuchtet vom Widerschein des Kaminfeuers.

Wenn Prinz Johann nicht in Nottingham war, nutzte sein Statthalter und Lord-Sheriff die günstige Gelegenheit. Er beanspruchte den herrschaftlichen Platz für sich selbst und liebte es, statt in seinem eigenen Haus hier seine Amtsgeschäfte zu führen. Es bereitete ihm Vergnügen, am Gerichtstag auf die Angeklagten hinuntersehen zu können.

Klein von Gestalt, kleidete sich Tom de Fitz nach der neuesten französischen Mode. An jeder Hand trug er drei kunstvoll geschmiedete Ringe. Bei einem Turnierkampf mit scharfer Waffe hatte der Lord-Sheriff zwar nicht den Kopf, dafür aber die Kuppe seiner Nase eingebüßt. Seit dieser Niederlage bedeckte er den übrig gebliebenen vernarbten Stumpf täglich mit Kreidepaste. Trotz seiner Bitten und Drohungen war es seiner Frau Beatrice bis heute nicht gelungen, sich an diesen Anblick zu gewöhnen. Doch kein

Fremder wagte zu spotten, schon gar nicht, wenn Wut das Gesicht dunkel färbte und das Mal seiner Schande weiß hervorstach.

An diesem Morgen war Tom de Fitz auf der Hut. Vorsorglich hatte er hinter dem Eichentisch auf dem hohen Lehnstuhl seines Herrn Stellung bezogen. Der Besucher saß ihm direkt gegenüber, Auge in Auge. Mehr als eine Stunde war vergangen, immer wieder aufs Neue versuchte der Lord-Sheriff, den Prior vom Kloster Newstead zu überlisten.

»Er ist der einzige Zeuge!« Mit gestrecktem Finger deutete Tom de Fitz auf seinen Waffenknecht, drüben, tief im Halbdunkel der Halle. »Und er sagt die Wahrheit.«

»Die Wahrheit?« Spöttisch hob der Prior die Brauen. »Pardon. Seit Graf Johann Euch hier zum Richter ernannt hat, ist die Wahrheit ein seltenes Tier geworden. Kaum jemand hat es in letzter Zeit gesehen.«

»Hütet Eure Zunge!«

Unbeeindruckt glättete der Prior eine Falte seines dunklen Reiseumhangs. »Tatsache ist, cher ami: Mein Klosterbruder, der die Höfler zu beaufsichtigen hat, ging gestern nach dem Morgenläuten hinüber zum Dorf. Dort fand er alle Bewohner erschlagen vor. Auf das Übelste zugerichtet, mit Verlaub.« Ein leicht entrüstetes Kopfschütteln. »Selbst die Kinder!« Wieder geschäftig fuhr der fromme Herr fort: »Die Leute gehörten meinem Konvent. Ich habe Besitz verloren!«

»Diable! Meine Männer lagen gleich daneben. Mir fehlen vier Bewaffnete. Wir sind quitt.«

Gespanntes Schweigen. Der Sheriff presste die Hände gegeneinander, Zornröte überzog das kantige Gesicht. Allein der weiße Fleck veränderte sich nicht.

Sie belauerten einander. Ein nachgiebiges Wort zu früh kostete Geld, blanke Silberstücke.

»Tatsache ist, cher ami: Keiner der Dorfbewohner hätte den Mut aufgebracht, Eure Schergen anzugreifen.«

Der Lord-Sheriff hieb die Fäuste auf den Tisch. »Diable!«

»Flucht nicht in meiner Gegenwart«, ermahnte der Prior sanft, »das bringt uns nicht weiter. Wir verhandeln über ein Geschäft, mehr nicht.«

»Also gut. Dann eben: beim heiligen Dunstan! Beginnen wir von vorn. Zum letzten Mal.« Tom de Fitz schnippte seinem Waffenknecht. »Was geschah gestern in diesem Dorf?«

»Das war so.« Im Schutz des Halbdunkels wiederholte der Knecht seine auswendig gelernte Geschichte. Den Hirsch hätten sie entdeckt. Wie befohlen hätten sie die Leute sofort auf dem Dorfplatz zusammengetrieben. »Unser Truppführer wollte grad mit dem Verhör anfangen. Da kam das Ungeheuer aus dem Wald. Kein Kampfstock, mit 'nem Baumstamm ging er auf uns los. Gegen den Wilden war nichts zu machen. Die Kameraden waren tot. Ich hab's grad noch geschafft.«

»Und die Leute? Lebten sie noch?«, drängte der Sheriff.

»Als ich weg bin, waren alle gesund.« Eine lange Pause.

»Weiter, Kerl!«

»Das war so. Hinter mir hörte ich Schreie. Ja, so war's. Alle haben sie geschrien, auch die Kinder.« Der Knecht schwieg.

»Bien. Seid Ihr jetzt endlich überzeugt, ehrwürdiger Vater?« Mit den beringten Fingern der rechten Hand nestelte Tom de Fitz ein kleines Tuch hervor, wischte sich das Gesicht, sorgfältig tupfte er um den Nasenstumpf herum. Seinem Knecht befahl er: »Verschwinde! Warte draußen!«

Kaum hatte der Bewaffnete den Saal verlassen, ergänzte der Prior im Tonfall des Zeugen: »Und dann, dann hat das Ungeheuer die Höfler zerfleischt. Ja, so war's.« Er lachte trocken. »Pardon. Auch beim dritten Mal wird die Geschichte nicht glaubwürdiger. Nein, cher ami. Es steht schlecht um Euern Kopf. Bedenkt, nicht irgendeinem Häuptling dieser Sachsen sind wertvolle Leibeigene wie Vieh abgeschlachtet worden, sondern mir, einem Normannen und Prior eines Augustinerklosters. Und diese Tat wurde nicht von Forstaufsehern verübt, sondern von einem Trupp der Nottinghamer Burgwache. Kein Gesetz gibt den Bewaffneten das Recht dazu, nur auf Euern ausdrücklichen Befehl hin unternehmen sie solche Streifzüge. Dabei haben sie doch wahrlich ein größeres Ärgernis im Sherwood zu beseitigen.«

Bis ins Mark getroffen, erstarrte der Lord-Sheriff.

Ehe er sich fasste, hob der fromme Hirte den Finger. »Ist es nicht so? Vergeblich veranstalten sie Jagd auf diese Gesetzlosen. Wie blinde Schafe tappen sie durch den Wald. Überall wird gemunkelt, dass sich die Strauchdiebe während Eurer Amtszeit mehr und mehr formiert haben. Es soll sogar einen Führer geben. Wie war der Name?« Der Prior spielte mit den Fingern auf seiner Stirn. »Capuchon? Capeline? Dieses Ding, was sie über den Kopf ziehen, grün soll es sein. Mir fällt das Wort in der Sprache dieser ungehobelten Sachsen nicht ein.«

»Hood!«, keuchte Tom de Fitz. »Robin Hood nennt sich dieser Kerl. Par saint Fontin!«

»Nicht in meiner Gegenwart!« Drohend wartete der Prior ab. Der Sheriff biss sich auf die Lippen.

»Bien, mon cher. Es ist kein Geheimnis: Weil Ihr Eure Pflicht vernachlässigt, laufen die Wilden frei herum. Stattdessen lasst Ihr die Dörfler quälen. Ihr allein habt das Morden und Plündern zu verantworten. Bedauernswerter Tom de Fitz, Ihr kennt doch Euern Herrn gut genug. Nach außen hin will Graf Johann seinen Schild unbefleckt. Und dafür habt Ihr Sorge zu tragen!«

Aus dem Gesicht des Lord-Sheriffs war alle Farbe gewichen.

Kühl versetzte der Prior ihm den letzten Stoß: »Was wird geschehen, wenn ich die Angelegenheit höher hinauf berichte und Klage vor dem obersten Richter Englands, dem Stellvertreter König Richards, erhebe? Niemand im Königreich wird es wagen, den einflussreichen Orden der Augustiner herauszufordern, selbst Prinz Johann nicht. Mon Dieu, nicht ausmalen will ich mir, wie er in seinem Zorn mit Euch verfährt!«

»Genug. Nicht weiter!« Der Sheriff beugte sich weit über den Tisch. »Was verlangt Ihr?«

Bescheiden verschränkte der fromme Hirte die Arme über der Rundung seines Bauches. »Für jede Frau, jeden Mann 20 Shilling. 10 für jedes Kind.«

»Bien. Dieses Mal will ich großzügig sein.« Tom de Fitz hatte bereits den Beutel gezückt, mit einem Mal zögerte er. »Was sagen wir, wenn bei Euch im Kloster oder hier in der Stadt nachgefragt wird?«

»Nom de Dieu, verehrter Sheriff. Sprach der Knecht nicht von diesem Ungeheuer? Unter uns, im Dorf gab es tatsächlich einen ungewöhnlich großen Kerl. Seinen Namen weiß ich nicht, aber von seiner erstaunlichen Kraft wurde mir oft berichtet. Dem Anschein nach hat er Eure Männer getötet. Für mich ist er wertlos geworden. Bleibt also festzuhalten: Wir haben dieses Ungeheuer. Tatsache ist: Ein tobsüchtiger Höfler hat das Blutbad angerichtet und befindet sich auf der Flucht.«

»Ihr seid ein schlauer Fuchs, Ehrwürden.« Der Statthalter lächelte. »Ihr kamt zu mir, um den schrecklichen Vorfall zu berichten. Ich lasse, wie es meine Pflicht ist, den Mörder jagen. Bei seiner Ergreifung wehrt er sich und wird getötet. Kein Zeuge mehr. Und obendrein habe ich dem Gesetz Genüge getan. Parbleu, mes compliments!«

»Wenn Ihr mir meinen Verlust mit Geld aufwiegt, bin ich bereit, den Hergang so zu bestätigen.«

Die beringten Finger zupften am Verschluss des Beutels. »Wie viel Stück waren es?«

»Vier Männer, drei Frauen und fünf Kinder. Das macht 7 Pfund und noch einmal 2 Pfund und 10 Shilling.«

Tom de Fitz begleitete seinen Gast nach draußen. Hoch oben auf dem Wehrgang besserten Zimmerleute die schadhaften Bohlen aus. Mägde, Diener, Bewaffnete, wie gewöhnlich war der Innenhof der Burg erfüllt von geschäftigem Treiben. Das eisenverstärkte Tor stand weit geöffnet, die Zugbrücke war hinuntergelassen, vom Markt herauf drang das Geschrei der Händler.

»Noch ein Rat zum Abschied.« Der Prior fasste den Arm des Statthalters. Mit einem Seitenblick auf den gehorsam wartenden Waffenknecht raunte er: »Erst wenn es keinen, ich betone, keinen Zeugen mehr gibt, erst dann kann Euch diese affaire funeste nicht mehr schaden. Gott befohlen!« Damit schritt der Prior zu den beiden Brüdern seines Konvents hinüber. Der eine hielt das Zaumzeug des Maultiers, der andere half dem Wohlbeleibten hinauf.

Tom de Fitz sah dem Augustiner nach, bis er durch den Torbogen davongeritten war. »Nicht nur deine Kutte ist schwarz. Gerissener Halsabschneider!«

Mit einem Fingerschnippen befahl er den Sergeanten der Burgwache zu sich. »Der Mörder deiner Kameraden läuft noch frei herum. Ganz sicher versucht er nach Norden durchzukommen.« Knapp waren die Befehle. Fünf Männer und die Hundemeute sollten die Verfolgung aufnehmen. »Und keine Gnade, Baldwin. Bring ihn mir, aber tot!« Am Bart zog er den Sergeanten zu sich herunter. »Vorher aber …« Sein Daumen deutete auf den wartenden Waffenknecht. »Wie ich soeben erfahren habe, würden deine Kameraden noch leben, wenn dieser Bastard sie nicht feige im Stich gelassen hätte. Deshalb …« Die beringte Hand schlug einen knappen waagerechten Schnitt. »Du verstehst, Baldwin? Und sofort. Und nichts soll von ihm übrig bleiben.«

Der Hass war geweckt. »In den Zwinger mit dem Schwein!«

»Nein, nein. Lass ihn den Ratten! Die Hunde dürfen jetzt nichts fressen. Ausgehungert müssen sie sein, wenn sie den Mörder durch den Sherwood hetzen.«

Der Sergeant richtete sich auf. »He, du! Bevor wir zur Jagd nach deinem Ungeheuer aufbrechen, gibt's noch einen Schluck. Der Sheriff hat uns eine Kanne Bier spendiert. Komm mit!«

Nur zu gern gehorchte der Waffenknecht und leckte sich die

Lippen. Breit grinsend schloss Baldwin das Gitter zur Höhle auf. »Nimm die Fackel und geh vor!«

Ehe sie den Bierkeller erreicht hatten, stieß er dem Ahnungslosen das Messer bis zum Heft in die ungeschützte Halsseite. »Schad. Wenn's nach mir gegangen wär: Ich hätt dich langsam verrecken lassen.« Der Sergeant spuckte und hob die Fackel auf. Am Eisenkragen schleifte er den Toten tiefer in den Berg. Unterhalb der Kerkerzellen, in einem Blindgang, ließ er die Leiche liegen. Bis auf das Gerippe würde nichts von ihr übrig bleiben. Und wer kümmerte sich in Nottingham schon um Knochen und verrostete Kettenhemden?

Oben im Hof nickte Baldwin seinem Herrn zu.

»Bien. Très bien«, murmelte Tom de Fitz. »Jetzt gibt es nur noch einen Zeugen. Und der entkommt mir nicht.« Beschwingt kehrte er in die Halle zu seinen Amtsgeschäften zurück.

Wenig später saßen fünf Waffenknechte auf ihren Gäulen. Armbrust, Schwert und Lanze, der schmale, eiserne Nasenschutz des Helms gab den Gesichtern eine starre Grausamkeit. Vor den Reitern hechelten die hochbeinigen grauen Hunde, bleckten das Gebiss, ungeduldig zerrten sie an den langen Lederleinen.

Sergeant Baldwin streckte seine Faust drohend zum Himmel. »Vorwärts!«

Die Jagd auf das Ungeheuer, auf den Mörder der Kameraden, hatte begonnen.

IV

Grafschaft Nottingham. Sherwood Forest.

Am Morgen hatte Marian etwas von dem Brot gegessen. Sie hatte versucht zu gehen, wenige Schritte, unsicher, für eine Flucht viel zu langsam.

»Du wirst schon wieder.« John Little gab sich zuversichtlich, obwohl das Kind nichts sprach. »Wer isst und trinkt, der wird schon wieder.«

Bevor sie aufbrachen, hatte ihm Marian durch Zeichen klar gemacht, dass sie nicht mehr liegen, sondern auf seinen Schultern sitzen wollte.

»Dann zeig's mir!« Den gespannten Bogen links geschultert, stellte der Hüne den Kampfstock neben sein rechtes Bein. Marian zögerte.

»Na los, Kleines! Das schaffst du ganz allein.«

Über Knie und Armbeuge gelangte sie schließlich hinauf und hockte sich rittlings auf seinen Nacken. Die Arme schlang sie um den Hals des Hünen und lehnte ihr Gesicht in die schwarze Mähne.

John schnaubte, tänzelte. Kein Kichern antwortete, nur ein schwaches Zupfen am Kinnbart zeigte, dass sein Schützling sich geborgen fühlte.

Hügel und Täler, dickstämmige Eichen, Buchen, Eschen, dann wieder dichtes Buschwerk, sie waren gut im Sherwood vorangekommen. Gegen Mittag hatten sie die Höhe über dem River Meden erreicht. »Wenn die Kerle schnell sind, dann warten sie schon da unten auf uns.« Von seiner Schulter war Marian in die breite Astgabel einer Buche umgestiegen. »Wart hier.«

Wachsam hatte John unten in der Schlucht das Ufer ausgespäht, war plötzlich wie ein brüllender Stier durch die Furt zur gegenüberliegenden Seite gestürmt, hatte gewartet.

Nichts rührte sich. Kein Hinterhalt. Die Verfolger waren nicht von der Handelsstraße entlang des Meden in den Sherwood eingedrungen. »Dann müssen sie's weiter nördlich am River Poulter versuchen, sonst erwischen sie mich nicht.«

Weiter. Sie umgingen zwei Siedlungen. Kein Hund schlug an, niemand bemerkte sie. Am frühen Nachmittag setzte Regen ein. Hoch über ihnen, auf den Blattdächern, hörten sie das Pladdern. Schließlich drang das Wasser hindurch, bald war der Pfad aufgeweicht. John ließ Marian absteigen. Ihre Locken hingen in Strähnen, das Kittelhemd klebte. Abwesend starrte sie an ihm vorbei.

»Sollst nicht frieren.« Er löste den Halsriemen seines grauen Wollüberwurfs und schlang ihn wie einen Mantel um das Mädchen, die Kapuze stülpte er über den nassen Kopf.

Im ausgedehnten, dann wieder zerklüfteten Tal des Poulter warteten sie. Die einzige Möglichkeit hinüberzugelangen befand sich zwischen dem oberen und dem unteren See, wo das Wasser an der Ortschaft Carburton vorbei gut zwei Meilen durch ein schmales Flussbett strömte. Und von dort her hörte John das heisere Gebell einer Hundemeute, hörte die Hornsignale, mit denen sich die Waffenknechte des Lord-Sheriffs verständigten.

»Zu zweit schaffen wir das nicht«, raunte er seiner Reiterin zu. »Halt dich fest! Ungemütlich wird's.« Marian zupfte an den Barthaaren. Sie hatte verstanden.

John verließ den Pfad und drang westwärts in den Sherwood ein. Allmählich blieb das Gebell der Hunde zurück. Der verhangene Himmel verdeckte die Sonne. Um die Richtung nicht zu verlieren, wanderte er in Sichtweite des oberen Sees. John wusste, irgendwann würde das Ufer ihn wieder nach Norden leiten. Mühsam kam er voran. Auf Schneisen, die der Sturm gerissen hatte, versperrten ihm umgestürzte Baumriesen den Weg. Und Regen, Regen. Oft tastete er sich mit dem Kampfstock wie ein Blinder über gestrüpp- und moosbewachsene Höhen, zu gefährlich waren die lauernden Steinspalten. Der Hüne verlor Zeit, wertvolle Zeit.

Bei Anbruch der Dunkelheit ragten linker Hand Felsen auf. »Weiter dürfen wir nicht, Mädchen. Dahinter liegt schon Creswell.« Das Dorf befand sich zwar auf Gebiet der Grafschaft Derby. Doch auch Derby gehörte zum Machtbereich des Lord-Sheriffs von Nottingham.

John fand eine trockene Höhle, schlug Feuer und überredete Marian, etwas Brot zu essen. Sie nahm nur zwei Brocken. »Morgen schaffen wir es«, versprach er. Das Mädchen hatte die Augen geschlossen und sank vornüber. Sanft fing John die Übermüdete auf und lehnte ihren Kopf an seine Seite.

Für ihn war der Platz zu eng. Im Sitzen wollte er schlafen, furchtbare Bilder wuchsen, John stöhnte und presste die Faust gegen die Stirn, ausruhen wollte er, wenigstens ausruhen.

Dichte Nebelschwaden hingen in den Baumkronen. Der Regen hatte aufgehört.

Zur Stärkung brachte John einige Pilze. »Im Nebel finden sie uns nicht. Was meinst du?« Angespannt wartete er, hoffte. Vergeblich, Marian blieb stumm.

»Na, macht nichts. Sollst sehen, irgendwann wird alles gut.«

Sie weigerte sich, auf die Schultern des Riesen zu steigen, ging in der Höhle auf und ab und bewies ihm, wie kräftig sie wieder war. John klatschte laut in die Hände. »So ist's recht, Mädchen.«

Er gab ihr Zeit. Eine zähe Meile lang hielt Marian tapfer mit. Nachdem sie das dritte Mal gestolpert war, zog sie ihn am Lederwams und zeigte auf seine Schultern.

»Na, komm rauf! Platz hab ich da genug.«

Sie überquerten den Oberlauf des Poulter. In weitem Bogen gelangte John wieder zum Pfad, den früher die Handwerker auf ihrem Weg in den Norden benutzt hatten.

Kein Nebel mehr. Weit standen die Bäume auseinander, Gebüsch und Sträucher nahmen zu. Fast hatten die beiden den Rand des Sherwood erreicht, als Duft nach Braten John warnte. Sofort blieb er stehen und packte den Kampfstock fester.

Es war zu spät. »Geh weiter, Kerl! Schön langsam. Sonst hast du meinen Pfeil im Rücken.«

John gehorchte. Mit Marian auf der Schulter durfte er sich nicht fallen lassen oder plötzlich zur Seite springen und aus der Drehung den Feind hinter sich angreifen.

»Jetzt nach links!«

John gehorchte. »Hab keine Angst!«, raunte er Marian zu. Zwischen den Sträuchern hindurch erreichten sie eine Lichtung. Drei Männer saßen um das Feuer. Jeder briet sich am Stock einen Hasen.

Förster! Unübersehbar glänzte das Silberzeichen an der dunklen Lederkappe, unverkennbar war das fast schwarze Lederwams.

Kaum sahen sie den Riesen, als jeder seinen Braten ins Gras warf und nach dem Bogen griff. Drei Pfeilspitzen zielten auf die mächtige Brust.

»Ruhig, Leute! Der wagt nichts.« Damit glitt der vierte Forstaufseher an John vorbei. Breitbeinig stellte er sich hin und spottete: »Der ist folgsam wie ein Lamm.«

Zerquetschen würd ich dich. John bezwang den Wunsch. Seine Gegner waren im Vorteil. Mit Gewalt kam er nicht gegen sie an. Auch gut, dachte er.

Der Förster musste den Kopf nach hinten beugen, um seinem Gefangenen ins Gesicht zu sehen.

»Woher kommst du?«

»Von da.«

»Wie heißt du?«

»John.«

»Was hast du im Sherwood zu suchen?«

»Will da weiter.«

Über die Schulter rief der Förster seinen Kameraden zu. »Blöd ist der. Was meint ihr?«

»Weiß nicht. Sei vorsichtig!«, wurde er gewarnt.

Der Wortführer verengte die Augen. »Du bist verhaftet.«

»Nein.«

»Wen wir mit Pfeil und Bogen im Sherwood erwischen, der wird verhaftet. Den bringen wir rüber nach Worksop. Im Gefängnis bleibt der bis zum Gerichtstag.«

Bedächtig umfasste John mit beiden Fäusten den mannshohen, armdicken Eichenstamm und setzte einen Fuß vor.

Der Förster sprang zurück, die anderen standen schussbereit.

John schien die Gefahr nicht zu bemerken. Er schnüffelte, stierte auf die Hasenbraten und leckte sich die Lippen. »Hab Hunger.«

»Und doch ist er blöd.«

»Frag ihn nach dem Balg!«, verlangte einer.

Der Förster zeigte auf Marian.

John schwieg.

»Na, wird's bald.«

»Was?«

»Wer ist das? Beim Satan.«

»Tochter.«

Er solle das Mädchen absetzen. Vorher aber solle er Bogen und Köcher hergeben. Erst als einer den Pfeil auf seinen Schützling richtete, gehorchte der Hüne.

Marian stand da, die blauen Augen zeigten keine Angst, leer blickten sie durch die Männer hindurch. Ihren Namen wollte der Förster wissen. Sie antwortete nicht. Er schrie sie an. Er packte das Mädchen bei den Schultern. Er schüttelte sie. Keine Regung. Aufgebracht hob er die Faust.

Ein Grollen ließ den Kerl herumfahren.

»Sie hat das schlimme Fieber.«

Entsetzt wichen die königlichen Forstaufseher zur Seite. John grinste blöd, brabbelte: »Weggejagt hat uns der Herr.« Er ließ den großen Kopf hin und her baumeln, tappte von einem Fuß auf den andern und stieß seltsame Laute aus.

»Beide haben es. Beim heiligen Godrick. Beide!« Furcht befiel den Trupp. »Jag sie weg!«, forderte einer hastig.

»Rühr dich nicht!« Geduckt schlich der Förster näher, raffte Langbogen und Köcher vom Boden, hastig schleuderte er die Waffe ins Feuer. »So. Und jetzt pack dein Balg! Verschwindet!«

John schulterte den Eichenstamm, nickte, schüttelte den Kopf, nickte, er schob Marian näher ans Feuer. Die Pfeilspitzen folgten jeder Bewegung des Riesen.

»Hab Hunger.« Ruhig bückte sich John und nahm einen Holzspieß samt braun gebratenem Hasen und legte ihn zum Kampfstock auf die Schulter.

»Weg mit euch!«, schrie der Förster.

Ohne Hast, ohne sich noch einmal umzudrehen, führte John Little das Mädchen von der Lichtung. Kaum waren sie aus dem Blickfeld, hob er Marian auf den Arm. »Halt dich, Kleines!« Er stürmte davon.

Bald öffnete sich der Sherwood. John rannte nicht mehr. In sicherer Entfernung schritt er westlich an dem Ort Worksop vorbei und atmete erleichtert. Eine weite sonnige Landschaft, Dörfer, sanfte Hügel, Felder und Wiesen, vereinzelte kleine Wälder. »Bis zum Abend sind wir drüben.«

In einer geschützten Grasmulde rasteten sie. Genüsslich roch er an dem Hasenbraten. »Königswild.« Er zwinkerte Marian zu. »Freiwillig hat mir das noch keiner geschenkt.« Zufrieden schnitt er für sie ein zartes Stück aus dem Rücken. »Hier. Das ist das Beste.«

Marian nahm es. Einen Moment lang blickte sie ihn klar und offen an.

John beugte sich zu ihr. »Ja. Komm, sag etwas! Ja, versuch es!«

Marian krampfte die Finger in das Fleisch. Sie bewegte die Lippen, bemühte sich. Tränen stiegen.

Sofort strich ihr John über den Kopf. »Nein. Lass! Wenn es so ist, dann ist es eben so.«

Sie aßen den Hasen, das Mädchen nur wenig, John verschlang den Rest, jeden Knochen nagte er ab.

Während sie am Rand eines Karrenwegs weiterwanderten, saß Marian wieder rittlings auf seinem Rücken. Nach einer Stunde zog John sie am Fuß. »Verstehn tu ich's nicht, Kleines. Bevor ich den Hasen gegessen hab, da war der Hunger nicht so schlimm wie jetzt. Verstehst du das?«

Sie griff in die Haarmähne und schüttelte seinen Kopf.

Da lachte er.

Bauersfrauen begegneten ihnen, ein Fuhrwerk überholte sie, niemand kümmerte sich um den Mann, der ein Kind auf den Schultern trug, der freundlich grüßte. John war überzeugt: So weit hinauf suchen mich die Waffenknechte nicht mehr. Und wenn doch, wenn er angehalten würde? Auch gut. Er war ein Vater, der seine kranke Tochter in den nächsten Ort brachte. Wer soll da Verdacht schöpfen? Es sei denn? John dachte an den Einzigen dieser Mordbande, der entkommen war. Nein, er wischte den Gedanken weg, so weit hinauf werden sie mich nicht suchen.

Endlich. Am späten Nachmittag überquerten sie die Grenze zur Grafschaft York. Wie ein großes Rad ließ der Hüne den Kampfstock um die rechte Hand wirbeln, schnappte ihn wieder fest. »Heute Nacht, Kleines, schlafen wir gut. Ich versprech's.«

An einem Bachlauf entdeckte er eine Mühle und klopfte. Mit unbewegter Miene hörte sich der Müller die Geschichte vom Vater und der kranken Tochter an und fragte nichts. Ihm war es recht, im Heu sollten sie schlafen.

Seine Frau brachte noch einen Becher Milch hinüber zur Scheune. Sie habe Mitleid mit dem erschöpften, stummen Mädchen. Unschlüssig stand die Frau da, starrte John ins Gesicht und wandte ihm den Rücken zu, stockend fragte sie: »Kennst du meinen Sohn?«

»Wie heißt er?«

»Much. Blond ist er.«

»Nein, den hab ich nie gesehen.«

»Er ist auch auf der Flucht.«

John sog scharf den Atem ein. »Was redest du da? Ich bring meine Tochter …«

»Lass nur! Ich habe es in deinen Augen gesehen. Anders werden sie, ich kenne das.« Schnell drehte sich die Müllerin um. »Hab keine Angst! Wir sagen nichts. Nie sagen wir etwas.« Ihre Lippen zitterten. »Wenn du meinen Sohn triffst. Sag ihm, dass wir an ihn denken. Aber er darf nicht herkommen, sag es ihm. Sag ihm, es waren die Knechte vom Baron selbst. Die haben den Verwalter erschlagen. Und Sir Roger hat es befohlen. Sag ihm das!« Verzweifelt hob sie die Hand. »Aber meinem Jungen gibt Sir Roger die Schuld. Weil er einen Schuldigen braucht.«

Sie eilte davon. Nach wenigen Schritten blieb sie noch einmal stehen. »Much. So heißt er. Much. Vergiss das nicht!«

John kratzte im Bart, starrte ihr nach, bis sie im Wohnhaus verschwunden war. »Schon recht«, murmelte er. »Ich denk dran.«

Später lag er ausgestreckt auf dem Rücken. Neben ihm hatte sich Marian zusammengerollt. »Weißt du, Mädchen, wir gehen rüber nach Doncaster. Das ist eine richtige Stadt. Da frag ich beim Schmied. Der kann bestimmt noch ein Paar Fäuste brauchen. Da bleiben wir über den Winter.« John horchte. In kurzen, gleichmäßigen Abständen stieß Marian den Atem aus. »Armes Ding. Wenigstens das hör ich von dir.« Bevor er selbst einschlief, dachte er noch: »Beim nächsten Mal, da nehm ich alle Hasen mit.«

V

GRAFSCHAFT YORK. DONCASTER UND WEITER NACH NORDEN.

Zwei Mal hatte John gefragt. Zum zweiten Mal hatte der Schmied den Kopf geschüttelt. Mit kurzen Hammerschlägen reckte er das rot glühende Eisen auf dem Amboss, stieß es ins Wasser, er war zufrieden. Erst jetzt blickte der Schmied wieder zu dem großen Mann auf. »Versteh doch! Zwei Mäuler stopf ich nicht.« Er deutete auf Marian. »Die Stumme da ist nichts wert.« Freundschaftlich bot er dem Riesen einen Schluck Bier an. John lehnte ab. »Ich pack zu für drei.«

»Jetzt versteh doch …« Der Schmied trank, bis ihm der bräunliche Saft über Kinn und Hals lief. Rülpsend stellte er den Krug zurück. »Also dich würd ich schon brauchen. Aber erst musst du die da loswerden. Verstehst du, Stumme im Haus bringen Unglück. Am besten, du lässt sie einfach vor einem Kloster stehen.«

John atmete schwer, die Narbe im Bart färbte sich dunkel.

Nichts bemerkte der Schmied, unbekümmert fuhr er fort. »Oder besser, du verkaufst sie einem Bettler. Die haben gern Stumme bei sich, weil Stumme gute Diebe sind.«

»Dein Maul stopf ich dir!« Mit der linken Faust packte John den Kerl an der Lederschürze und hob ihn zu sich hoch. »Beim Dunstan! Ich werd …«

Marian zerrte am Wams des Hünen, flehend schüttelte sie den Kopf. Ihre Angst brachte John zur Besinnung. »Schon recht, Kleines.«

Kaum stand der Schmied wieder sicher auf dem Boden, reckte er den Hals. »Raus! Sonst ruf ich die Wache. Raus!« Er schnappte nach Luft. »Mich, mich kennt jeder hier. Auch unser Sir Roger. Weil ich der Schmied von unserm Baron bin. Jawohl! Du wirst in Doncaster bei keinem Arbeit finden, dafür sorg ich. Damit du mich verstehst!«

Wortlos drehte sich John um. Marian wartete schon an der weit geöffneten Tür der Werkstatt.

»Raus! Wag dich hier nie mehr her!«, schrie ihm der Schmied nach. Auf der Straße hörte ihn John immer noch fluchen. »Verdammtes Pack! Woher kommt ihr überhaupt? Kommt da mit 'ner Stummen. Pack! Elendes Pack!«

Ohne nach rechts und links zu blicken, verließen sie Doncaster. Marian ging neben dem Hünen her. Seit gestern, seit sie in der Scheune des Müllers geschlafen hatten, musste er das Mädchen nicht mehr tragen. Auch ihr Blick blieb jetzt meist klar und wach.

John schwieg. Hin und wieder stupste ihn Marian am Arm. Er lächelte kurz, sprach aber nichts. Wut und Ohnmacht ließen ihn nicht los.

Am Nachmittag tauchte hinter grünen Weiden die Mauer eines Klosters auf. Marian kauerte sich ins Gras. Sie zeigte auf den Proviantbeutel, den die Frau des Müllers ihnen beim Abschied zugesteckt hatte.

»Hunger ist gut, Kleines.« John setzte sich zu ihr.

Käse und Äpfel. Marian aß sich satt, dann stand sie auf.

»Nicht so schnell. Hier sucht uns keiner.«

Die Gesichter waren auf gleicher Höhe. Leicht zupfte sie ihn am Bart, drehte sich um und ging über die Weide in Richtung Kloster davon.

Es dauerte, bis John begriff.

Mit einem Satz sprang er hoch, war in Riesenschritten neben ihr, verstellte Marian den Weg. »Nicht, Mädchen. Nicht!«

Ihre Augen waren entschlossen. Sie zeigte zur Klostermauer hinüber und wollte an ihm vorbei.

»Nein. Ich geb dich nicht fort.«

Ihr Blick blieb fest auf die Mauer gerichtet.

»Deine Mutter würd es …« John stockte. Zum ersten Mal sprach er von der Weberin und konnte nicht weitersprechen. Er wischte über die Augen. »Weißt du, Marian. Auch ich hab … Weißt du.« Er umschloss mit seinen großen Händen behutsam die ausgestreckte Hand. »Weißt du. Ich brauch dich. Du kannst mich nicht allein lassen!«

Die schmalen Schultern sanken.

Obwohl kein Laut aus dem geöffneten Mund brach, hörte John ihr Schluchzen. »Wir bleiben zusammen«, tröstete er das Mädchen. »Wir bleiben zusammen«, tröstete er sich selbst.

Sie hatten Glück. Ein Fuhrmann ließ sie hinten aufsitzen. Während der Fahrt sprach John viel. Er schmiedete Pläne. »Wir ziehn nach Norden. In jedem Ort frag ich nach Arbeit. Und wenn's keine gibt. Auch gut. Dann gehn wir weiter.« Marian sah ihm nur zu, manchmal lächelte sie. »Und wenn wir nirgends bleiben können. Dann bau ich uns für den Winter eine Hütte, da wo uns keiner findet. Einen neuen Bogen brauch ich nur. Aus Ulmenholz, nein, besser noch, ich such eine Eibe. Verhungern werden wir nicht.«

In Wrangbrook half John dem Fuhrmann die Fässer abladen und erhielt drei Pennies. »Na, siehst du, Kleines.«

Sie sparten das Geld und legten sich in einem verlassenen Viehunterstand außerhalb des Dorfes zum Schlafen. Für Anfang Oktober war der Tag ungewöhnlich warm gewesen. Die Nacht würde nicht zu kalt werden. Trotzdem hatte John einige Steine geschichtet und Feuer entzündet.

Während es niederbrannte, kehrte er zu seinen Plänen zurück, las die Bilder aus den Flammen, Hoffnung für Marian und für sich selbst. »Weißt du, ganz im Norden beginnt das Hochland.«

Dort war er noch nie, wusste auch keinen Ortsnamen mehr. Aber ganz sicher gab es da irgendwo ein Stück Land, das keinem gehörte, keinem Kloster, keinem Grafen. So etwas musste es doch geben. Er versprach Marian solch ein kleines Stück. Das würde schon für ein Zuhause genügen. »Und gleich dahinter. Weißt du, da, wo der Himmel fast die Erde berührt. Da, glaub ich, wohnen die alten Götter. Und irgendwo mittendrin hat König Artus auch ein Schloss. Weißt du noch, Kleines, von dem hat uns der Kesselflicker mal erzählt? Und der Vogt von diesem König Artus, der braucht bestimmt so einen Kerl wie mich.« Er lauschte. Marian war längst eingeschlafen. »Und wenn du auch nie mehr was sagst«, flüsterte er. »Auch gut. Ich sprech dann für dich.«

Bevor das Mädchen erwachte, stand John leise auf, entdeckte noch Glut unter der Asche und blies neues Feuer an. Die Morgensonne trocknete bereits den Tau und öffnete die Kelche der Herbstblumen.

Brot besaßen sie nicht mehr. Für einen Moment dachte er an den Schmied von Doncaster. Nein, nicht stehlen. Marian könnte … Ganz sicher würde jeder einer Stummen … John schlug sich heftig gegen die Stirn. »Irgendwann werd ich diesem Kerl das Maul stopfen«, nahm er sich vor. So groß war die Not nicht, schließlich besaßen sie drei Pennies, mehr als genug, um Brot zu kaufen. Besser aber war es, wenn sie das Geld für den Winter zurücklegten. »Keine Angst, Mädchen, ich sorg schon!«

Im nahen Wald füllte John den Proviantsack mit schmackhaften Pilzen, genug für den Tag. Auf dem Rückweg hörte er Summen. Es zog beständig an ihm vorbei. Der Jäger verengte die Augen und folgte dem Flug der Bienen bis zu einem verdorrten, mannshohen Baumstumpf ganz in der Nähe. »Das wird eine Überraschung, Kleines.«

Schnell brachte er die Pilze zum Lagerplatz, zog einen angekohlten, an der Spitze noch glühenden Ast aus dem Feuer und kehrte um. Die Kapuze des kurzen Schulterumhangs über den Kopf gestülpt, tief gebückt und ohne beunruhigende Bewegung, schlich er hinter den Stamm.

Die Wächterinnen hatten den Feind nicht ausgemacht.

Mit dem Messer bohrte er in Kniehöhe eine Öffnung und schob den schwelenden Ast in den hohlen Baum. Sobald Rauch aus dem Flugloch quoll, schlug John mit den flachen Händen auf die Wurzeln, ließ das dumpfe Trommeln hochwachsen. Am Baumfuß ballte er die Fäuste. Schlag um Schlag wurde das Dröhnen heftiger.

Die Honigfestung erbebte, rauchte. Im Innern wuchs die Aufregung. Alarm! Höchster Alarm. Noch war das Fluchttor nicht versperrt, signalisierten die Wächterinnen. Ihre Majestät die Königin wagte unter Bewachung des ganzen Schwarms die Flucht.

Der Räuber wartete, bis das Sirren und Summen nicht mehr zu hören war. Ein gewaltiger Fauststoß erweiterte das Schlupfloch, mit beiden Händen brach John den Stamm auseinander und barg den wachsumhüllten Schatz.

Welch ein Mahl! John lachte, als er die runden blauen Augen sah. Sie saugten, quetschten die Waben aus. Der Honig zerging auf der Zunge. Marian ließ ihre Hände klebrig.

Bald wanderten sie wieder auf der Handelsstraße weiter nach Norden. Solange der Vorrat reichte, steckte Marian nach und nach einen der süßen Finger in den Mund und lutschte.

»Sollst sehen«, sagte John schmunzelnd, »wir zwei kommen schon durch.« Auch ohne Betteln! Er schämte sich für seine Gedanken am Morgen. Abrupt blieb er stehn. Grad eben, waren da links nicht Dächer? John ging langsam zurück. Nach dem fünften Schritt sah er sie, nach dem sechsten waren sie wieder aus dem Blickfeld. »Dahinten, Kleines.« Nur ein geübtes Auge vermochte die dunklen Strohdächer in dem dichten, leicht ansteigenden Laubwald auszumachen. Endlich nickte Marian.

Das Dorf schien ganz nah, kaum eine Meile entfernt. »Da werd ich nach Arbeit fragen.«

Es gab keine Abzweigung. John merkte sich die Richtung und verließ mit Marian die Straße. Nach einer mühevollen Weile quer waldein trafen sie unvermittelt auf einen Pfad. »Hier geht selten einer her.« Nachdenklich betrachtete der Jäger die Spuren. »Auch gut, Kleines. Wir sind nun mal hier. Jetzt kann es nicht mehr weit sein«, versprach er.

John hatte sich getäuscht. Jäh brach der verschlungene Weg ab und hangelte sich zwischen Steinbrocken in eine Schlucht hinunter. Erst auf der Anhöhe gegenüber, da musste die Siedlung irgendwo liegen.

Aus der Tiefe hörten sie dumpfes Tosen und Brausen. Gut eine Stunde dauerte der Abstieg. Ganz in ihrer Nähe stürzte sich Wasser von hoch oben in einen See, der goss es gurgelnd in ein breites Flussbett. Wasserstaub flimmerte, webte bunt schillernde Schleier über dem Tal.

Vor der letzten Biegung zog John das Mädchen in ein Gebüsch. Geduckt schoben sie sich weiter und spähten durch die Blätter. Der Pfad endete am Fluss. Ein dicker, langer Baumstamm führte hinüber. An seiner Oberseite waren breite Kerben wie Tritte eingehauen. Unter ihm her strömte, sprang und strudelte das Wasser. John kratzte sich im Bart. Wenn kaum jemand den Pfad benutzt, warum war der Baum zum Steg hergerichtet?

»Weiß nicht, Kleines«, raunte er. Auf der anderen Seite blieb das Gelände noch ein Stück weit eben, vorn am Wasser dicht bestanden mit Sträuchern. Dahinter reckten sich mächtige Eichen und Buchen zur Anhöhe hinauf.

Gleich nach dem Übergang verlor sich der Pfad sofort im Dickicht. Der Jäger spürte das Unbehagen bis in den Nacken. Entschlossen legte er Proviantbeutel und Wassersack ab. »Wart hier«, flüsterte er. »Rühr dich nicht! Ich hol dich gleich.« Marian nickte und kauerte sich auf den weichen Boden.

Mit dem Kampfstock in der Faust kehrte er zur Stelle, an der er den Pfad verlassen hatte, zurück.

Ein Lied brummend, schritt er um die Biegung. Wie ein durstiger Wanderer kniete sich der Hüne ans Wasser, trank und kühlte das bärtige Gesicht, aus den Augenwinkeln überprüfte er das gegenüberliegende Ufer. Nichts. Nirgendwo bewegten sich Zweige schneller, kein Blatt drehte sich anders als die andern.

Das Unbehagen blieb.

»Auch gut«, murmelte er und stieg über die zu Stufen geschichteten Steine auf den Baumsteg. Die Tritte waren in Schrittweite eines normal großen Mannes eingehauen worden. Für John lagen sie viel zu dicht beieinander. Fast hatte er die Mitte erreicht.

»He! Weg da!«

John fuhr zusammen. Nur einen Moment hatte er auf seine Füße geachtet. Gerade war der Steg noch leer gewesen. Wie aus dem Nichts war der Fremde aufgetaucht, kam ihm entgegen, war beinah auf zehn Schritt herangekommen. Jetzt blieb er, den linken Fuß vorgesetzt, stehen. »Bist du taub? Geh zurück!«

Fast bis zum Hals reicht er mir. Kraft hat er. Angespannt schätzte John die Gefahr ab. Der Köcher sitzt hoch und leicht schräg am Rücken, die Pfeilschäfte sind schnell griffbereit wie nur bei guten Schützen. Aber den Langbogen trägt er noch geschultert. John atmete aus. Bis du den gepackt hast, hab ich dich. Er nahm sich Zeit. Alles grün an dem Kerl, bis auf Gürtel, Jagdhorn und Dolch. Die Beinkleider, das Wams, keine Lumpen und alles dunkelgrün. Vielleicht hab ich dich deshalb nicht entdeckt? Selbst der kurze Überwurf war grün, die Kapuze hatte er tief in die Stirn gezogen. Von den Augen sah John nichts, nur die schmale Nase, Mund und Kinn. Kein Bart. Ein glattes Gesicht. Ein Feiner bist du also.

»Wie lange soll ich noch warten?«

Diesen Ton kannte der Hüne. Er grinste als Antwort und spuckte ins Wasser. Hier hat mir keiner zu befehlen. Jung ist er nicht, aber was für ein loses Maul der hat!

»Nimm Vernunft an, Zwerg, und verschwinde von der Brücke!« Der Fremde sprach jetzt wie zu einem Kind. »Muss ich mich denn erst über dich ärgern.«

Wut stieg in John auf. »Du aufgeblasener Frosch«, knurrte er.

»Das hör ich gern. Ich fürchtete schon, du wärst stumm.«

Marian! Sie wartet hinter mir. Egal, was geschieht, der Kerl darf nicht auf die andere Seite. »Schluss mit dem Geschwätz!« John packte den Kampfstock fester und duckte sich zum Angriff.

Ein Schulterschlenker des Fremden, der Bogen sprang in die Linke, seine Rechte schnellte hoch, griff einen Pfeil, aus der Bewegung saß der gefiederte Schaft auf der Sehne, schon spannte er sie bis zum Ohr. »Wag es! Und du bist tot.«

John war erst zwei Schritte vorwärts gekommen, er stockte und schüttelte ungläubig den Kopf. Niemals zuvor hatte er bei einem Schützen solche Schnelligkeit erlebt. »Schon recht.« Betont lahm richtete er den Oberkörper hoch und stemmte den Kampfstock vor sich hin.

»Zurück! Fremde dulde ich nicht auf meinem Gebiet.« Scharf und schneidend wurde die Stimme. »Geh rückwärts. Und dann verschwinde aus der Schlucht! Ehe ich's mir anders überlege.«

John rührte sich nicht. Du bist kein Graf, auch keiner von den königlichen Förstern. Schweißperlen sprangen dem Hünen auf die Stirn. Gestern hieß es: raus aus der Stadt! Und heute sogar: runter vom Weg! Marian und ich, wir sind keine Straßenköter. Uns kann nicht jeder Hergelaufene einen Tritt geben.

Doch der Angeber war im Vorteil. John musste Zeit gewinnen, musste irgendwie den Kerl aufhalten. Er zwang sich zu einem Grinsen. »Ich hab bloß meinen Stock. Und du?« Er spuckte dem Grünen vor die Füße. »Willst mich von der Brücke schießen, nur weil ich rüber will. Ein Feigling bist du. Ohne deinen Bogen bist du nichts wert.«

Vergnügt lachte der Fremde, ließ aber die Sehne bis zum Ohr gespannt. »Witz hat der Zwerg. Das gefällt mir.«

John schnaubte, wieder packte er den Stock fester.

»Aber, aber. Das würd ich nicht tun.« Der Grüne schnalzte mit der Zunge. »Feigling? Ungestraft hat mich noch niemand so genannt.«

»Bist mir auch noch nie begegnet.«

»Schluss jetzt. Ich könnte dir den Pfeil durchs Herz schießen wie einem blöden Ochsen. Einfach so. Aber das macht keinen Spaß. Viel zu lange geb ich mich schon mit dir ab. Deshalb sollst du deine Chance haben.« Er senkte die Waffe. »Rühr dich nicht vom Fleck! Ich schneide mir eine junge Eiche. Dann komme ich ohne meinen Bogen wieder. Und bring dir bei, wie der Bär tanzt.« Der Grüne lachte wieder. »Ein faires Spiel.«

»Das ist kein Spaß«, knurrte John.

»Ich bestimme hier die Regeln!«, herrschte ihn der Fremde an. »Und wehe dir, wenn du sie nicht genau befolgst.«

John nickte. Den Schädel werd ich dir einschlagen, dachte er.

Leichtfüßig wandte sich der Grüne um, lief zurück, sprang mit einem riesigen Satz vom Baumsteg und war im Gehölz verschwunden.

Schnell ist der wie ein Marder. John wischte die Stirn. »Beim heiligen Dunstan. Wär ich doch auf der großen Straße geblieben.« Den Kampf fürchtete er nicht, aber er hatte Marian unnötig in Gefahr gebracht. Jetzt einfach zurück und mit ihr, so rasch es ging, aus diesem verdammten Tal verschwinden? Warum sich erst mit dem Kerl prügeln? Nein, wenn ich mich umdreh, hab ich einen Pfeil im Rücken.

»He, Zwerg!« Der Grüne kehrte zurück, ohne Bogen und Köcher, nur mit einem grob geglätteten Eichenstamm bewaffnet. Kampfbereit stülpte John die fest gewebte Kapuze über den Kopf. Der Fremde sprang auf den Steg und kam näher, spielerisch ließ er den Stock wirbeln, warf ihn von einer Hand in die andere. »Fällst du ins Wasser, Zwerg, und bist nicht tot, dann geb ich dir Zeit zu verschwinden. Ich verspreche es, und ich halte mein Wort.«

Der Fremde war dicht genug herangekommen. »Halt's Maul!« John ließ ihm keine Zeit. Sein schwerer Stock zuckte wie ein Schlangenkopf vor und traf den Gegner an der Brust. Der Angeber taumelte. John drängte nach. Den ersten Hieb wehrte der Grüne ab. Der nächste aber durchbrach die Deckung. John nutzte jetzt beide Endstücke des armdicken Stamms. Hals. Kopf. Hals und wieder ein furchtbarer Stoß gegen das Herz. Der Fremde wurde von den Füßen gehoben und zurückgeschleudert, fand wieder keuchend seinen Stand auf dem Baumsteg. Das Wams war zerrissen. Unter der Kapuze quoll Blut hervor.

»Genug?« John wog den Kampfstock in den Fäusten.

Der Grüne schüttelte benommen den Kopf. Blut lief ihm über die Wangen.

»Spring ins Wasser, und ich lass dich leben!«, bot John an. »Darfst im Fluss weiter runterhüpfen wie'n Frosch. Bis ich dich nicht mehr seh.«

Der Gegner hatte sich wieder gefasst. Mit einem Mal bog er den Kopf zur Seite, als wollte er herausfinden, was hinter dem Riesen geschah. »Das nenn ich Glück!«, keuchte er.

Marian! War sie aus dem Versteck gekommen? John blickte über die Schulter zurück. Der Moment genügte dem Grünen. Zwei Sprünge, er stieß das Ende des Stocks in eine Trittkerbe der Baumbrücke, stemmte sich hoch und flog, die Beine voran, wie ein Geschoss auf den Hünen zu. Beide Füße trafen den mächtigen Brustkorb. Die Wucht des Aufpralls brachte John ins Wanken, er stolperte, rücklings krachte er auf den Steg, rutschte, klammerte sich mit seinen Beinen fest, rutschte nicht ab, sofort hielt er den Kampfstock abwehrbereit quer vor dem Hals. Kein Angriff folgte. Nichts geschah. Wo war der Grüne? John setzte sich auf. Stierte den Stamm entlang, fand den Gegner nicht. Dann sah er die Hände, gleich vor seinen Sandalen. Die Finger krallten sich in die Rinde. John zog seine Beine an.

Auf den Knien kroch er näher und beugte den Kopf hinunter. Da hing der Fremde, ruderte mit den Füßen über dem Wasser. Die Kapuze war verrutscht. Aus dem blutverschmierten Gesicht blickten klare, graue Augen zu ihm hoch, sie zeigten nicht eine Spur von Angst.

»Lass los«, forderte John.

»Wenn ich wieder auf die Beine gekommen wär«, stieß der Grüne zwischen den Zähnen hervor, »dann hätt ich dich jetzt, du Zwerg.«

»Immer noch das freche Maul?« Der Hüne richtete sich zur vollen Größe auf. Von hoch oben starrte er auf den Gegner hinunter. »Lass los! Oder ich stopf es dir für immer.«

»Ich hatte eben Pech. Aber sonst war es ein schönes Spiel, findest du nicht?«

John begriff den Fremden nicht. Ernst war es, blutiger Ernst. Und dieser Frosch redete einfach so daher. »Zum letzten Mal. Lass los!«

Drohend hob er den Kampfstock, als wollte er Butter im Fass stoßen.

»Du tötest keinen Wehrlosen.« Kühl und sicher blickten die grauen Augen.

Recht hat er, ärgerte sich John, noch mehr ärgerte es ihn, dass der Frosch es auch wusste. »Bist es mir eben nicht wert. Aber das, das hast du verdient.« Langsam setzte er eine Sandale nach der anderen auf der Ferse vor und rollte die Ledersohlen über die verkrallten Finger.

»Verdammter Bastard!« Mit diesem Fluch stürzte der Grüne ins strudelnde Wasser. John nickte zufrieden.

Der Fremde wurde ein Stück mitgerissen, gelangte aus der Strömung ins seichtere Wasser. Von Stein zu Stein hangelte er auf das Ufer zu. John hetzte über die Baumbrücke, sprang und erwartete den Gegner stoßbereit.

»Ich gebe auf. Du hast gewonnen.« Lachend hob er die Hände. »Ich ergebe mich.«

John schwieg.

»Du bist auf der anderen Seite. Was willst du mehr?«

Drüben im Versteck lag Marian. Der Kerl muss stillhalten, bis ich mit dem Mädchen weg bin. »Bleib im Wasser. Und halt's Maul!«, fauchte John. Was jetzt? Das Beste ist, ich schlag ihm doch den Schädel ein. Gleich verwarf er den Gedanken wieder. Der Grüne besaß keine Waffe mehr.

»He! Du Riese? Bis du es dir überlegt hast, darf ich dir wenigstens etwas auf meinem Jagdhorn vorblasen.«

»Blas, so viel du willst! Hauptsache, du hältst dein Maul.«

Der Fremde setzte das Horn an die Lippen. Ein lang gezogener heller Ton, zwei schnelle, gefolgt von einem lang gezogenen tiefen Ton hallten durchs Tal, kamen als Echo zurück.

Kaum war es verklungen, da schlugen Pfeile rechts und links von John in den Boden. »Eine Falle!«, keuchte er und fuhr herum.

Zwei Männer mit erhobenem Bogen lösten sich aus den Ufersträuchern, grün gekleidet wie der Fremde. Rufe! John riss den Kopf zurück. Aus den nahen Eichen und Buchen kamen jetzt vier grüne Gestalten auf ihn zugeflogen, sie hielten sich an langen Stricken, landeten zugleich am Ufer, schon zogen sie die gefiederten Pfeilschäfte bis zum Ohr.

»Na, Robin«, brüllte einer dem Fremden im Fluss zu, ohne John aus den Augen zu lassen, »warst wohl beim Schmied? Angeheizt und sauber gereckt hat er dich.«

John verengte die Augen. Grinste der Mann? Er wusste es nicht. Beide Mundwinkel gingen in Narben über, die sich bis zu den Ohren zogen.

»Beim Willick«, freute sich ein zweiter, »dann hat er dich gelöscht, wie's sich gehört.« Sein Schädel war fast nackt, die Haut schrumpelte wie alte Baumrinde, erst am Hinterkopf wuchsen ihm Haare, den langen Zopf hatte er im Nacken zusammengebunden.

»Was jetzt, Robin?«, fragte ein dritter. John sah, dass die Bogenhand weiß wie Schnee war.

Was sind das für Gestalten? Es blieb keine Zeit. John ließ sich durch das vergnügte Geschwätz nicht täuschen. In allen Augen glitzerte die gleiche harte Entschlossenheit. Arme Marian, ging es ihm durch den Kopf. Beschützen wollt ich dich.

»Wartet, Freunde! Keiner schießt ohne meinen Befehl. Aber haltet unsern Ochsen gut in Schach!« Der Anführer stapfte ans Ufer. Schüttelte sich vor John wie ein nasser Wolf. Kurz tastete er nach der Wunde im rotblonden Haar und betrachtete die Blutspuren auf seinen Fingerkuppen. »Einen Schlag hast du, Kerl. Ich dachte, mir platzt der Schädel.«

»Ich wünscht, ich hätt dir vorhin meinen Stock ins Maul gestampft.«

»Wünsch es dir nicht! Eh du zugestoßen hättest, wärst du tot gewesen. Keiner meiner Freunde hätte dich verfehlt.« Die grauen Augen musterten den Gefangenen. »Sag mir deinen Namen.«

»John.«

»Und wie noch?«

Der Hüne schluckte und stocherte mit dem Kampfstock im weichen Boden. »Little. John Little.«

Gelächter. »Maul halten!«, erstickte der Grüne den Spott seiner Männer. »Wer hat dich geschickt? Etwa Sir Roger von Doncaster?«

John schüttelte den Kopf. Niemand. Er sei unterwegs nach Norden, wolle weiter, nichts sonst.

Ach, Marian, halt aus! Solang sie mich reden lassen, schießen sie nicht. Vielleicht schaff ich es doch.

»Wer ist dein Herr?«

»Niemand.«

»Du lügst.«

Nein. Das sei die Wahrheit. John berichtete, vom Dorf beim Kloster Newstead unten in der Grafschaft Nottingham, vom Hirsch, vom Überfall der Waffenknechte des Lord-Sheriffs, stockend berichtete er vom Tod.

Die grünen Gestalten ließen den Bogen sinken, einer nach dem anderen.

»Und weiter, John?«, bat der Anführer leise. »Ich muss alles wissen.«

»Vier Mörder hab ich erschlagen. Einer ist entkommen.« Er sei sofort geflohen. Weil doch dieser verdammte Sheriff seinem Knecht mehr glaubt als einem Unschuldigen.

»Aber ich glaube dir.« Der Anführer ballte die Faust. »Jeder von uns kennt diesen elenden normannischen Schuft, diesen Tom de Fitz. Aber nach dem Winter, ich schwöre es, wird auch er uns richtig kennen lernen.« Seine Leute nickten.

»Eins noch.« Die grauen Augen erstarrten zu Eis. »Und wehe, du lügst.« Er näherte sich, langsam umschloss seine Linke den schweren Kampfstock des Riesen. John ließ es zu. »Wie hast du unser Tal entdeckt? Wieso kommst du aus dieser Richtung? Nur Eingeweihte kennen den Pfad.«

John blickte erst auf den Anführer, dann in die Gesichter der anderen. Was war plötzlich so wichtig? Mit einem Mal schien das Tal zu schweigen, trotz des tosenden Wasserfalls, trotz des rauschenden Flusses. »Zufall. Weil ich gute Augen hab, da hab ich die Dächer vom Dorf irgendwo da oben gesehen. Und den Pfad? Na ja, weil ich Jäger bin.«

Der Anführer ließ den Kampfstock los, nachdenklich ging er vor dem Riesen auf und ab. Endlich wandte er sich an seine Männer: »Was meint ihr, Freunde?«

Der Mann mit der verschrumpelten Kopfhaut war der Erste. Er nahm den Pfeil von der Sehne und reckte ihn hoch, die anderen folgten.

Der Anführer lachte. Alle gefährliche Spannung war aus seiner Miene gewichen. »John Little!«, rief er laut wie ein Herold und glättete sich das nasse, zerrissene Wams. Schließlich bog er übertrieben weit den Kopf zurück, um ins Gesicht des Riesen zu blicken. »Vor dir steht Robert Loxley, genannt Robin Hood. Und das hier«, sein Arm schwang galant in Richtung der Männer, »das sind einige meiner tapferen Freunde. Aber wir sind mehr, und bis zum nächsten Frühjahr werden wir noch mehr sein.«

»Versteh ich nicht.« John blieb vorsichtig. »Wieder so 'n Spiel?«

»Bei der Jungfrau Maria, das ist kein Spiel. Um es kurz zu sagen: Wir alle sind Geächtete. Verjagte, Verurteilte, Gehetzte, du weißt selbst, wie schnell das kommt. In ganz England weiß ich keinen Richter, der uns einfache, gottesfürchtige Sachsen vor den normannischen Hochnasen schützt. Wenn es ihnen gerade passt, zerquetschen sie uns wie Käfer zwischen den Fingern. Wer Glück hat und ihnen entwischt, der flieht in die Wälder. Wohin sonst? Dir blieb ja auch nichts anderes übrig. Bisher lebten viele von uns allein oder in kleinen Gruppen, jagten Königswild, raubten da und dort einen Händler aus oder plünderten einen Pfaffen. Aus Not, aus Angst sind sie Strauchdiebe geworden. Aber ich, ich will mehr. Ich will eine Armee. Eine Bruderschaft der Geächteten. Keine schwerfälligen, eisengerüsteten Männer! Dafür aber sind wir schnell, unsichtbar und geschliffen wie eine Pfeilspitze.« Erfüllt von seiner eigenen Begeisterung, griff Robin Hood ins Haar, hatte die Wunde vergessen und zuckte zusammen. »Bei der Jungfrau!«

»Jetzt tut es mir …«

»Schon gut, John, mit Spießkraut vom alten William heilt das schnell. Eins sollst du noch wissen: Wir sind keine Banditen. Ich habe uns zu Freisassen ernannt, und das Gebiet hier hab ich uns geschenkt. Wir sind freie Männer! Und wir beugen uns nicht länger vor den habgierigen Normannen, vor keinem Abt, keinem Grafen und keinem Lord-Sheriff. Wir beugen uns nur vor unserem König. Und wenn Richard Löwenherz zurückkehrt, dann soll er über uns richten. Bis dahin aber, bei der Heiligen Jungfrau, werden wir für uns selbst kämpfen.« Robin Hood schöpfte Luft. Nach einer Weile verschränkte er die Arme vor der Brust. »Na, was sagst du?«

John stocherte wieder mit dem Stock im weichen Boden. Noch nie hatte ihm jemand solch eine lange Rede gehalten. Einiges klang gut, manches hatte er verstanden. Doch Marian wartete. »Du meinst, ich darf gehen?«

Offen lachte ihn Robin Hood an. »Ich halte dich nicht mehr fest. Du bist frei.«

»Gut. Dann ...«

»Halt, warte! Ich frage dich als freien Mann: John Little, willst du bei uns bleiben? Ich biete dir zwanzig Pfund im Jahr. Fleisch genug. Bier und Wein, so viel du willst. Außerdem kostenlos Kampfkleidung für Sommer und Winter. Dazu ein trockenes Dach, soweit es geht. Wenn du zu uns kommst, dann bist du wirklich ein freier Mann.«

»War noch nie frei«, brummte John.

»Also gut«, der Anführer zeigte ihm das Hifthorn. »Dann folge meinem Signal, nimm unsere grüne Kluft und werde mein Freund!«

Wohin soll ich sonst? Besser ist es: besser als fliehen, besser als weggejagt zu werden. Und Marian braucht ein Dach für den Winter. Marian? Wohin soll sie denn? Nein, Kleines, hab keine Angst! Er hatte sich entschieden. »Schon recht. Ich bin dein Mann. Eine Bedingung hab ich.«

»Was es auch sei, John Little. Meine Hand drauf, sie ist schon erfüllt.«

Da schmunzelte der Hüne und schlug ein. Der Händedruck war fest. Das Band war geschlossen. Die Geächteten stürmten zu den beiden. Jeder wollte die Hand des neuen Gefährten schütteln.

Robin Hood stieß ins Horn. »Zum Lager!«

»Wartet!« Verwundert blickten alle auf John. »Drüben am andern Ufer, da hab ich noch was. Das muss immer mit mir mit.« Er kratzte die Narbe im Bart und grinste. »Das ist meine Bedingung.«

Großzügig klatschte Robin in die Hände. »Na los. Hol es, und dann feiern wir!«

Als Zeichen seines Vertrauens ließ John den Kampfstock zurück, sprang auf den Baumsteg und lief zum andern Ufer. Hinter der Biegung schob er sich ins Gebüsch.

Marian kauerte am Boden. »Lang hat's gedauert, Mädchen.« John sah sie an und stockte. »Was ist mit dir?«

Vor ihr war der Boden zerwühlt. Ihr Gesicht war über und über mit Erde beschmiert. Tränenstraßen zogen die Wangen hinunter. Tapfer schüttelte Marian die Locken und lächelte. Sie streckte ihm die schwarzen Hände entgegen.

»Gewartet hast du auf mich, das ist gut.« John griff nach Wassersack und Proviantbeutel. »Komm! Die Männer sind gut, glaub ich. Da bleiben wir, wenn sie uns wollen. Uns beide.«

Fest blickte er in die blauen Augen. »Und wenn nicht, auch gut, dann ziehen wir eben weiter.«

Draußen auf dem Pfad hockte er sich. »Na, komm! Sollst mir nicht ausrutschen.« Über Knie und Armbeuge stieg Marian hoch und setzte sich rittlings auf den Nacken des Hünen.

Wieder brummte John ein Lied, so schritt er zum Ufer, brummend bestieg er die Baumbrücke, so schritt er langsam weiter.

Drüben verstummten Gelächter und Gerede. Robin Hood und seine Gefährten drängten sich ans Ende des Stegs. Einigen sank die Kinnlade.

Tritt für Tritt näherte sich John mit seinem Schützling. Noch auf dem Stamm hielt er an. »Marian heißt sie. Sie muss bei mir bleiben. Das ist meine Bedingung.« Prüfend blickte er von einem zum andern und setzte hinzu: »Ich sag's gleich: Stumm ist sie.

Seit die Kerle des Sheriffs die Frau …« Er atmete schwer. »Der Vater bin ich nicht. Den Bruder und die Mutter haben sie erstochen. Verdammt, glotzt mich nicht so an! Was ist? Ja oder nein?«

Robin Hood fasste sich, leise fragte er: »Aber wo soll das Mädchen denn wohnen?«

»Bei mir. Ich bau ihr schon was.«

»Keiner will sie wegschicken. Aber wär's nicht besser, wenn sie im Dorf lebt?« Robin wies zur Anhöhe hinauf. »In Barnsdale-Top.« Dort wohnten schon einige Frauen und Kinder der Geächteten zusammen mit den Dörflern. »Der Ort steht unter unserm Schutz. Keiner verrät uns. Da oben geschieht deiner Marian nichts.«

John fühlte, wie das Mädchen heftig an seinem Bart zerrte. »Glaub ich. Aber erst mal bleibt sie bei mir.«

Robin Hood musterte John, blickte höher hinauf und runzelte die Stirn. »Unter all dem Dreck kann ich nicht viel von deiner kleinen Bedingung erkennen.« Er lachte. »Ich hab's versprochen. Also, Männer, ins Lager! Wir haben heute doppelten Grund zum Feiern.«

Während sie von den Geächteten im dichten Buschwald flussabwärts geführt wurden, zog John seinen Schützling am Fuß. »Na, Kleines?« Sie drückte ihr Gesicht in die Haarmähne.

Das Tal wurde enger, dunkler, auf beiden Seiten des Ufers rückten die Anhöhen näher, bald ragten nur glatte Felswände rechts und links des Flussbetts auf. In der Mitte schoss das Wasser dahin, an den Rändern sprang und schäumte es über große Steinbrocken.

John spürte, wie sein Schützling sich verkrampfte. »Schon recht, Kleines. Die wissen's schon.«

Vorn an der Spitze setzte Robin Hood das Jagdhorn an: tief und lang, hell und kurz. Gleich darauf antwortete ein anderes Horn mit zwei schnellen tiefen Stößen.

Der Anführer sprang auf eine weit über das Wasser hinausragende Platte und war um die scharfe Felsnase verschwunden. Einer nach dem anderen folgte. Der letzte winkte dem neuen Gefährten und war nicht mehr zu sehen.

»Wieder so 'n Spiel?« John stockte. Der gerade gewinkt hatte? Die Hand war weiß? Immer noch so weiß wie vorhin? Und ich dacht, nur weil er den Bogen gespannt hat. »Auch gut.« Jetzt durfte er den Anschluss nicht verlieren. Bedächtig bestieg er die Steinplatte, sorgte für sicheren Stand und beugte den Oberkörper vor. Marian konnte um die Felsnase herumsehen. »Geht das?«

Der Krampf löste sich, die Reiterin spornte ihn mit den Fersen an. Zwei Schritte bis zum äußersten Rand, unter John spritzte das Wasser, er drehte sich, die Platte wurde schmal und führte wie ein Wehrgang um den Fels herum, Eisenkeile waren als Haltegriffe in den Stein geschlagen.

Weiter. Der Pfad schlängelte sich jetzt nahe am Ufer zwischen zehn Fuß hohen Brocken direkt auf die Steilwand zu. Von den Männern war nichts zu sehen. John folgte ihren Geräuschen. Mit einem Mal veränderten sich die Stimmen, hallten dumpf, sie wurden leiser.

Eine Höhle! Am Eingang wartete wieder der Letzte des Trupps, winkte kurz mit der bleichen Hand, grinste und tauchte ins Dunkel.

»Dafür sind wir viel zu groß.« Der Hüne ließ das Mädchen absteigen. Den Kopf eingezogen, ging er voraus. Ehe die Finsternis sie ganz verschluckte, gelangten sie um eine Biegung, und das Ende des Tunnels leuchtete wie ein Auge vor ihnen auf.

Sie traten ins Freie.

Marian fasste die Hand ihres Beschützers. John atmete tief. Ein Tal, mehr noch ein großer Garten erwartete sie: Eingefasst von hohen Felswänden, dehnte er sich bis zum Ufer. Auf der anderen Seite des Flusses wuchs die Steilwand direkt aus dem Wasser. Mächtige Baumgruppen säumten ringsum den Rand des Tals. Unter ihrem Schutz duckten sich zwischen den Stämmen festgefügte Hütten. Davor eine Wiese! Blumen, blau und rot bis ans Ufer. Und in der Mitte des bunten Teppichs erhob sich eine uralte, weit ausgebreitete Linde. »Schön, Kleines.«

Fester drückte Marian die große Hand.

»Was ist los?« Der Letzte des Trupps zeigte ungeduldig zur Feuerstelle hinter der Linde. Dort schützten Robin Hood und die beiden Köche lautstark den Suppentiegel und den Wildbraten am Spieß vor dem Angriff der Gefährten. »Wenn ihr euch nicht beeilt, dann fangen sie ohne uns an.«

Jetzt erst roch John den Duft. Er höhlte den Magen aus. Im Nu wurde der Duft betäubender als der Anblick des Tals. Essen! Etwas Schöneres gab es nicht.

Und es gab Fleisch, für den Riesen eine ganze Hirschkeule, dazu Brühe, er schöpfte sie mit einem Blechnapf aus dem Tiegel. Die Fettbrühe triefte John ins Bartgestrüpp.

Längst war Marian gesättigt, längst lagerten Robin Hood und die Geächteten ausgestreckt im Gras, der Bierkrug wanderte, sprachlos beobachteten sie den neuen Gefährten. Niemand wagte zu stören. Die Nachmittagssonne versank hinter der westlichen Anhöhe. Mit dem Messer in der Faust umkreiste John das Hirschskelett. Er schabte auch noch das letzte Stückchen Fleisch von den Knochen. Endlich. Prüfend strich er über seinen Bauch, ein wohliges Rülpsen antwortete.

»He, John Little!« Der Anführer setzte sich auf. »Jetzt weiß ich, warum gerade du ein guter Jäger sein musst.« Es dauerte einen Moment, bis alle begriffen hatten, sie schlugen sich auf die Schenkel. Auch John verstand. »Schon recht.« Sein Blick fand Marian. Etwas abseits der Männer saß sie aufrecht da. Grau klebte ihr der Schmutz auf den Wangen. Sie starrte zum Himmel über den Felswänden.

»Ich brauch einen Platz für die Nacht. Für uns.«

Ohne Zögern bot jeder der Freisassen die eigene Unterkunft an. Nein, niemand sollte seine Hütte räumen, bestimmte Robin Hood. »Wir haben Platz genug.« Die jeweils für die Nacht oder den Tag eingeteilten Wachen blieben ohnehin auf Posten: in Barnsdale-Top, oben im Stützpunkt beim Pferdestall und den Höhlen, außerdem je einer auf den Felswänden, um die drei Pfade hinab ins Hauptlager zu bewachen. »Bis du dir was Eigenes gebaut hast, kannst du mit dem Mädchen immer eine der gerade freien Hütten benutzen.«

»Danke. Ich komm gleich. Hab noch Durst.«

Der Mann mit den Narben bis zum Ohr führte John und Marian hinüber zu den Bäumen. Vor einer Unterkunft blieb er stehen und hob den Querbalken von der Stelltür. »Da rein. Der Junge kommt erst morgen Früh.«

John erkannte nicht, ob es wirklich ein Lächeln war, doch er selbst grinste. »Danke. Geh schon zurück!«

Ein Holzklotz, das Strohlager und eine Decke aus Schaffell, welch ein Reichtum! »So was hatten wir lange nicht. Leg dich, Kleines!« Marian gehorchte und rückte zur Wand. Sorgsam zog ihr John das Schaffell bis zum Kinn. Jäh krallten sich die Finger in seinen Ärmel.

»Keine Angst! Ich lass dich nicht allein.«

Sie hielt ihn fest. Ihre Augen glänzten nass.

»Versteh doch, Mädchen! Gut wird es jetzt. Hab nur noch was Durst.« Zögernd gab sie ihn frei. Er richtete sich auf, nur gebückt konnte er stehen. Am Ausgang blickte er ins Halbdunkel zurück. »Ich sorg schon für dich. Das versprech ich.«

Und John trank. Erst als ihm zum zweiten Mal der überschäumende Krug gereicht wurde, gab er ihn nach einem tiefen Zug weiter. Die vergangenen Tage und Nächte fielen von seinen Schultern. Den Schmerz in der Brust, all das Elend vermochten auch das Bier und die Geschichten der neuen Freunde nicht zu vertreiben, doch leichter wurde es. Als die Holzscheite in der Glut zusammenbrachen, erzählte John selbst, berichtete mit schwerer Zunge von den Förstern im Sherwood und wie er und Marian ihnen entkommen waren. »Und dann, dann hab ich auch noch einen von den Hasen mitgenommen.«

Robin Hood wartete nicht. In die Begeisterung hinein schrie er: »John Little! Was für ein Name?«

Sofort brach das Gelächter ab.

Der Hüne wischte mit dem Ärmel über den Mund. »Sag das nicht, Robin! Nicht so was. Ich mag …«

»Bleib ruhig!« Der Anführer lächelte leicht, dabei rückte er den Dolch im Gürtel zurecht. »Nein wirklich, so gefällt mir dein Name nicht.«

Der Zorn in John vertrieb den Biernebel, die Kehle wurde rau.

Robin schien ihn nicht zu beachten. »Freunde. Ich denke, es ist an der Zeit, den Riesen umzutaufen. Damit er wirklich zu uns gehört. Welcher Name fällt mir denn ein?«

Verstohlen rückten die beiden Nachbarn außer Reichweite der mächtigen Arme des Hünen. Erst jetzt nickten sie zustimmend und feixten erwartungsvoll wie die Übrigen.

Schwer atmete John gegen die Trunkenheit. Streit will ich nicht. Beschimpfen kann er mich, das ertrag ich leicht. Aber damit soll er aufhören.

Robin Hood zückte den Jagddolch, legte die linke Hand auf den Boden und spreizte die Finger. »Freunde, ihr kennt das Spiel. Aufgepasst, John! Viermal frag ich. Beim vierten Mal passt der Name.«

Mühsam beherrscht, ballte John die Fäuste. Streit will ich nicht, aber damit …

Die Spitze der Klinge schwebte zwischen Daumen und Zeigefinger.

»John Little?« Der Anführer blickte in die Runde.

»Nein!«, bestimmte der Chor mit tiefer Stimme.

Die Spitze wanderte und verharrte über dem nächsten Zwischenraum.

»Zwerg?«

»Nein!«

»Riese?«

»Nein!«

Die blinkende Klinge zielte zwischen die letzten beiden Finger der linken Hand. »Little John?«

»Ja!«, war die feierliche Antwort.

Bis zum Heft stieß Robin Hood den Dolch in den Boden. »So soll es sein.«

Mit Grölen und Klatschen erhoben sich alle und näherten sich John. Bebend saß er da. Der Anführer rief: »Ich taufe dich auf den Namen Little John!«, und entleerte den Bierkrug über dem großen Kopf des Täuflings.

Mit einem wilden Hieb zerschlug John das Gefäß. »Kein Spiel!« So schnell es ihm noch möglich war, rappelte er sich hoch, fasste nach dem eigenen Dolch, suchte, tastete, schließlich schüttelte er den Kopf. Die Scheide war leer.

»Ich habe ihn mir ausgeborgt«, erklärte Robin gefährlich sanft und drehte die Waffe des Hünen in der Faust. »Little John. Du bist ein Idiot. Verdirb uns nicht den Spaß!«

»So ein Spaß …«

»Halt's Maul! Ich bestimme die Regeln. Niemand will dich hier beleidigen.« Robin lachte. »Du gehörst zu uns und damit Schluss.« Er reichte den Dolch zurück.

Wortlos steckte ihn John in den Gürtel. Die Gedanken ordneten sich. »Früher war's schon so. Immer hab ich mich geärgert. Vielleicht weil ich so groß bin und mein Name so klein ist. Deshalb.«

Ein neuer Krug mit frischem Bier wurde gebracht.

»Weißt du, John.« Robin setzte sich neben ihn und zeigte auf den Gefährten, dessen Mund durch die Narben entstellt war. »Dem da hat der Henker so das Maul aufgeschlitzt. Den nennen wir Pete Smiling. Er sagt, wenn er die Lippen hochzieht, dass du auch seine Zähne siehst, nur dann grinst er, sonst nicht. Aber keiner spottet über Pete. Lachen ja, aber kein Spott. Sollst ihn mal mit dem Schwert sehen. Und unsern Gilbert da drüben, den hat der Sheriff von Nottingham foltern lassen. Siehst du die rechte Hand? Bewegen kann er sie noch, aber er fühlt keinen Schmerz, und das Blut fließt nicht mehr richtig bis zu den Fingern, bleich bleibt sie. Deshalb heißt er bei uns Whitehand.« Robin deutete auf den Mann, dem der Haarzopf am Hinterkopf baumelte. Im Widerschein der Glut schien die verschrumpelte Schädelhaut selbst zu glühen. »Das ist Tom Toad. Weil er obendrauf wie eine Kröte aussieht. He, Tom, was war? Aber mach's kurz.«

Der Geächtete strich über den nackten Schädel. »In Doncaster, im harten Winter vor drei Jahren war's. Geld für Kräuter und gesundes Pulver hab ich gebraucht. Da hab ich Holz vom Baron geschlagen. Meine Zwillinge waren doch noch klein. Beide Jungen waren krank. Die Waldschützer von diesem Sir Roger haben mich erwischt. Der Baron hat gelacht, als sie meiner Beth das Ohr abgeschnitten haben. Und dann haben sie Öl heiß gemacht. Na ja. Haare wachsen da nicht mehr.«

Wie ein Stich fuhr es John durch die Brust. »Und deine Zwillinge?«

Tom Toad schwieg und schüttelte den nackten Kopf.

»Und da regst du dich auf?«, fragte Robin leise den Hünen.

»Schon recht.« John betastete die Narbe im Bart. Wie klein sie war, viel zu unwichtig für einen Namen. Aus den Augenwinkeln betrachtete er den Anführer. Ein glattes Gesicht, ein Feiner eben. Gut lachen hat er. »Und du?«

Mit einem kurzen Griff stülpte Robin die Kapuze über. »Hood, ganz einfach. Da weiß man gleich, wer gemeint ist. Weil jeder was Besonderes ist. Am Namen erkennst du jeden von uns.« Er nickte schmunzelnd zu den beiden alten Männern hinüber, die den Hirsch am Spieß gedreht hatten. »Keiner von denen heißt Cook. Weil es nicht immer so schmeckt wie heute. Aber unser

William Herbghost versteht was von Kräutern. Und Paul Storyteller mit dem steifen Bein, der kann besser Geschichten erzählen als kochen.«

John gab sich nicht zufrieden. »Und du?«, fragte er wieder. »Was ist mir dir?«

Eine steile Falte sprang auf die Stirn des Anführers, seine Züge wurden hart. Mit beiden Händen zerrte Robin das grüne Wams bis unter die Achseln und drehte John den Rücken zu. Schwarze breite Narben, überkreuz vom Nacken bis zur Hüfte. »Das war vor fünfzehn Jahren. Damals war ich zwölf, als die Knechte des Bischofs nach Loxley kamen.« Er streifte das Wams wieder hinunter. »Fliehen konnte ich nicht. Dafür war ich noch zu jung.«

»Schon recht.« Schwer stand John auf. »Bin müd. Und …« Er fand keine Worte, stand nur da und starrte in die Gesichter der neuen Freunde.

Mit dem Blick maß Robin die Gestalt des Riesen von unten nach oben und staunte übertrieben: »Wahrhaftig: unser Little John!«

Ein Grinsen stahl sich ins bärtige Gesicht. »Auch gut. Du Frosch.« Als er zur Baumgruppe hinüberstapfte, hörte er hinter sich das vergnügte Gelächter. »Little John«, murmelte er. »Gewöhn mich schon dran.«

Dumpfe Schläge. Noch im Schlaf brummte John unwillig. Er fühlte sich an der Schulter gestoßen, am Bart gezerrt. John öffnete die Lider und sah in das angstvolle Gesicht des Mädchens. »Was ist?« Marian zeigte zum Ausgang.

Pochen, Rütteln an der Stelltür. »Aufmachen! Beim Satan! Wer ist da drin?« Durch die Ritzen der mit Hanf fest verbundenen Weidenstämme waren die Umrisse schwach zu erkennen. »Aufmachen!«

Gefahr. Waffenknechte des Sheriffs! Noch nicht ganz wach, schob John das Mädchen hinter sich in die äußerste Ecke. Gefahr! Er sprang hoch, stieß mit dem Kopf hart unter die Balkendecke, duckte sich wieder und packte den Kampfstock. Diese verdammte Enge. »Verschwinde!«, donnerte er. »Oder soll ich dir Beine machen?«

Sofort hörte das fordernde Klopfen auf. Schweigen. Nach einer Weile stammelte die jungenhafte Stimme: »Das … das ist meine. Da … da wohne ich.«

Jetzt erinnerte sich John und stieß den Atem aus. Seit gestern waren sie in Sicherheit, bei Freunden. Die Posten kehrten von der Nachtwache zurück. Da draußen wartete kein Feind. Aber wusste der Mann auch, dass in seiner Hütte kein Feind lauerte? John spähte durch das Sichtloch der geschlossenen Fensterluke. Ein schmächtiger Bursche, kaum zwanzig Jahre, flachsblondes Haar, Milchflaum unter der Nase. Der Kerl hatte das blanke Schwert in der Faust. »Schon recht, Kleiner.« rief er. »Geh ein paar Schritte zurück und steck das Spielzeug weg!«

Der junge Mann rührte sich nicht.

Wie du willst. John seufzte und stellte den Kampfstock beiseite. Leise hob er den inneren Sperrbalken aus den Eisenhaken, griff die Tür in der Mitte, nahm sie zurück, der Schwung genügte, er stieß sie leicht schräg durch die Öffnung, hielt die Weidentür wie einen Schild und stürmte brüllend ins Freie. Dem Burschen blieb keine Zeit. Rückwärts schlug er zu Boden. Sofort wollte er wieder aufspringen. Als er die riesige Gestalt über sich sah, blieb er liegen.

»Ich bin John Lit… ich mein, Little John. Warum hörst du auch nicht?«

Gelächter ringsum. Hinter Baumstämmen vor, um die Ecken der Nachbarhütten kamen einige der Gefährten und klatschten John zu. Breitbeinig stellte sich Pete Smiling neben ihn, sein Kopf reichte gerade bis zur Schulter des Hünen. »Waren alle gespannt. Und, beim heiligen Wilfred, du bist noch besser, als ich dachte. Die andern Posten haben sich schon aufs Ohr gelegt. Die lernst du noch kennen. Aber das ist Much, unser Jüngster. Achtzehn behauptet er, aber ich glaub, er ist sechzehn. He, Much! Der Kleine hier ist unser Neuer.«

»Warum … warum«, die Stimme verhaspelte sich, »habt ihr … ihr Idioten mir das nicht … nicht gesagt?«

Pete stieß dem Hünen leicht in die Seite. »Unser Much stottert. Manchmal. Wenn er aufgeregt ist.«

»Schon recht.« John beugte sich hinunter und streckte dem jungen Mann die Hand hin. »Na, komm!« Er zog ihn hoch. »Nichts für ungut. Wusst nicht, was ich sonst machen sollte. Und danke …«

Ungläubig starrte Much an ihm vorbei. »Und wer … wer ist das?«

Im Eingang der Hütte stand das Mädchen. Die Locken zottig, das Gesicht so verdreckt wie der Kittel. John winkte. Zögernd kam Marian näher.

»Die gehört zu mir. Marian heißt sie. Stumm ist sie. Aber früher, da konnt sie schneller sprechen als du und ich, glaub mir!«

Much hatte sich von dem Schreck erholt. Er verschränkte die Hände auf dem Rücken. »Sauber ist die nicht«, stellte er grinsend fest. »Und so was schläft unter meinem Schaffell.«

Ehe John etwas erwidern konnte, ballte Marian plötzlich die Faust und drohte dem jungen Burschen.

»Na, seht euch das an?« Pete Smiling nickte anerkennend. »Die ist richtig. Sagen lässt sich die nichts.«

John kratzte die Narbe. Seit jenem Tag im Dorf hatte Marian allein mit ihm stumm gesprochen. Fremde hatte sie teilnahmslos angestarrt. Und gerade eben? Fehlte nur noch, dass sie geschrien hätte: »Halt's Maul!« John seufzte bei dem Gedanken. Das war was. Dann war's wieder gut.

»In deiner Hütte schlafen wir nicht mehr«, sagte er betont abfällig. »Die ist mir viel zu niedrig. Das Lager ist zu kurz. Aber für dich, Kleiner, reicht es. Schlaf dich aus!«

Marian nickte befriedigt. John schmunzelte, also hatte er diesem Wicht das Richtige gesagt.

In aller Frühe waren Robin und einige Männer zur Jagd aufgebrochen. Bei dem Hunger des Neuen musste für genügend Fleischvorrat gesorgt werden. Vielleicht am Abend, spätestens morgen Früh wollten sie zurück sein, erklärte Pete, bis dahin führe er das Kommando. John sollte als Erstes seine Unterkunft bauen. »Die Stelle haben wir schon ausgesucht. Komm!« Der Offizier ging voraus. Zwischen zwei mächtigen, glattstämmigen Buchen gleich am Rand der Wiese war der Platz abgesteckt. »Wir packen mit an. Selbst für einen Riesen wie dich haben wir Holz genug.«

Sie rammten zugespitzte Pfähle in die Erde, schleppten Kiesel vom Fluss heran, geübt kerbten sie die Querhölzer.

Marian stahl sich ans Wasser, kehrte mit frisch gewaschenem Gesicht und nassen Haaren zurück. Sie half, biegsame Weidenruten auf die richtige Länge zu schneiden. Sie lächelte, wenn John zu ihr blickte.

Am späten Nachmittag stolperte Much aus seiner Hütte, gähnte und schlenderte zum Bauplatz hinüber. Marians Augen blitzten zornig auf.

»Sauber ist sie ja«, spottete der junge Bursche.

Sie drehte sich weg und arbeitete weiter.

»Lass sie!«, knurrte John.

»Warum …?«

Der Riese ließ die Axt sinken. Ärgerlich befahl Pete Smiling: »Much, hol dir drüben deinen Proviant, und steig hoch zur Wache! Bill Threefinger und die andern sind schon los. Immer bist du der Letzte.«

»Ich hab ja nur …«

»Much Miller's-son! Hau ab!«

Unwillig gehorchte der Bursche. John sah ihm nach. »Dieser Much …« Mit einem Mal schlug er sich gegen die Stirn. »Was hast du gesagt? Sein Vater ist Müller?«

»Sag ich doch. Unterhalb von Doncaster haben seine Eltern 'ne Mühle.«

John warf das Werkzeug zur Seite, war schon hinter dem Jungen her, noch vor der Feuerstelle hatte er ihn erreicht. »He, Junge. Warte!«

Schuldbewusst zog Much den Kopf ein.

»Keine Angst! Soll dir was ausrichten. Von deiner Mutter.«

»Von? Ich … ich. Woher?« Kein Wort mehr brachte er über die Lippen. Als John geendet hatte, rollten Much Tränen über die Wangen.

John legte ihm die Hand auf die Schulter. »Lass nur, Junge!«

Much wischte mit dem grünen Wamsärmel die Nase. »Geht schon.« Er versuchte zu lächeln. »Und … und wenn ihr wollt, schlaft ruhig bei mir! Du und die Marian.«

»Machen wir.«

Am nächsten Mittag war das Dach der Hütte mit Erde und Steinen beschwert. Die Gefährten brachten Felle. Robin Hood schenkte zwei Kerzen. Zum Antrunk der Feier wurde John der Bierkrug gereicht. »Du hast den ersten Schluck.«

»Wartet!«, rief Much. Er hatte auf den Schlaf verzichtet, war gleich nach der Wache hinüber ins Dorf gelaufen und mit einem Topf zurückgekehrt. Jetzt brachte er aus seiner Hütte ein Trinkhorn bis zum Rand gefüllt mit Milch und streckte es Marian hin. »Die ist für dich.«

Das Mädchen verschränkte die Hände auf dem Rücken. Sie schüttelte den Kopf.

»Lass gut sein!«, bat John durstig und zwinkerte ihr zu.

Marian reckte das Kinn, hob beide Fäuste, erst kurz vor dem Trinkhorn öffnete sie die Finger und riss es Much aus der Hand. Die Milch schwappte über. Das Fest konnte beginnen.

VI

Grafschaft York. Winterlager in Barnsdale.

Mitte Oktober verlor die Sonne an Kraft. Des Nachts wurde es kühl, nur ganz langsam hob sich der Morgennebel aus dem engen Tal. Die große Linde inmitten der Wiese färbte sich gelb. Von Tag zu Tag nahm die bunte Pracht der Buchen und Eichen zu. Im Herbstwind segelten die ersten Blätter runter. Die Bruderschaft der Geächteten tauschte die grüne Sommerkluft mit dem braunschwarzen Winterwams und dem braunen Kapuzenumhang.

John hatte in keine der Uniformen gepasst, und Marian war in jeder ertrunken.

Tom Toad begleitete die beiden nach Barnsdale-Top. »Brot. Bier. Was wir brauchen, bekommen wir von da. Auch Werkstätten gibt's da. Seiler. Bogenmacher. Schmied. Ganz normal.« Tom griff zum Hinterkopf und zog das Lederband fester um den Haarzopf. »In Wirklichkeit sind das alles unsere Leute. Auch die Höfler, weil wir sie beschützen und Robin immer das Doppelte zahlt. Kein Fremder merkt da was von. Heimlich arbeiten sie für uns, manchmal auch nachts. Und meine Beth, die schneidert. Und Tuchballen, die gibt's genug.«

Marian zitterte, als sie die Narbe an der linken Kopfseite der Frau entdeckte. Beth tätschelte die Hand des Mädchens. »Beide Ohren hätt ich gegeben, Prinzesschen, wenn mir dafür die Jungens geblieben wären. Du wärst jetzt die große Schwester.« Tränen flossen Marian über die Wangen, sie versuchte zu sprechen, zu erklären, konnte nur keuchen.

»Ich versteh dich.« Beth lächelte. »Jetzt bist du mein Prinzesschen. Ja? Und du wirst sehen, dir mach ich was ganz Besonderes.«

Während der vergangenen zwei Wochen war John von Robin Hood eingewiesen worden. Drei Pfade stiegen unten vom Hauptlager aus der Schlucht hinauf. Ein sorgsam befestigter mit lang gezogenen Windungen. Nur über ihn konnten Nachschub und Lasten befördert werden. Die beiden anderen waren steil, führten über Spalten und vorspringende Felsblöcke. Die Freisassen benutzten sie täglich für den schnellen Auf- und Abstieg. Und würde es jemals einem Feind gelingen, bis ins Hauptlager hinunterzufinden, so sollten diese Pfade als Fluchtwege dienen.

Robin hatte die Arme vor der Brust verschränkt. »Na, was sagst du?«

»Ist sicher wie ein Fuchsbau.« John spähte vom Rand der Steilwand hinab und spitzte die Lippen. »Kein Tal. Nur der Fluss. Beim heiligen Dunstan, sonst nichts.«

»Und ausgerechnet du findest unsern vierten Pfad.« Robin fasste den Arm des Hünen, leicht lächelte er. »Threefinger hat dich neulich entdeckt. Schon oberhalb des Wasserfalls. Weil die Äste sich bewegten, hat er Alarm gegeben. Seine Augen sind die besten. Aber gesehen haben wir dich erst, als du ans Ufer kamst.«

»War Zufall«, brummte John. »Bestimmt.«

Robin lachte. »Nein, ich hoffe, Glück. Und das brauchen wir beide wirklich.«

Im dichten Wald führte er John zum Wohnplatz des weit verzweigten Stützpunktes. »Jeder, der hierher findet, der sucht nicht weiter.«

Hütten umgaben die Feuerstelle, größere und nicht so fest gebaute wie die Unterkünfte im Hauptlager. »Aber wenn wir mal hier oben bleiben, reichen sie fürs Übernachten.«

Auf der Koppel vor dem Stall grasten zehn Pferde. Beinah ehrfürchtig wies der Anführer zu den drei weißen Hengsten hinüber. »Auf solchen sind auch die Ritter der Tafelrunde geritten, glaube ich. Um meine Schimmel würde es mir Leid tun. Wenn die anderen entdeckt werden, das trifft uns nicht. Dann besorgen wir uns eben neue.« Die Mundwinkel zuckten. »John, du glaubst nicht, wie viele Gäule drüben auf der großen Handelsstraße angeboten werden, kaum weiße, dafür aber schwarze, braune und gescheckte. Und alle kostenlos, samt Satteldecken und Zaumzeug.«

Über einen Pfad gelangten sie zum sorgsam gerodeten Trainingsgelände. »Das haben wir dies Jahr angelegt. Der Mut allein reicht nicht. Kämpfer will ich. Verstehst du, John?«

Hier sollten über Herbst und Winter täglich Übungen stattfinden, mit Schwert, Lanze, Messer, und vor allem musste das Bogenschießen weiter verbessert werden. »Und du zeigst uns, was du mit deinem Stock kannst.« Robin tippte sich auf die verheilte Wunde am Kopf. »Beim nächsten Mal schaffst du das nicht mehr.«

Offen sah John in die grauen Augen. »Wird kein nächstes Mal geben, glaub mir!«

Robin lachte wieder und zeigte ihm die gut getarnten Höhlen. In den ersten lagerten Bier- und Weinfässer. »Die Mönche oben in Fountain Abbey werden sich diesen Winter etwas einschränken müssen.«

Beim Anblick der Waffenkammer verschlug es John den Atem. Nach Größe geordnet, lehnten dort mehr als fünfzig Bogenhölzer. Unreißbare, aus Leinen gezwirbelte Sehnen. Die Köcher bestückt mit besten Pfeilen: Graugansfedern, nadelscharf geschliffene Eisenspitzen. Staunend betrachtete der Hüne die Schwerter und Schilde, genug, um mehr als zwanzig Männer zu bewaffnen. »Und alles neu!«

»Zufall, Little John.« Der Anführer grinste breit. »Zufällig trafen wir auf der Straße von Wakefield nach York einen Karren mit nur zwei Kettenhemden als Schutz. Die Lieferung war für den Abt von St. Mary's Abbey bestimmt. Na ja, wir konnten die Eskorte gründlich überreden. Zum Schluss waren sie dann so freundlich, uns die ganze Ladung zu überlassen. Und hier«, Robin hob eine Armbrust auf, »sechs davon haben wir letzten Sommer unten im Sherwood den Eisenpuppen des Sheriffs abgenommen.«

In der nächsten Höhle standen drei große Truhen wie Särge nebeneinander. Robin hob den ersten Deckel. Kutten, helle, fast weiße, wie sie die Zisterzienser trugen, schwarze wie die der Benediktiner und Dominikaner. »Das reicht ja für'n ganzes Kloster.« John schüttelte den Kopf. Die zweite Truhe enthielt prachtvolle Gewänder. Seidene Beinkleider. Mäntel aus feinstem Samt, besetzt mit Pelzen. Lederne, spitz zulaufende Stiefel. Kunstvoll geschmiedete Sporen. Und Hüte! Perlenbestickte, federngeschmückte, runde, spitze, sogar ein Bischofshut. In der dritten stapelten sich Lederschürzen, Kittelhemden, Kappen und grobe Sandalen. Kleidung, wie sie von Handwerkern der verschiedensten Berufe getragen wurde.

Tiefer in der Höhle lagerten Körbe, gefüllt mit silbernen und goldenen Bechern, Tellern und Schüsseln, das feinste Tafelgeschirr. »Schon recht«, nickte John. »Das Zeug hier ist wenigstens was wert.« Er kehrte zu den Truhen zurück. »Nur was willst du …?«

»Die einfachen Sachen hier haben wir den Leuten abgekauft. Aber Mönchskittel und alle teuren Gewänder, na ja, das sind Geschenke.«

»Nackt? Hast du sie nackt weiterlaufen lassen?« John genoss die Vorstellung.

»Nicht ganz. Ihr schmutziges Hemd durften die feinen Herren anbehalten.«

»Gefällt mir. Nur wozu brauchst …?«

Robin Hood zog an Johns Kapuze. »Das ist unser Kampfrock. So kann sich keiner von uns allein in Nottingham oder Doncaster oder in irgendeiner anderen Stadt sehen lassen. Verstehst du jetzt?«

Der Riese schüttelte den Kopf.

»Die Schausteller verkleiden sich doch auch. Mal sind sie Mönche, mal Herzöge, mal Töpfer. So machen wir's auch.« Robin schlug den Deckel der Gewändertruhe zu und hockte sich mit einem Satz obendrauf. Seine Augen glänzten. »List, John! So heißt das Spiel. Und List ist eine gefährliche Waffe.«

»Beim Jagen weiß ich's. Und wenn Gefahr ist, kann ich's auch. Nur von so einem Kleidergespiele versteh ich nichts.«

»Sollst sehen, das lernst du von mir.« Robin sprang hinunter. Seine Miene wechselte, ernst sah er dem Hünen ins Gesicht. »Du bist anders als ich, aber das gefällt mir. Ich mach dich zu meinem Offizier. Warte nur, bis ich mit Smiling, Toad und Whitehand gesprochen habe. Damit es keinen Neid gibt.«

John stockte verlegen, schließlich sagte er: »So schnell. Du kennst mich …«

»Doch. Ich kenne dich. Als ich an der Brücke baumelte, da kannte ich dich schon.« Leicht pochte er mit der Faust an die Brust des riesenhaften Mannes. »Nicht nur Offizier. Als Freund will ich dich.«

John wischte ärgerlich über die Augen und brummte nur: »Schon recht.« Das musste als Schwur genügen.

Abends in der Hütte prüfte John die Sehne seines neuen Langbogens. Vor ihm kauerte Marian, sie glättete geschickt die Federschäfte der Pfeile. Beth hatte Wort gehalten. Auch das Mädchen trug jetzt die braunschwarze Winterkluft der Geächteten. Die einzelnen Tuchlappen waren nicht grob mit Lederfäden zusammengefügt wie bei den Männern der Bruderschaft. Die Nähte waren eingelegt und besetzt mit weichen Lederstreifen. Die Kapuze des Überwurfs hatte Beth für ihre Prinzessin innen sogar mit einem Fuchsfell ausgefüttert.

»Geht es dir gut, Kleines?«

Marian nickte, die Locken fielen ihr ins Gesicht.

Wir sind zu Hause, dachte er, schnippte die Sehne mit dem Daumennagel an und horchte auf den singenden Ton.

Zwei Tage später wurden John und das Mädchen frühmorgens durch ungewohnten Lärm aus dem Schlaf gerissen. Kein Alarm, und doch waren alle Männer auf den Beinen. Einige schleppten ihre Waffen in Felldecken gerollt vorbei.

»Was ist los?«

Nur vergnügtes Augenzwinkern war die Antwort. »Verdammt!« John rückte den Gürtel zurecht. Gestern war er vor allen zum Offizier der Bruderschaft ernannt worden. Und schon heute wusste er nicht, was hier vorging.

Unentwegt keifte die Stimme des alten William Herbghost durch das Lager. Töpfe, Tiegel, Schöpfkellen, alle notwendigen Küchengeräte sollten hinauf in den Stützpunkt gebracht werden.

Am Flussufer thronte Paul Storyteller wie ein ergrauter Feldherr auf einem Felsbrocken. Einen Weidenkorb neben dem steifen Bein, befehligte er drei Gefährten. Trotz Kälte und Nieselregen wateten sie nackt im Wasser und jagten mit Speeren, Netzen und Haken nach Fischen.

»Steht da nicht so rum!« William winkte John und Marian. »Du nicht. Die Kleine kann helfen.« Der Alte überreichte ihr fünf schmale, fest verschlossene, auf einen Riemen gereihte Lederbeutel. »Bind sie dir unters Wams und trag sie rauf! Da drin ist die feinste Würze, gestoßen und getrocknet. Halt sie fest, bis ich oben bin! Ich verlass mich auf dich.«

Marian nickte ernst, ein Blick zu John, dann folgte sie den bepackten Männern zum Versorgungspfad. »Bei allen Heiligen, verlier sie nicht, Kindchen«, rief ihr William Herbghost nach. »Sonst schmeckt's überhaupt nicht.«

»Kannst du mir endlich sagen, was hier los ist?«

»Stör mich nicht! Bis du zurück bist, hab ich noch genug zu tun.« Damit wandte sich der Alte ab und keifte einem Freisassen nach, der die Spieße für den Braten vergessen hatte.

Lachen. John fuhr herum. Robin Hood lachte zu ihm auf. »Umzug, Herr Offizier. Heute ist dein Tag, Little John. Du wirst mir einen Gast zum Stützpunkt bringen. Eher gibt's nichts zu essen.« Seine Stimme klang wie gewohnt klar und bestimmt, ein Tonfall, dem jeder seiner Männer bedingungslos vertraute und gehorchte.

»Was hast du gesagt?« John kratzte die Narbe im Bartgeflecht. »Ist alles in Ordnung?«

Sofort wurden die grauen Augen hart. »Ich bestimme …« Robin brach ab. »Ach was. Nicht bei dir.« Schmunzelnd griff er nach dem Arm des Hünen. »Komm! Das Spiel ist ganz einfach.«

Während sie hintereinander einen der steilen Pfade hochstiegen, erfuhr John seine Aufgabe. Bis ins Kleinste war alles durchdacht. Oberhalb der Brücke über den River Went solle er sich in den Hinterhalt legen. »Von da aus siehst du jeden, der die Handelsstraße hochkommt. Wenn es ein Gespann ist, dann steht den Gäulen oben auf der Höhe der Schaum ums Maul. Ausruhen müssen sie. Selbst mit der Peitsche kann der Kutscher sie nicht antreiben. Einem Reiter geht es genauso. Sein Pferd ist so müd, dass du nebenherlaufen kannst.«

John war bereit. Gut, kein Spiel, ernst wurde es. Den Beweis wollte Robin heute von ihm. Beute musste er bringen. Auch gut. Doch warum der ganze Aufwand, der Umzug in den Stützpunkt? »Und wen soll ich mir schnappen?«

Robin blieb auf einem Felsvorsprung stehen und sah zu dem Riesen hinunter. »Keinen Höfler oder einen Freisassen! Die haben es schwer genug. John, wir sind keine Strauchdiebe, vergiss das nie! Ich und meine Offiziere, wir sind höflich, solang jemand artig genau das tut, was wir verlangen. Keinem wird gleich etwas weggenommen, außer den Kettenhemden. Keinem Händler, keinem königlichen Boten, ja selbst keinem normannischen Junker, Ritter oder einfachem Pfaff. Wir erleichtern nur die Lügner.«

»Begreif ich nicht. Verdammt, wie soll ich dann …«

»Wart's ab. Die vornehme Art, die lernst du von mir.« Der Anführer packte den Knauf seines Schwertes. »Aber bei der Höflichkeit gibt es Ausnahmen. Dem Lord-Sheriff oder einem dieser Bischöfe kannst du getrost erst gründlich aufs Maul schlagen. Und wenn er noch lebt, dann bringst du ihn gefesselt zum Stützpunkt.«

Robin stieg leichtfüßig weiter. Schweigend blieb ihm John auf den Fersen. Räuber soll ich sein und doch kein Räuber, soweit weiß ich es jetzt.

Bei den Hütten strich der Anführer die nass verklebten Haarsträhnen aus der Stirn. »Hoffe nur, dass es bis heute Abend aufklart. Sonst müssen wir in den Pferdestall.« Den Männern sei es egal. Sie würden sich mit ihren Schüsseln unter die Bäume setzen. »Ich, du und meine drei anderen Offiziere, wir werden mit unserm Gast speisen. Verstehst du, John? Nur vom Besten.«

»Und dazu brauchen wir einen Fremden? Wenn wir allein essen, hat jeder mehr.«

»Du bist ein Idiot.« Schnell hob Robin die Hand. »Nein, so meine ich es nicht. Bleib ruhig! Aber von William weiß ich, wie es unser alter König Artus gemacht hat. Der König wollte erst essen, wenn ein Fremder mit am Tisch saß. Der Gast musste ihm neue Geschichten erzählen. Das hat mir gefallen. So mache ich es auch und noch ein bisschen besser.«

»Schon recht«, sagte John und dachte, ich werd's lernen. Nach einem Seufzer grinste er breit. »Du willst also einen fetten, gefesselten Bischof. Und bevor ich ihm aufs Maul schlage, frag ich ihn, ob er was Neues zu erzählen hat.«

Bis zum letzten Wort war John ernst geblieben. Als er Robins verblüfftes Gesicht sah, hielt es ihn nicht länger. Er prustete los und schlug sich auf die Schenkel. Robin fiel mit ein.

Vom dröhnenden Gelächter der beiden aufgeschreckt, ließen einige der Gefährten neugierig die Arbeit Arbeit sein. Robin wischte sich die Augen. »Schluss jetzt. Verschwinde, du Zwerg! Much und Threefinger begleiten dich.«

Die beiden warteten bereits ungeduldig am Rand des Wohnplatzes. Der Sohn des Müllers winkte herüber und fuchtelte mit den Armen in der Luft. »Much ist schnell wie ein Jagdhund, und Bill sieht sogar schon das, was noch gar nicht da ist.«

John schulterte den Kampfstock. Wo war sein Schützling? Still wartete Marian inmitten der Küchengerätschaften, beide Hände presste sie auf den Kräuterschatz. Sie blickte nicht zu ihm, sie sah Much zu und schien bemüht, nicht über seine Faxen zu lachen. »Was …? Ach, schon recht.« John stapfte mit weit ausholenden Schritten davon.

»Und denk dran! Heut Abend haben alle Hunger. Aber wir warten.« Klar und bestimmt war Robins Stimme. »Wir essen erst, wenn du einen Gast bringst! Und sei höflich, vergiss das nicht!«

Vor zwei Stunden hatten sie auf der Anhöhe zwischen Haselsträuchern Stellung bezogen. Zwei Stunden lang beobachteten sie nun schon die breite Handelsstraße. John starrte in nördlicher Richtung hinunter zur Brücke. Das gerade Stück direkt vor ihm hatte er fest im Blick. Von unten herauf waren die gepflasterten Fahrspuren nur in den drei weit ausholenden Kehren einzusehen. Mit dem Rücken zu ihm spähten Much und Bill angestrengt nach Süden. Bisher nichts. Ein Töpfer, der seinen Maulesel samt Karren fluchend hinter sich her gezerrt hatte. Ein Handwerksbursche. Ein Scherenschleifer. Sonst nichts. Und seit zwei Stunden regnete es. Die Haare klebten, die Feuchtigkeit sickerte bis auf die Haut, trotz der fest gewebten braunschwarzen Kluft.

John fragte über die Schulter: »Sag mal, Bill. Wer war das mit deinen Fingern?«

Much kicherte. »Niemand. Das war er selbst.«

»Halt's Maul, Junge! Dich hab ich nicht gefragt.«

»Er hat aber Recht. War ich selbst. Beim Schlachten. Ist schon lange her.«

»Und warum bist du bei Robin?«

»Konnt nicht mehr richtig zupacken. Und immer geeitert hat es. Weggejagt haben sie mich aus der Küche. Nur rumgezogen bin ich.« Die Augen wurden hell. »Dann, dann hab ich Robin getroffen. Erst hat er mich nach Kirklees ins Kloster gebracht. Zu seiner Tante. Nonne ist die da. Die versteht alles vom Heilen und so.«

Much rieb Daumen und Zeigefinger. »Kostet viel. Aber Robin zahlt für uns. Wenn einer was Schlimmes abgekriegt hat, dann schickt er ihn nach Kirklees zur Schwester Mathilda. Als ich mal …«

»Halt's Maul, Junge! Red weiter, Bill!«

»Und nachher hat Robin meine Hand angeguckt und gemeint, dass ich zum Pfeilziehen nur drei Finger brauch. So ist es jetzt. Bogenschießen kann ich. Und Augen hab ich gute.«

Schweigen.

Der Regen nahm zu.

Mit einem Mal spannte John den Rücken. »Da. Da unten auf der Brücke.«

Sofort standen die beiden Gefährten neben ihm.

Ein Reiter im schwarzen Wetterumhang. Er schien es nicht eilig zu haben. Das Pferd trottete über den Fluss.

»Was ist das für einer?« John stemmte den Kampfstock vor sich in den Boden. Bin's leid. Egal, wer du bist, dich schnapp ich mir. Essen wirst du ja wohl können.

»Ein Schild hängt an der Seite des Gauls«, stellte Threefinger fest. »Muss ein Schwert sein unterm Mantel.« Warten bis zur nächsten Kehre. »Zwei Kisten, rechts und links, nicht groß, aber wer weiß.« Es dauerte. »Vom Gesicht seh ich nur einen Fleck.« Endlich erschien der Reiter wieder. »Wir haben Glück, unter der Kapuze trägt er 'ne Kettenhaube.«

Kaum war das Pferd hinter der letzten Biegung verschwunden, nahm Much den Bogen von der Schulter. »Ein Ritter, ganz klar.«

»Beim heiligen Dunstan«, stieß John aus, »wurd auch Zeit.« Er tippte den Sohn des Müllers an. »Los. Auf die andere Seite. Versteck dich. Wart, bis ich Zeichen geb!« Der Junge hastete über die Straße. »Bill, du bleibst hier!« Threefinger legte einen Pfeil auf die Sehne und nickte.

Der Reiter tauchte auf dem geraden Stück auf, hatte fast die Höhe erreicht, da verließ John, die Kapuze tief in der Stirn, seine Deckung und stellte sich breitbeinig in den Schlamm der gepflasterten Fahrspuren.

Das Pferd trottete weiter auf ihn zu. Der Ritter schien den Riesen nicht wahrzunehmen. John verengte die Lider. So was, der Kerl hat die Augen geschlossen. Schläft er, oder was hat er vor? Auch gut. John war auf der Hut und auf alles gefasst. Das Pferd war nah genug. »Herr!« Im selben Moment riss der Reiter die Augen auf, seine Linke warf die Mantelhälfte zurück, die Rechte flog zum Schwertknauf. Schnell. Nicht schnell genug. Der Stock des Riesen zuckte vor und nagelte den rechten Arm des Reiters gegen den Brustharnisch. Im gleichen Atemzug hatte John das Zaumzeug des Gauls fest gepackt. »Schon recht, Herr.« Er grinste so höflich, wie er konnte. »Hab Euch was zu sagen. Wenn Ihr zuhört, stoß ich dich nicht runter.«

Stumm und gefasst blickte der Ritter die hünenhafte Gestalt an.

»Was ist?«

Keine Antwort. Der Regen pladderte auf die beiden nieder.

»Wenn du nichts sagen willst, dann nick wenigstens mit dem Kopf«, schlug John vor. »Oder verstehst du meine Sprache nicht?«

»Ich verstehe jedes deiner Worte, Kerl. Ich achte ehrliche Angelsachsen, ebenso wie ich ehrbaren Normannen meinen Respekt zolle.« Eine volle, dunkle Stimme. »Doch bei dir bin ich mir nicht sicher. Ich weiß nicht, wer und was du bist. Bei solch einem Wetter habe ich hier niemanden vermutet. Zu plötzlich hast du mich aus meinen Gedanken gerissen. Dennoch bin ich bereit, dir zuzuhören.«

Ein Herr ist er allemal, so wie der spricht. Vorsichtig zog John den Kampfstock zurück. Nein, der Ritter bewegte die Schwerthand nicht.

Jetzt kam der schwerste Teil. John strich die Kapuze zurück und neigte den Kopf zum Gruß. »Meine Freunde und ich …« Er winkte feierlich nach rechts und links. Kaum traten die Gefährten aus den Büschen, als der Ritter wieder zur Waffe greifen wollte. »Langsam, langsam«, beschwichtigte John. »Also: Meine Freunde und ich, wir möchten dich, nein Euch, Herr Ritter, im Namen unseres Herrn zum Essen einladen, 'ne Wildsau gibt's, schön fett und knusprig. Und Fisch.« John stieß den Atem aus, das musste an Höflichkeit genügen.

»Wer ist dein Herr?«

»Robin Hood. Ihm gehört die ganze Gegend hier. Was ist nun?«

»Es gibt ihn also doch.« Der Ritter hob die Brauen. »Mir bleibt wohl keine Wahl?«

»Nein, verdammt«, rutschte es dem riesenhaften Offizier heraus.

»Nun denn: Ich bin erfreut und nehme die Einladung an.«

Die Fackeln an den Wänden des Pferdestalls waren halb heruntergebrannt. Auf der Tischplatte zerlief das Wachs der Kerzen zwischen den silbernen Schalen und Platten. Vom scharf gewürzten Fisch war der Hunger erst richtig gereizt worden. Kaum lagen Kopf und Gräten auf dem gestampften Lehmboden, hatten Robin Hood und die Offiziere ihre Messer gleichzeitig in die braun gebratene Schwarte des Wildschweinrückens gestoßen, sich dampfende Stücke herausgeschnitten. Humpelnd umkreiste Paul

Storyteller die Tafel und schenkte Malvasier in die geleerten Silberpokale nach. Fett und süßer Wein trieften den Geächteten vom Kinn. Beide Ellbogen aufgestützt, saß Marian neben dem Ritter und nagte das dunkle, duftende Fleisch von einem Knochen.

Bis auf das geräuschvolle Kauen und Schlucken der Offiziere herrschte Schweigen an der Tafel. Kein Lachen. Kein Gespräch wollte in Gang kommen. Unter halb gesenkten Lidern beobachtete Robin seinen Gast am andern Ende des Tisches, sah hin und wieder zu Tom Toad, zuckte die Achseln und beobachtete weiter den wortkargen, steif dasitzenden Mann.

Gleich nach seiner Ankunft hatte der Anführer der Freisassen in aller Förmlichkeit den Ritter willkommen geheißen und ihm die Gastfreundschaft angeboten.

»Baron Sir Richard at the Lea, Herr auf Burg Fenwick und treu ergebener Gefolgsmann seines Königs, Richard Löwenherz.« In aller Förmlichkeit hatte der Ritter gedankt und, wie es Sitte war, Mantel, Kettenhaube, Schwert und Harnisch abgelegt. Verblüfft hatten die Geächteten sein zerschlissenes Untergewand betrachtet. Keine Goldkette, keine kunstvollen Sporen an den Stiefeln?

Das sollte ein Baron sein, ein Normanne? Beim heiligen Cedric, was für eine ärmliche Gestalt war da von Little John angebracht worden? Doch diese Gesten! Diese feine Stimme! Ja, er musste von edler Herkunft sein. »Es ist schon lange her, dass ich an solch eine reich gedeckte Tafel gebeten wurde. Und, mit Verlaub, diese ausgesuchte Höflichkeit hätte ich hier in der Wildnis nicht vermutet.«

»Was so erzählt wird, Sir.« Robin hatte den Gast zum Ehrenplatz geführt. »Viele behaupten, mich zu kennen. Aber wer von diesen Schwätzern hat schon jemals mit Robin Hoods Bogen geschossen!«

»Sehr klug pariert.«

Das war alles. Seitdem hatte der Ritter nicht mehr gesprochen. Vom Fisch ein kleines Filet, vom Wildschwein nur drei Bissen, mehr hatte er bis jetzt nicht gegessen, und immer noch hatte Storyteller ihm keinen Malvasier nachschenken müssen. Abwesend starrte Richard at the Lea in das flackernde Licht der Kerzen. Ein schlanker Kopf, eine hohe Stirn, der Kinnbart zum Keil gestutzt, das graue Haar fiel ihm bis auf den abgeschabten Samtkragen des Rocks.

Allein Little John war rundum zufrieden. Er bemerkte nichts vom Unbehagen der Gefährten. Er genoss Biss für Biss und Schluck für Schluck mehr und mehr den Lohn seines ersten Überfalls. Zum Reden hatte er ohnehin keine Zeit. Kurz vor dem Festmahl war ihm von Robin diese verrückte Regel eingeschärft worden. Und ehe das Zeichen kam, wollte er wenigstens den größten Hunger beseitigt haben.

Paul Storyteller beugte sich kurz zu Marian hinunter. »Komm mal eben mit! Es dauert nicht lange.«

Vor dem Eingang des Pferdestalls griff der alte Herbghost die Hände des Mädchens. »Was ist los? Schmeckt es dem Kerl etwa nicht?«

Marian bewegte die Lippen, nickte und schüttelte den Kopf.

»Beim heiligen Willick, warum isst der denn nichts? So mager, wie der ist? Alles hab ich gewürzt. Sogar doppelt.«

Stumm wartete Marian.

»Pass auf, Kindchen!« Herbghost drehte sie um. »Geh rein und schieb ihm die Fische noch mal vor die Nase. Wenigstens einen muss er essen.«

Marian hatte verstanden.

Die beiden Alten ließen sie nicht aus den Augen. »Weißt du, Paul, wenn Robin sich diesmal wieder beschwert, dann bin ich's leid.« Storyteller setzte das steife Bein einen Schritt vor. »Recht hast du. Soll er doch selbst kochen! Und erzählen kann er sich auch selbst was.«

Das Mädchen beugte sich über den Tisch, zog die silberne Platte durch den Schmier aus Fett und Wachs bis zum Ehrenplatz.

Mit beiden Händen griff Marian einen der noch übrig gebliebenen Fische. Ihre blauen Augen strahlten zu dem Gast auf.

»Wie hübsch du bist.« Aus seinen Gedanken zurückkehrend, betrachtete Richard at the Lea das Gesicht des Mädchens.

Marian hob den Fisch bis dicht unter seinen Kinnbart und lächelte bittend.

»Nein. Danke dir, mein Kind. Doch nach Essen steht mir heute nicht der Sinn.« Damit tauchte der Ritter seine Hände in die silberne Wasserschale.

Das Zeichen! Robin und die anderen Offiziere ließen das Messer sinken. John stopfte rasch noch ein letztes Stück vom Braten in den Mund, kaute, schluckte und wischte sich die Finger am Wams. Das Festmahl war beendet.

Richard at the Lea hob den silbernen Kelch. »Ein Trinkspruch wäre zu wenig, um diese Großzügigkeit zu preisen. Deshalb, werte Herren, bitte ich euch von Herzen, meinen Dank anzunehmen!«

Robin berührte seinen Pokal nicht. »Das würde ich gern, Sir, aber das Bild steht auf dem Kopf.« Zustimmend nickten die Offiziere. Nur John ließ überrascht den Unterkiefer sinken.

»Ich fürchte, ich kann nicht folgen.« Langsam stellte Richard at the Lea den Kelch zurück.

Robin runzelte die Stirn. »Der Knecht gibt dem Herrn? Der Freisasse bewirtet den Baron? Das widerspricht jeder Sitte.« Er legte die Hände vor der Brust zusammen. »Deshalb bitte ich Euch, Sir, dreht das Bild um und bezahlt uns für das Mahl, für die Mühe, die wir aufgebracht haben.«

John klappte den Mund zu. Du bist ein schlauer Fuchs, Robin. Endlich hab ich das Spiel verstanden. Auch er starrte jetzt gespannt zu dem Ritter hinüber.

Mit einem Mal wich der beherrschte Ausdruck, das Gesicht wirkte eingefallen, die Augen schienen erschöpft. »Ich habe nichts in meinen Satteltruhen. Nichts, was ich anbieten könnte, ohne mich zu schämen.«

»Aber, aber.« Ein dünnes Lächeln umspielte den Mund des Anführers. »Sir, seid nicht so bescheiden.«

»Ich besitze nicht mehr als eine Silbermark.«

»Was Ihr nicht sagt?« Robin schüttelte leicht den Kopf, dabei schnalzte er bedauernd mit der Zungenspitze.

»Bei Gott, das ist die Wahrheit«, entrüstete sich der Ritter. »Dreizehn Shilling. Kaum mehr als ein halbes Pfund, das ist alles.«

Die grauen Augen wurden zu Eis. »Gut. Ich will Euch glauben. Aber zu oft schon wurde das Vertrauen der Angelsachsen von euch Normannen schamlos ausgenutzt. Deshalb, Sir, verzeiht die Kontrolle. Wenn wirklich nur dieses Silberstück in den Kisten ist, so verlange ich nichts von Euch. Findet sich aber auch nur ein Penny mehr, so nehme ich alles. Pferd, Rüstung, Stiefel, alles, was Ihr besitzt.«

Er schnippte zu John hinüber. »Das Gepäck des edlen Herrn!«

Weder Robin noch die drei anderen Geächteten rührten sich. Richard at the Lea saß steif und gefasst da. Neben ihm hatte Marian den Kopf in die Armbeuge gelegt, sie war müde und schien die Spannung nicht wahrzunehmen.

Der Hüne breitete den Mantel des Ritters auf dem Stallboden aus. Seine Hände glitten über die fein gearbeiteten Truhen. Das dunkle Holz war geschliffen und poliert, ein Wappen zierte die Seiten. John zog den Stift aus dem ersten Schloss und hob den Deckel. Die Truhe war leer. Er öffnete die zweite und griff hinein. Zwischen Daumen und Zeigefinger hielt er eine Silbermünze hoch. »Für mich wär's viel. Für'n Ritter ist es wenig.« Damit warf er das Geldstück wieder zurück und grinste. »Schon recht. Auf den Mann ist Verlass.«

Robin lachte. Er schrie nach Paul Storyteller und ließ randvoll einschenken. »Sir!« Er erhob sich von seinem Platz. »Ich stehe zu meinem Wort. Ich nehme Euren Dank als Bezahlung.«

Bis zum letzten Tropfen leerten die Geächteten gemeinsam mit dem Gast ihre Kelche. Richard at the Lea trank zwar, ließ sich auch bereitwillig nachfüllen, doch die ausgelassene Heiterkeit seiner Gastgeber steckte nicht an. Mit jedem Schluck wurde die Miene düsterer.

»Schluss!« Hart knallte Robin Hood den Pokal auf die Tischplatte. Die Offiziere schwiegen.

»Sir Richard. Auch wenn es einem Freisassen nicht geziemt. Dennoch: Was seid Ihr für ein Ritter? Die Truhen leer. Die Kleidung abgewetzt. Und das Essen habt Ihr kaum angerührt.« Ein kurzer Blick streifte den alten Storyteller. »Dabei haben sich meine Köche heute wirklich selbst übertroffen.«

Paul seufzte und humpelte rasch nach draußen.

»Sagt, was ist los mit Euch?«, bat Robin.

Der Ritter schwieg, starrte in den Kelch, schließlich zog er die Brauen zusammen. »Mit Ablauf des heutigen Tages ist alles verloren. Einen Ausweg sehe ich nicht mehr.«

Trotz der Trauer setzte er die Worte gewählt. Vor nicht ganz drei Jahren hatte sein Sohn Edward während des Turniers in Ashby einen Ritter und einen Edelmann getötet. »Es war ein fairer Kampf. So lautete einstimmig das Urteil des Marschalls und aller Herolde. Doch kaum war das Turnier beendet, als mein Nachbar, Sir Roger von Doncaster, beim obersten Gericht Klage gegen meinen Sohn führte.« Der Ritter blickte in die Runde und wandte sich an Little John. »Meine Burg Fenwick liegt südöstlich des River Went. Kaum zehn Meilen von der Stelle entfernt, an der wir uns begegnet sind.«

»Wusste ja nicht ...«

»Nein, ich bedauere es nicht. Nie habe ich erwartet, den letzten Abend in menschenwürdiger Gesellschaft zu verbringen.«

»Weiter«, verlangte Robin leise. »Alles was diesen sauberen Sir Roger angeht, interessiert uns. Besonders meinen Freund Tom.« Mit der flachen Hand wischte Toad über die graue, verschrumpelte Kopfhaut und starrte vor sich hin.

»Der getötete Edelmann war ein entfernter Verwandter des Barons Roger. Doch nicht um der Gerechtigkeit willen führte er Klage. Sondern aus Gier und Rachsucht. Der tragische Unglücksfall diente ihm als Vorwand. Immer schon beneidete er mich um meine Ländereien, um den Ertrag meiner Felder. Gleichzeitig befeindet er mich, weil ich König Richard Löwenherz unverbrüchlich treu ergeben bin.«

Bitter berichtete er, dass Sir Roger und mit ihm viele Lehnsherren der Grafschaften Nottingham, Derby und York sich in den vergangenen Jahren auf die Seite Graf Johanns geschlagen hätten. »Sie unterstützen die Pläne des grausamen Prinzen. Während der Abwesenheit seines Bruders will er die Macht und den Thron Englands an sich reißen, und jeder, der ihm dabei seinen Schild anbietet, der hat das Ohr der gedungenen Richter. So war es auch beim Prozess gegen meinen Sohn. Lebenslange Kerkerhaft oder Zahlung einer ungeheuerlichen Summe, so lautete das Urteil. Was blieb mir als Vater übrig?« Die Schultern des Ritters sanken. Er hatte Burg, Güter und alles, was er besaß, verpfändet und den Sohn ausgelöst.

»Gemeinsam wollten wir die Schulden abtragen. Mein Edward legte sofort das Kreuzzugsgelübde ab und ist mit dem nächsten Schiff unserm König ins Heilige Land gefolgt, um dort sein Glück zu versuchen. Ich blieb und arbeitete hart.« Doch die Ernte im vergangenen Sommer war so schlecht gewesen, und höhere Abgaben hatte er seinen fleißigen Höflern nicht aufbürden wollen. »Einen großen Teil konnte ich zwar zurückzahlen. Für den Rest fehlen mir die Mittel.«

Heute Morgen noch war er in Pontefract gewesen, in der Hoffnung, von einem befreundeten Gutsbesitzer die so dringend benötigte Summe auszuleihen. »Allein, in der Not findet sich nur selten ein Freund. Mit leeren Satteltruhen musste ich abziehen. Und morgen gegen Sonnenuntergang läuft die Frist ab. Der Pfandbrief verfällt.« Er strich der schlafenden Marian sanft über das Haar. »Meine Tochter ist kaum älter als sie.« Er straffte den Rücken. »Zusammen mit ihrer Mutter werde ich das Kind zu Verwandten bringen und mich selbst auf den Weg übers Meer nach Jerusalem begeben. Vielleicht, wenn mein Sohn noch lebt und wir gemeinsam mit König Richard zurückkehren, werde auch ich wieder Hoffnung schöpfen können.«

In die Stille hinein brummte John: »Beim heiligen Dunstan, wusste gar nicht, dass die Normannen sich auch gegenseitig das Messer in die Rippen jagen.«

Richard at the Lea hob die Brauen. »Politik und Habgier sind tückische Schwestern. Gegen ihr Gift ist keiner gefeit.«

»Was?« John kratzte die Narbe im Bart. »Wollt nur sagen, dass es mir Leid tut, das alles.«

»Halt's Maul, John!«, mahnte Robin Hood. Nachdenklich rieb er die Fingerkuppen aneinander. »Einige Fragen habe ich, Sir. Und bei Eurer Ehre, beantwortet sie mir offen und wahrheitsgemäß! Wer hat den Pfandbrief?«

»Der Abt von St. Mary's Abbey in York. Ein Handlanger meines Nachbarn, Sir Roger.«

»Wie hoch ist die Restsumme, die Ihr dem Kloster schuldet?«

»Vierhundert Pfund.«

Die Offiziere schreckten hoch. Robin stieß den Atem zischend durch die Zähne. »Für solch einen Opferstock geht selbst ein Bischof zu Fuß in die Kirche.« Kühl blickte der Anführer von einem zum andern. »Tom? Pete? Gilbert? Dich, John, frag ich nicht, du hast uns die Suppe eingebrockt. Aber ihr anderen? Was meint ihr?«

Pete Smiling bleckte die Lippen und nickte. Gilbert Whitehand stimmte zu, auch Tom Toad war einverstanden.

»Sir, ich bin bereit, Euch die Summe vorzustrecken.«

Richard at the Lea schloss die Augen, einen Moment bebte sein Kinn, wieder beherrscht, öffnete er die Lider. »Allein das Angebot berührt mich tief und beweist mir dein Mitgefühl. Danke. Auch wenn …«

»Ich stehe zu meinem Wort«, unterbrach ihn der Anführer schroff. Seine Miene wechselte, er zwinkerte den Freunden zu und bat: »Sir, stellt es Euch wenigstens vor. Spielt mit. Der Abend soll nicht in Trauer und Tränen enden.«

»Verzeiht, dass meine Sorgen mich … Gut, ein Spiel. Nun denn: Ich bin bereit.«

Robin lachte. »Wenn ich Euch die vierhundert Pfund leihe. Welchen Bürgen könnt Ihr mir bringen?«

Mit großem Ernst antwortete Richard at the Lea. »Bei allen Heiligen, ich weiß keinen, der für mich eintreten würde.«

»Bei den Heiligen? Wen haben wir denn da? Also: St. Dunstan, St. Dubric, St. Winibald, St. Willick, St. Johannes, St. Katharina …« Robin schnappte nach Luft, mit beiden Händen griff er sich in die rotblonde Haarmähne. »Und denen allen soll ich trauen? Zu all denen soll ich laufen, um mein schönes Gold wiederzuholen? Nein, das könnt Ihr nicht erwarten. Nennt mir einen besseren Bürgen!«

»Quält mich nicht!« Der Ritter hob die Brauen. »Ich kann keine Sicherheit bieten. Das schwöre ich bei der Jungfrau Maria. Mein Schicksal liegt allein in ihrer gütigen Hand.«

Die grauen Augen leuchteten auf. »Die reine Jungfrau. In ganz England gibt es in diesen Zeiten keine bessere Sicherheit. Eine Bürgschaft der Jungfrau Maria genügt mir. Nie hat sie mich im Stich gelassen. Sir Richard! Für genau ein Jahr werde ich Euch das Geld vorstrecken. Morgen könnt Ihr dem frommen Blutsauger in York Euern Pfandbrief aus dem Rachen reißen.«

Zum ersten Mal lächelte der Ritter. »Wären die Umstände nicht so, wie sie sind, und würdest du mit deinen Freunden an meiner Tafel zu Gast sein, dann, glaubt mir, würde ich euch für dieses Spiel belohnen. Jetzt aber bin ich müde und bitte um ein Nachtlager. Morgen erwartet mich ein schwerer Tag.«

»Geduld. Da es mein Spiel ist, werden wir es auch nach meinen Regeln bis zu Ende spielen.« Er wandte sich an die Offiziere. »Ich gebe das Gold. Und was ist mit euch? Was gebt ihr?«

»So wie er aussieht«, platzte John heraus, »ein neues Gewand braucht er. Damit er wieder aussieht wie ein Ritter.«

»Einverstanden, du Zwerg. Obwohl ich nachher noch zwei Worte mit dir reden muss.« Der Anführer zeigte auf Tom Toad. »Jetzt du?«

»Einen Hengst braucht er und 'nen guten Sattel. Seinen eigenen Klepper soll er als Packpferd nehmen.«

Whitehand war bereit, die besten Stiefel aus der Kleidertruhe herzugeben. Pete Smiling schenkte die goldenen Sporen dazu.

»Und ein Knappe?«, schmunzelte Robin. »Ein Ritter ohne Knappe ist kein Ritter. Deshalb, Sir, leihe ich euch nicht nur vierhundert Pfund, sondern auch meinen kleinsten Offizier. Ihr kennt ihn bereits. Unser Little John. Er wird Euch als Knappe nach York begleiten.«

»Besser so«, brummte der Hüne, als er die feixenden Gesichter der Gefährten sah. »Dann passiert ihm auch nichts.«

»Danke.« Richard at the Lea stützte die Stirn mit der Hand. »Ein schöner Traum. Doch jetzt lasst mich ausruhen!«

Robin führte den Gast in eine angrenzende Hütte. »Schlaft, Sir, aber träumt nicht, Sir. Die Wirklichkeit verblasst sonst.«

Als er zurückkehrte, verließ John mit Marian den Pferdestall. Das schlafende Mädchen hielt er im Arm, der Kopf lehnte an seiner Schulter.

»He, du Zwerg! Wollt dir noch einen Rat geben.«

»Sei leise, sonst weckst du sie!«

Robin trat dicht an den Hünen heran. »Beim nächsten Mal«, raunte er und pochte die Faust gegen die mächtige Brust, »beim nächsten Mal siehst du dir dein Opfer erst richtig an! Verstanden? Sonst wird das zu teuer für uns.«

Es dauerte einen Moment, dann grinste John. »Schon recht.«

Träge stieg der Nebel. Noch verhüllte er in den Baumwipfeln die Nester der Raben. Sie krächzten zum Stützpunkt hinunter: Der Tag! Tag! Der Tag!

Robin Hood weckte nur seine Offiziere. Halblaut erteilte er die

Befehle. »Und keinen Tanz, John. Beeilt euch!« Jeder wusste, was er zu tun hatte.

Bepackt mit Gewand, Stiefeln und Sporen betrat Whitehand die Hütte des Ritters. »Lass ihn erst raus, wenn ich rufe«, hatte ihm Robin eingeschärft.

In der Kleiderhöhle musste Little John die braunschwarze Kluft ausziehen. Begleitet vom meckernden Gelächter Pete Smilings, versuchte er die gewaltigen Beine in hellblaue, fein gewirkte Strümpfe zu zwängen. Sie platzten schon am Knie. Auch ließ sich keiner der bestickten Samtröcke vor der Brust schließen. »Hör auf zu lachen, sonst stopf ich dir dein Maul!«, schimpfte er und warf die teuren Stücke zurück in die Truhe. »Verdammt! Ich bin keine Puppe.«

»Befehl ist Befehl«, immer noch bleckte Smiling die Zähne. Er reichte ihm einen giftgrünen, gelb gestreiften Reisemantel mit einer übergroßen Haube. »Dann zieh deine eigenen Strümpfe und den Kittel wieder an! Das gute Stück hier reicht dir wenigstens bis über den Hintern, und für dein dickes Köpfchen ist das Zelt gerade recht.«

Nein, den Kampfstock durfte er nicht mitnehmen, er musste ein Schwert umgürten und einen langstieligen Hammer daneben stecken. Smiling war endlich zufrieden. »Was für ein Knappe«, spottete er. »Stell dich aufs Feld, und kein Vogel traut sich, auch nur ein Korn zu fressen!«

»Die Zähne schlag ich dir …« Ernst und Spaß stritten im bärtigen Gesicht. John zückte das Schwert. Für den geübten Smiling war er viel zu langsam. Längst hatte Pete blankgezogen und ließ die Klinge vor der Brust des Hünen auf und ab wippen. »Wäre doch schad um den schönen Mantel?« Die blutrote Quernarbe zuckte, dann bleckte er wieder die Zähne. »Vorwärts, Knappe John! Dein Herr Ritter ruft nach dir.«

»Schon recht. Wollt ja nur sehen, ob das Ding nicht klemmt.« Brummend steckte John die Waffe zurück.

Vor dem Stall warteten drei Pferde. Ein kräftiger Brauner für John. Der magere Gaul des Gastes trug die leeren Truhen, beide Deckel waren geöffnet. Den weißen Hengst hatte Robin selbst ausgesucht, ihn gesattelt und gezäumt. »Wo bleibt denn Tom?«, flüsterte er. Toad sollte hinunter ins Lager, das Gold aus der Schatzkammer holen und sofort heraufbringen. Wieso dauerte das so lange? »Dieser Krötenkopf. Wehe, er verdirbt uns den Spaß!«

Seine Ungeduld steckte an. Pete und John gingen vor der Hütte des Ritters hin und her. Sobald drinnen das Gespräch abriss, verstellte der Hüne mit seiner Körperfülle den Ausgang. »Noch nicht, Gilbert. Red weiter!«

Der Nebel hatte sich aufgelöst. Ein klarer Himmel. Die Raben kreisten krächzend um die kahlen Baumkronen, fielen in ihre Nester und stiegen wieder auf.

Endlich. Schweren Schritts näherte sich Tom Toad. Kaum entdeckte er den verkleideten Riesen, stolperte er, nur mit Mühe hielt er das Gleichgewicht. Er setzte den Ledersack ab, lachend keuchte er: »Wenn dich … wenn dich meine Beth so sieht, ich glaub …«

»Du jetzt auch noch?« John schnaubte. »Noch ein Wort, und ich schneid dir den Zopf ab!«

»Maul halten!«, raunte Robin und stieß ins Jagdhorn. Ehe das lang gezogene Alarmsignal verklungen war, stürmten bereits die wenigen Gefährten, die mit im Stützpunkt übernachtet hatten, aus ihren Unterkünften, halb bekleidet, doch jeder hielt seine Waffe in der Faust. »Stellt euch auf!« Der Anführer beschrieb einen Halbkreis.

Bis auf Marian gehorchten alle, selbst die beiden Köche. Das Mädchen lief zu John und zog heftig am Saum des giftgrünen Reisemantels mit den gelben Streifen. Fragend, beinah ängstlich blickte sie zu ihm auf.

»Alles in Ordnung, Kleines«, brummte er. »Ist nur ein Spiel.«

Marian kauerte sich in seiner Nähe auf den Boden und ließ ihn nicht mehr aus den Augen.

Robin stemmte beide Hände in die Hüften. »Sir Richard at the Lea! Die Bruderschaft der Freisassen möchte Euch Lebewohl sagen.«

Als Erster verließ Whitehand die Hütte, den Wettermantel und die abgelegten, zerschlissenen Kleidungsstücke warf er rasch auf das Packpferd und gesellte sich zu den Offizieren.

Der Ritter trat ins Freie. Eine würdevolle, hohe Gestalt, der Bisamkragen des scharlachfarbenen Übergewands lag weich auf den Schultern. Matt schimmerte der Brustharnisch. Die bleichen, übernächtigten Züge ließen das Gesicht noch kantiger erscheinen. Gefasst richtete er den Blick auf Robin Hood. »Ich danke dir und deinen Freunden. Mit diesem Gewand hast du mich reich beschenkt. Wenn auch der äußere Glanz nicht ...«

»Ich bitte Euch, Sir, schweigt!«, unterbrach Robin barsch. »Trauer lähmt den Verstand.«

Der Ritter hob die Brauen.

Robin lachte. »Wir sind Partner, weil Ihr mir die beste Bürgschaft gebracht habt. Nun liegt es an Euch, den Vertrag zu erfüllen. Und dazu braucht Ihr die Kraft und Entschlossenheit eines kühnen Mannes. Jammer und Klagen verderben nur das Geschäft.«

Richard at the Lea straffte empört den Rücken. Jetzt erst nahm er die Pferde und den abreisebereiten Riesen wahr. Sein Blick blieb bei den geöffneten leeren Satteltruhen. »Du wagst es, mich zu maßregeln? Nun denn, ich verzeihe dir, mit Rücksicht auf die Gastfreundschaft, die ich genossen habe. Danke für deine großzügigen Geschenke! Sie helfen, allein sie retten mich nicht. Deshalb, bei meiner Ehre, verlange ich von dir, dieses Spiel mit meinem Elend nicht weiter zu treiben!«

Robin erwiderte kühl: »Der Heiligen Jungfrau sei Dank! Dieser plötzliche Zorn in Euren Augen, Sir, überzeugt mich. Ja, Ihr werdet mir mein Gold pünktlich zurückzahlen.« Damit winkte er Toad und Whitehand. »Zählt es! Aber laut und deutlich.«

Tom hob einen Goldbarren nach dem anderen aus dem Ledersack, gab ihn Gilbert in die weiße Hand, der legte das rot glänzende Stück in die Satteltruhen, den ersten Barren in die eine, den zweiten in die andere und so weiter, um das Gewicht gut zu verteilen. Keiner der Freisassen wagte zu murren. Was Robin Hood anordnete, das musste geschehen, das hatte schon seinen Sinn. Im gleichen Takt drehten sich die Köpfe hin und her. Stumm begleiteten die Männer ihr schönes Gold auf der kurzen Wanderung in die Truhen.

Beim Anblick des ersten Barrens hatte Richard at the Lea laut aufgestöhnt, seitdem strich er unentwegt seinen zum Keil gestutzten Kinnbart.

»Vierzehn da, und vierzehn hier. Zusammen ergibt das den Wert von genau vierhundert Pfund.« Gilbert verschloss die beiden Truhen.

Robin trat vor den Ritter hin und verschränkte die Arme. »Na, was sagt Ihr?«

»Noch nie bin ich einem Mann wie dir begegnet.« Die Lippen bebten. »Du weißt kaum, wer ich bin, und vertraust mir dieses Vermögen an?«

»Ich kenne Euch, Sir, seit gestern. Und das ist lange genug. Außerdem habe ich die Bürgschaft der reinen Jungfrau. Und außerdem …« Robin lächelte leicht. »Ich und meine Männer, wir sind Jäger. Wir spüren jedes Wild auf, ganz gleich, wo es sich verborgen hält.«

»Du weißt, wo ich zu finden bin. Bei unserer gütigen Jungfrau, sorge dich nicht! Jetzt, da mir Ansehen, Burg und Güter bleiben, werde ich dir meine Schulden übers Jahr pünktlich zurückzahlen.«

Der Ritter reichte dem Anführer der Freisassen die Hand. »Nimm meinen Dank, mehr kann ich jetzt nicht geben! Mein Schicksal hat sich über Nacht auf wundersame Weise zum Guten gewendet. Ich glaube fest, auch das Los Englands wird sich mit der Rückkehr unseres Königs zum Licht wenden. Wenn du oder einer deiner Männer jemals meine Hilfe oder meine Fürsprache benötigen, ich schwöre bei meiner Ehre, ich werde euch aufnehmen und verteidigen.«

Robin schlug ein. »Nie hätte ich geglaubt, dass sich ein Normanne mit einem geächteten Sachsen verbündet. Das Bild bleibt auf dem Kopf stehen. Aber es gefällt mir.«

Aufbruch. Die Zeit drängte. Bis zum Sonnenuntergang musste der Pfandbrief im Kloster St. Mary's Abbey eingelöst werden. Richard at the Lea saß auf und strich bewundernd die Mähne des prächtigen Schimmels. »Fliegen werde ich nach York.«

»Solch ein Tier findet Ihr …« Robin brach ab. »Ja, ein schöner Gaul.« Ungehalten blickte er zu John. »Was trödelst du, Knappe?«

Marian klammerte sich an den Mantel des Hünen. Tränen rollten über die Wangen. »Ich komm wieder, Kleines. Ganz bestimmt. Glaub mir, ich lass dich nicht allein!« John löste sanft die verkrallten Hände. »Morgen, spätestens übermorgen bin ich wieder zurück. Solange gehst du rüber ins Dorf. Die Beth freut sich.«

Mit den Fäusten wischte sich Marian die Augen. Sie öffnete den Mund, formte Worte, nur Keuchen und Gurgeln entrang sich ihrer Kehle.

»Schon recht, Kleines. Geh zu Beth und wart auf mich!« Abrupt wandte sich John um und bestieg den Braunen.

Pete Smiling hatte den Schild des Ritters am Sattelhorn befestigt. »Wenn er danach ruft, dann reichst du ihn rüber, schön höflich wie ein guter Knappe.« John grinste mühsam. Pete bleckte die Zähne und zeigte auf die bis unter den Pferdebauch hängenden Beine. »Und wenn dein Gaul nicht schnell genug ist, setz einfach die Füße auf den Boden und gib ihm Schwung!«

Ehe John etwas Passendes einfiel, befahl Robin Hood: »Vorwärts!«

Der Ritter trieb den Schimmel an, aufrecht saß er im Sattel. John stülpte die Haube seines Mantels über und riss Pete die Leine des Packpferds aus der Hand. »Ich komm wieder«, drohte er.

Ich komm wieder, versprach sein Blick dem Mädchen. Er schnalzte und folgte seinem neuen Herrn.

Marians Schultern sanken. Auch als Pferd und Reiter vom Wald längst verschluckt waren, stand sie reglos da.

»He, kleine Bedingung!« Robin Hood fuhr mit der gespreizten Hand vor ihren Augen auf und ab. »He! Hier bin ich.« Er ging in die Hocke. »Du warst Johns Bedingung, und ich habe mein Wort gegeben. Am Anfang wusste keiner, was ein Mädchen hier bei uns Kerlen zu suchen hat.« Ernst fuhr er fort: »Aber jetzt gehörst du nicht mehr nur zu diesem Riesen. Du gehörst zu uns. Wir sind so was wie deine Familie.«

Lange forschte Marian in den grauen Augen des Anführers. Dann lächelte sie.

Robin richtete sich auf, abschätzend fragte er: »Wie schnell bist du?«

Das Mädchen setzte einen Fuß vor und reckte das Kinn.

»Also gut. Wer zuerst im Dorf ist. Die Regel geht so: Gewinne ich, dann schenk ich dir ein Messer. Gewinnst du, dann schuld ich dir ein Messer.«

Marian runzelte die Stirn, schließlich verzog sie verächtlich den Mund.

»Kein gutes Spiel? Oder?«

Sie schüttelte den Kopf.

»Also gut. Wir gehen zusammen rüber ins Dorf. Du bleibst bei Beth. Und beim Schmied darfst du dir einen guten Dolch aussuchen. Abgemacht?«

Da zwinkerte ihm Marian zu.

VII

GRAFSCHAFT NOTTINGHAM. AUF DEM WEG NACH NOTTINGHAM.

LETZTE NACHRICHT VOM KREUZZUG: *Beim Gefangenenaustausch erfüllt Sultan Saladin die Forderung des Siegers von Akkon nicht ganz. Voll Zorn lässt Löwenherz am 20. August 1191 vor den Mauern der Stadt 3000 moslemische Gefangene, Frauen, Kinder und Männer, abschlachten. Löwenherz marschiert mit seinem Heer weiter auf Jerusalem zu.*

GRAFSCHAFT YORK. ST. MARY'S ABBEY IN YORK.

Mit Eisenkeilen war das Eichenholzkreuz an der Stirnwand der Halle befestigt. Die Stichwunde am Leib des Erlösers war erst vor wenigen Tagen mit frischem Rot erneuert worden. In schmerzvoller Hingabe blickte der leidende Christus auf die reich gedeckte Tafel nieder. Das Mittagsläuten war längst verklungen. »Er wird nicht kommen. Deo gratias! Jetzt nicht mehr.« Die schlaffen Wangen des Abtes gewannen Farbe. »Zu Tisch! Lassen wir es uns schmecken«, forderte er seine Gäste und die Mitbrüder auf.

Unterwürfig führte er Baron Roger von Doncaster an seinen Platz. Der mächtige Gönner von St. Mary's Abbey hatte Wort gehalten. Von ihm waren alle Kosten für die Erneuerung des Kreuzes und auch des Refektoriums übernommen worden.

»Ein bescheidenes Mahl wird uns bis zum Sonnenuntergang

den Magen füllen. Und nach Ablauf der Frist wird uns der Besitz des Ritters die Taschen füllen. Welch ein Tag des Herrn!«

Sir Roger wischte die Hand des Benediktiners von seinem schwarzen Samtärmel. »Prudemment, abbé. Ich verabscheue es, angetastet zu werden. Auch von einem Kuttenträger!«

Kaum bewegten sich die schmalen Lippen des hageren, hohlwangigen Mannes, schnell sprach er, näselnd, aus Mund und Nase stieß er die Worte. Die blassgrünen Augen zeigten Verärgerung. »Kein Tag des Herrn. Mein Geld habt Ihr verliehen. Es ist mein Tag.«

»C'est vrai. Pardon. C'est vrai.« Tief gebückt schob der Abt die Sesselkante bis zu den Kniekehlen des Barons und wartete, bis Sir Roger sich niedergelassen hatte.

»Und Ihr, werter Richter, nehmt gleich hier Platz!«

»Gern. Nur zu gern.« Der untersetzte Mann rückte sich selbst den hochlehnigen Stuhl zurecht. »Hunger und Durst höhlen mich schier aus.« Seine Augen fraßen sich bereits in die duftende Hasenpastete.

Als königlicher Richter und Steuereintreiber reiste er von Burg zu Burg, von Kloster zu Kloster. Raub und Mord kümmerten ihn wenig. Er setzte die Summen fest, die nach London gezahlt werden mussten, verhängte Bußzahlungen und drohte den säumigen Herren mit Entzug des Pachtbesitzes. Also war man freundlich zu ihm und mehr noch als das. Jeder kannte die klebrigen offenen Hände, die unersättliche Gier des königlichen Richters. Großzügige Geschenke nahm er dankend. Sie verringerten die Steuerschuld. Und für ertragreiche Nebengeschäfte verschob er gern seine Weiterreise.

»Alles soll nach Recht und Gesetz verlaufen. Lässt der Ritter die Frist verstreichen, sollt Ihr es mit Euerm Siegel bezeugen.« Für diesen kleinen Dienst hatte ihm heute Morgen der Abt aus dem Klostersäckel im Voraus blanke fünfzig Silberstücke zugesteckt. Noch wenige Stunden blieben dem Schuldner, der Richter leckte sich genüsslich die Lippen, diese Zeit wollte er mit Wein und gutem Essen verbringen.

»Für den Abgesandten des Lord-Sheriffs von Nottingham habe ich den Platz zu meiner Rechten vorgesehen.«

Der Junker setzte sich. Das Messer aufrecht in der Faust, wartete er auf den Beginn der Mahlzeit. Er war nur als Zeuge hergeschickt worden. Das Denken fiel ihm schwer, das Warum und Wieso begriff er nicht, doch selten hatte er Tom de Fitz so außer sich erlebt. »Diable! Alle Schuldscheine in unserer Grafschaft hat dieser erbärmliche Ritter tatsächlich eingelöst. Sang de Dieu! Es bleibt nur noch der Pfandbrief in York.« Das Gesicht des Lord-Sheriffs war, bis auf den weißen Nasenstumpf, rot angelaufen. Der lang vorbereitete Plan durfte nicht im letzten Moment scheitern. Obendrein fürchtete Tom de Fitz um das Goldgehänge, das er von seinem Freund Sir Roger damals für die Falschaussage beim Prozess gegen den Sohn des Ritters erhalten hatte.

Der Lord-Sheriff hatte sich den einfältigsten Junker Nottinghams ausgewählt. »Du beschwörst alles, was man von dir verlangt! Dafür, mein edler, kühner Recke, darfst du bei der nächsten Jagd einen Hirsch erlegen. Du unterschreibst alles, hast du verstanden?«

»Schreiben?«

»Par tous les diables. Dann setz ein Kreuz!«

Bis jetzt war der Tag ohne Schwierigkeit verlaufen. Niemand hatte ihn etwas gefragt, niemand hatte von ihm verlangt, etwas zu lesen noch zu schreiben. Der Junker war mit sich zufrieden.

»Bruder Prior, her zu mir!« Mit dem Finger befahl der Abt den schmächtigen, etwas verwachsenen Mönch auf den Platz links neben sich. »Bruder Kellermeister, gleich auf seine andere Seite! Zur Sicherheit.« Der fettköpfige Kellermeister dankte fromm und setzte sich so, dass er mit seiner Leibesfülle den Prior fast vom Schemel stieß.

Über die Schulter blickte der Abt zum Erlöser hinauf, murmelte kurz das Dankgebet, schlug das Kreuz und rief: »Gott schütze Prinz Johann! Genießt, was das Herz begehrt!«

Und die Tafelrunde ließ es sich schmecken. Nach einer Stunde waren Pasteten, Schinken und heißer Weizenkuchen verschlungen und mit Wein endgültig hinuntergespült. Der Abt schnippte dem Bruder Speisemeister. »Na, was trödelst du?« Sein Finger wies auf den Platz des Barons.

Mit unbewegter Miene goss Sir Roger von Doncaster erst den Weinrest vor die Füße des Mönchs, bevor er den Becher neu füllen ließ. Die grünen Augen sahen verächtlich zum Abt hinüber. »War das alles?«, näselte er. »Mehr Speise habt Ihr mir nicht anzubieten?«

»Wartet, wartet. Eine Köstlichkeit wird unser Mahl krönen. Une délicatesse excellente.« Der Abt klatschte in die Hände. Sofort eilte der Speisemeister hinaus.

»Habt ein wenig Geduld, Sir Roger! Frisch zubereitet, knusprig schmecken sie am besten. Sie werden uns die Vorfreude versüßen. Welch ein Tag! Bald werdet Ihr um einen Adelssitz reicher sein. Und ich darf den Zehnten zum Wohle meines bescheidenen Klosters von den Höflern eintreiben.«

Neben ihm schüttelte der kleine Prior den Kopf. »Es ist nicht recht«, sagte er leise.

»Schweig!«

»Verzeiht meinen Ungehorsam, Vater!« Der Prior blickte vor sich hin. »Es ist nicht recht, den Ritter um sein ganzes Vermögen zu bringen. Seine Schuld beläuft sich lediglich …«

»Bruder Prior! Ich verbiete dir das Wort!«

Der Mönch duckte sich. Höher wölbte sich der Buckel unter der schwarzen Kutte. »Verzeiht! Aber ich, ich bin dein Stellvertreter.«

Verunsichert runzelte der königliche Richter die Stirn. »Ich wasche meine Hände in Unschuld. Doch sollte irgendetwas an dem Handel …«

»Nein!«, schrie der Abt. »Das Gesetz ist auf unserer Seite. Wenn der Ritter nicht erscheint und die Schuld begleicht, dann, par la Vierge, verliert er sein Hab und Gut, ganz gleich, wie viel sein Besitz wert ist.«

Erleichtert nickte der Richter. »Recht. Recht. So darf man es sehen.« Er lehnte sich zurück.

»Verzeiht, es ist grausam, einen Menschen …«

Blitzschnell stampfte der Kellermeister den Knauf seines Messers auf den Handrücken des schmächtigen Mönchs. Ein erstickter Schrei.

»Verzeiht, liebster Bruder Prior. In aller Demut, es geht dich nichts an.« Der Kellermeister wiegte den Kopf. »Ich bin für die Geschäfte des Klosters verantwortlich, den Keller und die Scheunen. Und ich bin der Meinung unseres gütigen Vater Abts.«

Bis jetzt hatte Sir Roger schweigend zugehört. »Es erstaunt mich«, begann er und wartete, bis sich alle ihm zuwandten. »Ja, schon lange frage ich mich, wie es einem Krüppel gelingen konnte, solch ein ehrenvolles Amt zu ergattern. Gibt es keine aufrechten Glaubensmänner im Orden der Benediktiner?«

Der verwachsene Mönch ließ den Kopf auf die Brust sinken.

Eilfertig pflichtete der Abt seinem Gönner bei: »Wenn ich darüber nachdenke, ja, es scheint notwendig, ja, wir werden im Konvent neu entscheiden müssen.«

»Ich habe entschieden«, sagte Sir Roger von Doncaster näselnd.

Beide Türteppiche wurden zur Seite geschlagen. Angeführt vom Speisemeister, trugen drei der Klosterbrüder die Delikatessen herein.

Neben dem Platz des Barons senkten sie die Platten. Lerchen, Grasmücken und Nachtigallen! Gerupft, in Honig gewälzt und an langen, dünnen Holzspießen braun gebraten!

Mit beiden Händen griff Sir Roger zu. Er wartete nicht. Er biss den knusprigen Vögeln die Köpfe ab, spuckte sie über den Tisch, dann riss er mit den Zähnen die erste Nachtigall vom Spieß.

Keine Gespräche mehr. Die Herren der Tischrunde zerkauten genießerisch die *délicatesse*. Allein der Prior aß nichts, er saß in sich zusammengesunken auf seinem Schemel.

Wald, Felder, Weiden und wieder Wald. Kein Galopp, leichter Trab, um die Pferde nicht zu ermüden. Wenn die kahlen Bäume und Sträucher näher an die Straße rückten, dämpfte feuchtes Laub den Hufschlag.

Auf der Kuppe des Hügels zügelte Sir Richard at the Lea den Schimmel. Er wandte den Kopf und wartete, bis Little John mit dem Packpferd nachgekommen war. »Noch eine knappe Stunde. Dann sind wir am Ziel.«

Die Straße senkte sich durch eine schmale, gerade Schneise hinab, erst in der Ebene verließ sie den Wald und wand sich zwischen braunschwarzen Äckern bis vor das Stadttor von York. Innerhalb des machtvollen Mauerrings waren keine Dächer auszumachen, doch Kirchtürme dicht an dicht, überragt vom stumpfen Turm der Kathedrale.

»Wurd auch Zeit.« John schob die Mantelhaube aus der Stirn. Prüfend sah er zur Sonne. »Schon recht, Sir. Ist noch Zeit genug.«

Sir Richard streckte den Arm. »Dort. Linker Hand. Außerhalb der Stadtmauer. Da liegt St. Mary's Abbey. Dort werde ich erwartet.«

»Oder auch nicht«, grinste John.

Der Ritter wurde ernst. »Ja, vielleicht. Der Abt will ein schnelles Geschäft. Doch mein Nachbar, Sir Roger, wäre sicher enttäuscht. Mit Drohungen und Versprechungen hat er verhindert, dass mir irgendjemand die letzten vierhundert Pfund borgt. Er würde es genießen, mich endlich erniedrigt vor sich zu sehen.«

»Na, das wird 'ne Enttäuschung.« Der Hüne stülpte die giftgrüne, gelb gestreifte Kapuze wieder über. »Will mir nicht in den Kopf, wie ihr feinen Normannen euch gegenseitig die Augen aushackt. Das tut keine Krähe.«

»Schweig! Doch merk dir eins: Nicht alle Normannen sind habgierig.« Mit leichtem Sporendruck trieb Sir Richard den Schimmel an. Er ließ das Tier laufen, schnell vergrößerte sich der Abstand.

»Auch gut, Herr!« Der Knappe fasste den Lederriemen des Packpferds fester, schnalzte seinem Braunen und trabte hinterher.

Fast hatten sie die Ebene erreicht. Noch war die Schneise eng, noch säumten Bäume und dichtes Gehölz den Straßenrand. Richard at the Lea ritt zwanzig Pferdelängen voraus.

Unmittelbar vor John tauchte jäh eine zerlumpte Gestalt hinter einem Baumstamm auf. Eine riesige Keule in den Fäusten. Das Gesicht verdreckt. Die Augen glühten. »Ich bin Robin Hood. Also runter von dem Gaul!«

»He, was soll …? Wer? Wer bist du?« Mit den Gedanken war John längst im Kloster gewesen. Viel zu langsam begriff der Hüne. Ein Überfall. Dieser Gauner wagt es! Nennt sich Robin Hood! »Verschwinde, sonst zeig ich dir, wer du bist!«

Schon sprang der Kerl näher, riss die Waffe mit beiden Händen hoch. John schaffte es gerade noch, seinen Oberkörper zurückzubiegen. Da krachte die Keule auf den Schädel des Braunen. Sofort knickte das Pferd in die Vorderhufe.

»Beim Satan!« Der Riese fiel nicht, mit beiden Füßen stand er auf der Erde, zwischen seinen Beinen röchelte der verletzte Gaul. »Mit mir nicht, Kerl!« Alles in John spannte sich.

Ehe das Tier zur Seite kippte, hatte er den Schild gefasst, brüllend stieß er sich ab und schnellte auf den Wegelagerer zu. Der zweite Keulenhieb. Ausweichen! Das knorrige Holz streifte nur seinen linken Arm, doch er stolperte und schlug zu Boden. Über ihm ließ der Kerl sich Zeit. Weit holte er zum dritten Schlag aus.

Dieser Moment genügte John, in die Hocke zu gelangen, den Schild mit beiden Händen zu fassen. In den Hieb hinein sprang er hoch und rammte den Angreifer. Rückwärts wurde der Wegelagerer von der Straße geschleudert. »Ratte! Von wegen Robin

Hood. Du verdammte Ratte!«, fluchte John und wollte sich über ihn werfen.

Da wieherte hinter ihm das Packpferd. Der Hüne warf den Kopf herum. Ein zweiter Kerl zerrte den Gaul samt Satteltruhen ins Gebüsch. »Elendes Pack!« John ließ den Schild fallen, rannte los, doch der erste Angreifer war wieder bei ihm, stürzte, schnappte noch einen Fuß und klammerte sich fest. »Nicht mit mir!« John stieß einen Schrei aus und hieb beide Fäuste auf den Rücken unter sich.

Richard at the Lea hatte das Gebrüll seines Knappen gehört. Er wendete den Schimmel und galoppierte zu Hilfe. Ehe er heran war, erschlafften die Hände des Wegelagerers.

John stieß den reglosen Körper zur Seite. »Du verdammter Idiot! Hab ich's dir nicht gesagt? Nicht mit mir!« Er hetzte über die Straße, brach durch das Gestrüpp. Weit war der zweite mit dem bockenden Packpferd noch nicht gekommen. Als er das brüllende Ungeheuer hinter sich herkommen sah, vergaß er seine Beute und floh schreiend.

John ließ ihn laufen. »Schon gut«, keuchte er außer Atem. Langsam näherte er sich dem verschreckten Tier. »Ruhig.« Er griff ins Zaumzeug. »Ruhig. Alles gut.«

Von der Straße her rief Richard at the Lea besorgt seinen Namen.

»Alles in Ordnung, Sir. Ich hab das Gold.«

Sicher brachte der Hüne das Packpferd zurück.

»Er ist tot.« Der Ritter war abgestiegen und hatte den Wegelagerer auf den Rücken gedreht.

»Hab ihn gewarnt.« John wischte sich über die Stirn. »Konnt nicht anders. Fürs Schwert oder den Hammer ging's zu schnell. Hätt ich meinen Stock gehabt, wär ich ihn gleich losgeworden. Dann würd er zwar sein Lebtag rumhinken, aber leben würd er noch.« Er schlug den Dreck notdürftig vom Reisemantel. »Dieses verdammte Gesindel!«

Richard at the Lea deutete zu dem Braunen hinüber. Er lag auf der Seite, zuckte und röchelte. »Hilf ihm«, forderte er.

John sah den Ritter an, dann senkte er den Blick. »Hab genug für jetzt«, murmelte er. Richard at the Lea begriff und zückte selbst das Schwert.

Stille. John rückte an den Satteltruhen, rückte sie hin und her, mit der flachen Hand schlug er auf das Kleiderbündel. Nach einer Weile hielt er inne, nachdenklich kratzte er die Narbe im Bart. »Sir? Das Gewand. Ich glaub, das neue Gewand war schuld. Die Kerle haben's gesehen und gedacht, da kommt ein reicher Mann.« John nahm den alten Wettermantel des Ritters vom Packpferd. »Zieht den wieder über! Ist besser, glaub ich. Der lockt keinen mehr an.«

»Gut. Gib her! Wir müssen weiter.« Ohne Zögern befolgte Sir Richard den Rat, stockte, leise lächelte er: »Dein Vorschlag ist besser, als du denkst.« Während er in den Sattel stieg, setzte er hinzu: »Dieses zerschlissene Stück wird die einen Räuber wie auch die anderen Räuber täuschen.«

»Was?«

»Frag jetzt nicht! Wir haben Zeit verloren.«

»Keine Sorge, Sir. Ich nehm das Packpferd an der Leine. Gute Füße hab ich. Knapp wird's. Aber schaffen werden wir es.«

Während der Hüne in großen Schritten hinter dem Ritter herlief, schimpfte er wieder und wieder. »Diese Ratten! Nehmen sich einfach Robins Namen. Dieses Raubgesindel! Lauern da einfach hinter den Bäumen. Dieses zerlumpte Pack!«

Schließlich wandte Sir Richard den Kopf. »Wen meinst du, Little John?«

Der Hüne schwieg. Tiefer zog er die riesige Kapuze in die Stirn. »Schon recht. Na ja, ich mein, es gibt solche und solche. Das mein ich.«

Rotgolden flutete das Sonnenlicht durch die Westfenster des Speisesaals. Kandierte Äpfel und Nüsse hatten das Mahl abgerundet.

Noch einmal ließ der Abt nachschenken. Leicht trunken hob er den Becher: »Ein Toast auf unsere Sonne, noch ein kleines Weilchen, und sie wird versinken. Ritter, fahr wohl! Ritter …«

»Schluss mit dem Geschwätz!« Sir Roger von Doncaster hieb die Faust auf den Tisch. »Auch wenn der Pfandbrief verfällt. Der Ritter muss die Abtretung unterzeichnen. Wir benötigen die beglaubigte Bestätigung.«

»Nur eine Formalität«, beschwichtigte der Richter sofort. »Allerdings kostet …«

Stimmen. Lärm. Hufschlag vor der Halle. Durch die Türteppiche schlüpfte der Bruder Pförtner, eilte zur Tafel und dienerte. »Verzeiht, Vater Abt! Der Ritter und sein Knappe. Gleich draußen warten sie. Ich konnte sie nicht aufhalten. Sie weigerten sich sogar, die Pferde in den Stall zu bringen.«

Der Abt starrte zur Sonne. Glutrot stand der Ball im Westen. Alle Farbe wich aus dem Gesicht des frommen Herrn.

Die Lippen Sir Rogers spannten sich zu einem Lächeln. »Also doch. Endlich! Er soll nur eintreten! Und Ihr, werter Vater, Ihr führt das Wort. Und, par la Vierge, wehe Euch, wenn Ihr jetzt versagt.« Damit lehnte er sich zurück und verschränkte die Arme. Gehorsam raffte der Bruder Pförtner die beiden Türteppiche, band sie zur Seite, dienerte und zog sich rasch zurück.

Den Helm trug er in der Hand, eng lag die Kettenhaube um den Kopf, der Wettermantel war geschlossen und verhüllte die hoch gewachsene Gestalt. So betrat Sir Richard at the Lea die Halle. Hinter ihm blieb der Knappe in der Tür stehen, sein massiger Körper füllte den Eingang. Die große Kapuze verdeckte Augen und Nase. Den Zügel des Packpferds hielt er in der linken Faust.

Nach wenigen Schritten beugte der Ritter beide Knie vor den versammelten Herren. »Ich entbiete Euch allen meinen Gruß. Ich grüße Euch, Ehrwürdiger Vater.«

Der Abt nickte nur. Er bat den Gast nicht, wie es die Höflichkeit vorschrieb, sich zu erheben und Platz zu nehmen, auch bot er ihm keinen Willkommenstrunk an.

Richard blieb auf den Knien. »Nach zwölf Monaten bin ich genau auf Tag und Stunde …«

»Habt Ihr mein Geld?«

»Die Ernte war schlecht. Der Ertrag genügte nicht, um die Summe aufzubringen.«

Der Abt fuhr vom Sitz hoch. Er klappte den Mund zu und ließ sich wieder sinken. Sein Blick streifte die Gesichter der Tischherren. »Haben es alle vernommen?« Er zog den Pfandbrief aus dem Hüftstrick, liebevoll legte er ihn vor sich hin. »Deo gratias! Er hat es nicht. Er hat es wirklich nicht. Welch ein …«

»Weiter«, näselte Sir Roger. Aus den Augenwinkeln beobachtete er den demütig knienden Ritter.

Weit beugte sich der Richter über den Tisch. »Ehrwürdiger Vater?«, raunte er. »Was bietet Ihr, wenn ich dafür sorge, dass er die Abtretungsurkunde gleich heute unterzeichnet?«

»Noch mehr? Ihr habt doch schon …«

»Das war für mein Siegel.«

»Schluss mit dem Handel!«, drängte der Baron.

»Also gut. Fünfzig.«

»Darf ich bitten!«

»Au Dieu! Ihr versteht es.« Der Abt zog aus dem Ärmel der schwarzen Kutte einen Beutel. »Es sind fünfzig, glaubt mir.«

Öffnen, prüfen und in der Hand wiegen, der Kronbeamte benötigte dazu kaum mehr als einen Atemzug. »Bien. Ihr genießt mein tiefstes Vertrauen, Vater.«

Eine Ader sprang quer über die Stirn des Benediktiners, bleich hing die schlaffe Haut von den Wangenknochen. Bereits hundert Pfund war er aus dem klostereigenen Säckel losgeworden. Sein Zorn entlud sich jetzt auf den Ritter: »Mit leeren Händen! Und Ihr wagt es noch, mir unter die Augen zu treten? Nichtswürdiger! Was seid Ihr nur für eine erbärmliche Gestalt?«

»Erbarmen. Ja, aus diesem Grund wagte ich mich her. Habt Erbarmen! Nehmt mir mein Land nicht! Stoßt mich und meine Familie nicht noch tiefer ins Elend!« Richard at the Lea legte die Hände zusammen. »Bei der reinen Jungfrau, ich bitte Euch, verlängert die Frist!«

»Undankbarer! Aus Mitleid und Nächstenliebe gab ich Euch vor einem Jahr das Geld. Ihr habt Eure Chance vertan.« Der schnelle Blick zu Sir Roger stärkte den Abt. »Im Angesicht anderer segensreicher Aufgaben meines Klosters bin ich zu unerbittlicher Strenge gezwungen.«

Bis auf den Prior nickten alle Herren.

Richard at the Lea gab nicht auf. »Und Ihr, verehrter Richter? Noch nie bin ich unserm König einen Steuerpenny schuldig geblieben. Helft mir aus der Not, streckt mir die Summe vor!«

»Schade. Schade. Doch ich bin nur Beamter der Krone. Und Beamte …« Er ließ das Wort durch die Halle seufzen und zuckte die Achseln.

Der Ritter sah zum Abgesandten des Lord-Sheriffs. Der grinste nur dümmlich. Richard at the Lea wandte sich an den Baron. »Sir Roger von Doncaster. Nachbar!« Er schwieg und schien nach Worten zu suchen.

Am Eingang durchzuckte es Little John. Sir Roger von Doncaster! Unter dem Schutz der Kapuze wurden seine Augen zu Eis. Du bist es also. Vor dir zittern die Eltern von unserm Much. Du hast Toms Kopf ins siedende Öl stecken lassen. Du hast der armen Beth das Ohr abschneiden lassen. John atmete schwer. Du hast ihre Kinder sterben lassen. Dein Gesicht, Kerl. Das weiß ich jetzt für immer.

Richard at the Lea begann mit fester Stimme: »Beide entstammen wir einem alten Adelsgeschlecht. Unsere Großväter sind gemeinsam vor mehr als hundert Jahren mit dem siegreichen König Wilhelm auf diese Insel gekommen. Wir beide sind Normannen. Vergesst Euren Hass. Lasst mich nicht hier auf dem Boden liegen!«

Der Baron blähte die Nasenflügel: »Ihr wagt es, Euch mit mir zu vergleichen? Eher würde ich einem streunenden Köter eine Wurst geben als Euch auch nur einen einzigen Penny.« Er zeigte nach Westen. Die Sonne berührte fast den Horizont. »Wenn sie untergegangen ist, werdet auch Ihr untergehen. Und ich werde zusehen.«

Besorgt starrte John zum Fenster. Was trödelt der Ritter?

»Ich habe gespart«, meldete sich der schmächtige Prior zu Wort. »Ich bin bereit …«

Tief zog der Kellermeister die Messerklinge durch den Handrücken des Mönchs. Ersticktes Wimmern. Blut quoll aus der klaffenden Wunde. »Ach, verzeiht, liebster Bruder!« Das Grinsen wurde feister: »Was höre ich da? Persönlicher Besitz? Hast du den Konvent bestohlen? Oder hab ich mich verhört?«

Noch einmal setzte der fettköpfige Kellermeister die Klinge an. Flehend stammelte der Prior: »Verhört. Ja, verhört!«

Sir Roger schnippte dem Kronbeamten. »Erledigt die letzte Formalität, und dann werft den Bettler vor die Tür!«

Mühsam beherrscht schloss Richard at the Lea die Augen und schwieg.

»Seid großzügig, Ehrwürdiger Vater! Und zahlt ihm noch etwas für die Ländereien, das erleichtert unser Geschäft!« Der Richter zwinkerte dem Abt zu. »Gebt ihm noch hundert Pfund! Dafür soll er die Abtretung unterzeichnen.«

»Hundert Pfund?« Der Benediktiner griff sich an die Kehle. »Hundert Pfund soll ich einem wortbrüchigen Ritter in den Rachen stopfen?«

»Wortbrüchig?!« Sir Richard at the Lea erhob sich. »Niemals! Niemals erlaube ich, dass mich irgendjemand des Wortbruchs bezichtigt. Bei meiner Ehre! Wärt Ihr ein Ritter!« Er ballte die Faust. »Aber so. Und würdet Ihr mir tausend Pfund bieten, ich würde nie meine Unterschrift auf solch eine schändliche Urkunde setzen.«

»Ich vertrete das Gesetz«, begann der Richter. »Und mir scheint, Euch bleibt …«

»Schweigt!«, herrschte Sir Richard. »Ich schäme mich, dass Ihr die Farben unseres Königs tragt.« Der zum Keil gestutzte Kinnbart bebte. »Und Ihr, Herr Abt. Vater! Welch ein Hohn, Euch so zu nennen. Ich kam, um Euer Herz zu bewegen, doch Ihr seid falsch und habgierig. Ihr bestätigt alles, was die gequälten, ausgebeuteten Sachsen euch Dienern der Kirche vorwerfen. Und den Einzigen, der Mitleid zeigt, den lasst ihr mit dem Messer quälen.« Zorn loderte im Gesicht des Ritters. »Und Ihr, Herr Nachbar! Ihr seid der Kopf! Ja, nach außen hin der große Gönner! In Wahrheit aber schleicht Ihr herum wie ein gieriger Wolf. Ein Kloster, einen Adelssitz nach dem anderen zwingt Ihr mit Eurem Geld und Einfluss in die Abhängigkeit. Macht, so heißt die Lust in Euch. Ihr selbst beschmutzt Euch dabei nicht die Hände. Wem habt Ihr Treue geschworen? Das frage ich. Ist es wirklich Richard Löwenherz? O ja, ich weiß nur zu gut, warum Ihr mich vernichten wollt.«

»Starke Worte«, sagte Sir Roger näselnd. »Ihr habt Recht. An einem Wurm beschmutze ich nicht meine Hände. Ich zertrete ihn.«

Sir Richard at the Lea richtete sich auf. Er zeigte zum Fenster. Halb war der glutrote Ball noch zu sehen. »Vor einem Jahr gab ich mein Ehrenwort. Und heute auf die Stunde genau werde ich meine Schuld begleichen.«

Nur kurz genoss er die ungläubigen Mienen der Tafelrunde. »Knappe!«

Erleichtert gehorchte John. Er zerrte das Packpferd durch die Türöffnung in den Saal. Unter jedem Arm eine der Satteltruhen, schritt der Hüne auf die Gesellschaft zu. Er schüttete die Goldbarren über die abgegessenen Platten.

»Das reicht aus«, brummte er.

Mit geübtem Blick schätzte der Richter die matt schimmernden Stücke. »Es stimmt. Der Wert beträgt vierhundert Pfund.«

Jäh schlug Sir Roger seinen Weinbecher zur Seite. »Wer hat es gewagt? Wer hat Euch geholfen? Enfer et damnation! Wer?« Er zerrte am Stoff des grünen, gelb gestreiften Mantels. »Und wer ist dieses Monstrum? Keine Manieren. Das ist kein Diener. Zeig mir dein Gesicht, Kerl!«

John schnappte die Hand, riss sie hoch und quetschte die Finger in seiner Faust. Kein Laut. Schmerzverzerrt presste der Baron die Lippen aufeinander.

»Wünsch es dir nicht! Mein Gesicht? Das siehst du erst, kurz bevor ich dir dein Genick breche.«

»Knappe!«, ermahnte Richard at the Lea.

John gab die Finger frei.

»Damit ist alle Schuld getilgt.« Der Ritter forderte den Pfandbrief zurück. Hastig schützte der Abt das Pergament vor seiner Brust. »Nein, wartet! Erst will ich meine hundert Silberstücke zurück. Richter, gebt sie mir wieder!«

»Ich habe getan, was ich vermochte. Meinen Lohn habe ich redlich verdient.«

»Dann verlange ich sie von Euch, Ritter! Meine Auslagen muss ich zurückhaben. Sonst gebe ich den Pfandbrief nicht her.«

Ungläubig schüttelte Sir Richard den Kopf. »Eine Höhle. Keine Mönche, Räuber hausen in diesen heiligen Mauern.«

»Auch gut.« John schob seinen Herrn beiseite. »Mit Räubern kenn ich mich aus«, brummte er. Damit fuhr der Riese herum, gleichzeitig riss er den Hammer aus dem Gürtel. Einmal nur ließ er ihn kreisen. Dann krachte der klobige Eisenkopf auf den Tisch. Die Platte zersplitterte. Becher, Platten, Gold, Knochen und Schüsseln wirbelten hoch. Pastetenreste, Soße und Wein spritzten. Der Schreck lähmte die über und über besudelten Herren. Mit den Füßen bahnte sich John zwischen den Tischtrümmern einen geraden Weg direkt auf den Abt zu.

»Mein Sohn. Bitte! Par la Vierge, versündige dich nicht!«, stammelte der Abt. »Versündige dich nicht, mein Sohn!«

»Schon recht, Vater. Her mit dem Wisch!«

Bereitwillig wurde ihm das Pergament ausgehändigt. Der Knappe fragte seinen Herrn. »Was ist? Wir haben pünktlich bezahlt. Wir haben den Schuldschein.«

»Die Anwesenden müssen es bezeugen, dann erst sollten wir uns zurückziehen.«

»Ihr habt's gehört.« Langsam ließ John den Hammer vor den Knien der Herren hin und her schwingen. »Beeilt euch!«

Der Prior lächelte und hob die blutende Hand. »Ich bezeuge vor Gott, dass Sir Richard at the Lea all seine Schuld beglichen hat, dass unser Kloster St. Mary's Abbey keine Forderungen mehr an ihn hat.«

Der Richter bemühte sich um Würde. »Kraft meines Amtes bestätige ich: Sir Richard at the Lea ist nach Recht und Gesetz seinen Pflichten nachgekommen. Er ist schuldenfrei und bleibt im Besitz seiner Burg und all seiner Ländereien. Wer anderes sagt, wer ihn verleumdet oder ihm nachstellt, den wird selbst die Härte des Gerichts treffen.«

»Schön gesagt. Das gefällt mir«, brummte John unter der Mantelhaube. »Und was ist mit euch andern Kerlen?« Gefährlich nah schwang der Hammerkopf.

Baron Roger von Doncaster bestätigte mit einem knappen Handzeichen, auch der Abt, ebenso der Kellermeister.

»Was soll ich tun?«, fragte der Abgesandte des Lord-Sheriffs.

»Die Finger hoch, du Idiot, wenn dir dein Knie was wert ist.«

Beide Hände hob der Junker, reckte sie sogar bis über den Kopf.

»Brav. So gefällst du mir.« John steckte den Hammer zurück in den Gürtel. »Geht Ihr voraus, Herr!«

Sir Richard at the Lea maß den Baron mit kalter Verachtung. »England wird von einem Wolf und seinem Rudel bedroht. Seit gestern weiß ich, die Gefahr lauert nicht in den Wäldern. Es sind nicht die Geächteten und ihr gefürchteter Anführer. Unvermutet begegneten mir dort in der Wildnis raue, doch im Herzen aufrechte Männer. Ja, sie lehnen sich auf, ja, sie brechen das Gesetz, weil sie sich von uns Normannen betrogen fühlen. Doch ihre Königstreue ist ringsum in unsern Grafschaften kaum noch anzutreffen. Auf den Burgen, in den Klöstern, dort lauert die wahre Gefahr für England. Gott schütze König Richard im Heiligen Land! Gott schütze seine baldige Rückkehr!« Damit öffnete der Ritter den abgetragenen Wettermantel, warf ihn über die Trümmer der Tafel und schritt im pelzbesetzten Gewand, das Haupt erhoben, aus dem Saal.

»Das war's«, brummte John, griff nach dem Halfter des Packpferds und folgte seinem Herrn.

Ungefährdet verließen Ritter und Knappe die Pforte von St. Mary's Abbey. Die Sonne war untergetaucht. Noch glühte der westliche Himmel.

»Danke. Dank dir und Robin Hood!«

John lief neben dem weißen Hengst her. »Schon recht. Jetzt weiß ich's genau, Sir. Das mit den Normannen, mein ich. Es gibt solche und solche.«

In der Halle des Klosters saß Sir Roger immer noch in seinem Sessel. »Von wem hat er das Gold? Sacre Dieu.« Das hohlwangige Gesicht war aschfahl. Bis auf den Abt hatten sich die übrigen Herren rasch zurückgezogen. Vorsichtig öffnete und schloss der Baron die gequetschte rechte Hand. »Also ist unser Plan gescheitert. Also muss ich diesem at the Lea ein guter Nachbar sein. Er triumphiert über mich, und mir sind die Hände gebunden. Bei nächster Gelegenheit aber ...« Die blassgrünen Augen starrten zum Fenster. »Geächtete? Und wie er dieses Lumpenpack verteidigte?« Die Nasenflügel blähten sich. »Kein Normanne, kein Gutsbesitzer, selbst keiner der reichen Juden unserer Gegend hätte es gewagt, meinen Plan zu durchkreuzen. Sacre Dieu! Ich ahne, wer ihm das Gold geliehen hat. Ja, ich weiß es. Wie nennt sich dieser Anführer?«

Der Abt zuckte die Achseln. Schon drohte ihm Sir Roger: »Das solltet Ihr aber wissen, wenn Ihr Euch noch länger meiner Gunst erfreuen wollt. Robin Hood! Dieser selbst ernannte Freisasse. Von überall wurde mir zugetragen, dass er und seine Kumpane sich an mir rächen wollen. Was war ich leichtsinnig!«

Der Ritter war nur das Werkzeug. Heute hatte dieser Robin Hood geschickt den ersten Schlag gegen ihn, Baron Sir Roger von Doncaster, geführt. Diese Demütigung! Dort in den Wäldern versteckten sich nicht länger nur gehetzte Kreaturen, die irgendwann doch am Galgen endeten. Dieser Robin Hood schweißte die Geächteten zusammen. Und das geraubte Gold und Silber diente ihm nicht allein, um die Bäuche zu füllen. Robin Hood war sein Feind. Und Waffen! Seit drei Jahren waren dem Räuber ganze Wagenladungen in die Hände gefallen! Roger von Doncaster schlug sich gegen die Stirn. »Und ich habe dem Hilfegesuch des Lord-Sheriffs von Nottingham keine Beachtung geschenkt! Gelacht habe ich, weil ich glaubte, dass dieser kläffende Köter nur einen Zaun anpissen kann. Jetzt weiß ich es besser. Niemals werde ich diese Schmach vergessen. Aber Robin Hood bedeutet Gefahr nicht nur für mich, sondern auch für unsere Pläne. Und ihn will ich. Von heute an werde ich nicht ruhen, das schwöre ich! Ich werde dem Lord-Sheriff mit all meiner Macht zur Seite stehen. Ich werde Prinz Johann davon überzeugen, dass dieses Pestgeschwür aus unsern Wäldern herausgebrannt werden muss. Und wehe dem, der es jemals wagt …« Er brach ab, seine Mundwinkel zuckten. »In Kirklees. Im Kloster von Kirklees. Auch diese frommen Schwestern leben von meiner Großzügigkeit. Vater Abt? Denkt nach!«

»Gut leben sie. Mehr weiß ich nicht.«

»Eine der Nonnen versteht sich auf die Heilkunst. Von weit her kommen die Leute, wenn sie schwere Wunden haben.«

»Das ist bekannt. Nur ich kann nicht folgen.«

Neu belebt nickte Sir Roger. »Schwester Mathilda. Eine tüchtige, ehrsüchtige Frau. Wer gut bezahlt, der wird auch gut versorgt. Normanne oder Sachse, ehrbar oder schlecht, ganz gleich, sie behandelt jeden, weil Silberstücke nicht stinken. Das gefiel mir immer schon an ihr. Und irgendwann, ja irgendwann erzählte sie mir, dass ihre Familie auch verwandt sei mit diesem Loxley, diesem Robin Hood. Damals haben wir gelacht.« Sir Roger von Doncaster erhob sich. »Damals«, sagte er gefährlich sanft. »Ich meine, es ist an der Zeit, dem Kloster von Kirklees einen Besuch abzustatten.«

VIII

LETZTE NACHRICHT VOM KREUZZUG: *Richard Löwenherz gewinnt am 7. Sept. 1191 die Schlacht bei Arsuf. Sultan Saladin muss sich zurückziehen. Richard greift das kaum geschützte Jerusalem nicht an! Er nistet sich mit dem Kreuzfahrerheer in Jaffa ein. Im November beginnt die Regenzeit. Immer noch zögert Löwenherz. Die verbündeten Heerführer murren.*

GRAFSCHAFT YORK. BARNSDALE WINTERLAGER.

Anfang Dezember waren die ersten Schneeflocken gefallen. Sie blieben auf dem gefrorenen Boden liegen.

»Bei mir wird es zu kalt für dich, Kleines.« Little John war fest entschlossen.

Marian hatte sich gewehrt, dem Hünen mit der Faust gedroht, sich drei Schaffelle über die Schultern gelegt. Es nutzte nichts. John brachte sie zu Beth. »Am Kochfeuer hast du's gut. Und zum Schlafen kriechst du unter ihre Decke. Da wärmt ihr euch schon.«

»Mein Prinzesschen!« Das glückliche Lächeln der Näherin hatte Marian den Zorn aus den Augen gewischt. Sie hatte Johns Hand gedrückt, sie war einverstanden.

Kurz vor Weihnachten heulte ein Schneesturm über die Höhenrücken und kahlen Wälder hinweg. Auch in den ersten Nächten der zwölf heiligen Tage schneite es. Jeden Morgen mussten die Höfler und Handwerker in Barnsdale-Top die Tür ihrer Hütten und den Weg zu den Ställen freischaufeln.

Unten im sturmgeschützten Hauptlager fiel der Schnee weich und still. Starr reckte sich die Linde inmitten der weißen Wiesendecke. Der Fluss schob Eisschollen am Ufer übereinander.

»Ruht euch aus!« Robin hatte seinem Trupp eine Pause gegönnt. Keine Waffenübungen. Allein die Wachen bezogen wie gewohnt Tag und Nacht ihre Posten. Erst nach den Zwölften sollte das harte Kampftraining wieder aufgenommen werden. Die wenigen, die Familie hatten, waren nach Hause gewandert.

»Du nicht, Much!«, hatte Robin befohlen. »Du bleibst hier.«

»Warum … warum nicht?«, stammelte der blonde Bursche. »Ich … ich will doch auch. Nur für Weih… Weihnachten. Bitte.« Sein Kinn zitterte.

»Es ist zu gefährlich, Junge. Für deine Eltern und auch für dich. Glaubst du, dieser verdammte Baron Roger hätte dich vergessen? Seine Spione lauern doch nur darauf, dich in die Fänge zu bekommen.« Robin legte dem Unglücklichen den Arm fest um die Schultern. »Aber bald. Im Frühjahr gehen wir zusammen zur Mühle. Wenn wir runter in den Sherwood ziehen, dann gehen wir bei deiner Mutter vorbei. Das verspreche ich dir.«

Während die anderen sich den Festbraten schmecken ließen, hatte Much geschnitzt. Gesichter kerbte er ins Holz, dann schnitt er sie weg, bis nur Späne um ihn herum lagen.

Müßiggang bestimmte die Tage. Die zurückgebliebenen Freisassen verschliefen den Morgen. Erst gegen Mittag stapften sie hinüber zum lang gestreckten Vorrats- und Küchenschuppen. Loderndes Feuer. Heiße Suppe. Würfelspiel. Bier.

Abends hockten sie um Paul Storyteller. »Das Weihnachtsfest war gerade vorüber«, begann er. »Auf Burg Camelot sitzt unser König Artus und stützt den Kopf auf. Schlechte Laune verdüstert seine Miene. ›Ich werde das neue Jahr nicht eher beginnen, bis mir ein Wunder begegnet.‹ Die Ritter der Tafelrunde raufen sich die Haare. Ein Wunder? Wer kann schon, einfach so, ein Wunder herzaubern?« Paul sah in die gespannten Gesichter und grinste. Er schwieg.

»Wehe, du weißt schon wieder nicht weiter«, drohte Robin. »Diesmal steck ich dich eigenhändig mit dem Kopf in den Schnee.«

Paul feixte, umständlich rückte er sein steifes Bein zurecht. Mit einem Mal rollte er die Augen und starrte zur Tür. »Hört ihr's? Draußen klappern Hufe. Ein Ritter reitet in die Halle. Er ist grün.«

»Aha. Schon recht, ich versteh.« Mit einem Blick auf Robin rieb John genüsslich die Narbe im Bart.

»Bring mich nicht raus, du Zwerg«, schimpfte Storyteller. Wieder rollte er die Augen. »Also: Ein Ritter reitet donnernd in die Halle. Alles ist grün an dem Fremden: das Gesicht, die Haare, die Rüstung, Schild, Schwert, einfach alles. Sogar sein Hengst ist grün. Erst kurz vor der großen Tafel reißt der Kerl am Zügel. Das Pferd steigt, die Vorderhufe wirbeln, dann steht es schnaubend da.«

Nicht nur mit der Stimme, mit Augen und Händen malte der alte Paul die Geschichte, er verwandelte den Küchenschuppen in die Königshalle auf Camelot, mit einem Mal gehörten die Freisassen selbst zur Tafelrunde, jeder sah den Fremden.

Der Grüne Ritter bleibt im Sattel. Zunächst verhöhnt er Artus und die Tapferen. Schließlich zückt er eine riesige Axt. Mit dieser Waffe soll ihn einer der Anwesenden schlagen. Ganz gleich, wohin. Eine Bedingung stellt er. Übers Jahr, auf den Tag genau, verlangt er Genugtuung. Dann muss der Wagemutige sich ihm zum Kampf stellen.

Erbost über die hochnäsige Herausforderung, will Artus selbst zupacken. Sein Neffe, Sir Gawain, fällt ihm in den Arm. Er will das Abenteuer für seinen Herrn durchstehen.

»Schon ist der tapfere Gawain neben dem grünen Streitross. Der Fremde grinst.« Kreisend schwang Paul Storyteller seinen

Arm. »Da schlägt ihm Gawain mit einem gewaltigen Streich den Kopf runter. ›Gute Arbeit, Neffe‹, lobt der König.«

Auch die Zuhörer im Küchenschuppen nickten beifällig. Warnend streckte Paul Storyteller den Finger. »Da! Langsam steigt der Grüne Ritter, so wie er ist, vom Pferd. Er geht zu seinem Kopf, hebt ihn hoch und setzt ihn sich wieder auf den Hals.

Entsetzen lähmt die Tafelrunde. Als wäre nichts geschehen, schüttelt der Fremde dem König die Hand. Dann wendet er sich Gawain zu.«

Langsam beugte Paul den Oberkörper vor, schob seine Lippen dicht an Little Johns Ohr und keuchte: »In einem Jahr also, du Recke! An der Grünen Kapelle. Da treffen wir uns.« Der alte Geschichtenerzähler stieß ein Furcht erregendes Lachen aus. »Ja, so hat der Fremde gelacht. Die Wände haben gezittert. Er steigt in den Sattel, winkt noch mal mit der Hand. Der Grüne Ritter gibt seinem Hengst die Sporen und galoppiert aus der Halle. Draußen donnern die Hufe über die Brücke. Dann ist er weg.«

Stille. Atemlos starrten die Freisassen auf ihren Storyteller.

»Und weiter?« Robin Hood füllte Pauls Bierkrug bis zum Rand. »Ist Gawain zur Kapelle hingegangen?«

»Für heut ist Schluss.« Der Alte trank. Als er absetzte, wischte er sich mit dem Ärmel den Schaum vom Kinnbart. »Artus hat ein Wunder verlangt. Schon musste die Geisterwelt gehorchen. Ja, so war das damals auf Schloss Camelot. Jetzt konnte Neujahr gefeiert werden.«

Am vorletzten Tag der Zwölften, dem Tag vor dem Dreikönigsfest, wurde Wasser über der Feuerstelle erhitzt. Draußen standen die Freisassen im Schnee. Sonne. Blauer Himmel. Der Atem gefror in der klaren Luft. Einer nach dem anderen entkleidete sich. Einer schleppte für den anderen heißes Wasser heran. »Morgen ist Dreikönigstag. Wascht euch!«, hatte Robin angeordnet. »Unsere reine Jungfrau und die Heiligen haben feine Nasen. Wir dürfen sie morgen nicht erschrecken.« Er selbst war mit gutem Beispiel vorangegangen.

Dreimal verlangte Little John nach einem neuen Kübel, er schrubbte sich ausgiebig mit dem Schmier aus Fett, Salz, Sand und Asche, bis die Haut glühte. Den vierten Kübel hielt er mit gestreckten Armen hoch und ließ sich das Wasser wohlig grunzend langsam über Kopf und Schultern laufen. Oben in Barnsdale-Top reinigten Beth und Marian seit dem frühen Morgen die Stube.

»Wenn die Könige kommen, Prinzesschen, muss alles sauber sein und ordentlich«, hatte Toads Frau dem Mädchen erklärt. »Wütend werden sie sonst, und dann haben wir das ganze Jahr über Pech.«

Davon war Marian nicht überzeugt. Die Unterlippe vorgeschoben, hatte sie den Finger in eine Locke gedreht und den Kopf geschüttelt.

»Alle im Dorf putzen heute, so ist das nun mal. Komm, hilf mir, Prinzesschen! Und wenn alles sauber ist, dann gibt es eine leckere Überraschung für dich.« Erst diese Aussicht hatte das Mädchen überzeugen können.

Bald lagen die Tuchballen fest gerollt in der Vorratskammer übereinander, Lederstücke stapelten sich nach Größe geordnet, Nadeln steckten im Kissen, Schnüre und Fäden hingen wie gekämmt am Nagel.

In der Dämmerung schürte Beth die Glut. »Bleib jetzt dicht bei mir!«, raunte sie Marian zu und legte geweihte Wacholderbüschel auf. Der Duft stieg, fast nahm er den Atem, der Rauch füllte die Hütte, jeden Winkel. Beide sanken auf die Knie. Leise sprach Beth ein Gebet, erflehte den Segen für Haus und Hof und bat die Heilige Jungfrau, doch im Himmel hin und wieder nach ihren beiden Jungen zu sehen.

Marian zitterte. Zaghaft zog sie Beth am Ärmel. Sie deutete auf ihre Brust, zeigte nach oben, bittend legte sie die Hände zueinander. Ihre Lippen formten immer wieder nur ein Wort.

»Was meinst du, Prinzesschen?«

Tränen rollten Marian über die Wangen. Sie zeigte auf sich, drückte beide Hände gegen den Schoß der Frau, zeigte wieder auf sich und wieder zur Decke. Tonlos rief sie das eine Wort.

Endlich verstand Beth. Beide beugten den Kopf über die Hände. »Und guck auch nach der Mutter und dem kleinen Bruder von Marian! Bitte. Nach meinen Kindern und nach der Mutter und dem Bruder von meinem Prinzesschen. Weil wir doch hier allein sind.«

Später brutzelten Äpfel auf dem Rost. Dazu gab es honigsüßes Brot mit eingebackenen Nüssen und heiße Milch. Marian aß. Ihre Augen glänzten.

Noch vor Anbruch des Dreikönigstages erreichten Robin Hood und der Trupp Barnsdale-Top. Lange dunkle Mäntel, schwarze breitkrempige Kappen, Fackeln loderten in den Fäusten.

John holte Marian bei Beth ab. »Ich bring sie dir wieder«, versprach er.

»Los jetzt!«, befahl Robin. »Bis nach Wrangbrook ist es weit. Wir dürfen nicht zu spät kommen.«

Little John übernahm die Spitze, dicht gefolgt von Marian. Hintereinander stapften die Männer in seinen Spuren durch den Schnee. Die Schritte waren zu lang. Bald schon keuchte das Mädchen.

»Wartet!«, rief John den Freunden zu. »Na, komm!«, sagte er schmunzelnd, beugte das Knie und ließ Marian aufsteigen. »Besser so?« Sie griff mit beiden Händen in den Bart und nickte seinen Kopf.

Schweigend marschierten die Männer durch den Wald, über weite weiße Felder. Vierzehn nachtschwarze Gestalten.

Die Sterne verblassten. Rot stieg die Sonne, bald gleißte ihr Licht im Schnee. Kurz vor Wrangbrook ließ Robin halten. Er zeigte zur kleinen Kirche hinüber. »Gilbert, du bist bei der ersten Messe dran. Nimm dir vier Leute!« Während Whitehand mit den Geächteten bereits vorauslief, teilte Robin die nächsten Wachen ein. »Tom, du übernimmst die zweite! Und du, Pete, die dritte. So kann jeder Offizier wenigstens zwei Messen hören. Ich und John hören alle drei.«

Sein Blick blieb bei Marian. »Die Kleine soll helfen. Sie wird den Opferteller halten.«

Sofort runzelte John die Stirn. »Davon hast du mir nichts gesagt. Wir gehen in die Messe, hast du gesagt, weil wir das brauchen. Doch kein Spiel heute. Was soll ...?«

»Reg dich nicht auf! Unsrer kleinen Bedingung geschieht nichts.« Robin beschwichtigte. »Wart's ab! Helfen soll sie. Mehr nicht.«

Marian blickte zu dem Hünen auf und zwinkerte mit einem Auge.

»Schon recht.«

Die Glocke schlug an. Hell und lockend schwang sich das Läuten über die niedrigen Dächer. Beinah gleichzeitig öffneten sich die Türen der Hütten und Häuser. Im Sonntagsstaat eilten Frauen, Kinder und Männer durch den Schnee auf die Mitte, auf ihre Kirche zu.

»Erst wenn sie alle drin sind. Erst dann.«

Die Glocke schwieg. Kurz vor dem Portal stieß Robin Hood einen Pfiff aus. Pfiffe antworteten. Die Kirchhofmauer war von den Posten umstellt. So gesichert betrat der Anführer gemeinsam mit seinen Männern und Marian den düsteren Innenraum.

»In nomine Patris et Filii et Spiritus Sancti«, sang der Priester, während er das Kreuzzeichen gegen Stirn, Schultern und Brust drückte.

»Amen.«

Leise schoben sich die Geächteten zwischen den Knienden nach vorn. Hier und da hob einer der Dörfler den Kopf, erkannte die Männer in den langen Mänteln und stieß seinen Nachbarn an. Geflüster. Augen leuchteten auf. Bald wussten alle Gläubigen, wer heute als Gast an der Messe teilnahm.

»Dominus vobiscum.«

»Et cum spiritu tuo«, sang Robin, und seine volle Stimme schwang über dem Gemurmel der Gefährten.

Nebeneinander standen die Gefährten aufrecht vor der Altarstufe. Der Priester hielt inne. Er hob die Brauen. Robin nahm die Kappe ab, seine Männer folgten. Immer noch unzufrieden wartete der Zisterzienser. Zugleich sanken die Geächteten auf die Knie. Marian rückte dicht an John heran und faltete die Hände. In ihren Augen spiegelte sich das Licht der Kerzen.

Jetzt nickte der Priester, und laut und festlich feierte er die Messe. Gemeinsam mit der Gemeinde bekannten die Gefährten ihre Schuld und baten um Erbarmen und Fürsprache.

Der Mönch hob die Hostie. Er trank aus dem Kelch.

»Ite missa est.«

»Deo gratias.«

Die Messe war zu Ende. Doch keiner der Gläubigen erhob sich, auch der Zisterzienser harrte schweigend am Altar aus.

Robin zeigte ihm drei Finger. Der fromme Mann war einverstanden. Langsam erhoben sich die Geächteten und verließen die Kirche. Kurz vor dem Ausgang tippte Robin dem Mädchen auf den Kopf. »Bleib hier an der Seite stehen.« Er griff nach dem hölzernen Opferteller, wischte die Vertiefung mit dem Ärmel und reichte ihn Marian.

Wachsam beobachtete Little John den Anführer. Also doch ein Spiel? Er schnaubte.

Unter dem Mantel zog Robin einen prallen Beutel hervor und häufte einen Berg Silverpennies auf den Teller. »Bleib so und halt ihn einfach!«, flüsterte er und schmunzelte John zu. »Komm, wir warten draußen!«

»Ich wart hier.« Der Hüne ließ seine Marian nicht aus den Augen.

»Du bist ein Idiot, Little John«, raunte Robin. »Aber wie du willst.« Er winkte ab und folgte seinen Männern auf den Kirchhof.

Vom Altar aus gab der Mönch das Zeichen. Die Gläubigen erhoben sich. Im Zug geordnet, schritten sie dem hellen Ausgang zu. Keiner drängte. Der erste Mann erreichte Marian. Seine Hand schnellte vor. Abwehrbereit ballte John die Faust. Doch die klobigen Finger des Mannes griffen nach einem Penny, er nickte dankbar und ging ins Freie. Eine Frau nahm sich das nächste Silberstück. Männer, Frauen, sie alle griffen zu. Nickten, knicksten. Marian strahlte und streckte den Teller hin. Kinder pickten mit spitzen Fingern vom Silberberg. Einige pickten gleich zweimal. Marian lachte stumm.

»Schon recht«, brummte John. Sein Schützling war nicht in Gefahr. Und verschenken? Ich versteh's zwar nicht. Aber wenn das Robins Spiel war. Auch gut.

Der Priester trat als Letzter an den Opferteller. Mit beiden Händen griff er nach den Silverpennies. Es waren zu viele. Kurz entschlossen raffte er die helle Kutte und strich die restlichen Stücke hinein. Leichten Fußes wandte er sich um und eilte zurück zum Altar. »Der versteht's«, staunte John.

Die Glocke läutete, hell und lockend. Mit andächtiger Miene betraten die Bewohner von Wrangbrook wieder das Gotteshaus, gefolgt von den Freisassen. Diesmal war Gilbert Whitehand dabei, diesmal fehlten Tom Toad und vier andere, die zur Wache abkommandiert waren. Robin strich Marian übers Haar. Sie sollte den Teller wieder abstellen. Er zwinkerte John zu. »Na, was sagst du?«, flüsterte er, während sie nebeneinander zur Altarstufe schritten. Der Hüne schüttelte den Kopf. »Schon recht.«

»In nomine Patris ...«, sang der Priester. Und gemeinsam beendeten sie die zweite Messe mit einem preisenden Deo gratias.

Der neue Silberberg wurde abgetragen. Die Glocke läutete, diesmal fehlte Pete Smiling. »In nomine ...« Und welch ein Deo gratias beendete die dritte Messe in der kleinen Kirche von Wrangbrook!

Draußen hielten die Mütter ihre Kinder fest, sammelten alle Pennies ein und eilten reich beschenkt mit den Vätern nach Hause. Die Kleinen ballten Schneebälle. Lachen, Jauchzen.

Schweigend setzten die Freisassen ihre breitkrempigen Kappen auf und stapften zum Tor der Kirchhofmauer. Ein Schneeball traf Robin Hoods Rücken. Langsam drehte er sich um. Die Kühnen wichen zurück. Mit grimmigem Gesicht bückte sich der Anführer, packte in den Schnee und formte einen dicken, harten Ball. Er wog ihn in der Hand. Schreiend und kichernd duckte sich ein Kind hinter dem Rücken des anderen. Robin wog das Geschoss, riss den Arm zurück und schleuderte den Ball hoch über den Kirchturm hinweg, ins Sonnenlicht hinein.

Die großen Augenpaare folgten dem steigenden Flug, waren geblendet. »Er hat die Sonne getroffen«, staunten die Kinder. »Ganz bestimmt.« Ein Kleiner krähte: »Ich weiß schon, wie er heißt.« Sofort verschloss ihm die Schwester den Mund. »Du darfst den Namen nicht sagen. Die Mutter hat's verboten. Sonst kommt er nie mehr wieder.«

Wranbrook lag weit hinter ihnen. Robin Hood stapfte nach vorn. Er stieß John in die Seite. »Na, was sagt du?«

»Den armen Leuten tut's gut.«

»Und keiner verrät uns.« Robin klatschte kurz. »Und mehr noch, John. Wir helfen ihnen. Zwei oder drei Silverpennies halten die Not vor der Tür. Verstehst du, die Leute dürfen keine Angst vor uns haben. Das will ich. Und wer weiß. Irgendwann schützen sie uns, irgendwann stehen sie uns bei. Nein, für diese Menschen sind wir keine Verbrecher.«

Little John schritt schweigend neben dem Anführer her. Mit einem Mal grinste er breit. »Wär auch blöde. Ich mein, wer überfällt schon arme Leute?«

Robin lachte. Er riss die Kappe vom Kopf und wirbelte sie hoch in die frostklare Luft. »Ach, John, mein Freund. Ich bin froh, dass du bei mir bist.« Das rotblonde Haar leuchtete. »Weißt du, was wir noch brauchen? Einen eigenen Priester.«

»Was?«

»Nein, warte. Einen Mönch, der bei uns lebt, der zu uns gehört. Er könnte uns vor jedem Kampf eine Messe lesen, mindestens aber jede Woche. Verstehst du, genau wie bei König Artus und den anderen.« Ernst setzte er hinzu: »Alle haben einen Priester dabei, die Guten und die Schlechten. Wieso wir nicht auch?«

John dehnte die Brust. »Ich mein ja nur. Soll der Pfaff dann mit uns im Gebüsch liegen? So einen Kuttenkittel gibt's doch gar nicht.«

»Vielleicht. Warum nicht?« Robins Stimme wurde weich. »Und noch eins, aber es bleibt unter uns. Weißt du, wovon ich träume? Weißt du, alle bauen Kirchen oder sogar Kathedralen in ihrer Stadt. Irgendwann werde ich uns eine Kapelle bauen. In Barnsdale-Top. Und einen Altar für unsere reine Jungfrau.«

John blieb stehen. »Und wo willst du die hernehmen?«

»Eine Jungfrau stiehlt man nicht, du Riese. Ich lasse sie schnitzen, sie soll in unserer Kapelle zu Hause sein.« Robin reckte das Kinn.

Zu Hause! Little John ging weiter. Für Marian, für mich, wir haben schon eins bei Robin gefunden. Und wenn er meint, dass die Heilige Jungfrau auch dazugehört. »Warum nicht«, brummte er.

Robin Hood fasste den Arm des Hünen. »Ist ein guter Tag heute. Wird auch ein gutes Jahr. Was meinst du?«

»Schon recht.«

Hornsignal. Am späten Nachmittag brach es in die Stille des Dreikönigsfestes. Hell und lang gezogen schallte es hinunter zum Hauptlager. Kein Alarm. Doch: Achtung! Gleich folgt eine dringende Botschaft.

In der geräumigen Hütte des Anführers unterbrachen Robin Hood und seine Offiziere die Beratung. »Das ist der Posten von Barnsdale-Top.« Sofort standen sie draußen und horchten, auch jeder Gefährte im Lager hielt inne. Gespanntes Warten.

Endlich. Lang, gefolgt von zwei kurzen Stößen auf gleicher Tonhöhe: Fremde sind im Dorf.

Robin hob sein Hifthorn. Bevor er es an die Lippen setzte, fragte er knapp: »Sind alle zurück?« Gilbert Whitehand schüttelte den Kopf, er streckte den weißen Daumen. »Von denen, die nach Hause sind, fehlt noch einer. Aber der hat auch den weitesten Weg. Seine Schwester wohnt in Blidworth, unten bei Nottingham.«

Robin stieß ins Horn. Tief und lang, hell und kurz: Wir kommen.

Befehle. Tom Toad sollte das Kommando im Lager übernehmen. Gilbert und Smiling mussten sich mit zehn voll bewaffneten Gefährten bereithalten, bis Robin Entwarnung blies. Die eingeteilten Offiziere rannten zu den Quartieren. »Nimm deinen Stock, John, auch Pfeil und Bogen! Wir beide werden nachsehen.«

Schneehelle Dunkelheit. Der Wachposten erwartete sie vor dem Dorf. »Unser Vince aus Blidworth. Drei hat er mitgebracht. Die wollen auch zu uns, sagt er. Hab sie zum Schuster geschickt.«

Robins Miene entspannte sich. Zweimal lang gezogen verkündete sein dunkler Hornruf die Entwarnung durch den Wald.

»Wenn wir schon hier oben sind«, John deutete auf Beths Hütte. »Ich seh mal nach dem Mädchen.«

»Nein«, bestimmte Robin. »Es sind Neue, John«, warnte er. »Sind es Läuse? Oder sind es Männer, die wir gebrauchen können? Du bist meine rechte Hand. Wir entscheiden gemeinsam.«

Auch gut, der Hüne zuckte die Achseln.

Der Schuster hatte sein Haus geteilt, halb war es Werkstatt und Wohnraum, halb war es Schankstube. Als die beiden eintraten, setzten Vince und seine Begleiter die Krüge ab. Wie verabredet blieb John an der Tür stehen. Aus dem Halbdunkel beobachtete er die Fremden.

Robin trat in den Lichtkranz der Lampe, die braune Kapuze tief in der Stirn. Kurz nickte er dem Gefährten aus Blidworth zu. Sein Blick heftete sich auf die Neuen. Gesichter. Augen. Hände. Kleidung. Zwei stille Männer, unbewaffnet, sie warteten. Allein der dritte, ein junger, starker Kerl, erwiderte fordernd den Blick des Anführers. Er schlug die flache Hand gegen das Schwert an seiner Seite. »Bin mitgekommen. Dachte, du brauchst ein bisschen Hilfe. Wo sind wir eigentlich hier?«

Robin schwieg.

»Du bist doch Robin Hood? Oder?«

»Vielleicht.« Lächeln zuckte in den Mundwinkeln des Anführers. Er wandte sich an den Gefährten. »Spät bist du, Vince. Also?«

Die Ernte war im letzten Jahr schlecht gewesen. Und dreimal hatten die Waffenknechte des Lord-Sheriffs das Dorf geplündert. Der Hunger ist groß in Blidworth. Nur für die Schwester und das Kind wird der Vorrat noch reichen. Deshalb sind der Schwager und der Bruder mitgekommen. »Für die würd ich meine rechte Hand geben.« Vince deutete auf den ungeduldigen Burschen. »Ihn haben wir unterwegs getroffen. Er sagt, dass er bei der Stadtwache von Nottingham war. Aber der Sheriff hat ihn weggejagt. Stark ist er, und Angst hat er keine. Deshalb.«

Der Bursche streckte dem Anführer die Hand hin. »Ich bin Charles. Denke, ich werd dein bester Mann.«

Robin übersah die Hand. »Langsam. Langsam.« Er winkte dem Gefährten. An der Tür raunte er: »Also, Vince, aus welcher Richtung?«

»Keiner weiß, wo wir sind. Hab einen Bogen geschlagen, bin dann von Westen her. Darum bin ich so spät.« Offen sah er seinen Anführer an. »Und noch was. Charles hat Geld. Er sagt aber nicht, woher.«

»Vince, was hast du erzählt?«

»Nichts. Weil du's verboten hast. Auch nicht meinen Leuten.«

Ein harter, forschender Blick hielt die Augen des Gefährten fest. »Gut.« Robin Hood vertraute ihm. »Du gehst hinunter zum Lager. Bestell Tom: Wir verschieben das Training. Erst morgen Mittag sollen alle zum Stützpunkt heraufkommen. Vorher will ich keinen sehen.« Wortlos verließ der Mann aus Blidworth die Schankstube.

»Na, was sagst du, John?« Robin verschränkte die Arme.

»Der Bruder und der Schwager, die sind mir schon recht. Der junge Kerl? Ich weiß nicht. Wild ist er ja, glaub schon, dass er kämpfen kann. Von außen ist er richtig. Aber … ich weiß nicht.«

»Gut, John. Mir geht's genauso. Deshalb werden wir mit den dreien hier beim Schuster übernachten. Und morgen nehmen wir uns den Burschen erst mal gründlich vor.« Robin wurde ernst. Er drückte den Arm des Freundes. »Du hast schnell gelernt, John. So will ich das. Weißt du, ohne Verstand, da bleiben die Augen blind.«

Im Morgengrauen waren Robin und John mit den Neuen aufgebrochen. Vorher hatten sie die drei mit Handschutz, Bogenhölzern und Pfeilen ausgerüstet. »Im Wald gibt's eine Lichtung. Da ist unser Lager.« Mehr durften die Fremden nicht erfahren. Erst nach sorgfältiger Prüfung wollte Robin sie einweihen. Ohne den Stall und die Hütten des Stützpunktes zu berühren, auf Umwegen wurden sie zum Trainingsgelände geführt.

Der Bursche sah die zwei notdürftig gezimmerten Schuppen und schlug sich gegen die Stirn. »Das ist alles?« Auch die beiden anderen blickten suchend über das flache Gelände. Hier war lange kein Mensch gewesen. Eine dünne verharschte Schneedecke, Tierspuren verliefen kreuz und quer. In der Mitte, nach Norden ausgerichtet, ragte eine mit Stroh dick gepolsterte Balkenwand. Mehr nicht. Raben flatterten träge von den Schuppendächern auf und zogen sich in die Baumwipfel am Rand des weiten Feldes zurück. »Dachte, bei euch wär mehr los«, maulte Charles.

»Was meinst du?« Verwundert hob der Anführer die Brauen, seine Augen blieben kalt.

»Na ja. Dachte, eine Armee. Waffenlager. Gäule. Und Weiber und so. Eben alles, was man so hört.«

»Was die Leute so erzählen.« Robin Hood winkte ab und seufzte betont schwer: »Nein, mein Freund. Bis jetzt sind wir kaum mehr als eine Hand voll. Aber es sind tapfere, kühne Männer.«

»Was nutzt das schon.« Charles schlug sich wieder gegen die Stirn. »Und vor euch fürchten sich alle. Besonders der Sheriff. Wenn ich mir vorstelle …«

»Hör auf zu heulen, Kerlchen!«, brummte John.

Der Bursche fuhr herum. »Wie nennst du mich? Von euch stecke ich doch jeden …«

»Schluss jetzt.« Scharf schnitt ihm Robin das Wort ab. »Gleich darfst du alles beweisen.« Um den Jähzorn des Burschen abzukühlen, bat er Charles, das Zieltuch aus dem Schuppen zu holen und es drüben an der Schusswand zu befestigen.

»Was ist mit euch?« Robin sah die beiden anderen an. »Könnt ihr mit einem Bogen umgehen?«

Ja, sie hätten schon geschossen, so wie jeder, aber selbst für die Jagd reiche es nicht, bekannten sie freimütig. Sie stellten lieber Fallen, das sei sicherer.

Freundlich nickte Robin. »Schämt euch nicht. Das Bogenschießen ist eine Kunst. Ihr werdet es von mir lernen.«

In leichtem Laufschritt war Charles zurückgekehrt. »Lernen?«, spottete er, beugte und streckte die Knie, schlenkerte locker die Arme und spannte den Bogen. »Brauch ich nicht.« Er zeigte auf das gut siebzig Schritt entfernte Zieltuch. Drei weiße Ringe und in der Mitte der schwarze, kappengroße Punkt. »Denke, ich verdien mir jetzt was. Ich setz drei Pennies, gegen jeden von euch. Na, was ist?«

Robin wiegte den Kopf. »So viel Geld?« Rat suchend blickte er zu Little John. Zweimal musste er ihm zuzwinkern. Endlich hatte der Hüne begriffen. Ein Spiel! Ja, schon recht, dieser Prahlhans verdient es nicht besser. Verlegen kratzte John im Bart. »Das ist wirklich viel. Also mir ist das zu viel.«

»Wer seid ihr? Feiglinge? Dachte, ich bin hier bei Robin Hood?«

Der Anführer nahm Charles beiseite. »Später. Zum Schluss kannst du gegen uns schießen. Ich überrede den Riesen schon. Aber erst mal übe ich mit den beiden aus Blidworth. Inzwischen zeigst du dem Fleischkloß, was du mit dem Schwert kannst.«

Kampflust blitzte in den Augen des Burschen, er stupste Robin vertraulich den Ellbogen in die Seite. »Aber der Dummkopf hat kein Schwert.«

»Darf er auch nicht. Wo denkst du hin? So eine Klinge ist zu scharf. Sonst verletzt er sich. Deshalb hat er den Stock.« Mit großem Ernst legte Robin die Hände zusammen. »Ich bitte dich, es soll nur ein Spiel sein. Nimm ihn tüchtig ran, aber tu ihm nicht weh.«

Charles hielt es nicht länger. Er zückte die Waffe. »He, Großer, komm mit! Zwischen den Schuppen blendet die Sonne nicht. Außerdem kannst du mir da nicht weglaufen.«

John brummte vor sich hin und tappte wie ein Bär hinter dem Burschen her.

»Beim heiligen Cedric«, seufzte Robin. Als er die verständnislosen Gesichter der beiden Männer aus Blidworth sah, lachte er. »Sorgt euch nicht. Es ist wirklich nur ein Spiel. Kommt, wir beginnen!«

Sie streiften den Lederschutz über die Finger der rechten Hand. Zunächst der richtige Stand. Nein, nicht direkt, den Körper seitlich zum Ziel, die Beine leicht gespreizt und fest mit den Füßen auf der Erde. »Sehr gut«, lobte der Lehrer. Den Bogen mit der linken Faust umschließen, nicht in der Mitte, etwas unterhalb. Den Pfeil mit der Kerbe auf die Sehne setzen. »Dreht ihn! Die Leitfeder darf beim Abschuss nicht das Bogenholz streifen. Sonst trudelt der Pfeil. Ja. Sehr gut.« Kein Tadel, Robin stärkte die Ungeschickten, mit Lob führte er sie gewissenhaft zum ersten Schuss.

Hin und wieder unterbrach er und horchte zu den Schuppen hinüber. Eisen und Holz schlugen aufeinander. Dazwischen Keuchen, zornige Rufe des Burschen. Robin schmunzelte. »Wir machen weiter. Seht genau her!« Der Lehrer nahm selbst einen der Kurzbogen zur Hand, legte den Pfeil auf, richtete die Waffe senkrecht, hob sie und streckte den Arm. Langsam zog seine Rechte an. »Aber nicht zum Ohr, versteht ihr? Das hier ist kein Langbogen.« Mühelos zog er die Sehne, bis sie Nase, Lippen und Kinnkerbe zugleich berührte. Er schoss nicht. Sanft führte er den Pfeilschaft zurück. »So klappt es.«

Die Schüler bemühten sich. Was bei Robin Hood so leicht wirkte, kostete ihre ganze Kraft. »Nicht so hastig. Schnelligkeit kommt durch Übung von selbst.« Mit dem Auge den Schatten der Sehne genau mit Spitze und Ziel übereinbringen. »Und jetzt!« Die Pfeile schwirrten. Sie flogen hoch über die Schusswand hinaus. »Nicht schlecht«, munterte Robin die Schützen auf. »Gleich noch mal. Tiefer halten!« Erst beim vierten Schuss schlugen die Pfeile ins Stroh. »Und jetzt versucht, das Tuch zu treffen. Denkt an die Mitte! Nur an den schwarzen Kreis, an nichts sonst.«

Schweißperlen standen den Männern auf der Stirn. Sie streckten den Bogenarm, sie zogen die Sehnen.

Ein Schrei! Schmerzhaftes Gebrüll von den Schuppen her!

Im Schreck ließen die Männer aus Blidworth die Pfeile abschnellen, keiner traf ins Ziel, sie schlugen nicht einmal ins Stroh. Mutlos senkten die Schüler den Bogen. »Das lernt ihr noch von mir«, lachte Robin. »Wartet es nur ab! Bald wird euch nichts vom Schuss ablenken können.«

Wieder ein Schrei! Schriller noch! Wie eine weggeworfene Puppe flog Charles zwischen den Schuppen ins Blickfeld und stürzte rücklings in den Schnee. Gelassen stapfte John hinterher, den Kampfstock benützte er als Wanderstab. »Hab ihm nichts getan«, beschwichtigte er Robin und die Schüler. »War's nur leid.«

Charles rappelte sich hoch. »Das ist ein Ungeheuer!« Er spuckte in den Schnee. »Aber wenn ich mein Schwert nicht verloren hätte, dann …«

»Dann hätt ich's dir zerbrochen, Kerlchen.« John grinste breit.

Der Spott reizte. Charles humpelte zu den Männern. »Ich zeig's.« Er griff nach seinem Kurzbogen und schüttelte ihn drohend. »Damit. Damit bin ich der Beste bei uns in der Stadtwache. Und besser als jeder von euch. Jetzt kostet es nicht mehr nur drei. Fünf Pennies will ich.«

Bei uns in der Stadtwache? Ein kurzer Blick zwischen Anführer und Offizier genügte. Wortlos nahm Robin einem seiner Schüler die Kappe vom Kopf und streckte sie Charles hin. »Ich finde das Spiel zwar unfair. Aber ich halte mein Wort. Her mit dem Einsatz.«

Charles warf die Münzen in die Kappe. »Alles werd ich euch abnehmen. Fünf sind nur der Anfang.«

Tief seufzte Robin und zählte seine Pennies ab. John runzelte bekümmert die Stirn. Eine Münze nach der anderen klaubte er aus der Tasche. »Ein guter Mann sollte nicht gegen einen schlechten wettschießen. Mein ich.«

Charles fühlte sich jetzt schon als Sieger. Ohne abzuwarten, bestimmte er die Regeln. Robin ließ es zu. Nur ein Schuss für jeden. Der Beste sollte die ganze Preissumme erhalten. Die Wahl der Bogen? Der Bursche tätschelte das Holz des Kurzbogens. »Denke, der genügt mir.« Gönnerhaft erlaubte er, dass seine Gegner ihre großen Waffen benutzen durften. »Ihr fangt an!«

Robin schoss. Sein Pfeil schlug ins Weiße des äußeren Rings.

Meckernd lachte der Bursche. »Das ist aber mager. Zu dumm. Zu dumm.«

»Warum hast du …?«, entfuhr es dem Hünen. Ein Blick warnte ihn, er schwieg.

Robin pfiff zufrieden vor sich hin und strich betont mit zwei Fingern über seine Nase.

Schon recht, ich spiel ja mit. Umständlich legte John den Pfeil auf, spannte, zielte. Sein Schuss saß im zweiten Ring. »Auch gut.« Er seufzte. Genau den zweiten Ring zu treffen war auch eine Kunst.

»Ihr seid nicht schlecht.« Charles riss die Sehne zurück. Sein Pfeil sirrte davon und schlug in den Rand des schwarzen Punktes. »Aber für mich nicht gut genug.« Er schnappte nach der Kappe und leerte die Silberstücke in seine Rocktasche.

»Ich will mein Geld zurück.« Robin verengte die Brauen.

»Sicher. Gern«, spottete der Bursche und humpelte vergnügt um die Verlierer herum. »Jetzt aber …« Er blieb stehen. »Jetzt kostet der Schuss 15 Pennies.«

Robin stöhnte laut. John jammerte: »Das ist alles, was ich hab.«

»Was ist? Ja oder nein.« Charles ließ die Münzen klimpern. Nur zögernd waren die Gefährten einverstanden. Wieder schoss der Bursche besser und strich den großen Gewinn ein.

»Das ist ungerecht«, schimpfte John.

»Ja, bei uns schießt man besser als bei euch!« In seinem Triumph nahm er den schnellen Blick zwischen den Freunden nicht wahr. »Für dreißig dürft ihr es noch mal versuchen.«

Die Männer aus Blidworth zuckten zusammen. »Das hab ich im ganzen Sommer nicht verdient«, flüsterte einer.

Schweigen. Einige Raben landeten auf dem vorderen Schuppendach. Sie schlugen mit den Flügeln und starrten zu den Männern hinüber.

»Also gut.« Fahrig zog Robin einen gut gefüllten Beutel aus dem Gürtel. »Jetzt will ich es wissen. Hier sind zehn Pfund. Die setze ich für mich und meinen Freund.«

Die armen Höfler pressten die Fäuste gegen die Brust. Voller

Gier befühlte der Bursche den prallen Inhalt. »Zehn Pfund«, er schmeckte die Summe auf der Zunge nach. Mit einem Mal ließ er die Hand sinken. »Verdammt. Aber ich hab nur vier Pfund.«

»Das genügt mir. Wann haben wir schon mal die Chance, uns mit solch einem Schützen zu messen«, rief Robin wie im Wettkampffieber. »Dann eben unsere zehn Pfund gegen alles, was du besitzt.«

»Wenn das so ist«, geschmeichelt kicherte Charles. »Beim heiligen Swibert. Abgemacht.« Rasch leerte er seine Tasche in die Kappe. Der Anführer setzte den Beutel obendrauf.

»Denke, diesmal fange ich an.« Der Bursche wählte seinen Pfeil, schoss und traf wieder den Rand des Schwarzen. »Gebt auf! Ihr braucht gar nicht mehr zu schießen.« Schon bückte er sich nach dem silberschweren Gewinn. John blickte zu Robin. Kurz schnellte sein Daumen nach oben. Endlich. Mit der Pfeilspitze stippte der Hüne den Hintern des jungen Mannes. »Wart noch, Kerlchen!«

»Nenn mich nicht so!«, brüllte der Bursche.

»Schon recht.« John wartete geduldig, bis Charles sich aufgerichtet hatte. Voller Ruhe hob er den Langbogen und zog den gefiederten Schaft bis zum rechten Ohr. Die Sehne pfiff. Mitten im schwarzen Punkt prangten die hellen Federn. »Ganz gut. Was meinst du?« Mühsam unterdrückte der Hüne ein Grinsen.

Erstarrt stand der Bursche da.

Robin griff in den Köcher. Spannen, Zielen, eine einzige gleitende Bewegung. Der Abschuss! Neben den Federn seines Offiziers bohrte sich der Pfeil ins Schwarze. »Auch gut«, bemerkte John.

Beide Hände schlug Charles gegen die Stirn. »Zufall. Das war Zufall.«

»Dieser Zufall kostet dich alles, was du besitzt.« Eis klirrte in Robins Stimme. »Vielleicht auch den Hals.«

Charles hörte nicht hin. Zornig baute er sich vor den Freisassen auf. »Das war unfair. Eure Waffen sind besser. Ich will meinen

Schuss wiederholen. Aber mit einem guten Bogen. Gebt mir einen von euch!«

»Schon recht, Kerlchen«, erklärte John gefährlich sanft. »Darfst mit meinem. Gilt aber nur, wenn du ganz durchziehst.«

»Gib schon her!«

Der Bogen überragte gut drei Handbreit den Kopf des Burschen. Er zog an, zog wieder, zerrte an der Sehne. Die Kraft fehlte. Kaum glitt der Pfeil zurück. Charles gelang es nicht einmal, den rechten Arm anzuwinkeln.

»Ich zeig's dir.« John nahm ihm den Bogen aus der Hand. Ohne Mühe spannte er die hanfgezwirbelte Sehne bis zum Ohr und führte sie wieder langsam zurück. »Das hier ist kein Spielzeug. Verstehst du!«

»Ich kann schießen! Besser als jeder.« Charles gab nicht auf. Schon hatte er seinen leichten Bogen hochgerissen. Er schwenkte ihn zu den Schuppen herum und schoss. Der Pfeil durchschlug einen Raben. Die anderen Vögel flohen kreischend. Leblos fiel der Rabe vom Dach. »Das macht mir mal nach!« Charles lachte meckernd.

Als er die Gesichter der Freisassen sah, schwieg er.

»Hast du Hunger?« John dehnte die Schultern.

»Warum?«

»Bei uns schießt man nur ein Tier, wenn man Hunger hat.« Die riesige Hand schnellte vor, packte ihn am Genick, so hob John den Kerl von den Füßen. Charles zappelte, wehrte sich gegen den Griff, es nutzte nichts. Wortlos schleifte ihn der Hüne hinüber zum Schuppen und stieß ihn vor dem Raben in den Schnee. »Rupf ihn!«

»Das, das kannst du nicht verlangen.«

Robin Hood stellte sich breitbeinig neben seinen Offizier, das Schwert in der Faust. »Tu, was er sagt, oder ich schlag dir den Kopf ab!«

Federn. Schwarze Federn. Bald lag der nackte Vogelleib vor dem knienden Burschen.

»Das gefällt mir.« Robin steckte die Waffe zurück. »Und jetzt, Kerl, sag die Wahrheit! Zweimal hast du dich schon verraten, also keine Lüge! Wer hat dich geschickt?«

»Niemand.«

John schob mit dem Fuß den gerupften Raben näher. »Friss ihn!«

Wild schüttelte Charles den Kopf. »Niemand.« Weinerlich hob er die Hände. »Beim heiligen Swibert. Ich flehe euch an, glaubt mir doch!«

»Friss ihn!«

»Nein. Ich sag's. Ich sag's. Ja, der Lord-Sheriff hat mich geschickt. Umsehen soll ich mich bei euch.« Die Worte sprudelten. Er war Sergeant der Stadtwache von Nottingham. Das Geld war die erste Hälfte seines Lohns. Die zweite sollte er bei seiner Rückkehr erhalten.

»Eins will ich noch wissen.« Der Anführer streifte die Kapuze zurück. Das rotblonde Haar leuchtete auf. »Was hat der Sheriff mit Robin Hood vor, wenn er ihn zu fassen bekommt?«

Charles erbleichte. »Bitte nicht. Bitte, lasst mich leben!«

»Antworte!«

Ein Prozess vor allen Bürgern. Und dann der Galgen. »Hängen bleiben sollst du, bis …« Charles stockte und starrte auf den Vogelleib, er würgte, schließlich stieß er hervor: »Bis dich die Raben gefressen haben.«

Robin nahm John beiseite. »Keine Laus, mein Freund. Bei der Jungfrau. Beinah hätte sich uns ein ausgewachsener Spion in den Pelz gesetzt.« Er ballte die Faust. »Darauf steht der Tod.«

»Was hat er schon gesehen? Unsere Gesichter. Mehr nicht.« John kratzte die Narbe im Bartgeflecht. »Nichts weiß er vom Lager. Er weiß nicht einmal, wo er ist. Warum also …?«

Unverwandt starrte Robin zur Schusswand hinüber, das Kinn gereckt, seine Wangenknochen arbeiteten. »Ich bestimme die Regeln. Vergiss das nie, mein Freund!« Mit einem Mal glättete sich die Miene, er nickte. »Aber du hast Recht. Wir töten keine Wehrlosen. Gut. Bring ihn weg! Schnell. Schaden kann er uns nicht.«

Bis auf Stiefel und Unterkittel musste Charles sich ausziehen. Den Gürtel durfte er wieder umlegen. John stopfte dem Zitternden den gerupften Raben in den Kittelkragen. »Damit du nicht verhungerst.«

Der Hüne stieß ihn vor sich her über das weite Feld. Im Wald trieb er ihn zur Eile an: »Und jetzt lauf! Damit du mir nicht frierst.«

Der Mittag war längst vorüber, als John zurückkehrte. Er hatte den Spion querwaldein gejagt. Nie durfte Charles sich umdrehen, nie durfte er ausruhen, ganz gleich, wie sehr das verletzte Bein ihn schmerzte. Stöhnend musste er vor dem Riesen herhumpeln. Nahe der Handelsstraße war John unbemerkt zurückgeblieben und hatte gewartet, bis der Bursche zwischen den Bäumen verschwunden war.

Scharfe Kommandos gellten jetzt über das Trainingsfeld. John stemmte die Fäuste in die Hüften. »Wie stark wir sind, das weiß keiner. Und das ist gut.«

Waffen klirrten. In kurzen Abständen zischten Pfeilschwärme und prasselten in die Balkenwand. Rennen. Klettern. Mehr als dreißig abgehärtete Männer trainierten sich in Schnelligkeit, Angriff und Verteidigung.

Schon recht, Robin, wir sind keine Horde von Strauchdieben, wir sind deine Armee. John dehnte die Muskeln seines Rückens. Ja, die trägen, faulen Tage waren vorüber. Auf drei abgesteckten Plätzen am Rand des Geländes wurden die eingeteilten Trupps von den Offizieren unterwiesen. Im Mittelfeld überwachte Robin Hood die Bogenschützen. Seine Kommandos feuerten an, sie beschleunigten den Takt der Schussfolge.

John schirmte die Augen gegen das Sonnenlicht. Weit entfernt, auf der anderen Seite des Feldes bei den Schwertkämpfern, entdeckte er die kleine braune Kapuze. Marian!

»Das will ich nicht«, grollte er. Mit weit ausholenden Schritten ging der Hüne los. Knapp nickte er Gilbert Whitehand zu, der mit seinen Männern den Nahkampf mit Faust und Messer übte.

John beachtete Tom Toad nicht, der laut zählend die Gefährten, voll gerüstet mit Bogen, Köcher und umgegürtetem Schwert, hinauf bis in die kahlen Wipfel der Bäume jagte und weiterzählte, bis sie wieder keuchend vor ihm standen.

»He, du Riese! Hier bin ich.« Robin Hood ließ die Schützen unterbrechen. Doch John kümmerte es nicht. Der Anführer verstellte ihm den Weg. »Also? Was ist mit dem Spion?«

»Der kommt nicht wieder.«

»Nun rede schon!«

Drohend zeigte John hinüber zu Marian. »Wer hat sie hergebracht?«

»Unsere kleine Bedingung?« Robin begriff und lachte. »Du bist schlimmer als eine Bache mit ihren Frischlingen. Much hat sie abgeholt. Lass ihr die Freude!«

Wortlos ging John weiter.

»Beim nächsten Wechsel schicke ich dir fünf Mann«, rief ihm der Anführer nach. »Du beginnst mit dem Stocktraining.« Spöttisch setzte er obendrauf: »Bei der Jungfrau, das Kinderhüten überlass den Frauen!«

»Schon recht«, brummte John.

Nur kurz sah Marian in das bärtige Gesicht, lächelte. Als John ihr etwas sagen wollte, legte sie den Finger auf den Mund und blickte wieder angestrengt zu Pete Smiling hinüber. Das Schwert gezückt, standen Much und drei der Gefährten dem erfahrenen Kämpfer gegenüber.

Pete warf seine Waffe in den Schnee. »Hier bin ich. Los, versucht es!«

Einen nach dem anderen forderte er auf, das Schwert mit beiden Händen im Seitschwung hoch über den Kopf zu reißen und im selben Bogenschwung auf ihn nieder zu schlagen. Erst im letzten Augenblick wich Pete einen Schritt zur Seite. Der Hieb ging ins Leere. Ehe die breite, scharf geschliffene Klinge den Boden erreichte, sprang der Offizier vor, prallte gegen den Körper des Gegners und stieß ihn von den Beinen. »So wird's gemacht. Und jetzt zeigt es mir!«

Pete Smiling nahm sein Schwert auf, ungeduldig wartete er, bis die Waffen der Gefährten nebeneinander im Schnee steckten. »Merkt es euch! Bevor der Feind wieder ausholen kann, müsst ihr ihn anspringen, sonst seid ihr verloren.« Die Narbe glühte bis zu den Ohren. »Keine Angst! Heut schlag ich noch mit der Blattseite. Trotzdem, wer nicht schnell genug ist ...« Smiling bleckte die Zähne.

Als Much an der Reihe war, reckte Marian das Kinn. Der Hieb. Much wich aus, stürzte vor. Er war zu spät. Der Offizier drehte sich nur leicht, und der junge Mann fiel bäuchlings in den Schnee. Marian krauste die Nase und lachte stumm.

Noch am Boden sah Much ihren Spott, sofort war er auf den Beinen. »Wart's nur ab, du Schnepfe!«

»Lass gut sein, Junge«, brummte John. Der grimmige Blick warnte den Sohn des Müllers. Schweigend stellte er sich wieder hinter den Gefährten an.

John legte Marian die Hand auf die Schulter. »Ist genug, Kleines. Geh ins Dorf. Geh zu Beth!«

Sie schob die Kapuze in den Nacken und schüttelte den Kopf.

»Hör doch!«, bat der Hüne. Sie drehte den Finger in eine Locke und zwinkerte ihm zu.

Machtlos ließ John die Hand sinken. »Schon recht. Nachher bring ich dich zurück.« Da lächelte Marian.

Ein kurzes Hornsignal. Im Laufschritt wechselten die Gruppen ihre Lehrmeister. Robin Hood schickte Vince und die beiden Neuen zusammen mit noch zwei Gefährten zu Little John.

Zunächst musste sich jeder im Schuppen einen passenden, schulterhohen Eichenstab auswählen. Der Riese stemmte seinen Kampfstock in den Schnee. »Damit lässt sich gut wandern, mein ich.« Er schmunzelte. »Das andere lernt ihr von mir.« Der schwere Stock wirbelte um seine rechte Hand.

Marian war Much und den Gefährten zu Gilbert Whitehand gefolgt. Messerkampf. Der gerade Stoß, der Stoß von unten nach oben. Nebeneinander stehend mussten die Männer die schnellen Bewegungen des Offiziers nachvollziehen. Die Klingen blitzten, wechselten von der Rechten zur Linken und wieder zur Rechten.

Marian presste die Hand vor den Mund.

»Und jetzt, Leute, zeig ich euch, wozu ihr Füße habt.« Gilbert deutete auf Much. »Na los. Greif mich an!«

Geduckt belauerten sich die beiden, kreisten umeinander, wichen einem plötzlichen Stoß aus, angespannt folgten die Augen der Dolchspitze des Gegners. Marian keuchte.

Viel zu hoch hielt der Offizier das Messer. Eine Blöße! Much sah seine Chance und stach in Richtung des Unterleibs. Whitehand schnellte den rechten Fuß hoch. Die Stiefelspitze traf das Handgelenk. Der Dolch sprang aus den Fingern. Schon hatte Gilbert den Stoßarm gepackt. Er wirbelte Much herum, presste ihn an sich, von hinten würgte sein linker Arm den Hals des Jungen. »Das war's, Much.«

Gelächter.

Grinsend hob der Offizier die weiße rechte Faust. Der Dolch!

Marian riss den Mund auf. Der Dolch. Muss helfen. Muss helfen! In ihrem Kopf war wieder das Entsetzen, füllte sie aus, es zersprengte die Enge. Muss helfen! Marian schrie. Sie vollendete den Schrei. Sie atmete, schrie weiter und schwieg.

Die beiden Kämpfer, auch ihre Gefährten waren erstarrt. Reglos hielt Gilbert das Messer hoch erhoben in der weißen Faust. Er vergaß, Much loszulassen. Schreck. Ungläubiges Staunen. Alle Augen stierten auf das Mädchen.

In riesigen Sätzen stürmte John über das Feld. Sein Brüllen bahnte ihm den Weg, die Trupps unterbrachen ihre Übungen, sein Gebrüll zog alle Freisassen hinter sich her. Lange vor ihnen erreichte John den Kampfplatz. Er sah das Messer, fragte nicht, aus dem Lauf schlug er mit beiden Händen zu. Gilbert und Much stürzten gleichzeitig zu Boden. »Wer hat ihr was getan?« Schnaubend fuhr er herum. Sofort warfen die drei übrigen ihre Dolche weg und duckten sich.

Robin Hood und die Gefährten waren zur Stelle. Sie halfen den Geschlagenen auf.

Marian zerrte am Wams des Hünen. Sie schimpfte. Tonlos bewegten sich die Lippen, sie wiederholte, schimpfte. Röcheln drang aus ihrer Kehle. Jetzt trugen manche Worte den Ton. »… gemein! … Dummkopf bist du. Jawohl!« Sie stemmte die Hände in die Hüfte, Zorn blitzte in den blauen Augen. »Warum hast du das gemacht?«

»Verdammt. Weil du …« Er brach ab. Das bärtige Kinn des riesigen Mannes bebte. Heftig strich er mit dem Handrücken über seine Stirn. Er verengte die Brauen. »Was?« Tief beugte er sich zu dem Mädchen hinunter. »Was? Kleines?«

»Die beiden haben mir nichts getan.«

Behutsam berührte John ihre Lippen. »Du, du redest. Du bist wieder …«

»Hörst du mich?« Marian wich das Blut aus dem Gesicht. »Ja?«

Er nickte.

»Ehrenwort?«

»Ich belüg dich nicht, Kleines.«

Sie zupfte ihn am Bart. »Gerufen hab ich. Aber du hast mich nicht gehört. Niemand hat mich gehört. Und dann …«, sie griff sich an die Kehle, »dann war alles still. Immer hab ich dir was gesagt. Aber jetzt hörst du mich.« Marian blickte über die Schulter zu Robin Hood und den staunenden Männern. »Hört ihr mich auch?«

»Jedes Wort.« Der Anführer lockte mit dem Finger. »Versuch's doch noch mal! Was hast du vorhin zu unserm Zwerg gesagt?«

»Dummkopf«, wiederholte Marian.

»Klar und deutlich.« Robin lachte. »Deine Stimme gefällt mir.« Während sich ein Grinsen in allen Gesichtern ausbreitete, reckte Marian den Mund an Johns Ohr. »Aber das stimmt nicht«, flüsterte sie.

»Schon recht, Kleines.« John richtete sich auf. »Gilbert. Much. Leid tut es mir.«

Whitehand betastete seine Kinnlade. »Schon recht«, ahmte er den Hünen nach.

»Für … für so was kannst … kannst du mich ruhig noch … noch mal schlagen.« Der Sohn des Müllers strahlte Marian an. Sie drohte ihm mit der Faust. »Wart's nur ab! Von wegen Schnepfe. Alles hab ich gehört, die ganze Zeit.«

Vergnügt beugte sich Tom Toad zu Smiling. »Besser, du zeigst dem kleinen Drachen nie, wie man mit 'nem Schwert umgeht.«

Little John sog den Atem in die mächtige Brust, wollte brüllen, ließ es, er ballte die Fäuste, öffnete sie wieder, wischte die Hände. »Ich versteh gar nicht, wie mir ist. Gut ist es.«

Marian zog die Kapuze über die Locken. »Bring mich ins Dorf! Ich will der Beth sagen, dass ich wieder reden kann.«

Die Bruderschaft der Geächteten blickte schweigend John und dem Mädchen nach. Obwohl der Hüne sich um kleine Schritte bemühte, musste Marian neben ihm herlaufen. Dabei sprach sie, lachte und erzählte. Hell und fest klang ihre Stimme herüber.

Robin Hood ließ die Fingerkuppen über das Kinn spielen. »Unsere kleine Bedingung.« Er schnippte. »Ein Wunder fürs neue Jahr. Das gefällt mir. Nicht nur bei unserm König Artus. Auch bei uns. Es wird ein gutes Jahr.«

IX

GRAFSCHAFT YORK. DONCASTER.

Sir Roger hielt seinen Falkenmeister zurück: »Ich nehme ihn heute selbst! Du bringst die Tauben.«

Im steingebauten Falkenhaus, gleich neben den Wirtschaftsgebäuden der Burg, saßen seine Jäger und warteten. Sechs kostbare Jagdvögel, abgerichtet, nur seinem Befehl zu gehorchen. Lange lederne Fußfesseln begrenzten die Freiheit. Außer Reichweite der Krallen des Nachbarn thronte jeder von ihnen auf dem eigenen hölzernen Reck, saß dort in der Mitte seines Reiches wie ein Herrscher.

»Meine Raubritter der Luft.« Schon allein um die fünf kraftvollen Wanderfalken beneideten die Nachbarn den hageren Baron: stahlgraue Rücken, die helle Brust schwarz gefleckt. Doch beim Anblick des sechsten Jägers hatte es im letzten Jahr selbst Prinz Johann den Atem verschlagen.

Ohne hastige Bewegung, langsam näherte sich Sir Roger von Doncaster dem mittleren, etwas erhöhten Reck. »Mon roi de neige«, lockte er den Raubvogel. »Mon roi de neige.« In dem hohlwangigen Gesicht des Barons leuchteten die blassgrünen Augen. Nicht dunkel wie das der anderen, schneeweiß war das Gefieder seines Stolzes, seines nordischen Falken. Welch eine Augenweide! Erst beim zweiten Blick: nadelspitze Krallen, der scharfhakige Schnabel, die brennenden großen Augen, denen nichts entgeht. Wehe der Wildgans, wehe dem Fischreiher, wenn Sir Roger bei der Beizjagd seinen Schneekönig in die Luft warf.

Jetzt streifte der Baron den Stulpenhandschuh aus mattschwarzem harten Leder über die linke Hand, raffte sorgsam die Fußfessel zu kurzen Schlaufen, fasste sie und ließ den Raubvogel von der Querstange auf die linke Faust wechseln.

Lärm. Stimmen von draußen: »Jetzt nicht!«

»Halt's Maul!«

»Du darfst nicht. Nein! Warte doch.«

Gereizt wandte Sir Roger den Kopf. Sein Verwalter stampfte ins Vogelhaus, an einem Halsstrick zerrte er eine zerlumpte Gestalt hinter sich her. Vergeblich versuchte der Falkner, die Eindringlinge aufzuhalten.

»Diable«, zischte der Baron. Mühsam beherrscht strich er beruhigend das Gefieder des Schneekönigs und stülpte ihm die edelsteinbestickte Haube über Kopf und Augen. »Par tous les diables! Ich habe verboten, mich ...«

»Das hab ich dem Vogt gesagt, Herr. Das hab ich gesagt.« Kaum gelang es dem Falkenmeister, die Stimme zu dämpfen. Tag und Nacht lebte er hier mit den Falken unter einem Dach. Für ihn zählte nur das Wohlergehen seiner Schützlinge, was sonst auf der Burg vor sich ging, kümmerte ihn nicht. Aufgebracht presste er den verschlossenen Taubenkorb an die Brust. »Euer Pferd steht bereit. Wir können aufs Feld.«

»Verzeiht.« Der Verwalter stieß die Gestalt vor den Baron hin. »Ihr müsst ihn Euch anhören, Herr.« Ein Bursche. Über dem dünnen Unterkleid trug er Fetzen aus Sackleinen. Die nackten Beine hatte er notdürftig von oben bis zu den Stiefeln mit Lappen umwickelt.

»Sergeant der Stadtwache von Nottingham«, keuchte der Zerlumpte heiser.

»Nur das sagt er. Mehr nicht.« Der Verwalter riss den Burschen am Halsstrick auf die Knie. »Den ganzen Vormittag lungert der Kerl schon vor dem Tor. Frech verlangt er, mit Euch zu reden. Die Wächter haben versucht, ihn zu verscheuchen. Aber er gibt keine Ruhe. Sergeant!« Er spuckte aus. »Der Kerl ist ein gerissener Bettler, sonst nichts.«

»Glaubt mir! Ich bin Sergeant des Lord-Sheriffs von Nottingham.«

Sir Roger maß ihn mit spöttischem Blick. »Für gewöhnlich sehen die Männer meines Freundes anders aus. Wie heißt du?«

»Charles.«

»Also, Charles? Wenn du keine glaubwürdige Erklärung für deine sonderbare Aufmachung hast, dann ...«

»Ich war bei Robin Hood.«

Sir Roger fuhr zusammen. Seine Faust zuckte. Unruhig schlug der Falke mit den Flügeln. Sofort sprach der Baron leise auf ihn ein. Kaum hatte der Raubvogel seine reglose Haltung wiedergefunden, spannte Sir Roger die Lippen. »Bien. Nimm unserm so prächtig gekleideten Gast den Strick ab. Erst darf er mir seine Geschichte vortragen. Danach entscheide ich, was mit ihm geschehen soll. Folgt mir!«

Im Burghof ließ der Baron sich vom Vogt in den Sattel helfen und trabte über die Zugbrücke hinaus, seinen Schneekönig führte er auf der linken Faust.

Dicht gefolgt von den beiden Männern, lief Charles neben der Stute her. Er berichtete, wie er ausgeschickt worden war, um sich als Spion bei den Geächteten einzuschleichen. Er schmückte aus, beschrieb Robin Hood als einen Wolf, begleitet von einem wilden Bären, erzählte keuchend von harten Kämpfen, in denen er selbst ein kühner Held war. Sir Roger ließ ihn reden.

Nicht weit vor der Burg, am Rand eines freien Feldes, setzte der Falkner den Taubenkorb ab. »Hier ist die günstigste Stelle, Herr! Ich bin bereit.«

Fragen an den Spion: Wo war das Lager? Wie stark war die Bande? Waffen? Pläne? Auf keine Frage wusste Charles eine Antwort.

»Und obendrein warst du also Robin Hood im Kampf überlegen?« Verächtlich die blassgrünen Augen. »Wieso stehst du hier im Untergewand?«

»Weil …« Der Bursche brach ab, stieß den Atem aus, seine Schultern sanken. »Weil …« Er schwieg.

»Kein Zweifel.« Sir Roger kraulte die Brust des Falken. »Du bist diesem Strauchdieb begegnet, das glaube ich dir, Sergeant. Doch nur, weil du so gerupft aussiehst.«

Der Verwalter spuckte Charles ins Gesicht. »Und du wagst es noch, uns die Zeit zu stehlen.« Genüsslich schaukelte er die Schlinge des Stricks hin und her. »Herr, darf ich ihn …«

»Schweig! Wir sind keine Mörder.« Sir Roger gab sich betont entrüstet. Charles wischte die Stirn. Einen Moment lang gönnte ihm der Baron die Erleichterung, dann setzte er sanft hinzu: »Das Maß der Strafe überlassen wir meinem Freund, Tom de Fitz. Wir werden den großartigen Spion, so wie er ist, verschnüren und ihn dem Sheriff zurückbringen.«

Charles stürzte auf die Knie. »Schickt mich nicht zurück! Keiner, keiner hätte da was herausgefunden. Glaubt mir, dieser Robin Hood und seine Bande, das sind Teufel!« Charles quollen die Augen vor. »Sie fressen sogar Raben. Das ist die Wahrheit.«

Der Vogt ließ den Strick sinken. Der Falkner schüttelte angeekelt den Kopf. Sir Roger lachte und kraulte die Brust seines weißen Falken.

»Lasst mich Euch dienen! Alles will ich für Euch tun. Nur schickt mich nicht nach Nottingham!«

»Schluss jetzt. Schafft ihn mir …« Der Baron hielt inne. Er blähte die Flügel der höckrigen Nase. »Jeden Dienst?«, fragte er. Der neue Gedanke belebte ihn. »Ich bin zu nachsichtig, ich weiß. Tom de Fitz wird mir mit Recht Vorwürfe machen. Dennoch: Eine Chance gebe ich dir. Doch wenn du wieder versagst …«

»Niemals. Glaubt mir! Gebt mir eine Aufgabe, und ich erfülle sie!«

Entrüstet schüttelte der Verwalter den Kopf. Der strenge Blick seines Herrn verschloss ihm den Mund. Sir Roger lächelte zu dem zerlumpten Burschen hinab. »Steh auf! Ich nehme dich in meinen Dienst. Als Waffenknecht. Sobald der Schnee ganz geschmolzen ist, wirst du deine Chance erhalten. Erfüllst du sie zu meiner Zufriedenheit, denke ich darüber nach, dich ganz zu behalten. Im Rang eines Sergeanten!«

Charles rutschte auf Knien näher. »Danke.« Er presste die Lippen an den Stiefel des Barons. Unwillig stieß ihn Sir Roger zurück. »Kerl! Wage es nicht noch einmal, mich zu berühren!« Er wedelte mit der freien rechten Hand. »Nun beweg dich! Warte am Burgtor auf meinen Verwalter! Er wird dir einen neuen Waffenrock geben. Und beim Schmied in der Stadt darfst du dir ein gutes Schwert aussuchen.«

»Danke!« Charles raffte sich auf, stammelte: »Danke, Herr. Danke, ich werd einer Eurer besten, treusten ...«

»Verschwinde, ehe ich es mir anders überlege!« Der Bursche rannte in Richtung Burg davon. Spöttisch sah ihm der Baron nach. »Dummkopf.«

»Aber, Herr!« Der Verwalter war unzufrieden.

»Es ist Zeit, Herr«, drängte der Falkner. »Wie lange soll der Jäger noch auf seine Mahlzeit warten?«

»Du hast Recht.« Der Zeigefinger strich die Brust des weißen Raubvogels. »Pardon«, sagte er näselnd. »Pardon.« Zum Falkenmeister gewandt, sprach er: »Warte, bis ich dir das Zeichen gebe!«

Ein Schenkeldruck, und die braune Stute trabte los. Über die Schulter befahl er dem Vogt mitzukommen.

»Herr, warum ...?«

»Nicht jetzt.« Erst als sie außer Hörweite waren, antwortete Sir Roger, kaum bewegten sich die schmalen Lippen. »Der Kerl kommt uns gerade recht.«

In der Mitte des weiten Feldes ließ er das Pferd halten. Er sah seinen atemlosen Verwalter an. »Und gerade du solltest zufrieden sein.« Knapp erinnerte er ihn an die Tat vor zwei Jahren. Nur durch sie war die hohe Stellung in der Burg für den einfachen Offizier frei geworden. Unterhalb der Stadt, im Wald bei der Mühle, hatte er seinen Vorgänger hinterrücks erstochen. »Es war Euer Wunsch, Herr«, verteidigte sich der Vogt. »Und der Sohn des Müllers sollte der Mörder sein, so hatten wir es doch abgesprochen.«

»Daran kann ich mich nicht erinnern.« Das hohlwangige Gesicht erstarrte zur Maske. »Für deine Tat allerdings gibt es noch zwei Zeugen. Also hüte dich! Meine Hand hält dich, aber sie kann dich auch fallen lassen.«

Der Verwalter senkte den Kopf.

»Aber ich schätze deine Treue. Und werde dir helfen. Par la Vierge, diesen Tölpel hat uns der Himmel geschickt.« Kalt funkelten die blassgrünen Augen. Der Plan war einfach: Charles wird zur Mühle gehen. Sein Auftrag lautet, den Verbleib des flüchtigen Sohnes herauszufinden. Keine Gnade. Bis zum Äußersten darf Charles gehen, um das Schweigen der Eltern zu brechen. »Du allein begleitest ihn! Und weil du mir treu ergeben bist, wird dieser Dummkopf nach getaner Arbeit nicht nach Doncaster zurückkehren.« Sir Roger lächelte. »Keine Zeugen, keine Sorgen. Du siehst, wie sehr mir dein Wohlergehen am Herzen liegt.«

Der Verwalter seufzte, voller Dankbarkeit sah er zu seinem Herrn auf.

»Mon roi de neige.« Während er schmeichelte, nahm der Baron dem Raubvogel die Kappe ab. Der Kopf zuckte hin und her. Schwarze, glühende Augen. Schnell löste die rechte Hand den Fußriemen. Mit einem gewaltigen Schwung der linken Faust warf Sir Roger den Jäger in die Luft. Flattern, nur einen Augenblick, dann breitete der weiße Falke die Schwingen, schwebte, und mit machtvollen Flügelschlägen stieg er, schraubte sich höher und höher. Erst unter der Sonne ließ er sich vom Wind tragen, glitt in weiten Kreisen hoch über seinem Herrn dahin.

Sir Roger hob die Hand. Das Zeichen. Der Falkenmeister griff in den Korb. Eine weiße Taube wirbelte auf, suchte die Richtung und schoss quer über das Feld davon. Hoch über ihr kippte der Jäger ab, beschleunigte den Sturz mit kurzen Flügelschlägen, winkelte die Schwingen eng an den Leib, stürzte nieder, stieß die ahnungslose Taube, die Krallen griffen in ihr Herz. Kurz über dem Boden fingen die ausgebreiteten Schwingen den Sturz auf. Der Räuber hockte über seiner Beute, reckte sich, und der scharfhakige Schnabel zerbiss das Genick der Taube.

»Mon roi de neige!« Sir Roger schüttelte die behandschuhte Faust. Er spornte die Stute an und galoppierte über den schneegefleckten Acker. Der Vogt hastete hinter ihm her.

Der Falke wartete. Sein Herr nahm ihm die Beute nicht ab. »Nun friss!« Blut färbte die weißen Federn des Opfers. Blut färbte den Schnee.

Sir Roger sah sich satt. Schließlich wandte er sich dem Verwalter zu. »So wie diese Taube wird auch dieser Robin Hood eines Tages vor mir liegen.« Er rieb die höckrige Nase. »Ein Spion. Die Idee des Lord-Sheriffs war gut. Sie hätte von mir stammen können.« Die Lippen spannten sich. »Nur hätte er sich einen Falken abrichten sollen und nicht einen Raben.«

X

Grafschaft York. Barnsdale Winterlager.

Anfang März war der Schnee geschmolzen. Tosend stürzte das Wasser in die Schlucht. Der Bach schwoll an, spülte aufgewühlten Schlamm und Äste mit fort, seine Wellen schäumten und schwappten unter der Baumbrücke her. Seit Tagen schon überschwemmte er im Hauptlager den Uferrand.

Die Luft war leicht geworden. Drosseln begrüßten den Morgen, und inmitten der Wiese zeigte die Linde helle Knospenspitzen. Unter den hohen Buchen roch es wieder nach Erde.

»In einer Woche ziehen wir in den Sherwood«, hatte Robin Hood angeordnet.

Der alte Herbghost und Gilbert Whitehand sollten sofort aufbrechen. Die notwendigsten Küchengeräte und vor allem Bogenhölzer, Pfeile und ein Rundholz, umwickelt mit fest gezwirbelter und doch schmiegsamer Sehnenschnur, außerdem eine genügend große Auswahl an Kutten, Gewändern und Handwerkskitteln, das alles trugen ihnen die Gefährten bis zur Handelsstraße. Dort zogen sie den Karren aus dem Versteck, beluden ihn, schirrten das kräftigste Pferd an, und als Hausierer verkleidet, stiegen die beiden auf den Kutschbock. »Also, in spätestens zwei Wochen. Wir warten auf euch an der großen Eiche!« Gilbert Whitehand griff die Zügel und ließ die Peitsche knallen.

Beth arbeitete. Bei ihr tauschten die Geächteten das dunkle Winterwams mit der grünen Sommerkluft. Allein wurde es ihr zu viel. Zwei Nachbarinnen gingen der Näherin zur Hand.

»Du musst auch helfen, Prinzesschen!«

Bald ging es los! Marian prüfte die abgelegten schwarzbraunen Kapuzenumhänge. Was schadhaft war, wollte Beth während der nächsten Monate flicken. Die anderen Röcke trug Much zur Höhle und verstaute sie unter Aufsicht von Paul Storyteller in den großen Eichentruhen. »Keine Flöhe. Keine Motten.« Zwischen jede Uniform streute der Alte zerkleinerte Wurzeln vom Benediktinerkraut.

Zum Maßnehmen war John als Erster nach Barnsdale-Top gekommen, und heute holte er als Letzter seine neu angefertigte Uniform ab. Geduldig stand er da, den Kopf eingeknickt, um nicht an die Decke zu stoßen.

»So viel Stoff hab ich noch für keinen gebraucht. Heb die Arme!« Beth reckte sich und zog an den Nähten. »Bei unsrer heiligen Katharina. Du bist wirklich ein Riese.«

»Kann schon sein.« John grinste und strich sich über die mächtige Brust. »Brauch Futter für zwei. Und einen Rock, in den zwei Männer reinpassen.« Er lachte vergnügt. Beth war mit ihrem Werk zufrieden. »Pass nur auf! Für einen grünen Frosch hält dich da unten im Sherwood keiner, eher für einen Baum mit Beinen.« Sie fiel in das Lachen ein.

Wortlos hatte Marian den beiden nur zugehört. Ungeduldig zerrte sie an ihrem braunen Wams. »Und ich? Damit kann ich doch nicht …«

»Später, Prinzesschen. Wenn die Kerle übermorgen weg sind, dann haben wir Zeit. Dann näh ich dir aus dem besten Stoff ein Kittelchen, sogar mit einem Kragen. Schön wirst du aussehen.«

Marian fuhr zusammen, sie staunte zu dem Hünen auf. »Und ich?«

Jäh wurde John ernst. »Weißt du …« Er atmete schwer. Immer

wieder hatte er es von einem Tag auf den nächsten verschoben. Jetzt musste er reden. Mit dem Finger rieb er die Narbe im Bartgeflecht. »Weißt du, Kleines. Du bleibst. Ist besser, glaub mir!«

Marian schüttelte den Kopf, die Augen wurden groß, schließlich ballte sie die Fäuste. »Lügner«, stammelte sie, »jawohl, das bist du. Ein gemeiner Schuft.« Damit stürzte sie aus der Hütte.

Hilflos hob John die Schultern. »Sie kann aber doch nicht mit runter in den Sherwood. Das geht doch nicht.«

Beth drehte den riesenhaften Mann herum und schob ihn zur Tür. »Geh ihr nach, du Tolpatsch. Erklär es ihr! Sag's nicht einfach.«

»Schon recht.«

John fand Marian hinter der Hütte. Die Beine angezogen, hockte sie auf dem geschichteten Brennholz. Mit den Armen hatte sie ihre Knie umschlungen und starrte den Wolken nach.

»Versteh doch, Kleines!«

Sie beachtete ihn nicht.

»Keine Hütte gibt's da unten, sagt Robin. Da schlafen wir mal in einer Höhle, mal einfach unter 'nem Busch. Nur bei schönem Wetter ist das gemütlich, sagt Robin. Und wir müssen von einem Versteck ins andere. Immer auf der Flucht, weil die Eisenpuppen des Sheriffs hinter uns her sind. Schön ist das nicht. Verstehst du, da unten ist kein Zuhause.«

»Mir egal, ganz egal, was Robin sagt. Du hast es versprochen: Nie gehst du weg von mir.«

»Das stimmt auch. Aber gut sollst du's haben. Und nicht im Wald leben. Das will ich nicht für dich.«

Marian wischte die Augen. »Ich kann das aber alles. In einer Höhle haben wir schon gewohnt, wir beide, und auf dem Moos und im Graben. Und schön war das, weil du bei mir warst. Bitte, John. Bitte nimm mich mit!«

»Damals waren wir allein. Nichts hatten wir. Aber jetzt ist alles besser. Du musst bleiben, Kleines.« Er wollte zu ihr.

Sofort packte sie ein Holzscheit. »Geh. Geh doch weg! Robin ist ja dein Freund.«

»Wollt nur sagen«, murmelte er. »Ich hab ja nur dich und Robin. Und Beth braucht dich auch. Ich komm sicher oft. Wegen der Beute. Immer einer von uns Offizieren muss sie herbringen.«

Marian senkte den Kopf, die blonden Locken verdeckten das Gesicht. »Geh weg!« Ihre Schultern zuckten.

John wollte sie trösten, wusste nicht, wie. »Ich brauch dich doch.« Ratlos ging er davon.

Aufbruch. Das Hauptlager war gesichert. Auf der Höhe hatten die Freisassen alle drei Abstiege mit Sträuchern getarnt. Unten in der Schlucht hatten sie Steine vor den Felstunnel des vierten Zugangs geschichtet. Während des ersten Monats sollte Pete Smiling mit drei Geächteten im Stützpunkt zurückbleiben. Bei Gefahr für das Hauptlager oder Barnsdale-Top würde einer von ihnen sich aufs Pferd werfen und die Gefährten im Sherwood alarmieren. Im April würde dann Tom Toad mit einigen Männern die Wachen ablösen.

Aufbruch noch vor Sonnenaufgang. Little John blickte sich verstohlen im Stützpunkt um. Wo blieb Marian? Wenigstens ein Lebwohl! »Ich brauch doch Glück, Kleines«, murmelte er. Doch seit zwei Tagen hatte er das Mädchen nicht mehr gesehen. Der Hüne seufzte. Er konnte nicht noch mal ins Dorf. Dazu war jetzt keine Zeit mehr.

Robin Hood prüfte Waffen und Ausrüstung seiner Männer. Kein hinderliches Gepäck, nur Wasser und Proviant, alles andere lagerte gut versteckt in den Vorratshöhlen im Sherwood. »Unser erster Treffpunkt ist unterhalb von Doncaster abseits der Handelsstraße am Bach bei der kleinen Furt. Aber keiner geht zur Mühle, habt ihr verstanden! Das ist zu gefährlich.«

»Aber … aber. Du, du hast … hast mir …« Much hob bittend die Hände.

»Wart's ab, Junge! Ich habe es nicht vergessen.«

Einfache Kappen und Mützen auf dem Kopf, die grüne Uniform, Schwert und Messer verborgen unter ärmlich grauen Reisemänteln, so sollten die Männer in kleinen Gruppen losziehen. »Und vergesst das Zeichen nicht!« Dem Knacken eines trockenen Zweiges musste mit doppeltem Knacken geantwortet werden. »Umgeht jeden Ort!« Knapp waren die letzten Befehle: keine Überfälle unterwegs. Keine Jagd, ganz gleich, wie verlockend die Beute ist. Vor allem kein Kampf mit irgendwelchen Waffenknechten oder königlichen Förstern. »Meidet sie! Versteckt euch oder lauft weg. Wehrt euch nur, wenn es keinen Ausweg gibt. Dann aber lasst keinen leben!« Die grauen Augen in dem scharf geschnittenen Gesicht glitzerten. »Unbemerkt werden wir uns im Sherwood wieder einnisten.« Erst wenn seine Armee vollzählig und wohlbehalten beim Sommerlager angekommen war, wollte er losschlagen. »Dann beginnt unser Spiel.«

Seine Armee: 28 Kämpfer, stark, wendig, treffsicher mit dem Bogen, und jeder führte eine gefährliche Klinge. Die Beute war wichtig. Aber der Kampf gegen die grausamen Überfälle der Eisenpuppen auf die wehrlosen Dörfler, dieser Kampf war Robin das Wichtigste. »Und ich verspreche euch, Freunde: Wir werden dem verdammten Lord-Sheriff in diesem Sommer einheizen und ihn das Paternoster lehren!«

Breitbeinig, die Fäuste in den Hüften, so stand der Anführer da. Und die Bruderschaft der Geächteten vertraute ihm. »Los jetzt!«

In kurzen Abständen verließen sie den Stützpunkt. Zu dritt, zu fünft huschten sie davon.

Bis auf den alten Storyteller und die Wachmannschaft waren nur noch John, Much und Threefinger übrig. Robin Hood schob die Kapuze zurück und schüttelte das rotblonde Haar. »Eins fehlt noch.« Er kniete nieder. »Ohne sie wird es uns nicht gelingen. Sie muss bei uns sein.« Die Freunde knieten sich neben ihn, und mit fester Stimme bat Robin um den Schutz der Heiligen Jungfrau.

Nach dem Gebet erhob er sich: »Was kann uns jetzt noch zustoßen?« Lachend stieß er John in die Seite. »Na, was sagst du?«

»Schon recht.« Wieder blickte sich der Hüne um. Marian war nicht gekommen.

Noch ein kurzer Gruß für Smiling und seine Männer. Mit weit ausholenden Schritten ging Robin voran. Much und Threefinger folgten ihm dicht auf den Fersen.

Erst nach einer Weile verließ Little John als Letzter die Lichtung. Ein Apfel schlug dicht vor ihm auf den Waldboden. Zwei bunte Federn eines Eichelhähers steckten im Fleisch. Rasch hob ihn John auf und blickte nach oben. In der Astgabel einer kahlen Kastanie stand Marian. Sie drehte den Finger in eine Locke. »Ich kann sowieso nicht mit. Ich muss der Beth helfen.«

»Ist gut, Kleines. Bis bald.« John lachte und ließ den Kampfstock um die Hand wirbeln.

Lehm klebte an den Stiefeln. Trotz des aufgeweichten Bodens waren sie schnell vorangekommen. Keine Hast, ein leichter Laufschritt, der nicht ermüdete, Robin Hood gab das Tempo an. Hin und wieder versuchte Much, ihn zu überholen, stürmte vorwärts. Bald, bald durfte er die Eltern wiedersehen!

»Auch wenn du der Schnellste von uns allen bist, bleib hinter mir, Junge!«, befahl Robin und schmunzelte. »Sonst laufen die Beine dem Verstand davon.«

Gegen Mittag überquerten sie unterhalb von Doncaster die Handelsstraße und folgten dem Karrenweg durch den Wald. Endlich hob Robin die Hand. Die Freunde blieben stehen. Im Schutz der weißgrauen Birkenstämme spähten sie nach vorn. Die tiefen Wagenspuren endeten am Ufer zwischen klobigen Felsbrocken. Auf der gegenüberliegenden Seite des breiten Bachs führten sie weiter den Wiesenhügel hinauf. Sie hatten den Treffpunkt erreicht. Niemand war zu entdecken, weder am Rand der Furt noch in der Nähe.

»Jetzt du, Bill«, flüsterte Robin. »Siehst du was?«

Threefinger beschattete die Augen, lange. Schließlich schüttelte er den Kopf.

»Das gefällt mir.« Robin bückte sich nach einem trockenen Ast und zerbrach ihn.

Zweimal Knacken. In der Nähe, von der Seite, hinter ihnen. Little John fuhr herum. Nichts. Er sah nur Birkenstämme, weiter entfernt ragten kahle, ineinander verzweigte Eichen auf. Irgendwo da in den breiten Astgabeln hocken auch einige! Anerkennend spitzte der Hüne die Lippen.

»Na, was sagst du?« Robin berührte den Arm seines Offiziers.

»Schon recht.« John dehnte die Brust. »Wir haben gute Männer.«

»Die besten, mein Freund. Die besten.«

Robin trat auf den Weg, rasch setzte er das Hifthorn an. Zwei kurze, dunkle Stöße. Hinter den Uferfelsen, aus dem Dornengestrüpp, von den Bäumen ringsum: Die Geächteten verließen ihre Verstecke.

»Keine Zwischenfälle«, meldete Tom Toad dem Anführer. Er zeigte zum Bach. »Aber die Furt hat viel Wasser. Nass werden wir bis zum Hintern. Besser, wir kehren zur großen Straße zurück und sehn, dass wir über die Brücke kommen. Wenn wir uns beeilen, schaffen wir es heute noch fast bis Worksop.«

Sofort stand Much neben ihm. »Nicht zurück. Bitte!« Röte stieg ihm ins Gesicht. »Bei uns, da können wir gut übernachten. Und unterhalb des Mühltals gibt's auch einen Steg.«

Tom Toad hob die Brauen, vergnügter Spott lag in seiner Stimme. »Unser Milchbart will nach Haus.«

Mühsam schluckte Much. »Ich hab … weil ich doch …« Fahrig wischte er sich über den Lippenflaum.

»Lass ihn, Tom!«, half Robin. »Ich hab's fest versprochen. Und Zeit ist genug.«

»Weiß ich doch.« Toad legte dem Jüngsten der Bruderschaft

die Hand auf die Schulter. »War nur Spaß. Und Bier gibt's bei euch bestimmt auch.«

»Na, und ob. Fürs Mahlen lässt sich Vater manchmal mit einem Fass bezahlen.«

Die Aussicht begeisterte den Trupp, einige wollten sofort losziehen.

»Halt!« Robin sprang auf einen umgestürzten Birkenstamm. »Was seid ihr? Nur Ochsen, die zur Tränke rennen?« Zu groß war die Gefahr. Roger von Doncaster suchte den Sohn des Müllers. »Glaubt nur nicht, dass dieser Fuchs unsern Kleinen vergessen hat!«

Um jeden Hinterhalt auszuschließen, teilte Robin Hood seine Armee in drei Trupps. Little John sollte mit den Männern einen weiten Bogen schlagen und sich aus östlicher Richtung der Mühle nähern, Tom Toad vom Norden her. »Versteckt euch rund ums Tal und wartet! Ich, Threefinger und der Rest, wir kommen den Bach entlang.« Lautlos huschten die Geächteten davon.

Robin winkte Much zu sich. »Du bleibst bei mir. Und keine Dummheiten! Verstanden?«

Wie eine silbrige Scheibe hing die Sonne am dunstigen Himmel. Elstern wippten auf den Uferweiden. »Gleich nach der Biegung«, flüsterte der Sohn des Müllers. »Da fängt unsere Wiese an.«

Mit einem Fingerschnippen schickte der Anführer seinen Späher auf einen Baum. Im Geäst, von hoch oben, erkundete Threefinger das schmale Tal hinter der Bachbiegung. Lange brauchte er. Viel zu lange. Much öffnete und schloss die Fäuste. »Ruhig, Junge!« Robin zwinkerte ihm zu.

Jetzt löste sich Threefinger, stieg von Ast zu Ast, glitt am Stamm hinab und sprang das letzte Stück. Sein Gesicht war unbeweglich. »Alles ruhig. Am Haus, auch bei der Scheune.« Er blickte an Much vorbei zu Robin. »Keine Hühner im Hof. Keine Gans.«

Much lachte leise. »Geht auch gar nicht. Müller dürfen kein Viehzeug haben, was Körner frisst.«

Ohne den Freund zu beachten, setzte Threefinger hinzu: »Das Mühlrad.«

Eine steile Falte wuchs auf der Stirn des Anführers. »Nun sag schon, Bill!«

»Es dreht sich langsam. Viel zu langsam.«

»Alt ist es eben.« Much war ungeduldig. »Sind Fremde da?«

Schnell schüttelte Bill den Kopf. »Keine Gefahr. Da ist keiner. Überhaupt keiner.«

Much hielt es nicht länger. »Die Eltern sind eben im Haus.« Damit rannte er los, sprang über Büsche und jagte weiter. Schon war er hinter der Biegung verschwunden.

»Die sind nicht im Haus«, stammelte Threefinger. »Verdammt. Da sind sie nicht.«

Blitzschnell griff Robin zum Horn. Zwei tiefe, kurze Töne, das Signal für die anderen. Und in großen Sätzen stürmte er mit seinen Männern dem Jungen nach. Sie hasteten über die Wiese, einige zückten die Schwerter. Weiter vorn hatte Much bereits den kleinen Hof erreicht. »Ma! Ma? Wo bist du?« Er verschwand durch die geöffnete Tür im Wohnhaus. »Ich bin's! Hallo! Ich bin's!« Sein Rufen hallte nach draußen.

Von Osten, von Norden, weit auseinander gezogen rannten die Männer der anderen Trupps auf die Mühle zu, enger schlossen sie den Halbbogen.

»Ma!« Much verließ das Haus und lief zur Scheune hinüber. Er rief nach der Mutter. Rief den Vater. »Versteckt euch nicht! Ich bin's doch. Und Freunde.«

Draußen im Hof zeigte Threefinger zum Wasserrad. Robin stöhnte auf. »Wir sind zu spät. Verschwindet!«, befahl er den Männern. »Aber bleibt in der Nähe!«

Ein Blick zum Mühlrad, entsetzt gehorchten sie. Niemand wollte jetzt Zeuge sein.

Nur John und Tom Toad warteten mit Robin. Stille. Allein das Ächzen der Eichenwelle, das Schaben der Steine in der Mahlstube.

Much kehrte aus der Scheune zurück. »Sie sind nicht da.« Achselzuckend kam er auf die Freunde zu. »Aber wenn sie nach Doncaster sind, dann hätten sie doch die Tür verriegelt. Und Vater hätte das Schütt geschlossen. Nie geht er ...« Much brach ab. Er sah von einem zum andern. »Was ... was ist?« Er folgte den Blicken. Beide Fäuste presste er vor der Brust gegeneinander. Sein Körper krampfte sich zusammen. Das weiße Gesicht der Mutter, der aufgebundene Leib, der Leichnam tauchte ins Wasser, das Gesicht des Vaters, der dürre Körper, schwerfällig drehte sich das Rad. Much riss die Fäuste auseinander. Er schrie.

Er wollte zu ihnen, doch Little John umschloss den Jungen mit beiden Armen.

»Lass! ... Lass!« Wild schlug, trat Much nach dem Riesen.

»Nur zu. Schlag nur, Kleiner! Ja, nur zu.«

Als die Muskeln erschlafften, sank das Schreien in haltloses Schluchzen. John lockerte den Griff. »Still, Junge. Still!«

»An... Anhalten! Bitte. An...halten.«

Tom Toad und Robin liefen los. Befehle. Die Geächteten kehrten zurück. Oberhalb des Mühlgrabens wurde das Schütt heruntergelassen. Das Rad blieb stehen.

John gab den Jungen nicht frei. »Die andern machen das schon.«

Sie wickelten die Toten in Decken und legten sie vor dem Wohnhaus nebeneinander. »Jetzt geh zu deiner Ma!« Der Hüne schob Much sanft vor sich her.

Stumm sahen die Gefährten auf den Jungen. Er kniete vor den Eltern. Seine Schultern zuckten.

Leise trat Vince zu Robin. »Beim Steg. Da liegt einer.«

Der Anführer nickte John, rasch folgten beide dem Mann aus Blidworth. Neben dem Weg zur kleinen Brücke lag ein Bewaffneter reglos mit dem Gesicht nach unten im Gras, die Arme über den Kopf gestreckt. In der rechten Hand hielt er eine Peitsche, die linke war zur Faust geballt. Sein Umhang war dunkelblau. »Der gehört zum Baron von Doncaster.« Robin Hood schickte Vince zurück. »Sag Tom: Ein Grab sollen sie für den Müller und seine Frau ausheben!« Erst als der Gefährte gegangen war, drehte er den Toten auf den Rücken.

»Beim Dunstan«, stieß John heraus. »Unser Spion. Das ist Charles, der Lump aus Nottingham.« Am Hals, dicht unter der Kettenhaube, klaffte eine schwarze Stichwunde. Kein verzerrtes Gesicht. Mit einem zufriedenen Grinsen war er gestorben.

Wie kam der Kerl hierher? Warum trug er den Waffenrock des Herrn von Doncaster? Wer hatte ihn getötet? »Das Spiel begreif ich nicht.« Kopfschüttelnd strich sich Robin das Haar aus der Stirn. Die Peitsche. Auf den zerschundenen Körpern waren Striemen. »Also hat er die Armen gequält.«

John bückte sich. Aus der linken Faust des Toten hing eine Kette kleiner Holzperlen. Er brach die Finger auf und fand ein silbernes Kreuz. »Dieser elende Bastard.« John keuchte. In seiner Brust wuchs ein Klumpen. Ich war's. Ich hab den Spion laufen lassen. »Meine Schuld, Robin. Das alles ist meine Schuld. Weil ich nicht gewollt hab, dass wir ihn aufhängen.« Er betrachtete das Kreuz. »Was sag ich nur dem Jungen?«

Robin riss den Hünen am Arm. »Schluss damit, John!« Die grauen Augen glitzerten. »Wir töten keine Wehrlosen! Das ist unser Gesetz. Du hast mich daran erinnert, damals, als wir diesen Kerl entlarvt hatten.« Dicht trat der Anführer an den Riesen heran. »Und es war richtig.«

»Und jetzt sind die armen Leute tot.«

»Es war richtig! Und ich will nicht, dass unsere Männer zweifeln. Hast du mich verstanden?« Klar sah Robin zu dem bärtigen Gesicht auf. »Bei der Jungfrau, was verlangst du? Selbst die Heiligen wissen nicht vorher, was geschieht. Wir erst recht nicht.« Er zeigte zur Mühle hinüber. »Daran trägst du keine Schuld, mein Freund.« Mit dem Fuß deutete er auf den Toten. »Und der hier? Er war nur ein kleiner Handlanger. Und ein zweiter Handlanger hat ihm dann das Messer in die Kehle gestoßen. So muss es gewesen sein. Ein gemeines Spiel. Aber der wahre Mörder sitzt drüben in Doncaster, sitzt da auf seiner Burg wie eine Spinne. Und ich bin mir sicher, niemand wird ihm je die Schuld nachweisen können.«

Little John nickte. Er sah das hohlwangige Gesicht vor sich, hörte wieder die näselnde Stimme. Dieser Baron in seinem schwarzen Samtrock. Irgendwann brech ich ihm das Genick. Mit dem wachsenden Zorn wurde es John leichter. Er trug keine Schuld am Tod der Müllersleute. Robin hatte sicher Recht. »Ein Elend ist es. Für den Jungen.«

Schweigend, ihre Kappen und Mützen in den Händen, standen die Freisassen am geöffneten Grab. Kurz war das Gebet.

»Wir ziehen weiter«, bestimmte Robin Hood. Sie mussten den Sohn des Müllers zwingen, nicht zurückzubleiben. Erst nach drei Wegstunden schlugen sie in einem Waldstück das Lager auf. Weit verstreut flackerten kleine Wachtfeuer. »Morgen sind wir im Sherwood.« Leise sprachen die Männer miteinander, niemand lachte.

Später kroch Much näher an den Strauch heran, unter dem John sich ausgestreckt hatte. »Ich … ich find keinen … keinen Platz.«

»Schon recht, Junge.«

Much rollte sich neben dem Hünen in seinen Mantel und verbarg das Gesicht.

Erst als das Wimmern verebbte, der Atem ruhig und gleichmäßig war, schloss John die Augen.

XI

Grafschaft York. Auf dem Weg nach Süden.

Die erste Nacht wieder unter freiem Himmel. Zerkleinerte Äste auf dem Moos als Unterlage. Mehr nicht.

Trotz der Mäntel waren die Uniformen klamm geworden. Vor dem Aufbruch trockneten und wärmten sich die Freisassen am Feuer. Jeder hatte eine Geste, einen Blick für Much. Mit rot geweinten Augen stand der Junge neben Threefinger. Es gab keinen Trost. Ein stummer Gruß. Eine Hand auf seiner Schulter: Du bist nicht allein.

Die Glut wurde ausgetreten, die Asche zerstreut. In Abständen zogen die Gruppen los. Bis zum Abend mussten sich alle zur großen Eiche bei Edwinstowe durchgeschlagen haben.

Robin und sein Trupp verließen als Letzte den Lagerplatz. Aus den Augenwinkeln beobachtete Little John den Sohn des Müllers. »Bleib an meiner Seite!«

Much bemühte sich zu lächeln, tapfer schüttelte er den Kopf. »Sorg dich nicht! Wo soll ich denn sonst noch hin.« Er blieb bei Threefinger und ließ den Anführer und seinen ersten Offizier vorangehen.

Sie folgten der Handelsstraße. Das leicht gewölbte, mit Steinen gepflasterte Band lag schnurgerade vor ihnen, rechtzeitig konnten sie erkennen, wer auf sie zukam, früh genug hörten sie, wenn sich Hufschlag in ihrem Rücken näherte. Bei diesem Geräusch zog John jedes Mal den Kopf ein, vorsorglich rutschte seine Hand zur Mitte des Kampfstocks hinunter. Also, ich würd mich verstecken, bis der Reiter vorbei ist. Sicher ist besser. Doch Robin Hood schien unbekümmert. Hin und wieder begegneten sie einem Bauernkarren, manchmal einem wandernden Mönch. Niemand wunderte sich über die weit ausschreitenden Männer.

»Und wenn uns doch einer erkennt?«

»Keine Gefahr, John. Wir sind im Grenzgebiet zwischen den Grafschaften. Sir Roger und der Lord-Sheriff sind weit genug weg.« Robin breitete die Arme aus. »Und das Frühjahr ist noch jung. Also genau die richtige Zeit für uns, in den Sherwood zurückzukehren.«

Im Dunst entdeckten sie die Dächer von Worksop. »Bewaffnete gibt's da drüben genug. Wie Hunde die Hasen auf freiem Feld, so leicht könnten sie uns hier jagen. Aber noch halten die Kerle ihren Winterschlaf.« Erst wenn die reichen Händler unterwegs waren, sobald die großen Wagentrecks von London heraufkamen und über Nottingham weiter nach Norden zogen oder von den Häfen über York hinunter zum Markt nach Nottingham rollten, erst dann kontrollierten die Waffenknechte jede Fahrstraße, bewachten die Schlagbäume vor den Städten und trieben den Zoll ein. »Falls es noch etwas zu verzollen gibt.« Robin lachte. »Denn vorher, vorher müssen die Pfeffersäcke an uns vorbei.« Jäh wurde er ernst. Prüfend sah er den Hünen von der Seite an. »Du kennst doch jeden Weg im Sherwood. Warum haben wir uns nicht früher getroffen?«

»War nicht mein Jagdgebiet. Bis nach Edwinstowe und Blidworth rüber, das war zu gefährlich. Bin im Westen beim Kloster geblieben. Musste ja die Beute schnell in unser Dorf schaffen.« John schloss die Augen. Sein Dorf. Der Geruch nach Herdfeuer. Das Lachen der Kinder, wenn er zurückkam. Er sah die Leichen, er sah Marians Mutter. »Und doch war ich zu spät. Einmal war ich zu spät.«

»Verzeih, mein Freund. Ich wollte dich nicht …« Nach einer Weile setzte Robin neu an: »Bald ist alles grün, bald wird es Sommer. Tief im Sherwood und entlang der Straße, überall haben wir da unsere Verstecke. Und Freunde haben wir inzwischen in jedem Dorf.«

»Schon recht.«

Auf einem Wildpfad drangen sie in den Sherwood ein. Gegen Mittag stieg ihnen leichter Holzbrand in die Nase. »Das ist Gabriel. Den riech ich meilenweit.« Robin Hood beschloss, dem befreundeten Köhler einen Besuch abzustatten. »Gabriel ist ein mutiger Angelsachse. Er arbeitet für die Normannen, aber er duckt sich nicht. Wenn es ihn nicht gäbe, dann müssten hier viele alte Leute im Winter erfrieren.« Der Köhler meilerte mit seinen beiden Knechten für die Eisenschmieden der Nottinghamer Festung. Selbst durfte er das Holz nicht schlagen. Er gab die Menge an, und von den königlichen Forstwächtern wurden ihm die Wagenladungen an seine drei Kohlstätten geliefert. Später holten sie die randvollen Körbe ab, und wehe ihm, wenn es zu wenige waren. Gabriel verstand seine Kunst. Er schichtete sogar dreistöckige Meiler. Außerdem überlistete er die Förster, stets bestellte er mehr Baumstämme als wirklich nötig, stets blieb genug übrig. So konnte er arme alte Leute in der Gegend mit Holz versorgen. »Kommt, wir trinken einen Schluck bei ihm! Er soll wissen, dass Robin Hood wieder da ist.«

Zwei Kinder spielten vor dem einsam gelegenen Köhlerhaus. Voller Neugierde, aus großen Augen sahen sie den Fremden entgegen. John zwinkerte ihnen zu. Kurz streckte er die Zunge raus. Sie zeigten ihre rosafarbenen Zungenspitzen. Der Hüne schnitt eine Grimasse. Die Kleinen bemühten sich, ihn nachzumachen. Wärme dehnte Johns Brust. Wie lange war es her? Er überlegte nicht weiter. Little John tappte vor den beiden hin und her, brummte, drehte sich. Die Kleinen juchzten und klatschten.

»He, Köhler!«, rief Robin. »Komm raus, Gabriel!«

Sofort erschien eine junge Frau. Kaum sah sie die Fremden, versteinerte sich ihr Gesicht. Sie lief zu ihren Kindern, riss sie von John weg und trieb sie zum Haus.

Robin Hood lachte. »Erkennst du mich nicht? Wo ist dein Mann?«

Über die Schulter schrie sie: »Verschwinde! Du Halunke. Wir haben nichts.«

Eine alte Frau humpelte ins Freie. Sie wartete, bis die Mutter ihre Kinder in Sicherheit gebracht hatte. Furchtlos näherte sie sich dem Anführer. »Robin Hood. Ich verfluche dich.«

Sie spuckte vor ihm aus.

Robin stand wie gelähmt. »Aber?«

Die Alte streckte zwei Finger gegen ihn. »Zwei hast du. Zwei Gesichter. Scheinheilig kommst du daher. Aber der Satan steckt in dir. Sei froh, dass mein Sohn im Wald beim Meiler ist. Er würde dich … Fluch über dich. Elender Räuber. Die Pest über dich und deine Mordbande!«

Wortlos drehte sich Robin um. John gab Much und Threefinger ein Zeichen. Rasch folgten sie ihrem Anführer.

Schweigen. John schritt neben dem Freund her. Hin und wieder blickte er zu ihm hinunter. Über den harten grauen Augen stand eine steile Falte. Das Gesicht war blass.

Endlich schüttelte Robin den Kopf. »Warum?«, fragte er rau. »Bei allem, was ich für die Leute getan habe?«

Niemals zuvor hatte John den Freund so gehört. »Nicht jeder Fluch bringt Unglück«, versuchte er zu beschwichtigen und glaubte sich selbst nicht. »War ja nur ’ne alte Frau.«

»Du bist ein Idiot!« Robin ballte die Faust. Als er die vorwurfsvolle Miene des Hünen sah, öffnete er sie wieder. »Der Fluch? Der ist es nicht allein. John, ich will das Vertrauen der Leute. Sonst gelingt uns der Kampf nicht.« Er beschleunigte den Schritt. »Und das Schlimmste ist: Ich weiß nicht, was vorgefallen ist. Der Köhler ist ein wichtiger Verbündeter. Von ihm erfahren wir, wo die Förster sind, was sie vorhaben. Gabriel stand auf meiner Seite. Und jetzt verdammt mich seine Mutter.«

»Weiß auch nicht«, murmelte John. »Fängt schlecht an für uns: erst das mit dem Müller und seiner Frau. Jetzt der Fluch.«

»Nein! Schluss damit!« Der Anführer wandte den Kopf und wartete auf John. »Wir kämpfen, wenn es sein muss, auch ohne Gabriel. Und, bei der Heiligen Jungfrau, es wird ein gutes Jahr!«

Keine Rast. Bei Anbruch der Dämmerung erreichten sie den Treffpunkt. John sollte warten, bestimmte Robin. Er selbst wollte zur Höhle, in der Tom Toad und Herbghost auf die Ankunft der Armee warteten. Bill und Threefinger mussten im Dickicht rund um die Große Eiche und im angrenzenden Waldgebiet durch das verabredete Zeichen die Freunde zusammenrufen.

Die Große Eiche. John legte den Kopf in den Nacken. Da bin sogar ich klein. Sein Blick verstrickte sich im Gewirr der Äste. Das ist nicht nur ein Baum. Für einen Moment schien es John, als hätte ein unterirdischer Gott den mächtigen Arm gestreckt, die Hand gespreizt und den Wald zurückgedrängt.

»Ach was.« Der Hüne schmunzelte über sich selbst, fest rieb er die Narbe im Bart. Aber groß ist sie wirklich. Noch fünf so wie ich, wir könnten den Stamm vielleicht umfassen. Und im Sommer können sich da oben im Geäst gut zwanzig von meiner Sorte verstecken.

Abends saß die Bruderschaft unter der Eiche, Mützen und Kappen tief in der Stirn, die Mäntel geschlossen. Robin Hoods Armee hatte gefahrlos das Sommerlager erreicht.

Kein Gelächter. Niemand sprach. Nichts war wie im Jahr davor. Jeder starrte ins Feuer, kaute an den Resten des Reiseproviants.

»Morgen gibt's erst 'ne Suppe!«, platzte Herbghost laut und zornig heraus. »Verdammt! Konnte ja nicht wissen, dass ihr heute schon kommt.«

»Lass gut sein, William. Keiner hat sich beschwert.« Robin sprang auf. Mit kurzen, steifen Schritten umkreiste er den Lagerplatz unter der Eiche. Die Berichte ließen ihn nicht los: Eine Gruppe war im Sherwood zwei Bauern begegnet. Freundlich hatten die Gefährten sie angesprochen. Sofort waren die Höfler vor ihnen niedergefallen und hatten um Gnade gefleht.

Schlimmer noch, Tom Toad erzählte von einem alten Weib. Sie hatte Reisig gesammelt, kaum konnte sie die Last tragen. Er bot an, das Bündel für sie nach Haus zu bringen. Die Alte hatte ihm das mühsam gesammelte Reisig vor die Füße geworfen. »Da, nimm! Mehr besitz ich nicht.« Und war davongeschlurft.

Gilbert Whitehand schließlich wollte vor drei Tagen gegen gute Silverpennies in Edwinstowe Vorrat an Brot und Früchten kaufen. Bei seinem Erscheinen wandten sich die Dörfler zitternd ab.

»So wartet doch!«

Nur der junge Schweinehirt wagte den Kopf zu heben. »Worauf? Drei Nachbarn sind schon tot. Ihr habt sie erschlagen.«

»Was? Beim Dubric, was redest du da? Malcolm, du kennst mich doch! Ich bin ein Freund Robin Hoods.«

»Das weiß ich. Jeder weiß jetzt, wer ihr wirklich seid.« Bitter fuhr Malcolm fort: »Habt Erbarmen! Ihr wart vor zwei Wochen da. Warum quält ihr uns noch weiter? Kaufen? Was denn? Ihr habt uns doch alles weggenommen.«

Als Whitehand mit leeren Händen Edwinstowe verließ, hörte er, wie der hoch gewachsene Schweinehirt die Geächteten verfluchte.

Wieder und wieder schüttelte Robin den Kopf. Der flackernde Schein des Feuers fiel auf das blasse Gesicht. John sah den Kummer des Freundes. Entschlossen trat er ihm in den Weg und fasste seinen Arm. »Ruh dich aus! Morgen werden wir …«

»John, was ist nur vorgefallen? Als wir im letzten Herbst abzogen, da haben uns die Leute unterwegs Äpfel und Brot zugesteckt. In jedem Dorf haben sie uns noch einen Abschiedstrunk angeboten. Allein schon mein Name bedeutete Hoffnung. Weil sie Robin Hood vertrauten. Weil ich es bewiesen habe: Wir Angelsachsen können uns gegen den Sheriff wehren, gegen die Normannen.«

»Schon recht. Ich mein ja nur …«

»Gegen das Unrecht! Wir sind keine Mörder. Wir kämpfen gegen das Unrecht im Land, bis König Richard endlich zurück ist …«

»Schluss jetzt!« Hart umschloss die Faust des Hünen das Handgelenk des Anführers. Robin Hood schwieg verblüfft. Auch John staunte über sich selbst. Ehe Robin aufbrausen konnte, grinste er ihn an. »Bleib ruhig! Vielleicht denk ich falsch. Ich mein nur, da spielt einer ein böses Spiel.«

Robin Hood riss sich los. »Wage es nicht …« Er stockte, mit einem Mal erhellte sich seine Miene. »Du Riese. Bei der Heiligen Jungfrau, schnell hast du von mir gelernt. Ein böses Spiel! Ja, das ist es!«

Der Anführer trat dicht ans Feuer. Kurz war seine Rede. Die Ratlosigkeit fiel von den Gefährten ab, Mut und grimmige Entschlossenheit kehrten zurück. Klar lautete der Befehl für die nächsten Wochen.

Später hockte sich Robin neben dem Freund ins Gras. »Danke. Seit dem Fluch heute Mittag war mein Verstand einfach stehen geblieben. Gut, dass du bei mir bist.«

»Schon recht.« John starrte auf seine Stiefelspitzen.

»Jedem andern würd ich den Kopf abreißen. Aber du sollst mir immer sagen, wenn was falsch ist.« Die Mundwinkel zuckten. »Das hilft gegen Fehler.« Robin lachte.

XII

Letzte Nachricht vom Kreuzzug: *Im November 1191 verlässt Richard mit einem Teil des Heeres Jaffa. Im zerstörten Ramleh schlägt er ein Zeltlager auf. Das Weihnachtsfest feiert er noch näher bei Jerusalem. Trotz Eisregen und Sturm lässt Löwenherz während der letzten Dezemberwoche die Truppen bis in das Hügelland von Judäa vorrücken. Die Kreuzfahrer atmen auf: Die Befreiung der Heiligen Stadt steht unmittelbar bevor. Die Kreuzfahrer jubeln: Das reiche Jerusalem verspricht fette Beute. Doch Richard greift nicht an! Fünf Tage zögert er, dann kehrt er um. Im zähen Schlamm führt er das enttäuschte Heer zurück nach Ramleh.*

»Du hast Jerusalem feige verschenkt«, murren die Verbündeten. Im Januar 1192 wenden sich viele von ihm ab, einige besteigen ihre Schiffe und kehren in die Heimat zurück.

Grafschaft Nottingham. Stadt Nottingham.

Der Himmel färbte sich, leichter Wind vertrieb den Morgennebel, das blasse Sonnenlicht griff nach den Zinnen der Festung.

Reiter. Weit im Norden, zwischen den Hügeln waren sie aufgetaucht. Bis zur Stadt mussten sie durch freies Gelände, erst die Senke hinab, dann zur Wehrmauer hinauf.

Noch war das Tor verschlossen. Seit dem Morgengrauen warteten Krämer, Marktfrauen, Seiler, Messerschleifer, Geflügel- und Fischhändler. Sie stammten aus der Umgebung von Nottingham, kannten einander. Einige waren von ihren hohen Ochsenkarren abgestiegen. Die mit den Handwagen hatten sich selbst ausgeschirrt. Brust- und Schulterriemen hingen an den Holmen, dicke Steine hinter den Rädern sicherten die Wagen vor dem Zurückrollen. Die Leute rieben die kalten Hände und plauderten. Kein Gedränge. Jeder fügte sich dem ungeschriebenen Gesetz. Wer das Tor als Erster erreicht hatte, der durfte als Erster in die Stadt. Dem gebührte der beste Platz auf dem Markt, der durfte seinen Karren in der Nähe der Kirche, gleich vor dem Haus des Lord-Sheriffs hinstellen. Daneben der Zweite, dahinter der Dritte, der Letzte musste sich mit seinen Waren irgendwo am Rand des Marktes eine Ecke suchen.

Hufschlag. Nur da und dort wandte einer der Wartenden den Kopf. Kein Gespräch wurde unterbrochen. Ein Trupp der Burgwache. Matt schimmerten Kettenhemd und Helm. Niemand wunderte sich, höchstens ein Achselzucken. Seit Wochen war es beinah jeden Morgen so: Kurz nach Sonnenaufgang kehrten Bewaffnete von einem nächtlichen Ausritt zurück.

Einen Steinwurf vom Tor entfernt lagerten die fahrenden Spielleute, Gaukler und Bettler. Sie wurden am Abend aus der Stadt gewiesen und kamen bei Tagesanbruch wieder. Während der Nacht duldete Lord-Sheriff Tom de Fitz kein Gesindel innerhalb der Schutzmauer. »Unsere Bürger sollen ruhig und sicher schlafen.«

Zwischen den Bettlern, die tagaus, tagein herkamen, herrschte Unruhe. Feindselig beobachteten sie die sechs zerlumpten Gestalten. Vor einer Woche waren die Fremden das erste Mal hier erschienen: Einbeinige, Blöde, Hinkende. Jeden Betteltrick beherrschten sie, und jeden Morgen waren sie wieder da.

»Wo bist du her?«

»Aus London.«

»Aus Lincoln.«

»Aus York.«

Mehr war aus ihnen nicht herauszufragen. Die Neuen humpelten an Krücken durch die Gassen, hockten an den Ecken, die besten Plätze schnappten sie weg. Und jammern konnten sie! Kaum eine Bürgersfrau ging vorbei, ohne nicht mindestens einen halben Silverpenny in die hingestreckte Holzschale zu legen. Der mit der weißen Hand, der ergaunerte sich das meiste Geld. So erfahren die Nottinghamer Bettler auch waren, seinen Trick kannten sie nicht. Keine Farbe auf der Haut, nein, die Finger waren wirklich weiß. Der Kerl legte sich einfach vor das Haus des Sheriffs und hob die rechte Hand. Das genügte. Den jagte keiner weg. Im Gegenteil, Mittag für Mittag ließ ihm die Frau des Sheriffs eine Suppe bringen.

Die Pferde schnaubten die steile Straße hinauf, der Atem dampfte vor den Nüstern. »Platz da!« An der Spitze des Trupps zückte der Sergeant das Schwert. Eilig gehorchten die Händler, rissen Zugtiere und Karren zur Seite und gaben den Weg frei. Doch die fremden Bettler humpelten, hüpften näher, einer wagte sich bis an den Truppführer heran. Jammernd bat er um ein Almosen. »Verschwinde!« Der Sergeant riss am Zaumzeug, gleichzeitig gab er die Sporen, sein Pferd stieg. Gefährlich wirbelten die Vorderhufe. Im letzten Moment warf sich der Zerlumpte zur Seite.

Ungehindert ritten die Bewaffneten durch die freie Gasse. Zehn Reiter. Durch den Nasenschutz der Helme glichen sich ihre Gesichter, Maskengesichter. Die beiden letzten Eisernen führten zwei hoch bepackte Pferde am Zügel hinter sich her. Ihre Last war unter Leinendecken verborgen.

»Wachsergeant Baldwin kehrt mit seinem Trupp zurück!«, schrie der Offizier zu den schmalen Fensterscharten des Torturms hinauf. Wenig später hob sich das Eisengitter, und die schweren Eichenflügel schwangen auseinander.

Gleich nach dem Trupp zogen die Marktleute in die Stadt, hinter ihnen drängten die Fahrenden und Bettler. Rufe, Hundegebell, Gackern und Schnattern, das Holpern der Karrenräder. Der Tag in Nottingham hatte begonnen.

»Par le ventre de saint Jacques! Du bist dein Geld wert.« Der Lord-Sheriff griff in den Bart seines Offiziers, zog das Gesicht zu sich herunter und patschte die Wange. »Weiter so, Baldwin, und ich mache dich zum reichen Mann. Aber …«, er stieß den Zeigefinger gegen die Brust. »Kein Wort zu irgendjemand. Sonst reiße ich dir persönlich das Herz raus. Du bist für deine Männer verantwortlich. Ich bezahle gut, also haltet das Maul.«

Baldwin hatte nicht absitzen lassen, der übrige Trupp war von ihm sofort hinauf zur Burg geschickt worden. Er selbst hatte sein Pferd vor dem Haus des Sheriffs angebunden, die beiden Lasttiere in den Innenhof gezerrt und das Tor verriegelt.

»Keine Sorge, Herr! Meine Leute wissen genau, was ihnen von mir blüht.« Baldwin legte die Hand auf den Schwertknauf. »Die schweigen.«

»Bien.« Beschwingt umschritt Tom de Fitz die hoch bepackten Gäule. »Nun zeig erst mal, was du mir heute mitgebracht hast.«

Wollsäcke. Weich gegerbte Schaffelle. Geschnitzte Löffel und Schalen. Beim Anblick der Ware verzog der Sheriff das Gesicht. »Diable. Schon wieder das Gleiche. Mein Keller quillt bald über von diesem schauderhaften Zeug. Keine Verzierung, nicht das kleinste eingeschnitzte Ornament. Diese Angelsachsen sind nichts anderes als einfallslose Barbaren. Ohne Kultur, sans finesse. Egal, unten in der Hauptstadt sind selbst die primitivsten Dinge Mangelware. Sobald der große Wagentreck aus London eintrifft, werde ich diesen ganzen Plunder gegen gutes Geld wieder los.«

Der Sergeant löste die Plane vom zweiten Packpferd. »Mehr Vorräte hatten sie nicht.«

Den in Honig eingelegten Früchten schenkte Tom de Fitz kaum Beachtung. »Die teilst du unter deinen Männern auf!« Er befühlte den prallen Sack. »Magnifique. Saatgetreide! Baldwin, je mehr du mir davon bringst, ehe sie ihre Felder bestellen, desto schneller gelingt mein Plan. Saatgetreide ist das Wichtigste. Keine Saat, keine Ernte. Das werden die Dörfler ihrem Robin Hood nie verzeihen.« Er behauchte die Goldringe der rechten Hand und wienerte sie an seinem Wamsärmel. »Und wie viele habt ihr …? Na, sag schon!«

»Nur einen.«

»Und?«

»So wie Ihr's befohlen habt. Keine Sorge, Herr! Das vergisst keiner im Dorf.« Mit unbeteiligter Miene berichtete Baldwin. Erst mussten die Höfler ihre Vorräte und alle Waren, die sie im Winter angefertigt hatten, selbst auf die Packtiere legen. »Eh' wir weg sind, haben wir dann einem den Kopf runtergeschlagen.«

»Und keiner hat euch erkannt?«

»Es war ja noch fast dunkel. Wir hatten die grünen Umhänge überm Kettenhemd und die Kapuzen überm Helm. Wie jedes Mal. Und von allen Ecken haben meine Leute nach mir gerufen. ›Robin Hood!‹ oder ›Robin, komm her!‹ Keiner weiß, dass wir es waren.«

»Bien. Très bien. Und vergiss nicht, ihr dürft jedes Mal höchstens drei umbringen. Und die andern müssen es mit ansehen. Wir brauchen Zeugen, die es weitererzählen.« Der Lord-Sheriff hob das Kinn. »Noch ein paar Dörfer, und der Name Robin Hood wird zum Fluch im Sherwood und nicht nur da. Die ganze Grafschaft wird ihn verfluchen. Bald wird niemand die Geächteten schützen. Nirgendwo werden sie mehr sicher sein. Du sollst sehen, Baldwin, bald kommen die ersten Angelsachsen vor meinen Richterstuhl gekrochen und verraten mir das Versteck des Bastards.« Die Augen glänzten. »Mein Plan gelingt! Und ich werde Prinz Johann im Sommer den Galgen zeigen, an dem die von Raben blank gefressenen Knochen dieses Robin Hood hängen.«

Jäh sprang Baldwin vor, warf hastig eine Plane über die Beute, griff nach der zweiten. Zu spät. Der Sergeant nahm Haltung an und starrte zur Hintertür. Tom de Fitz wandte den Kopf. Seine Frau hatte den Hof betreten. Das Haar unter der Haube verborgen, ein schlichtes hochgeschlossenes Gewand. »Hast du immer noch nicht genug?« Die hohe Stirn gerunzelt, voller Vorwurf blickte sie ihren Gatten an.

»Béatrice. Ma chère.« Eilfertig näherte sich ihr Tom de Fitz. Eine galante Verbeugung. Ehe er die Begrüßung mit einem Handkuss vollenden konnte, verschränkte sie die Arme vor der Brust. »Deine Manieren beeindrucken mich nicht.« Sie nickte zu den Packtieren hinüber. »Warum nur, Tom de Fitz? Wir haben unser Auskommen und noch viel mehr als das. Aber du bringst in deiner Habgier die armen Menschen um alles, was sie besitzen. Ich schäme mich für dich.«

Das Blut flammte dem Lord-Sheriff ins Gesicht, allein auf dem Nasenstumpf blieb der weiße Fleck. »Bitte, Béatrice! Nicht hier. Komm ins Haus! Nicht hier.« Er griff nach ihrem Arm. Über die Schulter befahl er: »Du wartest, Baldwin!«

Widerstrebend ließ sich Béatrice zur Tür führen. Im Wohnraum rückte der Lord-Sheriff seiner Frau den mit Schnitzereien verzierten Sessel zum Fenster. »Nimm Platz!«

»Ich stehe lieber.« Nur mühsam bewahrte sie Haltung, ihre Stimme zitterte vor Erregung. »Tag für Tag fällst du Urteile über kleine Diebe, grausame Urteile. Während du selbst das letzte Hab und Gut aus den Menschen herauspresst. Du bist der wahre Räuber im Sherwood. Nein, lass mich sprechen! Glaubst du etwa, ich wüsste nicht, was du im Nebenkeller anhäufst? Seit der Schnee geschmolzen ist? Schamlos nutzt du deine Macht. Saatgetreide! Deinetwegen werden Kinder verhungern! Und lächelnd siehst du zu, wie die Familien der Bauern tiefer ins Elend stürzen.« Helle Tränen standen in ihren Augen. »Ich musste es gerade mit anhören: Selbst vor kaltblütigem Mord schreckst du nicht zurück. Ach, Tom de Fitz, Schande und Fluch bringst du über dich und unser Haus.«

»Diable. Hüte deine Zunge!« Der Lord-Sheriff biss sich auf die Unterlippe. Er schnappte nach Luft und begann von neuem, diesmal beherrschter: »Du bist meine Frau, sonst nichts. Was kümmern dich die Leibeigenen?«

»Es sind Menschen.«

»Ach was. Dieses sächsische Pack arbeitet für uns. Jeder Normanne bezahlt für ein anständiges Pferd mehr als für zwei Leibeigene.«

Angewidert wandte sich Béatrice von ihm ab. Sie starrte zum Fenster hinaus. Tom de Fitz trat dicht hinter sie. »Warum so zornig? Der Schein trügt. Ich lasse die Dörfer nicht aus Habgier plündern, ma chère. Es muss sein. Leider. Ich muss und will diesen Robin Hood vernichten. Das Ganze gehört zu meinem Plan. Und er gelingt. Diesmal wird mir der Geächtete ins Netz gehen. Und Prinz Johann wird mich belohnen.« Er bedrängte sie, dabei schmeichelte seine Stimme: »Wie gefällt dir das: Baron Tom de Fitz?«

Béatrice versteifte den Rücken. Erst nach einer Weile antwortete sie kühl: »Auch wenn du dich in teuerste Gewänder kleidest, Ringe an jedem Finger trägst und die Narbe in deinem Gesicht mit Farbe übertünchst, selbst wenn du als Baron oder Herzog daherkommst. Mich blendest du nicht. Unter all dem Tand sehe ich stets den wahren Tom de Fitz.«

Wild riss der Sheriff den Arm hoch. Seine Frau wandte sich um. Ihr furchtloser Blick ließ ihn zurückweichen. Er drohte ihr mit der Faust. »Vergiss nicht! Nur ein Wort von mir genügt, und du verbringst den Rest deiner Tage im tiefsten Kerker der Festung. Du wärst nicht die erste Dame aus adeligem Geschlecht, die dort in Gesellschaft der Ratten elend zugrunde geht.«

Er hielt dem Blick nicht stand, schließlich öffnete er die Faust, seine Schultern sanken. »Ich bin das Gesetz«, stieß er kläglich hervor. »Ich bin der Richter von Nottingham.«

Béatrice nickte. »Aber es gibt einen Richter, vor dem du und all deine Freunde sich dereinst verantworten müssen. Er wird das große Buch aufschlagen. Denke daran, Tom de Fitz! Bitte, lass mich jetzt allein!«

Wortlos drehte sich der Lord-Sheriff um und stürmte hinaus.

Im Hinterhof hatte Sergeant Baldwin die Beute inzwischen abgeladen. Nein, er durfte sie nicht in den Keller schaffen. Schnell wollte der Sheriff ihn heute loswerden.

»Aber der Lohn? Ich muss meine Männer bezahlen.«

Tom de Fitz warf ihm einen Halbpfund-Beutel zu. »Da, nimm! Diesmal gebe ich dir 120 Silverpennies. Zahl jedem Mann fünf, den Rest steck in deine Tasche! Weil ich mit dir zufrieden bin.«

Ungläubig wog Baldwin den Reichtum in der Hand. Für Dank ließ ihm sein Herr keine Zeit. Schon hatte er selbst das Tor geöffnet. Gemeinsam zerrten sie die Gäule aus dem Hof und durch die enge Gasse zum Markt. Schreien, Feilschen, dazwischen Flötenspiel und Tamburinschläge. Das Treiben war in vollem Gange. Niemand achtete auf den Lord-Sheriff und seinen Sergeanten. »Verdammt!« Damit ließ Baldwin das Packtier los, zückte die Waffe und stürmte zu seinem angebundenen Pferd vor dem Portal. Ungeniert machte sich ein Bettler an der Satteltasche zu schaffen. Seine weiße Hand zerrte gerade einen Zipfel des Stoffs heraus. Grüner Stoff! Aus dem Lauf rammte Baldwin mit der Schulter den Bettler, der stürzte zu Boden, regte sich nicht mehr. »Verdammter Dieb!« Der Sergeant holte zum Stoß aus. In diesem Moment war der Sheriff zur Stelle, packte den Schwertarm. »Lass!«, fauchte er. »Ich will kein Aufsehen.«

»Er hat den Umhang entdeckt.« Nur widerwillig steckte Baldwin die Waffe zurück.

Der Lord-Sheriff tippte seine Stiefelspitze dem still daliegenden Bettler in die Seite. »Sei kein Narr!«, beruhigte er den Sergeanten. »Er hat grünen Stoff gesehen, mehr nicht.« Tom de Fitz tupfte sich mit dem Schnupftuch die Stirn. »Ich hoffe nur, er kommt wieder zu sich. Wenn du ihn erstochen hättest. Nicht auszudenken. Das würde mir meine Frau nie verzeihen. Seit Tagen füttert sie diese stinkende Kreatur.« Er steckte das Tuch zurück. »Bien. Zu unserm Plan. Welches Dorf ist das nächste?«

»Blidworth. Gleich morgen Früh.«

Weder der Sheriff noch sein Wachoffizier beachteten den Bettler weiter. Er lag wie ohnmächtig am Boden, doch bei dem Wort Blidworth hatte er die Lider zu einem Spalt geöffnet.

Tom de Fitz schüttelte den Kopf. »Nicht morgen.« Mit einem kurzen Blick auf das Fenster seines Hauses bestimmte er: »Nicht so schnell hintereinander. Warte zwei Tage.«

»Zu Befehl, Herr.« Baldwin bestieg sein Pferd. »Also übermorgen.« Die Packtiere zog er gemächlich hinter sich her.

Eine Weile schaute der Lord-Sheriff dem Fischhändler direkt vor seinem Haus zu. Frische Forellen, Aale. An einem Gestell hingen die getrockneten Fische. »So will ich dich, Robin Hood. Dich und deine Bande. Aufgefädelt. Einer neben dem anderen.«

Kaum war Tom de Fitz im Haus verschwunden, raffte sich der Bettler auf, nahm seinen Stock und humpelte davon.

XIII

GRAFSCHAFT NOTTINGHAM. SHERWOOD FOREST.

Friedvolle Ruhe lag über Blidworth. Schweigen. Erstes Zwielicht zwischen Nacht und Tag.

Ein Hund schlug an. Der zweite! Der dritte! Die Hunde zerrten an den Ketten, sprangen, wurden von den Halsbändern zurückgerissen, sprangen wieder vor. Sie knurrten, bellten, drehten sich im Kreis, bellten weiter.

Fackeln loderten rund um Blidworth auf, enger zog sich die Schlinge. Das Dorf war eingekesselt.

Reiter preschten über die einzige Straße heran. Je zwei, aus beiden Richtungen zugleich! Bei den ersten Hütten zügelten sie die Gäule. Mit den Schwertblättern schlugen sie an jede Tür. »Raus! Kommt raus!« In der Mitte von Blidworth trafen die Reiter zusammen. Sie blickten sich um. Nichts. Vor den kaum mehr als zwölf Hütten regte sich nichts. »Kommt raus!«, schrie der Hordenführer. »Ich bin's, euer Freund Robin Hood. Also zeigt euch!«

Nur die Hunde antworteten, bellten wilder.

»Die Leute haben Angst«, sagte einer der Reiter übertrieben laut.

»Ach was«, meinte ein anderer ebenso laut. »Sie waschen sich erst noch das Maul, um uns zu begrüßen.« Brüllend lachten alle vier über den Scherz. Im schwachen Morgenlicht waren die Fremden jetzt auszumachen. Sie trugen weite Umhänge, die Kapuzen hatten sie tief ins Gesicht gezogen. Die Farbe des Stoffs schimmerte grün.

»Befehl von Robin Hood!«, schrie der Anführer über die flachen Dächer hinweg. »Stopft den Kötern das Maul!«

Sofort saßen außerhalb des Dorfes drei Kerle ab, näherten sich den Hunden und stießen ihnen lodernde Fackeln in den Rachen. Aufjaulen, es riss ab. Stille.

»Zum letzten Mal: Kommt raus!« Der Hordenführer wartete nicht. »Wie ihr wollt. Dann holen wir euch. Wir brennen euch die Hütten überm Kopf ab.«

»Erbarmen. Habt Erbarmen!« Ein Mann trat auf die Straße, winkte mit beiden Armen. »Wir kommen.« Nach und nach wurde jede Tür in Blidworth geöffnet. Graue Kleider, Kopftücher und graue Kittelhemden, Männer und Frauen tappten ins Freie. Nur einige Schritte, jeder blieb in der Nähe seiner Behausung.

»Warum nicht gleich so?« Befriedigt lachte der Hordenführer. Er stieß einen scharfen Pfiff aus. Rund um Blidworth rückten seine Reiter noch dichter an die Hütten heran. Ein Entkommen war unmöglich. »Bringt die Packpferde!«

Alles schien geübt. Zug um Zug. Ein grausames Spiel. Der Hordenführer befahl alle Männer des Dorfes zu sich. Wenig später standen die Höfler da wie Lämmer vor ihrem Schlächter, stumm, Kopf und Schultern tief gebeugt. Kaum beachtete sie der Kerl. Er drängte zur Eile. Die Frauen mussten die Vorräte herbeischaffen, Saatgetreide, die Schaffelle, Seile und Wolle, einfach alles, was sie besaßen. Viel war es nicht. Kein Saatgetreide. »Du! Komm her!« Die Frau gehorchte. »Was hast du vor uns versteckt?« Demütig, das Gesicht fest zu Boden gerichtet, schüttelte sie den Kopf.

»Absitzen! Seht nach! Durchsucht jede Hütte!« Die Bande schwärmte aus. »Wenn sie noch irgendwas finden, dann schneid ich dir die Ohren ab. Erst dir und dann jedem Weib hier.«

Im Laufschritt kehrte einer der Kerle zurück. »He, Robin!« Feixend stellte er einen Honigtopf auf den Boden. »Es kann losgehen.«

Ein scharfer Pfiff. Der Führer wartete, bis seine Horde den Würgering um die zusammengetriebenen Einwohner von Blidworth geschlossen hatte. Jetzt drohte er den Männern des Dorfes. »Wer aufmuckt, dem schlag ich den Schädel ein!« Niemand wagte es, auch nur die Hand zu bewegen.

Langsam stieg er vom Pferd, zog die grüne Kapuze noch tiefer in die Stirn, er zückte das Messer, gemächlich näherte er sich der Frau. Sie stand nur da, das Kinn auf der Brust, den Oberkörper nach vorn gebeugt. »Und nun zu dir, Täubchen. Du hast Robin Hood belogen. Das mag er gar nicht.« Roh riss er ihr das Tuch ab. Der Schädel war nackt, vom Hinterkopf baumelte ein langer Zopf. Breit grinste der Anführer. »Was bist du für eine hässliche Hexe!« Er patschte ihr seine Linke auf die verschrumpelte Kopfhaut und packte das Ohr. Mit der Rechten setzte er zum Schnitt an.

Jäh zuckte die Faust der Frau hoch. Eine Dolchklinge fuhr tief in den rechten Arm des Hordenführers. Entsetzt schrie er auf.

Im gleichen Moment erwachten die Dörfler. Unter ihren langen Kittelhemden zogen sie Schwerter hervor. Hornsignal. Hornruf antwortete von den Schafweiden außerhalb. Alle Frauen hoben die Köpfe: wilde, bärtige Gesichter. Bis hinauf zur Hüfte waren ihre Röcke geschlitzt. Sie rafften den Stoff zur Seite, rissen die Schwerter aus dem Gürtel. Stahl blitzte. Zu langsam begriffen die Eindringlinge. Viel zu spät zückten sie ihre Waffen.

Trotz Geheul und Fluchen, trotz des Kampflärms um ihn herum stand der Hordenführer da, fasste ungläubig nach seiner Wunde. Er starrte das glatzköpfige Wesen an, stammelte: »Geister. Teufel und Hexen!«

Hart setzte ihm die Gestalt den Dolch an die Kehle. »Hexe? Das mag ich gar nicht.« Eine dunkle, raue Stimme. »Beweg dich, und du bist tot!«

»Eine Falle«, keuchte der Anführer.

»Beim Willick. Du hast ja Verstand.« Tom Toad grinste. Ein schneller Blick zur Seite. In der Nähe lagen einige Tote. Die als Höfler verkleideten Freunde trieben den Rest der Horde wie Hasen vor sich her. An beiden Dorfausgängen wurden die Fliehenden bereits von Bogenschützen erwartet. Der Kampf war entschieden.

»Jetzt zu dir, mein grünes Täubchen.« Tom Toad äffte die Stimme des Führers nach. »Helfen wird dir keiner mehr.« Er streifte die Kapuze des Kerls zurück. Ein Helm. Tom Toad packte den grünen Umhang und zerfetzte ihn mit einem einzigen Ruck. »Sieh an! Eine Eisenpuppe des Sheriffs.«

Unmerklich rutschte die linke Hand des Waffenknechts hinunter zum Schwertknauf, hatte die Waffe halb schon aus der Scheide gezogen. Tom Toad bemerkte es. Sein Knie schnellte hoch, traf den Kerl zwischen den Schenkeln. Aufstöhnend krümmte er sich. Die Beherrschung in Tom war verflogen, blanker Hass loderte in seinem Gesicht. Roh riss er dem Keuchenden den Helm ab, riss die Kettenhaube herunter, an den Haaren zerrte er den Kopf hoch und setzte die Dolchspitze tief in ein Nasenloch. »Was wolltest du? Ein Ohr?«

»War nur Spaß. Nur Spaß. Angst wollt ich dir nur machen.«

»Halt's Maul!«, schrie Tom, seine Hand ruckte, die Klingenspitze zerschnitt den Nasenflügel. Blut. Vor Schmerz wand sich der Kerl. Unerbittlich hielt Tom den Haarschopf gepackt. »Spaß? Den sollst du haben.« Er bog den Kopf weit zur Seite. Das Ohr lag frei.

»Schluss jetzt!« Ein scharfer Befehl. Tom hielt inne und blickte über die Schulter. Robin Hood. Kühl sahen ihn die grauen Augen an. Tom blickte sich um, alle Freunde starrten auf ihn. Ihre Gesichter waren vom Kampf erhitzt. Vor ihnen hockten die Gefangenen auf dem Boden.

»Schon recht, Tom.« Fest umschloss Little John die Messerhand des Gefährten. »So, und jetzt lass den Kerl los!« Tom gehorchte. Er rieb sich die Augen, strich über seine verschrumpelte

Kopfhaut. »Beim heiligen Willick! Nichts hab ich mehr gehört.« Das Lächeln kehrte zurück. »Das war knapp, Freunde. Beinah hätte ich mich an dem Schwein dreckig gemacht.«

»Versteh ich gut«, brummte John. »Nicht nur in dir. In jedem von uns lauert die Wut, glaub ich.«

Robin Hood entwaffnete den Führer der Horde. »Wer bist du?«

Blut quoll dem Kerl aus der Nasenwunde, verschmierte den Mund, tränkte seinen Bart. Blut lief ihm aus dem rechten Ärmel des Kettenhemdes, tropfte von den Fingerspitzen. Er schwieg.

»Das Spiel ist aus, du Ratte. Antworte, oder ich überlass dich dem da!« Robin zeigte auf Tom Toad.

Entsetzt weiteten sich die Augen. »Sergeant Baldwin«, haspelte er. »Sergeant der Burgwache von Nottingham. Zufällig kamen wir hier vorbei.«

Kaum hatte er ausgesprochen, sprang Gilben Whitehand auf ihn zu. »Zufall?« Seine gekrallte rechte Hand näherte sich langsam dem Gesicht des Sergeanten. »Robin Hood mag es nicht, wenn man ihn belügt. Weißt du noch?«

»Der Bettler«, keuchte Baldwin. »Du, du warst an meiner Satteltasche.«

»Das nenn ich Zufall.« Gilbert ballte die weiße Faust. »Also raus mit der Wahrheit!«

Baldwin gab auf. Stockend gestand er, berichtete von dem Plan des Sheriffs, erzählte alles, von den Überfällen, von den Toten.

Robin Hood hörte mit zusammengepressten Lippen zu. Neben ihm trat John von einem Fuß auf den anderen, schließlich wandte er sich ab. Bei dem Gedanken an Marians Mutter erstickte seine Stimme beinah. »Wie damals. Wie bei uns.«

Jede ausgeplünderte Siedlung, jedes Dorf ließ sich Robin Hood genau aufzählen.

»Ich hab nur den Befehl des Sheriffs ausgeführt, mehr nicht«, schloss der Sergeant seinen furchtbaren Bericht. »Meine Männer und ich, wir sind unschuldig. Bei der Heiligen Jungfrau.«

Jäh griff Robin den Halsrand des Kettenhemdes und riss den Kerl an sich. »Besudel nicht die Jungfrau mit deinem stinkenden Maul! Unschuld? An diesem Wort sollst du ersticken, du mit deiner Mordbande.« Er stieß ihn weg. Rücklings schlug der Sergeant zu Boden.

Über den östlichen Weiden war die Sonne aufgegangen. »Es wird Zeit.« Robin reckte das Kinn. Befehle. Zunächst noch sollten die Gefangenen Rücken an Rücken sitzen bleiben, die Hände auf dem Kopf. Ihre vier Toten ließ er auf die Packpferde schnüren. Er rief Vince zu sich. »Du stammst doch von hier. Gibt es eine Schmiede?« Der Freisasse aus Blidworth zeigte zu einer fest gebauten Hütte hinüber.

»Das gefällt mir. Little John, nimm zwei Leute. Schürt die Glut! Du, Vince, lauf rüber in den Busch. Sag deiner Schwester und den anderen, dass die Gefahr vorbei ist! Die Schafe sollen sie später holen.«

Gestern abend waren alle Bewohner des Dorfes mitsamt ihrem kostbaren Wollvieh von den Geächteten in ein sicheres Versteck gebracht worden. Jetzt kehrten sie zurück. Die Halbwüchsigen liefen vor den Vätern her. Mütter trugen Säuglinge im Arm. Scheu und ungläubig betrachteten sie die Gefangenen, ihre zerrissenen Kettenhemden, ihre verbeulten Helme. Sie sahen die Toten. Das waren die sonst so allmächtigen Waffenknechte? Jetzt hockten sie geschlagen da, jammerten und stöhnten.

»Das hat Robin Hood für uns getan.« Nicht müde wurde Vince, sagte es jedem Mann, jeder Frau: »Er ist unser Freund.«

Still suchten sie ihr Eigentum aus dem aufgehäuften Hab und Gut und trugen es nach Hause.

»Den Honigtopf lasst stehen«, bat Tom Toad. »Den schenkt mir.«

John war gerade aus der Schmiede zurückgekehrt. Er kratzte die Narbe im Bart. »Such dir doch selbst welchen!«

»Wart's ab, du Zwerg!« Breit grinste Tom und kümmerte sich

weiter um die zusammengetriebenen Pferde der Waffenknechte.

»So was? Will Honig schlecken.« John stapfte zu Robin. »Die Glut ist gut.«

»Danke, mein Freund. Das wird ein Schauspiel.« Robin rieb sich die Hände. »Du sollst sehen. Solch eine Vorstellung hat es im Sherwood, was sag ich, in der ganzen Grafschaft noch nicht gegeben.«

Hintereinander wurden die Gefangenen zur Schmiede gebracht. Mit den Händen auf dem Rücken wurden sie an eine lange Kette geschmiedet. Robin borgte sich den einzigen Viehkarren des Dorfes. Als Pfand gab er dem Ältesten ein Goldstück. »Geht er verloren, dann hast du genug, um zwei neue zu kaufen.«

Von Gilbert Whitehand ließ er die Waffenknechte herausputzen. »Dreht euch!« Unter Gelächter der Gefährten zog Whitehand jedem Gefangenen den grünen Umhang durch den Gürtel, zupfte den Stoff wie einen Schwanz über ihre Hintern.

Die Frauen aus Blidworth knoteten die Helme in kurzen Abständen an zwei Seile und schlangen die langen Strickenden um die rückwärtigen Stege des Karrens.

Gilbert Whitehand trat wie ein Hofmeister vor seinen Anführer, kratzfußte und beschrieb mit der weißen Hand einen galanten Schlenker. »Unsere Schausteller sind so weit.«

»Wartet! Wartet!« Tom Toad brachte den Honigtopf. Tief griff er hinein und beschmierte ein Gesicht nach dem anderen mit Honig. Bei Baldwin hielt er sich besonders lange auf. »Schön warm wird's heute, Sergeant. Ein prächtiger Frühlingstag. Bienen wird's genug geben und Mücken und Schmeißfliegen.«

Die Gefangenen wurden auf den Karren getrieben. Während Much die beiden Pferde, bepackt mit den vier Toten, anschirrte, wandte sich Robin Hood an den Dorfältesten. »Hast du Mut?« Der Mann zuckte die Achseln. »Wir sind in deiner Schuld.«

»Nein. Du bist nicht in meiner Schuld. Ich will einen Freundschaftsdienst. Mehr nicht.« Robin bat ihn, zusammen mit Vince den Transport auf der Handelsstraße nach Nottingham zu bringen. Er sah die furchtsamen Augen. »Ich bitte dich. Sei mein Zeuge! Dir werden die Leute unterwegs glauben. Keine Angst. Vince ist ja bei dir, der passt schon auf. Weit vor der Stadt lässt er dich absteigen. Und außerdem: Ich und meine Männer, wir lassen euch keinen Moment aus den Augen. Auch wenn ihr uns nicht seht. Wir geben Geleitschutz. Wir sind vornweg, an eurer Seite und hinter euch.«

Der Dorfälteste nickte gefasst. »Ich habe Mut.«

»Das gefällt mir.« Robin lachte. Sofort wurde seine Miene wieder ernst. »Jedem, der euch begegnet, erzählt ihr, was heute Morgen in Blidworth geschehen ist. Die Gefangenen sind der Beweis. Eins noch! Und daran liegt mir viel: Nehmt den kleinen Umweg über Edwinstowe. Haltet vor der Kirche. Wartet, bis die Bewohner zusammengelaufen sind. Lasst auch den Pfarrer rufen. Alle sollen die Wahrheit erfahren!«

Wortlos stieg der Dorfälteste auf die schmale Kutschbank. Vince zögerte, hinter ihm standen sein Bruder und der Schwager. Er hatte sie im Winter mit nach Barnsdale-Top gebracht. Seitdem gehörten sie zur Bruderschaft. »Robin. Ich wollte fragen … Es ist so, die Schwester hat gesagt«, Vince wies kurz über die Schulter, »sie braucht die beiden. Und Geld hast du ihnen ja für den Dienst bezahlt. Na ja, sie wollen nicht mehr mit.« Es war heraus. »Aber ich bleib dein Mann«, versicherte er schnell und stieg auf den Karren.

Einen Augenblick lang zögerte Robin Hood. Er wischte die Hand über die Stirn ins rötliche Haar, wischte die Enttäuschung weg. »Einverstanden. Doch eins merkt euch!« Kühl musterte er die beiden Bauern. »Niemand kann aus unserer Bruderschaft austreten. Ich verlange Treue und Schweigen. Ihr bleibt meine Freisassen.« Beide nickten hastig. Robin lachte. »Also abgemacht, von heute an haben wir zwei Gewährsmänner in Blidworth.«

Er bestieg das Pferd des Sergeanten. Tom und Gilbert wählten sich zwei gute Gäule. »Ich lauf lieber gleich«, beschloss Little John. Die übrigen acht Pferde wurden auf die Gefährten verteilt. Alle erbeuteten Tiere sollten bis zum Abend in der Nähe der großen Straße versteckt werden. John schulterte den Langbogen. Er zwinkerte Much zu. »Wenn du nicht so rennst, übernehmen wir zwei nachher die Vorhut.« Der Junge strahlte. »Aber irgendwann zeig ich dir, wie schnell ich wirklich bin.«

Die Bewohner winkten, dankten noch einmal den Rettern. Robin setzte das Hifthorn an die Lippen.

Holpernd verließ der Transport das Dorf. Die grünen Stoffschwänze der Gefangenen wippten und baumelten. Mit lautem Getöse hüpften und schepperten die Helme an den Leinen hinter dem Karren her.

Tom Toad trieb sein Pferd neben den Hünen. »Und wenn erst die Bienen kommen, dann werden sie singen. Das wird ein Lied!«

John ballte die Faust. »Verdient haben sie's. Und noch viel mehr.«

Der Dorfälteste hielt sein Wort. Vince unterstützte ihn. Vor der Kirche in Edwinstowe überboten sich beide in ihren Lobreden auf Robin Hood und die Bruderschaft der Freisassen. Übertönt wurden sie hin und wieder vom Geheul der grün geschwänzten Waffenknechte, wenn ein neuer Bienen- oder Mückenschwarm sich auf ihre Gesichter stürzte. Der Pfarrer sprach im Namen seiner Gemeinde: »Gott schütze Robin Hood!«

Kinder liefen neben dem Transport her, bis er wieder die Handelsstraße erreicht hatte.

An der Abzweigung nach Nottingham ließ Vince den Dorfältesten von der Kutschbank steigen. »Danke. Hat Spaß gemacht, was?«, sagte er forsch. »Den Rest erledige ich besser ohne dich. Und grüß mir die Schwester. Weihnachten komm ich bestimmt wieder vorbei.«

Vince schwang die Peitsche, lenkte das Gespann von der großen Straße und schlug den tief gefurchten, mit Steinschotter befestigten Fahrweg zur Stadt ein. Kaum war er allein, presste er die Lippen zusammen. Die Räder knirschten. Hinter ihm das Stöhnen und Jammern der Gefangenen. »Wie weit noch?«, flüsterte er. Immer wieder blickte er furchtsam nach rechts und links. »Verdammt. Ihr könnt mich doch nicht allein lassen.«

Endlich. Ehe der Wagen den Schutz der Hügel im Norden Nottinghams verließ, traten Little John und Much auf die Straße. »Steig ab!«

»Wird auch Zeit.« Erlöst sprang Vince vom Kutschbock. Schon waren auch Robin Hood und seine beiden Offiziere Tom und Gilbert zur Stelle. Die anderen Gefährten hatten sie längst zurückgelassen. »Hinter der nächsten Biegung wird's zu gefährlich«, erklärte John.

Robin zögerte nicht. Er befahl Much, die Packpferde auszuspannen und den Halt der Stricke zu prüfen, mit denen die Leichen aufgebunden waren. »Die Gäule jagen wir später hinterher.«

Gemeinsam schoben sie den Karren zwischen den Hügeln hinaus bis an den Rand des freien Geländes.

Mittagsstille. Weit drüben erhob sich Nottingham, und über der Stadt ragte die mächtige Festung. Gleich vor ihnen fiel die Straße lang und abschüssig in die Senke hinab und stieg wieder bis zur Wehrmauer hinauf.

Robin stellte sich so, dass jeder der Waffenknechte ihn hören konnte. »Du!« Er zeigte auf den Sergeanten der Burgwache. Mühsam drehte Baldwin den Kopf. Mücken umschwirrten ihn, saßen dicht an dicht auf dem blutverkrusteten Gesicht. Kaum gelang es ihm, die verquollenen Lider zu öffnen.

»Bestell dem Lord-Sheriff einen Gruß von Robin Hood. Und bestell ihm: Die Menschen im Sherwood stehen unter meinem Schutz. Wer sie quält oder tötet, den trifft meine Rache.«

»Nichts sag ich«, stieß der Sergeant hervor. »Eher will ich verrecken.«

»Geduld. Geduld.« Ein dünnes Lächeln zuckte um Robins Mundwinkel. »Das Spiel ist für dich und deine Mordbrüder noch nicht zu Ende.«

Ruhig hob er die Hand. Tom und Gilbert führten die Packpferde zur Seite. »Du nicht, Junge!« Little John schickte Much weg und trat allein hinter den Viehkarren. Ein gewaltiger Stoß, die Räder knirschten, der Riese rannte noch ein Stück mit, gab mehr Schwung, der Karren rollte, holperte führerlos die Straße hinunter, wurde schnell und schneller. Die grünen Stoffschwänze flatterten. Laut scheppernd schlängelten und hüpften die beiden langen Helmketten hinter dem Wagen her. Das Angstgeheul der Gefangenen gellte bis hinüber zur Stadt.

John war zurückgekehrt. Unbeweglich standen die Geächteten beieinander. Sie starrten dem Karren nach. Noch hielt er sich in den tiefen Fahrrinnen, holperte, kippte hin und her, raste weiter. Plötzlich hob sich der Wagen, flog einen riesigen Satz, prallte wieder auf. Ein Rad sprang davon. Der Karren überschlug sich, brach auseinander. Holzteile. Grüne Stofffetzen. Dazwischen knäulten sich die angeketteten Gefangenen.

Dicht neben John flüsterte Much: »O mein Gott!« Alles Blut war dem Jungen aus dem Gesicht gewichen. Der Hüne legte ihm seine Hand auf die Schulter.

Robin Hood schnippte den Offizieren. »Jetzt die Packpferde.«

Tom und Gilbert hieben den Gäulen auf die Kruppen. Wiehernd galoppierten sie ins freie Gelände, bockten, dann trabten sie nebeneinander den Fahrweg hinunter.

»Da!« Gilbert zeigte zur Stadt. Ein Reiter preschte aus dem Tor, tief über den Hals des Tieres gebeugt, jagte er in die Senke, umkreiste den Unglücksplatz, schon hetzte er zurück. Nach einer Weile verließen drei Reiter Nottingham. Zwei Bewaffnete, ihnen voran ritt ein kleiner Mann, sein hellblauer Mantel bauschte sich im Wind.

Robin schirmte die Augen, kalt sagte er: »Das nenn ich Glück. Er kommt selbst.«

»Lass uns gehen!«, mahnte John. Ein schaler Geschmack auf der Zunge ekelte ihn. »Es ist genug. Wir haben doch alles erreicht, was wir wollten.«

Robin antwortete nicht. Wie festgesaugt verfolgte sein Blick jede Bewegung des Lord-Sheriffs.

Unten stieg Tom de Fitz aus dem Sattel. Er scheuchte die Packpferde von der Straße. Mit der Stiefelspitze stieß er gegen die verkrümmten Körper. Ein Kopf bewegte sich. Ein Verletzter hob den Fuß. Der Sheriff befahl. Sofort sprangen die Wachen vom Pferd und zückten die Waffen. Satzfetzen drangen bis zu den Geächteten. »Diable! … meinen Befehl nicht ausgeführt!« Und noch deutlicher: »Schlagt die Verräter tot!«

Als die Bewaffneten auf ihre Kumpane einstachen, verbarg Much das Gesicht. John schlug die Fäuste gegeneinander. »Tiere machen das nicht. Das machen nur Menschen. Tiere nicht.«

Ohnmächtiger Zorn schüttelte Toad und Whitehand.

»Er beseitigt die Zeugen«, zischte Robin zwischen den Zähnen. »Der Plan ist gescheitert. Also mordet er die Mitwisser.« Seine Rechte schnellte hoch, griff einen Pfeil, ein Schulterschlenker, der Langbogen sprang in die Linke, schon setzte er den gefiederten Schaft auf die Sehne.

Er bemerkte Johns Blick. »Nein, mein Freund. Ich töte ihn nicht.« Robin Hood trat aus der Deckung hinaus ins Freie. Er hob den Bogen, während er die Sehne bis zum Ohr spannte, senkte er gleichzeitig die Waffe. Der Pfeil schnellte davon und schlug dicht neben dem Stiefel des Sheriffs in die Erde. Tom de Fitz riss den Kopf herum.

»Lord-Sheriff! Hier steht ein Zeuge, den du nicht töten kannst. Du Mörder! Erkennst du mich? Ja, hier steht Robin Hood!«

In wilder Hast versteckte sich der Sheriff hinter seinem Pferd. »Maudit bâtard!«, schrie Tom de Fitz zu den Hügeln hinauf. »Enfer et damnation!«

Seine Männer mussten aufsitzen und ihm als Schutzschild dienen. Er selbst führte sein Tier zu Fuß, erst auf halbem Weg zur Stadt kroch er in den Sattel, presste den Kopf in die Mähne, so galoppierte er zum Tor hinauf. »Alarm! Wache! Wache!«

Robin Hood lachte. Ruhig schulterte er den Langbogen und kehrte zu den Freunden zurück.

Auf dem Weg ins Lager schwieg Little John. Er bemühte sich, die Gedanken zu ordnen: Den Leuten in Blidworth mussten wir helfen. Tote hat's gegeben. Auch gut. So ist das eben. Und verdient haben's diese Eisenkerle hundertmal. Und es ist gut, weil es jetzt alle wissen, dass wir sie nicht überfallen haben. John rieb sich die Stirn. So ist das eben. Doch den schalen Geschmack konnte er nicht hinunterschlucken.

Lange hatte ihn Robin Hood nur von der Seite angesehen. »Na, was sagst du?«

»Weiß nicht genau«, brummte John. »Das mit dem Karren. Ich weiß nicht.«

»Sorg dich nicht, mein Freund! Die meisten lebten ja noch, als der Sheriff kam.« Robin sah starr geradeaus. »Heute Morgen wollte uns der Sergeant weismachen, dass er unschuldig ist. Ich sag dir, John: Unschuldig bleibt in einem Krieg keiner. Auch wir nicht, auch wenn unsere Sache gerecht ist.«

»Daran muss ich mich erst gewöhnen.«

Nach einer Weile fasste Robin den Arm des Freundes. »Du hast ein großes Herz. Vertrau mir!«

»Schon …« Little John brach ab. Viel später lächelte er. »Wir halten zusammen. Und das ist gut.«

XIV

Grafschaft York. Kloster Kirklees.

»Einen Shilling, Herr!« Der Kleine rannte dem Pferd entgegen, kehrte um und lief an der Seite des Junkers den Weg wieder zurück. Er streckte die schmutzige Hand hoch. »Einen Shilling. Für meine Mutter.«

Der Reiter sah aus fiebrigen Augen auf das Kind hinab. »Für wen?«, fragte er mit müder Stimme. Der Junge zeigte zu der hingekauerten Frau am Wegrand. Ihr Gesicht war von Grind verkrustet, an den Wangen schwärten Risse. »Schwester Mathilda hat eine Salbe. Damit wird die Mutter wieder gesund. Zwei Shillinge hab ich schon zusammen.« Stolz nickte er. »In nur einer Woche.« Seine großen Augen richteten sich fest auf das Klostertor ein Stück weiter vorn. »Wenn ich fünf hab, dann darf ich wieder klopfen, sagt die Pförtnerin.«

Ohne sein Pferd anzuhalten, zählte der Junker einige Pennies ab. »Nur fünf. Mehr kann ich dir nicht geben.« Ehe er dem Knaben das Geld zuwerfen konnte, schüttelte ihn ein Hustenanfall. Dunkler Schleim verschmierte seinen Bart. »Ich bin schwer krank. Mein Geld werde ich für Schwester Mathilda brauchen.«

Der Kleine nickte wissend. »Ihre Medizin ist teuer.« Er hielt die geöffnete Hand hoch zum Sattel gereckt. »Sie hilft nur, wenn einer bezahlen kann. Aber ich schaff es.« Fast hatten sie das Kloster erreicht. Rechts und links des Weges lagerten zerlumpte Frauen, Kinder und Männer, von Krankheit und Elend gezeichnet. Als der Junker sich ihnen näherte, bettelten sie, jammerten. »Hört nicht auf die, Herr! Ich war zuerst da«, drängte der Junge. »Gebt es mir! Bitte!«

Ein schwaches Lächeln glitt über das Gesicht des Reiters. »Tüchtig bist du.« Damit ließ er die Pennies in die kleine Hand fallen. Vier schnappte der Junge auf. Die fünfte Münze entglitt ihm. Gleich stießen zwei Lahme die Krücken vor, zogen mit Schwung den Körper nach. Der Kleine war schneller. Bevor sie heran waren, hatte er auch den letzten Penny sicher in der Faust. »Danke, Herr!« Ein neuer Hustenanfall quälte den Junker. Keuchend erreichte er das Kloster.

Die Kranken am Wegrand sanken wieder zurück. Der Junge rannte an ihnen vorbei, stolz gab er seiner Mutter die Silberstücke. »Jetzt nur noch zwei und einen halben Shilling. Dann wirst du wieder gesund.«

Beide Daumen hakte er in den Hüftstrick des Kittelchens und wartete.

Die Sonne strahlte über den Dächern des Klosters Kirklees. Das Gras duftete. Hellgrün schimmerte das Licht durch die Blätter der Haselsträucher. Ein warmer Maitag.

Der Junge beschattete die Augen. Reiter näherten sich. Bewaffnete in dunkelblauen Umhängen. Zu dritt nebeneinander, dahinter wieder drei. Auf ihren Schilden prangte ein rotes Wappen. Der Junge bog den Kopf hin und her. Endlich erhaschte er einen Blick auf den Mann, der gedeckt von beiden Reihen in ihrer Mitte ritt. Sein Hut war mit einem weichen Federbusch geschmückt, lose hing ihm der dunkle Reisemantel von den Schultern. Der Junge hatte genug gesehen. Furchtlos rannte er direkt auf die Eskorte zu. Ehe die Bewaffneten begriffen, huschte er zwischen den Pferdeleibern hindurch und streckte dem feinen Adeligen die Hand hin. »Einen Shilling, Herr. Bitte!«

»Verschwinde, du Kröte!«, rief Sir Roger von Doncaster.

Unbeirrt bat der Kleine: »Einen Shilling. Für meine Mutter. Sie ist krank. Sie braucht ...«

Ein roher Stoß mit dem Steigbügel schleuderte den Jungen zur Seite. Zusammengekrümmt blieb er liegen. Seine Mutter wimmerte. Erst nach einer Weile hob der Sohn den Kopf und kroch zu ihr. Blut quoll aus der breiten Stirnwunde. »Und ich schaff es doch«, sagte er tapfer.

Die Kranken am Rand des letzten Wegstücks hatten die grausame Härte des Herrn mit angesehen. Keiner wagte ihn anzurufen. Ohne einen Blick für das Elend ritt der Baron vorbei.

Der Eskortenführer riss an der Glocke. »Sir Roger von Doncaster«, meldete er der weiß gekleideten Schwester Pförtnerin. Sofort wurde das Tor für den großen Gönner des Stiftes weit geöffnet und gleich wieder verschlossen. Die Bewaffneten wendeten ihre Gäule, drängten sie rückwärts bis an die Pforte. Solange ihr Herr innerhalb der Mauern weilte, durfte niemand das Kloster betreten.

Der Baron stieg aus dem Sattel. Er schnippte der Nonne. »Was trödelst du?« Erschreckt huschte die Pförtnerin davon.

Sir Roger wartete. Vor ihm prangten die Obstbäume in voller Blüte. Auf den langen, sorgfältig mit weißem Kiesel umrandeten Beeten leuchteten bunte Frühlingsblumen. Das Gemüsefeld war in kleine Rechtecke unterteilt. Gebückt jäteten Novizinnen das Unkraut zwischen den jungen Bohnen- und Erbsenpflanzen.

In der Nähe hob sich der fest gemauerte Turm. Er war ein Geschenk des Barons. Hinter den schmalen Fenstern wurden die Patienten behandelt und gepflegt. Bis hoch hinauf war ein Krankenzimmer über dem anderen eingerichtet. Weiter hinten erstreckten sich die Wirtschaftsgebäude des Klosters. Ordnung und Pflege. Hier war nichts vom Zerfall, vom Hunger außerhalb der hohen Mauern zu spüren. »Und das alles erhalte ich mit meinem Geld.« Sir Roger verschränkte die Arme. »Mein Seelenheil und meine Gesundheit, die kosten und kosten.«

Er blickte zum weiß gekalkten Gebäude gleich linker Hand

der Kirche. Die Priorin verließ das Wohnhaus der Ordensfrauen. So rasch es ihr hohes Alter erlaubte, eilte sie die geharkten Wege entlang, folgte jedem Winkel der Ordnung des Blumengartens. Kaum war sie vor dem Gast angelangt, grüßte sie kurzatmig: »Welch eine Freude, Herr. Friede sei mit Euch!«

»Mit Euch auch, Mutter Priorin, mit Euch auch.«

»Hattet Ihr eine gute …?«

»Ich bin in Eile. Bringt mir Schwester Mathilda. Ich habe mit ihr zu reden.«

Güte und Mitgefühl strahlten aus dem faltigen Gesicht. Bedauernd zeigte die Nonne zum Krankenturm. »Sie versorgt einen neuen Patienten. Einen sterbenskranken Junker. Wartet, bis sie ihn zur Ader gelassen hat. Kommt doch solange mit ins Refektorium. Ein kühler Willkommenstrunk wird Euch …«

»Schluss. Geht, Ehrwürdige Mutter, und schickt sie mir her!«

Der barsche Ton ließ die Priorin zurückweichen. »Gott segne Euch«, murmelte sie und eilte zum Krankenturm.

Wenig später kehrte sie mit Schwester Mathilda zurück. Eine hoch gewachsene Gestalt. Unter der gestärkten Haube ein schmales, glattes Gesicht, straff von weißem Stoff umrahmt. Sie grüßte den Gast, hielt die Hände vor der Brust gefaltet.

Nein, Sir Roger wollte allein mit ihr sprechen. »Ich berichte Euch nachher, Ehrwürdige Mutter«, versicherte Mathilda. Kaum hatte sich die Priorin entfernt, verlor sie den demütigen Blick. Ohne Scheu forschten die dunklen Augen in den Zügen des Barons. »Ihr habt Beschwerden, Herr? Euch quält wieder ein Stein in der Harnblase? Ist es so? Ich werde Euch gleich …«

»Später. Meine Gesundheit kann warten.« Kaum öffnete der Baron die Lippen. »Du weißt, aus welchem Grund ich gekommen bin.«

Mit Blick auf die arbeitenden Novizinnen raunte Mathilda: »Nicht hier.«

Sie eilte voran, bat den Gast in ihren Kräutergarten und verriegelte das Gatter. »Neugierde schärft das Ohr«, spottete sie. »Sie heilt Taubheit noch besser als meine Tropfen aus Muttermilch und Hauswurz.«

»Zur Sache.« Sir Roger klopfte die Fingerkuppen gegeneinander. »Hast du über meinen Plan nachgedacht? Gibst du mir deinen Neffen?«

Sie überhörte die Frage. »Außer diesem Garten gibt es keinen Ort im ganzen Kloster, vor dem die Neugierde meiner Mitschwestern Halt macht.«

»Par tous les diables!«

Der Blick in dem weiß umrahmten Gesicht wurde kühl. »Warum so gereizt? Das verkrampft nur Eure Blase.« Ehe Sir Roger die Beherrschung verlor, beschwichtigte sie: »Ja, ich habe nachgedacht. Allerdings: Mit Euren Bedingungen bin ich noch unzufrieden.«

»Überschätze dich nicht. Meine Gunst hat dir bis jetzt alles ermöglicht. Aber der Schritt von einer Ärztin zur Hexe ist klein.«

Mathilda senkte den Kopf. Unter dem Schutz ihrer Haube sagte sie in gespielt demütigem Ton: »Verzeiht. Meine Familie ist tot bis auf meine beiden Neffen. Da gibt es Robert Loxley. Er ist der Sohn meines älteren Bruders. An ihm liegt mir nicht viel. Außer dass ich sehr gut an Robin Hood und seiner Bande verdiene. Bei meinem Neffen Gamwell ist es anders. Er ist das Kind meines Lieblingsbruders. Ich habe ihn aufgezogen. Er ist ein Teil von mir.«

Sir Roger verengte die Augen. »Na und? Aus lauter Großmut nehme ich deinen Gamwell in meine Burg auf. Dort wird er leben wie mein Sohn. Das haben wir bereits im Januar verhandelt. Nein, nein, dein Zögern entspringt keiner Sorge. Ich kenne deine Gier. Was willst du?«

Mathilda blieb in ihrer unterwürfigen Haltung. »Zunächst die Wahrheit. Auch ich kenne Euch schon zu lange. Oft lag ich wach und fragte mich, warum wählt sich der reiche und mächtige Sir

Roger ausgerechnet meinen Neffen aus. Gut, er ist hübsch, weiß sich zu benehmen, aber, mit Verlaub, als Eure Dienerin und Ärztin weiß ich um Eure körperlichen Beschwerden. Nein, Ihr sucht ganz gewiss keinen Spielgefährten.«

Sir Roger ballte die Fäuste. »Noch ein Wort, und du bringst dich selbst auf den Scheiterhaufen!«

»Wir brauchen einander, Herr. Und das wisst Ihr.« Furchtlos fuhr Mathilda fort: »Es gibt doch zahlreiche arme Junker aus altem Geschlecht? Warum also ein Bursche, der nichts besitzt außer einer Tante?« Unmerklich hob die Nonne den Kopf, nur so viel, dass sie dem Baron in die Augen sehen konnte. »Was macht Euch meinen Gamwell so wertvoll?«

Sir Roger presste die Lippen aufeinander, ging ruhelos hin und her. Die schlimme Nachricht aus Nottingham hatte ihn alarmiert, hatte ihn hergetrieben. Er allein wusste, wie dieser Robin Hood endlich zur Strecke gebracht werden konnte. Doch für seinen Plan benötigte er den Neffen der Nonne, den Cousin dieses elenden Bastards.

»Um die Wahrheit zu sagen. Wenn Gamwell bei mir Aufnahme findet, erwarte ich einen kleinen Dienst von ihm.«

Schwester Mathilda lächelte nüchtern. »Endlich. Was ist es?«

Sir Roger lächelte ebenso kühl. »Eine geheime Angelegenheit im Dienste Englands. Mehr darf ich nicht sagen. Nur so viel: Gamwell muss gründlich und gut von mir eingewiesen werden. Das erfordert Zeit. Erfüllt er seine Aufgabe, dann wird unser verehrter Prinz Johann ihn persönlich in den Adelsstand erheben. Dafür verbürge ich mich.«

»Gut. Ich helfe Euch.« Schwester Mathilda versprach, den Neffen noch in der gleichen Woche nach Doncaster zu schicken. »Allerdings …« Sie zögerte, endlich fuhr sie fort: »Wenn eine Hand gibt, soll die andere gefüllt werden. So halte ich es. Und nicht nur bei meinen Patienten. Deshalb verzeiht, auch ich bitte um eine kleine Gefälligkeit.«

So dicht am Ziel, wollte Sir Roger von Doncaster den Plan nicht gefährden. »Was ist es?«

»Unser Kloster verdankt Euch viel. Aber es könnte noch mehr aufblühen.«

»Deine Gier kennt kein Maß.«

»Ihr tut mir Unrecht. Ich erwarte nicht mehr, sondern weniger Zuwendung von Euch. Wie einfach könnten hier noch mehr gut zahlende Patienten aufgenommen werden, und Ihr spartet Geld. Kirklees könnte sich beinah selbst erhalten, wenn nicht die gute Mutter Priorin so einfältig und bescheiden wäre. Stattdessen drängt sie mich Tag für Tag, endlich auch die Kranken draußen vor dem Tor zu behandeln. Sogar kostenlos! Ach, sie ist alt und geht nicht mit der Zeit. Wenn allerdings ich, wenn ich ihren Platz einnehmen dürfte, dann …«

Der Baron hatte längst begriffen. »D'accord. Noch in diesem Jahr. Nur wäre es einfacher, dem Abt deines Ordens solch einen Wechsel vorzuschlagen, wenn die Mutter Priorin durch ein Siechtum ans Lager gefesselt würde.«

»Vertraut der Kraft meiner Kräuter!«

Lange blickten die beiden einander an. Keiner senkte den Blick.

Zum Abschied überreichte Schwester Mathilda im Beisein der Priorin ihrem Gast eine große Flasche. »Nehmt davon jeden Morgen einige Schlucke. Doch wärmt die Flüssigkeit vorher an. Die in Wein zerstoßenen Wurzeln der Schwertlilie werden den lästigen Stein bald auflösen.«

Geschützt von seiner Eskorte, verließ Sir Roger das Kloster von Kirklees. Er lächelte.

Am Wegrand stand der Junge neben seiner Mutter. Das Gesicht blutverschmiert. »Einen Shilling, Herr!«

Sir Roger öffnete den Beutel und warf ihm eine Hand voll Silbermünzen zu. »Da nimm, du gierige Kröte.«

Der Kleine rührte sich nicht. Erst als die Eskorte weit genug war, sammelte er die Pennies auf. Laut zählte er, zählte wieder. »Nur ein halber Shilling fehlt noch. Sorg dich nicht, Mutter. Ich schaff es. Morgen schaff ich es bestimmt!«

XV

Grafschaft York. Barnsdale-Top.

Marian hatte auf Little John gewartet und wartete immer noch. Seit Monaten war er nicht nach Barnsdale-Top gekommen.

Viel später als vereinbart, erst Ende April, hatte Tom Toad mit einigen Männern die zweite Sommerwache des Dorfes und der beiden Lager übernommen. »Es geht ihm gut. Er lässt dich grüßen.«

Schon nach vierzehn Tagen war dann Gilbert Whitehand für einen Monat in den Stützpunkt oberhalb des Hauptlagers zurückgekehrt. »Robin lässt den Zwerg nicht gehen. Er braucht ihn. Aber bei der nächsten Ablösung kommt er bestimmt für ein oder zwei Tage mit hoch.«

Doch auch im Juni hatte Pete Smiling nur die Zähne gebleckt. »Nun guck mich nicht so traurig an!«, sagte er aufmunternd. »Seit Wochen regnet es Tag und Nacht. Das ist schon schlimm genug für unsere Leute da unten im Sherwood. Trotzdem haben wir gute Beute gemacht. Glaub mir, Kleines! Niemand hat bis jetzt deinem John ein Haar gekrümmt. Na ja, ein paar Beulen und Kratzer. Aber die hat inzwischen jeder von uns.« Zwei Schwerverletzte hatte der Offizier auf Tragen mit ins Lager gebracht. Eine tiefe Fleischwunde am Bauch. Ein geschientes Bein. »Ihm geht's besser als den armen Teufeln da vorn. Die müssen irgendwann nachts zur Mathilda nach Kirklees.«

Das Mädchen ballte die Faust. »Er hat es mir versprochen.«

»Dann wart noch was!«

Marian lebte bei Beth. Tag für Tag half sie am Nähtisch, gehorsam, doch ohne jede Begeisterung. Jetzt, Anfang Juli, hatte sich das Wetter gebessert. Wenn draußen die Sonne schien, stöhnte Marian, klagte über Schmerzen im Rücken. Manchmal stach sie sich mit Absicht in die Fingerkuppe, zeigte Beth den dicken Blutstropfen. »Damit verschmier ich den guten Stoff.«

Toads Frau spielte mit. »Das wäre schad, Prinzesschen. Dann lutsch ihn ab und lauf! Aber bevor's dunkel wird, bist du wieder hier.« Im Nu zog Marian den hellen, sauberen Kittel aus, streifte den alten über, ihren Dolch steckte sie in den Hüftstrick und war schon zur Tür hinaus. Sie rannte durch den Wald. In der Küche des Stützpunktes hielt Storyteller wie jeden Tag alte Brotkrusten für sie bereit. Gleich hinter dem Pferdestall kletterte das Mädchen auf den Zaun der Koppel und pfiff auf zwei Fingern. Wiehernd antwortete einer der beiden weißen Hengste, trabte heran, er schnaubte, fraß das Brot und ließ Marian aufsitzen. »Mein Lancelot! Lauf!« Sie ritt ihn ohne Sattel und Zaumzeug.

Abends hing ihr das Haar wirr und zerzaust um den Kopf. »Du bist kein Prinz, Prinzesschen«, seufzte Beth, während sie mit dem Holzkamm gegen die Haarknoten ankämpfte. »Und wenn du mal eine junge Frau bist, dann …«

Marian schoss das Blut ins Gesicht. »Sag das nicht!«

»Na, wart's ab. Eine Frau wirst du, ob du willst oder nicht.« Beth ließ die ausgekämmten Locken durch die Hand gleiten. »Und dann? Dann bin ich wieder allein.«

Vom frühen Morgen bis gegen Mittag schien Toads Frau am nächsten Tag das Stöhnen und Geseufze nicht zu bemerken. Endlich erlöste sie das Mädchen. »Nun lauf!«

Erst in der Küche des Stützpunktes hielt Marian keuchend an. Die Schüssel mit den Brotresten war leer. »Wo ist es?«

Paul Storyteller winkte ab, wachsam rührte er mit der Schöpfkelle im Tiegel.

»Hast du keine Krusten?«

Der Alte schlürfte an der heißen Suppe, seine Augen leuchteten. »Probier mal, Kleines!«

»Wo hast du's versteckt?«

»Erst probieren.«

Marian kostete aus der Kelle. Verwundert runzelte sie die Stirn. »Schmeckt besser als sonst.«

»Das will ich meinen.« Storyteller setzte das Holzbein einen Schritt vor. »Brot gibt's heute keins mehr für deinen Lancelot.« Am Tisch zerkleinerte er Petersilie, ein listiger Blick auf das Mädchen, schon arbeitete er emsig weiter. So nebenbei erwähnte er: »Ja, Smiling hat alles mitgenommen. Heut Nacht ist er gleich aufgebrochen.«

Marian ließ die Schöpfkelle sinken. »Die Ablösung?« Sie wurde blass, tapfer schüttelte sie den Kopf. »Ich weiß schon.«

»Ja, unser Glatzkopf wohnt jetzt über den Juli hier.«

»Verdammt!« Marian hielt es nicht länger aus. »Bitte, Paul. So sag es doch!«

»Mit seinen Leuten hat Toad die Beute in den Höhlen verstaut. Jetzt schlafen die Kerle.« Geheimnisvoll spielte der Alte weiter. »Aber drüben aus der Hütte neben dem Pferdestall. Da hab ich was gehört, Mädchen. Furchtbar hört sich das an. Wie 'n Bär.«

Marian warf die Kelle zur Seite, war schon aus der Küche. Von draußen vernahm sie das tiefe Schnarchen. Vorsichtig betrat sie den halbdunklen Raum. Little John lag auf dem Rücken. Die mächtige Brust hob und senkte sich.

Marian schlich näher. Sie sah dem Hünen zu, dabei drehte sie ihren Finger in eine Locke. Bald schon wich das Lächeln, ihr Blick wurde zornig. Kurz entschlossen griff Marian nach der leeren Bierkanne neben ihm, sie knallte das Gefäß auf den Tisch. Aus dem Schlaf sprang John hoch, hatte das Messer bereits in der Hand, er stieß mit dem Kopf gegen die Deckenbalken und war wach. »Kleines.«

»Du weißt noch, wer ich bin?«

»Kleines«, murmelte John. Er steckte den Dolch zurück. Ich bin zu Haus, dieser Gedanke wärmte ihn. Er beugte sich hinunter, wollte sie drücken, ließ es und strich ihr behutsam über die Locken. »Lang hat's gedauert. Doch eher ging's nicht.«

»Mir geht's gut hier. Ich helfe der Beth und so.« Marian griff die große Hand und hielt sie mit beiden Händen fest.

»Komm mit nach draußen! Ich will dich ansehen.«

»Und ich zeig dir meinen Freund.«

Marian rannte vor ihm her zur Pferdekoppel. Die Bewegungen, das Lachen! Sie wird mal wie ihre Mutter. Little John schmunzelte. Bei dem Pfiff auf zwei Fingern nickte er überrascht. Doch als sich Marian vom Zaun auf den Rücken des Hengstes warf, als sie jauchzend quer über die Weide davongaloppierte, verschlug es ihm fast den Atem. In den ersten Stolz mischte sich väterliche Besorgnis. Schließlich runzelte John die Stirn. »So reitet kein Fräulein. Und überhaupt: Pfeift da wie 'n Kutscher. Führt sich auf wie ein Kerl!« Er kratzte die Narbe im Bart. »So was will ich nicht.« John nahm sich vor, mit Beth ein ernstes Wort zu reden.

Nichts sagte er zu ihrer Reitkunst, noch nicht einmal »Schon recht«. Marian bemerkte es nicht.

Auf dem Weg ins Dorf sprudelte sie vor Glück, zeigte ihm jeden Baum, den sie erklettert hatte, erzählte ausgelassen von ihren Schießkünsten mit dem kleinen Bogen.

Den hätt ich dir besser nicht geschenkt, ging es John durch den Kopf, wenn ich das gewusst hätte. Ich will was Besseres für dich. So sehr war er mit seinen Gedanken beschäftigt, dass er Marians Frage überhört hatte. »Was?«

»John? Wann musst du wieder weg?«

»Morgen, Kleines.«

Alle Freude erlosch in ihrem Blick. »So kurz?«

»Es muss sein. Jetzt im Juli kommt's drauf an, sagt Robin.«

Marian schluckte, nein, sie wollte nicht weinen. Gründlich zog sie die Nase hoch. »Robin Hood? Ist er dein Freund?«

»Ja.«

Stumm ging Marian neben dem Hünen her. Ihre Hand schlüpfte in seine. »Du kommst bestimmt wieder?«

»Und ob, Kleines!« John lachte. »Aber noch bin ich ja hier. Und heut Abend, da feiern wir.«

Wolken waren aufgezogen. Dann im späten Nachmittag hatte sich der Wind gelegt. Schwer hing die graue Decke über dem Hochland und Barnsdale-Top. Die Tageshitze kühlte nicht ab.

Vor der Schänke des Schusters flackerten Lichter auf dem Tisch. Bogenmacher, Seiler, der Schmied, auch die Färberinnen, die Hanfflechterin, wer aus dem Dorf Lust hatte, war zum Umtrunk gekommen. John und Tom hielten die Gäste frei. Ausnahmsweise durfte Marian dabei sein, sehr zum Neid der übrigen Kinder und Halbwüchsigen des Ortes. Sie saß neben Beth. Süßer Most aus Äpfeln! Das Mädchen schob ihr den Becher hin. »Heute darf ich. Bitte!«

»Aber nicht so hastig, Prinzesschen«, mahnte Beth lächelnd und schenkte ein. Zur Feier der Rückkehr ihres Mannes trug sie einen Rock, die Halsschlaufen des weiten Hemdes hingen lose herunter. Lange hatte das Mädchen sie nicht so froh gesehen. Marian trank an dem ungewohnten Saft, genoss das Bitzeln auf der Zunge und lehnte den Kopf an Beths Schulter.

Gespräche über den Tag, das Wetter und die Sorge: Wird es eine gute Ernte geben? In der schwülwarmen Abendluft schmeckte das Bier. Jeder Schluck half, Plage und Mühsal zu vergessen. Die ersten Scherze. Gelächter. Nur eins fehlte noch. »Erzähl was!«

Wie gewohnt zierte sich Storyteller. Er wollte gebeten werden, und nicht nur einmal. Noch war er nicht bereit.

Marian strich die Locken aus der Stirn, ihre Augen schimmerten vom süßen Apfelmost: »Und im Sherwood?« Schnell versuchte Beth ihr den Mund zu verschließen, doch Marian schob die Hand weg. »Was habt ihr da gemacht? Erzähl doch, John!«

Es wurde still am Tisch. Little John setzte den Bierkrug ab. »Ich weiß nicht«, er zögerte. Tom Toad kam zu Hilfe. »Na, Spaß haben wir. Den ganzen Tag. Mit Robin gibt's nur lustige Geschichten. Das weiß doch jeder hier.«

Was sagt er? Der Hüne ließ Tom nicht aus den Augen. Der Freund zwinkerte ihm zu. Endlich hatte John begriffen. »Stimmt. So ist das, Kleines. Spaß haben wir.«

Die Gäste in der Runde atmeten auf. Niemand durfte den Freisassen solch eine Frage stellen, niemand erfuhr die Wahrheit, wollte sie auch nicht wissen. In ihren Herzen war Robin Hood der Held, voller Witz und List führte er für sie den Kampf. Sein Bild wurde überall im Land aus Wünschen gemalt, selbst bei den Dörflern in Barnsdale-Top, und nichts durfte die Farben trüben.

Storyteller verlangte nach Ruhe. »Ich weiß noch, wie unser Robin dem betrügerischen Bettler ...«

Nein. Diese Geschichten hatten sie schon zu oft gehört.

»Na gut. Wie wär's mit dem Schuster aus Wakefield? Der Kerl hat von jedem Zoll verlangt, der bewaffnet durch die Stadt wollte. Und wer nicht bezahlte, den hat er verprügelt. Als dann Robin ...«

Die Gäste winkten ab. Storyteller funkelte sie zornig an. »Dann eben die schöne Hochzeit. Ihr wisst noch, wie Robin den armen Allan a Dale im Wald getroffen hat? Wie der Sänger geweint hat, weil seine Geliebte einen reichen, alten Fettsack heiraten sollte?« Bis auf Marian und John kannten alle den Hergang. Doch die Erinnerung ließ die Gäste schmunzeln. Paul nutzte das Schweigen, rasch erzählte er weiter, nur das Wichtigste schmückte er aus. Jeder sah Robin Hood als Lautenspieler verkleidet in die Kirche St. James nahe bei Papplewick schleichen. Vorn am Altar wollte der Bischof gerade das ungleiche Brautpaar zusammengeben. »Halt!«, schrie Robin. »Die Heirat darf nicht stattfinden. Die Braut gehört einem anderen.« Welch eine Prügelei! Und zum guten Schluss erhielt der arme Sänger Allan a Dale seine Angebetete.

Weit entferntes Donnergrollen brachte die Gäste nach Barnsdale-Top zurück. Frisches Bier wurde nachgeschenkt.

Marian wollte mehr von dem Most. »Ist das wahr?«

»Frag nicht, Prinzesschen!« Prüfend sah Toads Frau dem Mädchen in die Augen. »Besser, ich geb dir nur noch einen kleinen Schluck.«

Paul Storyteller hatte sich gestärkt. Mit dem Rockärmel wischte er den Bierschaum aus seinem Bart. »Als Robin das Mehl in die Augen bekam, da war ich selbst dabei, glaub ich. Von einem Bettler, was sag ich, ein Müller war das. Also, ein Müller lebt mit seiner Frau ...«

Little John fuhr zusammen. »Halt's Maul!«, stieß er zwischen den Zähnen hervor. Die Mühle bei Doncaster. Die toten Eltern auf dem Wasserrad. »Vom Müller will ich nichts hören.«

Warnend legte ihm Toad die Hand auf den Arm. »Verdirb den Leuten nicht die Freude!«

Doch zu spät. Paul Storyteller war gekränkt. Umständlich rückte er sein Bein zurecht. »Dann eben nicht, du Zwerg. Erzähl doch selbst, wenn du's besser kannst! Aber was Neues.«

»Bitte, John!«, rief Marian beschwipst und klatschte in die Hände. Auch die Gäste aus dem Dorf forderten jetzt den Hünen auf. Eine neue Geschichte verlangten sie, etwas Lustiges.

Little John stützte den Kopf und rieb die Stirn. Nein, er wollte kein Spielverderber sein. Also gut, etwas Lustiges. Meinetwegen. Doch sosehr er sich mühte, davon gab es nichts im Sherwood. Tom Toad stieß ihn unter dem Tisch an. »Mach mit. Aber pass genau auf!«, raunte er. Laut rief er: »Leute. John und ich erzählen zusammen. Viel haben wir erlebt. Aber das Beste war die Geschichte mit dem Töpfer.« Tom ließ eine Pause. Während ihn die Gäste erwartungsvoll anblickten, griff er zum Nacken, holte den langen Haarzopf nach vorn und ließ ihn langsam um seinen Bierkrug kreisen. »Wir liegen mal wieder satt und gemütlich im Gras. Die Sonne scheint uns auf den Bauch. Da springt Robin hoch. ›Los, ihr Faulpelze! Mal sehen, ob wir nicht eine goldene Gans auf der Handelsstraße erwischen.‹ Nur ich, John und Gilbert sind mit. Die anderen hatten keine Lust. So war's doch, John?«

»Schon recht.« Der Hüne schmunzelte. Was der da erzählt?

»Aber keine Gans weit und breit. Da kommt ein Karren.« Toad zeigte mit dem Zopfende nach vorn. »Deutlich hören wir das Klappern der Kannen und Schüsseln. ›Versteckt euch‹, sagt Robin. ›Wetten, dass mir der Töpfer Wegzoll bezahlt?‹ Wir warnen ihn, aber er hört nicht auf uns. Jetzt du, John.«

Heftig rieb der Hüne die Narbe im Bart. Wir überfallen doch keine armen Leute, und Robin schon gar nicht? Aber das soll ja nur eine Geschichte werden. Auch gut, überlegte er, einfach sich was ausdenken, so wie früher, wenn Marian was von der Jagd hören wollte. Das schaff ich leicht. Er war bereit.

John hieb die schwere Faust auf den Tisch. »›Halt!‹ Robin springt vor den Karren. ›Geld her.‹ ›Wer will mein Geld?‹ ›Ich, Robin Hood.‹« Dem Töpfer verlieh John seine eigene tiefe Stimme, ließ sie grollen, seinen Anführer ließ er, so gut er konnte, hell und klar sprechen. »›Freiwillig geb ich dir nichts.‹ ›Dann hol ich's mir.‹ ›Ehrliche, arme Leute zu überfallen. Dir werd ich's zeigen.‹ Schon springt der riesige Töpfer vom Kutschbock. Er stürzt sich auf Robin.« Abwechselnd hieb John die Fäuste auf den Tisch. Erschreckt retteten die Zuhörer ihre Krüge. Schnaubend rief er: »Das war ein Kampf!« Schneller, heftiger ließ er die Fäuste trommeln, riss sie hoch und knallte sie zugleich auf die Holzplatte. »Da liegt Robin platt auf dem Boden. Kaum ist er wach, da schüttelt er den Kopf. ›Dein Geld bekomm ich doch.‹ ›Eher schlag ich dich tot.‹« Schon hob der Hüne wieder die geballten Hände. Die Tischrunde hielt angstvoll den Atem an.

»Halt! Das reicht, John!«, unterbrach Tom Toad lachend. »Wir waren ja auch noch da.« Er ließ den Zopf wieder kreisen. Leicht erzählte Tom weiter. Gerade rechtzeitig hielten er, John und Whitehand den wütenden Töpfer zurück. Robin entschuldigte sich bei dem furchtlosen Mann. Als der Anführer die vielen Tongefäße auf dem Karren lang genug betrachtet hatte, kam ihm eine neue Idee. »Ich habe Lust, nach Nottingham zu gehen. Ich will dem Sheriff persönlich einen Besuch abstatten. Wetten, dass er mich nicht erkennt.« Tom hielt das Zopfende fest. Ungläubig starrten die Zuhörer den Erzähler an. Auch John runzelte die Stirn.

In diesem Moment zuckte ein Blitz, taghell, gleich folgte der Donner. Little John atmete auf. Schluss, dachte er. Bei Gewitter ist die Geschichte zu Ende.

»Es regnet ja noch nicht.« Storyteller ließ Tom Toad nicht aus den Augen. »Weiter. Erzählt weiter!«

»Also. Der Plan war einfach.« Robin kaufte dem Töpfer nicht nur den Wagen und alle Ware ab, sondern auch den Kittel und den Umhang. Ein Lied pfeifend, zog er gut verkleidet auf den Markt von Nottingham. »Jetzt bist du dran.«

John seufzte ergeben. Wie ein Händler pries er den Bierkrug an: »›Billig. Billig. Leute, kauft!‹ Bis zum Mittag ist Robin fast alle Töpfe los. Fünf sind noch übrig. Er geht zum Haus des Sheriffs …«

Blitz, ohrenbetäubendes Krachen. Und Regen. Wie ein Schwall prasselte er auf die Tischrunde nieder. John lachte und rief: »Beim Dunstan! Die Geschichte ist für heute zu Ende.« Schon das hörte niemand mehr. Längst waren die Gäste aufgesprungen, jeder floh nach Hause.

Tom Toad legte seiner Frau schützend den Arm um die Schulter. »Ich bring dich heim.« Nachher wollte er noch mit John hinüber in den Stützpunkt. »Aber morgen Abend, da bleib ich.«

Marian war nicht müde. Beschwingt vom süßen Most, hüpfte sie an der Hand des Hünen durch die Pfützen. »Wenn das wirklich so lustig ist im Sherwood, dann geh ich nächstes Jahr mit.«

»Was?« John blieb stehen. Trotz des Regens kauerte er sich zu ihr hinunter. Die Gesichter waren auf gleicher Höhe. »Geschichten. Nur Geschichten, Kleines. So was hören die Leute gern über Robin Hood. Vorher wusste ich das auch nicht. Aber bei uns unten im Sherwood, da geht es in Wirklichkeit anders zu.«

Später, als Marian trocken und warm unter der Decke lag, kam John noch einmal an das Lager. »Morgen, wenn du wach wirst, bin ich schon weg.«

»Komm bald wieder!« Ohne Tränen, ernst sah sie zu ihm auf. »Und ich bete mit der Beth, auch für dich. Wenn wir allein sind, haben wir der Heiligen Jungfrau viel zu sagen.«

John nickte. »Das ist gut.«

John, Beth und Tom Toad setzten sich beim Kerzenschein zusammen. Eins lag dem Hünen noch am Herzen. Flüsternd bat er die Näherin, mehr auf Marian zu achten. Beth konnte das Lachen kaum unterdrücken. »Du bist schlimmer als eine Amme. Du Riese.«

»Ich mein ja nur.«

Jäh verschwand der Spott. »Lass mir die Prinzessin!«, drängte Beth. »Solang ich lebe, wird es ihr gut gehen.«

John versprach nichts. »Wo soll sie denn sonst hin?«

Erst gegen Morgen war das Gewitter vorüber. Tom hatte den Freund zum Stützpunkt begleitet. Für Schlaf blieb keine Zeit. John musste aufbrechen. »Sonst schnappt sich Robin den fetten Brocken ohne mich.«

Seit einer Woche wussten es die Freisassen. Bill Threefinger war ausgeschickt worden. Mehr als einen Monat hatte er vor den Toren Londons gewartet. Robin Hood verließ sich nicht auf Gerüchte. Erst mit der sicheren Nachricht durfte der Späher in den Sherwood zurückkehren. Der Warentreck für die Nottinghamer Festung war unterwegs! Und die ungewöhnlich schwere Bewaffnung des Begleittrupps konnte nur eins bedeuten: Diesmal beförderten die Wagen mehr als nur Getreide, Wachs, Pech und Salz.

»Schad, und ich sitz hier rum. Muss das Lager bewachen.« Tom Toad ballte die Faust. »Wenn alles klappt, wird das der größte Überfall, den Robin je gemacht hat. Wirklich schad, dass ich nicht dabei bin.«

»Was regst du dich auf?« Mühsam unterdrückte John ein Grinsen. »Dafür darfst du nachher die Geschichte von dem Überfall erzählen. Und weil du nicht dabei warst, wird sie auch schön lustig.« Damit schritt John über die Lichtung des Stützpunktes davon. Ohne sich umzudrehen, rief er: »Bis bald. Und streite dich nicht mit dem alten Storyteller!«

Tom Toad öffnete den Mund, sagte erst nichts, dann lachte er und drohte dem Freund mit der Faust hinterher. »Hau ab, du Zwerg! Sonst … Pass auf dich auf, John!«

XVI

LETZTE NACHRICHT VOM KREUZZUG: *Während des Winters 1191/1192 greift Sultan Saladin die Kreuzfahrer nicht an. Löwenherz hat Zeit, die Stadt Askalon zur stärksten Festung an der Küste auszubauen.*

Sorgen quälen König Richard: Streit unter seinen Heerführern, Christen kämpfen gegen Christen. Dazu Monat für Monat alarmierende Nachrichten aus der Heimat: Mit allen Mitteln versucht Prinz Johann, den Thron zu erschleichen. Auf der Versammlung seiner Heerführer in Askalon, am 16. April 1192, fordert Löwenherz von allen, möglichst rasch geordnete Verhältnisse in Palästina zu schaffen, und gibt bekannt, dass er bald nach England zurückkehren will.

GRAFSCHAFT NOTTINGHAM. AUF DEM WEG NACH NOTTINGHAM.

Seit Tagesanbruch prasselte Regen gegen die hochgewölbten Planen der vierrädrigen Wagen. Schwer gingen die Ochsengespanne im Geschirr. Den Kutschern floss das Wasser in Bächen von der Hutkrempe. Zwischen dem ersten und zweiten Wagen trotteten vier bepackte Maultiere. Ein fünftes zog den kastenförmigen, fest geschlossenen Futterkarren. Für die geduldigen Mulis war kein Führer notwendig. Ein langer Strick, am ersten Wagen vertäut, verband ein Tier mit dem anderen. Nass glänzten die braunen Felle.

Die schwer bewaffneten Reiter der Eskorte hatten ihre Mantelumhänge fest geschlossen und die durchtränkten Stoffhauben tief über den Helm ins Gesicht gezogen. Armbrust und Schild hingen am Sattelknauf.

Zwölf Söldner hatte der Großkaufmann in London zum Schutz seiner Handelsgüter angeheuert, rohe, kampferprobte Männer.

Vier ritten vornweg, zwei und zwei. Ihre Wachsamkeit hatte nachgelassen. Der Abstand zwischen ihnen war bis auf drei Pferdelängen angewachsen. Je zwei Söldner schützten die Flanken der Karawane. Dem letzten Wagen folgte die Nachhut. Keiner der vier Reiter hielt sich noch an die befohlene Ordnung. Längst ritten sie nicht mehr paarweise. Bei diesem Unwetter war es viel bequemer, hinter dem Gaul des Vordermanns herzureiten. In den frühen Morgenstunden hatte der Treck bereits Stamford passiert. Zwar versperrten jetzt düstere Wolken und Regenschwaden jede Sicht, aber Nottingham konnte nicht mehr weit sein. Die Gedanken der Söldner eilten voraus. Am Nachmittag würden sie den Lagerplatz unterhalb der Stadt erreicht haben. Ein Feuer vor dem Zelt. Bier für die ewig durstigen Kehlen. Ein Würfelspiel mit den Kumpanen.

Hinter dem Letzten der Nachhut lösten sich drei Gestalten aus den Wegsträuchern. Während sie gebückt dem Reiter folgten, sprang Robin Hood auf die Straße. Er spannte den Kurzbogen. Sein Pfeil zischte über die Rücken der Gefährten hinweg, durchschlug das Genick des Söldners. Schon waren die drei neben ihm. Sie zogen den Toten vom Pferd. Much führte das Tier am Halfter weiter. Die andern wickelten den Söldner aus seinem Regenumhang. Pete Smiling war zur Stelle. Er warf sich den Mantel um die Schultern, stülpte die Haube über seine grüne Kapuze, rannte los, und mit einem Satz sprang er spreizbeinig über die Hinterhand des Gauls in den Sattel. Auf sein Zeichen hin brach neben ihm Little John aus dem Gebüsch. Das stumpfe Ende des Kampfstocks traf den Kopf des nächsten Reiters. Ohne Laut kippte der Söldner in die Arme der Geächteten. Sie rissen ihn von der Straße. Schon war einer im Umhang des Betäubten neben dem Pferd, schon saß er im Sattel. Little John bewegte sich rasch. Sein Stoß war hart und kurz. Der Dritte. Der Vierte. Die Nachhut war überwältigt. Für einen flüchtigen Blick zurück hatte sich das Bild nicht verändert: Wie kurz zuvor ritten vier in Mäntel gehüllte Söldner hintereinander her.

Auf beiden Seiten der Straße verließen gut zehn Gefährten ihre Deckung. Sie huschten zu Little John in den Schutz des letzten Wagens. Kein Wort wurde gesprochen. Jedes Geräusch wurde vom prasselnden Regen übertönt.

Kurz verständigten sich der Hüne und Gilbert Whitehand. Zugleich hasteten die Offiziere links und rechts des Wagens nach vorn. Gilbert schwang sich auf die Kutschbank. Der Fuhrmann bemerkte nichts. Den Kragen hochgeschlagen, die Hutkrempe tief in der Stirn, saß er da, hielt die Zügel und starrte auf die schwankenden Hintern der vier Ochsen. Jäh hielt ihm Gilbert seine gekrallte weiße Hand vor die Augen. »Heiliger Cedric ...« Zu mehr war der Kutscher nicht fähig. Whitehand schlug ihm die Linke in den Nacken und stieß ihn vom Bock. Little John fing den Mann auf, schleuderte ihn weiter. Im Straßengraben nahmen ihn zwei Geächtete in Empfang. Während er dort mit einem Lederriemen geknebelt und an den Füßen gefesselt wurde, warf John seinen Stock Much zu und hatte bereits den Bogen in der Faust. Auf der anderen Seite des Gespanns lief Robin. Zur gleichen Zeit blieben sie stehen, zielten kurz, und die hinteren beiden Söldner des Flankenschutzes sanken vornüber. Sie wurden von den Gäulen gezerrt. Die nächsten Pfeile trafen ihr Ziel. Der Weg zum mittleren Wagen war frei.

Seit Tagen hatten die Freisassen den Treck beobachtet. In diesem Wagen fuhr der Großkaufmann. Gilbert überließ einem Gefährten die Zügel des letzten Gespanns, jagte weiter nach vorn. Seine weiße Hand entsetzte den zweiten Kutscher genau wie den ersten.

Das Trommeln des Regens wurde schwächer. Gefahr! Wenig

später hockte Vince auf der Kutschbank, den Kragen hochgeschlagen, die breite Hutkrempe tief über den Augen. Hinter ihm blieb die Plane geschlossen. Der Großkaufmann hatte nichts bemerkt.

Die Armee rückte weiter vor, an den Maultieren vorbei, schnell war der Fahrer des ersten Wagens ersetzt. Seinen Platz hatte Whitehand übernommen.

Mit einem Mal hörte der Regen ganz auf, so plötzlich, als hätte eine unsichtbare Hand über dem Treck das Schütt geschlossen. Die Geächteten hielten den Atem an. Vor ihnen ritten noch die vier Söldner der Eskorte. Noch hatten sie nichts bemerkt. Beim kleinsten Verdacht würden sie nicht umkehren, sondern in Richtung Nottingham davongaloppieren und Alarm schlagen. Die Augen richteten sich auf den Anführer. Jeder wusste es: Der Treck konnte nicht in irgendein Versteck umgeleitet werden, dafür war er zu groß, zu schwerfällig. Und ehe sie die Waren abgeladen hätten, wäre schon Hilfe da.

Entschlossen schwang sich der Anführer zu Gilbert auf den Kutschbock. Halblaute Befehle. Schon war er wieder auf der Straße. Handzeichen. Robin Hood, Little John und einige Männer überholten das Ochsengespann, hasteten weiter vor, fast auf der Höhe der Söldner sprangen sie rechts und links in die Deckung der Büsche.

So lange hatte Gilbert gewartet, jetzt stieß er gellende Pfiffe aus, schrie hinter der Vorhut her: »He! Hallo!« Er pfiff wieder, schrie.

Ein Bewaffneter drehte sich im Sattel um. Gilbert schwenkte den nassen Hut. »Kommt. Los, kommt her!« Endlich begriffen die Reiter, wendeten ihre Gäule und trabten zurück. Noch ehe sie heran waren, rief einer: »Was ist los?«

»Ihr sollt absteigen. Befehl vom Herrn.«

Sie zügelten die Pferde. »Bist du blöd?«

Hinter ihnen, neben ihnen tauchten Geächtete auf. Im Nu waren sie umringt. Pfeilspitzen zielten in die entsetzten Gesichter.

»Seid ihr taub?«, zischte Robin Hood.

Die Reiter bewegten sich nicht.

»Auch gut.« Little John packte kurz entschlossen den Stiefel eines Söldners und hebelte den Mann aus dem Sattel. »Wenn du nicht hören willst.« Ehe die übrigen drei es sich besser überlegten, wirbelten auch sie durch die Luft. Reglos blieben sie im Matsch neben der Straße liegen.

Gilbert straffte die Zügel des ersten Gespanns.

»Nicht anhalten!« Robin ließ den Arm kreisen. »Weiter. Weiter!«

Pete Smiling kam nach vorn geritten. Er bleckte die Zähne. »Wir haben's geschafft.« Mühsam unterdrückte er den Jubel.

Robins Gesicht blieb angespannt. »Schnell, Pete. Du übernimmst mit drei Leuten die Vorhut! Alles muss so aussehen wie vorher. Schnell!« Sofort gehorchte der Offizier.

»Much, Threefinger, ihr sagt den anderen Bescheid. Wer zu Fuß ist, soll von der Straße verschwinden. Kümmert euch um die Gefangenen. Wartet meine Befehle ab!«

Little John schüttelte den Kopf. »Warum weiterfahren?«

»Frag jetzt nicht!«

Die Lasttiere trotteten vorbei.

»Nun sag schon, was jetzt?«

»Ich will verhandeln.«

»Was?« Der Hüne vergaß, den Mund zu schließen.

»Wart's ab, du Zwerg!« Robin lächelte. Als der mittlere Planwagen sie erreicht hatte, stieß er John in die Seite. »Los jetzt! Du bleibst neben Vince draußen. Nur wenn ich rufe, kommst du.« Damit schwang er sich auf den Kutschbock, wartete, bis John saß. Robin zückte den Jagddolch und schlüpfte durch die lose hängenden Leinenlappen ins Innere des Wagens.

An beiden Längsseiten waren Kisten übereinander gestapelt, mit Stricken sicher vertäut. Von der rückwärtigen Plane bis zur Mitte war der Zwischenraum aufgefüllt mit Pelzen und Tuchballen. Davor, in einem fellgepolsterten Sessel, lehnte der Kaufmann, den pelzbesetzten Mantel über den Knien. Sein Kopf war ihm auf die Brust gesunken. Er schlief. Vom Gesicht sah Robin nur den halb geöffneten Mund, den wallenden grauen Bart. Nase, Augen, Stirn verdeckte die ausladende, viereckige Mütze. Am Eisenbogen über der flachen Bodenschüssel schwankte eine kleine Öllampe. Der Docht war heruntergedreht. Doch das schwache Licht genügte Robin. Die Farbe der großen Kopfbedeckung war gelb. Ein jüdischer Händler. Um sich von den Christen zu unterscheiden, musste ein Jude während der Reise solch eine Mütze tragen. Robin drehte die Flamme höher. »Wer schläft, verpasst das Beste.«

Seine Stimme weckte den Kaufmann. Er hob den Kopf. Nur ein Moment des Schrecks, dann tastete der Blick den Fremden ab. Der Dolch. Das grüne Gewand. Der Bart des Kaufmanns bebte, dennoch bemühte er sich um Fassung. »Wer schläft, den wiegt Abraham auf seinen Knien.«

»Das gefällt mir.« Robin steckte seinen Dolch zurück. Ruhig setzte er sich mit verschränkten Beinen neben der Lampe auf den Boden. »So Aug in Auge lassen sich leichter Geschäfte machen.«

»Ich will nicht unhöflich sein.« Der Kaufmann hob die Brauen. »Was hast du hier in meinem Wagen verloren?«

»Ich?« Robin schüttelte ernst den Kopf. »Nichts. Aber du, du hast alles verloren.«

Schweigen. Halb senkten sich die Lider über den dunklen Augen des Händlers. »Beweise es!«

»John!«

Sofort wurden beide Leinenlappen zur Seite geschlagen. Der Riese schob den Kopf herein, sein massiger Körper verdunkelte den Einstieg. »Goliath«, stammelte der Händler und presste sich im Sessel zurück. »Bei den zwölf Vätern Israels.«

»Danke, Zwerg.« Robin zwinkerte dem Freund zu. »Das reicht fürs Erste.«

»Schon recht.«

Kaum war die Erscheinung verschwunden, griff der Kaufmann in seinen Bart. Er atmete schwer. »Wer bist du? Ein Philister?«

»Nein. Robin Hood.«

Wortlos bewegten sich die Lippen. Tiefe Seufzer. Mit einem Mal strafften sich die Züge, kühl und wachsam blickten die dunklen Augen den Räuber an. »Mein Name ist Salomon, Kaufmann und Geldverleiher aus London. Viel habe ich über dich gehört. Aber wo ich auch hinkam, nie erzählte man mir, dass du arme Juden überfällst.«

»Keine armen Juden. Das ist richtig.«

»Vor drei Jahren wurden meine Glaubensbrüder und ich in England gejagt und erschlagen. Ich bin dem Morden entkommen. Und jetzt, da wir unter dem Schutz der Krone König Richards stehen, soll mich das Schicksal meines Volkes einholen?«

»Damit habe ich nichts zu schaffen!« Robin ballte die Faust. »Wir sind selbst Ausgestoßene. Ich weiß, welche Gefühle …« Er brach ab. Scharf sah er dem Händler ins Gesicht. »Du bist schlau, Alter. Beinah hättest du mich …«

Salomon hob die Achseln. »Also gut. Dann klar heraus: Als nüchterner Geschäftsmann frage ich dich: Habe ich eine Chance?«

»Wenn du ehrlich zu mir bist, ja.«

»Betrug? Beim gütigen Vater Abraham. Ich habe genug damit zu tun, die Betrügereien meiner Vertragspartner aufzudecken.«

»Wie viel ist die gesamte Ladung wert?«

Ohne Zögern antwortete der Kaufmann. »Dreitausend und noch einmal hundert Pfund.« Damit beugte er sich zur Seite und öffnete eine Lederschatulle. Er entnahm einige Pergamentrollen. »Hier. Mein Schutzbrief, die Warenlisten und der Vertrag. Überzeuge dich! Moses sei's geklagt. Für mich ist er wertlos geworden.« Den Preis hatte Salomon bereits in London mit dem Beauftragten Prinz Johanns ausgehandelt. Für die Versorgungsgüter der Nottinghamer Festung waren tausend Pfund notiert. Seide, Wein,

Pelze und Gewürze, alle Kostbarkeiten waren für den Besuch des Prinzen und seiner Gäste im nächsten Monat bestimmt. »Das erhöht den Preis um zweitausend.«

»Hier steht nur die Summe von dreitausend Pfund. Durch Siegel garantiert. Von wem willst du den Rest erhalten?«

Trotz seines Kummers lächelte Salomon spöttisch. »Der Lord-Sheriff ist ein kleiner eitler Pfau. Zwar sind wir Juden ihm verhasst, doch zu Geschäften mit uns lässt er sich gern herab. Für ihn habe ich wie jedes Jahr die neueste Mode aus Frankreich mitgebracht. Die vereinbarten dreitausend muss er mir aus der Festungskasse bezahlen. Und seine Prunksucht wird ihm ganz gewiss hundert Pfund aus der eigenen Tasche wert sein.«

Robin reichte die Papiere zurück. »Beantworte mir noch eine Frage: Führst du auch leere Behälter mit?«

»Wenn nicht, wäre ich ein schlechter Geschäftsmann. In Nottingham wollte ich verkaufen. In York wollte ich einkaufen. Der letzte Wagen ist bis unter die Plane beladen mit leeren Tonnen, Kasten und Fässern.«

»Das gefällt mir.« In Robins hellen Augen spiegelte sich das Licht der Öllampe. »Gut, du sollst deine Chance haben. Und nun zu unserm Geschäft.«

Knapp entwarf der Anführer seinen Plan. Salomon hörte zu, richtete sich im Sessel gerade auf. Als Robin geendet hatte, schlug er beide Hände auf die Armlehnen. »Beim gütigen Abraham. Das nenne ich die hohe Kunst der List. Auch wenn ich Federn lassen muss. Wie tröstlich, dass du nicht mein Feind bist.«

Robin erhob sich und nahm die ausgestreckte Hand. »Also abgemacht. So wirst du zwar etwas verlieren, aber nicht alles.«

»Und das ist weitaus besser, als hungrig in den Himmel zu schauen und auf Manna zu warten.«

Robin lachte. Er schlug die Leinenlappen auseinander. »Schnell, John. Lass den Treck halten!« Der Anführer setzte das Hifthorn an die Lippen. Zwei kurze tiefe Töne. Aus den Seitenbüschen tauchten seine Leute auf. Die verkleideten Gefährten kamen im Galopp zum zweiten Wagen. Reiche Beute. Keine Verluste. Endlich war der Überfall vorüber!

Von der Kutschbank aus gab der Anführer neue, klare Anweisungen. Enttäuschte, ratlose Gesichter. Doch die Schärfe in seiner Stimme ließ keine Fragen zu. »Beeilt euch! Wir dürfen den Sheriff nicht warten lassen.«

Machtvoll ragte die Festung über dem Tal des River Trent. Fand die Nachmittagssonne einen Spalt zwischen den Wolken, blinkte das Gestein der schroffen Felswand. Die Wächter auf den Zinnen hatten die Karawane in der südlichen Ebene ausgemacht, lange bevor sie die Trent-Brücke erreichte. Und als der letzte Planwagen sicher den Fluss überquert hatte, geleitete eine Abteilung der Burgwache den Treck zum Lagerplatz ganz in der Nähe des Ufers.

»Bei den zwölf Vätern Israels. Nein!«, lehnte der Großkaufmann die Aufforderung des Lord-Sheriffs ab. »Dieses Mal kann ich nicht oben vor dem Stadttor verhandeln. Ich muss meine Wächter bewachen.« Er zeigte zu den Kutschern und Söldnern hinüber. Alle Mäntel waren hoch geschlossen, unter den grauen weiten Stoffhauben graue Gesichter, Bart, Mund, Nase waren staub- und schlammverklebt.

Einer glich dem anderen, und das Weiß ihrer Augen leuchtete aus den dunklen Dreckmasken. »Ohne Aufsicht bekommen meine teuren Güter zu schnell Flügel.«

Verständnislos blickte der Truppführer den Juden an. Salomon lächelte. »Lass nur, junger Mann. Was versteht ihr Christen auch von Bildern?« Seine Stimme wurde nüchtern. »Entbiete deinem Herrn meinen untertänigsten Gruß! Richte ihm aus: Ich erwarte ihn hier im Lager. Alle Waren müssen noch vor Einbruch der Nacht bezahlt und hinauf in die Festung geschafft werden. Zu viel Gesindel treibt sich in der Gegend herum. Und nun spute dich, junger Mann!«

Erleichtert nickte der Truppführer: Befehl und Gehorsam, daraus allein bestand das Leben eines Waffenknechts.

Keine Wolken mehr, die Sonne neigte sich zum Westen. Vom langen Regen war die Luft gewaschen. Würziger Duft stieg aus den Gräsern.

Mit fünf hochrädrigen Karren und einer Schar von Bediensteten hinter sich kam der Hofmarschall der Festung auf einem Esel ins Lager hinuntergeritten.

Die drei Planwagen standen im Halbrund, noch waren die Ochsen nicht ausgespannt. Geschäftiges Treiben. Zelte wurden aufgeschlagen. Die Waren abgeladen. Vor seinem Wagen saß der Großkaufmann im bequemen Sessel, die Listen lagen vor ihm auf dem Reisetisch.

Mit gewählten Worten grüßte der Hofmarschall. Lord-Sheriff Tom de Fitz ließ sich entschuldigen. Verpflichtungen hielten ihn noch eine Weile auf. Erst wenn die Güter zum Abtransport verladen wären, wollte er nachkommen, um das Geldgeschäft abzuwickeln.

Salomon lächelte. »Ich danke dir für den rücksichtsvollen Schleier, mein Freund. Du hättest auch sagen können: Den Lord-Sheriff ekelt die Gesellschaft eines Juden, deshalb schickt er mich voraus.«

»Ich entspreche nur der Würde meines Amtes und verrichte meine Arbeit.«

»So ist es, mein Freund. Der Diener muss sich bücken, damit der Herr von seinem Rücken essen kann.«

»Essen?« Der Hofmarschall zögerte verwirrt, dann nickte er. »Wie du willst, Salomon. Fangen wir mit den Getreidetonnen an.« Jeder zweite Deckel wurde kurz abgehoben, das Korn geprüft und wieder verschlossen. Kisten, Kasten, Tuchballen, Seidenstoffe, Pelze, der Verwalter kostete, fühlte und zählte, verglich die Menge mit der Liste und ließ aufladen. Hin und wieder blickte er beunruhigt zu den beiden Gestalten, die stets einen Schritt hinter dem Kaufmann blieben.

Salomon bemerkte es. »Diesen Riesen und seinen kleineren Bruder habe ich einem Tempelritter günstig abgekauft. Selbst wenn sie sich waschen, bleibt die Haut schwarz.«

»Mohren? Und gleich zwei? Solche Exemplare findet man in England selten.«

»Sie sind ganz sicher ihr Geld wert. Und bis dahin halte ich sie als Leibwächter.«

Der Hofmarschall schüttelte sich. »Mit Verlaub, an solch einen Anblick könnte ich mich nur schwer gewöhnen.«

Salomon hob die Hände. »Geschäft ist Geschäft. Es sind tüchtige Mohren. Und sie hüten mich wie ihren Augapfel.«

Die Güter waren kontrolliert und auf die fünf Karren umgeladen.

»Wenn du mir den Empfang bestätigst?« Salomon hielt den Griffel aus Blei bereit.

Mit verschnörkelter Schrift setzte der Verwalter seinen Namen unter die Listen. Hiernach zückte er zwei Tücher aus dem linken Rockärmel, stopfte das rote zurück und schwenkte das weiße über dem Kopf. Oben auf den Zinnen wurde das Signal mit einem weißen Wimpel beantwortet.

Wenig später ritt Lord-Sheriff Tom de Fitz die steile Straße hinunter. Sein hellblauer Mantel bauschte sich. In einigem Abstand folgte ein schweres Fuhrwerk. Zwei Bewaffnete der Stadtwache saßen auf der Kutschbank.

Tom de Fitz übersah die hingestreckte Hand des Kaufmanns, sagte nur: »Bonjour.« Abschätzig ließ er den Blick über das Lager schweifen. »Deine Fuhrleute sind faul, Jude. Sie haben die Ochsen nicht ausgespannt.«

»Noch war keine Zeit, Herr. Erst wenn unser kleines Geschäft abgeschlossen ist, lasse ich die Tiere füttern und für die Nacht versorgen.«

»Was ist mit deinen Söldnern? Die Männer sehen aus wie Schweine.«

Salomon lächelte. »Ein Jude umgibt sich nicht mit Schweinen, Herr. Gewiss, die Männer sind schmutzig. Das bleibt nicht aus, bei Regen und Schlamm unterwegs. Doch erst die Arbeit, dann dürfen sie sich waschen.«

»So behandelst du Christen?«

»Sie klagen nicht, weil sie durch mich gutes Geld verdienen.«

»Maudit chien!«

Der Kaufmann verzog keine Miene. »Mein Volk hat gelernt, Kränkungen zu ertragen, Lord-Sheriff. Ihr kennt mich lange genug: Auch durch Beleidigungen werdet Ihr den Preis nicht drücken können. Doch um Euch möglichst rasch von meinem Anblick zu befreien, schlage ich vor, dass wir sofort zum Geschäft kommen.«

Auf dem unteren, geraden Stück der Straße holperte das Fuhrwerk an den fünf hoch bepackten Karren vorbei und schwenkte in den Lagerplatz ein. Kaum standen die Pferde, eilte der Hofmarschall zur Ladefläche und griff nach den großen Leinendecken.

»Halt!« Schon war Tom de Fitz aus dem Sattel. »Untersteh dich!«

Der Verwalter blickte seinen Herrn verblüfft an. »Ich dachte, es sei meine Pflicht …«

»Sind die Waren geprüft? Vollzählig?«

»Ja, Herr. Ja.«

»Was stehst du hier noch rum?« Tom de Fitz riss ihn vom Fuhrwerk weg. »Setz dich auf deinen Esel, Kerl! Draußen bei den Karren ist dein Platz.« Gekränkt eilte der Hofmarschall davon.

Zwischen den beiden Bewaffneten stand die große Geldkiste auf der Kutschbank. »Tragt sie zu dem Juden rüber!«

Inzwischen hatte Salomon durch seine Leibwächter alles für den Abschluss des Handels vorbereiten lassen. Ein zweiter Sessel. Direkt daneben eine Kleidertruhe, der Deckel war hochgeklappt.

Voller Ungeduld wartete Tom de Fitz, bis die Waffenknechte das Gold abgesetzt hatten. »Verschwindet jetzt aus dem Lager! Bleibt drüben bei den Waren, bis ich euch rufe.«

Er nahm einen golddurchwirkten Brokatrock aus der Truhe und hielt ihn sich vor die Brust. »Par tous les saints. Magnifique.« Als er aufblickte, sah er in die dreckverklebten Gesichter der Leibwächter. »Kommt mir nicht zu nahe, ihr Schweine!«, fauchte er.

Salomon lächelte. »Sie verstehen Eure Sprache nicht. Aber sie wissen, dass Ihr die eleganten Stücke noch nicht bezahlt habt.«

Der Sheriff legte den Rock behutsam zurück. Sofort bauten sich die Gestalten wieder hinter dem Großhändler auf.

»Wer sind diese Kerle?«

»Schwarz sind sie unter all dem Schmutz. Mohren. Ihre Namen sind unaussprechlich. Deshalb nenne ich sie Goliath und Simson.« Nachdenklich strich der Jude den weichen Bart. »Ja, ich wäre bereit, sie Euch für einen guten Preis zu überlassen.«

Der Sheriff schüttelte den Kopf. »Du Halsabschneider. Den beiden möchte ich nicht bei Tag, geschweige denn in der Nacht begegnen.«

»Das kann ich nachfühlen. Um die Wahrheit zu sagen: Sie sind kaum zu bändigen. Ich werde aufatmen, wenn ich sie wieder los bin.«

Tom de Fitz blickte zur Festung hinauf. »Es wird Zeit. Das Geld ist abgezählt.«

Als Salomon Barren für Barren in der Hand wog, lief das Gesicht des Sheriffs bis auf den weißen Nasenstumpf rot an. »Du traust mir nicht, schmieriger Jude?«

»Verzeiht, ich bin ein alter Mann. Ich vertraue auf Gott, sonst traue ich nur meinem Verstand.«

Kein Goldstück zu viel, keins zu wenig. Jetzt erst ließ der Großkaufmann sich die Lieferlisten unterschreiben, quittierte selbst. Eine Ausfertigung war für den Lord-Sheriff bestimmt, die andere steckte er in seine Rocktasche. Seufzend gab er den Leibwächtern einen Wink. Goliath und Simson hoben die schwere Geldkiste auf und verschwanden mit ihr um den Planwagen. Nach einer Weile kehrte nur Simson zurück.

Dem Lord-Sheriff fiel es nicht auf. Er hatte die von Perlen und Brokat schillernden Gewänder aus Frankreich begutachtet. »Wie viel?«

»Hundert Pfund.«

Zum Erstaunen des Kaufmanns war Tom de Fitz sofort mit dem Preis einverstanden. »Allerdings biete ich dir ein Gegengeschäft an. Viens. Viens!« Rasch führte er Salomon hinüber zum Fuhrwerk und riss die Leinenplanen von der Ladefläche. Geschnitzte Löffel, Kellen. Irdene Krüge. Prall gestopfte Wollsäcke. Spindeln. Ackergeräte.

Salomon nahm einen Holzlöffel zur Hand. »Von ausgezeichneter Qualität. Die Dörfler hier im Norden sind geschickte Handwerker.«

»Bien. Très bien. Das alles biete ich dir für die Gewänder. Und lege noch fünfzig Pfund obendrauf.«

»Zu wenig!« Eine harte, klare Stimme.

»Du Wucherer! Elender Jude«, fuhr der Sheriff den Händler an.

Salomon griff in seinen Bart. »Ich habe nichts gesagt«, flüsterte er. »Das war Simson. Er steht hinter Euch.«

»Diable ...« Der Fluch erstarb Tom de Fitz auf der Zunge. Er fühlte eine Dolchspitze am Nacken.

»Dreh dich nicht um! Hier steht ein Zeuge, den du nicht töten kannst. Erinnerst du dich?«

»Robin Hood«, stammelte Tom de Fitz.

»Ein helles Köpfchen, auch ohne Nase. Das gefällt mir.«

»Gnade. Verschone mich!«, winselte der Sheriff. »Gnade! Ich bin wehrlos. Ich gebe dir, was du willst.«

»Das wirst du, ganz sicher. Und mehr als das«, versprach Robin eisig. »Ein einziges Mal durftest du mir in die Augen sehen, weil ich dich aus der Nähe sehen wollte. Beim zweiten Mal, das schwöre ich, wird es dein Tod sein. Aber noch ist es nicht so weit.« Ein kurzer Pfiff. Little John tauchte hinter dem Planwagen auf.

»Schnapp dir den Juden!«, befahl Robin. »Es geht los.«

Der Hüne stieß ein tiefes Grunzen aus. Seine linke Pranke fiel auf die gelbe, viereckige Mütze, packte den Kopf und drehte den Kaufmann um, seine Rechte knautschte den Mantelrücken zusammen, so hob John den Alten vom Boden. Trotz der groben Bewegungen ging er behutsam mit Salomon um. Wie abgesprochen, strampelte der Alte, jammerte in höchster Angst: »Goliath! Verschone mich. Bei allen Vätern Israels. Erbarmen!«

»Halt's Maul, Jude! Sonst brech ich dir das Genick.«

»Ich schweige. Ich schweige.«

John setzte ihn ab. Kaum hatte Salomon wieder Boden unter den Füßen, zeterte er weiter. John wartete ab, bis er dem Sheriff sein Elend geklagt hatte: Der Überfall auf die Karawane. Er selbst ein Gefangener der Räuber. Jetzt sei das schöne Gold verloren. »Halt's Maul, hab ich gesagt!« Diesmal schüttelte der Hüne den schmächtigen Kaufmann.

Tom de Fitz schöpfte Hoffnung. »Dem Juden geschieht ganz recht. Nehmt sein Geld. Und ich schwöre, dass ich euch nicht verfolgen lasse.«

»Du heimtückischer Dieb!« Robin Hood verstärkte den Druck der Dolchspitze. »Gestehe, oder …«

»Ja, es ist wahr. Ich habe die Dörfer ausrauben lassen. Da liegt alles. Nimm es! Und damit sind wir quitt.«

Keine Antwort. Tom de Fitz zog zwei Beutel aus dem Gürtel und reichte sie vorsichtig über die Schulter nach hinten. »Zehn Pfund in Gold. Mehr trage ich nicht bei mir.«

»Lass sie getrost fallen!«, zischte Robin. »Meine Männer heben sie später auf.« Wieder pfiff er. Sofort ließen einige der als Kutscher und Söldner verkleideten Gefährten die Arbeit liegen und schlenderten aus dem Lager zu den fünf hoch bepackten Karren hinüber.

»Nein. Das werdet ihr nicht wagen!« Tom de Fitz blickte triumphierend zur Festung hinauf. »Sobald ihr versucht, mit den Gütern zu entkommen, werden die Posten Alarm schlagen.«

Robin stieß dem Sheriff das Knie in den Hintern. »Vorwärts, du Ratte! Nicht laufen, bewege dich, wie es sich für den großen Richter von Nottingham gehört! Ich zeige dir etwas.«

Ein Grunzen. Und auch Salomon ging gemessenen Schritts vor John her.

Geduldig warteten draußen vor dem Lager die eingeschirrten Pferde. An den Karrenrädern lehnten die Burgknechte. An der Spitze des Zuges hockte der Hofmarschall auf seinem Esel. Rechts und links des Langohrs standen die beiden Stadtwachen. Von weitem schien sich nichts verändert zu haben. Doch beim Näherkommen schüttelte der Sheriff wutschnaubend den Kopf. Wachen, Hofmarschall, Bedienstete, sie alle waren verschnürt und geknebelt, selbst den Tieren waren Lederschlingen lose um die Vorderhufe gelegt.

»Diable«, fluchte Tom de Fitz. Mit einem Mal lachte er meckernd. »Es nutzt dir nichts, Robin Hood. Den Juden hast du ausgenommen. Mich aber nicht.« Ohne sich umzudrehen, warnte er: »Du kommst mit den Gütern nicht weit. Deshalb nimm die zehn Pfund und den Plunder dieser sächsischen Tölpel. Und verschwinde!«

Robin ließ drei Tonnen abladen. »Öffne sie!« Tom de Fitz gehorchte. »Was siehst du?«

»Korn.«

»Prüfe es. Greif tiefer!«

Bis zu den Unterarmen hatte der Sheriff sich hineingewühlt. Jäh riss er die Hände heraus. An seinen Fingern klebten Kleie und Rübenstücke. »Futter. Sang de Dieu! Viehfutter!« Schon hatte er den zweiten, den dritten Deckel abgehoben. Unter der dünnen Kornschicht fand er nichts als Kleie und Rübenstücke.

»Wir benötigten Platz für unsere Gefangenen. Deshalb haben

wir uns erlaubt, den Inhalt des Futterkarrens in die Fässer umzufüllen.«

Robin ließ dem Sheriff einen Seidenballen zeigen. Gleich unter der ersten Bahn waren nur Lumpen und Decken. »Willst du noch mehr sehen?«

Alles Blut war Tom de Fitz aus dem Gesicht gewichen. »Wo ist die Ware? Ich habe sie bezahlt. Mit Geld aus der Burgkasse.« Er stockte entsetzt. »Mit dem Geld meines Herrn, Prinz Johann.«

»Ich bin im Besitz der gesamten Ladung, die der Jude dir verkauft hat. Und du hast den Empfang der Sendung quittiert.« Robin zog ihm von hinten das Pergament aus der Tasche. Er schnippte. Sofort entriss Little John auch dem Kaufmann die Urkunde und reichte sie seinem Anführer. »Diese beiden Listen sind schärfer als jedes Schwert. Sie werden dir den Kopf abschlagen, Tom de Fitz. Nur deshalb lass ich dich heute leben. Ich werde sie deinem ach so nachsichtigen Prinzen Johann zum Geschenk machen, wenn er im nächsten Monat vor leeren Schüsseln sitzt, wenn seine Damen den versprochenen Seidenschals und Pelzen nachweinen.«

»Gnade!« Der Sheriff sank vor den Getreidetonnen auf die Knie.

»Als Richter kennt dich jeder. Du bist herzlos und grausam.« Die Stimme Robins wurde rau: »Wenn dich all die unschuldig Verurteilten jetzt so sehen könnten. Du hast den Tod tausendmal verdient! Dennoch gebe ich dir eine letzte Chance.«

Der Sheriff erhob sich zitternd. »Was soll ich …« Vor Aufregung wollte er sich umdrehen. Sofort schlug ihm der Anführer die Listen auf den Kopf. Tom de Fitz zuckte zusammen.

»Hör zu! Du wirst mir die Waren zum selben Preis abkaufen, den du dem Juden bezahlt hast. Ich weiß, dass du weit mehr Geld in deinem Haus zusammengerafft hast. Aber ich will nur dreitausend Pfund. Und zwar sofort. Außerdem wirst du deinen Eisenpuppen da oben klarmachen, dass das Fuhrwerk mit deiner ausdrücklichen Erlaubnis heute noch das Lager verlässt. Außerdem wirst du sagen, dass du noch einige Stunden mit dem ehrenwerten Großkaufmann bei gutem Wein den gelungenen Abschluss des Handels feierst.«

»Und ... und ...« Tom de Fitz schluckte schwer. »Woher weiß ich, dass du mich nicht betrügst?«

»Es ist mein Spiel. Ich bestimme die Regeln.«

Der Sheriff fügte sich. Wie sollte er sonst Prinz Johann unter die Augen treten? Dazu das Gespött der Nachbarn. Die blamage fatale fürchtete er beinah mehr noch als den tiefsten Kerker in der Höhle unter der Festung.

Er stieg auf sein Pferd, gab die Sporen und hetzte den Gaul die steile Straße hinauf. Gespannt sahen ihm die Geächteten nach. Als er aus dem Blickfeld verschwunden war, kehrten sie ins Lager zurück.

Seufzend nahm der Großkaufmann die gelbe Mütze ab und strich über das spärliche Haar. »Beim gütigen Abraham. Diese Art von Geschäften würde mich bald ins Grab bringen.« Er runzelte die Stirn und sah zu Little John auf. »Zwei Ziegen sind mehr als eine.«

»Was?«

Nachdenklich zeigte Salomon auf den Anführer. »Rechne selbst, Goliath: Bezahlt der Sheriff, dann hat Robin Hood heute zweimal dreitausend Pfund erhalten.«

Der Hüne grinste. »Keine Angst! Wir sind ehrliche Räuber. Robin hat's versprochen, also bekommst du dein Geld zurück. Jammer du nur schön weiter, ruf deine Väter und wen sonst noch! Wir halten unser Wort.«

Die Sonne war versunken. Im Westen glühte noch der Himmel. Tom de Fitz kehrte allein zurück. Er trieb sein Pferd bis zum Planwagen des Kaufmanns. Pralle Geldkatzen lagen quer vor dem Sattelhorn. Sofort waren Robin und seine Offiziere hinter ihm. »Steig ab!«

Gilbert zählte rasch das Gold und füllte es in die Lederschläuche wieder zurück. Er nickte dem Anführer zu.

»Fesselt sie! Rücken an Rücken. Aber nicht die Füße.«

Pete Smiling bleckte die Lippen. »Das wird ein Fest für den Sheriff. So eng hat er noch nie mit einem Juden gefeiert.« Damit band er die beiden aneinander.

»Wo sind meine Waren?«, keuchte Tom de Fitz. Niemand gab ihm eine Antwort.

Jetzt holperte das Fuhrwerk aus dem Lager. Salomon zeterte. Der Sheriff schlug mit dem Hinterkopf gegen den Hinterkopf des Kaufmanns. »Ferme ta gueule, Jude!«

Stille ringsum. Ohne Laut waren alle Geächteten verschwunden.

»Wo ist die Ware?« Tom de Fitz zerrte an den Fesseln.

Salomon jammerte: »Im dritten Wagen. Die Güter waren die ganze Zeit hier. Bis auf das Getreide haben die Elenden alles nur umgeladen. Warum seid Ihr nicht mit einer Übermacht zurückgekommen? Nichts hätten wir verloren.«

Er rief wieder nach den zwölf Vätern Israels, beklagte sein Schicksal, den Verlust des schönen Goldes.

»Enfer et damnation!« Tom de Fitz fluchte, verfluchte Robin Hood, verfluchte den Juden. Das ungleiche Paar hüpfte Rücken an Rücken auf dem Lagerplatz herum, ihr Geschrei erfüllte den Abend.

Spät in der Nacht erreichten die Freisassen den Sherwood. Das Fuhrwerk hatten sie sicher versteckt.

»Was für ein Tag!« Robin legte sich in Johns Nähe unter einen Busch. »Weißt du, wir haben an einem einzigen Tag …« Er brach ab. Lautes Schnarchen. Der Freund war längst eingeschlafen.

Ein Stein hüpfte auf Johns Brust. Immer wieder versuchte der Hüne, ihn wegzurollen. Vergeblich. Der lästige Stein hüpfte auf und ab. »He, Zwerg!«

John öffnete die Lider. Neben ihm hockte Robin und ließ einen Geldbeutel auf dem mächtigen Brustkorb tanzen.

»Was soll das?«

»Ja, hörst du denn nicht?«

Noch nicht ganz wach, stützte John sich auf die Arme. Er schüttelte den Traum ab. Morgengrauen. Zwischen den Baumwipfeln keine Wolken. »Wird ein warmer Tag«, brummte der Hüne.

»Der Kuckuck, Zwerg. So früh ruft er sonst nie.«

Jetzt hörte ihn auch John. »Na und?«

Um Robins Mundwinkel zuckte ein vergnügtes Lächeln. Wer den Kuckuck als Erster hört, der soll seinen Geldbeutel schütteln. Dann hat er das ganze Jahr genug. Little John zog eine Grimasse. »Weiß nur, dass der Kuckuck den andern Vögeln sein Ei ins Nest schiebt. Denke, wir sind eher so was wie die Elstern.«

»Wir sind beides und doch viel mehr.« Robin Hood wog den prallen Beutel in der Faust. »Gestern haben wir mehr erwischt als im ganzen letzten Jahr.«

»Da war ich ja auch noch nicht bei euch«, rutschte es John heraus. Gleich kratzte er verlegen im Bart.

Robin griff den Arm des Freundes. »Aber es stimmt! Ich bin froh, dass du bei mir bist.« Nach einer Weile schmunzelte Robin. »Dieser Kuckuck. Ständig ruft er seinen Namen.«

»Hat wohl Angst, dass ihn keiner kennt.«

»Das haben wir nicht nötig.« Robin sprang auf. »Beweg dich, Zwerg! Wir müssen los. Heut sind wir die Letzten.«

Längst war Pete Smiling mit der Hälfte des Goldes und in Begleitung eines Trupps unterwegs zur Großen Eiche. Gilbert Whitehand wartete mit den übrigen Gefährten, dem Fuhrwerk und den restlichen dreitausend Pfund unterhalb von Blidworth.

Alles war genau geplant. Während sie sich im leichten Laufschritt querwaldein auf den Treffpunkt zubewegten, erfuhr John die Einzelheiten. »Na, was sagst du? Ein gutes Spiel?«

»Schon recht. Hoffe nur, dass alles auch so klappt.«

»Wart's ab! Und wenn nicht. Mir fällt schon was Neues ein.«

Der Hüne nickte. Glaub ich. Auch das mit gestern. Die Sachen dem Sheriff zu verkaufen! Wär ich nie drauf gekommen. Ich hätt die ganze Ladung gleich mitgenommen und wär verschwunden.

Gegen Mittag näherte sich der Treck des Großkaufmanns. Die Sonne brannte vom Himmel. Zwei Bewaffnete ritten vornweg, zwei bildeten die Nachhut. Trotz der Hitze gingen die Ochsen leicht im Geschirr. Die Rücken der Maultiere waren leer. Salomon saß neben dem Fahrer des zweiten Wagens auf der Kutschbank. Von weitem leuchtete das Gelb der ausladenden Mütze.

Ein Schäfer trieb seine Herde auf die Straße. Hunde umkreisten sie. Es gab kein Vor und Zurück. Die wolligen Tiere schoben sich zueinander, blökten und blieben schließlich geduldig stehen.

»Mach Platz!«, schrie die Vorhut.

Der hünenhafte Schäfer stützte sich auf seinen Stock und sah in die andere Richtung.

»Verdammt!« Den Bewaffneten blieb nichts anderes übrig. Sie wandten sich im Sattel um und gaben den Warnruf zurück. »Anhalten!« Nacheinander wurden die Zügel gestrafft. Der Wagentreck hielt.

Wutschnaubend trieb ein Söldner seinen Gaul durch die Herde. »Verschwinde mit deinem Viehzeug von der Straße. Sonst ...«

Der Schäfer fuhr herum. Schon zuckte sein Stock hoch. Kurz vor dem Kopf hielt Little John den Stoß an. Das Gesicht des Bewaffneten verzerrte sich. »Nicht schon wieder!« Er wich zurück und stürzte aus dem Sattel. Aufgescheucht sprangen die Schafe, blökten, warfen die Hinterbeine. John setzte dem Söldner das stumpfe Ende der Waffe auf den Brustpanzer. »Bleib so, Kleiner! Dann verbeul ich dir auch nicht das Hemd.«

Prüfend spähte er zum Treck hinüber. Der zweite Bewaffnete stieg steif und vorsichtig aus dem Sattel. »Nicht schießen. Nicht schießen!«, flehte der Söldner den grün gekleideten Bogenschützen an. Weiter hinten stand die Nachhut bereits mit erhobenen Händen am Straßenrand.

So leicht hatten wir's gestern nicht. John grinste und tippte seinen Gefangenen an. »Steh auf! Stell dich zu deinem Freund. Und halt's Maul!«

Der Großkaufmann war vom Kutschbock heruntergeklettert. »Preis und Dank. Schalom, Goliath!« Er trug ein weites, faltiges Gewand, die Füße steckten in Schnürsandalen. »Bei allen ...«

»Lass deine Väter«, John nahm den Arm des Alten. »Für die hast du noch später Zeit. Mir ist heute so schon heiß genug. Hab keine Lust, auf einen Trupp des Sheriffs zu warten.«

Während der wirkliche Schäfer seine Herde über die Straße zur angrenzenden Weide trieb, führte John den Großkaufmann rasch durch das niedrige Randgehölz auf eine Lichtung. Salomons erster Blick galt den Beuteln in der geöffneten Geldkiste. Er griff in seinen Bart und neigte sich leicht vor Robin Hood. »Du hast wirklich Wort gehalten.«

»Komm, setz dich einen Augenblick zu mir in den Schatten!«

Der Anführer bot Salomon einen Schluck aus dem Wasserschlauch an, dann nahm er selbst das Mundstück zwischen die Lippen und trank.

»Du scheust dich nicht, mit einem Juden aus demselben Behälter zu trinken?«

Robin lachte. »Umgekehrt. Ich sollte dich fragen, Salomon. Du achtest sicher mehr auf Reinheit als ich.« Jäh wurde das Gesicht ernst. »Schluss damit. Wie ich sehe, hat der Sheriff keinen Verdacht geschöpft.«

»Niemand jammert überzeugender als ein Jude.« Der Großhändler schlug leicht an die Rocktasche. »Und überdies bewahrt mich mein Schutzbrief vor Übergriffen. Zu viele Adelige benötigen mich als Geldgeber: Ein kleiner Krieg mit dem Nachbarn. Steuerschuld. Ein schönes Pferd. Selbst das Königshaus zählt zu meiner Kundschaft. Nur vor Räubern schützt das Pergament nicht.«

Robin deutete auf das Geld. »Gut. Gut. Willst du es nachzählen?«

»Wozu? Ich vertraue meinem Verstand. Allerdings, eins bereitet mir Unbehagen.« Er zögerte. »Wie du weißt, bin ich ein alter Kaufmann.« Bekümmert zeigte er seine leeren Handflächen, hob die rechte Waagschale, gleichzeitig ließ er die linke sinken. »Das ist kein gutes Geschäft. Du gibst mir. Und ich?«

Robin streifte die Kapuze zurück und schüttelte seine rötliche Mähne. »So leicht solltest du bei unserm Spiel auch nicht davonkommen.«

Er bot dem Großkaufmann die Waren der Dörfler an. Salomon senkte die Lider. John stocherte mit dem Stock im Gras.

»Was denkt ihr von mir?«, entrüstete sich der Anführer schmunzelnd. »Soll ich die sperrigen Güter etwa herumtragen? In jedes Dorf? Nein, Geld zu verteilen geht rasch und ist unauffälliger. Das Korn wird uns schon genug Mühe machen.«

Erleichtert willigte Salomon ein. »Ich kaufe gern. Meine Ladeflächen sind leer. Ich kaufe. Aber nicht für fünfzig, ich zahle den wirklichen Wert.« Schon öffnete er einen Beutel und zählte hundert Pfund in Gold ab.

Robin winkte Threefinger. »Nimm dir ein paar Leute, Bill. Bringt das Fuhrwerk zur Straße und ladet um! Alles bis auf die Getreidetonnen. Beeilt euch!«

»Heute seid ihr nicht in Gefahr«, beschwichtigte der Großkaufmann. »Tom de Fitz gibt sich keine Blöße. Nach außen hin ist der Handel ordnungsgemäß verlaufen. Aber morgen, beim gütigen Abraham, wird er überall nach euch suchen.«

»Also gut.« Der Anführer runzelte die Stirn. »Dann bleibt Zeit für noch einen Handel.« Jedes Jahr sollte Salomon auf dem Weg nach York mit seiner Karawane in Blidworth Station machen. »Ich sorge dafür, dass die Dörfler aus dem Sherwoodgebiet rechtzeitig da sind und dir ihre Sachen anbieten.« Als Gegenleistung versprach Robin, in Zukunft den Handelstreck ungeschoren zu lassen. »Aber du bekommst keinen schriftlichen Vertrag. Meine Hand muss dir genügen.«

»Ich vertraue …«

»… meinem Verstand«, ergänzte Little John seufzend. Er wischte sich den Schweiß von der Stirn. Und was ist, wenn der Sheriff nicht bis morgen wartet? Beim Dunstan, wenn ich hier noch lange in der Sonne rumsteh, kocht mein Verstand.

Salomon schien den Schatten zu genießen. Er entblößte das spärliche Haar und kniff die Ecken seiner gelben Kopfbedeckung. »Ich hatte gestern Abend das zweifelhafte Glück, sehr lange noch mit dem Sheriff eng verbunden zu sein. Ich durfte seinem Zorn zuhören. Ganz abgesehen von dem, was euch ab morgen bevorsteht, hat er heute schon begonnen, einen großen Schlag gegen euch vorzubereiten.« Bei Tagesanbruch hatte der Sheriff zwei Boten ausgeschickt. Den ersten nach London. Er bat Prinz Johann, bei seinem Besuch Truppen mitzubringen. Den anderen nach Doncaster. Auch Baron Roger sollte Bewaffnete bereithalten. »Im nächsten Monat will er den Sherwood von zwei Seiten durchkämmen lassen. Er will euch heraustreiben und in einer Schlacht besiegen.«

Robin Hood lachte. »Der Sherwood ist unser Fuchsbau.« Beunruhigt stellte Little John den Kampfstock vor sich hin. »So ein Krieg gefällt mir nicht. Wenn ich an all die Toten …«

»Danke, Salomon!« Damit schnitt Robin dem Freund das Wort ab. Auf dem Weg zurück bat er den Großkaufmann, bei seiner nächsten Durchreise Neuigkeiten mitzubringen. »Vor allem von König Richard.«

»Du verlangst sehr viel, du Christ!« Salomon strich den grauen Bart. »Jerusalem. Sie ist die Stadt meines Volkes.«

»Mit dem Kreuzzug habe ich nichts zu tun«, wehrte der Anführer ab. »Ich will wissen, wann unser König endlich wieder in England ist. England braucht ihn. Sein Thron ist in Gefahr.«

»Das befürchte auch ich. Ganz London spricht von einer Verschwörung des Adels gegen ihn. Prinz Johann wird von Monat zu Monat mächtiger. Sobald Richard zurück ist, werde ich dich benachrichtigen.« Salomon wiegte den Kopf. »Dieser Baron von Doncaster …«

Sofort blieben der Anführer und sein erster Offizier stehen. »Was weißt du von ihm?«, verlangte Robin scharf.

»Er gehört zu den Verschwörern. Beinahe hätte dieser feine Herr mir im letzten Sommer meinen Schutzbrief in zwei Hälften geteilt.« Salomon war auf dem Weg nach York gewesen. Ein verarmter Ritter aus der Grafschaft hatte den Großkaufmann um Kredit gebeten. Es waren nur vierhundert Pfund. Doch ehe er den Vertrag ausfertigen konnte, hatte ihn Baron Roger persönlich aufgesucht. Der alte Jude seufzte. »Er hat es mir untersagt. Seine Begründung war kurz und beeindruckend. Ich stand vor ihm. Er legte mir den Schutzbrief auf meine Kopfbedeckung und zückte das Schwert. Mit einem Hieb drohte er so, die Urkunde in zwei Hälften zu spalten.« Salomon setzte die große Mütze wieder auf. »Was blieb mir übrig?«

»Sag mir den Namen des Ritters.«

»Sir Richard at the Lea.«

Die Gefährten blickten sich an. Little John grinste breit. Robin tröstete. »Gräm dich nicht! Der Mann hat einen anderen Geldverleiher gefunden.«

Salomon verstand sofort. »Das ist gut.« Die Falten um seine Augen vertieften sich, gespielt entrüstet drohte er mit dem Finger. »Doch dies soll in unserer jungen Partnerschaft nicht zur Regel werden. Ich bin der Jude, vergiss das nicht. Das Geldverleihen ist mein Geschäft.«

»Abgemacht. Aber in diesem Fall hättest du die gestellte Bürgschaft sicher nicht zugelassen.« Robin lachte, auch John schnaufte vergnügt. Sie verrieten die Bürgin nicht. Gemeinsam führten sie den Alten zur Straße.

Die Ladung des Fuhrwerks war verstaut, das Gold sicher im

zweiten Planwagen untergebracht. Erlöst saßen die Söldner der Vor- und Nachhut wieder auf den Gäulen.

Von der Kutschbank aus lächelte der Jude Robin Hood zu. »Simson. Nach dem Äußeren würde der Name zwar zu dir passen. Aber du bist viel mehr. Simson war nur stark und einfältig. Dennoch: Achte auf dein schönes langes Haar!« Er sah Little John an. »Bei dir muss ich mich im Namen meines Volkes entschuldigen.«

»Was?«

»Ich nannte dich Goliath. Das war unrecht. Du bist kein Philister. Schalom!«

Der Großkaufmann gab den Befehl zur Weiterfahrt. Die Ochsen stemmten sich ins Geschirr.

»Wer sind die beiden?«, fragte John unsicher. Robin strich das Kinn. »Weißt du, mein Freund. Diese Händler kommen weit rum. Wer weiß, wo Salomon sie getroffen hat.«

Jäh wurde der Ton des Anführers scharf. »Jetzt zu dir, Zwerg. Ich will nicht, dass Fremde unsere Pläne kennen, merk dir das!«

John schluckte. Was redet er da? Noch nie hab ich irgendeinem was erzählt. Heftig stampfte der Hüne seinen Kampfstock auf. Ich mag das nicht.

Jetzt erst sah Robin das gekränkte Gesicht. »Sei kein Idiot, John! War nicht so gemeint. Aber vorhin wollte ich nicht, dass wir vor dem Juden überlegen, ob wir gegen die Truppen kämpfen oder nicht. Lass gut sein. Wenn er nichts von unsern Plänen weiß, kann auch niemand was aus ihm rausprügeln. Das ist besser für uns und auch für den Alten.«

John schwieg. Erst nach einer Weile sagte er: »Schon recht.«

»Ja, du hast sogar Recht, mein Freund.« Robin nickte. »Keine offene Schlacht. Das ist nicht unser Spiel.« Er klatschte kurz in die Hände. »Wir verschwinden für dieses Jahr aus dem Sherwood. Beute haben wir genug. Dem Lord-Sheriff haben wir eingeheizt. Was wollen wir mehr?«

Rückzug! Sofort war John bereit. »Und wenn wir weg sind,

kann er uns suchen, bis ihm die Würmer aus der Nase kriechen.« Trotz der Eile, eins wollte der Hüne noch klären: »Hab mich nur aufgeregt, weil du ungerecht …«

»Schon recht«, brummte Robin im Tonfall des Freundes und rollte die Augen. Jetzt lachte John. Dieser Kerl! Dem böse sein, das schaff ich nie lange.

Neue Befehle. Vince und Threefinger sollten das Fuhrwerk mit dem Getreide, so schnell es ging, über die Seitenstraße nach Blidworth schaffen. »Sagt dem Ältesten, den Wagen geb ich ihm als Ersatz für seinen Viehkarren. Das Korn wird abgeholt. Es gehört den Dörfern, die der Sheriff ausgeraubt hat.«

Threefinger schlug den Pferden die Lederzügel auf die Kruppe, und Vince ließ die Peitsche knallen.

»Wehe, ihr lasst euch erwischen!«, rief ihnen der Anführer nach. »Wir treffen uns morgen beim Köhler.«

Gegen Abend flackerten Feuer rund um die Große Eiche. Herbghost schwitzte und schimpfte: »Nie erfahr ich was rechtzeitig!« Er hetzte hin und her. An drei Spießen nebeneinander drehte er die Braten.

»Ich reiß dir den Kopf ab, wenn das Fleisch verkohlt!«, hatte ihm John gedroht.

Während Robin Hood und Smiling berieten, wie das erbeutete Geld ohne großes Risiko nach Barnsdale geschafft werden könnte, organisierte der Hüne den schnellen Rückzug aus dem Sommerlager. Die erbeuteten Waffen, Kettenhemden, Schilde und Stiefel waren bereits mit Fett gegen Feuchtigkeit eingerieben und sicher in den Vorratshöhlen verstaut. Die Gefährten hatten die wertvollen Bogenhölzer und Pfeile in die noch brauchbaren Kutten, Gewänder und Handwerkskittel gewickelt, zuunterst auf die Ladefläche des Karrens geschichtet und mit zerrissenen Kleidungsstücken bedeckt. Darüber häufte sich ein Berg aus eingedellten, schmierigen Töpfen, Tiegeln, Bechern und Schöpfkellen. Als arme Trödler sollten Herbghost und Smiling gleich morgen früh die gefahrvolle Fahrt hinauf in den Norden wagen. »An dem verdreckten Zeug macht sich kein Waffenknecht die Handschuhe schmutzig.«

John fackelte nicht lange. »Über Nacht bleibt das Pferd noch im Unterstand.« Er bestimmte vier Männer: »Ihr schiebt«, legte sich selbst das Geschirr an und packte mit beiden Fäusten die Deichselstangen. So rollten sie den hoch bepackten Wagen durch den Wald. Dicht neben der Handelsstraße ließ John den Karren mit Büschen und jungen Bäumen tarnen. Erst jetzt war er zufrieden.

Das Wildschwein schmeckte, die braune Kruste krachte zwischen den Zähnen. »Glück gehabt!« John zwinkerte dem Koch zu und wischte sich den Bart.

»Kein Bitte, kein Danke. Ihr stopft euch den Wanst voll und fertig!« Herbghost schnappte nach Luft. Plötzlich fielen ihm die Bratspieße aus den Händen. »Verdammt.«

John sprang auf und fasste die Schultern des Kochs. »He, William. Was ist los?«

Der Alte murmelte: »Die suchen doch nach uns. Fahr du mal als Lumpenmann auf 'ne Straßensperre zu.«

»Schon recht, William. Du hast ja Smiling bei dir.«

Jetzt schüttelte Herbghost die großen Hände ab. »Der auch noch!«, keifte er, sammelte die Spieße wieder auf und schimpfte weiter: »Das ewige Grinsen kann ich auch nicht mehr sehen!«

»So gefällst du mir besser!«

John schmunzelte. Er ging zum großen Feuer hinüber. »Wie weit seid ihr? Soll ich schon mal die Eskorte aufstellen?«

»Stör mich nicht!« Robin zählte Pete die restlichen Geldstücke vor, der setzte den letzten Turm neben die anderen auf den ausgebreiteten Mantel. Alle Geldkatzen des Sheriffs waren geleert, der schimmernde Reichtum genau aufgeteilt.

Smiling bleckte die Zähne. »3000 Pfund in 500 schönen Goldkerlchen. Für mein Lebtag wär das mehr als genug.«

»Verschluck dich nicht, Pete.« Robin lächelte leise. »Also zum letzten Mal. Rechne mit. Du auch, John. Wir sind dreißig Mann. Hier stehen fünfundzwanzig Türme.« An den Fingern zählte er ab. »Vince und Bill treffen wir erst beim Köhler, die fallen weg, Herbghost und Smiling dürfen nichts bei sich tragen. Und Much schicke ich morgen zu den Dörfern. Gut. Es kann losgehen, Zwerg. Hol die Leute!«

Wenig später standen alle Gefährten vor Robin Hood. Einer nach dem anderen zog seine grüne Kluft aus, band sich zwanzig fest in ein Leinentuch gewickelte Goldstücke auf den nackten Bauch und streifte die Uniform wieder über. Much war an der Reihe. »Du nicht.« Robin winkte den Jungen zur Seite.

»Warum? Ich kann genauso gut …«

»Lass nur, Kleiner!«, beschwichtigte John. »Sei froh, wenn dir nicht so viel am Leib hängt.«

Enttäuscht hockte sich Much ins Gras. Nachdem auch Robin Hood und John die schweren Bauchbinden angelegt hatten, ließ der Anführer seine Armee unter der Großen Eiche antreten. Lob für die Tapferkeit, Lob für Mut und Gehorsam. »Ab morgen werden sie uns wie Bluthunde jagen. Aber ihr seid gute Männer. Die besten! Zu jedem von euch habe ich das gleiche Vertrauen. Fasst an euern Bauch, dann wisst ihr es. Marschiert ab, sobald ihr wach seid! Aber geht zu zweit. Einer hilft dem anderen. Kein Treffpunkt unterwegs. Jeder ist mir für das Geld verantwortlich und, bei der Heiligen Jungfrau, ich kenne euch, ihr werdet mir unsere Goldkerlchen vollzählig in den Stützpunkt bringen.«

Die Augen leuchteten. Ja, sie waren bereit!

Nur Much lehnte lustlos am Stamm der Großen Eiche. Als Robin und John auf ihn zukamen, drehte er sich weg.

»He, Kleiner!«

»Mich braucht ihr nicht mehr.«

»Das gefällt mir«, der Anführer verschränkte die Arme. »Jetzt, da ich ohne ihn nicht weiterkomme, mault er wie ein Kind.«

»Verdammt, ich bin kein …«

»Dann hör zu!«, unterbrach ihn Robin scharf. »Du läufst morgen zu den Dörfern, die der Sheriff im Frühjahr überfallen hat. Geh zu den Ältesten. Bestell nur: Robin Hood hat für euch gesorgt! In Blidworth und beim Köhler Gabriel liegt, was ihr zum Leben braucht.«

Eine wichtige Aufgabe! Genau prägte Much sich die Namen der Ortschaften ein. Robin legte die Route fest. Zuerst im Süden des Sherwoods, dann Dorf für Dorf weiter nach Norden zu.

»Das … das schaff ich nicht an einem Tag.«

»Schluss damit!« Robin ließ keine Entschuldigung gelten. »Mehr Zeit bleibt dir nicht. Wir warten auf dich beim Köhler. Aber nur bis morgen Abend.« Damit wandte er sich ab, über die Schulter rief er nach Little John.

Der Hüne raunte: »Lass dich nicht schnappen, Junge! Du schaffst es. Zeig ihm, dass du wirklich der Schnellste von uns allen bist!«

Much lächelte zornig. »Ich werd's euch beweisen.«

In großen Schritten holte John den Anführer ein. »Allein ist es Wahnsinn. Und ohne Schwert. Er hat nur seinen Stock. Besser, ich geh mit dem Jungen.«

Robin schwieg.

»Was ist, wenn er's wirklich nicht rechtzeitig schafft?«

Offen blickte der Anführer seinen Offizier an. »Na, dann warten wir.« John schüttelte verständnislos den Kopf.

»Ach, mein Freund.« Robin fasste den Arm. »Weil ich nichts verlange, was ich selbst nicht besser kann, deshalb folgen die Männer mir. Bei Much ist es morgen anders. Er muss etwas tun, das schaffst weder du noch ich. Und die armen Leute hier werden bis zum nächsten Sommer genug Korn und Geld haben. Das ist mir wichtiger. Aber sie sollen auch wissen, wem sie das zu verdanken haben. Durch unsern Boten! Ja, ich weiß, Much riskiert den Hals. Gerade deshalb hab ich ihn gekitzelt. Und du sollst sehen, er wird morgen laufen wie noch nie.«

John kratzte die Narbe im Bart. »Der Kuckuck.«

»Was soll das?«

»Ich mein, weil er doch seinen eigenen Namen ruft.« Angestrengt starrte John ins Feuer. »Wir haben das nicht nötig. Das besorgt Much für uns.«

Robin schwieg. Seine Mundwinkel zuckten. Schließlich stieß er dem Freund die Faust gegen die Brust. »Du lernst wirklich schnell, du Zwerg.«

Vor dem Köhlerhaus stand ein Karren, auf der Ladefläche: Korb an Korb, randvoll mit blauschwarzen Kohlebrocken.

Seit gut einer Stunde beobachteten John und Robin Hood den kleinen Vorplatz. In ohnmächtiger Wut ballten sie die Fäuste. Nicht weit vom Ochsenkarren entfernt knieten Vince und Threefinger. Zwei Waldhüter standen über ihnen. Schläge. Fußtritte. Mit unbeteiligter Miene führten sie den Befehl des Försters aus.

»Wer seid ihr?«, herrschte der Mann im schwarzen Lederwams. Sein Kopf fuhr hin und her. Während des Verhörs hielt er mit schussbereitem Bogen den hageren Köhler in Schach. Gabriel musste zusehen. Vom Schweiß glänzte das rußschwarze Gesicht. Er konnte nicht helfen, durfte nicht. Seine kleinen Söhne waren bei ihm. Furchtsam versteckten sie sich hinter den Beinen des Vaters.

»Wer seid ihr?« Seit einer Stunde dieselbe Frage.

»Bettler. Nur Bettler«, wimmerte Vince. Das Blut lief ihm aus dem Mund, tropfte auf den hochgeschlossenen Reisemantel. Threefinger hob schützend die Hände. Seine Augen waren verquollen. Und immer wieder traf ein Fausthieb die Schläfen, die Wangenknochen.

Reglos an den Fleck gebannt, schrie Gabriel: »Aufhören! Verflucht. Hört auf!«

»Halt's Maul! Sonst bist du auch dran.« Und wieder: Fausthiebe. Tritte. »Wer seid ihr?«

Im Versteck zischte John: »Diese Schweine.«

»Ruhig. Bleib ruhig«, flüsterte der Anführer. John stöhnte: »Mit drei Pfeilen wär Schluss.« Aber heute trugen sie keine Bogen. Um unterwegs nicht aufzufallen, hatten sie auf den Bogen verzichtet. »Los doch! Von hinten. Wir schleichen uns ran.«

Robin riss den Freund zurück. »Sei kein Idiot!« Er schob den Mund dicht an das Ohr des Hünen. »Denk an die Kinder! Außerdem: Wenn der Förster nicht pünktlich mit dem Kohlekarren nach Worksop zurückkommt, ist Gabriel erledigt.«

»Und unsere Leute?«

»Wart's ab. Die halten durch.« Robin zückte den Jagddolch, wog die Klinge in der Hand. »Wenn ich Glück hab, treff ich ihn. Aber erst, wenn's ganz schlimm kommt.«

Draußen auf dem Vorplatz genoss der Mann mit dem Silberzeichen an der Kappe seine Macht. »Also gut. Bettler seid ihr. Aus welchem Dorf?«

»Kein Dorf«, stöhnte Threefinger. »Von Nottingham …«

Ein Nicken für die Waldhüter. Befriedigt sah der Förster zu, wie Bills Kopf hin und her geschlagen wurde. »Du lügst.«

Trotz der Gefahr nutzte Gabriel die kleine Chance. In zwei Sätzen war er bei dem Förster. Er riss den Pfeil von der Sehne, packte ihn wie einen Dolch und setzte die Spitze hart an den Hals des Mannes. Über die Schulter schrie er seinen Kindern zu: »Lauft! So lauft doch!« Erst als sie im Haus verschwunden waren, lockerte er den Druck der Pfeilspitze. »Beim Swithin. Lass sie endlich in Ruhe! Ich hab sie herbestellt.«

Der Forstaufseher schob vorsichtig den Schaft zur Seite. Langsam trat er einen Schritt zurück. Gabriel ließ es zu, hielt aber den Pfeil stoßbereit. »Die Leute sollen für mich arbeiten.«

»Jetzt plötzlich fällt dir das ein?«

Kalt blickte ihm der Köhler ins Gesicht. »Na und? Ich hab überall Bescheid gegeben, dass ich Knechte brauch.«

»Und ausgerechnet die beiden da!«, höhnte der Förster. »Sie

kommen hierher geschlichen. Erst kennst du sie nicht. Und jetzt …«

»Denk, was du willst«, knurrte Gabriel. »Schlag sie ruhig tot. Aber ich schwöre dir: Morgen bin ich in Worksop. Und dann bist du dein schönes Silberzeichen auf der Kappe los. Unser Herr muss Kohle für die Festung liefern. Was denkst du wohl, wie er sich freut, wenn ich einen Meiler stilllegen muss? Weil du mir meine Knechte umgebracht hast?«

Der Förster schnappte nach Luft. »Das wagst du nicht!«

Mit dem Pfeil in der Faust verschränkte Gabriel die Arme vor der Brust. »Eins ist sicher: Mich braucht unser Herr mehr als dich.«

Schäumend vor Wut schulterte der Aufseher den Bogen. »Du bist ein falscher Hund, das weiß ich schon lange. Aber hüte dich vor mir! Eines Tages …« Er wandte sich ab, rief seine Waldhüter und ging zum Karren. »Ich weiß, dass hier was nicht stimmt«, fauchte er. »Und wehe, wenn diese Halunken das nächste Mal nicht am Meiler sind.«

Der hagere Köhler zuckte die Achseln. »Was weiß ich? Die Arbeit ist hart. Kein Knecht hält es lange bei mir aus.«

Die Waldhüter griffen nach dem Maulriemen des Ochsen. Ohne Blick zurück folgte der Förster dem Kohlenwagen.

Gabriel wartete, bis das Ächzen der Räder nicht mehr zu hören war. Er drehte sich um. Die Geprügelten kauerten am Boden, sie atmeten schwer. »Danke«, murmelte Vince und spuckte das Blut aus. Threefinger betastete seine Schwellungen. »Die hätten uns glatt umgebracht.«

»Wartet nur. Das besorg ich!«, knurrte der Köhler, griff beide am Mantelkragen und schüttelte sie. »Bastarde! Ihr elenden Bastarde! Habt ihr keine Augen im Kopf? Ich steh hier mit dieser Schwarzkappe, und ihr kommt seelenruhig aus dem Wald. Warum habt ihr nicht gewartet?«

»Wir haben nicht dran gedacht«, stammelte Vince.

»Hör auf!«, flehte Threefinger. »Ja, es war blöd. Hör auf!«

Doch Gabriel riss sie hin und her, stieß sie gegeneinander. »Und meine Kinder? An die habt ihr auch nicht gedacht. Was? Meine Familie ist euch wohl egal? Ich sollte euch …«

»Schluss jetzt!« Eine harte, klare Stimme.

Gabriel ließ von seinen Opfern ab. Er fuhr herum. Robin Hood und Little John grinsten ihn an.

»Ihr auch noch«, schnauzte der Köhler aufgebracht. »Wo kommt ihr denn her?«

»Von da.« John zeigte mit dem Kampfstock zum Gebüsch am Rand des Platzes. »Deinen Kindern wär nichts geschehn.«

Robin beschwichtigte: »Du hast ja Recht, Gabriel. Aber lass gut sein!«

Empörtes Geschrei vom Haus her. Im Eingang wehrten sich die beiden Jungen gegen die Mutter, rissen sich los und stürmten auf den Vater zu. Gabriel strich ihnen über den Haarschopf. Zorn und Sorge lösten sich. »Frag mich nur, wie du das in Blidworth gepackt hast. Gegen die Eisenkerle.« Der Köhler zeigte auf Vince und Threefinger. »Mit solchen Hohlköpfen würd ich nicht wagen, ein Schaf von der Weide zu stehlen.«

Robin sah ihn an. »Also weißt du es?«

»Alles weiß ich. Alle wissen's im Sherwood.« Er streckte dem Anführer die Hand hin. »Tut mir Leid. Als die Überfälle im Frühjahr losgingen, da dachte ich auch …«

Lachend schlug Robin ein und hielt die Hand fest. »Beinah hätte es der Sheriff wirklich geschafft. Aber ich hatte ja meine Hohlköpfe bei mir.«

Gabriel schickte die Verletzten ins Haus. »Lasst euch von der Mutter versorgen. Mit etwas Spießkraut wird's schon wieder.«

Inzwischen tanzten die beiden Jungen um den Hünen herum. Sie zupften ihn am Mantel, schnitten Grimassen. »Schon recht.« John stieß ein tiefes Brummen aus. Die Kinder juchzten und führten ihren Bären im Kreis herum.

Besorgt rieb Gabriel das Kinn. »Hier dürft ihr nicht bleiben, Robin. Falls der Förster mit Bewaffneten zurückkommt, wird's schlimm.«

»Aber wir müssen. Unser Bote fehlt noch.« Kurz erklärte Robin, warum Much unterwegs zu den Dörfern war. Der Köhler hörte schweigend zu. Als Robin Hood ihm die Geldkatze mit 100 Pfund in Gold anvertraute, sagte er bewegt: »Ich kenne keinen, der so ist wie du.«

»Aber nur, weil du keinen Spiegel hast.« Robin lachte.

Die Geächteten durften bleiben. Nicht beim Köhlerhaus, doch in der Nähe. Am Morgen hatte Gabriel den zweiten Meiler ausgeräumt. »Da sucht euch keiner. Und die Bröselkohle ist noch warm.« Er versprach, später Bier, Brot und Schinken zu bringen.

Mit Vince und Threefinger kam auch die Mutter des Köhlers nach draußen. Vor Robin Hood blieb sie stehen. »Streif die Kapuze zurück«, forderte sie streng. »Bück dich zu mir.«

Überrascht gehorchte er. Die Alte schloss die Augen. »Marias Milch und Christi Blut …«, ihre Stimme versank in ein Gemurmel, stieg wieder an. »… So soll dich kein Pfeil treffen, kein Feind verletzen.« Mit der Daumenkuppe strich sie ein Kreuz auf seine Stirn. »Damit nichts vom Fluch übrig bleibt.« Sie drehte sich um und humpelte ins Haus zurück.

Robin richtete sich wieder auf. Erst nach einer Weile verschwand sein Lächeln. »Kommt!« Er schnippte den beiden Gefährten. »Wartet nur, bis wir am Meiler sind. Mit euch hab ich noch drei Worte zu reden.«

Inzwischen trug John beide Kinder auf den Schultern. Sie zerrten an seinen Haaren. »Hü!« und »Hott!« Ihr Pferd musste wiehern und rennen.

Robin stieß einen Pfiff aus. Der Hüne winkte und trabte auf das Köhlerhaus zu. Am Eingang ging er vor Gabriels Frau in die Knie und ließ seine kleinen Reiter absteigen.

»Hast du selbst welche?«

»Was?«

»Hast du Kinder?«

Little John rieb die Narbe im Bart. »Ja. Ein Mädchen«, sagte er gedehnt.

»Ach, deshalb.« Die Frau des Köhlers trieb ihre Söhne vor sich her ins Haus.

Nein, der Hüne wollte nicht mit zum Meiler. Noch nicht. »Geht allein. Ich bleib drüben im Gebüsch. Wenn Much kommt, zeig ich ihm den Weg.«

Der Abend senkte sich über den Sherwood. Längst hatte Gabriel mit einer Kiepe auf dem Rücken das Haus verlassen und war in Richtung Meiler davongegangen. Noch eine Weile vernahm John von seinem Versteck aus das Lachen der Jungen, dann schwiegen sie.

John horchte angestrengt. Knackte ein Zweig, raschelten Blätter, so waren es nur die Tiere. Er sah zum vollen Mond. Wird nicht ganz dunkel, dachte er. Das ist gut.

Ein fremdes Geräusch. Es kam näher. Schritte. John hörte den keuchenden Atem. Ruhig wartete er ab. Eine Gestalt verließ den Wald, tappte im hellen Mondlicht auf den Vorplatz, blieb schwankend stehen. Vorsichtig löste sich Little John aus dem Dunkel. »He, Kleiner«, raunte er.

Sofort straffte sich Much, hielt den Stock abwehrbereit.

»He, Kleiner«, rief John leise. »Bleib ruhig! Ich bin's.« Damit schritt er ins Licht.

»Ich … ich hab's euch gezeigt.« Der Junge taumelte dem riesenhaften Mann entgegen. John fing ihn auf.

»Alle wissen …«, keuchte Much, hustete.

»Schon recht, Kleiner. Schon recht.« John hob den Jungen und legte ihn sich über die Schulter.

Als er mit seiner Last die Kohlstätte erreichte, sprang Robin

Hood als Erster vom Feuer auf. »Der Heiligen Jungfrau sei Dank!« Er wollte helfen.

»Nicht. Ich … ich will stehen.«

Behutsam ließ John den Erschöpften über seinen Rücken hinunterrutschen. Er stützte ihn, bis Much sich an dem Stock allein halten konnte.

»Also?«, fragte der Anführer.

»War in jedem Dorf«, meldete Much. »Alle wissen Bescheid …« Er hob die Stimme: »Getreide liegt in Blidworth. Geld gibt es beim Köhler Gabriel. Aber seid vorsichtig. Ihr müsst …« Die Beine knickten ein.

Robin Hood trug den bewusstlosen Jungen zu Gabriel und den Gefährten. Dicht am Feuer legte er ihn auf den Rücken.

»Verflucht«, presste der Köhler heraus. Sofort beugten sich auch die anderen über Much. Blutkrusten. Im Gesicht, am Hals, an Armen und Beinen. Auch dort, wo der Kittel zerfetzt war, überzogen schwärzlich verkrustete Wunden den Körper. Robin schnippte dem Hünen, die anderen schob er zur Seite. Sie untersuchten den Körper. Erst nach einer Weile seufzte John erleichtert. »Nichts Schlimmes. Sind wirklich nur Risse.«

»Was war's? Ein Bär?«

»Der schlägt tiefer ins Fleisch. Sieht aus, als ob ihn jemand mit Nadeln bearbeitet hätte.«

Über Nacht sollte der Junge so bleiben. Gabriel wollte rechtzeitig vor dem Aufbruch einen Kräutersud bringen. Nur eins bereitete John und Robin noch Sorge: Die Augenlider waren dick verklebt. Waren sie verletzt?

Vince reichte seinen Krug. »Mit Bier könnt ihr …«

»Setz dich, du Hohlkopf!« Vorsichtig weichte Robin mit Spucke die Krusten auf und rieb sie von den Lidern. »Der Jungfrau sei Dank!« Das Blut war nur aus der Stirnwunde heruntergelaufen.

Plötzlich öffnete Much die Augen. »Erstochen hab ich ihn.« Er lächelte.

»Wen?« Schnell, scharf: »Red schon, Kleiner!«

Mit müder Stimme berichtete der Junge: »Zwischen den Seen. Ich war grad fertig in Carburton. Mein letztes Dorf.«

John nickte Robin zu. »Da ist der Fluss auf gut zwei Meilen schmal. Nur da kommt man rüber.«

An der Furt hatten bewaffnete Reiter des Lord-Sheriffs den Jungen entdeckt. Auf Anruf war er nicht stehen geblieben. Sofort hatte die Patrouille einen ihrer Hunde hinter ihm hergehetzt. »Erst hab ich gedacht, ich schaff's. Aber der Hund war doch schneller als ich.« Die Erinnerung hob Much über die Müdigkeit hinweg. »Da war ein Gestrüpp. Den ganzen Hang runter. Alles Brombeeren. Ich bin gerannt, hab mich mit dem Stock abgestoßen und bin mitten reingesprungen. Der Hund ist auch gesprungen. Vor meinem Gesicht hing er in den Dornen fest. Er hat weiter gebellt. Ich hab ihm das Messer in den Hals gestochen. Da war er still.«

Als Much das Rufen der Bewaffneten hörte, hatte er sich in wilder Hast mit der Klinge einen Weg durch den Dornenhang nach unten geschlagen. »Das hat gedauert.« Er hob die Hand. »Sonst wär ich früher hier gewesen.«

»Du bist ein guter Mann«, sagte Robin ernst. »Außer dir hätte das keiner geschafft.«

»Jetzt bin ich müd.« Er schloss die Augen, das stolze Lächeln blieb, als Much längst eingeschlafen war.

»Wenn er friert, kann er sich morgen kaum noch bewegen.« Während John den Erschöpften in seinen Mantel wickelte, glättete Gabriel einen Schlafplatz auf den Kohleresten. Gemeinsam deckten sie den Körper mit den noch warmen Brocken bis zum Hals zu.

»Das wird ja ein Rückweg«, schmunzelte Robin. »Zwei Zerbeulte, ein Zerkratzter.«

»Schon recht. Glück hatten wir.«

XVII

LETZTE NACHRICHT VOM KREUZZUG: *Jerusalem ist nicht erobert! Und doch haben die Heerführer, gegen den Willen von Richard Löwenherz, den ehrgeizigen Konrad Montferra zum König der Heiligen Stadt gewählt. Die Nachricht wird Konrad nach Tyros gebracht. Wenige Tage später, am Abend des 28. April 1192, wird Konrad von zwei gedungenen Mördern erstochen. Mord! Wer gab den Auftrag? War es Richard Löwenherz? Der Verdacht wird von seinen Gegnern in Palästina und in Europa geschürt.*

GRAFSCHAFT YORK. WINTERLAGER IN BARNSDALE.

Welch ein Sommer! Korn. Erbsen. Bohnen und Obst. Die Höfler hatten reiche Ernte eingebracht. Jetzt, Ende September, lagerte bereits genug Wintervorrat in den Scheuern und Kellern von Barnsdale-Top.

Welch ein Sommer! Ohne Verlust hatte die Bruderschaft der Geächteten das Gold des Lord-Sheriffs sicher zum Stützpunkt gebracht. Noch nie waren die Raubzüge im Sherwood so ertragreich gewesen. Kein Jahr zuvor war die Schatzkammer unter den Bodenbrettern von Robins Hütte so gefüllt.

Genug Geld, vor allem für die Versorgung der Schwerverwundeten. Und im Kloster Kirklees ließ sich Schwester Mathilda die Behandlung und ihr Schweigen teuer bezahlen.

Die frühe Rückkehr aus dem Sherwood schenkte Zeit. Unten im Hauptlager wurden die Dächer ausgebessert, die Bettsäcke und -decken mit frischem Heu und Stroh gestopft. Gleich neben seiner eigenen Unterkunft ließ Robin Hood eine neue, geräumige Hütte errichten. Die Offiziere überlegten, fragten. Er zuckte die Achseln. »Wer drauf kommt, dem zahle ich ein Goldstück.« Schmunzelnd genoss er das Ratespiel. Nur Little John weihte er ein: »Für den Mönch. Weißt du noch? Ich will einen Priester, der nur für uns da ist.« Er reckte das Kinn. »Zeit haben wir dieses Jahr genug. Zunächst mal soll seine Hütte fertig sein. Und dann suchen wir uns einen. Na, was sagst du?«

John hatte kaum zugehört, missmutig brummte er: »Schon recht.«

»He, Zwerg?« Der Anführer pochte die Faust gegen die mächtige Brust. »Hast du 'ne Kröte verschluckt?«

»Alles in Ordnung«, versicherte der Hüne und stapfte davon.

Kopfschüttelnd sah ihm Robin nach.

Jeder schien zufrieden, die Höfler im Dorf, die Gefährten im Hauptlager. Nur John nicht. So zufällig wie möglich führte ihn sein Weg auch an diesem Nachmittag zur Hütte des Jungen hinüber. Much lag nicht auf seinem Lager. »Beim Dunstan!« Obwohl John ihn mit Absicht für die Nachtwache eingeteilt hatte, ruhte er sich nicht aus. Die Narbe im Bartgeflecht lief rot an. Dieser verdammte Flegel! Gut, er kann in seiner freien Zeit machen, was er will. Aber er soll das Mädchen in Ruhe lassen!

Seit Wochen ging es schon so. Zu Beginn hatte sich der Hüne nichts dabei gedacht. Much war so verkratzt aus dem Sherwood zurückgekommen. Jeder hätte sich um ihn gekümmert. Warum nicht auch Marian? Doch als die Wunden längst verheilt waren und die beiden immer noch beieinander hockten, erwachte in John dieses nagende Gefühl. Allein aus reiner Sorge hatte er beobachtet. Sehr schnell war ihm klar geworden, warum sich der junge Kerl ausgerechnet zum Tagdienst oben beim Dorf drängelte. Und jedes Mal, wenn der Hüne, gegen alle Gewohnheit, die Wachposten kontrollierte, fand er seine Marian bei Much.

Zornig hatte er Beth zur Rede gestellt. »Ich will das nicht.«

»Lass die Prinzessin doch!«, beschwichtigte die Näherin. »Sie denkt sich nichts dabei.«

»Aber der Junge.«

»Sei keine Amme, du Riese! Unsere Prinzessin ist bald dreizehn Winter alt. Du kannst sie sowieso nicht festbinden.«

Kein Wort hatte John bisher zu Marian gesagt. Doch jetzt war das Maß voll! Zum dritten Mal in dieser Woche hatte Much auf den Schlaf verzichtet und war aus dem Lager verschwunden.

John setzte sich in der Wiese unter die große Linde. Ein warmer Septembernachmittag. Er lehnte den Rücken an den Stamm, halb schloss er die Lider. Wer vorbeiging, sollte glauben, dass er es sich für einige Zeit gemütlich gemacht hatte. Der Hüne wartete.

Marians helle Stimme! Laut schwatzend und lachend verließen der Junge und das Mädchen den Felstunnel. John erhob sich. Ausgelassen lief Marian auf ihn zu. Sie zeigte ihm eine große Forelle. »Hier. Die bring ich Beth. Die hat Much gefangen. Mit der Hand.«

»Das hab ich vom Vater gelernt«, sagte der Junge stolz.

John sah Marian an. Ihr Kittelhemd war völlig durchnässt, klebte an ihrem Körper. Die kleinen Brüste, Hüfte und Po zeichneten sich deutlich unter dem Stoff ab.

John schluckte. »Wie siehst du aus?«

»Na, ich hab's auch versucht.« Unbekümmert lachte Marian. »So leicht ist das gar nicht. Ich lag im Wasser, und der Fisch war weg.«

»So war das also«, knurrte John.

Nichts schienen die beiden von seinem Ärger zu ahnen. Much tippte dem Mädchen auf die Schulter. »Bis zur Wache ist noch Zeit. Ich bring dich schnell hoch ins Dorf.«

»Du bleibst!«

»Aber … aber ich hab doch …«

»Much Miller's-son! Lass gut sein, sonst …«, drohte der Riese. »Und jetzt verschwinde!«

Sofort gehorchte der Junge. Wortlos lief er zu seiner Hütte hinüber.

»Warum? Was hat er dir denn getan?«, empörte sich Marian.

»Nicht hier. Komm jetzt, Kind! Ich bring dich zu Beth.«

Schweigend stieg John hinter dem Mädchen her den Fußpfad hinauf. Auf dem Weg durch den Wald räusperte er sich lange und umständlich, schließlich sagte er: »Ich will das nicht, Kleines.« Verblüfft sah Marian auf.

»Na ja. Der Junge ist ganz in Ordnung.« John suchte nach Worten. »Du bist doch noch jung. Ich mein, zu jung dafür.«

»Versteh ich nicht.« Marian schüttelte die halb getrockneten Locken.

»Was ich mein: Im Lager gibt's nur Männer, und …«

»Was hat das mit mir zu tun?«

»Much ist auch ein Mann, das wollte ich sagen.«

Marian stellte sich ihm in den Weg. Voll Zorn funkelten die blauen Augen. »Ich will nichts von Much! Er tut mir Leid. Auch das mit seinen Eltern. Weil ich das kenne.«

»Und warum, beim Dunstan, treibt ihr euch im Wasser rum?«

Sie streckte die Forelle zu ihm hoch. »Weil wir Fische gefangen haben. Verdammt! Was denkst du von mir?«

»Schon gut, Kleines. Schon gut«, lenkte John ein. »Glaub mir, nur das Beste will ich für dich.«

Marian hörte nicht mehr zu. Sie klatschte ihm den Fisch in die Hand: »Der schmeckt mir jetzt nicht mehr!«, und rannte von ihm weg. Mit einem Mal blieb sie stehen und kam zurück. »Sei nicht böse! Bitte. Ich war nur wütend. Weil ich überhaupt keine Männer mag. Außer dir. Weil du der beste bist. Das sagt Beth auch.«

John lächelte. Schweigend gingen sie nebeneinander her. Nach einer Weile dachte er laut: »Irgendwas fällt mir schon ein. Ich hätt so gern, dass du mal feine Kleider trägst. Und in einem schönen Haus wohnst. Weißt du, Kleines, viel schöner als unsere Hütten hier.«

»So was gibt's hoffentlich nicht«, rutschte es Marian heraus. Schnell kreuzte sie die Finger hinter ihrem Rücken. »Ja, das wäre schön.« Sie zwinkerte ihm zu. »Und später such ich mir selbst einen Mann. Aber nur, wenn ich Lust hab.«

Die Blätter der Linde färbten sich gelb. Längst hatten die Geächteten ihre grüne Sommerkluft wieder mit dem braunschwarzen Winterwams getauscht. Am letzten Montag im Oktober rief Robin Hood die Offiziere und die beiden Köche in seine Hütte. »Übermorgen läuft die Frist für den Ritter ab. Am Mittwoch ist das Jahr vorbei. Und bei seiner Bürgin, der Heiligen Jungfrau, Richard at the Lea wird Wort halten.«

Umzug, hinauf in den Stützpunkt. Noch heute. »Vielleicht kommt er früher, vielleicht etwas später.« Herbghost und Storyteller erhielten Anweisung, während dieser Woche für jeden Abend eine köstliche Mahlzeit vorzubereiten. Nachdenklich tätschelte Little John seinen Bauch. »Wenn er erst am Samstag kommt, wär's mir auch recht.«

»Wart's ab, du verfressener Zwerg!«

Allein fand kein Fremder den gut getarnten Weg zum Stützpunkt. Auch Richard at the Lea nicht. Deshalb sollte einer der Offiziere an der Handelsstraße nach ihm Ausschau halten. »Ihr wechselt euch ab. John, du bist heute dran. Nimm dir Much und Threefinger mit. Wartet oberhalb der Brücke an derselben Stelle wie letztes Jahr. Aber bitte: Empfangt den Ritter! Überfallt ihn nicht.«

»Schon recht. Er wird sich freuen, wenn er seinen Knappen wiedersieht.«

Sofort bot Smiling an, für John den grünen, gelb gestreiften Mantel zu holen. »Damit er dich auch wirklich nicht verwechselt.«

»Bleib hier!«, drohte der Hüne und bemühte sich, ernst zu bleiben. »Sonst ist es mit dem Grinsen vorbei.«

Am Abend kehrten sie ohne den Ritter zum Stützpunkt zurück. »Glück gehabt«, sagte John mit gespieltem Bedauern. »Dann müssen wir eben allein essen.«

Auch Gilbert Whitehand wartete vergebens oberhalb des River Went. Niemand war dem Ritter böse. Im Gegenteil. »Glück gehabt.«

Am späten Mittwochnachmittag ertönte der Hornruf des Wachpostens: Lang. Kurz. Kurz. Das Signal blieb auf gleicher Tonhöhe. Keine Gefahr, aber: Fremde sind hier.

»Toad bringt ihn.« Robin lachte. »Das gefällt mir. Auf den Tag ist unser Schuldner pünktlich.«

Doch kaum hatte der Offizier mit seinen Leuten den Stützpunkt erreicht, verdüsterte sich Robins Miene. Ja, Tom brachte einen Gast. Aber er saß auf einem Maultier, trug eine schwarze Kutte. Die Augen waren verbunden.

»Unser Ritter scheint ins Kloster gegangen zu sein.« Smiling bleckte die Zähne. Whitehand feixte: »Und gefressen hat er übers Jahr.«

John lachte nicht mit. Er starrte den Mönch an. Woher nur? Irgendwoher kenn ich den feisten Kuttenkittel.

Robin stellte Tom zur Rede. »He, Krötenkopf, fehlt dir außer Haaren noch was?« Mit dem Daumen deutete er auf den Gefangenen. »Das ist er nicht.«

»Weiß ich. Nur ich konnt einfach nicht widerstehen. Den ganzen Tag haben wir nach Süden geguckt und gewartet. Nichts. Dann dreh ich mich um, und er kommt die Straße rauf. Ich hätt ihn ja weiterreiten lassen. Nur er hatte zwei Bewaffnete bei sich. Da dacht ich …« Tom schnappte die Faust zu. »Wo Wächter sind, gibt's bestimmt auch was zu bewachen. Die beiden Eisenkerle haben wir zusammengeschnürt und gleich an der Straße liegen lassen.«

John sah den wulstigen Nacken, den fetten Kopf. »Beim Dunstan!« Er zog Robin beiseite. »Ich kenn den Pfaff«, raunte er. »Das ist der Kellermeister von St. Mary's Abbey in York. Er war letztes Jahr dabei, als unser Ritter das Geld zurückbezahlt hat. Dem Kerl könnt ich heut noch den Hals umdrehen.«

»Sag erst mal nichts!« Robin rieb sich die Hände. »Bin gespannt, was das für ein Spiel wird.« Er stellte sich breitbeinig neben seine Offiziere. »Helft unserm Gast vom Maultier, und nehmt ihm die Augenbinde ab!«

Kaum war der Kellermeister befreit, lächelte Robin zuvorkommend. »Verzeiht die Unbill, Vater. Meine Männer sind leicht etwas grob. Dabei sollte es doch eine Einladung sein.«

»Einladung?«

»Hat man Euch das nicht gesagt? Wie bedauerlich. Nun gut. Ich darf mich vorstellen: Ihr seid zu Gast bei Robin Hood.«

»Mörder«, stieß der Mönch aus, »du Räuber. Gemeiner Dieb ...« Während er weiter fluchte, irrte sein Blick hin und her, suchte nach einem Fluchtweg. »Du Ausgeburt der Hölle. Dich und deine Spießgesellen, euch sollte man ...«

»Genug der Schmeichelei«, unterbrach ihn Robin kühl. »Wie Ihr sicher längst festgestellt habt: Es gibt kein Entkommen. Aber seid unbesorgt, das Leben kostet es heute nicht. Und deshalb die Wahrheit: Wer seid Ihr?«

»Ich bin ...« Der Kellermeister schirmte die Augen, als er die Hand sinken ließ, war seine Miene verändert: so jämmerlich! Von einem Atemzug zum andern wurde die Stimme klagend. »Ich bin ein unwürdiger Diener der Kirche. Ein Sünder. Ein Schandfleck. Ich komme von Fountains Abbey, weit hoch im Norden. Man nennt mich Bruder Tuck.« Er schluckte, flüsterte beschämt: »... den Säufer.«

Whitehand staunte. »Von dem haben wir schon gehört.« Er stieß Robin in die Seite. »Damals, als wir den Weintransport …«

»Halt's Maul!«, zischte der Anführer. Stirnrunzelnd fragte er den Gast: »Ein Säufer? Wieso reist ein Säufer mit zwei Bewaffneten durch unser schönes Land?«

»Weil … weil«, der Kellermeister blies die Lippen, kummervoll senkte er den Blick. »Erst hat der Vater Abt mich aus dem Haus meiner Mitbrüder verbannt. An die entlegenste Ecke des Klostergeländes! Dort musste ich allein in einer Hütte hausen. Doch allen Gebeten zum Trotz: Wein und Bier beherrschen mich wie Furien.« Er seufzte lange. »Die beiden Wächter geleiten mich nach London. Da muss ich mich vor den Oberen meines Ordens für mein schlimmes Laster verantworten. Ein schwerer Gang.« Er rang die Hände. »Deshalb bitte ich: Lasst mich weiterziehen!«

Sprachlos staunte John. Dieser fette, hinterlistige Kuttenkittel. Wenn ich's nicht besser wüsst, ich würd's ihm glauben. Warnend gab er Robin ein Zeichen. Kurz zwinkerte der Anführer und wandte sich wieder dem Kellermeister zu.

»Armer Bruder Tuck. Wir wollen dich nicht über Gebühr von deinem Bußgang abhalten. Doch sei mein Gast und speise mit mir. Genieße in Ruhe. Wer weiß, welche Qual dich noch erwartet.«

Sie nahmen vor dem Pferdestall auf Holzklötzen Platz. Robin klatschte in die Hände. Als Storyteller an der Tür des Küchenschuppens erschien, befahl er: »Servier uns zwei gebratene Hühnerschenkel!«

Mehr nicht. John seufzte erleichtert. Für diesen Lügner wär das gute Essen auch zu schad gewesen.

Vorschnell verzichtete der Kellermeister auf einen Schluck Malvasier.

»Ein mutiger Entschluss«, sagte Robin mit ernster Miene. »Das gefällt mir.«

»Ich bin …«, rasch suchte der Mönch nach einer Erklärung. »Ich bin bemüht, den Teufel in mir zu besiegen.«

Der Anführer deutete auf den abgenagten Knochen. »Nach diesem vorzüglichen Braten bitte ich Euch, ehrwürdiger Vater: Bezahlt mich für die erwiesene Gastfreundschaft. Dann dürft ihr weiterziehen.«

»Wie? Ich, ich trage nichts bei mir. Aber der Himmel …«

»Schluss jetzt!«, herrschte ihn Robin an. »Ich hasse es, wenn man mich belügt. Du willst Bruder Tuck sein? Aus Fountains Abbey? Na, wir werden sehen.« Er schnippte John.

Der Riese stapfte auf den Kellermeister zu, wortlos rupfte er ihm den Hühnerknochen aus den Fingern. »So, und nun leg die Hand mitten auf den schönen Silberteller!«

Widerstrebend gehorchte der Mönch.

»Kennst du mich nicht mehr?«

Kopfschütteln.

»Auch gut.« John zückte seinen Dolch und schabte das Klingenblatt über den Handrücken des Kellermeisters. »Aber ich weiß, wer du bist. Spielst gern mit dem Messer, was? Vor einem Jahr hast du bei euch im Kloster den kleinen Bruder Prior gequält. Weißt du, den mit dem Buckel.«

Die Kinnlade sank. »Du warst mit … Du bist der Knappe.«

Spöttisch nickte John. »Dachte schon, du erinnerst dich nicht an mich, weil ich heut meinen schönen bunten Mantel nicht anhab.« So nebenbei drückte er die scharfe Schneide in die Haut.

»Bei allen Heiligen! Warte!« Schweißperlen sprangen dem Mönch auf die Stirn. »Ich bin nicht Bruder Tuck. Ich bin der Kellermeister vom Kloster St. Mary's in York. Ja, ich habe gelogen. Aus Angst. Das versteht doch jeder hier? Oder?« Er blickte in die Runde. »Oder?« Keiner der Offiziere verzog auch nur die Miene.

»Dann sag uns zumindest jetzt die Wahrheit.« Der Ton in Robins Stimme war gefährlich sanft. »Wie viel Geld hast du bei dir?«

»Nicht der Rede wert. 20 Mark in Silber. Mehr nicht.«

»Nicht der Rede wert? Für weit weniger schuftet ein Knecht das ganze Jahr auf euern Klosterfeldern. Und nur, damit du dir den Wanst voll stopfen kannst.« Robin schnippte. Sofort gingen Smiling und Whitehand zum Maultier hinüber.

»Nicht da«, platzte der Kellermeister heraus. »Nicht in den Korbtruhen.« Er zog eine Geldkatze aus der Kutte. »Ich trage meine ganze Barschaft ...« Ehe er ausgesprochen hatte, lag der prall gefüllte Lederschlauch bereits über dem Arm des Hünen.

Wieder schnippte Robin.

»Nicht ...«, flehte der Mönch.

»Halt's Maul«, knurrte John.

Rechts und links zu Seiten des Maultiers hingen fest geflochtene Reisetruhen. Smiling und Toad wühlten ihre Hände hinein. Proviant. Schnürsandalen, ein Kreuz. Plötzlich bleckte Smiling die Zähne, im gleichen Moment lachte auch Whitehand. Beide Offiziere brachten aus der Tiefe einen Goldbarren an die Oberfläche, hielten ihn hoch. »Und da sind noch viel mehr.«

»Schon wieder hast du mich belogen«, sagte Robin kalt. »Jetzt kostet dich der Hühnerknochen alles, was du bei dir trägst.«

Der Kellermeister erbleichte. »Nicht das Gold. Das ist die jährliche Steuerschuld meines Klosters. 800 Pfund. Ich muss sie nach London bringen.«

Erst als er nackt bis auf sein viel zu kurzes Leibhemd vor den Geächteten stand, kehrte Farbe in das fette Gesicht zurück. Hochrot vor Zorn schrie der Kellermeister: »Der Satan soll euch holen. Und du, Robin Hood, wenn du endlich in Ketten liegst, werde ich da sein. Ich werde dir die Zunge rausschneiden, dich entmannen, dir die Hände ...«

John packte in das Gesicht des Mönches, er quetschte die Lippen zwischen den Fingern, drehte sie. »Noch ein Wort, und ich reiß sie dir ab!« Er hielt ihn so, bis Toad ihm die Augenbinde wieder angelegt hatte.

Nach gut einer Stunde war Tom zurück. Er hatte den Kellermeister mit einem derben Schlag auf die Hinterhand des Maultiers in Richtung Handelsstraße davongejagt.

Gut gelaunt setzten sich Robin und seine Offiziere an den reich gedeckten Tisch. Duftende Pilzsuppe. Braten vom Wildschwein. Süßes Brot.

»Stoßt mit an, Freunde!« Robin hob den silbernen Kelch. »Keine Frau ist gütiger als unsere Heilige Jungfrau.« Als er die verblüfften Gesichter der Gefährten sah, erklärte er seinen Schülern geduldig: »Heute vor einem Jahr hat sie die Bürgschaft für meine 400 Pfund übernommen. Na und? Der Schuldner ist nicht gekommen. Aber dafür hat sie uns den Kellermeister ihres Klosters höchstpersönlich geschickt und mir das Doppelte zurückzahlen lassen.« Gelächter. Begeistert tranken die Offiziere auf das Wohl der großzügigen Bürgin. John setzte den Kelch ab. »Bei dem Zins! Da würd selbst unser Freund Salomon mit ihr Geschäfte machen.«

Später beugte sich Robin weinselig zu dem Hünen. »Noch was, Freund, aber behalt's für dich!« John nickte. Leise fuhr der Anführer fort: »Dieser Kellermeister, gelogen hat er, aber das war gut. Nein, nicht das mit dem Gold. Er hat mich auf eine Idee gebracht.«

Verständnislos schüttelte John den Kopf.

»Bruder Tuck. An den hab ich überhaupt noch nicht gedacht. Aber der könnt es werden. Unser Priester. Na, was sagst du?«

John bemühte sich, die Gedanken festzuhalten. Was brauchen wir einen Kuttenkittel? Wenn Robin was will, dann … Ach, egal. Und schaden kann so einer bestimmt nicht. »Auch gut.« Ernsthaft besorgt setzte er hinzu: »Nur vorher, vorher müssen wir noch ein paar Fässer herbeischaffen. Sonst brauchst du den Bruder Tuck erst gar nicht zu fragen.« Er stülpte den leeren Kelch um. »Sonst reicht der Wein nicht. Verstehst du?«

Gegen Mittag des nächsten Tages führte Pete Smiling den Rappen des Ritters über die Lichtung zum Stützpunkt. Sir Richard at the Lea saß aufrecht im Sattel. Das graue Haar wellte sich über dem Pelzkragen des Mantels.

»Wir sind gleich da, Herr!«, rief Smiling ihm zu. »Bitte. Ihr dürft jetzt die Augenbinde abnehmen.«

Der Ritter löste das Tuch. Auf dem Platz vor den Hütten standen Robin Hood und seine Offiziere zum Empfang bereit. Kurz wandte Sir Richard den Kopf. Ohne Sattel und Zaumzeug folgte der weiße Hengst dem Rappen. Dahinter zogen die beiden Gefährten drei hoch beladene Packpferde hinter sich her. Sir Richard blickte wieder nach vorn.

Das Lächeln des Anführers erwiderte er nicht. Noch im Sattel pochte er anklagend die Faust gegen die eigene Brust. »Wer zu spät kommt, der hat dem Wartenden ein Stück seiner Freiheit geraubt, ganz gleich, welche guten Gründe er auch anführt. Kommt aber ein Schuldner zu spät, so gibt es keine Entschuldigung. Dennoch: Ich musste erst einen Streit in einem meiner Dörfer schlichten. Deshalb bitte ich um Nachsicht.«

Ehe Robin Hood antworten konnte, tätschelte John den Bauch. »Ist nicht der Rede wert.«

Die Gefährten lachten, und Robin fiel mit ein. »Ja, genug der Förmlichkeiten. Sir Richard! Ich begrüße Euch als Freund. Der eine Tag zu spät hat uns allen viel eingebracht. So und auch so.« Umsichtig half der Anführer seinem Gast aus dem Sattel.

In diesem Moment verließ Herbghost die Küchenbaracke. »Das ist ja eine schöne Gemeinheit«, schimpfte er und stemmte vor Sir Richard die Hände in die Hüfte. »Zu früh! Ihr seid viel zu früh. Ja glaubt Ihr denn, wir fangen morgens bei Sonnenaufgang mit dem Kochen an? Storyteller und ich, wir sind doch nicht Eure Leibköche.« Er streckte dem Gast den Zeigefinger bis dicht unter die Nase. »Gegessen wird erst heute Abend.« Damit drehte er sich um und verschwand wieder in der Küche.

Verblüfft strich der Ritter den gestutzten Kinnbart. »Ein strenges Regiment.«

»Diese alten Zausel. Aber lassen wir sie.« Robin zuckte die Achseln. »Umso besser schmeckt es.«

Halb seufzend, halb schmunzelnd sagte Sir Richard: »Anscheinend herrschen hier ähnliche Zustände wie bei mir auf Burg Fenwick. Gute Köche sind selten. Meine Familie und ich leben deshalb nach dem Grundsatz: Beiße nie in die Hand, die den Kochlöffel hält.«

»Das gefällt mir. Obwohl unsern beiden hin und wieder ein kleiner Biss nicht schaden könnte.« Entspanntes Gelächter. Little John lachte noch, als die Freunde längst schwiegen. Robin stieß ihm in die Seite. »Halt's Maul! Sonst denkt unser Gast noch, dass du an nichts anderes denkst.«

Bis zum Abend blieb viel Zeit. Zeit genug. Robin lud zum Umtrunk ein. »Wartet«, bat der Ritter und zeigte auf den weißen Hengst. Vor dem Koppeltor tänzelte der Schimmel hin und her. »Zunächst will ich dir das Wertvollste zurückgeben.« Robins Augen glitzerten. »Er weiß, dass er wieder zu Hause ist.« Rasch trat er zu dem Hengst, begrüßte ihn mit zartem Streicheln über die Nüstern und ließ ihn auf die Weide.

Der Weinkrug wurde herumgereicht. Sir Richard berichtete von einem guten Jahr, von reicher Ernte, vor allem hatte er Nachricht aus Palästina. »Löwenherz will schon im nächsten Jahr wieder in England sein. Und mit ihm, so hoffe ich, kehrt auch mein Edward zurück.«

Gemeinsam tranken sie auf die so dringend ersehnte Rückkunft ihres Königs.

Der Ritter berührte Johns Arm. »Sei noch einmal mein treuer Knappe! Bitte, bring mir die beiden Satteltruhen!«

»Wagt es nicht, meinen Männern Befehle zu erteilen!«, fuhr der Anführer dazwischen.

Erschreckt wandte Sir Richard den Kopf. Die Offiziere runzelten verständnislos die Stirn. Für einen Moment hielt Robin alle Blicke fest, dann zuckten seine Mundwinkel. »Bemüht euch nicht, Sir Richard.«

»Ich will nur die vierhundert Pfund zurückzahlen.«

»Erledigt. Die Schuld ist längst getilgt.«

»Aber du kannst dich jetzt nicht weigern …«

»Verzeiht, Sir Richard. Aber das ist mein Spiel. Erinnert Ihr Euch? Ich bestimme die Regeln.« Streng sah Robin jetzt zu Little John, ließ die Stimme ganz tief hinabsinken. »Bring mir 400 Pfund.« Mit den Augen deutete er zur Hütte neben dem Pferdestall.

Diesmal durchschaute John sofort den Plan des Freundes. Er gehorchte und baute einen Goldbeutel neben dem anderen vor dem Ritter auf.

Sir Richard hatte die Lippen zusammengepresst. Er starrte den Reichtum an, starrte zu Robin, zu den anderen Offizieren und wieder auf das Gold. Schließlich versteifte er den Rücken. »Ich kam zu spät. Gut, ich habe diese Demütigung verdient. Doch will ich, bei meiner …«

»Schluss!« Robin wischte durch die Luft. »Schluss, Sir Richard. Ich habe vergessen, wie schwer Euch das Spielen fällt.« Er setzte sich dem hageren Mann gegenüber. Genau berichtete Robin seinem Gast von der Großzügigkeit der Heiligen Jungfrau, nahm die Hände zu Hilfe. »Es ist ganz einfach: Ich habe also meine 400 Pfund. Ihr bringt mir 400, die will ich nicht, weil ich ja meine 400 schon habe. Könnt Ihr mir folgen? Oder?« Als er die hochgezogenen Brauen des Ritters sah, wartete er die Antwort erst gar nicht ab. »Hier liegen jetzt 400 Pfund, die ich zu viel habe. Die will ich auch nicht, weil ich … Ach, das hab ich schon gesagt. Also, Sir Richard. Ihr behaltet Eure 400, und ich bitte Euch, nehmt diese 400 Pfund mit. Das sind die Zinsen, die mir unsere Jungfrau in ihrer Güte geschenkt hat. Und ich meine, Ihr solltet die Zinsen an alle verteilen, die für Euch die Ernte eingebracht haben.«

»So was?« Little John rieb die Narbe im Bart. »Das hätt sogar ich einfacher erklären können.«

»Halt's … Halt dich da raus, du Zwerg!«, drohte ihm Robin.

Inzwischen hatte sich Sir Richard gefasst. »Trotz aller Klarheit, du gibst mir stets neue Rätsel auf. Doch eins weiß ich, du bist ein wahrer Freund. Und ich sage es frei: Wärst du nicht, was du bist, ich würde mich offen an deine Seite stellen.«

»Lasst das Bild auf dem Kopf stehen.« Jäh war Robin ernst geworden. »Es ist besser, wenn wir in verschiedenen Lagern für das gleiche Ziel kämpfen.«

Bewegt bat der Ritter den Anführer und seine Offiziere, ihm zu den Packpferden zu folgen. »Ohne zu wissen, wie reich ich wieder beschenkt würde, wollte ich hiermit meinen Dank ausdrücken.« Er schlug die Leinendecken zurück. Bogenhölzer! Kurz- und Langbogen. Von bester Qualität. Hundert Bogenhölzer aus spanischer Eibe. Köcher! Hundert Köcher bestückt mit Pfeilen, die Federschäfte unversehrt.

»Beim Dunstan«, John zischte den Atem durch die gespitzten Lippen.

Robin reckte das Kinn. »Damit halten wir durch, bis König Richard zurück ist.«

Zum Festessen kamen auch Marian und Beth in den Stützpunkt. Sie nahmen rechts und links des Gastes vorn an der Tafel Platz. »Du bist noch schöner geworden.« Sir Richard lächelte Marian zu. »Lernst du gern? Meine Patricia hasst den Schulunterricht. Sie spielt lieber auf der Laute.«

Das Blut schoss Marian in die Wangen. Beth half ihr: »Handarbeit. Ja, das Kind ist sehr fleißig.«

»Und reiten. Und schießen«, platzte das Mädchen heraus. »Und …«

»Genug«, Beth drückte die Hand des Mädchens und lächelte Sir Richard an. »Sie interessiert sich für die unterschiedlichsten Sachen. Ja, mein Prinzesschen lernt schnell und leicht.«

»Davon bin ich überzeugt.« Sir Richard nickte ihr anerkennend zu.

Stumm hatte John dem Gespräch zugehört. In seinem Kopf wuchs eine Idee. Doch dann tischten die Köche auf. Jeder Gedanke gehörte jetzt den Köstlichkeiten.

Der Duft der Wildpastete wurde noch vom Geschmack übertroffen. »Heute«, John leckte sich die Lippen, »heut würd ich jeden verprügeln, der unserm Herbghost oder Paul Storyteller in die Hand beißen will.«

Kaum war der Hüne am nächsten Morgen erwacht, kehrte trotz des schweren Kopfes sofort der neue Gedanke zurück.

»Lass mich unsern Sir Richard zur Straße bringen«, bat er Robin. »Hab was zu reden mit ihm.«

»Aber der gelb gestreifte Mantel bleibt hier.« Warnend ballte der Anführer die Faust. »Nicht, dass du mir als Knappe mit ihm auf und davon gehst.«

»Ich weiß, wo ich hingehöre.«

Robin sah das ernste Gesicht des Freundes. »In Ordnung, John.«

Abschied. »Das Tor meiner Burg steht dir und deiner Bruderschaft zu jeder Zeit offen.«

Aufbruch. »Mithilfe der gütigen Jungfrau werden wir den Kampf gewinnen.«

»Gott schütze unsern König im Heiligen Land!«

Lange schritt John schweigend neben dem Pferd des Ritters her. Schließlich sagte er: »Das wär schön.«

»Was meinst du?«

»Vorhin habt Ihr doch gesagt, dass wir auf die Burg können. Und wenn's stimmt, wär's schön.«

»Zweifelst du etwa an meinem gegebenen Wort?«

John schüttelte hastig den Kopf und seufzte. Gleich ist er gekränkt. Nein, so komm ich nicht weiter. »Herr. Ich hab doch meine Marian.«

»Jeder Vater würde dich beneiden.«

»Das ist es ja. Ich will was Besseres für das Kind. So ein festes Haus. Kann sie nicht zu Euch auf die Burg? Ich mein, so lernen. Schreiben und auch Lesen. Sie soll doch ein Fräulein werden. Musik und so. Ich hab genug Geld. Ich bezahl, was es kostet. Ganz egal.« Unruhig wischte sich John den Schweiß hinauf in die schwarze Haarmähne.

Sir Richard at the Lea zügelte das Pferd. »Es kostet nichts.«

»Was?«

»Ich will dein Geld nicht. Im Gegenteil. Durch die Feindschaft, die mir von meinen Nachbarn entgegengebracht wird, ist meine Tochter oft allein. Die gleichaltrigen Gefährten fehlen. Du würdest mir, meiner Frau und ganz sicher meiner Pat die größte Freude machen.«

»Ihr meint, meine Marian darf?«

»Mit offenen Armen wird sie empfangen. Sollen wir zurück? Ich bin so erfreut, dass ich sie gleich mitnehmen möchte.«

Die Freude wich aus Johns Gesicht. »Halt. Erst muss ich mit Beth reden. Dann muss ich es dem Mädchen sagen. Beim Dunstan«, er fühlte das nagende Gefühl im Bauch. »So schnell geht das nicht.«

Prüfend sah der Ritter zu ihm hinunter. »Ich verstehe: Es ist dein Plan. Und nicht der Wunsch Marians?«

»Noch nicht«, brummte John.

Aus dem Sattel reichte Sir Richard ihm die Hand. »Mein Wort hast du. Wenn Marian kommt, wird sie wie meine eigene Tochter mit uns leben. Sag mir nur, wann dürfen wir das Kind erwarten, damit wir alles vorbereiten können?«

John schlug ein. »Zum Weihnachtsfest. Nein, ganz sicher, wenn der Schnee weg ist. Bis dahin schaff ich es.«

»Und scheu dich nicht, Little John! Ich sah, wie vertraut das Mädchen mit Tom Toads Frau ist. Tränen sind unnötig. Es bereitet keine Schwierigkeit, wenn auch Frau Beth mit auf die Burg kommt. Als Erzieherin.«

»Auch gut. Ich sag's. Und ich …« Nein, an das Gespräch mit Marian und Beth wollte er jetzt nicht denken. »Danke. Und gut wird es für das Kind.«

XVIII

Grafschaft York. Auf der Handelsstrasse nach Norden.

Sie ritten als einfache Zisterzienser auf der Handelsstraße nach Norden. Zwei Mönche, die ein Packpferd mit sich führten. Mehr nicht.

Sonst lauern wir ihnen auf, jetzt sind wir selbst welche. John zerrte missgelaunt die zu kleine Kapuze in die Stirn. Obwohl Beth für ihn zwei der hellgrauen Kutten zusammengenäht hatte, spannte der Stoff über seiner Brust. Außerdem, als er so im Sattel saß, war ihm der Saum fast bis zu den Knien hochgerutscht.

»Und wenn Bruder Tuck gar nicht will?«, brummte John.

»Schluss jetzt!«, sagte Robin. »Wart's ab, Bruder Zwerg.«

Schweigend ritten sie nebeneinander. Die Hufe klackten auf dem Pflaster. Ein kalter, trockener Dezembertag. Langsam näherten sie sich dem Rand der Hochebene. Bevor die Straße hinunter zum River Went abfiel, verengte John die Brauen. Da rechts und links im Dickicht, da warten wir sonst auf Beute. Rasch prüfte er den Halt der Lederscheide an seinem Hüftstrick. Wenigstens Schild und Schwert! Die anderen Waffen, Kampfstock, Köcher und Bogen, lagen in Decken gerollt hinter ihnen auf dem Zelter. Nicht griffbereit. Nein, gut versteckt unter dem Proviant.

»Und wenn uns doch einer überfällt?«

»Wer?«

»Na, solche wie wir.«

»Sei kein Idiot, Little John!« Robin sah ihn zornig von der Seite an. »Was passt dir denn nicht?«

»Weiß auch nicht.«

»Was soll denn passieren? Bewaffnete? Na und? Uns erkennt niemand. Wir sind zwei aus dem Orden der Zisterzienser, unterwegs vom Kloster in Canterbury nach Fountains Abbey. Weil wir dort oben in der Wildnis unsern Brüdern über die Weihnachtszeit einen Besuch abstatten wollen.«

John seufzte. Nein, mit dem Priester hat das nichts zu tun. Es war etwas anderes. Gefahr drohte. Seitdem sie heute Morgen den Stützpunkt verlassen hatten, spürte er jedes Haar im Nacken.

»Ich hab so ein verdammtes Gefühl.«

Robin schnippte mit den Fingern. »Ist doch klar. Im Rock der Pfaffen fühlt sich keiner so ganz wohl.« Er lachte.

»Schon recht«, jetzt schmunzelte auch John. »Das wird's sein. Ich weiß nur, wie man sie den Kerlen auszieht.«

Inzwischen waren sie den weit geschwungenen Kehren der Handelsstraße hinunter ins Tal gefolgt. Robin zeigte zum anderen Flussufer. »In der Herberge nehmen wir einen Schluck. Das tun alle, die hier durchkommen.«

Fast hatten sie die hoch gewölbte Steinbrücke überquert, als John sein Pferd zügelte. »Da vorn auf dem Baumstamm«, zischte er. »Gleich neben der Schenke, beim Stall.«

Rot. Scharlachrot. Die Mütze, das Wams, die Strümpfe, selbst die Stiefel, nur der Umhang war dunkelblau. Der Kerl saß auf dem umgestürzten Stamm, vor ihm steckte das Schwert im Boden, die Hände lagen entspannt über der Parierstange, das Kinn auf den Knauf gestützt, so blickte er den Mönchen entgegen.

»Irgend so ein aufgeblasener Junker«, raunte Robin. »Wir kümmern uns nicht drum.«

Sie ließen die Pferde gemächlich weitergehen. Vor der Herberge stiegen sie ab. Aus den Augenwinkeln sah John wieder zum Baumstamm hinüber. Der Scharlachrote war weg! Ehe Robin ihn zurückhalten konnte, stand der Hüne schon an der Hausecke. Nichts. Nirgends war der Kerl zu sehen. »Versteh ich nicht«, murmelte er.

»Verdammt. So benimmt sich kein Mönch.« Robin warnte den Freund: »Mach nur so weiter, dann kommen wir nicht mehr weit.«

»Wer ist der Kerl?«

»Egal, John. Kümmer dich nicht drum. Wir dürfen jetzt nicht auffallen. Wer weiß, wer uns von drinnen beobachtet? Förster. Waffenknechte aus York. Vielleicht sogar welche aus Doncaster. Gerade in den Brückenschenken treiben sie sich herum.«

Die Gaststube war leer. Wortkarg grüßte der Wirt die frommen Brüder und brachte zwei Krüge. Keine Frage nach dem Woher und Wohin. Er biss auf den Silverpenny, bevor er ihn einsteckte. Zum Abschied nickte er.

Das Bier hatte geschmeckt. Befriedigt stieg John in den Sattel. So unwohl war ihm nicht mehr. »Der hält uns wirklich für Kuttenkittel.«

»Das werden alle. Wenn du nicht den Mund aufmachst.«

Kurz hinter dem Gasthaus stieg die Straße steil aus dem Tal des Went zur Anhöhe hinauf. Der Atem dampfte vor den Nüstern der Gäule. An Johns Sattelhorn ruckte die Führungsleine des Lasttieres. Kurz blickte er über die Schulter. Nichts Ungewöhnliches. Das Pferd zottelte hinter ihnen her, ließ sich ziehen. Mit einem Mal riss John den Kopf herum. »Beim Dunstan. Da ist er wieder.« Weiter unten. Rot. Scharlachrot. Mitten auf der Straße stand der Kerl. Er beschattete die Augen, blickte den Mönchen nach.

»Besser, ich schnapp ihn mir.«

»Reite weiter!« Ein scharfer Befehl. Freundlicher setzte Robin hinzu: »Wir haben heute was Besseres vor.«

Nach einer Weile sah John wieder zurück. »Er ist weg.«

»Bei der Heiligen Jungfrau. Vergiss den Vogel endlich!« Der Anführer schmunzelte. »Oder hast du etwa Angst? Den sehen wir auf zwei Meilen, selbst wenn er von Baum zu Baum hüpft. So wie der aussieht.«

»Schon recht.« Abwechselnd presste John den Daumen gegen ein Nasenloch, schneuzte aus dem Sattel und wischte mit dem Kuttenärmel nach. Ja, Robin hat Recht. Außerdem muss ich heut mit ihm reden. Und das ist wirklich wichtiger als diese Rotkappe.

Auf der Anhöhe gönnten die Gefährten den Gäulen noch eine Weile das Schritttempo, dann schlugen sie leicht die Flanken. Im Trab ging es weiter. Noch vor Sonnenuntergang wollten sie Fountains Abbey erreicht haben. Erst nachdem sie Pontefract hinter sich gelassen hatten, führte John beiläufig das Gespräch auf Richard at the Lea.

»Wenn es doch mehr Ritter wie ihn gäbe«, seufzte Robin. »Unser England wäre gerettet.«

»Ja, das ist ein guter Mann.« John murmelte vor sich hin. »Und für Marian ist es das Beste.«

Verblüfft sah Robin den Freund von der Seite an. »Was meinst du? Was hat unsere kleine Bedingung mit Sir Richard zu tun?«

»Wehe, du lachst«, drohte der Hüne. »Ich bin keine Amme, damit das gleich klar ist.«

Voller Neugierde hob Robin die Finger zum Schwur.

»Also gut.« Kaum hatte John seinen Plan erklärt, fragte er hastig im Ton des Anführers: »Na, was sagst du?«

»Unsere Marian, eine kleine Lady.« Robin klatschte in die Hände. Sein Pferd sprang nach vorn. Lachend zügelte er das Tempo wieder. Als John ihn eingeholt hatte, sagte er begeistert: »Das gefällt mir.« Seine Miene wurde ernst. Er blickte zum klaren Winterhimmel. »O armer Freund. Bevor's so weit ist, sehe ich noch dunkle Wolken für dich. Zwei musst du überreden. Marian und auch noch die Beth.«

»Weiß ich. Ziemlich düster wird's noch.«

Im späten Nachmittag erreichten sie den Abzweig nach Fountains Abbey. Sie verließen die Handelsstraße, folgten dem Karrenweg in ein enges Tal. Die tiefen Furchen waren gefroren. Noch eine Weile ritten sie hintereinander. Über ihnen verkrallten sich die kahlen Äste der Bäume. Der Himmel schimmerte blass. Dann wurde es für die Pferde zu gefährlich. Am Halfter führten John und Robin ihre Tiere tiefer in das Tal hinein.

»Soll man nicht glauben, dass hier in der Wildnis ein Kloster ist.«

»Wart's ab!«

Der Plan war einfach. Sobald die Gebäude vor ihnen auftauchten, wollten sie die Kutten ausziehen. An keiner Klosterpforte würden verirrte Reisende abgewiesen. Schon gar nicht, wenn sie für das Nachtlager bezahlten. »Wo Bruder Tuck ist, werden wir rasch herausfinden. Wir brauchen nur die Ohren offen zu halten.« Robin war sich ganz sicher. »Entweder lebt er doch noch bei seinen Brüdern, oder sie haben ihn wirklich aus dem Haus verbannt. Ganz gleich. Irgendwie werden wir ihn morgen schon allein sprechen.«

Der Wald wurde lichter. Gesang! Die Gefährten blieben in der Deckung. Unter ihnen weitete sich das Tal. Äcker. Wiesen. Vereinzelte Wälder. Weiter im Westen zeigten sich Dächer hinter den Klostermauern, überragt von der mächtigen Abteikirche.

»Das gefällt mir.« Robin strich das Kinn. »So versteckt wie unser Hauptlager.«

»Wachen haben sie auch.« John zeigte nach unten. »Singende Wachen.« Gleich vor ihnen senkte sich der Weg und endete an einem breiten Bach. Auf der gegenüberliegenden Seite stand ein Haus, gefügt aus kräftigen Baumstämmen. Weißer Rauch stieg aus der Öffnung des Moosdaches. »Guck dir den dicken Kerl an.«

Vom anderen Ufer her arbeitete sich ein Mönch Schritt für Schritt durch den zugefrorenen Bach. Die Kutte hatte er bis zum Hüftstrick gerafft, seine Beine steckten in hohen, fettglänzenden Schaftstiefeln. Im gleichmäßigen Rhythmus schwang er eine riesige Keule und ließ sie auf das dünne Eis krachen. Die Schollen stieß er zur Seite. Dabei sang er aus voller Brust das Gloria.

»Du wartest.« Robins Augen glitzerten. »Aber versprich mir: Du kommst erst, wenn ich dich rufe.«

»Willst du so da runter? Im Pfaffenrock?«

»Der kleine Dicke trägt ihn doch auch.«

»Aber der gehört auch da rein.«

»Woher weißt du das?«

»Na, er singt so. Wir wollten doch als Reisende …«

»Später. Wenn wir zum Kloster gehen. Lass mir ein bisschen Zeit!«

Robin hängte sich den Schild über die Schulter, zwinkerte John zu, und das Loblied mitsummend, schritt er, die Kapuze tief im Gesicht, den Weg hinunter zum Bach. Vorsorglich zog John den Kurzbogen und zwei Pfeile aus dem Gepäck. »Sicher ist besser«, brummte er.

Bis über die Mitte hatte der Mönch bereits seine Rinne geschlagen. Er bemerkte den Fremden nicht. Zu heftig hieb er die Keule auf das Eis, zu kräftig sang er das Gloria. Er zog das O, ließ es in endlosen Schleifen auf- und absteigen.

Erst als der Mönch ans diesseitige Ufer watete, sah er den fremden Bruder. Sein Lied brach ab. Die Keule stemmte er vor sich auf den Boden.

Robin neigte den Kopf. »Pax tecum.«

»Et cum spiritu tuo.« Ein festes, rundes Gesicht, von der Anstrengung frisch gerötet. Weit auseinander stehende, dunkle Augen. Die Kapuze war dem Mönch in den Nacken gerutscht. Erstaunt musterte er den Fremden. »Ich habe Euch nicht kommen hören.« Er rieb mit der flachen Hand die rasierte kreisrunde Stelle an seinem Hinterkopf.

»Das war auch nicht möglich. So wie Ihr den Herrn gepriesen habt.«

»Mein Abt hat mir die unselige Pflicht auferlegt, diese Furt in

Stand zu halten. Im Sommer achte ich auf die Steine am Grund. Bei Frost sorge ich, dass sie eisfrei bleibt. Eine kalte Arbeit. Da wärmt mich nur Gesang.« Er ließ den Fremden keinen Moment aus den Augen. »Wie ich sehe, tragen wir das Kleid desselben Ordens. Wo kommt Ihr her, Bruder?«

»Aus Canterbury. Ich muss Eurem Vater Abt eine Botschaft meines Priors überbringen.«

»Von so weit? Und zu Fuß?«

Robin seufzte. »Ja. Die Demut fordert oft Beschwerliches von uns.«

Der Mönch rundete die Lippen. »Wenn sie von Herzen kommt, pflichte ich Euch gerne bei.«

Tiefer seufzend zeigte Robin seine weichen Lederstiefel, er zeigte zum anderen Ufer. »Ihr, werter Bruder, seid schon nass. Ich bitte Euch um des heiligen Christophorus willen, tragt mich hinüber!«

Der Mönch schloss die Augen, als er sie wieder öffnete, war sein Blick kühl. Doch seine Stimme blieb gütig, mehr noch, der Ton wurde unterwürfig. »Gern. Ich bin es gewohnt zu dienen.« Er klemmte die Keule unter den Arm. »Gebt mir solange Euer Schwert! So könnt Ihr leichter aufsitzen.«

»Das gefällt …« Robin verbesserte rasch. »Ihr seid umsichtig, lieber Bruder.« Damit überreichte er Gurt und Waffe.

Der Mönch beugte den Rumpf, und Robin Hood hockte sich rittlings auf den breiten Rücken.

Von der Höhe aus beobachtete Little John, wie sich der Anführer durch die kaum knietiefe Furt tragen ließ. »Wieder so 'n Spiel. Sitzt da wie ein grauer Frosch auf der Kröte.« Er senkte den Bogen.

Der Mönch hatte mit seiner Last das andere Ufer erreicht. Jäh streckte er, schüttelte sich, dabei stieß er einen wilden Schrei aus. Robin flog durch die Luft, landete hart auf dem Boden. Schon stand der Mönch über ihm. Die Keule in der Linken, das blanke

Schwert in der Rechten, die Spitze zielte auf das Herz. »Pax tecum, du Halunke!« Alle Unterwürfigkeit war verschwunden. »Du bist alles, nur kein Mann der Kirche.«

»Aber Ihr, Vater.« Robin lachte kläglich. »Verschont mich! Ich bin wehrlos.«

Oben in der Deckung hatte John wieder die Sehne gespannt. Mit einem Mal grinste er. »Auch gut.«

Der Mönch trat gerade dem falschen Bruder in die Seite. »Nein, ich töte dich nicht, auch wenn ich diese Tat von Herzen gern beichten würde. Los, steh auf! Jetzt spielst du den Christophorus. Trag mich rüber, und dann verschwinde! Zur Strafe sollen dir die Zehen abfrieren.« Er ließ seine Keule fallen. Kaum hockte er auf dem Rücken, hieb er dem Fremden das Schwertblatt an die Seite, trieb ihn durch das Wasser.

»Geschieht ihm recht«, brummte John vergnügt. Er schmunzelte noch, als der Reiter abstieg. Doch dann stockte ihm der Atem. Wie von selbst sprang der Dolch aus dem Kuttenärmel in Robins Hand. Katzenschnell war der Anführer hinter dem Mönch, würgte ihn mit dem linken Arm. Die Spitze saß an dem gedrungenen Hals. »So schnell wechseln Himmel und Hölle, ehrwürdiger Vater. Weg mit dem Schwert!« Der Mönch gehorchte.

»Ehe Ihr mir die Liebe angedeihen lasst, mich wieder hinüberzubringen, verratet mir: Was habe ich falsch gemacht?«

Der Mönch zeigte keine Angst, noch nicht einmal Zorn. »Alles, du Scharlatan. Ich habe bisher keinen Bruder getroffen, der solch gute Stiefel trägt und dann noch von Demut spricht. Außerdem: Zu Fuß willst du hergekommen sein? Zeig mir in England einen aus unserm reichen Orden, der noch zu Fuß geht. Und dann: In Canterbury gibt es kein Kloster der Zisterzienser. Ich selbst habe das Grab des frommen Thomas Becket besucht. Er war Augustiner, und das Kloster …«

»Genug«, unterbrach ihn Robin. »Mein Spiel war schlecht vorbereitet.«

»Ein Spiel?! Dass dich die Hölle verschlinge!«

»Schluss jetzt. Trag mich rüber, du Fettwanst! Ich habe nicht bis zur Nacht Zeit.«

Auf halber Strecke sprang der Mönch hoch und ließ sich rücklings zur Seite fallen. Beide, der Reiter zuunterst, das Pferd über ihm, brachen durch das Eis. Der Mönch kam schneller auf die Beine. Er packte den falschen Bruder, tauchte ihn unter, riss ihn hoch, tauchte ihn. Robin schnappte nach Luft, schrie: »John!« Schon verschwand sein Kopf wieder.

»Um Gnade! Bitte um Gnade!«, brüllte der Mönch. »Um Gnade!«

Little John war in großen Sätzen heran, stampfte durchs Wasser. Er umschlang den Mönch von hinten, hob ihn an und warf ihn zur Seite. Das Eis krachte. Der Mönch saß in den Schollen.

»Beim Dunstan. Jetzt ist wirklich Schluss!« John half dem Freund auf. Der Mönch nutzte den Moment. Während er sich hochrappelte, setzte er eine kleine Silberpfeife an die Lippen. Zwei Pfiffe.

Gebell! Hinter dem Haus hervor! Gebell! Eine Hundemeute jagte ins Wasser. Fünf hochbeinige, zottige Grauhunde.

»O Sancta Katharina!«, rief ihnen der fromme Mann entgegen. Die Meute teilte sich. Zwei stürzten zu Robin. Drei hetzten auf John zu. Wasser spritzte. Geduckt erwartete sie der Riese. Von oben schnappte er den ersten Angreifer im Genick, riss ihn hoch. Er schüttelte das Tier. Schon waren die beiden nächsten heran, bellten, fletschten die Zähne. Sie bissen nicht zu. Auch an Robin sprangen zwei Hunde hoch, stellten ihn wie einen Hirsch.

»Ruf sie zurück!«, schrie John. Der Grauhund in seiner Faust zappelte nur noch, die Zunge hing ihm weit aus dem Maul. »Sonst zerquetsch ich ihm das Genick.«

»O Sancta Dorothea!« Sofort wichen die Bestien etwas zurück. Sie lauerten. Langsam setzte John den Hund ins Wasser. Er taumelte zu den übrigen.

Robin starrte die Meute an, starrte auf den Mönch. »Bei der Heiligen Jungfrau. So ein Pfaff ist mir noch nicht begegnet.«

»Schweig!«, herrschte ihn der Mönch an. »Nur ein Befehl, und sie zerfetzen euch.« Er warnte John. »Selbst wenn du einen tötest, ehe du den zweiten gepackt hast …«

»Schon recht.« John verschränkte die Arme vor der Brust. Vorwurfsvoll sah er zu Robin hinüber. »Ich bin es leid.«

Der Anführer zitterte vor Kälte. »Aber das Spiel war gut so. Wir suchen nicht weiter. Wir haben einen besseren gefunden. Na, was sagst du?«

Es dauerte einen Moment, dann nickte John. »Auch gut.«

Robin gelang eine steife Verbeugung. »Ich bitte um Gnade, ehrwürdiger Vater, erlöst uns aus diesem verdammten Eiswasser! Und ich bitte, erwärmt Euer Herz. Lasst uns am Feuer miteinander sprechen.« Er streckte die Hand aus. »Pax tecum.«

Misstrauisch blickte der Mönch von einem zum andern. »Jetzt meint er's ernst«, versicherte ihm John.

»Also gut, Friede.« Der Mönch rieb mit der flachen Hand das kahle Rund an seinem Hinterkopf. »Doch nur, weil mir auch kalt ist.« Er befahl seiner Meute: »O Sancta Martha!« Sofort liefen die Hunde durch den Bach zum Haus hinüber.

»Folgt mir!« Der Mönch watete voraus.

Wärme! Nicht allein vom Herdfeuer. Der fromme Mann lebte mit seinen Hunden und vier Schafen unter einem Dach. Heu- und Holzvorrat, ein breites Tor zeigten, dass der rückwärtige Teil als Stall gedacht war. Doch gab es keine Grenze zum Wohnraum. Bis auf den Kreis rund um die Kochstelle war der gestampfte Boden mit Stroh ausgelegt. Und die Schafe lagerten dicht an dicht, gleich neben der Schlafmatte des Mönches, sie strömten warme, wohlige Dünste aus.

»Das nenn ich eine Herberge.« Robin Hood kauerte sich nah an die Herdglut. »Ich will Euch jetzt …«

»Schweig!« Keuchend befreite sich der Mönch von den hohen Stiefeln. »Zieht die Kutten aus, beide. Erst wenn ich euch ohne diese Verkleidung sehe, will ich wissen, wer ihr seid. Doch wehe euch. Nur eine falsche Bewegung, und ich rufe meine Hunde nicht mehr zurück.«

John war in der Nähe des Eingangs stehen geblieben. »Platz ist genug.«

»Was stehst du da rum?«, fuhr ihn der Mönch an.

»Schon recht.« John deutete auf die Schafe, zu den Hunden. »Wir haben auch noch drei.«

»Runter mit dem Rock!«

»Ich mein, wir haben drei Gäule. Oben im Busch.«

Prüfend sah der Mönch zu dem Hünen auf. »Gut. Bring sie her!«, ordnete er an. »Wo zwei Halunken Obdach finden, ist für Gottes unschuldige Kreatur wahrhaftig noch Platz genug.«

Als John das Packpferd durchs Stalltor hereinführte, knurrten die Hunde.

»O Sancta Clara!« Sofort verstummten sie.

Wenig später standen die Gäule eng beieinander im hinteren Teil der Hütte. »Mit euch dreien ist meine Arche bis zum letzten Platz besetzt«, erklärte ihnen der Gastgeber, während er sie mit Heu und Wasser versorgte.

John grinste. Der Mönch hatte den Ordensrock ausgezogen und eine Decke umgelegt, der Hanfstrick hielt sie notdürftig vor dem Bauch zusammen. Nur im Leibhemd saß Robin am Herdfeuer, schweigend, die Lider halb geschlossen. Und von den Deckenbalken tropfte das Wasser aus zwei hellgrauen Kutten. »Häng die deine daneben!«, befahl der Mönch. »Na, wird's bald!«

Streng bewachte er jede Bewegung des Riesen, ließ sich den Dolch mit dem Knauf zuerst geben. Er begleitete ihn zum Packpferd. »Rühr die Waffen nicht an!«

»Schon gut. Schon gut.« Betont langsam zog John die mitgeführten Decken aus dem Gepäck.

Kaum hockte John neben Robin, stellte sich der Mönch ans Feuer. »Also jetzt: Wer seid ihr? Was wollt ihr in Fountains Abbey?«

Robin blickte auf. »Ich bin Robert Loxley. Das hier ist Little John.« Vorsichtig setzte er hinzu: »Vielleicht kennst du mich besser unter dem Namen Robin Hood.«

Der Mönch wich einen Schritt zurück. »Kein Wort mehr.« Er ballte die Fäuste. »Niemals! Ihr Räubergesindel werdet Fountains Abbey nicht berauben.« Schon griff er nach der Silberpfeife.

»Wartet!«, bat Robin. »So wartet.«

Zögernd kehrte der Mönch zum Feuer zurück. »Was, was habt ihr vor?«

»Keinen Überfall«, brummte John. »Auch wenn's vorhin anders aussah.«

»Beweist es.«

Robin zeigte die offenen Hände. »Ganz einfach: Wir sind nur zu zweit. Sonst wäre ich mit einer Armee gekommen. Doch Schluss damit. Wir wollten einen deiner Brüder sprechen, Bruder Tuck. Doch jetzt …«

»Ich bin …« Der Mönch brach ab. Unmerklich zuckten seine Mundwinkel. Er rückte einen Schemel ans Feuer. »Also gut. Ich bin Bruder Hieronymus. Was wollt ihr von Bruder Tuck?«

»Von dem Säufer nichts mehr«, grinste John breit. »Nur noch …«

»Säufer?!«

»Na ja! Deswegen haben sie ihn aus dem Kloster gejagt. Jetzt muss er irgendwo draußen wohnen.«

»Bequeme Lügen.« Der Mönch blickte rasch von einem zum andern. »Gerüchte sind stets leichter als die Wahrheit. Ja, Bruder Tuck wird vom Konvent seines Klosters gemieden. Weil er mahnt, weil er Kritik übt. Und wenn er hin und wieder dem Wein zuspricht, so ist es kein Saufen, sondern der Wunsch, für eine Weile sein Los zu vergessen.«

Robin runzelte die Stirn: »Verzeiht, Vater. Ihr verteidigt Bruder Tuck? Also hat er einen Freund. Ihr seid zu zweit.«

Der Mönch lachte dröhnend, hieb sich auf die Schenkel, er lachte, bis ihm Tränen über die Wangen liefen.

Verblüfft starrten die Gefährten einander an. Mit einem Mal hielt der Mönch inne. »Jetzt glaube ich, dass du und dieser Riese in friedlicher Absicht hergekommen seid.« Er faltete die Hände vor dem Bauch. »Die Lösung ist einfach: Ich bin nicht zu zweit. Mein Name ist zwar Hieronymus, Pater Hieronymus, aber jeder nennt mich Bruder Tuck.«

Er ließ seinen Gästen keine Zeit. »Hier bin ich also. Was wollt ihr?«

John rieb die Narbe im Bart. Auch der versteht was vom Spielen. Schon recht. So ein Pfaff wär wirklich gut für uns.

Robin fasste sich schnell. »Bei der Heiligen Jungfrau.« Er drückte die Handballen gegeneinander, wippte leicht die Fingerkuppen und berichtete Bruder Tuck vom Leben der Geächteten in Barnsdale, vom Kampf gegen Unrecht und Erniedrigung, von den Überfällen. Nichts beschönigte er. »Auch wir sind eine Bruderschaft. Doch wir tragen nur den grünen oder braunen Kampfrock, benutzen Schwert und Bogen. Uns fehlt einer, der Gottes Rock trägt.«

Hoch aufgerichtet saß der Mönch da, starrte in die Flammen, er schwieg.

Nach einigem Räuspern setzte John hinzu: »Eine Hütte ist da. Essen gibt es genug. Ja, und eine Kapelle wollen wir im Dorf bauen. Irgendwann.«

Schweigen. Bruder Tuck erhob sich. Aus der Wandnische nahm er einen Krug, trank und reichte John den Wein. »Die schönste Regel meines Ordens lautet: Ora et labora. Bete und arbeite. Mit eigener Hand haben die ersten Zisterzienser dieses Tal urbar gemacht. Ackerbau und Schafzucht. Doch was ist heute? Wie die normannischen Barone lassen auch wir das Feld von Knechten bestellen, die Schafe scheren.« Er reichte den Wein an Robin weiter. »Ich will zurück zu dem ›Ora et labora‹.«

Der Anführer setzte den Krug ab. »Heißt das …?«

»Ja. Ich bin bereit.« Er schmunzelte. »Du bietest mir das Leben auf einem wilden Acker und ungeschorene Schafe, die Pfeil und Bogen tragen.«

»Der Heiligen Jungfrau sei Dank!« Robin sprang auf. John schlug Bruder Tuck im Überschwang die Hand auf die Schulter. Schmerzhaft zuckte der Mönch. Als er das erschreckte Gesicht des Hünen sah, lachte er. »Na, warte nur, bis du meinen Schlag kennen gelernt hast.«

Aus dem Bodenschacht holte er drei Weinschläuche. Sie tranken und planten den Aufbruch.

Wann? Gleich morgen Früh. Abschied? Nein, kein Lebewohl für die Mitbrüder. »Ich werde meine Schafe zur Klosterherde treiben. Dann wissen sie, dass ich gegangen bin. Der Abt wird aufatmen.«

Später lagerten sie um das Herdfeuer. Seine Hunde wollte Bruder Tuck mitnehmen. John stützte den Kopf auf. »Wie geht das mit den Heiligen?«

»Der Abt wollte mich der Wilderei überführen. Im Beisein des königlichen Försters brachte er sogar einen Hasen mit, ließ ihn vor der Meute frei. Was er auch befahl, die Hunde rührten sich nicht.« Der Mönch faltete die Hände. »Doch wenn ich hin und wieder durch den Forst wandere und im Namen der Heiligen zu ihnen spreche, dann wird mir auf wundersame Weise ein Wildbret beschert.«

»Das gefällt mir«, murmelte Robin im Halbschlaf.

»Auch gut.« John legte sich zurück. »Auf so was kommt nur ein Pfaff, nur unser Bruder Tuck.«

Sie ritten als einfache Zisterzienser auf der Handelsstraße nach Süden, die hellgrauen Kapuzen tief ins Gesicht gezogen. Kalt war es. Ein Trupp Bewaffneter kam ihnen entgegen. Das rote Wappen des Barons von Doncaster leuchtete auf Schild und Mantel. Nur ein stummer Gruß. Mehr nicht. Keiner der Waffenknechte wunderte sich über das sonderbar sperrige Gepäck, das die frommen Herren hinter den Sattel geschnürt hatten, keinem waren die Hunde aufgefallen, die im Weggehölz lautlos die Mönche begleiteten.

Steil fiel die Straße hinunter zum River Went. Schon war das Dach der Brückenschenke auszumachen. John versteifte den Rücken. »Da. Beim Dunstan!« Tief unter ihnen, mitten auf der Straße: Rot. Scharlachrot. »Da steht der Kerl wieder.«

»Ein Fuchs auf Hinterbeinen«, schmunzelte Bruder Tuck. »So was sieht man nicht oft.«

»Wir schon«, knurrte John. Damit griff er hinter sich.

»Lass den Bogen!«, befahl Robin. »Bleib ruhig. Du bist ein Mönch. Also benimm dich auch so!«

»Schon recht.« Das Gefühl war wieder wach: Gefahr drohte. John spürte es bis in den Nacken.

Was treibt sich der Kerl da rum? Als die Reiter näher kamen, sprang der Scharlachrote mit einem federnden Satz zur Seite und war zwischen den Bäumen verschwunden.

John öffnete und schloss die Faust. Kutte hin oder her. Seh ich ihn noch mal, dann greif ich ihn mir.

Ehe sie den Vorplatz der Schenke erreicht hatten, stiegen die Mönche ab. Bruder Tuck stellte sich an den Straßenrand. Er raffte die Kutte bis unter den Bauch. Gleichmütig warteten die Gefährten. Dann begriffen sie. Kein Erleichtern. Nur ein leiser Pfiff auf der Silberflöte, ein »O Sancta Clara.« Bruder Tuck schlenkerte kurz die Hüfte und ließ die Kutte wieder fallen. Als er sich umdrehte, sagte er: »In Ordnung. Meine Lieblinge warten geduldig, bis es weitergeht.«

John vergaß die Anspannung. Leicht stieß er dem Freund in die Seite. »Der versteht's, was?«

»Ja. Wir haben Glück.« Robin lachte. »Und Priester ist er auch noch.«

Nach der Rast ließen die Mönche ihre Gäule vor der Steinbrücke tänzeln. Ungeschickte Reiter. Ein Vergnügen für jeden, der ihnen nachblickte. Während sie sich bemühten, die Pferde im Zaum zu halten, wischten vor ihnen fünf Grauhunde über die Brücke.

»Nur Mut, meine Brüder!«, rief Bruder Tuck betont laut. »Haltet euch an den Zügeln fest. Und mit Gottvertrauen geht es weiter.«

Bald schon schnaubten die Gäule. Fast war die Höhe erreicht. Sie ritten aus der letzten lang geschwungenen Kehre. Weit oberhalb stand der Scharlachrote wieder mitten auf der Straße. Er schien zu warten. Die Arme verschränkt, den blauen Umhang hinter dem Schwertgriff.

»Halt!«, zischte Robin. »Du hast Recht, John. Jetzt will ich's auch wissen.«

»Na endlich.« Der Hüne zog das Bogenholz aus der Deckenhülle, spannte die Sehne ein.

»Warte! So erfahren wir nichts.«

»Aber wenn wir näher kommen, verschwindet er wieder.«

»Ob Fuchs oder Reh«, Bruder Tuck griff nach der Halskette, hob die kleine Flöte, »meine Hunde wissen, wie das Wild gestellt wird.«

Robin war einverstanden. Auch John nickte. Sie hielten sich bereit, gleich loszureiten. Bruder Tuck lenkte das Pferd zum Straßenrand. Auf seinen Pfiff hin kam die Meute aus den Büschen. Der Mönch wies auf den Scharlachroten. »O Sancta Katharina!«

Gebell. Die Grauhunde jagten davon. Reglos stand der Fremde. Einen Steinwurf vor ihrem Opfer stob die Meute auseinander. Der Rote bewegte sich nicht. Schon hatten die Hunde ihn weit umzingelt. Das Bellen schwoll an. Von allen Seiten hetzten sie zur Mitte, waren fast heran. Da ging der Fremde in die Knie und sprang über eine der Bestien hinweg. Zur gleichen Zeit zückte er das Schwert. Der Hund warf sich herum, schnappte nach dem Mantel. Ein gewaltiger Hieb durchtrennte seinen Hals. Festgebissen blieb der Schädel am Stoff hängen! Aufheulend sprangen die anderen vier gegen den Mann. Er verlor das Schwert. Sie rissen ihn zu Boden.

Jetzt waren die Reiter am Kampfplatz. Bruder Tuck befahl. Sofort gaben die Grauhunde ihr Opfer frei. Der Rote lag auf dem Rücken. Stöhnend sank Bruder Tuck neben ihm auf die Knie. »Was hast du getan?« Er löste die Fangzähne aus dem Mantel.

Langsam setzte sich der Fremde auf. Seine Kleider hingen in Fetzen, ihm selbst war nichts geschehen. Er sah dem Mönch offen ins Gesicht. »Ich musste mich wehren.« Er blickte zu den beiden anderen auf. »Ihr seid doch Zeugen? Oder?«

Keine Antwort. Bruder Tuck trug den Schädel in den Straßengraben. Als er den blutdampfenden Rumpf von den Steinen zog, winselten die Grauhunde. »Ja, trauert, meine Lieblinge. Trauert um Secundus!« Er kauerte sich zu der Meute.

Der Fremde griff nach seiner roten Mütze, schlug sie auf die Knie. Empörung in den grauen Augen. »Starrt mich nicht so an. Ich bin nicht schuld am Tod des Köters. Ihr Pfaffen habt die Meute auf mich gehetzt.«

Widerstrebend nickte John. Robin runzelte die Stirn. »Irgendwo …?« Er schüttelte den Gedanken ab, stemmte seine Fäuste in die Seiten. »Steh auf!«

Mit gekonntem Schwung rollte sich der Fremde zur Seite, hatte den Schwertgriff gepackt. John war schneller, sein Stiefel stand auf der Klinge. »Versuch's erst gar nicht, Kerlchen!«

»Schluss jetzt!« Ein harter Befehl.

Federnd sprang der Fremde auf die Beine. Ohne jede Furcht lockerte er die Schultern. »Aus welchem Kloster kommt ihr? Wo dürfen denn fromme Brüder mit Hunden jagen?«

»Halt's Maul!«, knurrte John.

Unbeeindruckt zeigte der Fremde auf die roten Fetzen. »Und wer bezahlt mir die teuren Kleider?«

Wie ein Schlangenkopf zuckte Robins Rechte zum Hüftstrick, fuhr auf. Er hatte sein Schwert in der Faust. Mit der Spitze hob er das Kinn des Roten. »Ich frage hier«, sagte er gefährlich sanft. »Und wenn du nicht artig antwortest, brauchst du keine Kleider mehr.«

Das glatte Gesicht wurde bleich. Vorsichtig nickte der Fremde.

»So gefällst du mir. Also?« Schnell und knapp waren die Fragen.

Er wartete, seit Wochen schon. Jeden Reisenden hatte er beobachtet. Ganz gleich, ob sie zu Fuß oder zu Pferd hinunter zum River Went kamen. Und die roten Kleider trug er nur, damit jeder ihn auch wirklich ansah.

»Auf wen wartest du?«

»Wenn er kommt, wird er mich erkennen.«

Sofort verstärkte Robin den Druck.

»Auf einen Verwandten.«

»Den Namen!?«

»Und wenn du mich umbringst. Ich sag ihn nicht.«

»Mut hast du.« Wieder runzelte Robin die Stirn.

Inzwischen war Bruder Tuck zurückgekommen. Er stand neben John, murmelte: »Das Unglück ist geschehen. Und wir tragen die Schuld. Warum es noch vergrößern?«

»Schon recht.« John stieß den Atem aus. »Wir sollten weiter.«

»Nein, wartet!«, befahl Robin. Unverwandt starrte er den Fremden an. »Wer bist du?«

»Gamwell. Gamwell aus Maxfield.«

Der Anführer ließ die Waffe sinken. »Hast du eine Tante?«, fragte er barsch.

Vorsichtig betastete der Rote seinen Hals. »Ja. Sie ist Nonne. Die Priorin vom Kloster Kirklees.«

»Priorin?!«

»Ja, seit einem Monat.«

»Wie heißt sie?«

»Schwester Mathilda. Sie versteht sich auf die Heilkunst.«

Robin steckte das Schwert in die Scheide. Er zwinkerte den Gefährten zu. »Also, Gamwell. Ich weiß, wen du suchst.« Ein Lächeln. »Mich.«

»Du bist …?«

»Still. Keinen Namen«, Robin legte den Finger auf die Lippen, dann lachte er. »Ja, der bin ich.« Beide Hände streckte er aus. »Willkommen, Cousin!«

Geschmeidig ging Gamwell auf ihn zu, als er sich in die Arme schließen ließ, lachte auch er.

Robin rief über die Schulter des Cousins: »Na, was sagt ihr? Ist das ein Tag? Als Kind hab ich den Kleinen zuletzt gesehen. Aber vorhin dachte ich schon: dieses Gesicht? Woher kenn ich diese Augen?«

Little John rieb heftig die Narbe im Bart. Noch nie hatte er Robin so erlebt.

Gamwell befreite sich. »Ich habe gewartet. Weil ich nicht mehr weiß, wohin. Weil ich deine Hilfe brauche.«

»Erst mal nehm ich dich mit. Familienblut gehört zusammen. Später sehen wir weiter.« Robin führte ihn vor die Gefährten. »Das ist mein Freund Little John. Du hattest Glück, Gamwell. Um ein Haar hätte er dich erschossen.«

John nahm die ausgestreckte Hand. Kraft hat er, ja. Offen, herzlich erwiderte Gamwell seinen prüfenden Blick. Und doch? John wusste es nicht, spürte nur das Ziehen im Nacken.

»Ich freue mich«, sagte Gamwell. Eine wohltönende Stimme.

Als Antwort brummte der Hüne.

»Und dies ist der einzig echte Zisterzienser von uns. Bruder Tuck.«

Ohne Gruß faltete der Mönch die Hände vor dem Bauch. Gamwell wurde ernst. »Verzeiht, Vater. Was sollte ich denn tun?«

Bruder Tuck rundete die Lippen, endlich nickte er. »Du hast mir gleich am ersten Tag bewiesen, wie dornig mein neuer Weg sein kann. Doch willkommen, mein Sohn!« Er zeigte zur Meute hinüber. »Das sind: Primus, Tertius, Quartus und Quintus. Gehorsam, doch unbestechlich. Und solange sie trauern, hüte dich vor ihnen.«

»Wir werden schon Freunde«, sagte Gamwell, die grauen Augen blieben kühl.

Robin übergab John sein Gepäck und ließ den Cousin hinter sich aufs Pferd steigen.

Die beiden ritten vornweg, suchten nach gemeinsamen Erinnerungen. Nur wenige waren es. Und seit dem Überfall auf Loxley, nach dem Tod von Robins Vater, hatte Gamwell den älteren Cousin nicht mehr gesehen.

»Ich habe immer gekämpft«, der Anführer streckte die Faust. »Erst ums Essen. Aber jetzt geht es mir um viel mehr.« Er lachte.

Bruder Tuck und Little John folgten ihnen. Der Hüne hielt den Zügel locker in der Hand. Neben ihm hockte der Mönch schweigend im Sattel. Wie schnell das geht! John seufzte. Gestern sind wir alleine los, wollten nur einen Priester. Und heut haben wir einen Pfaff, einen Cousin und vier Hunde.

»Wie war's mit dir?«

Robins Frage riss John aus den Gedanken. Na endlich. Wurd auch Zeit. Angespannt lauschte er nach vorn.

»Die Pest kam nach Maxfield. Beide Eltern sind gestorben. Am gleichen Tag. Da hat mich Tante Mathilda aufgenommen.«

»Diese Nonne. Kein Wort hat sie mir davon gesagt.«

»Sie hat mich vor dir versteckt. Damit ich nicht so werde wie du.«

Nach einer Pause. »Und dann, Gamwell?«

»Alles hat sie für mich getan. Lernen musste ich von ihr. Jetzt kann ich lesen, schreiben und ...«

»... mit dem Schwert umgehen«, ergänzte Robin trocken.

»Unsere tüchtige Mathilda. Priorin ist sie jetzt. Und selbst von der Waffenkunst versteht sie was.«

Gamwell lachte: »Nein, das hab ich nicht von ihr. Das hab ich in Doncaster gelernt.«

John hielt den Atem an.

»Wo?« Jäh wandte Robin den Kopf.

»Bei Sir Roger, dem Baron von Doncaster.«

Der Hüne gab seinem Gaul die Sporen. Schon war er auf gleicher Höhe. »Sag das noch mal!«

Bekümmert sah Gamwell von einem zum andern, dann senkte er die Augen. »Ich musste gehorchen. Tante Mathilda wollte, dass ich ein Junker werde.« Auf der Burg hatte er gelernt zu kämpfen, mit dem Falken zu jagen, das Armbrustschießen, höfliche Gespräche und die Sitten bei Tisch. Alles war ihm beigebracht worden. Und er hatte sogar Spaß daran. »Du wirst noch ein echter Normanne.« Sir Roger war mit ihm zufrieden gewesen.

Robin Hood blickte wieder nach vorn. Von der Seite sah John das versteinerte Gesicht des Freundes.

»Ein Normanne also!« Little John übernahm das Verhör. »Und warum tauchst du plötzlich hier auf?«

Gamwell schien die drohende Spannung nicht zu bemerken. Ohne Stocken antwortete er: »Weil ich den Verwalter getötet habe. Weil ich das Unrecht nicht länger ertragen konnte.« Er ließ eine Pause. »Nach außen gibt sich Sir Roger mildtätig, spielt den frommen Gönner. Doch ich habe ihn schnell durchschaut. Macht will er. Um seine grausamen Pläne durchzusetzen, befiehlt er Folter, sogar Mord. Und dieser Verwalter war sein Handlanger.« Gamwell wischte mit dem Ärmel die Augen. »Bei dem Baron fehlte mir der Mut, doch seinen Vogt, den habe ich schließlich zur Rede gestellt. Sofort griff er zum Schwert. Ich war besser.«

John war die Kinnlade gesunken. Halb hatte sich Robin im Sattel umgedreht. »Das hast du gewagt?«

»Ich musste einfach. Den unschuldigen Opfern zuliebe. Ich versteckte die Leiche hinter einigen Fässern. Doch sie wurde entdeckt. Ehe mich jemand verdächtigte, bestieg ich mein Pferd und ritt davon.«

»Schon recht, Junge.« Zum ersten Mal sah John den Cousin freundlich an. »Bin froh, dass ich dich nicht erschossen hab. Und unserm Much musst du das auch erzählen.«

Robins Augen lächelten. »Gut, dass du auf uns gewartet hast.«

Bevor sie von der Handelsstraße quer in die Wildnis ritten, befahl John dem Cousin und Bruder Tuck abzusteigen.

»Übertreib nicht!« Robin hob leicht die Hand.

»Deine Regel!« John grinste. »Die gilt für alle Fremden. Für Pfaffen sowieso. Aber auch für Verwandte.« Damit riss er zwei lange Fetzen von Gamwells rotem Rock. »Verbindet euch die Augen, bis wir da sind.«

Der Cousin gehorchte, und mit einem kraftvollen Schwung setzte John ihn wieder hinter Robin Hood aufs Pferd.

»Warte noch, mein Sohn!« Bruder Tuck rief die Hunde zu sich. »O Sancta Ursula«, schärfte er ihnen ein.

»Jetzt die Ursula?«

»Egal, wo du mich auch hinführst«, sagte der Mönch. »Mit Sancta Ursula bleiben sie an meiner Seite.«

Ankunft. Der erste Wachposten stieß ins Horn. Der zweite gab das Signal weiter. Als sie unten ins Hauptlager einzogen, hatten sich alle Gefährten vor dem Küchenschuppen versammelt. Während Robin Hood draußen den Priester und seinen Cousin vorstellte, schütteten drinnen die beiden Köche keifend und fluchend noch etwas Wasser in die dampfende Suppe.

John kam nicht zu Wort, hätte es auch gar nicht gewollt. Nach dem Essen berichtete Robin ausführlich und so heiter wie selten vom Beutezug der beiden letzten Tage. »Für Bruder Tuck haben wir vorgesorgt«, schloss er. »Bis Gamwells Hütte fertig ist, wird er bei mir wohnen.«

Bier und sogar Wein! Tom Toad ließ den Zopf um seinen Krug kreisen, dabei betrachtete er den Cousin. »Gamwell? Gefällt mir nicht. Das müssen wir ändern.«

»Du hast Recht.« Nachdenklich strich Robin das Kinn. »Gam – well. Gam. Well.« Er probierte den Namen. Feixende Gesichter ringsum. Die Spannung wuchs.

John hieb seine Pranke auf den Tisch. »Ist doch einfach: Will! Und weil er so schön rot da auf der Straße rumstand: Scarlet!«

Anerkennend pfiff Robin. Er zückte den Dolch, legte die gespreizte Hand auf die Tischplatte. Dreimal ertönte das dumpfe »Nein.« Die Spitze zielte zwischen die beiden letzten Finger. »Will Scarlet?«

»Ja«, antwortete der Chor.

Kaum war der Cousin mit Bier getauft, als Smiling die Zähne bleckte. »Und unser Pfaff?«

Bruder Tuck stellte den Krug ab. »Wartet. Sucht nicht länger, ihr Spötter.« Weinselig erhob er sich, ging vor seiner Gemeinde auf und ab. »Mein Name war Hieronymus. Doch weil ich …«, er raffte die Kutte bis zum Hüftstrick, »stets so durch den Bach watete, nennt man mich Bruder Tuck.« Damit ließ er den Rock wieder fallen.

Begeistert trommelten die Gefährten auf die Tischplatte. »Bruder Tuck! Ja! So bleibt es: Bruder Tuck!«

Im Küchenschuppen wurden die Krüge neu gefüllt, immer wieder. Bis der Gesang, auch das letzte Lachen im gurgelnden Schnarchen ertrunken waren.

Bald wollte er mit Marian und Beth sprechen. John war fest entschlossen. »Noch vor Weihnachten. Gleich wenn die Männer nach Haus sind.«

Bei Fackelschein feierte Bruder Tuck draußen in der eisigen

Christnacht die Messe unter der großen Linde. Nichts trübte die Freude. Das Mädchen und die Näherin sangen und beteten gemeinsam mit den Freisassen, die im Hauptlager geblieben waren.

»Aber spätestens bis zum Dreikönigstag. Und bis dahin ist noch Zeit genug.«

Marian half im Pferdestall des Stützpunktes. Tag für Tag sah John ihr zu, wenn sie ausgelassen den weißen Hengst über die schneebedeckte Koppel ritt.

»Nein, heute nicht. Aber morgen.«

Nach und nach kehrten die Gefährten aus ihren Dörfern ins Lager zurück. Und John hatte nichts gesagt, weder zu Beth noch zu Marian.

Am Fest der Heiligen Drei Könige tauschte Bruder Tuck mit dem Priester in Wrangbrook. »In nomine Patris, et Filii et Spiritus Sancti.« Drei Messen las er hintereinander. Am Ausgang hielt Marian strahlend den Gabenteller bereit. Dreimal durften die Dörfler den Pennyberg abtragen.

»Zeit und Ruhe brauch ich dafür. Und jetzt geht das Training der Männer vor.«

Täglich fand John neue Ausreden. Mal war es das Bogenschießen, der Stockkampf, dann verschob er, weil die neue Hütte für Will Scarlet eingeweiht wurde. Dann war es die wichtige Besprechung mit Robin Hood.

Der Anführer sah von einem Offizier zum anderen. »Gibt es irgendetwas gegen meinen Cousin vorzubringen?«

Toad und Whitehand schüttelten den Kopf. Smiling bleckte die Zähne: »Wenn der Scarlet, wenn's ernst wird, auch so mit dem Schwert losschlägt. Dann schafft er vier Eisenpuppen gleichzeitig.«

»Und was meinst du, John?«

»Hab mich dran gewöhnt.« Er nickte nachdenklich. Alles macht Scarlet gut. Und mit der Armbrust ist er sogar besser als jeder von uns. Und reden kann er. Manchmal mein ich … John wischte den Gedanken weg. Scarlet ist Robins Cousin! Und Schluss. »Schon recht. Ich bin dafür.«

»Das gefällt mir«, Robin klatschte kurz. »Damit hat die Bruderschaft der Freisassen einen fünften Offizier: Will Scarlet.«

Ende Januar schmolz der Schnee. John durfte nicht länger zögern. Zunächst setzte er sich heimlich mit Robin Hood zusammen.

»Gut, mein Freund. Einverstanden. Für unsere kleine Bedingung geb ich ihn gern her. Doch was Beth angeht«, der Anführer wiegte den Kopf. »Wäre schlecht, wenn wir in Zukunft wie die abgerissenen Kerle rumlaufen müssten.«

»Das regel ich schon«, versicherte John.

Dann sprach er mit Toad, bat ihn, mit nach Barnsdale-Top zu gehen. Den Grund verriet er nicht. Und während Marian im Stützpunkt Lancelot versorgte, stapfte er stumm neben dem Gefährten her zum Dorf hinüber. »Nun sag schon«, drängte Tom.

»Warte noch!« Nach einigen großen Schritten setzte John hinzu: »Weil's nicht so einfach ist.«

Beth saß am Tisch, die Augen weit geöffnet. »Du willst sie mir wegnehmen?«, flüsterte sie. Die Näherin tastete nach der Hand ihres Mannes, umklammerte sie. »Tom, das darf er doch nicht? Nicht wahr? Sag es ihm, Tom. Das darf er nicht.«

Toad fand keine Antwort. Unverwandt starrte John vor sich auf die Tischplatte.

Beth riss ihre Hand zurück. »So ist das. Tom, du hast es gewusst!« Die Lippen bebten. »Ihr beide, ihr habt das längst ausgemacht! Seht zu, dass ihr hier …«

»Nichts wusste ich. Bis gerade. Glaub mir, Beth!« Tom fasste behutsam nach ihrer Schulter.

»Rühr mich nicht an!« Die Näherin bog den Rücken durch, beugte sich wieder nach vorn. Tränen. »Mein Prinzesschen. Sie ist doch das Einzige, was ich noch hab. Sie ist mein Kind. Meins!«

Tom Toad fuhr sich über die graue Kopfhaut, zerrte den Zopf nach vorn. »Verdammt, John. Da siehst du, was du anrichtest.«

Der Hüne legte die Hände flach nebeneinander. »Mein Wort hab ich gegeben. Dem Ritter. Weil ich für Marian das Beste will.«

»Weil du …?« Beth schluchzte: »Und ich? Was tue ich denn?« Sie rang nach Atem. »Bei der barmherzigen Jungfrau, ich bitte dich, Little John: Nimm mir das Prinzesschen nicht weg!« Sie rüttelte an seinem Arm. »Sieh mich an!« Als er den Blick hob, fragte sie: »Wenn Marian nicht mehr da ist. Was soll dann aus mir werden?«

»Schon recht.« John räusperte sich umständlich. »Also, Beth, ich wüsst, was du …« Er begann von neuem: »Geh doch mit! Platz ist da genug.«

Die Näherin öffnete stumm die Lippen. Tom Toad ließ den Zopf los. Nach einer Weile knurrte er: »Sauber hast du dir das ausgedacht.«

Beth glaubte der Hoffnung nicht. »Was? Bitte, John, ich ertrage keinen Scherz. Sag es nicht einfach so!«

Leise erzählte John vom Angebot des Ritters. »Und mir wär's auch lieber. Weißt du, Richard at the Lea meint, du wärst dann so eine Art Erzieherin. Na ja. Du passt eben auf.«

Unter Tränen lachte Beth. »Wie immer. Bleibt mir ja nichts anderes übrig.« Sie trocknete die Wangen. »Und du meinst, bald?«

»Wird schon Zeit.« John dehnte erleichtert die Brust.

»Spätestens bis zum Frühjahr, hab ich versprochen.«

»Ein paar Tage brauch ich noch. Erst muss ich uns schön machen.« Sie sah zu den Stoffballen an der Wand. »Für Marian wüsste ich schon …«

»Halt! Verdammt!« Tom schlug die Faust auf den Tisch. »So geht das doch nicht.«

»Schweig, Tom Toad! Du hast deine Bande«, wies ihn Beth zurecht, nahm es sofort zurück. »So mein ich es nicht. Aber im Sommer bist du unterwegs. Und im Winter, na ja …«, sie drohte ihm mit dem Finger. »Bestimmt hab ich auf der Burg eine Kammer für mich allein.«

»So einfach soll das gehen?« Halb im Scherz brummte Tom: »Wenn du 'ne Dame wirst? Bestimmt lässt du mich erst was klimpern und was singen, bevor ich zu dir reindarf.«

Beth zögerte erschreckt. Und die Arbeit? Ob die Nachbarinnen allein …?

John gestand: »Hab ich schon mit Robin beredet.« Der Weg war nicht weit von Burg Fenwick bis nach Barnsdale-Top. »Wenn's nötig ist, dann kommst du eben her. So, bevor wir in den Sherwood müssen. Und nach dem Sommer, wenn wir zurück sind.« Er schmunzelte. »Außerdem: Glaubst du, ich will nicht sehen, was aus dem Mädchen wird?«

Beth zog das Haar über die Narbe an der linken Seite. »Mein Prinzesschen wird eine Prinzessin.«

Tom Toad sah seiner Frau zu. Nach einer Weile nickte er dem Gefährten. »Ist gut so.«

Die Tür wurde aufgestoßen. Marian stürmte herein. Das blonde Haar zerzaust. Ihre Wangen glühten. »Beth! Ich bin mit Lancelot heute …«

Sie bemerkte die Männer am Tisch. Sofort krauste sie die Stirn. »Was hast du, Beth? Du hast ja geweint.« Das Mädchen funkelte Tom und John an. »Was habt ihr mit meiner Beth gemacht?«

»Es ist alles gut, Prinzesschen.« Rasch erhob sich die Näherin. »Aber wie siehst du schon wieder aus? Irgendwann schaff ich das nicht mehr mit dem Kamm.«

»Dann schneid sie doch kürzer!«

»Sag das nicht. Nur bevor eine Frau …«

Marian stöhnte. »… zur Hinrichtung geht.« Sie ließ die Finger wie Scheren schnippeln. »Ich weiß, ich weiß.«

»Und bis dahin, Prinzesschen, bleiben die Haare lang.« Beth schöpfte Milch aus der Kanne. Mit dem Becher in der Hand führte sie Marian zum Tisch. »Setz dich! Dein John will dir etwas sagen.«

»Warum ich?« Er schob die Unterlippe vor. »Kannst du nicht, Beth?«

Streng schüttelte sie den Kopf, zog ihren Schemel dicht neben das Mädchen. »Und jetzt«, befahl sie.

Beim Dunstan! Aber der half jetzt auch nicht. »Weißt du, Kleines, du kennst doch den Sir Richard at the Lea«, begann er.

Marian nickte unbekümmert.

»Weißt du …« Es folgten noch viele »Weißt du« und »Ich meine«. Als John geendet hatte, schwieg Marian.

Der Hüne ertrug die Stille nicht. »Sei nicht traurig, Kleines!«

Marian schwieg.

Das Geschenk! John wischte über die Stirn. Beinah hätte er das Geschenk vergessen. »Und, Kleines: Robin lässt dir den Lancelot. Der Schimmel gehört dir.«

Marians Augen glitzerten. »Mir allein?«

Er nickte.

»Und Beth geht bestimmt auch mit?«

Die Näherin nickte.

»Und du schickst mich nicht weg, nur weil du mich los sein willst?«

John schüttelte den Kopf.

»Schwöre!«

Er hob die Hand.

Marian trank die Milch. Hart setzte sie den leeren Becher ab.

»Einverstanden.«

»Was?« John fühlte einen Stich in der Brust. Fast empört stemmte er beide Fäuste auf den Tisch. »Du bist überhaupt nicht …?«

»Nein.« Marian blies eine Locke aus der Stirn und sagte: »Schon recht.« So tief sie konnte.

Beth lachte, umarmte das Mädchen. »Wir werden's gut haben. Und wie zwei Damen werden wir auf die Burg reiten. Du wirst Augen machen, was ich für uns beide nähe.«

»So was«, brummte John. Als wär ich nichts. Sagt einfach »einverstanden«, mehr nicht. Erst nach einer Weile wurde ihm wieder klar, dass er es ja so wollte, dass er nun das Beste für Marian erreicht hatte. »Will's nur hoffen.«

Die Abreise planten Beth und ihr Prinzesschen für die nächste Woche. »Wenn nicht wieder Schnee fällt«, wandte John ein. Er wurde überstimmt. »Auch gut. Aber ich bring euch zur Burg.«

»Wir beide«, entschied Tom. »Schließlich muss ich wissen, wo ich meine Frau finde.«

Beth schob die Männer unsanft zur Tür. Jetzt gab es noch viel vorzubereiten.

Auf dem Rückweg zum Hauptlager schritten die Gefährten lange schweigend nebeneinander her. Endlich stieß Tom dem Hünen in die Seite. »Schlau bist du«, er sah spöttisch zu ihm auf. »Wusst ich gar nicht. Dachte immer, dass du nur Kraft hast.«

»Schon recht. Dafür kannst du besser Geschichten erzählen. Und ich freu mich schon, wenn ich dich bald als Sänger hör.«

XIX

LETZTE MELDUNG VOM KREUZZUG: *August 1192: Wieder entbrennt ein Kampf um Jaffa. Die Kreuzritter waten im Blut der Muslime zum Sieg. Dennoch verzichtet Richard auf die Eroberung Jerusalems. Er verhandelt mit Sultan Saladin.*

2. September: Die Gegner unterzeichnen einen dreijährigen Waffenstillstand. Die Kreuzfahrer behalten die Küstenstädte. Nur Askalon muss zerstört werden. Jeder friedliche Pilger darf nach Jerusalem ziehen und ungehindert am Heiligen Grab beten. Der Kreuzzug ist beendet.

Nach all dem Elend, nach all dem Morden, welch ein Preis! Schuld besudelt den weißen Mantel der Kreuzritter.

9. Oktober: König Richard verlässt das Heilige Land. Herbststürme trennen sein Schiff von der Flotte. Zwischen Venedig und Aquila geht Löwenherz an Land. Er weiß, dass Gegner und Neider ihm auflauern. Als Kaufmann verkleidet, versucht er sich nach Norden durchzuschlagen.

22. Dezember 1192: Bei Wien geht Richard Löwenherz seinem Feind Leopold von Österreich ins Netz. Noch am selben Tag wird er auf die stark befestigte Burg Dürnstein gebracht.

Zähe Verhandlungen um die kostbare Beute. Und der Herzog liefert Löwenherz Kaiser Heinrich VI. aus.

König Richard ein Gefangener! Diese Nachricht erschüttert seine Anhänger in England. König Richard ein Gefangener! Diese Nachricht beglückt seinen Bruder Prinz Johann.

»Lösegeld!« 100 000 kölnische Silbermark fordert der Kaiser für die Freilassung des Gefangenen.

Goldbarren, Silbermünzen, sogar eine Kiste, randvoll mit Edelsteinen. Bis Ende Juni waren der Bruderschaft drei Überfälle gelungen. Und keine Verletzten. Beinah kampflos hatten die Geächteten auf der großen Handelsstraße zugreifen können. Und längst lagerte die Beute sicher verwahrt im Hauptlager unter den Bodenbrettern von Robins Hütte.

»Dieser Sommer gefällt mir von Woche zu Woche besser.« Der Anführer hatte den Bogen geschultert, das Schwert gegürtet.

»Bis jetzt war alles gut.« Nachdenklich stocherte John mit seinem Kampfstock in der Rinde der Großen Eiche. »Fast mehr als gut.« Er presste die Lippen aufeinander.

»Ja, mein Freund. Die Leute im Sherwood stehen fest auf unserer Seite. Und seit mein Cousin bei uns ist, haben wir einen guten Stern.«

Will Scarlet spionierte für die Freisassen. Mal herausgeputzt wie ein Junker, mal wie ein Großkaufmann gekleidet, ritt er nach Nottingham. Stets logierte er im Gasthaus unterhalb der Festung. Manchmal blieb er zehn Tage und länger fort. Doch wenn er zu den Gefährten in den Sherwood zurückkam, brachte er gute Nachricht. Der Erfolg steigerte sein Ansehen. Und neben John war er bald schon Robins engster Vertrauter.

Die Information, die er gestern mit ins Sommerlager gebracht hatte, versprach wieder fette, leichte Beute. »Der Abgesandte des Bischofs von Hereford ist auf dem Weg nach York! War nicht leicht, was herauszubekommen. Aber nach dem dritten Krug Wein hatte ich den Diener so weit: Während der Reise sitzt sein frommer Herr in der Sänfte auf einer Kiste. Randvoll mit Perlen und Geschmeide.« Vorfreude glitzerte in den grauen Augen. »Wir sollten der Henne die Eier unter dem Hintern wegziehen.« Bester Zeitpunkt: morgen gegen Mittag. Günstigster Ort: am Wegkreuz drei Meilen nördlich von Edwinstowe. Begleitschutz: vier

Söldner, die lieber saufen als kämpfen. »Genügt, wenn du, Little John und ich den Kuttenkittel vom Nest heben. Wird ein Kinderspiel.«

»Danke, Will! Besser hätte ich es auch nicht planen können.« Stolz hatte Robin den Hünen angestoßen. »Na, was sagst du?«

»Schon recht.« Mehr hatte John nicht geantwortet.

Noch war die Sonne nicht aufgegangen. Rötlich schimmerte der Himmel durch das Blattwerk der Großen Eiche. Auf der runden Lichtung verteilt, lagen die Gefährten fest in ihre Decken gerollt. Bruder Tuck schnarchte. Selbst die Hunde schliefen noch. Nur der Anführer und sein erster Offizier waren beim ersten Tageslicht aufgestanden, hatten die Waffen angelegt, jetzt warteten sie. Endlich. Ein leiser Pfiff. Sofort verließen die beiden durch das Randgestrüpp den Lagerplatz.

»Wie siehst du denn aus?« Robin ging um den Cousin herum. Mantel, Wams, das Teuerste aus dem Vorrat der Kleiderhöhle. Scarlet hatte sich in einen normannischen Gutsbesitzer verwandelt. Drei Fasanenfedern wippten vom Hut über den Kragen. Doch sein rechter Ärmel, der rechte Strumpf waren zerrissen, das Knie über dem Stiefel mit einem blutdurchtränkten Lappen verbunden.

»Sieht doch aus, als wär ich vom Pferd gefallen? Hab ich Recht?« Scarlet genoss das Staunen der Gefährten. »Sobald der Trupp mit der Sänfte kommt, werde ich mitten auf der Kreuzung herumhumpeln und winken. Wenn mich so der Abgesandte des Bischofs sieht, wird er anhalten. Mit meinem Gejammer werde ich alle ablenken, bis ihr da seid.«

John grinste. »Auch gut.« So was wär mir nicht eingefallen, gestand er sich neidlos ein.

Der Morgen war frisch, ein wolkenloser Himmel, die Sonne stieg langsam über die Baumwipfel. »Wird ein guter Tag.« Robin zwinkerte John zu. »Vielleicht gefällt dir ja was aus der Schmuckkiste. Eine Perlenkette oder eine schöne Brosche aus Gold.«

»Was?«

»Als Geschenk für Marian. Jetzt, da aus unserer kleinen Bedingung ein Fräulein wird.«

»Wär schon was.« Der Gedanke gefiel dem Hünen.

Will Scarlet riss einen Holunderast ab, spielte eine Weile damit, dann warf er ihn weg. Kaum hundert Schritt weiter knickte er einen Buchenzweig, war unzufrieden und brach sich einen zweiten. Er steckte ihn zwischen die Zähne, wenig später spuckte er den Zweig auf den Boden.

»Hast du Hunger?«, brummte John.

»Ach was«, lachte der Cousin übermütig. »Mir geht's gut.« Nach einer Weile erreichten sie ein schmales Tal. Glucksend schlängelte sich ein Bach durch das hohe Gras. »Eins wollte ich immer schon wissen«, damit hielt Scarlet die Gefährten zurück. »Wer schießt besser von uns dreien? Zeit haben wir noch genug. Was meint ihr?«

Robin klatschte kurz. Gleichmütig hob John die Achsel. »Ich weiß es. Aber wenn du's auch wissen willst. Meinetwegen.«

Scarlet zog eine der Fasanenfedern vom Hut und deutete auf die dicke Buche jenseits des Tals. »Wartet. Bin gleich wieder da.« Er lief in die Wiese, sprang leichtfüßig über den Bach, befestigte die Feder in einem Astloch und war schon wieder zurück.

»Um wie viel?«, fragte er.

»Muss sich schon lohnen«, schmunzelte Robin. Zehn Shillinge für den Sieger wurden vereinbart. Zahlbar, sobald sie gegen Abend ins Sommerlager zurückkehrten. Die Waffen waren gleich. Für den Überfall trugen John und Robin einen Kurzbogen. Der Anführer lieh dem Cousin seine Waffe. Scarlet schoss. Der Pfeil schwirrte über das Tal und schlug in den weiß schimmernden Kiel der Feder. Robin schoss. Auch sein Pfeil nagelte die Fasanenfeder an den Stamm.

»Schon recht.« Ruhig hob John den Bogen, spannte. Ein Knall. Der obere Teil des Holzes schnellte mit der Sehne zurück, wirbelte an Johns Kopf vorbei nach hinten. Das andere Stück hielt er noch fest in der Faust. Der Bogen war zerbrochen.

Die Cousins lachten. Robin feixte: »Weißt wieder nicht, wohin mit deiner Kraft.«

»Und jetzt?« John schob die Unterlippe vor.

Der Anführer reichte ihm seinen Bogen. »Hier. Aber vorsichtig.«

Um ein Fingerbreit verfehlte John das Ziel.

»Und verloren hat unser Zwerg auch noch!« Robin hob zwei Finger. »Das macht zehn Shilling für jeden von uns.«

Scarlet wurde ernst. »Ein Bogen ist mir zu wenig. Wenn ich da auf der Straße stehe, hätt ich gern zwei Schützen im Rücken.«

Er hatte Recht. Ohne Zögern steckte John die Bogenteile in den Gürtel. »Geht schon langsam weiter. Ich lauf zurück und hol mir einen neuen. Dauert nicht lange.«

»Wir warten«, entschied Robin. Er streckte sich im Gras aus. Der Bogen lag neben ihm. »Ist noch Zeit. Trotzdem beeil dich! Ich hab keine Lust, nachher den Perlen hinterherzurennen.«

John kehrte um. Kein Zweig knickte, lautlos tauchte er in den Wald zurück.

Kaum war der Hüne verschwunden, als sich Scarlet besorgt neben Robin hockte. »Ich weiß nicht. Und wenn der Kuttenkittel doch früher von Nottingham aufgebrochen ist. Meinst du nicht, ich sollte schon mal zur Kreuzung …?« Seine Hand lag auf dem Schwertgriff. »Wär doch schade, wenn uns die Henne mit ihren goldenen Eiern entwischt.«

Robin setzte sich auf. »Das gefällt mir an dir, Cousin. Du denkst mit. Bin froh, dass du mein Offizier bist. Einverstanden. Geh vor. Aber keine Heldentat! Warte, bis ich und John da sind.«

Federnd sprang Scarlet hoch und schritt am Rand der Wiese entlang. Ehe er das Tal verließ, pfiff der Cousin und grüßte noch einmal mit erhobener Hand zu Robin hinüber. Dann lief er in Richtung Handelsstraße davon.

Das Murmeln des Bachs. Vogelgezwitscher.

Plötzlich stand ein Fuß auf dem Bogenholz im Gras. Gleichzeitig klatschte ein Schwertblatt an Robins Hals. »Bleib sitzen!« Eine heisere, hohle Stimme. Der Anführer versteifte den Rücken. Aus den Augenwinkeln sah er das Bein neben sich. Kein Stiefel. Fell, braunes, glatthaariges Fell bis zur Fußspitze. »Was bist du?« Robin atmete vorsichtig, wollte Zeit gewinnen. »Ein Mensch?«

Das Klingenblatt drehte sich, die scharfe Schneide schnitt in die Haut. Ein dumpfes, befriedigtes Lachen. Dann keuchte die Stimme: »Dein Riese wird dir nicht helfen. Nichts hilft dir mehr.«

Jäh warf sich Robin nach links, rollte über Schulter und Arm, wirbelte weiter, sprang auf die Füße und hatte das Schwert stoßbereit in der Hand. Ungläubig starrte er zur Stelle, an der er gesessen hatte. Dort stand ein Ungeheuer. Reglos. Der Kopf, ein Pferdekopf, die Mähne bis weit über den Nacken, die Augen tief, viel zu tief in den Höhlen. Nüstern und Maul waren starr. Vom Hals bis zu den Füßen überzog den ganzen Körper ein braunes Fell. Robin spottete: »Welchem Schausteller bist du entsprungen?« Der Pferdemann trug den Bogen geschultert, den Köcher hochgeschnürt. Das breite Schwert in der rechten Fellhand, den Schild am linken Arm. Zwei lange Dolche hingen vom Gürtel hinunter, daneben baumelte eine Stachelkugel an der Kette.

Langsam ging Robin rückwärts in die Wiese hinein. Der Pferdemensch rührte sich nicht.

»Na, was ist?«, reizte der Anführer. »Nun komm! Ich habe zwar kein Brot für dich.« Er lockte mit seinem Schwert. »Aber das hier wird dir auch schmecken.«

»Keinen Schritt weiter, du Feigling«, befahl die Stimme aus der Höhle des Pferdeschädels.

»Aber bitte.« Robin blieb stehen und stellte das Schwert vor sich auf. »Darf ich wissen, wer mir solche Angst einjagt?«

»Bevor ich dich in Stücke schlage: Ich bin Guy of Gisborn. Der Mann, der Robin Hood zur Strecke gebracht hat.« Damit sprang er mit beiden Beinen gleichzeitig ab, ungeheure Muskelkraft schnellte ihn nach vorn, wilde, weite Sätze. Schon war er heran. Nur mit Mühe konnte Robin den ersten Schlag abwehren. Er besaß keinen Schild, musste unter dem zweiten Schlag wegtauchen. Der Pferdemann warf Robin zurück, setzte nach. Die Schwertblätter schlugen gegeneinander. Klirrten. Ein furchtbarer Zweikampf tobte in dem schmalen Tal.

Little John lief ohne große Hast, geschmeidig folgte er dem Pfad zurück. Er sah den geknickten Buchenzweig. Seine Augen fanden den weggeworfenen Holunderast. Dieser Cousin. Sonst ist er zu gebrauchen, aber im Wald. Macht Spuren wie ein Ochse. Er nahm sich vor, mit Robin darüber zu reden. Nach einer Weile schmunzelte er. Und ich? Bin auch nicht viel besser. Als hätt ich noch nie mit 'nem Bogen geschossen, auch wenn's ein kleiner ist. Im Lauf betastete er die beiden Stücke. Ruckartig blieb John stehen. Er starrte auf die Enden. Seine Fingerkuppe strich über die Bruchstellen. Erst ein winziger glatter Schnitt, dann erst war das Holz gesplittert. »Begreif ich nicht«, murmelte er und lief weiter. Von wem hab ich den Bogen? Irgendjemand hat mir und Robin gestern Abend noch die Hölzer aus der Waffenhöhle gebracht. Ein Scherz? Na, wenn ich den erwische. Da vorn war der gut getarnte Zugang durch das Dickicht. John bückte sich.

Netze fielen aus den Bäumen, dicke Fangnetze. Sie stürzten schwer über den Hünen. Mit einem Wutschrei richtete er sich auf, stemmte seine Arme gegen die Maschen, stieß mit den Beinen. Der riesenhafte Mann zerrte, drehte sich, schlug zu Boden, wand sich, verstrickte sich mehr, lag zuckend da. »Überfall!«, brüllte er. »Überfall!«

Lautes Gelächter war die Antwort. Vier Bewaffnete des Sheriffs näherten sich der Beute. Vier Spieße zielten auf die Brust des Hünen.

»Überfall!«, schrie John wieder.

»Halt's Maul!« Einer der Eisernen trat ihm ins Gesicht. »Für deine Freunde ist es längst schon zu spät.«

Und drei Meilen entfernt war das enge Tal zur Walstatt geworden. Heftiger wütete der Kampf zwischen Robin und dem Pferdemann. In weitem Umkreis war das Gras niedergetrampelt. Sie belauerten einander, keuchten, sprangen wieder aufeinander zu. Funken stoben. Der Anführer blutete aus einer Schulterwunde. Zweimal hintereinander durchbrach sein Schlag die Deckung. Zweimal glitt die breite Klinge von der Pferdehaut ab. Robin sprang außer Reichweite, schrie: »Was willst du von mir?!«

»Deinen Kopf!«, brüllte die Stimme aus dem Pferdeschädel. »Lebend bist du dem Sheriff achtzig Pfund in Gold wert. Doch darauf verzichte ich.« Der Pferdemann stürmte vor, schwang sein Schwert über der wehenden Mähne.

Robin duckte sich, hechelte, Atemnot nahm ihm die Stimme. Mit aufbäumender Kraft sprang er in den Schlag. Sein Kopf prallte gegen den Unterleib. Der Gegner stürzte über Robin hinweg. Im Fall verlor er den Schild. Kaum berührte der Rücken des Pferdemanns das Gras. Schon war er federnd wieder auf den Beinen. Wildes Gelächter. »Vierzig zahlt er für deinen Kopf. Das genügt mir.« Damit riss er die Kette mit der eisernen Stachelkugel vom Gürtel. In der Linken schwang er die Kugel. Die Rechte hielt das Schwert zum Stoß. Hin und her tänzelnd näherte er sich Robin Hood.

Die Augen des Anführers zuckten von einer Waffe zur anderen, gleichzeitig suchte er nach einer Gelegenheit zum Angriff. Vergeblich. »Im Namen der Heiligen Jungfrau!«, brüllte Robin, schwang das Schwert hoch, schlug zu, Funken sprühten, er schwang das Schwert wieder über dem Kopf, ließ es niedersausen. Die Stachelkugel wickelte sich mit der Kette um die Klinge. Ein gewaltiger Ruck. Doch Robin hielt seine Waffe fest, wurde nach vorn gerissen, er stürzte zu Boden.

Heiseres Siegesgeheul. Der Pferdemann ließ die Kette fallen, warf das Schwert zur Seite, mit beiden Händen zugleich riss er die langen Dolche aus dem Gürtel. Robin wälzte sich auf den Rücken. Jetzt setzte der Pferdemann zum Sprung an. Die Dolche voran, warf er sich mit einem gewaltigen Satz über den Gegner. In höchster Not stellte Robin sein Schwert auf. Der Feind fiel mit dem Hals in die Schwertspitze, wild ruderten seine Arme. Röchelnd versuchte er die Dolche nach unten zu stechen. Robin stemmte den aufgespießten Körper zur Seite. Der Pferdemann kippte ins Gras, bäumte sich wieder auf die Knie. Ein Dolch schlitzte den Ärmel des Anführers. Auch Robin gelang es, auf die Knie zu kommen. Immer noch versuchte der tödlich Verletzte nach ihm zu stoßen. Keuchend packte Robin den Schwertgriff mit beiden Händen, schwang die Waffe über die rechte Schulter zurück. Der gewaltige Rundschlag trennte den Pferdekopf vom Rumpf. Robin erschlafften die Arme. Er ließ sich nach vorn fallen. Blieb mit dem Gesicht im Gras liegen.

Hornruf. Robin hob den Kopf. Hornruf. Lang gezogen, zwei schnelle Stöße, lang gezogen. Ein Gefährte rief nach Hilfe! Immer wieder. Robin stöhnte: »Heilige Jungfrau, verlass uns nicht!« Er zerrte sein Hifthorn an die Lippen. Erst beim dritten Versuch gelang es ihm, den Ruf zu beantworten. Als der Atem ruhiger war, stand Robin mühsam auf. Dort lag der blutende Rumpf. Daneben der Pferdeschädel. »Guy of Gisborn. Du wirst …«

»Robin!«

Der Anführer wandte sich um. Much stürzte aus dem Wald, hetzte über die Wiese. »Überfall! Das … das Lager. Komm! Der … der Sheriff hat … hat …«

Kaum vermochte Robin den Jungen zu beruhigen, er schüttelte Much an den Schultern. »Verdammt. Was ist?« Erst eine Ohrfeige beendete das Stammeln. Der Junge hatte mit Tom Toad und einigen anderen Gefährten bei den Höhlen geschlafen. Plötzlich hörten sie Lärm, Kampfgeschrei von der Großen Eiche her. »Tom hat mich losgeschickt. Ich bin gerannt. Dann sah ich Bewaffnete des Sheriffs. Sie kletterten auf die Bäume vor dem Dickicht. Und drinnen am Lagerplatz haben unsere Leute immer lauter geschrien. Ich hab mich versteckt. Und dann …« Much stockte, weinte.

»Was dann?«

»Dann kam John.« Schluchzend rief er: »Netze. Mit Netzen haben sie John gefangen.«

»John?!« Robin ballte die Faust.

»Sie haben ihn zur Eiche zum Lord-Sheriff geschleppt. Und … und ich bin zurück. Tom sagt, ich soll dich und Scarlet holen. So… solange wartet er. Weil es zu viele sind.«

Robin Hood wischte sich das schweißverklebte Gesicht. Seine Miene versteinerte. »Gut, Junge. Lauf zurück zu Tom. Er soll sich mit den Leuten so nah wie möglich heranschleichen. Aufpassen soll er, nicht angreifen.« Kälte glitzerte in den Augen. »Ich muss es allein versuchen. Das ist die einzige Chance für John, Bruder Tuck und die anderen. Falls sie noch leben. Aber klappt es nicht, dann muss Tom sofort zuschlagen!«

Much nickte, wandte sich um.

»Halt! Danach rennst du zur Straße. Halt Scarlet auf! Allein schafft er den Überfall nicht. Bring ihn zurück!« Der Junge hetzte davon.

Entschlossen beugte sich Robin zu dem Rumpf des Pferdemanns hinunter, drehte ihn auf die Seite und löste die Riemen, die das Fell zusammenschnürten.

Little John war nackt an die Große Eiche gefesselt. Die Hände gebunden. Dicke Stricke pressten Hals, Brust und Beine an den mächtigen Stamm. Vor ihm stolzierte der Lord-Sheriff in glänzendem Brustharnisch wie ein Kampfhahn auf und ab, stieß ihn immer wieder mit einem Knüppel in den Bauch. »Sacre Dieu. Wer bist du?« Er schlug ihm auf den Kopf. »Ich hab dich schon gesehen. Wo? Mach das Maul auf!«

Der Hüne antwortete nicht. Schlag mich nur tot, dachte John. Aus verquollenen Augen blickte er über die Lichtung. Nebeneinander lagen die Gefährten zusammengeschnürt auf dem Boden. Sie hatten noch nicht einmal Zeit gehabt, aus ihren Schlafdecken zu kommen. Neben Whitehand saß Bruder Tuck gefesselt unter einem Netz. Seine vier Hunde lagen aufgebrochen wie erjagte Wildschweine um ihn herum. John drehte mühsam den Kopf, er sah zum Leichenhaufen hinüber: Sieben tapfere Gefährten, Pete Smiling war dabei. Einer der Bewaffneten hatte dem Toten grölend die Narbe mit dem Messer wieder geöffnet. »Jetzt lacht er wirklich.« Sie hatten ihren Spaß.

Mit nur zwölf Eisenpuppen war dem Sheriff der Überfall gelungen. Nur zwölf! Ach, Robin, mein Freund, ein guter Offizier wollte ich dir sein. Und hab mich fangen lassen wie ein Tölpel.

»Guy of Gisborn!«, meldete ein Bewaffneter. Sofort ließ Tom de Fitz den Knüppel fallen. »Maudit bustarin!«, drohte er dem Hünen. »Mit dir bin ich noch lange nicht fertig.« Er wandte sich um, erwartungsvoll starrte er zum Rand der kleinen Lichtung.

Der Pferdemensch trat aus dem Dickicht. Die Waffenknechte verstummten, wichen furchtsam zur Seite. Langsam schritt der Unheimliche zur Eiche. Einen Bogen hatte er geschultert, den zweiten trug er in der Faust. Auf das geschwungene Bogenende war ein Kopf gespießt. Schnitte, kreuz und quer. Die Gesichtszüge waren nicht mehr zu erkennen. Breitbeinig stellte sich der Pferdemann vor den Sheriff hin.

»Mon ami.« Erregt tupfte Tom de Fitz mit dem Tuch um seinen Nasenstumpf. »Ist es …«

»Robin Hood«, antwortete eine heisere, hohle Stimme. Die furchtbare Gestalt zeigte das Hifthorn, rüttelte Bogen und Kopf. »Den grünen Rest findet Ihr im Tal, kaum drei Meilen von hier.«

»Magnifique. Quel jour. Magnifique!« In den Jubel mischte sich plötzlich spöttisches Bedauern. Tom de Fitz hob die Achseln. »Quel dommage, mon ami. Ich hätte diesem Bastard gern selbst die Schlinge um den Hals gelegt. Aber wo kein Hals ist …« Er brach ab und lachte über seinen Scherz. Tief atmete der Sheriff ein: »Dieser Tag ist mein Tag. Mit einem einzigen Schlag habe ich, Tom de Fitz, Lord-Sheriff von Nottingham, die Bande der Geächteten zur Strecke gebracht. Welch ein Triumph! Und diese Tat wird mir Prinz Johann mit Ehre und Gold versüßen.« Er rief seinen Männern zu: »Die Arbeit ist getan. Mit Bier und Geld werde ich heute Abend in Nottingham eure Tapferkeit belohnen. Doch jetzt ruht euch eine Weile aus!«

Begeisterung. Die Bewaffneten legten Armbrust, Schwert und Schild ab, schwatzend hockten sie sich neben ihren Gefangenen ins Gras.

»Nun sind wir ungestört, mon ami«, lächelnd trat der Sheriff einen Schritt auf den Pferdemann zu. »Zu unserm Geschäft. Vierzig Pfund in Gold für den Kopf. Du hast sie dir verdient. Doch ich biete dir achtzig für einen kleinen Gefallen mehr.«

Nur ein Nicken.

Der Sheriff trat noch einen Schritt näher. Er senkte die Stimme: »Achtzig Pfund für dein Schweigen. Lass mir den Ruhm.«

Keine Antwort.

»Sacre Dieu. Dein Geschäft ist es, Menschen zu jagen. Meins die Politik. Prinz Johann wird bald König von England sein.« Er zeigte auf die blutige Fratze. »Mit diesem Kopf stehe ich hoch in seiner Gunst. Doch es gibt noch viele Feinde zu beseitigen. Und das ohne Aufsehen. Ich werde dich nicht vergessen, mon ami. Deshalb: Nimm das Geld und schweige!«

»Ein gutes Geschäft«, tönte es hohl aus dem Pferdeschädel. »Aber ich will dein Geld nicht.«

Das Gesicht des Sheriffs lief rot an. Ehe er fluchen konnte, setzte der Pferdemensch hinzu: »Den Kopf und den Ruhm lasse ich dir. Dafür verlange ich diesen Kerl da.« Die Fellhand zeigte zum Stamm der Großen Eiche. »Mehr nicht. Ich habe den Herrn getötet, jetzt will ich auch seinen Knecht.«

»Du kennst ihn?«

»Seit Ihr mir den Auftrag erteilt habt, folge ich der Bande. Das ist die rechte Hand von Robin Hood.« Das hohle Krächzen wurde lauter: »Als Lohn verlange ich diesen Zwerg!«

John horchte auf. Robins Stimme! Sofort erwachte neuer Mut. In dem Fell steckt Robin!

»Zwerg? Dieser Riese? Was für ein Scherz.« Überraschung und Gier wechselten im Gesicht des Sheriffs. Er rieb sich die Hände. »Bien. Très bien. Wenn du mit ihm zufrieden bist.« Damit packte er zu, an den Haaren riss er den Kopf vom Bogenhorn und presste ihn fest an seinen Harnisch. »Voilà! Dafür gehört dieser maudit bustarin dir.«

Der Pferdeschädel nickte. »Aber Ihr werdet Euch nicht einmischen. Und Eure Leute bleiben da, wo sie sind. Kein Mitleid! Ganz gleich, wie ich ihn mir vornehme. Ganz gleich, wie laut das Geschrei wird.«

»Im Gegenteil, mon ami. Ich werde von hier aus zusehen. Häng ihn auf, schlachte ihn wie ein Schwein, was du willst. Par tous les diables. Ich liebe es, dich bei der Arbeit zu beobachten.« Seinen Männern befahl er, Ruhe zu bewahren. Das Flehen und Bitten von Bruder Tuck und den anderen Gefangenen konnte er nicht verhindern.

Wortlos näherte sich der Pferdemensch dem Eichenstamm. John stöhnte: »Erbarmen. Erbarmen!«

Drei Schritte war das Ungeheuer noch entfernt. »Lass dir was anderes einfallen!«, raunte Robin aus der Maulhöhle. »Schrei jetzt!«

Und John schrie. Ohne Hast lehnte der Pferdemensch den zweiten Bogen, den zweiten Köcher an den Stamm. Blitzschnell zückte er beide langen Dolche aus dem Gürtel. Er ließ die Klingen in den Händen wirbeln, tänzelte vor seinem nackten Opfer hin und her, sprang vor, schnelle Schnitte, er tänzelte zurück, sprang wieder, schnelle Schnitte. »Lauter! Verdammt.«

Und John brüllte wie ein gestochener Eber. Die zusammengeschnürten Gefährten schrien aus Mitleid, klagten und fluchten.

In gebührender Entfernung lachte Tom de Fitz, er genoss das Schauspiel.

Wieder war das Ungeheuer an dem Gefesselten. Diesmal hieb er die Klingen kreuz und quer über die mächtige Brust. Furchtbar war das Schmerzgeheul.

»Alle Stricke sind angeschnitten. Du schaffst es.« Die Klingen zuckten über die Beine des Hünen hinunter und wieder herauf. »Bogen und Köcher. Gleich links von dir. Mit der Jungfrau geht's los.«

Und John brüllte weiter.

Der Pferdemensch tänzelte zurück, schon steckten die Dolche wieder in den Scheiden. Seine Rechte schnellte hoch, griff einen Pfeil, ein Schulterschlenker, der Bogen sprang in die Linke, schon spannte er die Sehne.

»Bravo!«, rief Tom de Fitz. »Du bist ein wahrer Künstler.«

Die Pfeilspitze zielte auf den nackten Gefangenen. »Nur die Heilige Jungfrau kann dir noch helfen.«

Die Stricke platzten. Der Hüne griff nach dem Bogen, der Pfeil saß auf der Sehne. Zischte davon. Traf das Gesicht des Sheriffs, bis zum gefiederten Schaft drang er durch den Kopf.

Robins Pfeil durchbohrte den Brustharnisch. Tom de Fitz schlug rücklings zu Boden, der Schädel des Guy of Gisborn rollte davon.

Das Entsetzen gab Zeit. John warf sich den Köcher um. Mit gespanntem Bogen bedrohte er die Eisenpuppen. »Eine Bewegung! Und es ist vorbei.«

Robin riss die Pferdemaske vom Kopf, er setzte das Hifthorn an. Sofort kam Antwort von draußen. Rund um das Dickicht ertönten die Hornrufe.

Jäh griff einer der Bewaffneten nach seiner Armbrust. Johns Pfeil durchbohrte ihn. »Wagt es nicht!«, schrie der Hüne. Doch heulend sprangen jetzt alle Waffenknechte auf, der eine fand noch sein Schwert, der andere die Lanze, der dritte floh ohne Waffen.

»Lass sie laufen!« Robin griff in den Bogenarm des Freundes.

Gebückt hetzten die Eisenpuppen von der Lichtung, stürzten sich ins Dickicht und waren aus dem Schussfeld.

»Beim Dunstan!«, fluchte John. »Warum?«

Robin schwieg, bis die Todesschreie herübergellten, abbrachen.

»Tom Toad und die anderen wussten Bescheid.« Das Gesicht des Anführers war von Dreck und Schweiß verschmiert. »Es ist vorbei.«

Er riss die Pferdehaut vom Leib. Dickes schwarzes Blut klebte über der Schulterwunde, so schwarz wie die Narben auf seinem Rücken. Er setzte sich und stützte die Stirn in die Hände. »Und was ist mit Scarlet?«

»Much fehlt auch noch«, murmelte John. Die lodernde Wut war erloschen. Keine Chance hatten die Eisenpuppen vorhin. Gut, unsere Leute hatten heut morgen auch keine. Vergeblich versuchte er den schalen Geschmack herunterzuwürgen. Mit einem Mal spürte er die Schmerzen. Jeden Tritt, jeden Schlag. Gesicht, Brust, Unterleib. Erschöpft ließ er sich neben dem Freund ins Gras sinken. »Ein Unglück. Ein verdammtes Unglück«, murmelte er.

Die Befreiung der Gefangenen überließen sie Tom und den Gefährten.

Herbghost hatte die Wunden notdürftig versorgt. Bei Anbruch der Dämmerung stapften die Gefährten gemeinsam tiefer in den Sherwood hinein. Am Rand eines Sumpfes waren zwei Gruben ausgehoben. »Requiescant in pace.« Bruder Tuck sang und betete für ihre sieben Toten. Er stand stumm am Grab seiner Hunde.

Tom de Fitz und die Bewaffneten versenkten sie im Sumpf. Kurz war das Gebet.

Später flackerten die ersten Feuer unter der Großen Eiche.

Trauer und ratloser Zorn. Immer wieder fragte einer den anderen. »Warum hat kein Posten sie gehört?«

»Woher kannte der Sheriff den Weg ins Lager?« Und dann wieder weinten sie um die verlorenen Freunde. Tom Toad, Whitehand und Bruder Tuck saßen beieinander. »Pete ist tot.« Jeder hing seinen Gedanken nach.

Abseits von den Männern starrten Robin und John in die Flammen. Endlich sagte der Anführer: »Wenn dein Bogen nicht zerbrochen wäre ...«

Jäh straffte sich John.

Gleich winkte Robin ab. »So meine ich das nicht.«

Die Erinnerung war wieder da. Der Bogen! Jemand hatte das Holz über dem Griff eingekerbt. »Ich hab da ...«

»Nein, lass nur!«

John betastete die verquollenen Lippen. Wo waren die beiden Stücke? Wo sie mich mit dem Netz gefangen haben. Da müssen sie noch liegen. Gleich morgen hol ich sie. Dann soll Robin selbst sehen.

Der Posten gab Signal. Tief und lang. Hell und kurz. Beinah gleichzeitig seufzten John und Robin: »Da kommen sie.«

Much stürzte als Erster auf die Lichtung. »Wo ist Bill Threefinger?«

»Hier bin ich.«

Heftig umarmte Much den Freund. »Die Wache hat ... hat uns alles erzählt. Aber ... aber der Idiot wusste nicht, ob du noch lebst.«

Mit ernster Miene setzte Scarlet eine verzierte Kiste vor dem Anführer und John ab. »Hier. Ein kleiner Trost.« Er kauerte sich zu ihnen. Ruhig sagte er: »Erst habe ich den Kuttenkittel und seinen Trupp mit meinem Bein aufgehalten. Dann kam Much. Der dumme Junge kam einfach mitten auf die Straße gelaufen.« Er tätschelte sein Schwert. »Was blieb mir übrig? Also hab ich es allein erledigt. Kurz und schnell.«

Robin öffnete den Deckel. Über die matt schimmernden Perlen, Broschen und Geschmeide sah er dem Cousin in die Augen.

Heftig fühlte John das Ziehen im Nacken. Er schüttelte den Kopf. »Vier Söldner. Den Mönch. Du allein?«

»Sie haben sich gewehrt. Aber ich war besser.«

Trotz des Kummers überzog ein Lächeln das Gesicht des Anführers. »Das weiß ich. Danke, Cousin. Bin wirklich froh, dass wir dich haben.« Robin berührte den Arm des Hünen. »Noch nie war es schlimmer als heute. Aber du siehst, mein Freund: Es geht weiter.« Er reckte das Kinn. »Auch wenn uns das Herz blutet. Wir beide müssen als Erste den Kopf wieder heben. John! Mut erwarten die Männer jetzt von uns. Deshalb: Schluss. Dieser Tag ist vorbei. Morgen brechen wir das Lager ab. Wir ziehen uns langsam nach Norden zurück. Na, was sagst du?«

»Ist besser. Bald werden Truppen den Sheriff überall suchen.«

»Und ihn niemals finden.« Zornig lachte Robin. »Hinter Worksop warten wir noch auf unsern Juden. Dem verkaufen wir dieses Glitzerzeug. Und dann ist Schluss für dieses Jahr, dann gehen wir nach Hause, ins Winterlager.«

»Welcher Jude?«, wollte Scarlet wissen.

»Morgen, Cousin.« Robin legte sich zurück und zog den Mantel bis unters Kinn. »Von Salomon erzähl ich dir morgen.«

Auch Will Scarlet streckte sich gleich neben dem Feuer aus.

John erhob sich mühsam. Jeder Knochen schmerzte ihn. »Hab noch Durst«, brummte er. Mit einem Bierkrug schlurfte er an dem mächtigen Stamm der Eiche vorbei. Am Rand der Lichtung setzte er sich unter einen Busch. Er hatte den Krug zur Hälfte geleert, als Much zu ihm kam. »Darf ich?«

»Leg dich nur, Junge.«

Eine Zeit schwiegen sie.

Dann flüsterte Much: »Erst hab ich gedacht, der Scarlet kennt den Mönch.«

»Was?« John ließ sich zurücksinken. »Rutsch näher, Kleiner. Was war?«

»Ich bin nicht gleich auf die Straße«, raunte Much. »Weil Scarlet mit dem Mönch und den Söldnern Wein getrunken hat. Aber ich musste doch Bescheid sagen. Und ...«

»Sag's nur!«

»Und kaum sah er mich, da hat er auch schon das Schwert in der Hand. Erst den Mönch, dann die Söldner. Es ging ganz schnell.« Much stammelte: »Keiner ... keiner konnte sich wehren. Und ... und gelacht hat er dabei, furchtbar gelacht.«

Schwer stützte sich John auf, beugte sich über den Jungen. »Sag keinem was davon! Und wenn was ist, sagst du es nur mir. Hast du mich verstanden?«

»Und wenn ...«

»Still, Junge. Scarlet ist Robins Cousin und ein guter Mann.«

Seit drei Tagen regnete es, seit drei Tagen warteten sie oberhalb von Worksop auf die Karawane des Großkaufmanns. Nur John, Robin, Scarlet, Much und Threefinger.

Vor einer Woche hatte sich die Bruderschaft aus dem Sherwood zurückgezogen. Als Robin Hood sah, wie sehr das Entsetzen die Männer noch gefangen hielt, stand sein Entschluss fest. »Wir trennen uns.« Unter Führung von Whitehand und Tom Toad hatte er den Großteil seiner Armee nach Barnsdale vorausgeschickt. »Ruht euch aus. Bei der Heiligen Jungfrau, ihr habt es verdient. Wir kommen nach.«

Seitdem lagerten sie in dem verlassenen Heuschober nahe der Handelsstraße. Es wurde gelacht, geredet über das Alltägliche. Keine Fragen. Niemand sprach über den schrecklichen Tag. Und besorgt achtete John darauf, dass Much stets in seiner Nähe blieb. Der Junge durfte sich durch nichts verraten. Weder mit Blicken noch mit einem unbedachten Wort.

Bis jetzt hatte John vor Robin geschwiegen. Stets suchte er

nach einer besseren Gelegenheit, allein mit dem Freund zu sprechen. Doch heute Mittag war Threefinger mit der Nachricht zur Scheune gekommen: »Der Treck ist schon hinter Edwinstowe. Morgen zieht Salomon hier vorbei.«

John war entschlossen.

Die beiden Freunde stapften im Regen über die Weiden, zwischen nassen Kornfeldern her. »Was gibt es denn?« Robin wurde ungeduldig.

»Du hast mal gesagt, ich soll dir sagen, wenn was falsch ist. Weil das gegen Fehler hilft.«

»Nun rede schon!«

Wortlos reichte John ihm die Hälften des zerbrochenen Bogenholzes. Robin betrachtete sie. Jäh veränderte sich sein Gesicht. »Gekerbt. Mit einem Messer.«

»Weißt du noch, wer uns abends die Waffen gebracht hat?«

Robin schlug die Hölzer gegeneinander, er schwieg.

John beobachtete ihn aus den Augenwinkeln. Also weißt du es. Jeden nächsten Satz bereitete er vor, er wollte den Freund schonen. »Ich will nur sagen, wie es war.«

Kaum hatte er geendet, riss ihn Robin am Arm. »Na und?! Warum soll ausgerechnet mein Cousin ... Ach was, das sind doch keine Beweise. Du hast was gegen Scarlet, seit wir ihn getroffen haben.«

John antwortete nicht.

Robin atmete tief, mühsam beherrscht fragte er: »Und dann? Wenn ich ihn nicht selbst weggeschickt hätte? Was dann? Glaubst du etwa, mein eigner Cousin hätte seelenruhig dabeigestanden, als dieses Ungeheuer auf mich losstürzte? Nein, niemals. Er hätte gekämpft! An meiner Seite!«

»Dann war's Zufall«, lenkte John ein. »Alles Zufall. Auch dass der Menschenjäger genau wusste, dass wir uns im Tal trennen würden.«

»Weil er uns gefolgt ist.«

»Du verstehst was vom Wald, ich auch. Haben wir denn unterwegs geschlafen? Ich mein, weil wir den Kerl nicht bemerkt haben?«

Darauf sagte Robin nichts.

»Und mit dem Netz haben die Eisernen genau da gewartet, wo ich zurückmusste. Nur da. Nicht an den andern Pfaden.«

Robin blieb stehen, zerrte die Kapuze zurück, reckte das Gesicht in den Regen.

Schnell zählte John auf: Von wem wusste der Sheriff, wo das Sommerlager war? Wer hatte am Abend vorher die Hunde von Bruder Tuck gefüttert? Weil sie nicht gebellt, weil sie noch geschlafen haben, als die Eisenpuppen sie aufspießten. Wer hat mit dem frommen Herrn und den Söldnern an der Straße Wein getrunken? Es gab nur eine einzige Antwort: Will Scarlet!

»Niemals!«, schrie Robin. »Er gehört zu meinem Fleisch und Blut. Geht das nicht in deinen Schädel! Eine Familie steht treu zusammen.«

John wollte den Arm um den Freund legen, ließ es und sagte nur: »Schon recht, Robin. Schon recht. Ich mein nur, auch bei 'ner Familie gibt's manchmal was Schlechtes. So was gibt es doch.«

Weit schleuderte der Anführer die Bogenhölzer ins Kornfeld. Er lachte, brach jäh ab. Kalt und nüchtern blickte er zu dem Hünen auf: »Wenn das so ist, Little John, und ich mich so getäuscht habe, dann bin ich es nicht wert.« Er streckte ihm die Hand hin. »Du bist von jetzt an der große Anführer unserer Bruderschaft. Na los! Schlag ein! Du weißt doch alles besser! Du bist doch der kluge Riese!«

John wandte sich ab.

In seinem Rücken zischte der Anführer. »Aber, aber? Wer zieht denn hier den Schwanz ein? Was ist? Keine Lust auf meinen Posten? Verlässt dich der Mut?« Robin lachte. »Das gefällt mir. Ach, Little John: Das Spielen wirst du nie lernen. Also gut: Ich bleibe, was ich bin, und du bleibst mein Offizier.«

»Warum redest du so?« Johns Schultern bebten. »Ich, ich dachte, du wärst mein Freund.«

Hart antwortete Robin: »Weißt du, in meiner Stellung bedeutet Freundschaft etwas anderes.«

»Was sagst du da?« Beide Fäuste presste John vor der Brust zusammen.

Sofort lief Robin um ihn herum. »So mein ich das nicht. Ich bin dein Freund und habe keinen besseren. Aber ich bin auch Anführer, das meine ich.« Er legte seine Hände auf die mächtigen Fäuste, blickte John offen an.

Die Wärme kehrte zurück. »Wär auch schlimm, für mich.«

Auf dem Rückweg beschlossen sie: zunächst kein Wort zu Will Scarlet. Doch Wachsamkeit. Robin wollte noch einen klaren Beweis. »Dann werde ich sehen. Vielleicht schicken wir ihn einfach weg. Nach London, vielleicht. Irgendwohin, wo er uns nicht schaden kann.«

John nickte. »Auch gut.« Wenn Scarlet alles von uns weiß, dann schadet er, egal, wo er auch hingeht. Aber das sag ich erst, wenn's so weit ist.

Als ärmliche Kleinkrämer im grauen Mantel, die Köpfe bedeckt mit eckig gesteckten gelben Mützen, so schritten Robin Hood und Little John der Karawane entgegen. Ihre Kampfstöcke benutzten sie als Wanderstab. Der Hüne trug einen Sack über der Schulter.

»Aus dem Weg!«, warnten die Reiter der Vorhut. »Na, wird's bald!«

Die beiden blieben mitten auf der Straße stehen. Höflich grüßte Robin: »Schalom, ihr Herren. Ich und er hier, wir wollen dem Großkaufmann einen guten Tag wünschen.«

»Wer will das?«, schnauzte einer der vier Söldner.

»Simson und Goliath aus Worksop.«

»Kennt euch unser Herr?«

Robin legte entrüstet die Hand auf die Brust. »Wir sind seine Neffen! Die Schwester seines Bruders hat noch eine Schwester, und die hat den Vater der Schwester meiner Mutter geheiratet. Ich bin der kleine Neffe von Onkel Salomon. Das hier ist sein großer Neffe. Der Bruder von Onkel Salomons Schwester hat die Schwester …«

»Hör auf. Halt bloß das Maul!«, wehrte der Söldner ab. Er wandte den Kopf. Der erste Planwagen war fast heran. Rasch fragte er seine Kameraden. »Was meint ihr? Wird schon stimmen. Diese Juden haben immer so eine große Verwandtschaft. Warum also nicht?« Gleichgültig nickten sie. »Also gut. Aber jetzt macht erst mal Platz, unsere Ochsen dürfen nicht stehen bleiben.«

John und Robin gehorchten.

»Wie heißt ihr?«

»Simson und Goliath.«

Sie sollten warten. Der Söldner ritt zurück, informierte die Männer des Flankenschutzes und sprach mit dem Kutscher des zweiten Gespanns.

Die Leinenlappen wurden zur Seite geklappt. Kaum sah der alte Jude die beiden Männer am Straßenrand, strahlte sein Gesicht. »Bei den zwölf Vätern Israels, welch eine Überraschung.« Eilig schickte er den Reiter wieder nach vorn. Wie ein Onkel breitete er die Arme. »Schalom, meine Neffen. Kommt herauf. Welch eine Freude!«

Salomon lehnte in seinem Sessel, hinter ihm stapelten sich die Waren. Robin und John hockten vor ihm auf dem Boden. Süßer Malvasier zur Begrüßung. Doch schnell wich die Freude des Wiedersehens. Ernst zupfte Salomon den grauen Bart. »Beim gütigen Abraham. In diesen Monaten gerät England aus den Fugen.«

»Warum?« Robin straffte den Rücken. »Den Sheriff gibt es nicht …«

»Still. Ich will es nicht wissen.« Nüchtern blickten die dunklen

Augen von einem zum anderen. »Ja, der eitle Tom de Fitz ist mit einem ganzen Trupp verschwunden. Keiner wusste, was er an diesem Morgen vorhatte. Überall im Sherwood sucht man nach ihm. Vergeblich. Es scheint, als hätte ihn die Erde verschluckt. Doch wem nutzt es?«

»Uns allen, denk ich.« John runzelte die Stirn. »Ich mein, all den armen Leuten in der Grafschaft. Wenn der Schuft weg ist, dann geht es …«

»Sei kein Narr, mein guter Philister. In spätestens einem Monat wird Prinz Johann einen neuen Lord-Sheriff einsetzen. Nichts wird besser. Nichts wird sich ändern, nur der Name.«

Der Hüne starrte vor sich hin. »Dann, dann hört es ja nie auf, das Kämpfen?«

»Schluss jetzt.« Robin klatschte laut. »Seit wann sehen Juden so schwarz? Beim letzten Mal hast du gesagt, euer Volk gibt die Hoffnung nie auf. Das sei das Geheimnis eurer Kraft. So leben wir in der Bruderschaft auch. Wir hoffen, deshalb kämpfen wir.« Er nahm die kleine Holzkiste aus dem Sack, öffnete den Deckel. »Das wollen wir dir verkaufen. Und wenn unser König aus dem Heiligen Land zurück ist …«

»Richard Löwenherz ist gefangen.«

Das Gesicht Robins versteinerte. John setzte den Becher ab. Der Großkaufmann ließ ihnen keine Zeit, hart fuhr er fort. »Bis das Lösegeld bezahlt ist, bleibt Richard Löwenherz ein Gefangener des Kaisers. 100 000 Pfund in Silber! Wer weiß, ob die Königinmutter jemals das Geld auftreiben kann?«

Nichts hatten die Gefährten bisher von diesem Unglück erfahren. Stumm hörten sie Salomon zu.

Neue Steuern, Abgaben. Ob Höfler oder Edelmann, ob Handwerker oder Bischof, Normanne, Sachse, Christ oder Jude, jeder im Land musste einen Teil seines Besitzes abgeben.

»Aber dann kommt die Summe doch bald zusammen«, unterbrach Robin erregt.

»Du vergisst den Bruder des Königs.« Der Alte senkte die Stimme. »Aus guter Quelle weiß ich: Prinz Johann spielt ein heimtückisches Spiel. Er lässt in den Klöstern und Burgen seiner Grafschaften mit gefälschtem Siegel des Königs den geforderten Anteil eintreiben. Das Lösegeld erreicht London nicht. Johann rafft zusammen und hortet Schmuck und Geld bei seinen Verbündeten. Einer von diesen Schurken ist Sir Roger von Doncaster. Dem Himmel sei's geklagt, wie könnte es auch anders sein. Nein, meine Freunde. Ich befürchte, es wird noch lange dauern, bis Königin Eleonore ihren Richard vom Kaiser zurückkaufen kann.«

Robin fuhr mit dem Finger über den Rand des Bechers. Mit einem Mal hellte sich seine Miene auf. »Endlich kann ich etwas für meinen König tun.« Er fasste Johns Arm. »Na, was sagst du?«

»Ohne Leute? Wir können doch nicht einfach nach Doncaster …«

»Darüber reden wir später«, schnitt ihm der Anführer das Wort ab. Er lachte und deutete auf das Geglitzer und Gefunkel in der kleinen Kiste. »Das mein ich.« Damit schob er den Reichtum vor die Samtstiefel des Juden.

»Schon recht.« John hatte begriffen. »Gefällt mir.«

»Ich will nicht unhöflich sein«, Salomon hob leicht die Hände, »aber ich bin zu müde, um Rätsel zu lösen. Wenn es jetzt ums Geschäft geht, dann lasst es mich wissen.«

»Wir verkaufen nicht.« Offen sah der Anführer dem alten Mann ins Gesicht. »Nimm die Kiste an dich. Sobald du nach London zurückkehrst, bringst du sie der Königin. Und sag: Das ist der Anteil, den Robin Hood mit seiner Bruderschaft zum Lösegeld beisteuert.« Er hielt inne, verbesserte: »Nein. Nicht meinen Namen. Sag nur, dass es von den treuesten Anhängern König Richards gegeben wurde.«

Salomon atmete schwer. Die Falten um seine Augen vertieften sich. »Du vertraust einem alten Geldverleiher, einem Juden, solch ein Vermögen an? Ohne Sicherheit?«

Leise sagte Robin: »Wenn ich die Augen eines Mannes sehe, dann kenne ich ihn.« Er spürte Johns Blick, zögerte und setzte hinzu: »Und ich täusche mich nur selten.«

Salomon schenkte den Abschiedstrunk ein. »Gewöhnlich traue ich nur meinem Verstand.« Er lächelte. »Beim gütigen Abraham. Und von euch muss ich in meinem hohen Alter noch lernen, auch dem Herzen zu vertrauen. Schalom, meine Freunde!«

Scarlet war sofort begeistert bei der Sache. »Ja, wir nehmen Sir Roger aus wie eine Gans. Darauf hab ich lange gewartet. Und ich weiß auch, wie wir heimlich in die Burg gelangen. Ich kenne zwei unterirdische Gänge. Sie sind unbewacht. Und wenn ihr wollt«, er sprang auf, lockerte die Schultern und klatschte wie Robin in die Hände, »dann nehmen wir nicht nur das Geld dieses Bastards. Nein, wir rauben ihm seinen größten Schatz.« Genüsslich dehnte er die Pause. »Wir befreien den weißen Falken!«

John, Much und Threefinger starrten den Cousin schweigend an.

»Langsam. Langsam«, dämpfte Robin seine Begeisterung, nüchtern schätzte er die Lage ein: »Wir sind fünf. Sir Roger hat gut ausgebildete Männer. Mehr als genug, um uns dreimal ans Kreuz zu nageln.«

»Wozu hast du mich?« Scarlet ging in die Hocke. »Schick mich gleich morgen Früh los. Und morgen Abend bring ich dir den fertigen Plan: Wo das Lösegeld versteckt wird. Wann die Wachen wechseln.«

John brummte: »Ich dachte, du darfst dich auf der Burg nicht mehr sehen lassen?«

»Brauch ich auch nicht, du Riese.« Scarlet winkte ab. »Ich kenne einen in Doncaster, der hat immer freien Zugang.«

»Und wer ist das?«

»Der Schmied. Alle Waffen liefert er. Sir Roger vertraut ihm, aber in Wahrheit ist der Schmied sein Feind.« Freimütig sah er Robin an. »Ich bring dir den Plan, und dann schlagen wir los.«

John stützte die Stirn auf seine Faust. Der Schmied? Dieser Halunke. Bei dem hab ich damals nach Arbeit gefragt. Er wollte Marian nicht. »Verkauf die Stumme doch einem Bettler!« John hörte immer noch die schmierige Stimme. Nein, der Schmied war dem Baron treu ergeben.

»Das gefällt mir, Cousin«, Robin schien einverstanden. Leicht stieß er den Fuß gegen Johns Stiefel. »He! Schläfst du?«

»Was?« Der Hüne blickte auf. »Nein. Bin nur müd.«

»Na, was sagst du?«

»Schon recht. Wenn's klappt, ist es gut.«

Lange stand John noch draußen vor der Scheune. Es hatte aufgeklart. Nebeldampf stieg aus den nassen Wiesen. Lautlos trat Robin an die Seite des Freundes. Als John ihn bemerkte, murmelte er: »Denke, ich geh mit Much morgen auf die Jagd. Nach Norden zu. Fasan oder Ente. Hab Hunger drauf.«

»Ist das der einzige Grund?«

»Nein.«

Robin schwieg. Dann sagte er: »Gut.«

Stumm standen sie beieinander. Über ihnen gingen nach und nach die Sterne auf. »Hier.« Robin schaukelte eine kleine Perlenkette zwischen den Fingern. »Für unsere kleine Bedingung.« Er lächelte. »König Richard wär's bestimmt recht.«

Pilze und Körner, mit Wasser aufgekocht. In der Frühe saß Robin Hood mit dem Cousin allein am Feuer. Schweigend löffelten sie den Brei. Die Gefährten lagen noch still im rückwärtigen Teil der Scheune, ihre Mäntel hoch übers Gesicht gezogen.

John schlief nicht. Die halbe Nacht hatte er gegrübelt, war dann schließlich eingenickt, doch schon die erste Bewegung Scarlets hatte ihn wieder geweckt. Seitdem lag er da, beobachtete aus halb geschlossenen Lidern die beiden Cousins drüben am Ausgang der Scheune. Scarlet aß unbekümmert, er aß sich satt. Robin nahm wenig, stocherte mehr mit dem Löffel im Topf herum. Ach, mein Freund. Ich wünscht, ich hätt mich geirrt!

Federnd sprang Scarlet hoch. Er lockerte die Schultern und warf sich voll Elan den blauen Mantel um. »Heut Abend bin ich zurück.«

»Überleg es dir noch mal, Will!« Ein Angebot, fast eine Bitte. »Du reitest direkt in die Höhle des Satans. Wenn es dir zu gefährlich ist, sag es nur! Keiner nimmt es dir übel.«

»Ach was, Cousin. Das schaff ich leicht.« Scarlet winkte ab. »Und bestimmt brauch ich erst gar nicht nach Doncaster rein. Ich schicke irgendeinen Jungen zum Schmied. Der soll bestellen: Gamwell wartet an der Mühle.«

»Mühle?«, fragte Robin rau. »Wo unser Much herkommt? Meinst du die?«

»Ja, die im Süden. Und da ist der beste Treffpunkt. Seit die Müllersleute tot sind, steht sie still.« Will umarmte den Cousin, beachtete nicht, dass Robin es nur reglos zuließ. »Keine Sorge. Ich weiß genau, was ich tue. Und vom Schmied erfahr ich alles, was ich wissen muss.« Damit saß er auf. »Eine fette Beute wird es.« Er schnalzte, ein kurzer Trab, dann gab er dem Pferd die Sporen.

John trat aus der Scheune. »Fette Beute?«, brummte er. »Fragt sich nur, für wen.«

Beide sahen dem Reiter nach.

»Er lügt.« Robin rieb die Fingerknöchel an den Zähnen.

»Schon recht.«

Am Ende der Wiese verschwand der blaue Mantel zwischen den Sträuchern.

»Nein, John. Nicht, was du mir gestern gesagt hast. Dafür will ich noch einen Beweis. Aber jetzt, gerade eben«, Empörung blitzte in den grauen Augen, »hat er mich frech belogen. Was glaubt er, wer ich bin? Die Mühle! Damit hat er sich verraten. Sie gehört dem Baron. Und er braucht sie fürs Mehl. Warum sollte sie stillstehen?«

Little John sagte ruhig: »Wird Zeit für die Jagd.«

Kampfstock. Dolche. Ein Kurzbogen. Genügend Pfeile im Köcher. Als Much und der Hüne die Riemen ihrer leichten Sandalen geschnürt hatten, bat Robin den Freund noch einmal beiseite. »Aber vergiss nicht: Will ist mein Cousin. Vielleicht sagt er ja doch die Wahrheit.«

»Heut Abend wissen wir's«, antwortete John, mehr nicht.

Sie liefen querfeldein, sprangen über Bäche, vermieden jedes Gehöft. Gut fünf Meilen lagen hinter ihnen. »He, Much!« Erst jetzt klärte John den Jungen auf. Keine Jagd auf Fasane. Das Revier war die Mühle, die Beute war Scarlet.

»Und was … was ist, wenn wir …?«

»Nichts, Kleiner. Was wir sehen, melden wir Robin.«

Schneller liefen sie nach Norden, und stets war Much gut drei Schritte voraus. Manchmal spottete er über die Schulter: »Soll ich langsamer?«

»Spar dir die Luft, Kleiner!« Schweiß glänzte auf der Stirn. Immer noch spürte John die harten Schläge des Sheriffs. An den Rippen, im Unterleib.

Im späten Vormittag erreichten sie den Bach oberhalb des Mühltals, wateten durch die Furt und ruhten sich zwischen den Birken aus. »Egal, was wir gleich sehen. Du bleibst an meiner Seite«, schärfte John dem Jungen ein. »Da drüben ist nicht mehr dein Zuhause.«

Much schluckte. »Ich … ich. Aber die Mutter und der Vater liegen …«

»Nein, Junge!« Der Hüne setzte hart hinzu: »Im Haus wohnt jetzt ein anderer Müller. Und das Grab gibt's bestimmt nicht mehr. Hast du mich verstanden?«

Das Kinn bebte, erst nach einer Weile nickte Much.

»Schon recht, Kleiner.« Fest legte ihm John die Hand auf die Schulter. »So. Und nun geh vor! Du kennst dich hier besser aus.«

Sie nutzten den Schutz der Uferweiden. Am Saum des schmalen Tals schoben sie sich bis auf die Höhe der Gebäude heran. Dort blieben sie im Gebüsch.

Das Wasser rauschte durch den Mühlgraben. Gleichmäßig drehte sich das Rad. Aus dem Mahlhaus drang das Schaben der schweren Steine.

»Dacht ich mir.« John nickte grimmig. Zwar war Scarlet nirgendwo zu entdecken, doch im Schatten des Wohngebäudes stand sein Pferd. Sie warteten. Hin und wieder schlurfte ein Knecht zur Scheune, kehrte mit einem Sack über der Schulter zurück und schleppte ihn ins Mahlhaus. Die Sonne stieg. Heiß wurde es.

Aus Richtung Doncaster näherte sich Hufschlag. John bog die Haselzweige vorsichtig auseinander. Zwei Reiter. Noch waren ihre Gesichter nicht auszumachen. Doch den einen erkannte er an der Lederschürze, den anderen am Federbusch, am schwarzsamtnen Rock, am wehenden dunkelblauen Mantel.

»Dacht ich mir«, knurrte er. »Der Teufel kommt selbst. Und sein Schmied bringt ihn her.«

Kaum hatten die Reiter den Hof erreicht, als Scarlet, gefolgt vom Müller, das Wohnhaus verließ. Nichts war zu verstehen. Much und John sahen nur, wie der Cousin sich höflich verneigte.

Mit einer Handbewegung entließ Sir Roger den Schmied. Sofort wendete der Kerl seinen Gaul und trabte zurück. Der Baron warf dem Müller einen Geldbeutel zu. Tief dienerte der Mann, dienerte weiter, bis er rückwärts im Haus verschwunden war.

Jetzt erst stieg Sir Roger ab. Ein Lächeln verzog die schmalen Lippen. Wie ein gehorsamer Schüler verneigte sich Scarlet. Mit zwei Fingern hob Sir Roger das Kinn des Cousins. Er tätschelte die Wange.

Im Gebüsch stöhnte Much. »Aber, die kennen sich gut? Ich dacht, Will hat seinen Verwalter umgebracht. Und deshalb ...«

»Merk dir alles, was du siehst!«, raunte John. Er rieb die Narbe im Bart. Armer Robin. Heute, heute noch bring ich dir den Beweis.

Eilfertig lief Scarlet zum Hengst des Barons, griff den Halfter und zog das Tier hinter sich her. Neben Sir Roger verließ er den Hof. Gemächlich schritten sie am Bachufer entlang.

»Wo führt der Weg hin?«, raunte John.

»Zum Steg. Und ein Stück weiter unten, da gibt's einen See. Nicht groß, aber tief. Vater und ich sind da immer mit dem Boot ...«

»Nicht jetzt, Junge. Komm!«

Lautlos verließen sie ihr Versteck. In sicherem Abstand folgten sie Sir Roger und dem Cousin. John wollte näher heran, durfte nicht. Die Bäume standen zu licht.

Dann verließen der Baron und sein Schüler den breiten Weg, folgten dem Abzweig zwischen Schilf und Gesträuch zum See. Erst dicht vor dem schroffen Uferrand blieb Sir Roger stehen. Während er den Hals seines Pferdes tätschelte, hörte er aufmerksam zu. Und Scarlet sprach, erklärte mit den Händen, lachte, ließ die Schultern spielen, schnippte die Finger.

Behutsam. Kein Rohr brach, kein Blatt knickte, lautlos krochen John und Much durch das Schilf näher. Nicht alles, doch Satzbrocken drangen herüber.

»... Aber nicht in der Burg ... In der Kirche ... Alles Geld liegt unter dem Stein hinter dem Altar. Sag ihm das!«

Scarlet fragte: »Wann?«

Noch näher. Der Hüne war endlich zufrieden.

Klar und deutlich vernahmen sie jedes Wort:

»Ab morgen: jeden Abend, eine Woche lang. Sag deinem Cousin, dass die Zeit nach der letzten Messe die günstigste ist. Und ich verspreche dir, meine Leute werden da sein. Mit Schwertern, Äxten und Lanzen.«

Sir Roger lenkte das Pferd am Halfter herum. »Da wäre noch etwas.« Mit dem Finger winkte er Scarlet näher. Nur zögernd gehorchte der Cousin.

»Nein, fürchte nichts, mein Sohn! An der affaire fatale im Sherwood gebe ich dir keine Schuld.« Ein schmales Lächeln. »Im Gegenteil, du hast von mir gelernt. Dein Plan hätte von mir erdacht sein können. Allein dieser Sheriff! Tom de Fitz war immer schon nichts, nur ein habgieriger, eitler Wicht ohne Verstand. Du hast ihm den Sieg auf dem Schild präsentiert, und er hat versagt.«

Artig dienerte Scarlet vor seinem Meister. »A votre service. Ich tue mein Bestes. Bald werde ich euch Robin Hood und seine Bande liefern. Und ich hoffe, dass Ihr mich nicht vergessen werdet.«

Im Versteck stöhnte Much. Fest presste ihm John die Hand vor den Mund.

Sir Roger kniff seinem Schüler in die Wange, tätschelte sie. »Ich sorge für deine Zukunft«, sagte er näselnd. »Liefere mir den Bastard, und wie ich's versprochen habe, heißt mein neuer Vogt: Gamwell aus Maxfield. Und das wird erst der Anfang sein. Denn bald schon besteigt Prinz Johann den Thron Englands. Ja, mein Sohn, Großes habe ich noch mit dir vor.« Plötzlich gequält, runzelte der Baron die Stirn. »Da wäre noch ein kleines Problem.«

»Sagt es«, drängte Scarlet, »sagt es nur!«

»Du bist ein guter Junge.« Kaum öffnete Sir Roger die Lippen. »Du weißt, nichts darf meine Pläne in Gefahr bringen. Schon gar nicht überflüssige Zeugen. Immer noch bedrückt mich die leidige Affäre mit dem Müller. Um sie endgültig aus der Welt zu schaffen, fehlt mir nur noch sein Sohn. Nimm dich persönlich seiner an.«

Im Versteck wand sich Much unter dem Griff des Hünen. Erst als John ihm mit der Faust drohte, drückte sich der Junge wieder still auf den morastigen Boden.

Scarlet lachte, klatschte kurz. »Erledigt. Während die Falle für Robin Hood in der Kirche von Doncaster zuschnappt, werde ich dieser Springmaus mit Genuss die Haut abziehen.« Er half Sir Roger in den Sattel.

»Du wartest hier. Noch soll man uns möglichst nicht zusammen sehen.« Die blassgrünen Augen blickten streng auf den Schüler hinab: »Lass mich stolz sein auf dich, Gamwell!« Damit trabte der Baron zwischen Schilf und Gesträuch zum breiten Weg hinüber.

»Ich enttäusche Euch nie!«, rief Scarlet seinem Meister nach. »Niemals. Weder Euch noch meine Tante.«

Sir Roger blickte nicht zurück.

Im Versteck ließ John den Jungen los. Schwer war es ihm, so schwer. Ach, Robin. Mein armer Freund!

Am Ufer ging Scarlet federnd in die Knie, stand wieder, ließ die Schultern spielen.

Much hielt es nicht länger. Ehe John zugreifen konnte, sprang der Junge hoch, brach durch das Schilf, jagte schreiend auf den Cousin zu. Scarlet begriff nicht, riss nur den Mund auf. Much war heran. »Bastard!« Der Junge rammte seinen Kopf in den Leib des Verräters, warf Scarlet zurück. Much rannte weiter, stieß den Cousin mit sich selbst über den schroffen Uferrand. Beide stürzten ins Wasser.

Jetzt war John zur Stelle. Nicht weit von ihm entfernt kamen die Köpfe wieder an die Oberfläche. Beide husteten, schnappten nach Luft, gingen wieder unter. Beide konnten nicht schwimmen. Sie tauchten auf, platschten wild mit den Armen. Scarlet entdeckte den Riesen. »Hilf mir!« Gleichzeitig gelang es ihm, die Haare des Jungen zu packen, er drückte Much unter Wasser, hielt sich so für Augenblicke an der Oberfläche. »Hilfe! John! Hilf mir!« Gurgelnd versank er.

Auch John konnte nicht schwimmen. Er warf sich halb über den Uferrand, hielt den Kampfstock bereit. Much tauchte auf, japste, spuckte Wasser, schrie. Sofort streckte ihm John das Stockende hin. »Fass an, Kleiner. Halt dich fest!«

Verzweifelt schlugen die Arme. Endlich fand der Junge das Holz. Scarlet schnellte vom Grund nach oben, sein Oberkörper fuhr aus dem Wasser. Er warf sich keuchend über Much, versuchte ihn wegzustoßen, selbst nach dem Holz zu greifen. Ohne Rucken, so rasch es möglich war, führte John den Jungen mit dem Kampfstock außer Reichweite des Verräters. »Halt dich! Halt dich nur, Kleiner!«

Und langsam zog er Much näher ans Ufer, zog ihn halb aus dem Wasser, seine Faust umschloss die verkrallten Hände. So hievte der Hüne den Jungen zu sich herauf.

Im See kämpfte Scarlet. »John!« Wild schlug er um sich. Versank, tauchte auf: »Hilf mir!«

John half Much auf die Knie, beugte ihn vor. Während er Wasser spuckte, nach Luft rang, röchelte, hielt der Hüne seinen Kopf. Beide Hände presste er fest gegen die Ohren.

Nur John sah den Todeskampf, hörte die Hilfeschreie, sah noch einmal den Kopf, hörte das Gurgeln. Die Wellen schwappten, glätteten sich. Glatt lag der See.

John gab den Kopf des Jungen frei. Nach und nach kam er zu Atem. Much blickte ihn an. »Was … was … ist mit …?«

»War zu spät«, murmelte John. »Musst erst dich rausziehen.«

Der Junge wandte sich zaghaft um. Das stille Wasser ängstigte ihn. Er sank vornüber. »Danke.« Nur ein Flüstern.

»Alles hast du gehört, was du brauchst.« Der Hüne strich ihm über den Kopf. »Jetzt erhol dich, Kleiner! Ist noch ein weiter Weg zurück.« John schwieg. Und dann? Er dachte an Robin.

Tief in der Nacht erreichten sie endlich die verfallene Scheune nahe bei Worksop. Oft hatte der Junge sich ausruhen müssen. Nur mühsam waren sie vorangekommen.

Am Feuer warteten Robin und Threefinger. »Dachte schon …« Der Anführer sah das Gesicht des Hünen und schwieg. Erst als die beiden gegessen hatten, fragte er: »Wie war die Jagd?«

Much kam John zuvor. »Scarlet hat … hat uns alle verraten. Er … er ist …«

»Schon recht, Junge. Ich sag's.«

Mit starrem Blick hörte Robin Hood zu. John berichtete nur bis zum Aufbruch des Barons, dann brach er ab.

Der Anführer schnippte. »Weiter. Da fehlt doch was. Wo ist mein Cousin?«

Much faltete die Hände vor der Brust. »Ich war's. Ich … ich musste einfach. Weil … Ich bin auf … den Will zu. Dann … dann sind wir beide ins Wasser gefallen.« Er sah zu John. »Mich hat er zuerst gerettet. Und Scarlet …«

Jäh sprang Robin auf. Stürmte davon, kehrte ans Feuer zurück. »Threefinger! Much! Legt euch schlafen. Sofort! Hört ihr nicht!«

Erschreckt zogen sich die beiden in die Scheune zurück.

Robin Hood trat in die Glut, Funken stoben auseinander. »Warum, John? Du hattest klaren Befehl. Beweise! Beweise solltest du mir bringen! Mehr nicht!«

Der Hüne straffte den Rücken, gefasst stand er auf, stellte sich schwer atmend vor den Freund hin. »Ich hab den Jungen rausgeholt. Dann war es zu spät.«

»Zu spät?!« Robin ballte die Faust. »Warum, John? Warum hast du nicht Scarlet zuerst gerettet?«

Jetzt begriff John. »Nein, das meinst du nicht? Nein, du meinst doch nicht …« Wild schüttelte er den Freund an den Schultern.

»Wage es nicht!«, schrie ihn Robin an, seine Hand fuhr hinunter, umklammerte den Dolchgriff.

John gab den Freund frei, trat furchtlos einen Schritt zurück. »Schon recht«, beschwichtigte er. »Ich konnt nicht wählen. Much war zuerst am Stock. Deshalb.«

Der Zorn in Robins Augen erlosch so jäh, wie er aufgelodert war. »Hab's nicht so gemeint.« Tränen standen in den hellen Augen. »Auch wenn er uns verraten hat. Er war doch mein Cousin«, flüsterte er. »Verstehst du das?« Müde kauerte er sich wieder ans Feuer. »Bleib noch was. Bitte!«

John nickte.

Nach einer Weile reckte Robin das Kinn. »Also. Wir gehen nicht nach Doncaster.«

»Besser nicht.«

»Noch nicht. Aber irgendwann, irgendwann, wenn dieser Satan nicht mit uns rechnet.«

Aus den Augenwinkeln beobachtete John den Freund. »Weißt du, damals in York, als ich der Diener von Sir Richard war, da wollte der Kerl mein Gesicht sehen. Ich hab ihm versprochen: Das siehst du erst, wenn ich dir das Genick brech.« John wartete. Robins Mundwinkel zuckten. Rasch setzte er hinzu: »Und wenn ich ihn treff, dann halt ich mein Versprechen, das versprech ich dir.«

Ein Lächeln als Antwort.

John dehnte die Brust. Vorbei. Beim Dunstan, jetzt ist es wirklich vorbei.

XX

Grafschaft York. Barnsdale Winterlager.

Das Lachen fehlte John. Seit der Rückkehr ins Hauptlager trieb Robin die Männer an: »Wer arbeitet, vergisst!«

Er ließ oben auf der Höhe eine Wehranlage um den Stützpunkt errichten: Gräben, in denen nadelspitze Stöcke aufgepflanzt staken, von leichtem Geflecht aus Ästen und Blättern getarnt. Und der Anführer packte selbst mit an. Von früh bis spät, er kannte keine Müdigkeit.

Ende September rief Robin seine Offiziere zu sich. »Ihr habt gut gearbeitet.« Bis auf zwei scharf bewachte Zuwege umgaben jetzt tödliche Fallgruben das weit verzweigte Gelände. »Aber es genügt nicht.« Zusätzlich sollte um Hütten, Stall und Pferdekoppel noch ein Pfahlzaun errichtet werden. Kein Ausruhen. »Morgen geht es weiter«, ordnete er an. »Bis zum Winter müssen wir fertig sein.« Mehr für sich selbst setzte er hinzu: »Und hier wird uns kein Sheriff, kein Sir Roger im Schlaf überraschen.«

Noch eine Woche beobachtete Little John den Freund. Stets blieb die Miene nüchtern, ernst. Selbst auf das spöttische Zucken der Mundwinkel wartete John vergeblich. »Also, wenn du was sagen willst«, der Hüne hob ungeschickt die Hände, »dann kannst du's ruhig sagen.«

Robins Augen blickten kühl. »Was erwartest du? Soll ich vor Freude in die Hände klatschen?« Er reckte das Kinn. »Unsere Verluste im Sherwood waren hoch. Nur harte Arbeit bringt die Männer auf andere Gedanken. Mut und Kampfkraft fehlen. Und das macht mir Sorgen. Mehr nicht.«

»Auch gut.« John schwieg. Wer arbeitet, vergisst? Langsam schüttelte er den Kopf. Für unsere Leute stimmt es. Die tragen's schon leichter als du.

Mitte Oktober färbten sich unten im Lager die Blätter der großen Linde. Es war Zeit, die Sommerkluft gegen die wärmere Winterkleidung zu tauschen.

Tom Toad und John seufzten erleichtert, blickten einander an, auf diesen Moment hatten sie seit Wochen gewartet. In Robins Hütte übernahm der Hüne das Reden. »Die Sachen müssen geflickt werden. Besser, wir holen Beth.« Vorfreude hob seine Stimme. »Und Marian kann helfen. Morgen Früh ziehen wir los, dann sind wir am Abend zurück.«

»Nein.« Knapp und scharf.

»Was?« Little John begriff nicht. Tom Toad strich über die graue Kopfhaut, nahm den Zopf nach vorn, gefährlich leise sagte er: »Beim Willick. Aus welchem Grund ...?«

»Wage es nicht ...«

»Schon recht«, John schob Toad zur Seite und setzte sich zu Robin an den Tisch. Ihre Augen waren auf gleicher Höhe. »Warum sollen ...?«

»Schluss damit! Spar dir die Mühe, mein Freund.« Beherrscht legte der Anführer die Hände übereinander. »Vor wenigen Monaten hatte ich fünf Offiziere. Jetzt sind es nur noch drei. Es tut mir Leid. Bis oben im Stützpunkt die Palisaden und das Tor fertig sind, kann ich auf keinen von euch verzichten.« Frostig sah er zu Tom. »Die Nachbarinnen sollen sich diesmal um unsere Uniformen kümmern. Deine Beth wird nichts dagegen haben.«

Er wandte sich an John. »Und deine Marian? Bei Sir Richard ist sie gut aufgehoben. Ich denke, sie kann noch etwas warten.« So wollte er seine Offiziere entlassen.

Tom rührte sich nicht. John blieb unbeweglich sitzen.

»Also gut«, Robin trommelte den Zeigefinger auf die Tischplatte: »Unsere Männer haben gekämpft, und immer hatten sie das Ziel klar vor Augen: König Richard wird bald kommen. Bei der Heiligen Jungfrau, das habe ich dir und dir, das habe ich allen versprochen. Und jetzt?« Er schwieg, sagte dann: »Also dauert der Kampf noch viel länger. Und darauf müssen wir uns vorbereiten.«

Die Gefährten hatten ihn verstanden. John murmelte: »Gemeinsam schaffen wir's. Ganz sicher.«

Draußen wischte er sich die Stirn. »Verdammt. Wenn das mit Scarlet nicht wär, dann hätt er's leichter.«

»Lass nur. Er braucht eben seine Zeit.« Toad stöhnte übertrieben, schlug die Faust in die Hand. »Und was ist mit mir? Im Mai waren wir auf der Burg. Das war zu kurz. Und jetzt? Jetzt wird's ganz schön lang.«

»Auch gut.« John grinste scheinheilig. »Dann hast du auch mehr Zeit. Für das Lied, mein ich.«

Rechtzeitig vor dem Weihnachtsfest waren die Arbeiten im Stützpunkt abgeschlossen. Robin schien zufrieden. Das Starre war aus seinem Gesicht gewichen, er sprach, lachte sogar hin und wieder. Doch wer ihn genau kannte, spürte, dass seine Heiterkeit nur mühseliges Spiel, nur ein Vorhang war. »Gebt auf euch Acht!« Die wenigen, die Familie hatten, durften nach Hause wandern. »Verlauft euch nicht!« Keiner lachte über den Scherz.

»Was ist mit uns?« Schon abmarschbereit standen Toad und der Hüne vor ihm.

Leicht zuckten die Mundwinkel. »Gut. Verschwindet. Aber seid morgen wieder hier! Ohne euch fängt Bruder Tuck nicht mit der Christmesse an.« Mit besorgter Miene fasste er Toms Arm. »Wo hast du die Laute?«

»Nicht du jetzt auch noch«, stöhnte Toad. Als er die feixenden

Gesichter sah, stellte er sich. »Danke, Freunde. Danke. Ich habe alles dabei, was ich brauche.«

Weder John noch Robin wussten eine Erwiderung.

Breit grinste Toad. Er hatte gewonnen.

Im Burgsaal prasselte das Feuer. Nach dem Mittagsmahl warteten Gastgeber und Gäste auf die Darbietung der Mädchen.

Erst hatte Marian heftig abgelehnt. »Keine Lust.« Die sorgfältig gekämmten Locken fielen ihr in die Stirn. Erzürnt hob der Pater die Brauen. »Warum dieser widerspenstige Ungehorsam? Willst du nicht zeigen, was wir gelernt haben?«

Marian blieb dabei. »Keine Lust.«

Nur kurz blickte Patricia bewundernd auf die Freundin, dann beugte sie den Kopf tief über ihren Teller. Sir Richards Tochter bemühte sich, nicht loszuprusten.

Beth bat die Baronin um Nachsicht. Ihre Stimme wurde streng: »Prinzesschen. Vergiss unsere Abmachung nicht!«

Dieser Satz half. Marian schob die Unterlippe vor. Kurz zwinkerte sie John zu: »Aber nur, weil du zu Besuch bist.«

Erleichtert war der fromme Hauslehrer von der Tafel aufgestanden. »Kommt, meine Kinder! Noch eine Probe.« Rasch hatte er mit seinen Zöglingen den Saal verlassen.

John bewegte sich vorsichtig. Sobald er das Gewicht auf dem Lehnstuhl verlagerte, knarrten Sitz und Holzbeine bedenklich. Steif hatte er während des Essens dagesessen. Gefülltes Brot. Drei knusprige Hühner. Schon recht. Die Köche von Sir Richard, die verstehn's. Satt bin ich gut. Wenn alles hier nur nicht so unbequem wär. Bis jetzt wusste er nicht, ob die zierlichen Lehnen seine Arme aushalten würden. Und der Weinkelch? War er nun kleiner als die im Lager? Auch gut. Er trank langsamer, bedächtiger.

Aus den Augenwinkeln beobachtete er Tom. Unbekümmert saß der Gefährte neben Beth. Das Fett glänzte im Bart. Und wie die Augen glänzten, sobald er seine Frau ansah. Den Kerl stört nichts. Und Beth? Sie war jetzt …? Egal. Sie war jetzt so was wie 'ne feine Lady. Aber ihren Tom guckt sie noch genauso an wie in Barnsdale.

Die Mädchen kehrten zurück. Jedes trug am samtenen Schulterband eine Laute. Der Pater rückte zwei Schemel vor die Tafel. Artig nahmen Pat und Marian Platz.

Die Tochter des Burgherrn richtete die braunen Augen auf ihre Freundin. Ein Zwinkern. Beinah im Gleichklang zupften sie die Saiten.

John dehnte die Brust. Ach, mein Kleines. Da sitzt du wie ein Fräulein.

Gesang. Zwei helle Stimmen: »Natus est Jesus, natus est Deus, natus est salvator noster …«

John spürte das Blut. Heiß wurde ihm. Er dachte an Marians Mutter. Ich hab's dir versprochen. Siehst du, ich sorg für das Kind.

Kaum war das Lied zu Ende, klatschten die Zuhörer, John schlug seine schweren Hände zusammen, musste an sich halten, um nicht mit den Fäusten auf den Tisch zu trommeln.

Die Mädchen knicksten. Als sich der Pater vor Sir Richard und seiner Frau verneigte, knuffte Marian ihrer Freundin in die Seite. Schon setzten beide den rechten Fuß vor, blickten verliebt zur Decke und schlugen wieder die Laute. Aus vollen Kehlen sangen sie: »Im Rosengarten sah ich den Ritter warten. Es war im Mai, die Luft war lau …«

Entsetzt wich der Pater einen Schritt zurück. Mit Handzeichen versuchte er, das Lied zu beenden. Vergeblich.

»Da kam vom Brunnen her das schöne Fräulein …«

Sir Richard versteifte den Rücken, beschwichtigend legte er die Hand auf die Hand seiner Gemahlin. Doch ein Lächeln blieb auf seinen Lippen zurück. Beth schirmte die Augen. Ihrem Tom gefiel das Lied. Er ließ das Zopfende um den Weinkrug kreisen.

Und John? Er hörte nicht den Text. Marian singt wie ein Fräulein! Allein die beiden Gefährten spendeten den Sängerinnen Applaus. Ehe sich der fromme Hauslehrer von der Blamage erholen konnte, rannten Pat und Marian bereits kichernd aus dem Saal.

»Ich bitte um Vergebung, Sir.« Der Pater faltete die Hände vor der schwarzen Kutte. »Die Bürde meines Amtes wird mir von Tag zu Tag schwerer. Als ich Ihrer Tochter noch allein …«

»Ich bitte Euch!« Sir Richard wies zur Tür. »Jeder von uns erfüllt seine Pflicht. Und die Eure scheint mir die leichteste zu sein.«

Mit gesenktem Kopf verließ der Lehrer die Tischgesellschaft.

Tom Toad drängte, gab Zeichen. Scheinbar gleichgültig übersah Beth seine Blicke. Endlich hob Sir Richard die Tafel auf.

Die Amme wandte sich an Lady at the Lea. »Braucht Ihr mich noch, Herrin?« Ein Kopfschütteln.

»Danke.« Und Beth schritt voraus.

Die Baronin stand neben ihrem Gemahl, abwartend blickte sie zu Little John hinüber. Als Einziger saß er noch am Tisch. Nach geduldigen Augenblicken überging sie sein Unwissen. »Herr John«, ihre Stimme klang warm und ernst zugleich. »Dank möchte ich Ihnen sagen. Für Marian. Das Kind bedeutet uns sehr viel. Und Patricia hat nicht nur eine Spielgefährtin, sondern vor allem eine Freundin gefunden. Allerdings …«

John wehrte mit der Hand ab, wollte unterbrechen, er besann sich rechtzeitig und schloss den Mund.

»Allerdings«, fuhr Lady at the Lea lächelnd fort, »wir sind auch froh, dass Beth uns zur Seite steht. Sonst wäre das Temperament des Mädchens kaum zu zügeln.« Damit verabschiedete sie sich bis zum Abend und verließ den Burgsaal durch eine Nebentür.

Kaum waren sie allein, zwängte John den Körper aus dem engen Sessel. Die Lehnen brachen nicht. »Warum dankt sie mir?« Er richtete sich vor dem Ritter auf. »Umgekehrt. Ich bin in Eurer Schuld, Herr. Weil Ihr dem Kind doch alles zeigt. Und singen kann sie schon. So wie unser Bruder Tuck bei der Messe. Und mit der Laute. Ach, schön war das.« Er pochte die Hand gegen seine Brust. »Heute Abend dank ich Eurer Frau.«

Sir Richard glättete den gestutzten Bart. Er überlegte, entschloss sich dann. »Was glaubst du, mein guter Little John, womit sich die Mädchen jetzt beschäftigen?«

Leicht hob der Hüne die Achseln. »Na, Lernen. Sicher lesen sie mit dem Kutten…, ich mein, mit dem Mönch, was.« Seine Augen leuchteten. »Oder Schreiben. Ja, bestimmt …«

»Mein guter Little John«, der Ritter nahm seinen Arm, langsam schritt er mit ihm durch den Saal. »Damit du siehst, wie alles zwei Seiten hat, möchte ich dir etwas zeigen.«

Auf den Gängen war es kalt und feucht. Rasch folgten sie der weit geschwungenen Treppe hinauf, durchquerten andere Gänge, stiegen eine schmale Treppe hinab. Ehe Sir Richard die Pforte öffnete, fragte er: »Ist dir noch im Gedächtnis, womit Frau Beth vorhin Marian zum Gehorsam überredete? Nein? Sie bat das Mädchen, an die getroffene Abmachung zu denken.«

Er wartete nicht, sondern stieß die Pforte auf und führte John einige Schritte den Wehrgang entlang.

Befehle. Kurze Schreie. Befehle. Marians Stimme. Patricias Stimme. Sie schallten aus einem kleinen Innenhof herauf.

John beugte sich über die Brüstung. Sein Atem stockte. Unter ihm standen sich die beiden Mädchen gegenüber. Holzschwerter in den Händen. Angriff und Abwehr. Marian zeigte der Freundin gerade, mit welchem Schlag die Deckung des Gegners zu durchbrechen war.

John rieb die Narbe im Bart. An der Hofwand sah er Strohballen und Zieltuch, er sah Pfeil und Bogen. »Beim Dunstan. Wie bei uns im Stützpunkt. Ich hab geglaubt …«

»Anders war mit Marian nicht zu verhandeln.« Sir Richard runzelte die Stirn. »Und sie hält sich an die Abmachung. Sie lernt, ist fleißig, trägt in der Öffentlichkeit die Kleidung, die Frau Beth ihr hinlegt. Als Gegenleistung darf sie sich dort unten tummeln, wie sie möchte. Und, wenn ich ehrlich bin«, Sir Richard senkte die Stimme, »warum soll eine Frau nicht mit einer Waffe umgehen können? In Maßen, versteht sich. Ich verbiete es meiner Tochter nicht. Und seit die Baronin miterlebt, wie sehr Patricia auflebt, hat auch sie keine Einwände mehr.«

John beugte sich wieder über die Brüstung. Marian entdeckte ihn. Übermütig ließ sie das Holzschwert um den Kopf kreisen. Er versuchte, mit der Hand zu dämpfen. Besorgt wandte er sich wieder an Sir Richard. »Aber, sie lernt wirklich? Ich mein, auch Schreiben, auch Lesen? Weil sie doch ein Fräulein werden soll.«

»Sei unbesorgt!« Sir Richard erklärte, versuchte die Bedenken zu zerstreuen und schloss: »Finde dich damit ab! Marian besitzt alle guten Fähigkeiten, die ein Vater seiner Tochter wünscht. Und darüber hinaus noch einige mehr. Warum sollen diese Talente nicht auch gefördert werden?«

»Wenn's so ist.« Ganz war er nicht überzeugt. Aber wenn auch ein vornehmer Herr wie Sir Richard nichts dagegen hat? »Auch gut.« Dann werd ich mich eben dran gewöhnen.

Wieder zurück im Burgsaal, setzte sich Sir Richard mit seinem Gast ans Feuer. England. Die Grafschaften. Lange sprachen sie.

John prägte sich den Namen des neuen Lord-Sheriffs ein. Walter de Monte. Ein Verbündeter des Prinzen. Grausam und habgierig wie sein Vorgänger. Nichts hatte sich verändert. »Ich werd's Robin sagen. Wenigstens wissen wir, wie der Kerl heißt, gegen den wir kämpfen.«

»Doch vielleicht, mein Freund, wird sich ja doch bald alles zum Besseren wenden. Nein, ich bin mir sogar sicher.«

»Wenn's nur so wär.« John dachte an Robin. »Aber wir kämpfen, egal, wie lang es noch dauert.«

Abrupt setzte der Baron den Kelch ab. »Du weißt es nicht?«

»Was?«

Sir Richard sprang auf, er schlug sich gegen die Stirn. »Was bin ich für ein Narr. Woher solltet ihr auch davon erfahren haben?« Beinah unbeherrscht fasste er die Schulter des Hünen. Sein Gesicht leuchtete. »Mein Freund, mein tapferer Knappe. Das Lösegeld. 100 000 Pfund in Silbermark. England hat die Summe aufgebracht. Wie ich von einem Gewährsmann aus London weiß, ist Königin Eleonore schon auf dem Weg zum Kaiser.« Johns ungläubige Miene steigerte seine Begeisterung noch. »Ja, die alte Königinmutter selbst begleitet den Transport. Wenn Gott uns gnädig ist, wird König Richard bald schon in England sein.«

Wortlos leerte John den Kelch. Es genügte nicht. Er nahm den Weinkrug, setzte ihn an und trank. Endlich wischte er sich mit dem Ärmel Bart und Mund. »Wenn das Robin hört …« Er zögerte, wollte nachfragen, ließ es. John grinste breit. »Schon recht, Herr. Wenn mein Robin …« Er bemühte sich, die Worte zu wählen: »Ich mein: Robin Hood wird diese Nachricht … Ach was! Ein Glück ist es!«

»Und nicht nur für England. Auch für meine Familie«, ergänzte der Baron leise. »So viele junge Männer sind schon aus dem Heiligen Land zurückgekehrt. Und immer noch warten wir auf unsern Sohn. Aber ich kenne ihn. Ganz sicher ist Edward an der Seite seines Königs geblieben. Selbst in der Gefangenschaft. Mit Richard Löwenherz wird auch mein Sohn nach Hause kommen.«

Beth und Tom blieben dem Nachtmahl fern. John kümmerte es nicht. Heut soll jeder seinen Spaß haben! Wohlgefällig betrachtete er den reich gedeckten Tisch. Duftende Pastete vom Kalbfleisch, dazu eine Cremesoße aus roten und schwarzen Johannisbeeren.

Und der Hüne aß, später aß er, begleitet von staunenden Blicken, allein weiter. Nichts blieb von der Köstlichkeit übrig.

John bestand darauf. Ohne jeden Protest sangen Marian und Patricia für ihn noch einmal das lateinische Lied zur Laute. Galant knicksten sie, dann stürmten sie in ihre gemeinsame Kammer.

Von Krug zu Krug vermischte sich die gute Nachricht in Johns Kopf mit dem guten Malvasier aus dem Weinkeller der Burg. Nur mit Mühe fand er sein Nachtlager. Er schnarchte, bis ein Diener am Morgen mit den Fäusten an seine Tür hämmerte.

Zuerst der Abschied von Sir Richard, seiner Gemahlin und Patricia. Die Gastgeber blieben am Tor zurück. Am Ende der Zugbrücke versprach Tom seiner Beth, bald wiederzukommen.

»Warte, Kleines!« Umständlich suchte John im Proviantbeutel. Zwischen zwei Fingern zog er die kleine Perlenkette heraus. »Hier. Ich dacht … Na ja, sie passt sicher um den Hals.«

Marian nahm die Kette. »Schon recht«, sagte sie so tief, wie sie konnte. Dann lachte sie glücklich. Mit einem Mal wurden die blauen Augen ernst. »Hier gefällt es mir, John. Aber nur, weil du nicht weit weg bist.«

Rasch gingen die Männer. Beth und Marian winkten ihnen nach. Sie standen noch lange eng beieinander auf der Zugbrücke.

»Er kommt?« In seiner Hütte kehrte Robin langsam dem Freund den Rücken zu, lehnte die Stirn an die Balkenwand.

Kaum waren der Hüne und Tom am Nachmittag zurückgekehrt, hatte ihm John die gute Nachricht überbracht.

»Er kommt.« Die Hoffnung wuchs in Robins Stimme. Mit der Faust schlug er gegen das Holz. »Das Ziel. Ich habe es euch versprochen. Nicht irgendwann. Verstehst du, mein Freund. Bald. Bald haben wir unser Ziel erreicht!«

Jäh wandte sich der Anführer um. Die Maske der letzten Monate war abgefallen. Neues Feuer glühte in den grauen Augen. »Ach, John. So lange haben wir gegen Unrecht und Unterdrückung gekämpft.« Er schritt vor ihm auf und ab. »Ja, für den Sheriff, für all die normannischen Ausbeuter sind wir nichts als Geächtete. Räuber. Aber, bei der Heiligen Jungfrau, Richard Löwenherz wird uns ansehen. Mit einem Blick, dem nichts verborgen bleibt.«

»Wird schon so sein.« John dehnte die Brust. Was Robin sagte, war ihm gleich, jetzt sah er nur das Strahlen, hörte nur die klare, kraftvolle Stimme. Endlich.

Robin lachte. »Unser König kommt! Das ist die schönste Nachricht. Gerade heute.« Er fasste den Arm des Freundes. »Und morgen feiern wir Weihnachten. Ach was, nicht nur morgen. Ein Fest bis ins neue Jahr hinein. Braten. Wein und Bier. Na, was sagst du?«

»Schon recht.«

Stürmisch umarmte Robin den riesenhaften Mann. »Schon recht. Schon recht. Mehr hast du nicht zu sagen? Ach, mein Freund.«

Kurz entschlossen hob der Riese ihn an, setzte Robin hart auf den Tisch. Als er das verblüffte Gesicht sah, lachte auch John.

Zur Mitternacht loderten Fackeln rund um die große Linde. Freude spiegelte sich in den Augen der Freisassen. Bruder Tuck feierte die Christmesse, verkündete in der frostklaren Nacht: »Ecce, rex venit sanctus et salvator mundi. Gloria! Gloria!« Und die Bruderschaft sang. »Gloria in excelsis Deo.«

Tag für Tag schürten Herbghost und Storyteller das Feuer im lang gestreckten Küchenschuppen. Das Wasser siedete. Aus dem Kessel stieg Duft nach Suppen, der Geruch nach Braten zog durch das Hauptlager unten am Fluss. Und Abend für Abend hockten die Gefährten beieinander. Robin wollte Geschichten hören, Geschichten von König Artus.

Den Küchenschuppen verwandelte Storyteller in das Schloss Camelot. Die Geächteten saßen neben den edlen Rittern der Tafelrunde. »Wie das Fräulein vom See unseren König Artus vor einem Mantel bewahrte, der ihn verbrennen sollte.«

»Wie König Artus den tapferen Parzival zum Ritter schlug.«

»Wie der Rote Ritter mit …«

An diesem Abend hieb John die flache Hand auf den Tisch. »Nein. Nicht diese Geschichte. Weiß immer noch nicht, wie das mit dem Grünen Ritter war. Weiß nur, den Kopf hat er wieder aufgesetzt und ist weg.«

Sofort erinnerte sich Gilbert Whitehand, er wusste es besser: »Nein. Erst hat der Kerl noch Sir Gawain gesagt, dass er in einem Jahr bei der Grünen Kapelle auf ihn wartet. Dann ist er mit dem grünen Pferd weggeritten.«

»Ja, erzähl!«

Wie gewöhnlich ließ sich Storyteller bitten, trank genüsslich sein Bier. Umständlich rückte er das steife Bein zurecht. »Aber die Geschichte wird anders, als ihr denkt. Ganz anders.«

»Fang endlich an!« Robin zeigte warnend zur Tür. »Sonst …«

»Stör mich nicht!«, fauchte Storyteller. Er griff mit den Händen nach unsichtbaren Zügeln. »Schon zu Allerheiligen reitet Sir Gawain durch das Tor von Schloss Camelot hinaus. Sofort wird hinter ihm die Zugbrücke wieder hochgezogen. Er macht sich allein auf die Suche nach der Grünen Kapelle. Kalt ist es.« Storyteller zeigte den Abstand zwischen den Fingern. »So dick war das Eis auf seinem Helm, auch auf dem Schild. Sir Gawain gerät immer tiefer in einen wilden Wald. Am Weihnachtsabend findet er plötzlich ein Schloss. Freundlich wird der Ritter eingelassen. Er sitzt mit dem Burgherrn am Feuer. Da öffnet sich die Tür …«

Storyteller schob John seinen Becher hin. »Ich will Bier.«

»Was?« Es dauerte, bis der Hüne zurück war. Sofort schenkte er aus der Kanne nach.

»Beim Willick«, knurrte Tom Toad. »Du sollst erzählen! Saufen kannst du nachher.«

Der Alte setzte den Becher ab und wischte sich mit dem Ärmel den Schaum vom Kinn. »Da öffnet sich die Tür, und die wunderschöne Schlossherrin kommt rein. So schön. Solch eine Frau hat unser Ritter noch nie gesehen. Und sie schenkt ihm schöne Augen.« Storyteller kratzte ausgiebig den Kopf. »Bis zur Grünen Kapelle war's nicht mehr weit. Sie steht nur zwei Meilen entfernt in einer tiefen Schlucht. Also hat Sir Gawain noch etwas Zeit für die Schlossherrin.«

Tom Toad schlug sich auf die Schenkel. »So ist es recht. Aber was hat der Burgherr dazu gesagt?«

Entrüstet rieb John die Narbe im Bart. »Wenn das meine Frau wär. Ich hätte ihn mit dem Kopf zuerst durchs Eis in den Burggraben gestoßen.«

»Und ich hätte …« Gilbert meldete sich zu Wort. Auch Much. Jeder verkündete, was er mit einem Nebenbuhler anstellen würde.

»Schluss jetzt!« Erwartungsvoll lächelte Robin. »Ich will endlich wissen, wie's weitergeht.«

Jeden Morgen ziehen der Burgherr und sein Gast getrennt auf die Jagd. Sie haben verabredet, am Abend die Beute zu teilen.

So erhält Sir Gawain ein halbes Reh, einen Hasen. Er selbst aber ist gleich morgens wieder zur Schlossherrin zurückgekehrt. Doch als ehrlicher Ritter muss er sein Versprechen halten. Und er teilt auch seine Beute mit dem Burgherrn.

Tom Toad vergaß den Mund zu schließen. Vergnügt feixte Storyteller in die Runde. »Erst hat er ihm die Hände geküsst …« Weiter führte er die Beschreibung nicht aus. Das Gelächter rundum zeigte ihm: Jeder hatte genau verstanden.

Robin verlangte nach Ruhe. »Ausgedacht hast du dir das, du verdammter Zausel. Wenn du nicht weiterweißt, dann weißt du, was dir blüht.« Streng zeigte er zur Tür.

»Es ist aber wahr«, schimpfte Storyteller. Hastig fuhr er fort. Am letzten Tag im Jahr wird es Zeit für Sir Gawain. Die Burgherrin schenkt ihm noch einen grünen Gürtel. »Trag ihn!«, sagt sie. »Der beschützt dich.«

Sir Gawain reitet zwei Meilen in die tiefe Schlucht hinein. An der Grünen Kapelle erwartet ihn der Grüne Ritter. Seine Axt ist noch größer als die vom letzten Jahr. »Unser Sir Gawain steht einfach still da. Weit holt der Grüne aus. Die Schneide pfeift durch die Luft. Doch dicht vor dem Hals des Ritters hält sie an und rutscht ab. Wieder versucht es der Grüne. Wieder rutscht die Axt ab. Erst beim dritten Hieb berührt die Schneide den Hals, ritzt nur leicht die Haut.«

»Jetzt bin ich an der Reihe!«, schrie Storyteller in der drohenden Stimme Sir Gawains. »Schon schwingt er die Lanze. Doch da schlenkert der Grüne ganz ruhig seine Axt in der Hand. ›Es ist gut, mein Freund. Das alles war nur eine Prüfung.‹ Damit streift er das grüne Gesicht ab. Der Burgherr steht vor Sir Gawain. ›Du hast dein Wort gehalten: Du warst pünktlich zur Stelle. Und du hast ehrlich mit mir geteilt, sogar die Küsse meiner Frau. Nur den Gürtel hast du mir verschwiegen, deshalb musste ich dich verwunden.‹ Ehe Sir Gawain antworten kann, dreht sich der Burgherr um und ist verschwunden.«

Die Freisassen kehrten nach und nach in den Küchenschuppen zurück. Unbefriedigt schüttelte John den Kopf. »Und wo ist er hin?«

»Woher soll ich das denn wissen?«, empörte sich Storyteller. »Für heute ist Schluss.« Er griff selbst nach dem Bierkrug und schenkte sich ein. »Erzählt euch doch selbst was, wenn ihr mir nicht glaubt.«

Am vorletzten Tag der Zwölften, dem Tag vor dem Dreikönigsfest, wurde wieder Wasser über der Feuerstelle erhitzt. Draußen im Schnee standen die Freisassen. Einer nach dem anderen zog sich aus. Schmier aus Fett, Salz, Sand und Asche.

»Unsere reine Jungfrau und die Heiligen haben feine Nasen!« Robin lachte seinen Männern zu. »Auch unser König Richard.« So hatte er den großen Waschtag eröffnet und war selbst der Erste, der sich schrubbte, bis die Haut glühte. John ließ sich Eimer nach Eimer bringen. Welch eine dampfende Wohltat. Als Letztes raffte Bruder Tuck die Kutte, und diesmal nicht nur bis zum Gürtel. Er begann bei den Füßen und endete erst bei der sorgfältig rasierten, kreisrunden Stelle auf seinem Hinterkopf.

Nach jeder Messe in der kleinen Kirche von Wrangbrook hielt Much an Marians statt den Pennyteller. Die Erwachsenen nahmen dankbar, die Kinder pickten gleich zweimal, und der fromme Vater der Gemeinde leerte den üppigen Rest in die geschürzte hellgraue Kutte.

Die Bruderschaft der Freisassen stapfte durch den Schnee zurück nach Barnsdale. Robin ließ die Gefährten vorangehen. Er fasste Johns Arm. »Mein Plan steht fest.« Noch während der Schneeschmelze wollte er ins Sommerlager aufbrechen. »Früh müssen wir im Sherwood sein.«

John schüttelte den Kopf. »Hat doch Zeit …«

»Nein, warte. Ich will möglichst schnell wissen, was der neue Sheriff unternimmt. Wir fragen den Köhler, wir hören uns in Blidworth um, fragen bei all unseren Freunden. Genau will ich die neue Lage kennen. Ganz sicher schnappen wir uns nebenbei auf der Handelsstraße den einen oder anderen fetten Brocken. Außerdem sichern wir unser Gelände um die Große Eiche. Schaffen Vorrat und feine Kleider in die Höhlen. Und weißt du, warum?«

Er wartete nicht. Mit Schwung riss er seine breitkrempige Kappe vom Kopf und wirbelte sie hoch. Sein rotblondes Haar glänzte. »Ach, John, mein Freund.« Er griff die Mütze aus der Luft. »Und im Juni warten wir unterhalb von Nottingham auf unsern Onkel Salomon.«

»Das darfst du nicht«, brummte John. »Wir haben's versprochen. Kein Überfall auf die Planwagen.«

»Sei kein … Ach was, ich halte mein Wort. Von ihm will ich wissen, wo Richard Löwenherz sich aufhält. Bis dahin ist der König bestimmt wieder in England. Und dann …« Er ließ eine Pause. »Dann werden wir beide uns kleiden wie die feinen Adeligen. So gehen wir nach London, zu unserm König.«

»Was? Was willst du?«

Entschlossen reckte Robin das Kinn zu dem Riesen hinauf, Härte funkelte in seinen Augen. »Ja, mein Freund. Wir treten vor König Richard hin. Zuerst werde ich ihm alles über uns berichten. Die reine Wahrheit. Dann werde ich ihm vom Sheriff, von jedem einzelnen seiner Barone erzählen, von jedem Abt und wie sie das Volk ausbluten und quälen. Alles soll er wissen. Und dann …« Robin sah es vor sich. »Wir werden einfach niederknien. Und sein Urteil erwarten.«

John stockte der Atem. »Und wenn er ganz anders ist? Ich mein, aus dem Spiel kommen wir nie mehr raus.«

»Schluss damit!« Robin lachte. Nach einer Weile hob er leicht die Hand. »Und selbst wenn? Nur wir beide kommen zum Henker. Unsere Männer nicht. Denk an unser großes Ziel. Und dafür lohnt der Einsatz, auch wenn ich diesmal die Regeln nicht kenne.«

Little John bückte sich, raffte Schnee, während er ihn mit den großen Händen formte, sagte er: »Ich, ich bleib immer an deiner Seite.« Er lächelte. »Als wir das erste Mal zusammen in Wrangbrook waren. Damals hast du für die Kinder den Schneeball über die Kirche geworfen. Weißt du noch, was sie gerufen haben?« Er reichte dem Freund die weiße Kugel. »Hier. Versuch's. Triff für uns die Sonne!«

XXI

Grafschaft Nottingham. Sherwood Forest.

Mitte März erreichte die Bruderschaft der Freisassen ungefährdet das Sommerlager im Sherwood. Wie jedes Jahr waren sie getrennt losgezogen, zu zweit, zu dritt. Unterwegs galt für alle höchste Wachsamkeit: wenn möglich, Flucht, wenn nötig, Kampf bis zum Tod des Verfolgers. Doch niemand hatte die wandernden Männer auch nur beachtet. »Und wenn wir mitten auf der Handelsstraße marschiert wären!« Tom Toad rieb die verschrumpelte Kopfhaut. »Den Eisenpuppen wär's egal gewesen.«

Whitehand und Bruder Tuck berichteten von königlichen Truppen und Zelten rund um Tickhill, im Süden der Grafschaft York. »Wir wagten uns nicht näher an die Burg.« Vorwurf verschärfte den Ton des Mönches. »Mir wäre es ein Leichtes gewesen, mich unter die Söldner zu mischen. Keiner hätte einem bescheidenen Zisterzienser die Auskunft verweigert.«

»Du feister ...« Mit Mühe verschluckte Gilbert den Rest, er drohte Bruder Tuck mit der weißen Faust. »Und wenn's schief gegangen wär?« Hilfe suchend wandte er sich an Robin. »Kein Risiko. Das hast du befohlen, sag's dem Kuttenkittel. Sag's ihm!«

»Schluss damit!« Der Anführer lehnte am Stamm der Großen Eiche. Nachdenklich schnippte er die Finger. »Das gefällt mir.« Er nickte John zu. »Also hat unser Köhler wirklich Recht. Die Burg wird belagert. Und wenn es für Tickhill stimmt«, seine Stimme wurde rau, »dann, mein Freund, dann stimmt es auch für Nottingham.«

»Auch gut.« Breit grinste John. »Bevor der Adler kommt, werden die Elstern aus den Nestern gejagt.«

Die Neuigkeiten waren unglaublich gewesen! Zweimal hatte Robin nachgefragt. Doch Gabriel war dabei geblieben: Der neu eingesetzte Kanzler Englands, Hubert Walter, Erzbischof von Canterbury, bereitete mit eiserner Faust die Rückkehr seines Königs vor!

Im ganzen Land erschreckte er die Anhänger des Prinzen Johann: »Richard Löwenherz kommt!« Das war Warnung und Drohung zugleich. »Denkt an euren Treueschwur!« Die feigen Abtrünnigen erbleichten. Politik bedeutete für sie nur persönlichen Vorteil. Also genügte die Nachricht: »Richard Löwenherz kommt!«, und eine Festung nach der anderen hisste wieder die königlichen Standarten, die Leoparden und der Löwe Englands flatterten nebeneinander auf den Zinnen. Alle Ränkespiele, alle heimtückischen Pläne Johanns, geschmiedet während der Abwesenheit seines Bruders, wehte der Wind davon.

Allein Nottingham und Tickhill verlachten die Boten des Kanzlers, jagten sie zum Tor hinaus. »Lüge! Niemals kehrt Richard zurück. Wir sind die Vasallen des zukünftigen Königs Johann.«

Beide Festungen waren seit mehr als drei Wochen eingeschlossen. Von Tickhill wusste es der Köhler genau: Belagerer und Verteidiger lieferten sich heftige Kämpfe. Verluste auf beiden Seiten, doch kein Erfolg.

Wie war die Lage vor Nottingham? Robin ließ seine Männer unter der Großen Eiche antreten. »Diesmal suchen uns keine Bewaffneten des Sheriffs. Aber Truppen der königstreuen Grafen und Bischöfe werden unterwegs sein. Bis zum Sommer haben wir vielleicht unser Ziel erreicht. Doch ich warne euch: Noch ist das Spiel nicht gewonnen.« Whitehand und Toad sollten sich Tag für Tag mit dem Hauptteil der Armee oberhalb von Edwinstowe auf die Lauer legen. »Ihr sorgt für Beute. Achtet mir besonders auf die Pfaffen, die nach Norden wollen! Kann mir vorstellen, dass gerade die Klosterherren unter der Kutte rasch noch einige Geldkatzen nach Doncaster oder sonst wohin schaffen, ehe es zu spät ist, ehe unser König auch in den Klöstern der Grafschaft nach Recht und Ordnung sieht.« Er selbst wollte mit John, Bruder Tuck, Much und Threefinger von Dorf zu Dorf ziehen. »Und wenn wir nicht genug erfahren, dann schleichen wir uns bis ins Zeltlager vor der Stadt. Ich will ein genaues Bild.«

Einige Tage benötigte die Bruderschaft, sich wieder im Sherwood einzurichten. Die Waffen wurden aus den Höhlen geholt, Bogenhölzer und Sehnen überprüft, die Pfeilspitzen neu geschärft. Nach einer Woche endlich zogen Gilbert und Tom mit den Männern zur Handelsstraße.

Bruder Tuck knotete seinen Kuttenstrick über dem Schwertgurt. Längst hatten John und Robin die Bogen geschultert. Nur Much und Threefinger hockten lustlos unter der großen Eiche.

Der Hüne ließ den Kampfstock gefährlich nah vor ihren Füßen hin und her schwingen. »Wird's bald?«, brummte er. »Oder soll ich nachhelfen?«

Folgsam wollte Threefinger aufstehen, doch Much hielt ihn fest. Mutig blickte er zu dem Riesen auf. »Warum dürfen wir nicht mit den andern zur Straße?«

»Beim Dunstan!« John stieß den Stock zwischen ihnen ins weiche Moos, grollend streifte er die Ärmel des grünen Rocks ein Stück zurück. »Ich glaub«, er öffnete und schloss die riesigen Pranken, »ich glaub, ich muss mich mit euch beiden mal gründlich unterhalten.«

In zwei Sätzen war Robin bei ihm. »Sei kein … He, was soll das?«

»Wollt den Kerlchen Beine machen.« John grinste lahm.

Zur Sicherheit krochen Much und Threefinger rückwärts von ihm weg, erst dann standen sie rasch auf. »Prügeln wollt er uns«, schimpfte Much.

»Ach was.« John schlenkerte die Arme. »War nur ein Spiel.«

In den Mundwinkeln des Anführers zuckte es verräterisch. »Das sah ziemlich ernst aus.« Anerkennend raunte er: »Spiel? Bei der gütigen Jungfrau, du lernst wirklich gut.«

Bruder Tuck rieb die rasierte Stelle am Hinterkopf. »Es wäre besser, wenn wir die beiden in der Obhut unseres Herbghost zurücklassen. Als Küchenknechte.«

»Bei allen Heiligen, nur das nicht!«, beeilte sich Threefinger zu sagen.

»Wenn … wenn ich …«

Robin wartete nicht, bis Much den Satz herausbrachte. »Halt's Maul! Also: Während wir in einem Dorf mit dem Ältesten reden, werdet ihr derweil die Handelsstraße beobachten. Wenn Trupps vorbeiziehen, merkt ihr euch die Wappen, jede Fahne. Ich will es später genau wissen. Sobald aber was Lohnendes auftaucht, dann gebt sofort Nachricht. Keine Chance will ich verpassen. Ist das klar?« Robin streckte zwei Finger: »Und dafür brauche ich meinen besten Späher und meinen besten Läufer. Na, zufrieden?«

Keine Frage. In fliegender Hast waren Much und Threefinger abmarschbereit.

»Lord-Sheriff Walter de Monte hat drei Taschendiebe zum Tode verurteilt. Mit dem Strick um den Hals hat er sie aus dem Fenster seines Hauses gestoßen. So hat er sie erhängt. Es waren noch Kinder.«

»Weil er den Zins nicht bezahlen konnte, haben die Bewaffneten des Sheriffs einem Bauern die einzige Milchkuh fortgeführt.«

»Im Beisein Walter de Montes hackten die Förster einem Wilddieb beide Hände ab. Er hatte zwei Rebhühner mit dem Netz gefangen.«

Von Dorf zu Dorf zog sich die Schreckensspur, die der neue Lord-Sheriff in seiner kurzen Amtszeit hinterlassen hatte.

Doch was geschah vor Nottingham? Auf diese Frage konnte bisher keiner der Dörfler eine Auskunft geben.

Am 25. März saßen John, Bruder Tuck und Robin Hood in der Hütte des Dorfältesten von Blidworth. Endlich: »Die Festung wird belagert. Immer noch. Bei Tag können die Truppen nicht näher vorrücken. Von den Zinnen der Festung runter haben die Kerle mit dem Bogen und der Armbrust gutes Schussfeld. Und nachts?« Der Älteste zuckte die Achseln. »Das Wetter ist zu schlecht. Wenn wenigstens der Mond scheinen würde.«

»Also geht's nicht weiter?« Robin verengte die Brauen. »Man müsste sie überrumpeln.«

»Ist nicht so einfach. Der neue Lord-Sheriff ist anders als dieser Tom de Fitz. Der versteht was vom Krieg. So was wie ein Feldherr will er sein.«

»Aushungern müsst man die«, brummte John.

Der Dorfälteste seufzte. »Eher verhungern vor der Stadt die Königstruppen in den Zelten.«

Much stürmte herein. Atemlos. »Schnell! Da kommen welche. Aus Richtung Nottingham. Vielleicht noch zwei Meilen weg.«

Sofort sprang Robin auf. »Ruhig, Junge! Wer?«

»Vier Pfaffen. Schwarze.«

»Begleitschutz?«

Der Junge schüttelte den Kopf.

»Sicher?«

»Bill hat nur die vier gesehen. Auf Pferden. Langsam reiten sie. Bill sagt, feine Kutten. Die Schwertscheiden glänzen. Und Speere. Mehr konnte er noch nicht erkennen. Ich bin gleich los.«

Robin klatschte kurz. »Vier auf einen Schlag. Das gefällt mir.«

John wartete schon an der Tür. Nein, Bruder Tuck wollte nicht bleiben. »Wenn es um meine Mitbrüder geht, will ich Beistand leisten. Ganz gleich, wem.«

Rasch verabschiedete sich Robin vom Dorfältesten. »Dank für heute! Aber die Arbeit geht vor.« Er lachte.

Much lief vornweg, quer durch den Wald. Nördlich des Abzweigs nach Blidworth, dort wollten sie ihre Opfer in Empfang nehmen.

Mühelos erreichten sie die Handelsstraße. Noch war von den frommen Herren nichts zu sehen. Im Scheitelpunkt der lang geschwungenen Kurve blieb Robin stehen. Hier war die günstigste Stelle.

»Wir haben genug Zeit.« Der Anführer befahl: »Much. Los, zurück, eine halbe Meile. Warte, bis sie vorbei sind, und schließ dich Threefinger an. Ihr beide folgt den Pfaffen. Aber lasst euch nicht sehen!«

Der Junge hetzte davon.

Robin reichte Bruder Tuck seinen ledernen Wasserschlauch. »Verwahrt ihn!« Er wies zu den kahlen Sträuchern auf der anderen Seite. »Ihr versteckt euch da. Und, bei der Jungfrau, bitte verhaltet euch ruhig! Bis ich nach dem Mundschenk rufe.«

Ein Lächeln huschte über das volle Gesicht. »Schon allein der Frevel wird mir den Mund verschließen.« Bruder Tuck überquerte die Handelsstraße.

»Sollen wir gemeinsam?«, fragte John.

»Ich geh allein. Sicher ist besser, sagst du doch immer. Und wer weiß, wie tapfer die Herren sind. Du gibst mir Deckung.«

Der Hüne nahm den Bogen von der Schulter, suchte sich zwischen den Bäumen eine gute Schussposition. Egal, was ist, mein Freund, dir geschieht nichts. Von seinem Platz aus sah er Robin, der auf der leicht erhöhten Böschung an einem Stamm lehnte, und über ihn hinweg konnte John das Straßenband bis zur Anhöhe bequem einsehen, wandte er den Kopf, konnte er jeden beobachten, der sich von Norden her der Kurve näherte.

Warten. Die Wolken hingen schwer, es schien, als berührten sie fast die kahlen Kronen der Bäume. Es regnete nicht.

Weit im Süden über dem Hügel tauchten vier dunkle Punkte auf, wurden langsam größer. Vier Reiter, schwarz gekleidet. Drei braune Pferde, das eine weiß. Vier Kuttenkittel, die weiten Hauben tief in der Stirn, sie ritten gemächlich in die Senke, kamen näher.

Der Anführer pfiff. Von jenseits der Straße und hinter seinem Rücken antworteten leise Pfiffe.

Stimmen waren zu hören. Die vier unterhielten sich in der Sprache der Normannen.

Ruhig steckte Little John den gefiederten Pfeilschaft auf die Sehne. Er verengte die Brauen. Der Große auf dem weißen Pferd, der mit dem Pelz am Kuttenkragen, der führte das Wort. Schon recht. Wenn's sein muss, nehm ich mir den zuerst.

Vor ihm löste sich Robin vom Stamm und lockerte den Rücken.

Die schwarzen Mönche ritten in die lang gezogene Kurve, fast hatten sie den Scheitelpunkt erreicht.

Mit einem Satz flog Robin von der Böschung, kaum berührte er den Boden, ein zweiter federnder Sprung. Er stand mitten auf der Straße.

Die Pferde schreckten, tänzelten. »Merde!« Endlich hatten die frommen Herren ihre Gäule wieder im Zaum, jeder griff nach der Lanze, hatte sie halb aus dem Sattelköcher.

Ein kurzer Schulterschlenker, der Bogen sprang in die Faust, gleichzeitig zuckte die Rechte hinter den Kopf, schon lag der Pfeil auf der Sehne, schon spannte Robin. »Aber, aber!« Sein Ton wurde schneidend: »Wagt es nicht!«

Die Mönche stockten in der Bewegung, starrten verblüfft auf den Grüngekleideten.

»Mon ami …« Betont langsam ließ der Große auf dem weißen Pferd seine Lanze zurück in den Sattelköcher gleiten. Ein Kopfnicken, die Mitbrüder folgten dem Beispiel. Er zeigte seine offenen Handflächen. »Ich zürne dir nicht, mein Sohn.« Er sagte es sorgfältig, so ungeübt, als suche er nach den richtigen Worten in der sächsischen Sprache. »Sicher ist dir entgangen, wer wir sind. Sieh her, wir sind Dominikaner aus …«, er zögerte, »… aus Keyworth.

Bien. Und ich bin der Vater Abt des Klosters.« Der Klang seiner Stimme war voll und kräftig. »Wir sind auf der Jagd nach einem starken Hirsch, der weiter oben im Sherwood bei Edwinstowe gesichtet wurde. Also gib den Weg frei!«

»Später, Ehrwürden. Später.« Robin lächelte. »Nur ein kleines Weilchen Rast. Erst will ich jedem von Euch Erleichterung verschaffen, dann dürft Ihr Euren Jagdausflug fortsetzen.«

Der gedrungene Mönch neben dem Abt drohte mit der Faust: »Du Bastard wagst es ...«

»Taisez-vous!« Scharf verbot ihm sein Herr das Wort. Aus dem Schatten der schwarzen, pelzverbrämten Kuttenhaube leuchtete das Weiß der Augen, rot schimmerte der Kinnbart. Kühl wandte er sich an den Wegelagerer. »Du bist sehr mutig. Aber allein. Trotz unseres Kleides sind wir geübt im Gebrauch unserer Waffen.«

»Schluss jetzt!«, befahl Robin barsch. »Runter von den Gäulen! Alle vier. Na, wird's bald! Und haltet die Hände so, dass ich sie sehe.«

In seinem Versteck zog John den Pfeilschaft bis zum rechten Ohr. Die Spitze zielte auf den Hals des Abtes. Eine falsche Bewegung, Kerl, und du bist tot.

Widerstrebend stiegen die Herren aus dem Sattel.

»Und nun zwei Schritt vor.« Robin grinste. »Das gefällt mir.« Ein kurzer Pfiff. Hinter den Kutten schlichen Much und Threefinger aus den Wegsträuchern. »Bringt die Gäule von der Straße.«

Die Mienen der vier verdüsterten sich, keiner wagte, den Kopf zu drehen.

Sobald sie den Befehl ausgeführt hatten, kehrte Threefinger allein zurück. Unbemerkt von den Mönchen gab er warnende Zeichen, zeigte nach Süden, formte mit dem Mund immer wieder ein einziges Wort. Endlich hatte Robin verstanden. »Bewaffnete.«

Jetzt entdeckte auch John den Trupp. In vollem Galopp preschten die Reiter heran. Beim Dunstan. Ich muss ...

»Ehrwürdige Väter. Verzeiht den Umstand!« Ohne seinen Bogen zu entspannen, wies Robin mit der Pfeilspitze zur Böschung hinauf. »Dort im Wald lässt es sich besser plaudern.«

Wortlos gehorchten sie. Der Abt ging voran, kletterte mühelos, seine Mitbrüder folgten ihm so dicht, als wollten sie seinen Rücken decken. Robin trieb die Herren tiefer in den Wald. Keiner von ihnen bemerkte den Hünen, Threefinger und Bruder Tuck, die im kurzen Abstand hinter ihnen her schlichen.

»Nehmt Platz!«, lud sie Robin ein. Kaum hockten seine Gäste auf dem nassen Moos, bat er, und seine Stimme duldete keinen Widerspruch: »Verhaltet Euch still!«

Pferdegetrappel, drüben auf der Handelsstraße. Es kam näher, wurde laut, entfernte sich rasch.

»Merde!«, fluchte einer der Dominikaner zwischen den Zähnen, ratlos sah er die Mitbrüder an. Auch der Abt schien mit einem Mal verändert. Mühsam beherrscht, zwang er sich zu einem dünnen Lächeln. »Alors, mon ami. Wir sind in Eile. Was kann ich für dich tun?«

»Wagt es nicht ...« Robin brach ab, er zielte auf die schwarze Brust. »Ich bestimme hier die Regeln. Ihr seid meine Gäste.«

»Gäste?«, spottete der Abt und ließ die Pfeilspitze nicht aus den Augen. »Sonderbar ungehobelte Sitten scheinen hier im Sherwood gepflegt zu werden. Darf ich zumindest den Namen meines Gastgebers erfahren?«

Robin antwortete im gleichen Ton: »Unsere Sitte richtet sich nach den Besuchern, die wir empfangen.« Er senkte den Bogen. »Vor Euch steht Robin Hood.«

Die drei Mönche vergaßen den Mund zu schließen, rutschten auf dem nassen Moos ein Stück zurück. Nur der Abt bemühte sich trotz seines unbequemen Sitzes um Haltung. »Robin Hood?« Er strich den roten Kinnbart, sah nach rechts und links zu seinen Mitbrüdern. »Dann, Messieurs, dann ist unser Jagdausflug für heute wohl beendet.«

»Aber nein«, beschwichtigte der Anführer. »Fürchtet nicht um

Euer Leben. Ihr seid meine Gäste, später erlaube ich Euch, den Schätzen meiner weitläufigen Sommerresidenz nachzujagen.«

»Was maßt du dir an?!«, empörte sich der Abt. »Dieser Wald ist nicht dein Besitz. Er gehört dem König!«

»Ganz recht. Aber bis Richard Löwenherz zurück ist, bin ich sein Verwalter.«

»Von wem ernannt? Sag es, du ehrloser Spitzbube!«

Jäh veränderte sich Robins Miene. »Hüte dein Maul, Pfaffe! Ich und meine Leute wissen mehr von Ehre und Königstreue als die meisten Barone und Äbte in dieser Grafschaft: Und ich warne dich, die Sümpfe im Sherwood sind tief. Niemand wird dich und deine Kuttenkittel jemals finden.« Er lächelte wieder. »Schluss jetzt. Ein Willkommenstrunk wird Euch gut tun.« Robin pfiff, befahl: »Mundschenk!«

Sofort trat Bruder Tuck hinter einem Baum hervor.

»Versorgt unsere Gäste!«

Das runde Gesicht des gedrungenen Zisterziensers war rot angelaufen. »Gern, Herr.« Bedrohlich sanft klang seine Stimme. »Gern besorg ich es diesen feinen Dominikanern.« Er zog den Lederstopfen ab und näherte sich mit dem Wasserschlauch den Mönchen. »Maul auf!« Ohne das Hornstück an die Lippen zu führen, spritzte er den Gästen nacheinander einen Strahl in den Mund, dem nächsten, dem dritten. Sie schluckten, einer verschluckte sich, hustete. Bruder Tuck kümmerte es nicht. »Wer dürstet, den will ich erquicken.« Zuletzt trat er vor den Abt. »Und du, Rotbart, legst den Kopf zurück. Dir geb ich zwei Schlucke.«

Als der fromme Herr sich weigerte, drohte ihm Robin mit der Pfeilspitze. Das genügte.

Bruder Tuck bespritzte die geschlossenen Lippen mit Wasser. »Auf unsern König Richard!«, forderte er. Keine Antwort. »Auf die glückliche Heimkehr unseres Königs!« Die Lippen öffneten sich. Der Abt sagte nichts. Den halben Inhalt des Schlauches entleerte Bruder Tuck über Mund und roten Bart.

Endlich: »Auf Richard Plantagenet. König von England.« Der fromme Herr spuckte und schüttelte sich.

»Das war das Labsal.« Achtlos ließ Bruder Tuck den Wasserbeutel fallen. Er atmete tief und sah auf den Abt hinunter. »Und nun noch ein erbauliches Gespräch, wie es bei Zisterziensern und auch Dominikanern üblich ist.« Er hob die Stimme zu lautem Sprechgesang: »Beati, qui habitant in domo tua, Domine …« Er brach ab, wartete. Nichts. Der Abt sah ihn nur an.

»Was ist? Weiter. Ergänzt den Vers!«

Als immer noch keine Antwort kam, schwang Bruder Tuck den rechten Arm zurück und gab dem Rotbart eine schallende Maulschelle. Sofort fing er den Kopf mit einer zweiten Ohrfeige auf, schlug rechts und links, dabei setzte er den Sprechgesang fort: »… in saecula saeculorum laudabunt te.« Den Takt der Worte bestimmte er mit seinen wuchtigen Schlägen. »Amen.« Zornbebend verschränkte er die Arme. »Betrüger. Es gibt kein Kloster in Keyworth. Du und deine Brut! Oh, wie ich es verabscheue, wenn einer das Kleid der Kirche entehrt.«

Der Geschlagene ließ die Hand auf den Schwertknauf sinken. Bruder Tuck nahm es nicht wahr. Viel zu erregt stand er mit gefalteten Händen vor ihm. Und so verdeckte er Robins Schussfeld!

Jäh warf sich der Abt nach vorn, war auf den Knien, die Waffe fuhr aus der Scheide. Jetzt erst ahnte Bruder Tuck etwas von der Gefahr. Zu spät. Die Spitze der Klinge drückte sich in seinen Bauch. »Im Namen …«

»Lass fallen!«, befahl die Stimme Little Johns. Der Abt riss den Kopf herum. Hinter ihm trat der Hüne aus dem Gestrüpp. Sein Pfeil zielte ins Gesicht des Rotbartes. »Lass fallen!«, knurrte er, ging zwei Schritt zur Seite, dass er die Mönche aufgereiht vor sich hocken hatte. »Auf die Entfernung schieß ich dir durch den Schädel«, John zog den gefiederten Schaft bis zum rechten Ohr, »und auch noch durch die drei Hohlköpfe neben dir.«

Das Schwert fiel ins Moos. Sofort wagte Robin sich wieder zu bewegen. »Schon recht«, hielt ihn John zurück. Er war noch nicht zufrieden. »Auch die andern! Legt die Schwerter vor euch hin!« Stumm gehorchten sie. Der Hüne entspannte die Sehne, grinste Bruder Tuck an. »Von der Messe versteht Ihr was, Ehrwürden. Aber sonst … Na, auch gut. Sammelt die Eisen ein und zieht Euch etwas zurück!«

Jetzt verließ auch Threefinger die Deckung. Feixend nahm er Bruder Tuck die Schwerter ab.

Robin schulterte seinen Bogen und zückte den Dolch. »Und nun zu euch Halunken. Normannen seid ihr, das höre ich an der Sprache. Und ihr führt etwas im Schilde, das sehe ich an eurer Verkleidung. Ganz gleich, was ihr geplant habt, ihr werdet nichts mehr gegen meinen König unternehmen können.«

In ohnmächtiger Wut ballte der gedrungene Mönch die Fäuste, knirschte: »Maudit bâtard.«

Sofort befahl ihm der Rotbart zu schweigen.

Robin ließ das Messer um die Hand wirbeln. »Wir haben genug Zeit vertrödelt. Lügnern und ganz besonders den betrügerischen Mönchen nehmen wir alles weg.« Galant verneigte er sich vor dem falschen Abt. »Das ist bei uns so Sitte im Sherwood. Wohlgemerkt, einfach alles, Pferde, Kleider, Geld. Aber das nackte Leben schenke ich euch.« Robin zwinkerte John zu. »Bis die Kerle nackt und barfuß durch den Wald gestolpert sind, werden Tage vergehen. Na, was sagst du? Selbst wenn die Wölfe sie verschonen. Der Sache unseres Königs …«

»Par tous les saints!« Trotz der Gefahr sprang der falsche Abt auf die Beine. Mit beiden Händen zerriss er die Kutte vor der Brust. »Ich bin dein König!« Ein schillerndes Kettenhemd. Die drei Leoparden leuchteten. Er streifte die schwarze Kuttenhaube zurück. Auch die Kettenhaube. Das rote Haar wallte ihm bis zu den Schultern. »Ich bin dein König!«, herrschte er Robin an, hielt ihn mit dem Blick aus den dunklen grauen Augen.

Stille.

Bruder Tuck sanken die Schultern. »Kyrie eleison.« Er schlug das Kreuz und fiel auf die Knie, murmelte: »Was hab ich getan?«

Die Schwerter klirrten zu Boden. Threefinger kauerte sich neben den Mönch und verbarg das Gesicht.

John spürte das Blut den Hals hinaufschlagen. Vorbei. In seiner Brust hämmerte es. Alles umsonst. Keine Gnade. Falsch war es. Er warf den Bogen ins Moos. Schwer ließ er sich auf die Knie fallen.

Nur Robin Hood stand noch vor seinem König. Die Lider zuckten. Er senkte den Blick nicht. Es schien, als sauge er jeden Zug des Gesichtes in sich auf.

»Willst du mich nicht begrüßen?«, forderte Richard Löwenherz.

»My Lord«, sagte Robin mit rauer Stimme. Er schob die grüne Kapuze in den Nacken. Sein rotblondes Haar fiel ihm in strähnigen Locken bis über den Kragen. Er beugte das Knie. Unverwandt sahen seine hellen grauen Augen in die grauen Augen des Königs. »My Lord.«

Die drei Begleiter sprangen auf, stürzten zu ihren Waffen, der gedrungene Sergeant brachte Löwenherz das Schwert zurück. Mordlust lag in seiner Stimme: »Sollen wir …«

»… schweigen«, ergänzte der König schroff. »Nichts als schweigen, Monsieur.« Ein Fingerschlenker befahl ihm und den anderen, sich einige Schritte zu entfernen.

Hart schlug der König mit dem Schwert Robin den Dolch aus der Hand. »Keiner meiner Untertanen kniet mit stoßbereiter Waffe vor mir.«

»Verzeiht!«

»Es sei dir verziehen.« Richard Löwenherz schmunzelte. »Wie ungehobelt die Sitten im Sherwood sind, hast du mir und meinen Offizieren gerade mehr als deutlich vorgeführt.«

Pferdegetrappel! Von Norden her. Schnell kam es näher. »Vite! Halte den Trupp auf!«, befahl der König einem seiner Begleiter.

»Sie sollen warten!« Als er Robins fragenden Blick sah, erklärte er mit leichtem Spott: »Selbst wenn du mich ohne Kleidung weggeschickt hättest, meine Eskorte wäre nicht an ihrem nackten König vorbeigeritten. Und das Gelächter heute Abend in den Zelten vor Nottingham? Ich selbst hätte meinen Schreibern befohlen, es für die Nachwelt festzuhalten.«

Zum ersten Mal senkte Robin den Kopf.

»Nein. Sieh mich nur weiter an!«

Der Anführer der Bruderschaft gehorchte.

Richard wurde ernst. »Die Zeit drängt. Ich ritt aus, um dich zu finden. Ja, du bist der Hirsch, den ich weiter oben bei Edwinstowe stellen wollte. Allerdings konnte ich nicht ahnen, dass du mich eher finden würdest.«

»Warum, My Lord, habt Ihr …?«

»Unterbrich mich nicht! Ich habe mit dir zu reden, du selbst ernannter Verwalter meines Sherwoods. Oder sollte ich sagen, du König der Geächteten?«

Robins Mundwinkel zuckten.

»Bien.« Richard erwiderte das Lächeln. »Erhebe dich. Dann also von Herrscher zu Herrscher.«

Gestern hatte Tickhill aufgegeben. Heute in der Frühe war Richard Löwenherz mit einem Heer zu den Belagerern vor Nottingham gestoßen. Trotz der königlichen Fahnen, trotz der Fanfaren war die Festung nicht übergeben worden. Er hatte sich sogar, geschützt von Schildträgern, in eigener Person bis auf Rufweite den Mauern genähert. Mit Hohn und Spott war er von den Zinnen herab beschüttet worden. Lord-Sheriff Walter de Monte glaubte an eine List. Im Hagel der Armbrustbolzen waren rechts und links des Königs die Getreuen tot zu Boden gestürzt. »Ich muss Nottingham zur Aufgabe zwingen. Ich will es! Jetzt und rasch. Und dazu bedarf ich deiner Hilfe.«

Robin breitete die Arme. »Alles, My Lord. Ich gebe …«

»Unterbrich mich nicht!« Sofort wurde der Ton wieder ruhig

und nüchtern. »Eine Woche nach Ostern werde ich auf Wunsch der Königinmutter zum zweiten Mal gekrönt. In Winchester. Bis dahin muss ich alle Staatsgeschäfte hier im Norden entschieden haben. Deshalb muss Nottingham mir in den nächsten Tagen seine Tore öffnen.« Er sah Robin an. »Wie viele Bogenschützen kannst du mir geben?«

»Alle meine Männer, mit Ausnahme von Bruder Tuck. Zwanzig Schützen. Lang- und Kurzbogen.«

Enttäuschung verdüsterte das Gesicht des Königs. »Man hat mir von mehr berichtet.«

Robin reckte das Kinn. »Jeder von uns steht für zehn. Ich biete dir also in Wahrheit zweihundert Bogen.«

Richard glättete den roten Bart. »Das könnte genügen. Und wann?«

»Noch heute Abend.«

Der König lachte. »Morgen Früh. Vor dem ersten Tageslicht.«

»Wir werden da sein. Aber …« Robin zögerte.

Kühl sah ihn Richard an. »Ich verstehe. Bien. Nur wer einen Preis aushandelt, betrügt nicht.« Er befahl seine Begleiter näher. »Ihr, Messieurs, werdet meine Worte bezeugen.« Richard Löwenherz stockte, fragte: »Wie ist dein richtiger Name?«

»Ich stamme aus Loxley. Robert Loxley.«

»Bien.« Der König hob leicht die Hand. »Hiermit versichern Wir, Richard Plantagenet, König von England, dich, Robert aus Loxley, genannt Robin Hood, und jeden deiner Gefährten unserer Gnade. Wir versprechen: Nach geleisteter Hilfe wird euch allen das Generalpardon zuteil. Niemand darf es wagen, euch für zurückliegende Taten zu verfolgen noch zu bestrafen. Genügt das?«

Ein dumpfes klatschendes Geräusch ließ Robin herumfahren. Little John kniete zwar, doch jetzt hatte er seinen mächtigen Oberkörper aufgerichtet, hieb die Faust immer wieder in die flache Hand, das bärtige Gesicht strahlte.

Robin verneigte sich vor Richard. »Danke.« Er hob den Kopf. »Aber, verzeiht, My Lord …«

»Bien, d'accord.« Ein nüchterner Blick zu seinen Begleitern. »Überdies verfügen Wir: Jeder deiner Männer wird in den Stand eines Freisassen erhoben. Keinem Baron, keinem Kloster seid ihr verpflichtet, allein eurem König.«

Ein unterdrückter Schrei. Verstohlen blickte der Anführer zu den Gefährten. Little John presste Threefinger die Hand vor den Mund. Nur Bruder Tuck beugte noch reglos den Rücken.

»Ihr seid großzügig. Danke!« Tief bewegt legte Robin seine Rechte aufs Herz. »Aber, verzeiht, My Lord, wer hat …«

»Par les saints!« Richard runzelte die Stirn. Kühler Respekt schwang in seiner Stimme mit. »Den muselmanischen Unterhändlern des Sultans stehst du in nichts nach. Du weißt deinen Vorteil zu nutzen. Bien, d'accord.« Aufs Neue bezog Richard seine Begleiter mit ein. »Des Weiteren verfügen Wir: Barnsdale, in der Grafschaft York gelegen, das ganze Gebiet links der Handelsstraße mit Wald, Tal und dem Dorf wird dir als königliches Lehen gegeben.«

»Das gefällt mir«, rutschte es Robin heraus. Sofort senkte er die Stimme. »Danke! Aber, verzeiht …«

»Überreize das Spiel nicht!«, fuhr ihn der König an.

»Ich spiele nicht …« Robin hielt inne. »Bei der gütigen Jungfrau: Diesmal ist es kein Spiel«, verbesserte er. Entschlossen begann er wieder, schnell sprach er: »Aber, verzeiht, My Lord, wer hat Euch so genau über uns unterrichtet? Nur das wollte ich fragen. Von wem wisst Ihr von Robin Hood?«

Richard Löwenherz lachte.

Mit einer Verbeugung nutzte einer der Begleiter die Gelegenheit: »Um Vergebung, Sire. Die Zeit. Ihr werdet vor Nottingham …«

Der König winkte ab. »Un moment.« Er ließ das Schwert zurück in die silberbeschlagene Scheide gleiten, dabei sah er Robin an, seine Augen blitzten: »Du willst sagen, dass du mir auch ohne Gegenleistung zu Hilfe geeilt wärst?«

»Ich und jeder meiner Männer«, antwortete Robin schlicht.

Richard Löwenherz winkte ihn näher zu sich heran. »Jetzt kenne ich dich noch besser.« Bewegt setzte er hinzu: »Wer ist bereit, seinem König freiwillig etwas zu schenken? Ich kenne keinen aus der Reihe meiner adeligen Herren. Und, mein Freund, ein König weiß zu danken.« Lauter wurde die Stimme. »Woher ich von dir wusste? Der Großkaufmann und Geldverleiher Salomon brachte deine Schatzkiste, deinen Anteil zum Lösegeld. Die Königinmutter lud ihn zur Audienz. Und ihr bleibt nichts lange verborgen. In dem Juden hast du einen klugen Fürsprecher gewählt.«

Richard bot Robin seine Hand. Er wollte sie ergreifen. »Nein, mein Freund.« Löwenherz lächelte. »Diesmal musst du dich der höfischen Sitte fügen. Als Übung für die nächsten Tage. Beuge dich nur über den Ring, küsse ihn! Das genügt. Auch stellvertretend für deine Gefährten.«

Robin gehorchte.

»Allons, Messieurs!« Mit großen Schritten folgte Richard seinen Offizieren. Als sein Blick auf Bruder Tuck fiel, stockte er. »Steh auf!«

Schuldbewusst erhob sich der Mönch. »Beim heiligen Cedric. Ich bin Euer Diener, Sire.«

Ein gewaltiger Schlag riss den Kopf zur Seite. Der zweite Schlag. Bruder Tuck stürzte zu Boden. »Das hoffe ich, Ehrwürdiger Vater«, sprach der König erleichtert. »Für uns beide.« Damit setzte er seinen Weg fort.

Little John half dem Mönch auf. »Nicht schlimm«, brummte er. »Glück haben wir heut genug.«

Vorsichtig betastete Bruder Tuck seine Kinnlade. »Aug um Auge, Zahn um Zahn.« Ein gequältes Lächeln. »Wie es scheint, kennt unser König die Heilige Schrift.«

Erst auf Robins scharfen Befehl hin war Much bereit, die erbeuteten Pferde wieder auf die Straße zu bringen. »Warum?«

»Halt's Maul!«, raunte John. »Nicht jetzt.«

Löwenherz saß im Sattel des weißen Hengstes. Kurz blickte er zu Robin Hood hinunter. »Morgen. Noch vor Tagesanbruch! Die Zeltwachen werden informiert sein.«

»Wir kommen.« Robin hob die Hand, blickte sich zu seinen Gefährten um, sah den König offen an. »Ich schwöre es beim Namen der Heiligen Jungfrau.«

Richard Löwenherz gab dem Pferd die Sporen. Befehle. Im scharfen Galopp bemühten sich Begleiter und Eskorte, den König einzuholen.

Much war unzufrieden. »Warum verschenkt ihr die guten Gäule? Ich hatte sie sicher.«

Niemand antwortete.

Much beschwerte sich: »Erst lasst ihr mich so lange warten. Dann halten die Eisernen auch noch direkt vor meiner Nase. Und dann …« Er sah, dass ihm niemand zuhörte, dass die Gefährten nur den Reitern nachblickten. »Wer … wer ist der Kerl auf dem weißen Gaul?«

»Unser König«, murmelte John und wischte mit dem Handrücken über die Augen. »Unser König ist gekommen.«

XXII

GRAFSCHAFT NOTTINGHAM. NOTTINGHAM.

Am Horizont graute der Tag. Schwerfällig schoben sich Wolken über Festung und Stadtmauern nach Osten. Von den nördlichen Hügeln zur Senke hinab stand Zelt an Zelt, hin und wieder blähten sich die Leoparden auf den königlichen Fahnen. Kalt war es. Vor seinem geräumigen Pavillon kniete Richard Löwenherz mit den Truppführern. Der Erzbischof von Canterbury zelebrierte die Messe für seinen König.

Am Rand des Lagers waren notdürftig Leinenplanen über Stangen gespannt. Auf dem Vorplatz knieten Robin und John, dann Whitehand und Tom Toad und hinter ihnen die Gefährten. »Deus, qui conteris bella …« Bruder Tuck erflehte für sie den Beistand Gottes. »Alleluja!«

Fanfaren.

»Bonjour, mes amis!«, begrüßte der König den König der Geächteten und seinen ersten Offizier. Mit ernster Miene betrachtete Richard ihre Armee. Dreimal sechs Grüngekleidete, die Kapuzen übergestreift, jeder hatte einen Langbogen und einen Kurzbogen geschultert. Jeder trug zwei Köcher, bestückt mit Pfeilen.

Der untersetzte Sergeant neben Löwenherz verzog den Mund, platzte heraus: »Um Vergebung, Sire.« Zweifelnd zeigte er auf die kleine Schar. »Das soll die Wunderwaffe sein? Diese Kerle sollen die Belagerung entscheiden? Keine Helme, keine Kettenpanzer. Nein, Sire, mit solchen Kerlen ist kein Krieg zu gewinnen.«

John brüllte, sprang vor. »Halt's Maul!« Er packte den Spötter am Eisenhemd, stemmte ihn hoch über den Kopf, schüttelte ihn.

»Schluss!«, befahl Robin scharf. »Wirf die Puppe nicht weg. Schluss, John! Vielleicht wird sie noch gebraucht.«

Hart stellte der Hüne sein Opfer wieder auf die Füße. »Schon recht.« Ruhig trat er zurück. »Nur das Maul soll er halten.«

Alle Farbe war aus dem Gesicht des Hauptmanns gewichen. Lächelnd ermahnte ihn der König. »Die Sitten sind rau im Sherwood. Besser, Monsieur, Ihr hütet Eure Zunge!«

»Alors.« Er wandte sich an Robin, zeigte zur Festung. »Dies ist meine Burg. Kein Feind sollte sie je bezwingen können. Ich ahnte nicht, dass ich es selbst einmal versuchen müsste.« Er wies zur Senke hinunter. »Bis dorthin bestreichen die Schützen von den Zinnen aus das ganze Terrain.« Immer wieder war es den Belagerern gelungen, sich unter ihren Schilden bis zur Anhöhe vorzuarbeiten. Doch fünfzig Schritt vor den Mauern wagte die Besatzung einen Ausfall, gedeckt von den treffsicheren Armbrust- und Bogenmännern. Unter dem tödlichen Pfeilregen mussten sich die Angreifer wieder zurückziehen. »Nur wenn es mir gelingt, zehn Wurfmaschinen dort drüben bis zur halben Höhe vorzuschieben, haben wir eine Chance, mit Steingeschossen und Brandkugeln in der Festung zumindest Verwirrung anzurichten.«

Klar lautete der Befehl an Robin Hood: »Ich erwarte, dass du und deine Männer die Schützen daran hindert, meine Mannschaften unter Beschuss zu nehmen, bis die Geschütze in Stellung gebracht sind.«

Robin beschattete die Augen, prüfte das Gelände. Heftig rieb John die Narbe im Bartgeflecht. Keine Deckung, nicht ein einziger Baum, kein Gestrüpp. Gut sind wir nur im Wald. Beim Dunstan, wie Hasen schießen sie uns ab.

Kein Zögern. Der Anführer besprach sich mit seinen Offizieren. Endlich nickten sie.

»Gut.« Freimütig blickte Robin den König an. »Das Spiel ist zu gewinnen. My Lord, verzeiht, aber nur nach meinen Regeln.«

»Merde!« Wieder begehrte der Hauptmann auf. »Wie redest du …«

»Taisez-vous!«, herrschte ihn Löwenherz an, kühl forderte er von Robin Hood: »Bien. Dein Vorschlag?«

Der Anführer stellte seine Bedingungen. Ohne Zögern willigte König Richard ein.

In Körben sollten zusätzlich Pfeilköcher bereitgehalten werden. Zu jedem Geächteten wurden ein breiter, mannshoher Schild und ein Träger abgeordnet. Robin befahl, Sehschlitze mit dem Schwert in jeden Schild zu stechen.

Der Anführer lachte. »Für unser geliebtes England!« Lauter rief er: »Für König Richard!«

»Für König Richard!«

So rückte die kleine Armee hinunter in die Senke. Besorgt warf John einen Blick zurück, suchte nach Much. Schon recht, wie er's befohlen hatte, ging der Junge in der hintersten Reihe. Die ersten feindlichen Geschosse schwirrten, schlugen wenige Schritte vor ihnen in den Boden. Robin ließ halten, schätzte die Entfernung. Über die Schulter rief er nach Threefinger. »Bill, du und dein Schildträger, ihr bleibt zwischen uns! Aber wehe, du zeigst den Kerlen da oben auch nur ein Ohr. Wenn die es nicht treffen, dann schneid ich es dir heut Abend selbst ab. Du bist unser Auge, nur falls es nötig wird. Hast du mich verstanden?«

Threefinger zischte den Atem zwischen den Zähnen. »Ich weiß Bescheid.« Sein Kinn zitterte.

»Tom und Gilbert! Achtet auf die Reihen. Wartet auf meinen Befehl!«

Robin zwinkerte dem Freund zu. »Na, was sagst du?«

»Kann losgehen«, brummte John. Er wies seinen Helfer an, den Schild so weit hochzuheben, dass der Kopf des Hünen auch gedeckt war. »Auf die Füße müssen wir eben aufpassen«, grinste er.

»Noch zwei Schritte vor!«, befahl Robin den Trägern.

Und weit oben standen Armbrust- und Bogenschützen frei zwischen den Zinnen. Sie glaubten sich sicher. Ihre Geschosse schlugen dicht vor den Geächteten in die Erde.

»Du nimmst die rechts vom Stadttor!«, bestimmte Robin.

Beide hatten den Langbogen in der Faust. Die gefiederten Schäfte steckten auf den Sehnen. Beide traten aus der Deckung. Gewaltig war der Zug bis zum rechten Ohr. Die Sehnen schlugen. Zwei Pfeile zischten zur Mauer hinauf. Zwei Burgknechte rissen die Arme hoch und stürzten rücklings vom Wehrgang. Geheul! Als Antwort prasselte ein Pfeilregen nieder, erreichte John und Robin nicht. Die Freunde schossen gleichmäßig, schnell war die Bewegung, todbringend jeder Schuss. Schon waren vier, dann sechs Bewaffnete, schon waren acht Männer gefallen. Jetzt erst verschwanden oben auf der Mauer die Schützen hinter den Steinbrüstungen, hin und wieder tauchte einer auf, wagte einen ungezielten Schuss und ging sofort wieder in Deckung.

»Vorwärts!«, schrie Robin den Gefährten zu. Gemeinsam mit ihren Schildträgern stürmten die Geächteten mehr als dreißig Schritt die Anhöhe hinauf. Sofort wurde die Chance von den Belagerten ergriffen. Geschosse durchschlugen die Schilde. Ein furchtbarer Schrei. Einer der Geächteten taumelte, der Armbrustbolzen steckte in seinem Hals, er stolperte umher. Ein zweiter Bolzen bohrte sich in die Brust. Leblos schlug der Mann zu Boden. Die Gefährten rechts und links wollten helfen. »Lasst ihn!« Scharf war der Befehl. »Jetzt in eine Reihe! Schießt! Zielt auf alles, was sich da oben bewegt!«

Und Schuss auf Schuss! »Na, was sagst du?«, rief Robin zum Freund hinüber. »Geht schon!«, antwortete John, dachte, einer von uns ist schon zu viel. Er ließ den nächsten Pfeil davonschwirren. Bald zeigte sich kein Helm mehr auf den Wehrgängen. Die Belagerten schossen blind, verfehlten ihr Ziel.

Befehle aus dem Lager. Hornsignal. Knarrend und ächzend setzten sich die Wurfmaschinen in Bewegung. Bedrohlich ragten ihre Löffelarme auf. Hölzerne Insekten. Sie erreichten die Senke. Anfeuernde Rufe. Das Hornsignal bestimmte den Rhythmus. Die Söldner stemmten und schoben die schwerfälligen Gestelle Stück für Stück die Anhöhe hinauf. Fast hatten sie die Linie der Geächteten erreicht.

Das Stadttor von Nottingham öffnete sich. Zu Pferd jagten gut zwanzig Bewaffnete den Angreifern entgegen, die Lanzen wurfbereit in den Fäusten. Und die Geächteten verließen ihre Deckung. Frei stehend schossen sie die Eisenpuppen aus den Sätteln. Einige schafften es bis auf Wurfweite. Die Lanze traf Whitehand. Die Spitze ragte aus seinem Rücken. Kein Laut. So starb er.

John brüllte, ließ den Bogen fallen, er riss seinem Träger den Schild weg, stürmte den Reitern entgegen. Eine Lanze schlug er zur Seite, wehrte die nächste ab, war zwischen den Gäulen. John brüllte und schlug mit dem Schildblatt den ersten Mann aus dem Sattel, traf den zweiten, der Schild krachte gegen das Eisenhemd des dritten Waffenknechtes. Verletzt wälzten sich die Getroffenen am Boden. John wütete weiter. Die Eisernen schrien entsetzt, warfen die Pferde herum. Nur fünf erreichten die Stadt, das Tor schlug zu. »Hinter die Schilde!«

Neue Schützen standen zwischen den Zinnen. Pfeile und Bolzen! An den Wurfmaschinen sanken drei Söldner vornüber. Der Lärm wuchs.

»Schießt! Schießt!« Unaufhörlich schickte die Armee der Geächteten den Tod hinauf zu den Zinnen.

»Wo liegt Gilbert?«, brüllte John, ohne den Blick von der Stadtmauer abzuwenden.

»Er ist tot. Lass ihn!« Robin trat hinter dem Schild vor, schoss, trat zurück. »Gilbert holen wir später.«

John atmete schwer. Ohnmächtiger Zorn stand in seinen Augen.

Der Beschuss von der Wehrmauer ließ nach. Die Schützen duckten sich wieder hinter den Steinbrüstungen.

»Vorwärts!« Dreißig, vierzig Schritt näher auf Nottingham zu. »In eine Reihe!«

Hinter den Geächteten her ächzten und knirschten die Wurfmaschinen. »Position ist erreicht!«, meldete der Sergeant. »Zieht die Balken runter. Bringt die Steinkugeln!«

Pfeile! Vereinzelte, aber gezielte Schüsse. Die Söldner an den Winden schrien, starben.

»Beim Dunstan!«, fluchte John. Auf den Zinnen war kein Schütze zu entdecken.

»Bill!« Robin brüllte. »Woher? Wo sind die Kerle?«

»Drei Schießscharten! In jedem Torturm!«

John spähte durch den Sehschlitz seines Schildes. Einen Moment lang blitzten Eisenspitzen in den dunklen Scharten auf, ehe die Pfeile losschwirrten. »Auch gut«, knurrte er, rief dem Freund zu: »Ich versuch, die rechts zu erwischen.«

»Wir sind die Besten, mein Freund!« Robin lachte. »Viel Glück!«

Spannen hinter dem Schildblatt, im Ziel blinkte es, ein Schritt zur Seite. Die Pfeile zischten, schlugen in die schmalen Maueröffnungen. Im selben Augenblick schwirrten die Geschosse aus den anderen Scharten, verfehlten John und Robin um Fußbreite.

»Nicht schlecht!«, spottete der Anführer. »Aber für uns nicht gut genug.«

Aufblitzen!

Zugleich traten die Freunde aus der Deckung. Beide trafen ihr Ziel.

Pfeile!

Der eine surrte am Kopf des Hünen vorbei. Robin stöhnte. Er tauchte hinter den Schutz.

»Was ist?« John musste es wissen. »Was ist los? Sag doch was! Red schon!«

»Schon recht«, kam gepresst die Antwort. »Ein Kratzer. Mehr nicht.«

Bill Threefinger sah es genauer. »Robin!« Er rief zu John hinüber. »Der Pfeil! Er steckt im Bein!«

»Halt's Maul!«, befahl der Anführer, seine Stimme klang wieder fest. »Keiner soll was wissen. Halt's Maul!«

Dem Hünen schnürte es die Kehle ein. »Ich komm zu dir rüber!«, rief er.

»Schluss jetzt!« Hart und schneidend. »Da sind noch zwei Ratten in ihren Löchern. Zeig, was du kannst, mein Freund!«

Wieder blitzten die Eisenspitzen. John trat zur Seite, Robin hüpfte auf dem linken Bein aus der Deckung. Beide schossen. Sofort griff John nach dem nächsten Pfeil, zielte in die Scharte des linken Torturms. Niemand erwiderte den Schuss.

»Das gefällt mir!« Robin keuchte hinter seinem Schild.

Dumpfe Schläge. Von den zehn Wurfmaschinen heulten die Steinkugeln davon, über die Wehrmauern hinweg, krachten in der Festung nieder. Geschrei stieg aus Nottingham auf.

Es wurde vom Gejohle der königlichen Söldner begrüßt. Die zweite Salve. Lauter wurde das Geschrei.

Jetzt bliesen die Trompeter des Königs, befahlen den Rückzug. Zuerst hetzten die Mannschaften hinunter in die Senke, jeder seinen Rundschild auf dem Rücken. Sie schleiften die drei Verletzten, die John vom Pferd geschlagen hatte, mit sich.

»Geht rückwärts!«, befahl Robin seinen Männern. »Aber langsam. Lasst die Mauer nicht aus den Augen. Nehmt unsere Toten mit!«

Tom Toad fand Gilbert, brach den Speerschaft ab und legte sich den Leblosen über die Schultern. Die anderen brachten den zweiten Gefährten.

John rief nach Much.

»Ich … ich.« Mehr nicht.

»Schon gut, Junge«, beruhigte er. Der Hüne drängte sich und den Schildträger näher an Robin heran. Er sah den gefiederten Schaft auf dem rechten Oberschenkel, der Pfeil hatte das Bein durchschlagen, die blutbeschmierte, dreikantige Spitze ragte aus der Unterseite heraus. Der Freund schleppte sich rückwärts, humpelte, wagte kaum, mit dem rechten Fuß aufzutreten.

John wollte helfen. Doch das Zucken in den Mundwinkeln hielt ihn zurück. Aus blassem Gesicht sah ihn Robin an. »Bei der gütigen Jungfrau. Auch das Bogenschießen hast du gut von mir gelernt. Wir beide könnten Nottingham auch allein in Schach halten. Na, was sagst du?«

»Beinah«, brummte der Hüne, »nur beinah.« Er zeigte auf das Bein. »Sobald wir außer Schussweite sind, werd ich …«

»Kein Wort mehr!« Robin reckte das Kinn. »Wenn alles vorbei ist, bringst du mich nach Kirklees. Tante Mathilda wird sich freuen.«

»So lange kannst du nicht warten.«

»Schluss jetzt!«

Unten in der Senke war Robin wenigstens bereit, den Langbogen zu entspannen und ihn als Stock zu benützen.

»Mes compliments, mon ami!« In den grauen Augen König Richards stand unverhohlene Bewunderung. »Tu es vraiment le seigneur des archets.«

Robin sah seinen König fragend an. »Wir sind in England, My Lord. Verzeiht, wenn ich die Sprache der Normannen nicht verstehe.«

Der Sergeant neben Löwenherz knirschte mit den Zähnen, wagte aber nicht aufzubrausen.

Richard strich den roten Bart. »Bien. Wir haben dich wohl verstanden. Und du hast Recht. Wenn Wir schon das Land beherrschen, dann sollten Wir Uns auch um die Sprache der Bewohner bemühen. Alors: Wir schätzen dich und deine Männer. Wir sprechen dir Unseren Dank aus.« Jetzt erst bemerkte er den Pfeil. »Du bist verwundet.«

»Nicht der Rede wert, My Lord.«

»Hilfe braucht er.« Mutig blickte John auf den König hinunter.

Richard schmunzelte, ohne den Kopf zu heben, wedelte er leicht die Finger. »Geh ein Stück zurück, damit Wir dein Gesicht sehen!« John gehorchte.

Wieder ernst, bestimmte der König. »Bien. Bring Robin Hood in seine Unterkunft! Wir werden ihm Unsern Medicus schicken.«

»My Lord«, begehrte Robin auf. »Was ist mit Nottingham?«

»Keine Sorge, mon ami! Ich denke, du und deine Männer, ihr habt den Lord-Sheriff zum Nachdenken gebracht. Noch ein kleines Schauspiel. Und bis zum Abend wird mir die Festung übergeben werden.«

Richard nickte John. »Sorg dich um deinen Freund! Später werden Wir euch noch einmal aufsuchen.«

Der Arzt schnitt die Pfeilspitze ab, schob Robin ein Stück Holz zwischen die Zähne und riss den Schaft aus dem Oberschenkel. Blut quoll, aber es spritzte nicht. »Du hast Glück.« Der Arzt träufelte ein scharf riechendes Öl auf die Wunde. »Keine Lebensader scheint verletzt«, sagte er und presste Spitzwegerich und Hirtentäschel darüber. Erst dann wickelte er den Verband.

»Werd ich laufen können?« Robin standen Schweißperlen auf der Stirn.

John winkte ab. »Wenn nicht. Ich trag dich schon.«

Der Medicus sah von einem zum andern und hob die Achseln. »Mit genügend Ruhe heilt selbst solch eine Wunde bei Männern, wie ihr es seid, schnell. Ich habe euch da draußen beobachtet.« Nachdenklich schob er die Unterlippe vor. »Während des Kreuzzuges war ich ständig in der Nähe unseres Königs. Ich habe Ritter und Muselmanen kämpfen sehen. Aber solche Kerle wie ihr? Nein, solchen Kämpfern bin ich noch nie begegnet.«

Robin reckte das Kinn. »Danke! Das macht die frische Luft.« Er lachte. John fiel mit ein. Lachend verabschiedete sich der Arzt.

Drohend standen zehn Wurfmaschinen vor Nottingham. Die Löffelarme ragten starr in den Himmel. Unten in der Senke waren drei Galgen errichtet worden. Laute Fanfarenstöße. Die Posten auf den Zinnen mussten sie hören, sollten Zeugen sein.

Robin hielt es nicht länger auf dem Lager. »Hilf mir!« John stützte den Freund zum Vorplatz zu Tom Toad, zu Bruder Tuck und den Gefährten hinaus.

Kein Prozess. Nacheinander stieß der Sergeant die drei verletzten Burgwachen von der Leiter. Sie zappelten, hingen still.

Warten. Die Wolkendecke über der Festung war aufgerissen. Hin und wieder streifte ein Sonnenstrahl die Toten an den Galgenbäumen.

Das Stadttor wurde geöffnet. Zwei Reiter mit weißen Fahnen galoppierten an den Wurfmaschinen vorbei, in die Senke hinunter, erreichten das Lager. Wenig später hetzten sie ihre Pferde zurück.

»Wüsste zu gern ...« Ungeduldig bat Robin: »Bitte, John. Geh rüber. Ich muss es wissen!«

Der Hüne grinste. »Heut lass ich dich nicht mehr aus den Augen.«

»Das ist ein Befehl!«

John brummte: »Wart's ab!« Als Much sich durch die Gefährten drängte, setzte er hinzu: »Für Botengänge haben wir unsere Leute.«

Ehe der Junge vor ihnen stand, rief ihm Robin entgegen: »Also?«

»Sie ... sie haben den König nur angeguckt. Wollten wissen, ob er's wirklich ... wirklich ist.«

»Ruhig, Much! Was hat Richard gesagt?«

Der Junge versuchte die Stimme nachzuahmen: »Nun? Was seht ihr? Bin ich Löwenherz?« Er schluckte. »Sie sind auf die Knie gefallen. Und gleich wieder zurück.«

Robin richtete sich, so gut es ging, auf, auch er probierte es: »Nun, was seht ihr? Bin ich Löwenherz?« Er klatschte. »Ach, John! Das ist unser König.«

Die Fahnen mit den drei Leoparden wurden über dem Festungsturm gehisst. Weiße Fahnen flatterten auf den Zinnen. Beide Flügel des Stadttores schwangen zurück. Der Lord-Sheriff im wehenden Mantel ritt hinaus. Und hinter ihm verließen in geordneten Reihen Waffenknechte und Burgwachen das Tor. Kein Schwert, keine Lanzenspitze blinkte. Ohne Helm marschierten die Besatzer bis hinunter zu den Galgen.

Fanfarenstöße im Lager. Gemessen trabte König Richard auf seinem weißen Hengst. Ihn begleitete auf einem schwarzen Pferd der Kanzler Englands, Hubert Walter, Erzbischof von Canterbury. Erst in gebührendem Abstand folgten der Sergeant und seine Truppführer.

»Da wär ich gern dabei«, seufzte Robin.

»Schon recht.« John rieb die Narbe im Bartgeflecht. Mit einem Mal fühlte er Leere. Der Kampf war vorbei. Und was jetzt? Nein, er atmete tief, daran wollte er nicht denken, später vielleicht, nicht jetzt.

Tom Toad fasste den Arm des Hünen. »Wir haben oben vor den Hügeln das Loch gegraben.« Trauer stand in seinen Augen. »Bruder Tuck meint, jetzt ist die beste Zeit.«

Und während unten in der Senke Richard Löwenherz den Lord-Sheriff niederknien ließ und die Kapitulation der Festung annahm, betete Bruder Tuck am Grab von Gilbert und seinem Gefährten: »Requiem aeternam dona eis, Domine.«

Herolde jagten in alle Richtungen davon. Sie hatten königlichen Befehl, alle Barone und Äbte, alle Würden- und Amtsträger der Grafschaften Nottingham, Derby und York schon für den nächsten Mittag auf die Festung einzubestellen. Richard Löwenherz war in Eile. Und keinem war es erlaubt fern zu bleiben, es sei denn, er wäre durch Krankheit ans Bett gefesselt.

Auf Lasttieren wurden Gewänder, Waffen und Gepäck des Königs aus dem Lager hinauf in die Stadt gebracht.

Am frühen Abend schritten König Richard und sein Kanzler durch die Zeltreihen. Ehe sie die notdürftige Unterkunft Robin Hoods betraten, sprach Löwenherz auf dem kleinen Vorplatz zu der Bruderschaft. »Es hat Uns gefallen, wie ihr gekämpft habt. Von Stund an sind euch alle Fesseln der Vergangenheit genommen. Ihr seid freie Männer. Freisassen!«

Die Gefährten sahen sich verlegen an. Als Tom Toad und Bruder Tuck das Knie beugten, folgten sie ihrem Beispiel.

»Freisassen?«, flüsterte Threefinger. »Das waren wir doch schon längst.«

»Aber jetzt sind wir's wirklich, glaub ich«, raunte Much. »Wart's ab!«

Mit einer knappen Geste übergab Löwenherz seinem Kanzler das Wort. Der breitschultrige Erzbischof von Canterbury lächelte. »Ihr habt England einen großen Dienst erwiesen. Dafür meinen Dank! Morgen habt ihr euch bereitzuhalten. Mein Schreiber wird eure Namen eintragen und jedem von euch den Freibrief aushändigen.«

»Jetzt auch noch 'nen Brief.« Threefinger seufzte. »Ich kann nicht lesen.«

»Idiot, sei still!«, zischte Much. »Den … den brauchen wir nur zu zeigen, dann … dann weiß jeder Bescheid.«

Streng wies der Kanzler auf Bruder Tuck. »Nun zu dir!«

Der Mönch zog den Kopf zwischen die Schulterblätter.

»Dein schandbares Vergehen, dein tätlicher Angriff auf Seine Majestät, den König, muss gesühnt werden. Tod durch den Strang, so verlangt es das Gesetz.«

Bruder Tuck schwankte auf den Knien. Neben ihm umklammerte Tom Toad den Schwertgriff. »Beim Willick! Das lass ich nicht zu. Eher …«

»Schweig!« Hubert Walter trat einen Schritt vor, ungerührt fuhr er fort: »Doch mit Rücksicht auf die gestrigen Umstände ergeht an den Zisterzienser Pater Hieronymus folgendes Urteil: Verbannung aus der klösterlichen Gemeinschaft. Dies wird noch dem Oberen seines Ordens unterbreitet. Des Weiteren muss Pater Hieronymus Zeit seines Lebens den Bewohnern in der entlegenen Region von Barnsdale als Priester dienen.«

Erst Unglaube, dann strahlendes Lächeln. Bruder Tuck faltete die Hände vor der Kutte. »In Demut …«

»Danke nicht mir, mein Sohn. Danke der Güte deines Königs!«

Voller Ungeduld befahl Hubert Walter jetzt den Männern der Bruderschaft, sich bis an den Rand des Vorplatzes zurückzuziehen. Allein wollte der König mit Robin Hood und seinem ersten Offizier sprechen.

»Bleib sitzen, mon ami!« Richard ließ sich auf einem Holzklotz nieder. »Und du, Riese, entspanne dich!«

John grinste verlegen, stellte sich breitbeinig neben den Kanzler Englands.

»Bien. Alors.« Die grauen Augen des Königs betrachteten kühl das blasse, von Schmerzen gezeichnete Gesicht des Anführers. »Ohne Umschweife: Alle meine Versprechungen, die ich dir gestern gab, sind bestätigt.« Ein fragender Blick zum Kanzler. Hubert Walter nickte zustimmend. »Bien. Doch damit nicht genug. Ich erwarte, dass du dich morgen in der Festung einfindest, um eine weitere Gunst von mir entgegenzunehmen. Im Beisein der Adelsversammlung will ich dich erheben.« Er ließ eine kleine Pause. »Morgen wirst du den Saal als Sir Robert von Loxley verlassen.«

John dehnte die Brust. Ach, mein Freund. Er presste die Fäuste gegeneinander, stieß den Atem aus. Ein Herr wirst du jetzt.

Robin senkte den Kopf. »My Lord«, die Stimme gehorchte kaum.

»Nein, sieh mich an!«, befahl der König. »Nicht Dank allein trieben mich und den Erzbischof von Canterbury zu diesem Entschluss.« Leise lächelte er. »Mon ami. Du gabst mir eine Kostprobe deiner Sitten. Alors, nun lerne von mir: Gestern versprach ich dir Land, das du dir ohnehin schon angeeignet hattest. Ein Krieg gegen dich kostet nur Geld und ist kaum zu gewinnen. Also gebe ich es dir zum Lehen.«

»My Lord?«

»Unterbrich mich nicht! Alors: Morgen wirst du zu meinem Vasallen ernannt. Ich weiß, immer schon warst du deinem König in Treue ergeben. Doch als Sir Robert von Loxley hast du auch Pflichten der Krone gegenüber. In Zukunft kannst du dich nur mit Geld von der Schwertpflicht freikaufen. Und auf deine jährlichen Steuerzahlungen werden meine Beamten in Zukunft rechnen können.« Er hielt inne, strich den roten Bart. »Also nicht nur Dank, mon ami, als Herrscher habe ich die Pflicht, darüber hinaus auch den Nutzen meiner Dankbarkeit zu bedenken.«

»Verzeiht, My Lord.« Die hellen grauen Augen suchten den Blick des Königs. »Dennoch gebt Ihr mir mehr, als Ihr ahnt.« Robin zeigte auf John. »Ihr gebt uns Freiheit. Wir kämpften gegen Unrecht und Unterdrückung, jetzt glaube ich fest …«

»Pardon, Sire!« Hubert Walter trat einen Schritt vor. »Wir werden in Nottingham erwartet.« Sofort erhob sich der König.

»Bitte, My Lord!«, rief Robin rasch. »Geht noch nicht! Ich will Euch warnen. Ich muss …«

»Warnen?« Löwenherz verengte die Brauen, bedeutete dem Kanzler zu warten. »Ich höre. Aber fasse dich kurz!«

»Ihr habt Feinde hier oben im Norden. Verbündete Eures Bruders. Gefährliche Verräter.« Schnell sprach Robin, zeichnete das

Schreckensbild des Lord-Sheriffs, berichtete über Sir Roger von Doncaster. »Bei diesem Schuft laufen alle Fäden der Verschwörung zusammen!« Atemlos schwieg Robin. Little John presste die Lippen aufeinander. Baron von Doncaster. Endlich, du Bastard, jetzt verlierst du deinen Kopf.

»Merci, mon ami.« Ein Fingerschlenker zum Kanzler. »Sind uns die Herren bekannt?«

»Von Lord-Sheriff Walter de Monte wussten wir es. Auch von seinem Vorgänger. Mais pardon, Sire, dass auch Sir Roger von Doncaster mit zu den Verschwörern gehört, das ist uns neu. Wir werden es berücksichtigen.«

»Berücksichtigen!« platzte Robin heraus. »Verzeiht, My Lord, berücksichtigen? Dieser Kerl hat den Tod hundertmal verdient. Auch der Lord-Sheriff.«

Richard sah verwundert auf Robin hinunter. »Warum so erregt? Tod? Wenn ich so gegen all meine heimlichen Widersacher vorginge, wäre bald ein Drittel der Burgen Englands entvölkert. Nein, mon ami. Deine Information war sehr wertvoll für Uns. Doch damit genug.«

Robin stieß die Faust gegen seine Stirn. »Aber, My Lord, was nutzt es mir, wenn ich den Wolf kenne, der meine Schafe zerreißt? Wenn ich ihn nicht töte?«

Der Kanzler drängte. Doch Richard nahm sich Zeit. »Das mag von deiner Warte aus richtig sein. Und im Grunde meines Herzens fühle ich ebenso. Aber ich bin der König. Hier geht es um Politik. Selbst den Lord-Sheriff werde ich nicht enthaupten lassen. Ich erlasse ihm sogar den Kerker. Dafür wird er Lösegeld zahlen, so viel, dass er es so bald nicht wagen wird, sich noch einmal gegen mich zu erheben. Und Sir Roger von Doncaster? Ganz sicher bleibt er mein Feind.« Richard lächelte kalt. »Doch bald wird er wissen, dass ich es weiß. Und er wird meinen nächsten Krieg in Frankreich mit viel Gold unterstützen.«

Robin betastete den Verband auf seinem Bein. »Aber dann war

unser Kampf doch ohne Sinn.« Seine Stimme wurde rau. »Verzeiht, My Lord, dann ändert sich für die armen Leute nichts.«

»Doch, mein Sohn, allen Wölfen, die ich in meinem Gehege aufspüre, werden die Reißzähne abgestumpft. Erst wenn das sie nicht zur Raison bringt, fällt der Kopf.«

»Sire, Ihr dürft nicht länger bleiben!« Hubert Walter wollte das Gespräch endlich beenden. »Gleiches Recht und Gesetz für Normannen und Angelsachsen. Mit eiserner Faust werde ich es in England durchsetzen.« Er sah auf Robin hinunter. »Genügt dir dieses Versprechen?«

Neben ihm nickte John. Auch gut. Glauben will ich es. Aufpassen müssen wir trotzdem. Sicher ist besser.

Robin Hood reckte das Kinn seinem König entgegen. »Danke, My Lord. Dann habe ich doch mein Ziel erreicht.«

»Par tous les saints.« Richard lachte, drohte ihm mit der Faust. »Morgen im Burgsaal erwarte ich einen Robert von Loxley ohne Schwert in der Scheide, vor allem einen schweigenden Loxley, der dankbar die Ehrung empfängt und sich stumm entfernt. Sonst sind meine Länder und Schlösser in Frankreich verloren, noch ehe ich nach der Krönung das Festland erreicht habe.«

Robin erwiderte das Lachen. »Ich verspreche es, My Lord. Morgen unterwerfe ich mich der Sitte des Hofes.«

Die Freunde blickten König Richard und seinem Kanzler nach. Erst als sie den Vorplatz verlassen hatten, brummte John: »Die lassen die Kerle einfach laufen. Reden lieber. Was ist das für ein Spiel?«

Halb schloss Robin die Lider, er stützte das Kinn in die Hand. Nach einer Weile sagte er: »Kein Spiel, John. Auch wenn ich die Regeln nicht verstehe. Aber sie nennen das Politik.«

Fanfaren! Glocken läuteten in der Stadt. Die Bürger von Nottingham drängten sich an der Straße zur Festung hinauf. Von Entbehrung gezeichnete Gesichter. Die Augen der Kinder lagen tief in den Höhlen. Kein Jubel. Zu lange hatte die Belagerung gedauert. Und nach dem Winter waren die Vorräte der Stadt fast verbraucht gewesen. Erst die Bäuche der Bewaffneten! Und von dem, was übrig blieb, war seit Wochen niemand in der Stadt satt geworden. Nein, kein Hochruf, keine Hand regte sich.

Eilig und so feierlich wie möglich schritten Barone, Äbte und königliche Beamte durch die teilnahmslose Menge.

Fanfaren! Im Burgsaal schwiegen die adeligen Herren. »Messieurs!« Mit harter Stimme eröffnete der Kanzler die Versammlung. König Richard selbst verkündete neue Gesetze, härtere Steuern. Punkt für Punkt! Keiner der Vornehmen wagte zu murren, jeder bangte um seinen Posten, um seine Pfründe.

Draußen im Winkel, gleich neben dem weit geöffneten Portal warteten John und Robin. Der Hüne hatte für den Freund ein leeres Fass herangerollt. Besorgt blickte er in das bleiche Gesicht.

»Sei keine Amme!«, spottete Robin. »Ich bin nicht deine Marian.« Über Nacht hatte der Schmerz in seinem Bein zugenommen. Und weil Herbghost im Sherwood zurückgeblieben war, hatte John die von der dreikantigen Pfeilspitze zerfetzten, schwärzlichen Wundlöcher selbst versorgt. Ich weiß, wie schlimm es steht, auch wenn du's nicht zeigst. Jetzt dauerte ihm das Warten schon zu lange. »Beim Dunstan. Wär besser, wenn wir schnell hier wegkommen.«

»Geduld, John!«

Aus den Augenwinkeln beobachtete der Hüne das Treiben im Burghof. Wie ein vornehmer Hühnerstall! Frauen und Männer standen in Gruppen beieinander. Andere schritten auf und ab. Getuschel, leise Gespräche, Alle waren festlich gekleidet. John grinste. Ach, mein Freund. Wir wollten auch in den feinsten Gewändern zum König. Und wie sehen wir aus? Gerade mal den Dreck haben wir aus den Gesichtern gewaschen. Unsere grünen Röcke sind vom Kampf zerrissen. Wenn Beth uns so sehen würde. Schämen würd sich die.

Der Hofmarschall trat aus dem Saal ins Freie, stellte den Stab würdevoll vor sich hin. »Lady Béatrice!«

Alle Köpfe wandten sich in eine Richtung. In Begleitung einer Zofe setzte die abgemagerte, leicht gebeugte Frau langsam Schritt vor Schritt. Ringsum hörten die Gefährten das Geflüster. »Die Arme.«

»Fünf Monate war sie unten in den Höhlen.«

»Dieser Tom de Fitz!«

»Die eigene Frau hat er in den Kerker geworfen.«

Ohne einen Blick für die Neugierigen ließ sich Lady Béatrice in den Saal führen.

Robin schnippte. Tief beugte sich der Hüne zu ihm herunter. »Bin froh, dass der Sumpf im Sherwood so tief ist«, raunte der Anführer. »Nicht nur für uns. Auch für die arme Frau.«

»Schon recht.«

Ein Ritter erschien, sein Kettenhemd schimmerte. Das graue Haar fiel ihm auf den pelzbesetzten Mantelkragen. Von der Schwelle des Portals sah er suchend über die Leute.

»Sir Richard!«, rief Robin leise.

Der Baron wandte den Kopf. »Der Jungfrau sei Dank, ihr seid pünktlich!« Rasch trat er zu den Gefährten. »Nach Lady Béatrice bist du an der Reihe, Robin.« Keine freudige Begrüßung, nur ein Lächeln. »Ich als dein nächster Nachbar soll dich vor den König bringen.«

»Wie geht es Marian?« John konnte es kaum erwarten.

In dem hohen, kantigen Gesicht blieben die Augen stumpf. Als müsse er darüber nachdenken, zögerte er. »Ja, den beiden Mädchen geht es gut.«

»Verzeiht, Sir Richard!« Robin berührte seinen Arm. »Ihr seid so verändert?«

»Mein Sohn ist …« Seine Stimme schwankte. »Der König ist aus der Gefangenschaft zurück. Doch mein Sohn. Er war nicht in seiner Begleitung.« Baron at the Lea straffte den Rücken. »Nach Auskunft eines Sergeanten hat man ihn im Heiligen Land beim Sturm auf Jaffa zuletzt gesehen. Und das ist nun bald zwei Jahre her.«

Mitfühlend wollte John den hageren Mann umarmen, besann sich, sagte nur: »Dieser verdammte Kreuzzug.«

»Schweig!« Der Baron blickte sich um. »Sag so etwas nicht! Nicht hier.«

Behutsam wurde Lady Béatrice von ihrer Zofe aus dem Saal geführt. Das Gesicht war tränennass, doch die Augen lächelten.

Ihnen folgte der Hofmarschall. »Robert aus Loxley!«

»Das sind wir«, brummte John. Er griff den Freund, richtete ihn vorsichtig auf und wollte ihm seinen Kampfstock als Stütze geben. Entschlossen lehnte Robin ab. »Sorg nur, dass ich gut da reinkomme! Den Rest schaff ich allein.«

Der Hofmarschall schritt voran. John und Sir Richard nahmen den Anführer in die Mitte, blieben eng an seiner Seite. Robin schleppte das rechte Bein nach, nur leicht setzte er den Fuß auf. Fackeln an den Wänden. Im Halbdunkel der Halle zuckte das Licht über die Gesichter der adeligen Versammlung. »Wenn ich's sage, lasst ihr mich los!«, flüsterte Robin.

Der Mittelgang endete vor der Stufe zum erhöhten Teil des Saals. Durch die hohen, spaltbreiten Fenster fiel das Licht, legte sich wie ein strahlender Schmuck über den herrschaftlichen Bereich und spiegelte sich im Goldreif der Krone. Umgeben von kostbaren Wandteppichen, thronte Richard Löwenherz. Und in seiner Nähe, am breiten Eichentisch, saß der Kanzler. Vor sich hatte er Pergamentrollen und Schreibtafeln sorgfältig geordnet.

Dreimal stieß der Hofmarschall den Stab auf die gestampfte Erde. »Robert aus Loxley!«, meldete er mit tönender Stimme.

Das Gemurmel in der Halle verebbte. Alle Augen hefteten sich auf den Baron. Mit Stirnrunzeln wurden die so unpassend gekleideten Männer in seiner Begleitung begutachtet.

Bis zur Hälfte hatte die Gruppe den Weg durch die Versammlung zurückgelegt.

»Lasst gut sein!«, raunte der Anführer.

»Wenn was ist, hab ich dich gleich«, brummte John. Er blieb stehen. Wie ein Hirte stützte er sich auf den Kampfstock.

»Soll ich nicht doch?«, bot Sir Richard an.

»Nein.« Robin reckte das Kinn. Er setzte das verwundete Bein vor. Nur der erste Schritt war unsicher. Fest trat er auf. Mit sicherem Gang erreichte er neben seinem Führer das erhöhte Podest.

»Sire.« Der Baron verneigte sich. »Richard at the Lea bringt Euch den Freisassen Robert aus Loxley.« Rückwärts entfernte er sich, erst neben Little John richtete er den gebeugten Rücken wieder auf. Robin stand nur da. Gespanntes Schweigen in der Halle.

König Richard wölbte leicht die Brauen. »Du musst schon zu mir heraufkommen!«, sagte er halblaut. »Das ist so Sitte, mon ami.«

Robin zögerte nicht. Mit dem gesunden Fuß voran überwand er die hohe Stufe.

Richard erhob sich aus dem Thronsessel. »Knie nieder!«

Von seinem Platz aus litt John für den Freund, sah, wie er das linke Knie beugte und sein rechtes Bein anwinkelte. Der graue Verband war blutgetränkt. Doch dann durchströmte Wärme die mächtige Brust des Hünen.

Richard Löwenherz berührte mit dem Schwertblatt beide Schultern Robins. »Erhebe dich!« Mit kraftvoller Stimme betonte er: »Sir Robert von Loxley!« Dann fuhr er schneller fort: »Wir, Euer Herr und König, erwarten von nun an und in aller Zukunft, dass Ihr England die Treue haltet, die Frauen ehret und Gotteshäuser, Witwen und Waisen schirmet.« Die grauen Augen lächelten.

»Tretet zurück!«, befahl der Kanzler.

Robin gehorchte, ohne Stolpern verließ er das Podest, fand wieder sicheren Stand auf dem gestampften Lehmboden der Halle.

»Sir Robert von Loxley, empfangt das Schwert aus der Hand Eures Königs.«

Ein Zeichen für den Hofmarschall. Auf einem Kissen brachte er die Waffe. Robin nahm das Schwert und ließ es in die Lederscheide an seinem Gürtel gleiten.

Jetzt hob sich verhaltenes, höfliches Gemurmel in der Halle.

»Messieurs!« Mit einem Fingerschlenker brachte Löwenherz die adeligen Herren zum Schweigen. »Eurem spärlichen Beifall entnehme ich, dass Euch dieser Mann unbekannt ist, und doch war er der Schrecken für viele von Euch. Wir, König Richard, geben ihm das Gebiet von Barnsdale zum Lehen. Von heute an darf er sich Sir Robert von Loxley nennen. Doch, Messieurs«, Löwenherz genoss die Spannung, »vor Uns und Euch steht Robin Hood!«

Atemlose Stille. Da und dort stöhnte einer der Herren. Plötzlich eine einzelne Stimme: »Magnifique! Bravo!« Aus den Reihen drängte sich eine hagere Gestalt, eilte nach vorn. Der dunkelblaue Mantel wehte. »Unser Held von Nottingham!« Mit ausgebreiteten Armen schritt Sir Roger von Doncaster auf Robin zu. »Ich will der Erste sein, der Euch begrüßt.«

Sofort ließ Little John seine Faust bis zur Mitte des Kampfstocks hinuntergleiten. »Beim Dunstan«, grollte er, schon setzte er einen Fuß vor.

Im letzten Moment riss ihn Richard at the Lea am Wams zurück. »Wenn du das jetzt tust, sind wir alle verloren«, warnte er hastig, »Robin, du und auch ich.«

Die Brust des Hünen hob und senkte sich. »Schon recht.« Er blieb stehen.

Vor dem erhöhten Podest ballte Robin die Fäuste. Doch Baron Roger hielt es nicht auf. Mit den Fingerspitzen beider Hände tippte er dem Anführer an die Schulterseiten, rief überschwänglich: »Auf nachbarliche Freundschaft!« Er zischte zwischen den Zähnen: »Maudit bâtard!« Und dann wieder laut: »Visitez-moi! Meine Burg steht Euch offen!« Und leise, ohne das glatte Lächeln zu verlieren, näselte er: »Heute hast du gewonnen. Mais, sacre Dieu. Ich vergesse nie!«

Robins Hand umklammerte den Schwertgriff. Mühsam schwieg er.

Galant trat Sir Roger von Doncaster einen Schritt zurück, pochte an seine schwarzsamtene Brust und verbeugte sich vor dem König. »Sire. Es wird mir eine Ehre sein, den jungen Herrn von Barnsdale mit Rat und Tat zu unterstützen, wenn er die Wildnis urbar macht, die Ihr ihm als Lehen gabt.« Damit eilte er zurück auf seinen Platz. Zornbebend starrte ihm Robin nach. Er bemerkte nicht den Hofmarschall neben sich.

»Sir! Ihr müsst Euch jetzt entfernen«, mahnte die würdevolle Stimme.

Der Anführer erwachte. »Schon recht.« Aufrecht schritt er zu Little John und Richard at the Lea.

»Mon ami!« Ehe sich Robin zu seinem König umwenden konnte, rief Richard: »Vergiss nicht, den Wölfen werden die Zähne abgestumpft! Auch in der Wildnis. Und jetzt geh! Wir haben noch andere Sorgen.«

»Gut, My Lord«, flüsterte Robin. Dem Hünen raunte er zu: »Bring mich weg. Schnell! Ehe ich diesem elenden Baron den Schädel spalte.«

»Aber vorher zerbrech ich ihm noch das Rückgrat«, knurrte John.

»Schweigt!«, mahnte Sir Richard. Er geleitete die Freunde bis zum Portal. Trotz seines Kummers schien er sichtlich erleichtert. »Auf meiner Burg seid ihr stets willkommen.« Kurz war der Abschied. Sir Richard straffte den Rücken und kehrte in die Versammlung zurück.

Freiwillig nahm Robin jetzt den Kampfstock des Hünen. Das blutverschmierte Bein schleppte er nach.

»Herbghost macht dir ’nen frischen Verband.«

Ihre Pferde hatten sie vor dem Haus des Sheriffs angebunden. Behutsam half John dem Freund hinauf. »Geht es?«

Die Mundwinkel zuckten. »Mit solch einer Amme!«

Sie verließen Nottingham. Am Grab, jenseits der Senke, nahmen sie noch einmal stumm Abschied von Gilbert und dem Gefährten. Dann ließen sie die Pferde traben, ritten zwischen den Hügeln nach Norden. »Hab den andern gesagt, wir treffen uns an der Großen Eiche.«

Im frühen Nachmittag erreichten sie die Gegend von Edwinstowe. Lange hatte Robin geschwiegen, er hing gebeugt über dem Sattelhorn. Nein, keine Pause. Doch John fragte immer wieder. Und immer wieder schüttelte der Freund nur den Kopf. Nein, keine Pause.

Die Wegsträucher vorn am Abzweig bewegten sich. Jäh packte der Hüne den Kampfstock, wollte warnen. Zu spät. Vor ihnen, in ihrem Rücken, auch von den Seiten sprangen Gestalten auf die Handelsstraße. Schon waren die Reiter eingekreist. John ließ den Kampfstock sinken. »Beim Dunstan!« Die Wegelagerer trugen ihre grünen Kapuzen tief in der Stirn. »Damit ist jetzt Schluss!«, drohte er mit der Faust. »Bringt Herbghost her!«

Niemand gehorchte.

Feixend kratzfußte Tom Toad vor dem Pferd des Anführers. »Sir Robert von Loxley. Wie viel Geld tragt Ihr bei Euch?« Er warnte: »Wenn Ihr lügt, verliert Ihr alles, was Ihr besitzt!«

Aus müden Augen blickte der Anführer auf seinen Offizier hinunter. »Ich teile mit dir und den andern, das weißt du.«

Entsetzt bemerkte Toad das Bein. Bis in die Stiefel war der Strumpf mit Blut durchtränkt. »Verdammt! Wusste nicht, dass es so schlimm ist.« Er schrie nach Herbghost.

Am Straßenrand versorgte der Alte die Wunde mit frischen Kräutern, wickelte einen neuen Verband. »Still liegen musst du! Sonst reißt die Wunde immer neu auf.« Robin wehrte ab. »Erst will ich nach Barnsdale. Dann hab ich Zeit genug.«

Er duldete keinen Widerspruch. Leise bat er John: »Los. Setz mich auf den Gaul!«

Im Sattel stemmte Robin Hood den Oberkörper hoch. »Kommt näher!«

Seine kleine Armee stand dicht vor ihm. Die Mienen waren gespannt, einige rieben die Knöchel an den Zähnen.

»Viel müsste ich jetzt sagen. Zu jedem von euch. Aber …«, der Anführer deutete auf sein Bein, »… aber wenn es verheilt ist, dann hol ich das nach. Doch eins sollt ihr jetzt schon wissen.« Er reckte das Kinn, seine Stimme wurde klar und kräftig. »Für jeden von euch gibt es in Barnsdale ein Stück Land.« Er lachte. »Selbst wenn die nächsten Sommer keine Ernte bringen. Geld liegt genug in der Schatzkammer. Wer Familie hat, soll mit Frau und Kindern zu uns kommen. Freunde, glaubt mir! Gegen Unrecht haben wir Seite an Seite gekämpft. Jetzt werden wir auch in Freiheit gemeinsam leben.«

Aufatmen. Hände wurden gedrückt. Freude leuchtete in den bärtigen Gesichtern.

Bruder Tuck drängte sich nach vorn. »Seht meine Kutte. Es ist das Kleid der Zisterzienser. Ich weiß, wie man aus der Wildnis fruchtbares …«

»Schluss jetzt!« Kein Befehl, doch der Mönch schwieg entrüstet.

»Wir werden uns gemeinsam an die Arbeit machen. Auch Ihr werdet alle Hände voll zu tun haben.« Robin atmete. »Eine Kapelle. Ich will endlich meine Kapelle bauen.«

»Bei allen Heiligen …«

»Nein, später.« Die Stimme wurde schwächer. »Tom, du übernimmst das Kommando! Ihr löst das Sommerlager auf. Verschließt die Höhlen und tarnt sie gut. Auch wenn wir sie nicht mehr brauchen. Ganz gleich. Besorgt euch Karren. Schafft alles nach Barnsdale!«

Müde wandte sich der Anführer zu John. »Na, was sagst du?«

»Das gefällt mir«, schmunzelte der Hüne.

»Schon recht, Amme. Jetzt bist du dran.«

John beugte sich aus dem Sattel hinüber, griff nach dem Zügel des Freundes. »Sicher ist besser.« Er schnalzte mit der Zunge. Die Pferde trabten an.

XXIII

England. Winchester.

Keine Zeit!

Prinz Johann hatte sich im letzten Moment durch Flucht dem Zugriff des Bruders entzogen. Sein Verbündeter, König Philipp von Frankreich, war in die Normandie eingefallen. Krieg!

Richard blieb keine Zeit. Gleich nach dem Osterfest des Jahres 1194, am 17. April, ließ sich Löwenherz in Winchester zum zweiten Male die Krone Englands aufs Haupt setzen. Kaum beachtete er den Jubel, die Glückwünsche der Königinmutter. Voller Ungeduld starrte er in den folgenden Wochen zum Himmel. Endlich legte sich der Sturm. Am 12. Mai stach Richard Plantagenet mit seiner Flotte in See. Hundert Segel blähten sich. Rasch blieb der Hafen von Portsmouth im Nebel zurück.

Und auf dem Inselreich straffte sein Kanzler mit starker Hand die Zügel. Zum Schrecken der selbstherrlichen normannischen Barone und Kirchenfürsten, zum Segen der so lange geknechteten und ausgebeuteten Angelsachsen verschaffte er Recht und Gesetz wieder machtvolle Geltung. Leibeigene, Dörfler und Freisassen atmeten auf. Hubert Walter, Kanzler Englands und Erzbischof von Canterbury, hielt schon im ersten Jahr sein Versprechen, das er Robin Hood am Abend nach der Belagerung Nottinghams gegeben hatte.

Grafschaft York. Burg Fenwick.

Im Herbst des zweiten Jahres erreichte ein zerlumpter Mann den Burggraben von Fenwick. Er schleppte sich über die Zugbrücke. Mit gesenkter Lanze versperrte ihm der Wachposten den Zutritt.

»Sag deiner Herrschaft …« Entkräftet rutschte er an seinem Stock auf die Knie. Der Oberkörper sank vornüber. Das Gesicht dicht über die Bohlen der Brücke geneigt, stammelte er: »Ich bin's …« Er schwieg.

Im Burgsaal meldete der Posten: »Um Vergebung, Herr! Da draußen wartet ein Fremder.«

Ein Fremder? Sir Richard legte seiner Gemahlin die Hand auf den Arm. »Ich geh allein.«

Lady at the Lea schüttelte den Kopf.

Gemeinsam eilten sie zum Tor, näherten sich vorsichtig der kauernden Gestalt.

Beim Klang der Schritte hob der Mann langsam den Kopf. »Mutter.«

Seine Augen suchten den Vater. »Verzeiht! Ich … ich bin spät.«

Und das Glück kehrte auf Fenwick zurück. Zwei Tage Schlaf und Pflege. Am Abend des dritten Tages standen Marian und Patricia vor der Festtafel. Sie schlugen die Laute, sangen erst artig und gaben dann, zum Schrecken des Hauslehrers und zur Freude Edwards, ein frivoles Minnelied zum Besten.

Grafschaft York. Barnsdale.

Die Bruderschaft der Freisassen hatte Bogen und Schwert beiseite gelegt. Mit Axt und Pflug bearbeiteten die Gefährten ihr eigenes Land. Korn, Rüben und Obst. Im dritten Jahr brachten sie reiche Ernte in die gemeinsamen Scheuern, füllten die Vorratskeller bis zum Rand.

Helles Glockengeläut schwang über den festen Häusern des Stützpunktes.

»Deus, cujus misericordiae non est numerus et bonitatis infinitus est thesaurus ...« Zum ersten Mal feierte Bruder Tuck die Messe in der fertig gestellten Kapelle.

Und Gäste waren gekommen! Unter halb geschlossenen Lidern ließ John den Blick entlang der ersten Reihe schweifen. Marian! Ein schönes Fräulein bist du jetzt. Ihre blonden Locken lagen auf dem feinen Kragen. Neben ihr kniete die Freundin. Tom Toad hielt verstohlen die Hand seiner Beth. Sir Richard, Lady at the Lea und der Sohn schienen ins Gebet vertieft. Am Ende der Reihe saß Robin auf einem niedrigen Schemel, das rechte Bein ausgestreckt, sein Blick war fest auf die kleine geschnitzte Madonna gerichtet. Ein Geschenk Sir Richards.

John seufzte leise. Ach, mein Freund, irgendwann wird die Wunde richtig zuheilen. Wart's nur ab! Manchmal war Robin frei von Schmerzen, wie früher bewegte er sich schnell und geschmeidig. Doch von einer Woche zur anderen schwoll der Oberschenkel an, das Fleisch wurde hart, die Wundlöcher platzten auf. »Tante Mathilda wird sich freuen.« Und John brachte den Kranken nach Kirklees. Erst ein Aderlass verschaffte ihm Linderung. Bereitwillig zahlten sie der geschäftstüchtigen Priorin für neue Salben und Kräuter.

»Per Dominum nostrum!«, beendete Bruder Tuck die Messe.

GRAFSCHAFT YORK. BARNSDALE.

Aus dem Stützpunkt war ein befestigter Gutshof geworden. Im Frühling des vierten Jahres begleitete John den Freund hinunter ins Hauptlager. Die Blumen blühten rund um die große Linde. Sie überprüften die Hütten, stellten die Schäden an den Dächern fest. »Muss dir was sagen«, brummte der Hüne, er zögerte.

»Nun red schon!« Robins Mundwinkel zuckten. »Geht es um unsere kleine Bedingung?« Erwartungsvoll lehnte er sich an den Stamm der Linde. »Gibt es endlich einen, den sie will?«

»Was?« John fuhr zusammen. »Nein, sie hat ihren Kopf. Nichts, nichts ist mit Marian.« Fest rieb er die Narbe im Bartgeflecht. »Weißt du, ich hab mit Tom und den andern schon gesprochen. Wir wollen mal hier raus.«

Robin schwieg, langsam strich er das Haar zurück. »So ist das also.«

Empört wehrte John ab. »Nein, nicht so. Nur was verdienen. Mehr nicht.« Und hastig erklärte er: Zusammen mit Toad, Much und Threefinger wollten sie sich als Begleitschutz für Wagentrecks anbieten. »Nur unserm Salomon. Und der ist bestimmt froh, wenn er uns hat. Bei unserer Erfahrung mit Überfällen.« Der Hüne wagte den Freund nicht anzublicken. »Ist ja nur für ein Mal im Sommer.«

»Das gefällt mir.« Robins Stimme blieb kühl. »Und ich?«

»Weiß ich doch.« John hob die Achsel. »Wenn du meinst, wir sollen hier bleiben, dann bleiben wir.«

Nach einer Weile sagte Robin leise: »Schon recht, mein Freund« und setzte hinzu: »Morgen fangen wir mit dem Training an.«

»Wir?«

»Ein Sir Robert von Loxley reitet nicht in der Eskorte eines Wagentrecks. Das geziemt sich nicht. Aber, du Zwerg, im Bogenschießen bin ich immer noch der Beste.« Robin klatschte kurz. »Und jeder von euch kann noch genug von mir lernen.« Er lachte.

FRANKREICH. FESTUNG CHALUS.

Seit Monaten verweigerte Graf Adomar seinem König die Gefolgschaft. Mehr noch, ein Verdacht wurde zur Gewissheit: Der rebellische Graf stand in Verhandlung mit Philipp von Frankreich.

»Wir werden ihn zur Raison bringen.« Kälte stand in den grauen Augen des Königs. »Wir werden ihm seine Festung Chalus nehmen.«

Im fünften Jahr nach seiner zweiten Krönung, im März 1199, schlossen Richards Truppen die Burg ein. Unablässiger Pfeilhagel drängte die Verteidiger vom Wehrgang. »Treibt einen Stollen. Unterhöhlt die Mauern!«

Am späten Nachmittag des 26. März inspizierte Löwenherz in Begleitung seines Sergeanten den Fortgang der Tunnelarbeiten. Hoch oben zwischen den Zinnen trat ein Schütze aus der Deckung. Er hob die Armbrust. Das Geschoss traf den Nacken des Königs, drang tief in die Schulter ein.

Richard taumelte einige Schritte, dann bat er den entsetzten Sergeanten beherrscht: »Kein Aufsehen, Monsieur. Führt mich zurück!«

In seinem Pavillon versuchte der König, den Bolzen mit einem einzigen harten Ruck herauszureißen. Der Schaft brach ab. Die eiserne Spitze blieb tief im Fleisch. Sein Leibarzt schnitt die Schulter auf, grub mit dem Messer, endlich gelang es ihm, den Bolzen aus dem Knorpel der Wirbelsäule zu entfernen. Schon nach zwei Tagen wurde die Wunde brandig. Richard fieberte. Er kannte den Tod. Ohne Zögern schickte er nach seiner Mutter. Vom frühen Morgen des 6. April an wachte die alte Frau am Lager des Königs. Vor dem Kaplan bekannte er seine Sünden und empfing die Sterbesakramente. Gegen Abend schloss Königin Eleonore dem geliebten Sohn die Augen.

»Der König ist tot!«

ENGLAND. LONDON.

»Es lebe der König!«

Barone, Grafen, Bischöfe, die Vornehmsten der Insel führten den Krönungszug an. Kein Applaus. Schweigend reckten die Bürger den Hals. Angst zeichnete die Gesichter. »Säumt die Straße zwischen St. Paul's Cathedral und Westminster!« Erst unter Androhung von Strafen waren viele von ihnen dem Aufruf gefolgt. »Begrüßt euren König mit Jubel!«

In der Menge am Wegrand kratzte der Kesselflicker den Bart. »Und was jetzt?«, brummte er. Seit damals, seit der Krönung König Richards hatte er immer wieder seine Rückkehr nach Nottingham verschoben. Hier in der Großstadt ließ es sich gut leben, und Arbeit gab es genug. Doch den Wunsch, irgendwann wieder nach Hause zu wandern, den hatte er nie aufgegeben.

Unter dem seidenen Baldachin schritt König Johann. Der purpurfarbene Krönungsmantel hing ihm von den eckigen Schultern. Den kleinen Kopf hielt er hochgereckt. Seine Augen zuckten nach rechts und links. Wen der kalte Blick traf, der wandte sich erschreckt ab.

»Hoch lebe der König!« Die Anhänger Johanns mischten sich unter das Volk, stießen und traten die Bürger. »Macht das Maul auf!«

»Hoch lebe der König!«

Auch der Kesselflicker gehorchte. »Hoch lebe der König!« Doch es klang wie ein Fluch.

Nach der feierlichen Krönung empfing Johann seine Barone und Lord-Sheriffs, seine engsten Vertrauten. »Trotz der Herrschaft meines Bruders habt ihr mir in all den Jahren die Treue gehalten. Jetzt dürft ihr eure Stirn wieder erheben. Jetzt, mes amis, werde ich euch belohnen. Denn mir gehört der Thron. Mir gehört England!«

Bier und Braten! Nur allmählich wuchs die Stimmung in den Straßen Londons. Spätabends kehrte der Kesselflicker in seine Behausung zurück. »Bleiben werd ich«, trunken rollte er sich auf seinem Lager zusammen. »Hier wird's nicht so schlimm wie zu Haus.«

XXIV

Grafschaft Nottingham. Sherwood Forest.

Er drang aus dem Dickicht. Rasch schätzte er zwischen den grünen Baumwipfeln den Stand der Sonne. Roderick nickte befriedigt. Seinen Köcher trug er hochgebunden. Schräg über der rechten Schulter ragten die gefiederten Pfeilschäfte griffbereit neben dem kräftigen blonden Haar. Er fasste zum Gürtel. Der Dolch steckte sicher und doch locker genug in der Lederscheide. Mit geübtem Griff richtete Roderick das Bogenholz an seiner linken Schulter, dann schob er den Daumen unter die Sehne und ließ sie gegen die Brust schnellen. Er lachte. »Keine Frage. Ich werde gewinnen.« Leichtfüßig setzte er seinen Weg fort. Bis zum Mittag wollte er in Edwinstowe sein und am Abend vor den Toren Nottinghams. Und morgen! Morgen war der große Tag. Der Lord-Sheriff hatte zum Wettschießen eingeladen. Sogar König Johann und sein Hofstaat würden anwesend sein. Und Preise winkten. Geld. Viel Geld. »Wenn ich gewinne, kaufe ich uns eine Kuh«, hatte Roderick dem Dorfältesten versprochen.

Gelächter. Lautes Grölen! Nicht weit vor ihm. Roderick nutzte geschickt die Deckung der breiten Buchen, erreichte den Rand der Lichtung. Lederröcke! An der schwarzen Kappe des einen blinkte das Silberzeichen. »Zehn«, zählte Roderick hastig. »Zehn Waldknechte und ein Förster.« Im Halbkreis hockten sie vor dem Baum inmitten der Wiese, tranken und prosteten nach oben. Über ihnen zitterte, schwankte ein nackter Mann. In höchster Todesangst hielt er sich noch mit dem linken Fuß auf dem Ende eines dünnen Stocks, das rechte Bein ruderte in der Luft. Um seinen Hals lag eine Schlinge, der Strick war am Ast über dem Kopf festgezurrt.

Die Kerle warteten. Wenn der Verzweifelte das Gleichgewicht zu verlieren drohte, schlugen sie sich auf die Schenkel.

»Diese verdammten Hunde.« Ohne Zögern trat Roderick auf die Lichtung hinaus. Das Kinn vorgereckt, schritt er direkt auf die grölende Horde zu.

»Was kommt denn da für ein Vogel?« Sofort griff der königliche Förster nach dem Bogen, sprang auf. »Wer bist du?«

Unerschrocken ging Roderick weiter.

Die Waldknechte stellten sich kampfbereit neben ihren Herrn. Elf Pfeilspitzen zielten auf die Brust des Fremden.

»Bleib stehen!«

Roderick gehorchte. Hinter den Kerlen starrten die Augen des Gequälten flehend zu ihm herüber. Roderick streckte die leeren Hände weit von sich. »Aber was wollt ihr von mir?«

»Halt's Maul!«, brüllte der Förster. »Hier frage ich!« Er befahl seinen Leuten: »Lasst mir das Milchgesicht nicht aus den Augen!« Jetzt senkte er die Waffe. Kühl musterte er den jungen Mann. »Also, auf der Jagd bist du.«

»Aber nein, Herr. Ich bin auf dem Weg nach Nottingham.« Roderick lächelte dünn. »Weil ich das Preisschießen gewinnen will.«

»Bist du so gut?«

»Der Beste.«

In den Augen des Försters glitzerte es. »Milchgesicht, du hast Glück. Für dich findet das Preisschießen heute statt. Jetzt gleich.« Er zog einen Hasen aus seiner Jagdtasche, hielt ihn hoch. »Das ist dein Ziel. Den haben wir dem Wilddieb da oben abgenommen. Wenn du triffst, gehört er dir.« Verschlagen grinste er. »Und wenn du's nicht schaffst, dann bekommst du sogar noch eine zweite

Chance.« Er deutete zum Ast. »Neben dem Schweinehirt aus Edwinstowe ist noch gut Platz.«

Roderick presste die Lippen zusammen.

»Angst hat der Kleine.« Einer der Waldhüter trat näher und spuckte ihm ins Gesicht. Breit feixten die anderen.

Mit dem Kittelärmel wischte Roderick den Speichel ab. »Ich bin bereit.« Er zeigte auf den Hasen. »Aber der ist doch schon tot?«

»Das meinst du nur, mein Junge.« Der Förster schüttelte das Beutestück. »Siehst du nicht, wie er noch zappelt?« Lachend warf er den Hasen einem seiner Männer zu. »Na los. Lauf rüber!« Er bestimmte einen Buchenstamm am Rand der Lichtung. »Steck ihn mit dem Messer fest. Und dann pass auf!«

Das Ziel war gut siebzig Schritt entfernt.

»Eine falsche Bewegung«, warnte der Förster, »und meine Männer spicken dich wie einen Braten. Weil du der Beste bist, wirst du jetzt den rechten Löffel an den Stamm nageln.«

Roderick stellte sich seitlich zum Ziel, leicht spreizte er die Beine. Ein Schulterschlenker, der Bogen sprang in die Faust, ein Griff zum Köcher, schon steckte der Schaft auf der Sehne.

Diese Schnelligkeit! Verblüfft ließ ein Lederknecht nach dem anderen die Waffe sinken.

In großer Ruhe drehte der Schütze den Bogen, zog an, senkte die Spitze ins Ziel. Der Pfeil sirrte davon, durchschlug das rechte Ohr des Hasen und steckte im Stamm.

Mit offenem Maul starrten die Kerle zur Buche hinüber.

»Ich will einen anderen Preis«, sagte Roderick in die Stille. Immer noch hielt er seinen Bogen gestreckt in der linken Faust. »Für meinen Schuss will ich den nackten Kerl da oben.« Er spannte die Armmuskeln.

»Gar nichts bekommst du«, spottete der Förster hinter ihm. »Du hast Königswild gejagt, Milchgesicht. Du hast unserm König einen Hasen gestohlen. Und darauf steht der Tod.«

Die Hand zuckte zum Köcher, aus der Drehung heraus schnellte der Pfeil davon, durchtrennte den Strick gleich unter dem Ast. Der Schweinehirt stürzte zu Boden. Roderick duckte sich, das Messer blitzte in seiner rechten Faust. Federnd sprang er gegen den ersten Knecht. Ein Schnitt. Blut schoss aus dem Hals. Roderick wirbelte herum, stach dem zweiten Kerl in die Brust. Seine Klinge riss dem nächsten die Kehle auf. Um ihn herum sanken drei Männer zu Boden. Doch der Raum war immer noch zu eng. Gefahr drohte von allen Seiten. Den Dolch stoßbereit, tänzelte Roderick im Kreis. »Wer noch? Na, kommt schon!«

Die Kerle wichen zurück. »Robin Hood«, flüsterte einer und ließ den Bogen fallen. »Ich, ich weiß es.« Wild fuchtelte er mit den Armen. »So kämpft nur Robin Hood!« Er rannte von einem zum andern. »Lauft! Gleich ist es zu spät.« Er zerrte sie an den Lederröcken. »Gleich sind seine Männer da!« Schreiend floh er davon. Der Name gab das Signal. Ein zweiter, ein dritter stammelte: »Robin Hood!«

Roderick nutzte die Verwirrung. In gewaltigen Sätzen verschaffte er sich Abstand, der nächste Pfeil lag auf der Sehne. »Verschwindet! Alle!«

»Schießt doch!«, befahl der Förster, blickte sich nach seinen Leuten um. »Ihr Feiglinge! Der Kerl ist allein! Schießt doch!« Sie warfen die Waffen weg. Kopflos hetzten sie über die Lichtung.

»Feiglinge! Ihr Bastarde!« Blanker Hass loderte in den Augen unter der schwarzen Lederkappe. »Dann zeig ich's dir.« Er riss den Bogen hoch.

Rodericks Pfeil nagelte ihm das Silberzeichen an die Stirn. Rücklings schlug der Förster ins Gras.

Vom Rand der Lichtung gellten Schreie: »Robin Hood!«

»Er hat unsern Herrn getötet!« Und wieder, jetzt schon weiter entfernt: »Robin Hood ist zurück!«

Roderick verfolgte sie nicht. Er lief zum Baum, kniete sich neben den reglosen Schweinehirten. »He? Lebst du noch?«

Die Lider im verdreckten Gesicht blinzelten. »Sind sie weg?« Eine tiefe Stimme.

»Keine Frage.«

»Und mein Hase?«

Hart fasste Roderick nach der nackten Schulter. »He? Was soll das?«

»Sag es!«

»Bei der Jungfrau! Mit dem Löffel hängt er am Baum.«

Rasch setzte sich der Schweinehirt auf. »Dann ist es gut.« Ein Grinsen. »Danke! Das war knapp.« Damit lockerte er die Schlinge und streifte sie über den Kopf. Nachdenklich betrachtete er das Strickende. »Verdammt guter Schuss. Außer dir kenn ich nur …«

»Hör auf damit!« Roderick runzelte die Brauen. »Aus ist es! Verstehst du? Aus mit dem Preisschießen. Aus mit dem Sauhüten!« Die dunklen blauen Augen funkelten den Nackten an. »Verdammt, Kerl. Sitz da nicht so rum. Los, beweg dich! Wir müssen weg.« Er hastete zu den Leichen hinüber.

Jäh begriff der Schweinehirt. »Die werden uns jagen.« Er sprang hoch. Unter dem Baumstamm fand er seinen Kittel, streifte ihn über, packte den Stock. »Wie heißt du?«

»Roderick aus Crossway. Komm her!« Inzwischen hatte der Retter so viele Pfeile wie möglich eingesammelt, stopfte die Bündel in drei Köcher, zwei reichte er dem Schweinehirten, den dritten schulterte er selbst. »Und wie heißt du?«

»Malcolm. Da vorn aus …«

»Edwinstowe. Ich weiß.« Roderick prüfte den Bogen des Försters. »Hier. Das ist der Beste.«

Wohin? Sie blickten sich an. Tiefer in den Sherwood? Nach Crossway? Malcolm wehrte ab. »Die kommen mit Bewaffneten und Hunden. Wenn sie unsere Spuren bis in dein Dorf verfolgen, dann bringen sie alle um. Nein, wir müssen raus. Ganz weg aus der Grafschaft.« Der Schweinehirt ballte die Faust. »Nach Norden.« Grimmig setzte er hinzu: »Und ich weiß auch, wohin. Nach Barnsdale!«

Roderick zuckte die Achsel. »Meinetwegen. Also los!«

Nur wenige Schritte. Malcolm stockte. »Warte!« Er rannte zur Buche, kehrte mit dem Hasen zurück. »Für unterwegs. Weit haben wir's noch.«

Sie liefen querwaldein durch den Sherwood. Bald hatten sie den alten Handwerkerpfad erreicht, kamen schneller voran. Später fragte Roderick: »Kennst du einen da oben in Barnsdale?«

Malcolm lachte. Über die Schulter rief er: »Na klar. Sogar einen richtigen Sir. Jetzt heißt er Robert von Loxley. Aber früher ...«

Ungeduldig schimpfte Roderick: »Nun sag schon!«

»Na, Robin Hood, du Milchgesicht. Wie sonst?«

XXV

GRAFSCHAFT YORK. KLOSTER KIRKLEES.

Der Bursche erwartete die Kutsche weit unterhalb des Klosters. Zwei Diener führten das Pferd am Halfter. Leise erkundigte sich der junge Mann: »Ein Sir oder eine Lady?«

»Wir bringen unsere Herrin zu Mutter Mathilda.«

Er ging neben der Kutsche her. »Lady!« Und wieder. »Lady!«

Einen Spaltbreit wurde der Vorhang beiseite geschoben. »Was willst du?«

»Euch gesund machen, Lady.« Geübt öffnete der Bursche den Sack an seiner Seite, nacheinander zog er drei Leinenbeutel heraus. »Bitterklee gegen Fieber? Johanniskerze gegen den Husten? Blutwurz für den kranken Bauch? Was Ihr braucht, Lady. Jede Medizin kostet nur zwei Pennies.« Ein schmales Gesicht, eine tiefe Narbe quer über der Stirn. Seine Stimme drängte: »Überlegt nicht lange, Lady. Da oben im Kloster kosten Euch die Kräuter gleich dreimal so viel.«

»Du kannst mir nicht helfen.« Langsam schloss sich der Vorhang.

»Schade.« Der Bursche blieb zurück. »Aber beim nächsten Mal bestimmt.«

Reiter! Bewaffnete in dunkelblauen Umhängen. Auf ihren Schilden prangte ein rotes Wappen. Sie ritten zu dritt nebeneinander, dahinter wieder drei. Nur zu gut kannte der Bursche den adeligen Herrn, der von beiden Reihen gedeckt wurde. Ein weicher Federbausch schmückte den Hut. Der dunkle Reisemantel. Ehe die Eskorte heran war, sprang der junge Mann davon, verbarg sich zwischen den blühenden Sträuchern. Erst nachdem sich das Klostertor hinter Baron von Doncaster geschlossen hatte, kehrte er zum Wegrand zurück.

Voller Ungeduld starrte Sir Roger zwischen den üppig beladenen Obstbäumen zum weiß gekalkten Gebäude gleich linker Hand der Kirche hinüber. »Par tous les diables!« Er spannte die schmalen Lippen zu einem Lächeln. »Auch wenn es noch so lange dauert. Kein Wild entgeht meinen Netzen.«

Mutter Mathilda verließ das Wohnhaus der Ordensfrauen. Mit festem Schritt folgte die hoch gewachsene Gestalt dem geharkten Weg zwischen den Blumenbeeten.

Sir Roger straffte sich. Bedauern, sogar leichtes Mitgefühl bestimmten jetzt seine Miene.

»Friede sei mit Euch, Herr!«

Nur ein Nicken. »Ich habe mit Euch zu reden, Ehrwürdige Mutter.«

Ohne Scheu forschten die dunklen Augen in den Zügen des Barons. »Ihr scheint mir heute frei von Beschwerden.« Sie hob die Brauen. »Und doch scheint Ihr mir verändert?«

»Nicht mit der Heilkundigen, nicht mit der Priorin, heute will ich mit der teuren Freundin Mathilda sprechen.«

Die Nonne verstand. »Folgt mir, Herr!«

Schweigend führte sie ihren Besucher am Krankenturm vorbei in den Kräutergarten und verriegelte das Gatter. Ein geschäftiges Lächeln. »Was kann ich für Euch tun, Herr?«

Sir Roger verschränkte die Arme. »Ihr seid eine starke Frau, Ehrwürdige Mutter. Unter Eurer Leitung ist das Kloster weiter aufgeblüht. Ja, der Erfolg übertrifft meine kühnste Hoffnung.«

»Euer Lob beschämt mich.« Sie senkte den Kopf, unter dem Schutz der Haube belauerte sie den Baron. Ihr Ton blieb demutsvoll. »Nur deswegen dieser verschwiegene Ort? Solch ein Lob hätte ich auch gern im Refektorium vor aller Ohren entgegengenommen.«

Sir Roger faltete die Hände vor der schwarzsamtenen Brust. »Fasst Euch, Ehrwürdige Mutter!«

»Ich bin stets gewappnet.«

»Euer Neffe.« Sorgfältig setzte der Baron den ersten Stich: »Er hat versagt. Gamwell hat meinen hohen Erwartungen nicht entsprochen.«

Mathilda gab sich keine Blöße. »Das erstaunt mich. Zwar habt Ihr nie über seine geheime Mission gesprochen. Doch in all den zurückliegenden Jahren, sogar noch bei Eurem letzten Besuch wart Ihr voll des Lobes.«

»Um Euch zu schonen, teure Freundin. Ihr hattet genug mit dem Ausbau des Klosters zu schaffen. Außerdem litten wir alle unter der Herrschaft König Richards.« Sir Roger schien sich die Worte abzuringen. »Ich nahm Gamwell wie einen Sohn an mein Herz. Ich bereitete ihn für die große Aufgabe vor. Ja, teure Freundin, ich will es nicht länger verschweigen. Euer Neffe war ausersehen, Robin Hood zur Strecke zu bringen. Zum Wohle Englands! Dafür versprach ich, ihn in den Stand eines Junkers zu erheben. Mehr noch, mit meinem Einfluss wäre er heute ein geschätzter Mann am Hofe König Johanns.« Bekümmert fuhr der Baron fort. »Überdies versprach ich Gamwell tausend Pfund in Gold für den Kopf dieses Strauchdiebs.«

»So viel Geld?« Glanz schimmerte in den Augen. »Ich bitte Euch, Herr, gebt meinem Neffen noch eine Chance!«

»Attendez, teure Freundin. Ihr wisst noch nicht alles.« Sir Roger stach zu: »Gamwell ist tot.«

Das Blut wich aus dem weiß umrahmten Gesicht. Mit zwei Schritten entfloh Mathilda dem Blick des Barons. »Tot?«, flüsterte sie. »Ich habe ihn geliebt.«

»Ja, tot. Schändlich ermordet. Mehr als sechs Jahre ist es her.«

In ihrem Rücken schnippte Sir Roger den Staub vom Ärmel. Er hob die Stimme, klagte: »Mein Müller fand den Leichnam am Ufer des Sees. Er schickte mir Nachricht. Welch grausamer Anblick. Die Stiche im Rücken waren nicht zu zählen. Doch das nicht allein …« Er brach ab.

»Weiter, Herr«, bat Mathilda. Die Kraft kehrte zurück. »Alles will ich erfahren.«

»Der Körper war verstümmelt. Hände und Füße fehlten.«

Die Priorin wandte sich um. »Wer? Wer hat es getan?«

»Gamwell lebte damals als mein Vertrauter bei den Geächteten. Und er wurde entdeckt.« Der Baron hob leicht die Hände. »Robin Hood. Er hat Euern Neffen, verzeiht, teure Freundin, es gibt kein milderes Wort, er hat Gamwell geschlachtet.« Sir Roger drückte die Fingerspitzen gegeneinander. »Und heute lebt er ungefährdet als Sir Robert von Loxley auf seinen Gütern.«

Kalt sagte Mathilda: »Er ist krank. Ihr wisst es, Herr. Sein Bein will nicht heilen. Monat für Monat kommt er nach Kirklees.«

Sir Roger ließ sie nicht aus den Augen. »Und Ihr werdet ihn auch weiterhin gut behandeln?«

»Mit aller Sorgfalt.« Wie Waagschalen zeigte sie ihm die geöffneten Hände. »Wenn die eine gibt, soll die andere gefüllt werden. So halte ich es noch immer, Herr.«

Sir Roger lächelte. »D'accord, teure Freundin. Tausend Pfund liegen bereit.«

Lange blickten die beiden einander an. Keiner senkte den Blick.

XXVI

GRAFSCHAFT YORK. BARNSDALE.

Vor zwei Tagen waren Marian und Beth gekommen. Den Grund verrieten sie nicht.

»Es soll eine Überraschung werden«, sagte Beth spät am ersten Abend zu Tom. »Also frag nicht weiter!«

»Ist mir auch gleich.« Toad beugte sich über seine Frau. »Hier bei uns im Gutshof ist alles nicht so fein wie bei euch auf Fenwick.« Er lächelte in ihre Augen. »Du bist da. Und das ist gut.«

Am Vormittag des nächsten Tages stieß Marian die Hände in die Hüften. »Ich hab's dir gestern schon gesagt, John. Glaub mir, es ist alles in Ordnung!« Sie trug das blonde Haar offen. Über den Schultern krausten sich die Locken.

Voll Stolz betrachtete der Hüne die schlanke Frau. Ein Kleid aus weichem dunklen Leder. »Schön bist du, Kleines«, begann er. »Wird es nicht Zeit ...«

»Nein! Bitte, John.« Ihre blauen Augen funkelten. »Ich such ihn mir allein. Das haben wir abgemacht.«

Der Hüne seufzte. Er strich die Narbe im grau gewordenen Bartgeflecht. »Trotzdem wüsst ich gern, warum du und Beth ...«

»Wart's ab! Es wird eine Überraschung für Robin. Und bis sie fertig ist, bleiben wir hier. Genügt das?«

»Schon recht.«

Marian sah besorgt zum Gutshaus. »Wie geht es ihm heute?«

»Ist schlimmer geworden. Er zieht wieder das Bein nach.«

»Und Herbghost? Kann er nicht helfen?«

»Der Alte gibt sich Mühe. Das macht er schon seit Jahren, wenn die Schmerzen kommen.« Doch was nutzten Michelkraut und Wegerich? Die Wunde gärte im Innern des Oberschenkels. Und nur zu Beginn verschafften Williams Kräuter dem Kranken etwas Linderung. Mehr nicht.

»Bring ihn doch zur Mathilda nach Kirklees!«

»An mir liegt's nicht.« John zuckte die Achseln, dann schmunzelte er: »Unser Sir Robert ist wie du. ›Wart's ab‹, sagt er. ›Ich sag dir, wenn es so weit ist.‹ Also muss ich warten.«

»Ach, John.« Marian schmiegte sich an seinen Arm. »Du bist der Beste, den ich kenne.«

»Auch gut, Kleines.« Er gab nicht auf. »Aber bestimmt gibt es noch andere.«

Sie zwinkerte zu ihm hoch, drohte: »Fang nicht schon wieder damit an!«

Heute, am zweiten Tag, gleich nach dem gemeinsamen Morgenbrei in der Halle des geräumigen Wohnhauses erhob sich Bruder Tuck. »Wenn unsere Damen bereit sind?« Er faltete die Hände. »Ich stehe zur Verfügung.«

»Ihr redet schon wie mein Hauslehrer«, spottete Marian.

»Still, Prinzesschen!«

Nur Robin, John, die drei engsten Gefährten, Bruder Tuck und die beiden alten Köche lebten hier gemeinsam im Hauptgebäude des ehemaligen Stützpunktes. Wer Familie hatte, wohnte mit Frau und Kindern in Barnsdale-Top oder auf seinem eigenen Land rund um den stark befestigten Gutshof. Marian lächelte von einem zum anderen, wohlerzogen bat sie: »Verzeiht, Bruder Tuck, wie ungeschickt von mir.« Spott schwang in ihrer Stimme. »Jetzt verstehe ich. Wir sind die einzigen Damen in dieser Männerwirtschaft.« Hart stieß sie den Hocker zurück. »Komm, Beth. An die Arbeit!«

Toads Frau seufzte bekümmert über ihren Schützling, sie nahm die schmale Holzkiste. »Ehrwürden, geht Ihr voran!«

Kaum hatten sie den Raum verlassen, beugte sich Robin zu John. »Das gefällt mir nicht.« Das blasse Gesicht lebte auf, betont entrüstet fuhr er fort: »Wieso in der Kapelle? Was haben die Damen mit unserm armen Bruder Tuck vor?«

»Frag mich nicht!«, stöhnte John. Much und Threefinger feixten. Tom grinste über den Tisch. »Lass gut sein, Robin. Alle haben wir's versucht. Von uns hat keiner was aus den Frauen herausgebracht.«

Sorgsam musste Bruder Tuck das schmale Portal von innen verriegeln.

»Räum alles vom Altarstein, Prinzesschen!« Erst jetzt schlug Beth den Deckel der Kiste zurück. Mit spitzen Fingern entnahm sie ein weißes Tuch. Seide. Feinste Seide. Sie breitete es über den Altar.

»Bei allen Heiligen!« Voller Bewunderung näherte sich Bruder Tuck, wagte das Tuch nicht anzufassen. Die Ränder waren gesäumt von einem breiten, gestickten Fries. Rosen und Kreuze, gewirkt aus Gold- und Silberfäden. »Wahrhaftig. Das ist eine Überraschung.«

Beth lächelte. Marian schüttelte den Kopf. »Aber wir sind noch nicht fertig.« Schnell bückte sie sich zu der Kiste, legte die glitzernden Fadensträhnen über den Rand. Sie hob einen gespitzten Kohlestift. »Worte sollen noch drauf, Ehrwürden. Beth und ich haben überlegt. Aber wir konnten uns nicht einigen. Ihr wisst am besten, welche Worte für Robin, ich mein Sir Robert … Ach was. Welche heiligen Worte passen für Robin? Ihr seid schließlich hier der Priester und auch der Beichtvater.«

Bruder Tuck blickte zur geschnitzten Madonna über dem Altar. »Da muss ich nicht lange überlegen.« Er sagte: »Ave Maria gratia plena.«

»Also doch.« Marian triumphierte. »Ich hatte Recht, gib's zu, Beth!«

»Still, Prinzesschen!« Toads Frau schob das Seidentuch ein Stück zurück, glättete eine Seite auf dem Altarstein. »Hier. Über diesen Rosen sticken wir es ein.«

Hilfsbereit bat Bruder Tuck um den Kohlestift. »Gut. Ich werde den Text vorzeichnen.«

Marian wehrte ab. »Schreiben kann ich allein. Bitte, passt Ihr nur auf, dass ich keinen Buchstaben vergesse!«

Ave Maria gratia plena.

Sie schickten den Priester hinaus. Erst zur Essenszeit sollte er klopfen.

Hornruf! Lang, kurz, kurz. Fremde, meldete der Posten vom Turm über den Palisaden.

Much stürmte vor ihnen her in die Halle. »Robin! John!« Ungeduldig wies er zur Tür.

Die beiden jungen Männer blieben nach wenigen Schritten stehen. Ihre Gesichter waren verdreckt, das Haar klebrig, die Kittel an vielen Stellen eingerissen. Jeder hatte seinen Bogen und zwei Köcher geschultert.

Sir Robert von Loxley runzelte die Stirn, sah von einem zum andern. Schließlich kehrten die grauen Augen zu dem hoch gewachsenen dunklen Burschen zurück. »Ich kenne dich.«

Ehe er antworten konnte, platzte Much heraus: »Das … Das ist Malcolm! Weißt du noch? Der Schweinehirt aus Edwinstowe!«

»Halt's Maul, Kleiner!«, knurrte John.

So rasch es seine Schmerzen erlaubten, hob Robin das kranke Bein vom Schemel und setzte den Fuß auf. »Willkommen auf Barnsdale, Malcolm.«

»Sir Robert«, der Schweinehirt schluckte. »Das war so: Roderick und ich. Also, wir mussten weg aus dem Sherwood. Da waren der Förster und die Knechte …«

»Ich habe sie getötet!« Klar, fest. Roderick reckte das Kinn. »Ich musste sie töten.«

Wie der redet? John dehnte die Brust. Den Ton kenn ich. Ach was. Er schob den Gedanken beiseite.

»Du musstest?«, fragte Robin.

»Ja.« Der junge Mann presste die Lippen aufeinander.

»Weil ich doch am Baum hing«, erklärte Malcolm hastig. »Einen Hasen hatte ich in der Schlinge. Da waren sie schon da. Und als ich auf dem Stock ...«

»Schluss jetzt!« Robin hieb die Faust auf den Tisch. Ein schneller Blick zu John, dann verlangte er: »Der Reihe nach, Malcolm. Die ganze Geschichte, aber von vorn.«

Und der Schweinehirt berichtete: von Edwinstowe, vom Überfall der Bewaffneten des Lord-Sheriffs. Obwohl alle Abgaben pünktlich bezahlt waren, hatten sie die Ernte geraubt. »Nur zur Warnung!« Die Eisenpuppen hatten gelacht. Nichts war den Bewohnern geblieben. Not herrschte in Edwinstowe. »Nur darum bin ich auf die Jagd gegangen.«

Mit geballten Fäusten hörte John zu. Wie damals! Er sah die hungrigen Augen der Kinder in seinem Dorf. Und jetzt? Ach, Robin, jetzt fängt es wieder an. Als der Schweinehirt von Rodericks Kampf erzählte, richteten beide Freunde sich auf, aus den Augenwinkeln musterten sie die kraftvolle Gestalt des jungen Mannes.

»So war's. Und wenn er nicht gekommen wär ...« Malcolm wischte die Hände am zerrissenen Kittel.

»Warum?« Robins Miene war versteinert. »Roderick, was scherte dich der nackte Kerl da am Baum?«

»Weitergehen?« Empörung funkelte in den dunklen blauen Augen. »Ich hasse Unrecht! Deshalb, Sir Robert.«

»Und aus diesem Grund hast du auf das Preisschießen verzichtet?« bohrte der Herr von Loxley.

John wollte beschwichtigen. Leicht berührte er den Arm des Freundes.

»Nein, lass!«, wies ihn Robin zurück. Er reizte weiter: »Und die schöne Milchkuh? Die wolltest du doch für deine Leute kaufen? So ein Stück Vieh ist doch mehr wert als fünf von solchen Kerlen. Du bist ein Idiot, Roderick. Was kümmert dich Unrecht, wenn es nicht dich betrifft?«

»Halt's Maul!«, schrie der junge Mann. Ein Schulterschlenker. Der Bogen sprang in seine Faust.

Schon war John auf den Beinen, er riss den Hocker hoch. »Wag es!«, brüllte er. Neben ihm hielt Much sein Messer zum Wurf bereit.

In der Bewegung stockte Roderick. »Verdammt! Ich will das Gebot der Gastfreundschaft nicht brechen. Aber er soll das Maul halten!«

»Schluss!« Scharf und schneidend. Robin breitete die Arme. »Ruhig, Freunde, ruhig! Much, weg mit dem Dolch! Setz dich wieder, John!«

Ein Lächeln zuckte in den Mundwinkeln. »Und du, Roderick«, bat er leise, »schultere deinen Bogen und sag mir, woher du kommst!«

»Crossway.« Erst nach einer Weile: »Sir Robert.«

»Du gefällst mir, Roderick aus Crossway. Willkommen auf Barnsdale.« Er betrachtete seinen Wundverband, dabei fasste er nüchtern zusammen. »Du hast einen Förster und seine Knechte getötet. Aus Not hast du dich zur Wehr gesetzt. Gut, du warst im Recht. Doch niemand wird dir glauben, mein Junge. Und du, Malcolm, du hast Königswild gejagt. Doch wen kümmert schon der Hunger in Edwinstowe? Lord-Sheriff Walter de Monte hat sicher längst das Urteil über euch beide gefällt.« Robin hob den Kopf. »Er wird euch jagen, und nicht nur er. Ihr seid Geächtete.«

»Darum, Sir Robert.« Malcolm trat einen Schritt vor. »Darum sind wir ja hergekommen. Weil wir Hilfe brauchen.«

»Ich kann Schutz gewähren.« Hart setzte Robin hinzu: »Aber helfen könnt ihr euch nur selbst. Kämpfen müsst ihr.«

»Keine Frage.« Roderick strich die verklebten Strähnen aus der Stirn.

»Das sagt er immer, Sir Robert«, hilflos streckte der Schweinehirt die offenen Hände. »Kämpfen? Das haben die Leute in Blidworth auch versucht. Und jetzt …«

»Was war in Blidworth?«, fuhr ihn John an. »Vor einem Monat war ich noch mit dem Juden da. Gekauft haben wir. Wolle. Töpfe. Alles war gut.« Er drohte mit der Faust. »Red schon! Was war in Blidworth?«

Kurz nachdem der Wagentreck weitergezogen war, hatten die Waffenknechte des Sheriffs das Dorf eingeschlossen. Den ganzen Erlös verlangten sie. Verzweifelt versuchten die Bewohner sich zu wehren. Dem Ältesten schlugen die Kerle zuerst den Kopf vom Rumpf, dann den anderen. »Keiner lebt da mehr«, flüsterte Malcolm. »Und da sollen wir kämpfen?«

»Ich fürchte mich nicht.« Klar, fest. Roderick spannte den Rücken. »Weder vor dem Sheriff noch vor seinen Eisenpuppen. Auch nicht vor den Förstern.«

»Weißt du auch, was du da sagst?«, brummte John.

»Kämpfen muss man!«, rief Roderick leidenschaftlich. »Bei der Jungfrau, diese Kerle fressen uns sonst auf.«

»Schon recht, Junge.«

Kühl lächelte Robin. »Um solch einen Kampf wirklich zu gewinnen, dazu gehört weit mehr als nur Hass. Und das, das scheinst du wirklich zu besitzen.« Er schnippte. »Much, gib den beiden eine Kammer! Und pass auf, dass sie sich waschen! Schließlich haben wir Damen zu Besuch.«

Mit geschlossenen Augen lehnte Robin in seinem Armstuhl. John wartete. Nach einer Weile murmelte er: »Beim Dunstan. Wir haben noch das Geld aufgeteilt. Für jedes Dorf. Der Älteste aus Blidworth war ein guter Mann.«

»›Robin Hood‹, haben die Waldknechte gerufen. Dem Sheriff

wird der Name im Hals stecken bleiben.« Robin öffnete die Lider. Sein blasses Gesicht wurde lebhaft. »Und längst wissen es auch alle im Sherwood: Robin Hood ist wieder da! Verstehst du, John. Das allein bedeutet schon Hoffnung für die Leute!«

»Was?« Ungläubig starrte John den Freund an. »Was willst du? Du mit deinem Bein? Und ich mit den grauen Haaren. Guck uns doch an!«

»Das ist mein Spiel. Wart's ab!« Robin lachte.

Kerzen flackerten auf dem langen Eichentisch. Zur Ehre der Damen hatten sich die beiden alten Köche selbst überboten: knuspriger Fisch, Braten im Brotteig, duftende Pastete vom Fasan. Dazu Malvasier.

Beth beobachtete ihre Prinzessin. Unberührt stand das Essen vor der jungen Frau. »Was ist mit dir?«, flüsterte sie.

»Nichts.« Und wie ertappt erklärte Marian hastig: »Ich hab keinen Hunger. Sonst nichts.«

Die Damen waren als Letzte in die Halle gekommen.

»Das sind Malcolm und Roderick. Besuch aus dem Sherwood.«

Der blonde Mann lächelte. Für einen Moment stockte Marian, als erschrecke sie das offene, helle Gesicht.

Ein strenger Blick von Beth genügte. Ein höfliches Nicken zur Begrüßung, und die Frauen hatten sich auf dem Ehrenplatz niedergelassen.

Seit Beginn des Festmahls saß Marian nur da, aufrecht, ihre Finger strichen über den Rand des Weinbechers.

Roderick und Malcolm schmeckte es. Ausgehungert schlangen sie die Köstlichkeiten in sich hinein. Keine Zeit für Gespräche. Auch Sir Robert, die Gefährten und Bruder Tuck aßen mit großem Appetit. Ein Festmahl wie so oft. Und doch lastete bedrückende Stille in der Halle. Jeder wusste längst, welche Neuigkeiten die Besucher aus dem Sherwood gebracht hatten.

John stocherte mit dem Messer in der Pastete auf seinem Teller. Ihm war die Kehle wie zugeschnürt. Es soll wieder losgehen? Beim Dunstan, jede Nacht unter 'nem anderen Busch. Und rennen? Ach, mein Freund, auch wenn du's nicht wahrhaben willst, für so was sind wir zu alt.

Sir Robert von Loxley hob den silbernen Kelch. »Nicht nur unsere Damen, auch ich habe eine Überraschung!«

Alle, selbst Marian, blickten gespannt zum Kopf der Tafel.

»Doch erst einmal: Trinkt mit mir!«

Robin wartete, bis jeder abgesetzt hatte. Dann stützte er seine Hände auf und stemmte sich hoch. Er sah Roderick und Malcolm an. »Sechs Jahre ist es her. Damals gab König Richard mir und meinen Männern das Generalpardon. Unser Kampf war zu Ende. Nicht nur für uns in Barnsdale, nein, auch für die Dörfler im Sherwood galten Recht und Gesetz. Doch die sechs guten Jahre sind vorbei. Johann sitzt auf dem Thron Englands! Und alle seine adeligen Ratten kommen wieder aus ihren Löchern. Unterdrückung. Grausame Willkür. Ihr beide habt es uns berichtet: Ohne Rücksicht bluten sie die Dörfler im Sherwood aus, furchtbarer noch als je zuvor.«

Beth tastete nach Marians Hand, drückte sie. Ringsum in den Gesichtern der alten Gefährten lebte die Erinnerung auf. Schwer stützte Malcolm den Kopf in beide Hände. Roderick straffte sich. Mit unbewegter Miene hörte er zu.

Robins Stimme wurde hart. »Wehrt euch! Nur Widerstand kann diese Ratten von den Häusern und Hütten fern halten.«

Sag es nicht. John zerbeulte den Rand des Bechers. Sag es nicht, Robin!

»Aber für mich und meine treuen Freunde ist der Kampf in den Wäldern vorbei. Wir dürfen nicht zurück. Viele von uns haben Familien. Und deren Leben zu schützen, das muss jetzt meine Aufgabe sein.«

Erleichtert stieß John den Atem aus.

Robins Blick blieb auf Roderick gerichtet. »Nur auf dich kommt es an. Ich habe einen Entschluss gefasst. Willigst du ein, kann ich dir mehr geben als nur Schutz an einem sicheren Ort.«

»Was ist es?« Der junge Mann wartete.

»Damals nannte ich mich Robin Hood. Diesem Namen folgten meine Männer. Um Robin Hood, nicht um Robert aus Loxley, scharten sich die unschuldig Gejagten. Der Name allein schon versetzte meine Feinde in Schrecken und gab den Dörflern unserer Grafschaften neuen Mut, sich zu widersetzen. Und heute? Überall im Sherwood heißt es wieder: Robin Hood ist zurück. Doch nicht ich habe die Waldhüter getötet. Du warst es.«

Roderick legte die geballten Fäuste vor sich auf die Eichenplatte. In seinem Gesicht arbeitete es.

Nichts entging Robin. »Ich sehe, du begreifst schnell.« Nach einer Pause wandte er sich an alle, setzte die Worte klar und eindringlich: »Meine Freunde, von heute an ist Robin Hood kein Name mehr. Sondern eine Würde. Und solang es Unrecht in England gibt, wird es auch einen Robin Hood geben!« Sir Robert bot dem jungen Mann beide Hände. »Nimm diese Würde von mir, Roderick! Du kannst den Kampf gewinnen. Nimm sie, sei den Verzweifelten ein neuer Robin Hood! Und die Hoffnung kehrt zurück.« Sir Robert von Loxley schwieg.

Atemlose Stille.

»Ja.« Licht glitzerte in den dunklen blauen Augen. »Ich nehme diese Würde. Keine Frage. Ich kämpfe, auch wenn ich es allein tun muss.«

»Wir sind schon zwei.« Entschlossen strich Malcolm das schwarze Haar zurück.

»Ich …« Marian zögerte, sagte laut: »Ihr werdet gewinnen! Ich weiß es.« Ihre Hand stieß gegen den Becher, der Wein schwappte über den Tisch. Es kümmerte sie nicht. Marian lachte. Und das war wie ein Funke. Die alten Gefährten schlugen sich auf die Schultern, lachten mit, sie trommelten die Fäuste auf den Tisch.

»Schluss!« Der Lärm brach ab. Kühl maß Sir Robert den kraftvollen Mann. »Eins noch, du junger Robin Hood. Aus der Drehung heraus willst du Malcolm vom Strick geschossen haben? Bist du wirklich so gut?«

»Der Beste.«

»Auch mit dem Langbogen?«

»Keine Frage.« Ein sicheres Lächeln.

»Nimm's Maul nicht zu voll, Junge!« John dehnte die Brust, er hatte den Freund verstanden. »Morgen auf dem Schießfeld. Da darfst du gegen uns alten Kerle antreten.« Er grinste breit. »Bring ein paar Pennies mit. Sicher ist besser.«

»Woher?« Nur einen Augenblick zögerte Roderick, dann reckte er das Kinn. »Geld werd ich nicht brauchen.«

Früh waren sie aufgestanden, die andern schliefen noch. John brachte ein gesatteltes Pferd. Doch der Freund lehnte ab. »Nein, John. Bei der gütigen Jungfrau, heute nicht. Das kurze Stück, das schaff ich zu Fuß.« Er klatschte. »Ist doch ganz einfach. Wir gehen sofort. Dann sind wir sogar die Ersten.«

Gleich nach dem Morgenessen brachen die übrigen Gefährten mit den jungen Männern auf. Roderick trug einen Langbogen, sein Gang war leicht, mit einem Stirnband hatte er die helle Mähne gebändigt.

Marian sah ihm nach.

»Was trödelst du?« Beth bemerkte das veränderte Gesicht, umso strenger mahnte sie: »Komm, Prinzesschen! Sonst werden wir nie mit dem Altartuch fertig.«

Bruder Tuck schloss das kleine Portal der Kapelle auf. Jetzt hielt es Marian nicht länger. »Ich muss … bitte, Beth.« Ihre Augen flehten. »Arbeite du heute allein weiter!« Hastig versuchte sie zu erklären: »Ich muss doch dabei sein, wenn sie schießen.«

»So. Du musst?«

Marian nickte.

Erst nach einer Weile lächelte die Amme. »Ist es so schlimm?«

Das Blut schoss Marian in die Wangen.

»Ach, Prinzesschen.« Beth drückte ihre Hand. »Dann lauf! Wirst schon nicht zu spät kommen.«

Marian rannte los, stockte, kehrte gleich wieder zurück. Atemlos verlangte sie nach etwas Geld. »Nur geliehen! Aber wenigstens einen Shilling. Bitte!«

Bruder Tuck konnte aushelfen.

»Danke, Ehrwürden!«

»Was willst du damit, Prinzesschen?«

»Weil er doch keins hat!« Schon war sie wieder unterwegs. Über die Schulter rief sie: »Aber ich werd's nicht brauchen. Das weiß ich.«

Gerade rechtzeitig erreichte Marian über den verschwiegenen Pfad außerhalb der Palisaden das weite Trainingsgelände.

Die Schützen hatten sich eingeschossen. Gut hundert Schritt von ihnen entfernt heftete Much ein Zieltuch an die strohgepolsterte Balkenwand.

»Was willst du hier, Kleines?« Johns Stimme klang unwirsch. Die Spannung war ihm wie auch den andern Männern deutlich anzumerken.

»Zusehen, wer der Beste ist.« Marian hob die Achseln. »Was sonst?«

Mit einem Stock riss Toad eine gerade Furche ins Gras. Er leitete heute Morgen das Wettschießen. Je fünf Pennies sammelte er von John und Sir Robert ein. Fordernd streckte er dem jungen Robin Hood die Hand hin. »Der Einsatz muss vorher bezahlt werden.« Er dehnte seinen kleinen Spaß. »Sonst, Milchgesicht, sonst hast du gleich verloren.«

»Kann ich nicht«, zischte der blonde Mann. »Das weißt du genau.« Zornig starrte er seine Gegner an. »Und ihr auch.«

»Ich gebe den Einsatz!« Hell und entschieden.

Die Köpfe fuhren herum. »Für mich?«, fragte Roderick verblüfft, für einen Moment wurde der Mund weich, lächelte. »Einfach so?«

»Nein.« Ohne ihn aus den Augen zu lassen, ging Marian zu ihm hinüber. »Weil ich es will. Einfach deshalb.« Ehe sie Roderick die Silverpennies überreichen konnte, war John zur Stelle. »Schon recht, Junge. Du kannst auch später zahlen. Irgendwann.« Sanft, aber bestimmt bat er die junge Frau: »Und du, Kleines. Du stellst dich wieder zu Malcolm und Threefinger.«

»Du hast mir gar nichts ...« Marian brach ab. »Ach, verdammt!« Sie wischte die Hand durch die Luft und gehorchte.

»Danke!«, rief ihr Roderick nach.

Wachsam hatte Sir Robert die Szene verfolgt. In seinen Mundwinkeln zuckte es. »Das gefällt mir.«

»Was?«, brummte der Hüne.

»Wart's ab, mein Freund. Wart's ab!«

Tom Toad befahl den Schützen, ihre Positionen einzunehmen. Noch einmal lockerte jeder Arm und Rückenmuskeln, streifte den ledernen Schutz über die rechte Hand, dann traten sie vor der markierten Furche an. Den Körper seitlich zur Schussrichtung, die Beine leicht gespreizt.

Schnelligkeit und Treffsicherheit waren beim ersten Durchgang gefordert. Jede der fünf weißen Kreislinien musste getroffen werden. Toad teilte das Zieltuch ein: Sir Robert sollte sich Schuss für Schuss senkrecht vom oberen bis in den kleinsten Ring hinunterarbeiten, John in der Waage von rechts, Roderick blieb die linke Seite. »Ohne Fehler. Und wer's zuerst geschafft hat, der bekommt den ganzen Einsatz.«

»Keine Frage.« Roderick presste die Lippen zusammen.

Ruhe. Nur noch das Ziel vor Augen, warteten sie auf Toads Zeichen. Tom zerbrach den Stock.

Zugleich steckten drei gefiederte Schäfte auf den Sehnen. Drei Pfeile schlugen in den äußeren Ring. Schnell waren die Bewegungen der Schützen. Hände zuckten zum Köcher. Spannen. Der zweite Pfeil, der dritte. Geballte Kraft! Der vierte. Roderick riss zum fünften Mal die Sehne bis zum rechten Ohr. Sein Pfeil zischte davon. Ein Herzschlag! Auch die beiden anderen Geschosse jagten durch die Luft, einen Herzschlag zu spät trafen sie den fünften Ring.

Reglos verharrten die Schützen.

Marian presste die Hand vor den Mund. Neben ihr verkrallte der Schweinehirt seine Finger im Haar.

»Wie sieht's aus, Bill?«, fragte Toad nüchtern.

Threefinger schirmte die Augen. »In Ordnung. Alle Pfeile sitzen genau.«

Und hundert Schritt entfernt lief Much zum Zieltuch. Er zeigte auf die linke Seite, hob seine Faust.

»Roderick!«, platzte Marian heraus, sie jubelte. »Ja, ich wusste es!«

Malcolm tanzte auf der Stelle. »Schneller. Wir waren schneller!«

Voll Respekt blickte der junge Robin Hood seine Gegner an.

»Hatte nur Glück. Bei der Jungfrau, das war knapp.«

»Du bist gut.« Ein klares Lob, ohne jeden Spott. Sir Robert zwinkerte dem graubärtigen Hünen: »Gib es zu! Außer uns beiden hat das noch nie einer geschafft.«

»Wenigstens hat er das Maul nicht zu voll genommen.« Breit grinste John. »Aber wie gut er wirklich ist, kann er jetzt beweisen.«

Diesmal zehn Pennies. Tom verlangte nur von John und Sir Robert den Einsatz für den zweiten Durchgang. Kurz blieb er bei Roderick stehen. »War vorhin nicht so gemeint«, mit der flachen Hand strich er über die graue verschrumpelte Kopfhaut und nahm den Zopf nach vorn. »Nur ein Spaß. Im Ernst lacht hier keiner über den andern. So ist das bei uns.«

Roderick dehnte seine kraftvolle Brust. »Das lern ich schnell. Keine Frage.«

»Also gut.« Erleichtert wandte sich Tom an die alten Gefährten. »Wie es sich gehört, hat unser Milchgesicht diesmal seinen Einsatz vorher bezahlt.« Er befahl die Schützen zum zweiten Durchgang.

Ehe sich Roderick in Position stellte, winkte er zu Marian hinüber. »Danke noch mal! Für eben.«

»Lass gut sein, Junge«, brummte John verärgert in seinen Bart. »Einmal reicht.«

Nur der Freund hatte es gehört, leise stichelte er: »Ich glaub, unsere kleine Bedingung hat ihr Ziel schon getroffen. Also streng dich an, damit wir nicht schlechter sind.«

Der Hüne runzelte die Stirn. Treffen? Was sollte das jetzt wieder? Ach was. Keine Angst, Robin, wir werden es dem Milchgesicht schon zeigen.

Der schwarze, kappengroße Fleck, die Mitte, war das Ziel. »Jeder hat nur einen Schuss«, bestimmte Tom Toad. »Nacheinander. Der Sieger bekommt alles. John, du fängst an. Dann Robin …« Er stockte, verbesserte grinsend: »Danach Sir Robert und zuletzt unser junger Robin Hood.«

John trat an die Linie. Seine Finger glitten hinter den Kopf. Eine Geste floss in die nächste, fast schien es ein Spiel, so mühelos spannte er. Der Pfeil sirrte, und hundert Schritt entfernt schlug er dicht über der Mitte in den schwarzen Punkt.

Kein Wort wurde gesprochen.

Mit der Hand rückte Sir Robert sein krankes Bein etwas zurück. Er war bereit. Schon senkte er den Bogen. Über die Eisenspitze hinweg fassten die klaren grauen Augen das Ziel. Hart schlug die Sehne zum Bogenholz zurück. Mitten im Schwarz leuchtete der gefiederte Schaft.

Roderick verengte die Brauen. Er ließ den Bogen wieder sinken. »Wohin soll ich denn schießen?« Ein jungenhaftes Lächeln.

»Was fragst du?« Toad wies streng zur strohgepolsterten Balkenwand. »In die Mitte. Wohin sonst?«

»Da ist kein Platz mehr.«

»Ach, so ist das.« Tom verschränkte die Arme, scharf setzte er hinzu: »Du gibst also auf? Gut, dann hat Sir Robert …«

»Nein! Er gibt nicht auf!« Marian drohte: »Verdammt, Roderick. Schieß endlich!«

Der junge Robin Hood blickte zu ihr hinüber, sah Tom an. »War nur ein Scherz«, entschuldigte er sich.

»Nun mach schon, Junge!«, drängte John.

»Keine Frage.« Das Gesicht wurde ernst. Ein prüfender Griff zum Bogenhorn. Roderick nahm einen Pfeil aus dem Köcher, wog ihn, wählte einen anderen. Er war zufrieden. Mit der Zunge befeuchtete er das eingekerbte Ende, sorgfältig steckte er den Pfeil auf die Sehne. Der Blick wurde kalt. Ein kurzer Moment der Ruhe. Dann spannten sich die Muskeln. Der Abschuss! Die blitzende Spitze bohrte sich in den hellen gefiederten Schaft, spaltete Sir Roberts Pfeil und blieb mitten im Schwarz stecken.

Stille. Der Herr von Loxley unterbrach das Schweigen als Erster: »Das gefällt mir.« Schwer legte er dem jungen Mann seine Hand auf die Schulter. »Den Kopf und das Herz hast du mir gestern gezeigt. Und heute …?« Seine Stimme wurde rau. »Du bist es. Such dir die richtigen Gefährten, und du wirst den Kampf gewinnen.«

Schweigend sahen sich die beiden an. Little John trat zu ihnen. »Mit dem Bogen kannst du umgehen, Junge.« Er schmunzelte. »Aber wenn du willst … Vielleicht können wir alten Kerle dir sonst noch was beibringen. Brauchst nur zu …« Er stockte.

»… fragen«, ergänzte Roderick und grinste über sich selbst. »Keine Frage. Ich weiß.« Freimütig blickte er die Männer an. »Auf euren Rat will ich nie verzichten.«

Sir Robert stieß dem Freund leicht in die Seite. »Das hilft gegen Fehler.« Die beiden lachten, und Roderick fiel mit ein.

Das Gelächter lockte die anderen.

»Aber wer, wer hat denn nun gewonnen?«, wollte Malcolm wissen.

»Na, Robin Hood!« Marian wischte die Locken aus der Stirn.

»Meiner?«

Ohne den Schritt zu verlangsamen, nickte die schlanke Frau. »Ja. Deiner auch.«

»Dann haben wir jetzt schon«, er zählte an den Fingern, »dreißig Pennies!« Er konnte es kaum fassen.

Schulterschlagen. Glückwünsche für den Sieger.

»Schluss jetzt!« Sir Robert musterte die jungen Männer. »Im Gutshof dürft ihr nicht bleiben. Aber keine Angst. Wir haben einen sicheren Platz. Und da findet euch kein Sheriff und auch keine Eisenpuppe.« Er schnippte Tom Toad. »Nimm dir Much und Threefinger, und zeig ihnen unten in der Schlucht unser Hauptlager! Von heute an gehört es euch.«

»Ich zeig es.« Marian stellte sich neben Roderick und stemmte ihre Hände in die Hüften. Sie funkelte John an. »Ich will es ihm allein zeigen.« Ihre Stimme zitterte leicht, der Ton aber duldete keinen Widerspruch. »Wir nehmen den Pfad durch die Felsen, der ist kürzer. Die andern können ja mit Malcolm den Versorgungsweg runtergehen.«

Ehe der Hüne sich fasste, rief sie: »Komm, Robin!«, und ging voraus. Schnell holte er sie ein, blieb dicht an ihrer Seite.

John war erstarrt. Marian. Da geht sie einfach mit diesem jungen Kerl!

Hinter seinem Rücken gab Sir Robert den Übrigen ein Zeichen. Schnell entfernte sich Toad mit Malcolm und den Gefährten.

»Na, mein Freund?« Ohne Spott. »Mir gefallen sie.«

»Wer?«

»Na, die beiden da. Unsere kleine Bedingung und der junge Robin.«

John schluckte, wehrte sich dagegen, doch der Gedanke wuchs, drängte sich bis in die mächtige Brust. Endlich hatte der Hüne begriffen. Er sah wieder ihre zornigen Augen, damals auf dem Weg nach Barnsdale-Top. »Und später such ich mir selbst einen Mann.

Aber nur, wenn ich Lust hab.« John wischte sich mit dem Ärmel über die Stirn. Erst will sie keinen. Und jetzt? So schnell? »Sie hat ihren Kopf«, sagte er endlich.

»Und das gefällt mir.« Robin betastete den Verband an seinem rechten Oberschenkel. »Besser, du bringst mich nach Kirklees. Gleich morgen Früh. Ehe es noch dicker wird.« Er reckte das Kinn. »Und wenn Bruder Tuck für die beiden läutet, mein Freund, dann werde ich beim Fest als Erster mit der Braut tanzen.« Mit der Faust stieß er ihm leicht in die Seite. »Na, was sagst du?« Schmunzelnd forderte er: »Nun sag's endlich!«

»Schon recht«, brummte John.

XXVII

GRAFSCHAFT YORK. KLOSTER KIRKLEES.

Der Bursche erwartete die beiden Reiter weit unterhalb des Klosters. Rasch kamen sie näher. Gute Kundschaft. Er kannte den schlanken Herrn auf dem weißen Hengst, den Riesen auf dem kräftigen Braunen. Beide trugen ihren Bogen geschultert. Seit Jahren kamen sie her, und nie ritten sie vorbei, ohne auch bei ihm etwas gekauft zu haben.

»Sir Robert!« Der Bursche lief dicht neben dem Schimmel her. »Ich mach Euch gesund, Herr.« Geübt zog er nacheinander seine Leinenbeutel heraus. »Bitterklee gegen Fieber? Johanniskerze gegen den Husten? Blutwurz für den kranken Bauch? Jede Medizin kostet nur drei Pennies.«

»Drei?« Little John kratzte die Narbe im grauen Bartgeflecht, betont streng sagte er: »Beim letzten Mal hast du nur zwei Pennies für dein Kraut verlangt.«

Robin spielte mit. »Verschwinde! Wir kaufen von keinem Wucherer.«

Leicht trabten die Freunde an. Doch der tüchtige Händler hielt Schritt. »Denkt das nicht, Sir Robert. Aber alles ist teurer geworden.« Er streckte ihm die Beutel hin. »Überlegt nicht lange. Da oben im Kloster kosten die Kräuter jetzt viermal so viel.«

Robin zügelte den Hengst und zählte neun Pennies ab. »Hier, Kleiner. Meinem Bein kannst du nicht helfen. Aber wenn du mehr von der Heilkunst verstehst, dann komme ich nur noch zu dir. Dann verderben wir der Priorin das Geschäft.«

»Danke, Herr!« Fest hielt der Bursche die Silberstücke in der Faust, presste sie gegen die Narbe auf seiner Stirn. »Und mögen Euch die Heiligen beschützen!« Er sah den Männern nach, bis sich das Klostertor hinter ihnen geschlossen hatte.

»Alles ist vorbereitet.« Priorin Mathilda trat aus der Pforte des Krankenturms. Das helle, reine Gewand. Die gestärkte Haube. »Komm, Robert!« Nur der Mund lächelte in dem weiß umrahmten Gesicht, ihre Augen sahen kühl dem Neffen entgegen.

»Ach, Tante!« Schleppend zog Robin das Bein nach. »Welch ein Glück, dass es Euch gibt!«

John wollte ihn stützen. Doch der Freund schüttelte den Kopf. »Lass nur!«

Ohne Zögern bat die Priorin um das Honorar. »Allerdings muss ich dich bitten, mir dieses Mal zwanzig Pfund zu geben. Denn ...«

»Nicht weiter«, unterbrach Robin, er zog zwei pralle Beutel aus seinem Gürtel, seufzte: »Alles ist teurer geworden. Das haben John und ich schon gehört.«

Für einen Augenblick verschwand das Lächeln, kehrte sofort zurück. Beinah sanft erklärte sie: »Nein, Robert, du zahlst mir nicht zu viel. In der letzten Zeit habe ich lange nachgedacht. Und ich weiß jetzt, wie ich dich von allen Beschwerden befreien kann.«

»Du meinst ...?«

»Ja, Robert.« Sie faltete die Hände vor der weißen Brust. »Und diese Behandlung hat ihren Preis.«

Heftig drückte John den Arm des Freundes. »Wenn's wahr ist«, murmelte er. »Dann, dann zahl ich noch zehn Pfund drauf.«

»Ehrwürdige Tante«, sagte Robin offen. »In ganz England seid Ihr die beste Ärztin.«

»Das weiß ich.« Die hoch gewachsene Gestalt straffte sich.

»Nun komm, Robert! Es wird Zeit. Wir beginnen mit einem Trank und dem Aderlass.« Sie zeigte zur Turmspitze hinauf. »Das oberste Zimmer ist für dich hergerichtet. Gleich unter dem Himmel.« Den Hünen bat sie um Geduld. »Die Medizin muss wirken. Auch wird die Versorgung der Wunde diesmal sicher mehr Zeit in Anspruch nehmen. Gönn dir Ruhe und genieße unsern schönen Garten! Das Obst ist reif.«

John wehrte ab. »Besser, ich bleib bei Robin. All die Stufen. Ich bring ihn die Treppe hoch.«

»Nein!« Sofort verlor ihr Ton wieder an Schärfe. Mit leisem Spott fuhr sie fort. »Auch wenn ich nicht den Anschein erwecke, dennoch hab ich Kraft genug, meinen Neffen selbst hinaufzustützen.«

»Schluss jetzt!« Entschlossen humpelte Robin zur Pforte: »Keiner von euch wird mir helfen.« Er schwang das Bein auf die erste Stufe. »Nun kommt, Tante! Worauf wartet Ihr?«

John blieb zurück und verschränkte die Arme. Auch gut.

Ein lichter Raum. In der Mitte das erhöhte Strohlager, bedeckt mit grauem Leinen. Der Strick, frische Tücher und Binden lagen sorgfältig geordnet über dem Schemel. In der Blutschüssel am Boden glänzte die Fliete, das silbrige Instrument für das Öffnen der Ader.

»Wartet noch, Tante!« Schwer atmend trat Robin ans Fenster. Er sog die Luft in sich ein. Sein Blick streifte die Klostermauer, wanderte durch die gemähten Wiesen, über den Fluss und weiter bis zum entfernten Waldrand. »Wie still alles daliegt.«

»Gib mir deine Waffen!«, verlangte die Stimme in seinem Rücken. Ohne sich umzuwenden, löste Robin den Schwertgurt, streifte Köcher und Bogen von der Schulter.

»Auch den Rock, Neffe«, mahnte sie.

Robin gehorchte. »Wie gut das Land riecht.« Er dehnte die Brust.

Mathilda trat neben ihn. »Trink das, Robert!«

Mit der kleinen Flasche in der Hand zeigte er zum Fenster hinaus. »Selbst hier oben rieche ich noch das Heu.«

Ihre Lippen bebten. Er nahm es nicht wahr. Wachsam zog sie seinen Arm zurück. »Trink, Neffe!«

Robin setzte an, leerte das Fläschchen in einem Zug. Kurz verzerrte er das Gesicht, schüttelte sich. Der Ekel war vorüber. »Ein Schluck Malvasier wäre mir lieber.«

»Stets kommt das Bittere vor dem Süßen.« Ihre Stimme schwankte leicht.

Robin blickte zum weit entfernten Waldrand: »Wie klug Ihr seid. Stets habe ich gekämpft. Und endlich gesiegt. Doch das Glück währte nicht lange. Eins habt Ihr vergessen, ehrwürdige Tante. Es geht weiter. Solang es Unrecht gibt, folgt nach der Süße wieder das Bittere. Es wechselt … So wie …« Robin bemühte sich, den Gedanken festzuhalten. »So wie dieser Sommer …« Er brach ab, fahrig wischte er die Stirn. »Meine Augen? Ich sehe …«

Mathilda fasste seinen Arm. »Was, Robert? Was siehst du?«

»Die … Wiesen. Sie verschwimmen im Fluss.«

»Es ist alles gut, Neffe. Die Medizin wirkt.« Sie führte ihn vom Fenster weg. Sein Schritt wurde schleppender, die Muskeln versagten fast. Mathilda hielt ihn, bis er sich auf dem Lager ausgestreckt hatte.

Sein blasses Gesicht war mit einem Mal von scharfen Falten gezeichnet. »Ihr müsst …« Er hustete, versuchte lauter zu sprechen. »Wenn Ihr nachher …« Der Ton versickerte in ein Flüstern. »Meine Stimme?«

»Es ist alles gut, Robert.« Rasch legte sie Strick, Tücher und Binden neben ihn, setzte sich auf den Hocker und zog seinen linken Arm über das Knie. Sie streifte ihm den losen Stoff seines Hemdes bis zur Achsel hinauf. Mathilda zögerte nicht. Die schmale Fliete. Sie setzte den silbrigen Rosendorn an. Ihr Finger schlug auf das federnde Schneckenende. Dunkles Blut quoll aus der

Ader. Mathildas Augen flackerten. Ihr Finger schlug zum zweiten Mal, härter, ein drittes Mal. Helles Blut sprang! Der Strahl spritzte gegen die gekalkten Steine. In Stößen folgten neue, wieder und wieder.

Robin hob mühsam den Kopf, versuchte zu sehen. »Rot?«, flüsterte er. »Ist das mein Blut? Da an der Mauer?«

»Es ist alles gut, Robert.« Mit hartem Griff hielt sie den Arm. »Du hast ein starkes Herz. Deshalb springt es so.« Erst als die Stöße schwächer wurden, legte sie ein Tuch über die geöffneten Adern. Rasch erhob sie sich, bettete seinen Arm auf den Schemel. Unter dem Leinen pulste die Quelle stetig weiter.

Robin sah zu der hoch gewachsenen Gestalt auf. Für einen Moment wich der Schleier von seinen Augen. »Mein Blut hat Euch beschmutzt, Ehrwürdige Tante.« Er lächelte schwach. »An Eurer Brust.«

»Es ist gut, Robert.« Aufrecht schritt sie zur Tür. »Ich werde es abwaschen.« Mathilda verließ den Raum. Fest verriegelte sie die Tür, den Schlüssel verbarg sie hinter einem Stein.

Die Priorin trat aus der Pforte. Im Schatten des Krankenturms lehnte Little John an der Mauer. Erst unentschlossen, dann ging sie rasch zu ihm hinüber. »Hast du Gamwell gekannt?« Ihre Stimme war spröde, brüchig: »Meinen Neffen?«

John erschrak. Sein Blick blieb auf den Blutflecken, in ihr Gesicht zu sehen, wagte er nicht. »Den Will Scarlet? Ja, der war mal bei uns.«

»Ich habe ihn geliebt.« Sie wandte sich ab und eilte davon.

John sah der Priorin nach. Die weiß gekleidete Gestalt schritt zwischen den Blumengärten auf das Wohnhaus der Ordensfrauen zu.

Beim Dunstan. Wieso fragt sie mich das? Über Gamwell reden wir nicht, hat Robin gesagt. Robin? Der Hüne starrte zur Turmspitze. Sah das Blut auf dem Gewand der Nonne. Robin? »Es wird dauern.« Ihre Stimme gellte jäh in seinem Kopf. Und sie geht einfach weg? Jetzt? Das darf sie doch nicht. Beim Aderlass darf sie ihn doch nicht allein lassen! »Robin!«, schrie John.

Die Angst riss ihn vorwärts. Er stürzte durch die Pforte, hetzte die Stufen hinauf. Windung um Windung. »Robin!« Wild schlug das Herz. Sein Brüllen hallte, stürmte vor ihm her.

Die Tür. Er prüfte nicht. Mit aller Kraft warf er den riesenhaften Körper dagegen. Holz splitterte. John erstarrte. Das Blut an der Wand. Still lag Robin auf dem Lager. So still.

Er fiel neben ihm auf die Knie. Fasste behutsam nach seiner Stirn. »Robin?«

Die Lider öffneten sich. »Ja, John. Ich höre dich.« Er sprach leise, jedes Wort setzte er. »Meine Glieder. Schwer sind sie mir wie Eisen.« Mühsam sog er den Atem ein. »Und das ist gut, hat Mathilda gesagt.«

Jetzt entdeckte John das blutgetränkte Tuch, sah die große, dunkle Lache auf dem Boden. Seine Faust packte den linken Arm des Freundes, presste das Fleisch über den offenen Adern. »Umbringen will sie dich. Umbringen.«

»Sie hat … sie hat es schon getan.«

»Das darf sie nicht«, stammelte John. Seine Stimme bäumte sich auf. »Verbrennen! Ich verbrenn das Kloster. Und die Nonne. Und alle! Nichts bleibt hier mehr!«

»Schluss!« Leise, und doch war es ein Befehl. Robin tastete mit der rechten Hand nach seiner großen Faust. »Wir töten keine Wehrlosen. Vergiss das nicht, John!«

»Wegen Gamwell. Und für diesen Baron. Deshalb hat sie es getan.«

»Keiner bleibt unschuldig. Sag das auch Roderick.« Er strich die Fingerkuppen über die Faust. »Lass das Blut strömen! Es ist vorbei, mein Freund. Sie gab mir Gift. Mathilda hat den Kampf längst gewonnen.« Mit einem Mal kehrte Licht in die grauen Augen zurück. »Schnell. Den Bogen. Wähl einen guten Pfeil!«

John begriff. Er beugte sich zu den Waffen, hielt sie dem Freund hin.

»Allein schaff ich es nicht mehr. Hilf mir!«

Und der Hüne setzte sich hinter ihn, zog Robin hoch an seine Brust. Die schwache Hand legte sich um das Bogenholz. John umschloss sie fest. Er setzte den gefiederten Schaft, führte Robins Finger zur Sehne. John lieh dem Freund seine Kraft. Der Pfeil schnellte durch die Fensteröffnung hinaus.

»Ein guter Schuss.« Robin stöhnte, presste den Rücken an die breite Brust. »Dort, wo du den Pfeil findest. Da will ich liegen.«

Er ließ das Bogenholz nicht los. »Schade, John.«

Er schwieg zu lange.

»Was? Robin?« Leicht drückte der Freund die Hand in seiner Faust. »Sag es. Was?«

»Unsere kleine Bedingung. Hörst du? Jetzt … jetzt musst du mit ihr tanzen.« Sein Kopf sank zurück.

John weinte. Zittern schüttelte die mächtigen Schultern. Als habe er Angst, Robin zu wecken, so behutsam neigte sich John über ihn, verbarg das Gesicht im Haar des Freundes.

Die Klosterglocke schwang herauf. Das Mittagsläuten riss den Hünen in die Wirklichkeit. Auf seinen Armen trug er Robin die Stufen hinunter, trat aus der dunklen Enge. Das Licht schmerzte.

In großer Hast wurde das Tor geöffnet.

John schritt hindurch und weiter hinaus über die abgemähten Wiesen. Er folgte dem Flug. Ohne Halt.

Und er fand den Pfeil.

Das Mädchen, das Frankreich befreite, aber sich selbst nicht retten konnte

Pamela Marcantel
JOHANNA VON ORLÉANS
Historischer Roman
800 Seiten
ISBN 3-404-15429-0

1423 hört Johanna zum ersten Mal die Stimmen der Heiligen. Was sie ihr sagen, erschreckt das Bauernmädchen zutiefst: Sie soll Frankreich vom Elend der englischen Besatzung befreien und den Dauphin Karl zum französischen König machen. Zweifelnd und doch gehorsam macht sich Johanna auf den Weg. Sie ahnt nicht, was vor ihr liegt: Hn blutigen Schlachten wird sie das französische Heer zu strahlenden Siegen führen, aber am Ende wird der Verrat der Herrschenden stehen – und ein grausamer Tod ...

Bastei Lübbe Taschenbuch